MAIS ESCURO

MAIS ESCURO

E L JAMES
CINQUENTA TONS MAIS ESCUROS
PELOS OLHOS DE CHRISTIAN

TRADUÇÃO DE
Andrea Gottlieb,
Catharina Pinheiro e
Regiane Winarski

Copyright © 2011, 2017 by Fifty Shades Ltd.

TÍTULO ORIGINAL
Darker

PREPARAÇÃO
Juliana Pitanga
Juliana Werneck
Paula de Carvalho

REVISÃO
Milena Vargas

DIAGRAMAÇÃO
Ilustrarte Design e Produção Editorial

DESIGN DE CAPA
Sqicedragon e Megan Wilson

FOTO DE CAPA E DE CONTRACAPA
© Petar Djordjevic/Penguin Random House e © Shutterstock

ADAPTAÇÃO
Márcia Quintella

CIP-BRASIL. CATALOGAÇÃO NA PUBLICAÇÃO
SINDICATO NACIONAL DOS EDITORES DE LIVROS, RJ

J81m

    James, E L, 1963-
    Mais escuro : cinquenta tons mais escuros pelos olhos de Christian / Tradução de Andrea Gottlieb, Catharina Pinheiro e Regiane Winarski. - 1. ed. - Rio de Janeiro : Intrínseca, 2018.
    496 p. ; 23 cm.

    Tradução de: Darker
    ISBN 978-85-510-0283-4

    1. Romance inglês. I. Gottlieb, Andrea. II. Pinheiro, Catharina. III. Winarski, Regiane. IV. Título.

17-45700   CDD: 823
                                               CDU: 821.111-3

[2018]
Todos os direitos desta edição reservados à
Editora Intrínseca Ltda.
Av. das Américas, 500, bloco 12, sala 303
22640-904 – Barra da Tijuca
Rio de Janeiro – RJ
Tel./Fax: (21) 3206-7400
www.intrinseca.com.br

Para os meus leitores.
Obrigada por tudo o que fizeram por mim.
Este livro é para vocês.

Agradecimentos

Obrigada a:

Todos na Vintage, pela dedicação e pelo profissionalismo. Sempre me inspiro na expertise, no bom humor e no amor de vocês pela palavra escrita.

Anne Messitte, pela fé que tem em mim. Tenho uma dívida eterna com você.

Tony Chirico, Russell Perreault e Paul Bogaards pelo apoio inestimável.

Maravilhosas equipes de produção, editorial e design que fizeram juntas este projeto: Megan Wilson, Lydia Buechler, Kathy Hourigan, Andy Hughes, Chris Zucker e Amy Brosey.

Niall Leonard, pelo amor, apoio, aconselhamento, e por estar menos rabugento.

Valerie Hoskins, minha agente. Obrigada por tudo todos os dias.

Kathleen Blandino, pela prova de revisão e por todas as coisas na internet.

Brian Brunetti, mais uma vez, pelo conhecimento inestimável sobre acidentes de helicóptero.

Laura Edmonston, por compartilhar o que sabe sobre o Noroeste Pacífico.

Professor Chris Collins, pelos esclarecimentos sobre ciência do solo.

Ruth, Debra, Helena e Liv pelo encorajamento, pelos caça-palavras e por me convencer a terminar este desafio.

Dawn e Daisy, pela amizade e pelos conselhos.

Andrea, BG, Becca, Bee, Britt, Catherine, Jada, Jill, Kellie, Kelly, Leis, Liz, Nora, Raizie, QT, Susi — quantos anos fazem? E continuamos cheias de energia. Obrigada pelos americanismos.

Todos os meus amigos autores e do mundo do livro — vocês sabem quem são — que me inspiram todos os dias.

Por último, quero agradecer aos meus filhos. Amo vocês incondicionalmente. Sempre terei muito orgulho dos rapazes maravilhosos que se tornaram. Vocês me enchem de alegria. Continuem assim. Os dois.

QUINTA-FEIRA, 9 DE JUNHO DE 2011

Estou sentado. Esperando. Meu coração bate acelerado. São 17h36 e estou olhando fixamente pelo vidro fumê do meu Audi para a porta de entrada do prédio onde ela trabalha. Sei que cheguei cedo, mas passei o dia todo esperando este momento.

Vou vê-la.

Eu me remexo no banco de trás do carro. Parece abafado, e por mais que eu tente manter a calma, a animação e a ansiedade formam um nó em meu estômago e comprimem meu peito. Taylor está sentado no banco do motorista, olhando para a frente, mudo, em sua compostura habitual, enquanto mal consigo respirar. É irritante.

Droga. Cadê ela?

Está lá dentro, na Seattle Independent Publishing. O prédio, do outro lado da calçada ampla e desimpedida, é velho e precisa de uma reforma; o nome da empresa foi gravado de qualquer jeito no vidro e o efeito jateado da janela está descascando. Por trás das portas fechadas poderia haver uma empresa de seguros ou de contabilidade, afinal não há mercadoria em exibição. Bem, posso corrigir isso quando assumir o controle. A SIP é minha. Quase. Já assinei as linhas gerais do acordo.

Taylor pigarreia e seus olhos se voltam por um instante para os meus no retrovisor.

— Vou aguardar lá fora, senhor — diz ele, me surpreendendo, e sai do carro antes que eu possa impedi-lo.

Talvez ele esteja mais afetado com minha tensão do que imaginei. Sou tão transparente assim? Pode ser que *ele* esteja tenso. Mas por quê? Quer dizer, com exceção do fato de que precisou lidar com meus humores totalmente inconstantes esta semana. Sei que não tenho sido fácil.

Mas hoje foi diferente. Estou esperançoso. É meu primeiro dia produtivo desde que ela me deixou, ou pelo menos é a impressão que eu tenho. O otimismo me deu o estímulo necessário durante as reuniões. Dez horas para vê-la. Nove. Oito. Sete... Minha paciência foi testada pelo relógio que mostrava as horas até meu reencontro com a Srta. Anastasia Steele.

E agora que estou aqui sentado, sozinho, aguardando, a determinação e a confiança que senti o dia todo evaporaram.

Talvez ela tenha mudado de ideia.

Vai ser um reencontro? Ou será que não passo de uma carona para Portland?

Confiro o relógio outra vez.

17h38.

Merda. Por que o tempo passa tão devagar?

Penso em mandar um e-mail para ela avisando que estou aqui fora, mas enquanto procuro o celular percebo que não quero desviar os olhos da porta do prédio. Eu me recosto no banco e repasso na mente os últimos e-mails que recebi dela. Sei todos de cor, são simpáticos e concisos, porém sem qualquer indício de que esteja sentindo minha falta.

Talvez eu seja uma carona.

Afasto o pensamento e olho fixamente para a entrada, desejando que ela apareça.

Anastasia Steele, estou esperando.

A porta se abre e meu coração acelera loucamente, mas então se acalma, decepcionado. Não é ela.

Droga.

Ela sempre me deixa esperando. Um sorriso constrangido ergue os cantos da minha boca: esperei na Clayton's, no Heathman depois da sessão de fotos e novamente quando mandei os livros de Thomas Hardy para ela.

Tess...

Será que ela ainda tem os livros? Queria devolver para mim ou doá-los para uma instituição de caridade.

"Não quero nada que me lembre de você."

Relembro Ana indo embora; seu rosto pálido e triste marcado por mágoa e confusão. A lembrança não é bem-vinda. É dolorosa.

Por culpa minha ela está tão infeliz. Fui longe demais, rápido demais. E isso me enche desespero. Esse sentimento se tornou muito familiar desde que ela se foi. Fechando os olhos, tento me centrar, mas confronto meu medo mais profundo e sombrio: ela conheceu outra pessoa. Está dividindo sua cama branca e seu lindo corpo com um desconhecido de merda.

Droga, Grey. Pense positivo.

Não pense nisso. Nem tudo está perdido. Você vai vê-la em breve. Seus planos estão caminhando. Você vai reconquistá-la. Abro os olhos e me concentro novamente na porta do prédio, observando-a através do vidro sombrio do Audi que reflete meu humor. Mais pessoas saem do prédio, porém nada de Ana.

Cadê ela?

Taylor anda de um lado para outro, com os olhos fixos na porta do edifício. Caramba, ele parece tão nervoso quanto eu. *Que diferença faz para ele?*

Meu relógio marca 17h43. Ela já vai sair. Respiro fundo e puxo os punhos da camisa, então tento endireitar a gravata, mas percebo que não estou usando uma. *Droga.* Passo a mão pelo cabelo enquanto tento descartar minhas dúvidas, que continuam me assombrando. *Será que não passo de uma carona para ela? Será que sentiu minha falta? Será que me quer de volta? Ela tem outra pessoa?* Não faço ideia. Isso é pior do que esperar por ela no Marble Bar, e não deixo de notar a ironia. Achei que aquela seria a maior negociação que eu faria com ela, e não consegui o resultado que esperava. Nunca consigo o resultado que espero com a Srta. Anastasia Steele. O pânico mais uma vez se transforma em um nó em meu estômago. Hoje vou tentar uma negociação ainda maior.

Eu a quero de volta.

Ela disse que me amava...

Meu coração acelera em resposta à adrenalina que invade meu corpo.

Não. Não. Não pense nisso. Ela não pode sentir isso por mim.

Fique calmo, Grey. Concentre-se.

Olho mais uma vez para a entrada da Seattle Independent Publishing e lá está ela, vindo em minha direção.

Porra.

Ana.

O choque me deixa sem fôlego, como se eu tivesse levado um chute no plexo solar. Por baixo de uma jaqueta preta, ela está usando um dos meus vestidos preferidos, o roxo, com botas pretas de salto alto. Seu cabelo, brilhante por causa da luz do sol da tarde, balança ao vento enquanto ela se movimenta. Mas não é sua roupa ou seu cabelo que chama minha atenção. Seu rosto está pálido, quase translúcido. Há olheiras sob seus olhos, e ela está mais magra.

Mais magra.

Sou tomado de dor e culpa.

Meu Deus.

Ela também sofreu.

Minha preocupação com sua aparência se transforma em raiva.

Não. Em fúria.

Ela não tem se alimentado. Perdeu... o quê? Dois ou três quilos nos últimos dias? Ana olha para um sujeito qualquer atrás dela e ele lhe dá um grande sorriso. É um filho da puta bonito, cheio de si. *Babaca*. A interação casual entre os dois só aumenta minha raiva. Ele a observa com uma franca apreciação masculina enquanto ela se aproxima do carro, e minha fúria aumenta a cada passo de Ana.

Taylor abre a porta e oferece a mão para ajudá-la a entrar. De repente, ela está sentada ao meu lado.

— Quando foi a última vez que você comeu? — pergunto, irritado, me esforçando para manter a compostura.

Seus olhos azuis se voltam para mim, me despindo e me deixando tão atordoado quanto na primeira vez em que a vi.

— Oi, Christian. Bom ver você também — diz ela.

Puta. Que. Pariu.

— Nada de bancar a espertinha — disparo. — Responda.

Anastasia observa as próprias mãos no colo, e não faço ideia do que está pensando, então ela inventa alguma desculpa boba sobre ter comido um iogurte e uma banana.

Isso não é comer!

Eu tento, tento de verdade, controlar meu temperamento.

— Quando foi a última vez que você fez uma refeição de verdade? — insisto, mas ela me ignora, olhando pela janela.

Taylor afasta o carro da calçada e Ana acena para o babaca que a seguiu até o lado de fora do prédio.

— Quem é?

— Meu chefe.

Então aquele é Jack Hyde. Eu me lembro dos detalhes sobre os funcionários, afinal dei uma olhada nisso de manhã: nasceu em Detroit, recebeu bolsa de estudos em Princeton, foi promovido em uma editora de Nova York, mas se mudou várias vezes e já trabalhou em muitas partes do país. As assistentes dele nunca duram; não ficam mais de três meses. Ele está na minha lista de suspeitos, e Welch vai descobrir mais coisas.

Concentre-se no assunto de agora, Grey.

— E então? Sua última refeição?

— Christian, isso não é da sua conta — sussurra ela.

— O que quer que você faça é da minha conta. Fale logo.

Não me dispense, Anastasia. *Por favor.*

Sou a carona.

Ela suspira, frustrada, e revira os olhos só para me irritar. Então eu vejo: um sorriso discreto erguendo os cantos da sua boca. Ela está tentando não rir. Está tentando não rir *de mim*. Depois de todo o sofrimento que vivi, isso é tão revigorante que ultrapassa minha raiva. É tão Ana... Percebo que estou espelhando a expressão dela e tento disfarçar meu sorriso.

— E então? — pergunto, com um tom de voz mais suave.

— *Pasta alla vongole*, sexta passada — responde ela com uma voz dócil.

Caramba, ela não come desde nossa última refeição juntos! Quero colocá-la no colo e dar umas palmadas agora mesmo, aqui no banco de trás do carro, porém sei que nunca mais vou poder tocá-la desse jeito.

O que faço com ela?

Ana olha para baixo, examinando as mãos, o rosto mais pálido e triste do que antes. Eu a absorvo, tentando descobrir o que fazer. Uma emoção indesejada invade meu peito, ameaçando me soterrar. Ignorando isso, eu a observo e fica dolorosamente óbvio para mim que meu maior medo é infundado. Sei que Anastasia não ficou bêbada e conheceu alguém. Observando a aparência dela, sei que ficou sozinha, encolhida na cama, chorando sem parar. A descoberta é ao mesmo tempo tranquilizadora e angustiante. Sou responsável pela sua infelicidade.

Eu.

Eu sou o monstro. Fiz isso com ela. Como posso reconquistá-la algum dia?

— Entendo.

As palavras soam inadequadas. De repente, minha tarefa parece muito aterrorizante. Ela nunca vai me querer de volta.

Controle-se, Grey.

Tento conter meu medo e faço um apelo.

— Parece que, desde então, você perdeu pelo menos uns dois quilos, talvez mais. Por favor, Anastasia, volte a comer.

Estou desesperado. O que mais posso dizer?

Ela está sentada sem se mexer, perdida em pensamentos, com o olhar fixo à frente, então aproveito o tempo para observar seu perfil. É tão delicada, doce e linda quanto lembro. Quero esticar o braço e acariciar sua bochecha. Sentir como sua pele é macia... Conferir que ela é real. Eu me viro em sua direção, morrendo de vontade de tocá-la.

— Como você está? — pergunto, porque quero ouvir sua voz.

— Se eu dissesse que estou bem, estaria mentindo.

Droga. Estou certo. Ela está sofrendo... e é tudo culpa minha. Mas suas palavras me dão um pingo de esperança. Talvez tenha sentido minha falta. Quem sabe? Desesperado, me agarro a essa possibilidade.

— Eu também. Sinto sua falta — confesso, e estendo o braço para segurar sua mão porque não posso viver nem mais um minuto sequer sem tocá-la.

Sua mão, envolvida pelo calor da minha, parece pequena e gelada.

— Christian, eu... — Ela se interrompe, a voz falhando, mas não puxa a mão.

— Ana, por favor. Nós precisamos conversar.

— Christian, eu... por favor... Eu chorei muito — sussurra ela.

Ouvir suas palavras e vê-la tentando conter as lágrimas perfuram o que restou do meu coração.

— Ah, baby, não.

Puxo sua mão e, antes que ela possa reclamar, apoio-a no meu colo, passando os braços ao seu redor.

Ah, sentir o corpo dela.

— Senti tanto a sua falta, Anastasia.

Ela está leve demais, frágil demais, e quero gritar de frustração, mas em vez disso enfio o nariz em seu cabelo, imediatamente dominado pelo cheiro inebriante dela. Esse aroma me faz lembrar de tempos mais felizes: um pomar no outono. Risada em casa. Olhos brilhantes, repletos de bom humor, travessura e... desejo. Minha doce, doce Ana.

Minha.

A princípio, ela fica tensa e resiste, mas depois de um instante relaxa junto a mim, com a cabeça apoiada em meu ombro. Encorajado, eu me arrisco e, fechando os olhos, beijo seu cabelo. Ela não se esforça para sair do meu abraço, o que é um alívio. Tenho desejado esta mulher. Mas preciso ser cuidadoso. Não quero que ela fuja outra vez. Eu a abraço, curtindo a sensação de tê-la por perto neste momento simples de tranquilidade.

Mas é um breve interlúdio: Taylor chega em tempo recorde ao heliporto do centro da cidade.

— Vamos. — Com relutância, eu a tiro do colo. — Chegamos.

Olhos perplexos buscam os meus.

— Heliporto, no alto deste edifício — explico.

Como ela achava que iríamos a Portland? Demoraríamos pelo menos três horas de carro. Taylor abre a porta e eu saio pelo meu lado do carro.

— Eu preciso devolver seu lenço — diz ela a Taylor com um sorriso tímido.

— Fique com ele, Srta. Steele, com os meus melhores cumprimentos.

Que diabo está acontecendo entre eles?

— Nove? — interrompo, não só para lembrá-lo da hora em que deve nos buscar em Portland, mas para que ele pare de falar com Ana.

— Sim, senhor — diz Taylor baixinho.

Isso mesmo. Ela é a minha garota. Lenços são minha função. Não dele.

Passam pela minha mente flashes de imagens de Ana vomitando no chão e eu segurando seu cabelo. Eu lhe dei um lenço nessa ocasião, e nunca o recuperei. Mais tarde na mesma noite observei-a dormir ao meu lado. Talvez ela ainda tenha o lenço. Talvez ainda use.

Pare. Agora. Grey.
Segurando sua mão — o frio passou, mas a mão de Ana continua gelada —, eu a levo para dentro do prédio. Quando chegamos ao elevador, me lembro do nosso encontro no Heathman. Aquele primeiro beijo.
É. *Aquele primeiro beijo.*
O pensamento desperta meu corpo.
Mas as portas se abrem, distraindo-me, e relutantemente solto sua mão para que ela entre.
O elevador é pequeno e não estamos mais nos tocando. Mas sinto sua presença. Toda ela.
Aqui. Agora.
Merda. Engulo em seco.
Será que é porque ela está muito perto? Olhos escurecidos fitam os meus.
Ah, Ana.
Sua proximidade é excitante. Ela inspira de repente e olha para o chão.
— Também estou sentindo — sussurro, segurando novamente sua mão e acariciando os nós dos seus dedos com o polegar.
Ela ergue o olhar na minha direção, seus olhos insondáveis encobertos de desejo.
Merda. Eu a quero.
Ana morde o lábio.
— Por favor, Anastasia, não morda o lábio. — Minha voz sai grave, cheia de desejo.
Será que sempre vou desejá-la tanto assim? Quero beijá-la, prensá-la na parede do elevador como fiz no nosso primeiro beijo. Quero fodê-la aqui e torná-la minha outra vez. Ela pisca, os lábios ligeiramente entreabertos, e eu contenho um gemido. Como ela faz isso? Como me faz perder o controle com um olhar? Estou acostumado a ter controle... mas fico praticamente babando por ela porque seus dentes estão pressionando o lábio.
— Você sabe como me deixa quando faz isso — murmuro.
Agora mesmo, baby, quero possuí-la neste elevador, mas acho que você não vai deixar.
As portas se abrem e a lufada de ar frio me traz de volta ao presente. Estamos no topo do prédio, e, embora o dia tenha sido quente, o vento está mais forte. Anastasia estremece ao meu lado. Passo o braço em torno dela e a puxo para perto. Ela parece magra demais, porém seu corpo esguio se encaixa perfeitamente debaixo do meu braço.
Está vendo? Nós nos encaixamos muito bem, Ana.
Seguimos pelo heliporto em direção ao *Charlie Tango*. Os rotores giram com delicadeza: o helicóptero está pronto para decolar. Stephan, meu piloto, se aproxi-

ma correndo de nós. Trocamos um aperto de mão e eu mantenho Anastasia debaixo do braço.

— Tudo pronto, senhor. Ele é todo seu! — grita Stephan para que seja possível escutá-lo acima do som dos rotores do helicóptero.

— Já fez todas as verificações?

— Sim, senhor.

— Você pode pegá-lo lá pelas oito e meia?

— Sim, senhor.

— Taylor está esperando por você lá embaixo.

— Obrigado, Sr. Grey. Tenha um bom voo até Portland. Senhora.

Ele cumprimenta Anastasia e segue para o elevador, que o aguarda. Nós nos abaixamos para passar pelos rotores e eu abro a porta, segurando a mão dela para ajudá-la a subir.

Enquanto coloco seu cinto, ela prende a respiração. Esse ruído ecoa diretamente na minha virilha. Aperto bastante o cinto, tentando ignorar a reação do meu corpo.

— Isso deve mantê-la segura — balbucio. Um pensamento surge em minha mente, e então percebo que falei em voz alta: — Tenho que admitir que gosto de ver você presa assim. Não toque em nada.

Ela cora. Até que enfim um pouco de cor em seu rosto... e eu não resisto. Passo o dorso do indicador em sua bochecha, acompanhando o rubor.

Meu Deus, como quero essa mulher.

Ela franze a testa, e sei que é porque não pode se mover. Eu lhe entrego fones de ouvido, sento-me e coloco o cinto.

Faço as verificações que antecedem o voo. Todos os instrumentos no painel estão verdes, sem qualquer luz de alerta. Deixo a alavanca em posição de voo, determino o código do transmissor-receptor e verifico que a luz anticolisão está ligada. Tudo parece em ordem. Coloco os fones de ouvido, ligo os rádios e verifico as rotações por minuto do rotor.

Quando me viro para Ana, ela está me observando atentamente.

— Pronta?

— Pronta.

Está animada e de olhos bem abertos. Não consigo conter um sorriso voraz enquanto falo com a torre por radiotransmissão para me assegurar de que estão prestando atenção e escutando.

Quando tenho permissão para decolar, verifico a temperatura do óleo e também as outras medições. Está tudo dentro das faixas normais de operação, portanto ergo a alavanca, e *Charlie Tango*, como o elegante pássaro que é, sobe suavemente no ar.

Ah, eu amo isso.

Sinto-me um pouco mais confiante conforme ganhamos altitude. Então olho para a Srta. Steele ao meu lado.

Chegou o momento de impressioná-la.

Hora do show, Grey.

— Já perseguimos o amanhecer, Anastasia, agora vamos atrás do crepúsculo.

Eu sorrio e em retribuição recebo um sorriso tímido que ilumina seu rosto. A esperança se agita em meu peito. Eu a tenho aqui, comigo, mesmo achando que tudo estava perdido. Ela parece estar se divertindo e mais feliz do que quando saiu do escritório. Posso ser apenas uma carona, mas vou tentar aproveitar cada minuto desse voo com ela.

O Dr. Flynn ficaria orgulhoso.

Estou vivendo o momento. E estou otimista.

Dou conta disso. Posso reconquistá-la.

Devagar, Grey. Não se precipite.

— E, com o sol da tarde, há mais para ser visto desta vez — digo, quebrando o silêncio. — Ali fica o Escala. Ali é a Boeing, e, lá atrás, dá para ver o Space Needle.

Ela estica o pescoço fino para olhar, curiosa como sempre.

— Nunca fui lá — diz.

— Eu levo você, a gente podia comer lá.

— Christian, nós terminamos — afirma ela, com a voz consternada.

Não é isso que quero ouvir, porém tento não reagir de forma exagerada.

— Eu sei. Mas ainda posso levar você lá e alimentar você.

Lanço um olhar penetrante para ela, que cora, seu rosto adquirindo um adorável tom claro de rosa.

— É muito bonito aqui, obrigada — diz ela, e percebo que está mudando de assunto.

— Impressionante, não é? — concordo, pois ela tem razão.

Nunca me canso dessa vista.

— É impressionante que você possa fazer isso.

Seu elogio me surpreende.

— Elogios vindos de você, Srta. Steele? Sou um homem de muitos talentos — provoco.

— Tenho total consciência disso, Sr. Grey — diz ela com amargura.

Contenho um sorriso ao imaginar a que está se referindo. Foi disso que senti falta: sua impertinência me desarmando o tempo todo.

Continue conversando, Grey.

— Como vai o novo emprego?

— Bem, obrigada. É interessante.

— E como é o seu chefe?
— Ah, ele é legal.
Ela não parece nada entusiasmada com Jack Hyde. Será que ele tentou algo com ela?
— Qual é o problema? — pergunto.
Quero saber... Será que o babaca tentou alguma coisa inapropriada? Vou demiti-lo na mesma hora se ele tiver feito algo.
— Fora o óbvio, nada.
— O óbvio?
— Ah, Christian, às vezes você é realmente muito estúpido.
Ela me olha com um desprezo divertido.
— Estúpido? Eu? Não sei se gosto do seu tom, Srta. Steele.
— Bem, problema seu — brinca ela, cheia de si, me fazendo rir.
Gosto que ela zombe de mim e me provoque. É capaz de me fazer sentir minúsculo ou gigante com um simples olhar ou um sorriso... É revigorante e diferente de tudo o que já experimentei.
— Senti saudade do seu atrevimento.
Uma imagem dela de joelhos à minha frente surge na minha cabeça e me remexo no banco.
Merda. Concentre-se, Grey. Ela desvia o olhar, escondendo um sorriso, e observa a região do subúrbio passando lá embaixo enquanto eu verifico a direção: está tudo certo. Estamos a caminho de Portland.
Ana está quieta e de vez em quando olho furtivamente para ela. Seu rosto está iluminado de curiosidade e fascínio enquanto espia a paisagem e o céu opala. Suas bochechas parecem macias e brilham com a luz do entardecer. Apesar de sua palidez e das olheiras — indício do sofrimento que lhe causei —, está deslumbrante. Como posso ter deixado que ela saísse da minha vida?
No que eu estava pensando?
Enquanto avançamos velozmente acima das nuvens, bem alto no céu em nossa bolha, meu otimismo aumenta e o tumulto da semana anterior é atenuado. Aos poucos, começo a relaxar, apreciando uma serenidade que não sentia desde que ela se foi. Poderia me acostumar com isso. Eu me esqueci de como ficava contente na companhia dela. E é revigorante ver meu mundo pelo ponto de vista de Ana.
Mas à medida que nos aproximamos do nosso destino, minha confiança vacila. Estou torcendo para que meu plano funcione. Preciso levá-la a um lugar privativo. Para jantar, talvez. *Droga.* Eu deveria ter reservado algum restaurante.
Ela precisa ser alimentada. Se eu conseguir levá-la para jantar, então só terei que encontrar as palavras certas. Os últimos dias me mostraram que preciso de

alguém... Preciso dela. Quero estar com Ana, mas será que ela vai me aceitar de volta? Será que consigo convencê-la a me dar uma segunda chance?

Só o tempo dirá, Grey... Relaxe. Não a assuste outra vez.

QUINZE MINUTOS DEPOIS, POUSAMOS no único heliporto de Portland. Enquanto diminuo a velocidade dos rotores do *Charlie Tango* e desligo o transmissor-receptor, o combustível e os rádios, a insegurança que sinto desde que decidi reconquistá-la volta à tona. Preciso dizer a ela como me sinto, e vai ser difícil... porque não entendo meus sentimentos. Sei que senti sua falta, que fiquei infeliz sem ela e que estou disposto a tentar me relacionar do seu jeito. Mas será que vai ser suficiente para ela? Será que vai ser suficiente para mim?

Converse com ela, Grey.

Depois de tirar o cinto, me inclino para soltar o dela e inalo um pouco da sua fragrância doce. Como sempre, ela está cheirosa. Seu olhar encontra o meu por um instante furtivo, como se estivesse tendo algum pensamento inapropriado. O que será que está passando em sua cabeça? Como de costume, eu adoraria saber, mas não faço ideia.

— Fez boa viagem, Srta. Steele? — pergunto.

— Sim, obrigada, Sr. Grey.

— Bem, vamos lá ver as fotos daquele garoto.

Abro a porta, pulo para descer e estendo a mão para ela.

Joe, o administrador do heliporto, está aguardando para nos cumprimentar. Ele próprio é uma relíquia: é um veterano da guerra da Coreia, mas ainda é tão ágil e perspicaz quanto um homem de cinquenta e tantos anos pode ser. Nada lhe passa despercebido. Seus olhos se iluminam quando abre um sorriso enrugado para mim.

— Joe, tome conta dele para Stephan. Ele vai chegar lá pelas oito ou nove.

— Certo, Sr. Grey. Senhora. Seu carro está esperando lá embaixo, senhor. Ah, e o elevador está quebrado, vão ter que usar a escada.

— Obrigado, Joe.

Enquanto seguimos até a escada de emergência, noto o salto alto de Anastasia e me lembro da sua queda nada glamorosa em meu escritório.

— Usando esses saltos, sorte sua serem só três andares.

Disfarço um sorriso.

— Não gostou das botas? — indaga ela, olhando para os próprios pés.

Uma visão agradável daquelas botas sobre meus ombros me vem à mente.

— Gostei muito, Anastasia — murmuro, torcendo para que minha expressão não revele meus pensamentos lascivos. — Vamos com calma. Não quero que você caia e quebre o pescoço.

Fico grato que o elevador não esteja funcionando, porque isso me dá uma desculpa plausível para abraçá-la. Passo o braço em torno da cintura dela, puxo-a para perto e descemos a escada.

No carro, a caminho da galeria, minha ansiedade aumenta. Estamos prestes a comparecer a uma exposição do seu suposto amigo. O homem que, na última vez que o vi, tentava enfiar a língua dentro da boca de Anastasia. Talvez eles tenham se falado nos últimos dias. Talvez esse seja um encontro pelo qual os dois vêm aguardando ansiosamente há muito tempo.

Merda, eu não tinha pensado nessa possibilidade. Espero que não seja nada disso.

— José é só um amigo — diz Ana baixinho.

O quê? Ela sabe o que estou pensando? Sou tão óbvio assim? Desde quando?
Desde que ela me desarmou totalmente. Desde que descobri que preciso dela.

Ana me encara e meu estômago se revira.

— Esses lindos olhos estão grandes demais no seu rosto, Anastasia. Por favor, prometa-me que você vai comer.

— Prometo que vou comer, Christian — responde ela, mas não parece muito sincera.

— Estou falando sério.

— Ah, é?

Seu tom de voz é sarcástico, e quase fico sem reação.

Que se dane.

Está na hora de me declarar.

— Não quero brigar com você, Anastasia. Quero você de volta, e quero você saudável.

Fico honrado com sua expressão de choque e seus olhos arregalados.

— Mas nada mudou — diz ela, sua expressão sendo substituída por um cenho franzido.

Ah, Ana, mudou, sim... Senti um abalo sísmico dentro de mim.

Estacionamos diante da galeria e percebo que antes do evento não terei tempo de explicar.

— Chegamos. Na volta a gente conversa.

Antes que ela possa dizer que não está interessada, desço do carro, dou a volta até o seu lado e abro a porta. Ela parece brava ao sair.

— Por que você faz isso? — reclama ela, exasperada.

— Isso o quê?

Merda... Sobre o que ela está falando?

— Você fala uma coisa dessas e depois para.

É só isso? Por esse motivo ela está brava?

— Anastasia, nós chegamos. No lugar em que você queria estar. Agora nós vamos entrar, e depois conversamos. Eu realmente não quero fazer uma cena no meio da rua.

Ela comprime os lábios formando um biquinho petulante, então diz, com má vontade:

— Certo.

Seguro sua mão e entro depressa na galeria. Ela me segue, atrapalhada.

O espaço é iluminado e arejado. É um daqueles armazéns reformados que estão na moda, com piso de madeira e paredes de tijolos. Os entendedores de arte de Portland bebericam vinho barato e conversam aos sussurros enquanto admiram a exposição.

Uma jovem nos cumprimenta.

— Boa noite e bem-vindos à exposição de José Rodriguez.

Ela me encara.

Isto aqui é só fachada, querida. Olhe para outro lugar.

Ela fica confusa, mas parece se recuperar quando vê Anastasia.

— Ah, Ana, é você. Nós também vamos querer a sua opinião a respeito disso tudo.

Ela lhe entrega um folheto e nos indica o bar improvisado. Ana franze a testa, formando aquele pequeno *v* que eu adoro acima do nariz. Quero beijá-lo, como já fiz.

— Você a conhece? — pergunto.

Ela balança a cabeça, franzindo ainda mais a testa. Dou de ombros. *Bem, isso é Portland.*

— O que você quer beber?

— Vinho branco, obrigada.

Enquanto sigo para o bar, ouço um grito animado.

— Ana!

Eu me viro e vejo *aquele cara* com os braços em volta da minha garota.

Que inferno.

Não consigo ouvir o que estão conversando, mas Ana fecha os olhos, e por um instante terrível acho que vai começar a chorar. Mas ela mantém a compostura enquanto ele a segura com os braços esticados, observando-a.

Sim, ela está magra desse jeito por minha causa.

Tento conter a culpa que sinto, embora tenha a impressão de que ela está tentando tranquilizá-lo. Por outro lado, ele parece interessado para cacete nela. Interessado demais. A raiva irrompe no meu peito. Ana diz que José é só um amigo, mas é evidente que não é assim que ele se sente. Ele quer mais.

Cai fora, cara, ela é minha.

— O trabalho dele é impressionante, não acha?

Um jovem calvo com uma camisa espalhafatosa me distrai.

— Ainda não olhei direito — respondo, e me viro para o barman. — É só isso que vocês têm?

— Aham. Tinto ou branco? — pergunta ele, parecendo desinteressado.

— Duas taças de vinho branco — resmungo.

— Acho que você vai ficar impressionado. Rodriguez tem um olhar único — diz o idiota com aquela camisa irritante.

Eu o ignoro e dou uma olhada em Ana. Ela está me encarando, os olhos grandes e brilhantes. Meu sangue ferve, e é impossível desviar os olhos. Ela é um farol na multidão, e estou perdido em seu olhar. Ela está sensacional. O cabelo emoldurando o rosto e caindo em uma cascata deslumbrante que ondula sobre os seios. O vestido, mais largo do que eu lembrava, destaca suas curvas. Talvez ela o tenha escolhido de propósito. Sabe que é meu favorito, não sabe? Vestido sensual, botas sensuais...

Porra. Controle-se, Grey.

Rodriguez faz uma pergunta a Ana, que é forçada a interromper o contato visual comigo. Percebo que ela reluta em fazer isso, o que me agrada. Mas, que droga, o cara tem dentes perfeitos, ombros largos e usa um terno elegante. É um filho da puta bonitão para um maconheiro, preciso admitir. Ela assente para alguma coisa que ele diz, dando um sorriso simpático e despreocupado.

Eu gostaria que ela sorrisse assim para mim. Ele se inclina e lhe dá um beijo na bochecha. *Maldito.*

Olho com raiva para o barman.

Vamos logo, cara. Ele está demorando uma eternidade para servir o vinho, esse idiota incompetente.

Finalmente ele termina. Pego as taças, ignoro o cara ao meu lado que está falando sobre outro fotógrafo ou qualquer merda do tipo, e vou até Ana.

Pelo menos, Rodriguez a deixou em paz. Ela está distraída, contemplando uma das fotos. É uma paisagem, um lago, e não deixa de ter seu mérito, suponho. Ela me olha com uma expressão cautelosa quando lhe entrego a taça. Dou um gole rápido na minha. Caramba, que horror, um Chardonnay quente e acarvalhado demais.

— Presta? — Ela parece fazer graça, mas não sei a que está se referindo... à exposição? Ao prédio? — O vinho — esclarece.

— Não. Raramente presta neste tipo de evento. — Resolvo mudar de assunto: — O garoto é bom, não é?

— Por que outro motivo você acha que pedi a ele para fotografar você?

Seu orgulho pelo trabalho dele é óbvio. Isso me irrita. Ela o admira e se interessa pelo seu sucesso porque gosta dele. Gosta demais. Um sentimento desagradável e amargo surge no meu peito. É ciúme, uma emoção nova que só senti com ela — e da qual não gosto nem um pouco.

— Christian Grey? — Um homem vestido como um mendigo enfia uma câmera na frente do meu rosto, interrompendo meus pensamentos sombrios. — Posso tirar uma foto, senhor?

Malditos paparazzi. Quero mandar ele se foder, mas resolvo ser educado. Não quero que Sam, meu assessor, tenha que lidar com uma reclamação da imprensa.

— Claro.

Estico o braço e puxo Ana para o meu lado. Quero que todos saibam que ela é minha... se me aceitar de volta.

Não se precipite, Grey.

O fotógrafo faz alguns cliques.

— Obrigado, Sr. Grey. — Pelo menos, parece grato. — Senhorita...? — pergunta ele, querendo saber o nome dela.

— Ana Steele — responde ela, timidamente.

— Obrigado, Srta. Steele.

Ele vai embora, e Anastasia também se afasta do meu abraço. Fico desapontado ao soltá-la, então cerro os punhos para resistir ao desejo de tocá-la outra vez.

Ela me olha com curiosidade.

— Procurei na internet por fotos suas com outras mulheres, e não existe nenhuma. É por isso que Kate achava que você era gay.

— Isso explica a pergunta indecorosa.

Não consigo conter o sorriso ao me lembrar do constrangimento dela no nosso primeiro encontro: sua falta de habilidade para entrevistas, suas perguntas. *O senhor é gay, Sr. Grey?* E a minha irritação.

Isso parece ter sido há tanto tempo... Balanço a cabeça e continuo:

— Não, eu não saio com qualquer uma, Anastasia, só com você. Mas você sabe disso.

E eu queria muito, muito mais.

— Então, você nunca saiu com as suas... — ela abaixa o tom de voz e dá uma olhada por cima dos ombros para conferir se não tem alguém ouvindo — submissas?

Fica pálida ao dizer essa palavra, constrangida.

— Às vezes. Mas nunca para um encontro. Para fazer compras, você sabe.

Aqueles passeios ocasionais eram só uma distração, talvez uma recompensa por um bom comportamento submisso. A única mulher com quem quis compartilhar mais... é Ana.

— Só você, Anastasia — sussurro, e quero contar meu lado da história, perguntar sobre a minha proposta, saber o que ela acha, se vai me aceitar de volta.

No entanto, a galeria é um lugar público demais. Suas bochechas exibem aquele tom rosado delicioso que adoro, e ela observa as próprias mãos. Espero que seja porque está gostando das minhas respostas, mas não tenho certeza. Preciso tirá-la daqui e ficar sozinho com ela. Assim poderemos conversar com seriedade e comer. Quanto mais rápido virmos o trabalho do garoto, mais rápido poderemos ir embora.

— Seu amigo parece mais um cara de paisagens do que de retratos. Vamos dar uma olhada.

Estendo a mão e, para a minha alegria, ela a segura.

Caminhamos pela galeria, parando brevemente diante de cada fotografia. Por mais que eu não goste do garoto nem dos sentimentos que tem por Ana, preciso admitir que ele é muito bom. Viramos no corredor... e paramos.

Lá está ela. Sete retratos de Anastasia Steele em toda sua glória. Está estonteante de linda, natural e à vontade — rindo, fazendo careta, beicinho, pensativa, entretida, e, em um deles, melancólica e triste. Enquanto analiso os detalhes de cada fotografia, eu sei, sem sombra de dúvida, que *ele* quer ser muito mais do que um amigo.

— Parece que não sou o único — resmungo.

As fotografias são uma homenagem a ela — como cartas de amor — e estão espalhadas por toda a extensão da galeria para qualquer babaca admirar.

Ana as observa em silêncio, impressionada, tão surpresa quanto eu ao vê-las. Bem, não tem a menor chance de outra pessoa comprá-las. Eu quero as fotos. Espero que estejam à venda.

— Com licença.

Abandono Ana por um instante e me dirijo à recepção.

— Posso ajudá-lo? — diz a mulher que nos cumprimentou na chegada.

Ignorando suas piscadelas e seu sorriso provocativo, com um batom vermelho exagerado, pergunto:

— Os sete retratos pendurados lá atrás estão à venda?

Ela exibe uma expressão decepcionada, mas logo a substitui por um grande sorriso.

— A coleção Anastasia? Trabalho incrível.

Modelo incrível.

— Claro que estão à venda. Vou só conferir os preços — diz, entusiasmada.

— Quero todos — informo, pegando a carteira.

— Todos? — Ela fica surpresa.

— Sim.

Mulher irritante.

— A coleção custa quatorze mil dólares.

— Quero que sejam entregues o quanto antes.

— Mas elas devem ficar à mostra até o fim da exposição — diz ela.

Inaceitável.
Abro meu melhor sorriso, e ela acrescenta, afobada:
— Mas tenho certeza de que podemos resolver isso.
Ela se atrapalha ao passar meu cartão de crédito.
Quando volto para Ana, encontro um cara louro conversando com ela, tentando a sorte.
— Estas fotos estão fantásticas — diz ele.
Coloco a mão no cotovelo dela de maneira possessiva e lhe dirijo meu melhor olhar de "dê o fora agora".
— Você é um cara de sorte — acrescenta o rapaz, dando um passo atrás.
— Sou mesmo — respondo, dispensando ele e guiando Ana para a parede.
— Você acabou de comprar uma das fotos?
Ana aponta com a cabeça para os retratos.
— Uma das fotos? — pergunto com escárnio.
Uma? Sério?
— Você comprou mais de uma?
— Comprei todas, Anastasia.
Sei que soo condescendente, mas nem consigo imaginar outra pessoa comprando e apreciando essas fotografias, está fora de questão. Seus lábios se entreabrem numa expressão de surpresa, mas tento não deixar que isso me distraia.
— Não quero estranho nenhum cobiçando você na privacidade de sua casa.
— E você prefere que seja você? — retruca ela.
Sua resposta, embora inesperada, me diverte. Ela está me censurando.
— Para falar a verdade, sim — respondo no mesmo tom.
— Pervertido — articula ela sem emitir som, e morde o lábio, suspeito que para conter o riso.
Meu Deus, ela é desafiadora, engraçada e está certa.
— Aí está algo que não posso negar, Anastasia.
— Eu poderia desenvolver mais o assunto, mas assinei um termo de confidencialidade.
Com um olhar de desdém, ela se vira para observar mais uma vez as imagens. E lá está ela novamente: rindo de mim e banalizando meu estilo de vida. Caramba, como eu gostaria de colocá-la no seu devido lugar... de preferência, embaixo de mim ou de joelhos. Eu me inclino para mais perto e sussurro em seu ouvido:
— As coisas que eu gostaria de fazer com essa sua boca atrevida...
— Que grosseria!
Ela fica escandalizada, exibe uma expressão puritana, e as pontas das suas orelhas assumem um tom cor-de-rosa encantador.
Ah, baby, isso não é novidade.

Volto a olhar para as fotos.

— Você parece muito descontraída nessas fotografias, Anastasia. Normalmente não vejo você assim.

Ela examina os dedos de novo, hesitante, como se refletisse sobre o que dizer. Não sei no que está pensando, então estico o braço e levanto sua cabeça. Ela fica ofegante quando meus dedos tocam seu queixo.

Aquele som de novo... sinto-o na virilha.

— Queria que você se sentisse descontraída desse jeito quando está comigo.

Soo esperançoso.

Droga. Esperançoso demais.

— Você precisa parar de me intimidar, se é isso que quer — rebate ela, me surpreendendo com a franqueza dos seus sentimentos.

— E você precisa aprender a se comunicar e a me dizer como se sente! — retruco com rispidez.

Merda, vamos fazer isso aqui, agora? Prefiro que seja em particular. Ela pigarreia e se empertiga.

— Christian, você queria que eu fosse uma das suas submissas — diz, mantendo a voz baixa. — É aí que está o problema. Na própria definição de submissa, que você chegou até a me mandar por e-mail uma vez. — Ela faz uma pausa enquanto me encara, irritada. — Acho que os sinônimos eram, abre aspas: dócil, agradável, passiva, dominável, paciente, amável, inofensiva, subjugada. Eu não podia olhar para você. Não podia falar, a menos que você me desse permissão. O que você esperava?

Precisamos discutir esse assunto em particular! Por que ela está fazendo isso aqui?

— É muito confuso estar com você — continua, em um ritmo acelerado. — Você não aceita que eu o desafie, mas gosta do meu atrevimento. Você quer obediência, exceto quando não quer, para que possa me punir. Eu simplesmente não sei como me portar quando estou com você.

Ok, entendo que possa ser confuso... Mas não quero discutir esse assunto aqui. Precisamos ir embora.

— Boa resposta, como sempre, Srta. Steele. — Meu tom de voz está gélido. — Venha, vamos comer.

— Mas nós chegamos há meia hora.

— Você já viu as fotos e já falou com seu amiguinho.

— O nome dele é José — corrige ela, mais alto dessa vez.

— Você já falou com *José*, o sujeito que, na última vez em que o vi, estava tentando enfiar a língua em sua boca hesitante enquanto você caía de bêbada e passava mal — rosno.

— Ele nunca me bateu — revida ela com um olhar furioso.

Mas que inferno. Ela quer *mesmo* discutir isso agora.

Não estou acreditando. *Ela me perguntou até que ponto poderíamos chegar, porra!* A raiva surge no meu peito como uma erupção no Monte Santa Helena.

— Golpe baixo, Anastasia.

Estou fervilhando. Ela fica com o rosto vermelho, e não sei se é de vergonha ou raiva. Passo as mãos no cabelo para evitar agarrá-la e arrastá-la para fora a fim de podermos continuar discutindo em particular. Respiro fundo.

— Vou levar você para comer alguma coisa. Você está prestes a desaparecer na minha frente. Ande, vá se despedir daquele garoto.

Falo pausadamente enquanto me esforço para manter a compostura, mas ela não se mexe.

— Por favor, não podemos ficar um pouco mais?

— Não. Vá se despedir dele. Agora.

Consigo não gritar. Reconheço a teimosia no seu jeito de falar. Ela está muito brava, e apesar de tudo pelo que passei nos últimos dias, não dou a mínima. Vamos embora nem que eu tenha que pegá-la no colo e carregá-la. Ela me lança um olhar de censura e se vira rapidamente, fazendo o cabelo balançar e bater no meu ombro. Em seguida, vai atrás dele.

À medida que se afasta, me esforço para recuperar o equilíbrio. O que ela tem que mexe tanto comigo? Quero repreendê-la, bater nela, fodê-la. Aqui. Agora. E nessa ordem.

Observo o lugar. O garoto — não, Rodriguez — está com um grupinho de admiradoras. Ele nota Ana, e, esquecendo-se das fãs, a cumprimenta como se ela fosse o centro do seu maldito universo. Ouve atentamente tudo o que ela diz, em seguida a ergue nos braços e gira.

Tire suas patas gordas da minha garota.

Ela olha de relance para mim, depois passa as mãos no cabelo de José e pressiona o rosto no dele, cochichando algo no seu ouvido. Os dois continuam conversando. De perto. Os braços dele em volta dela. E ele está saboreando cada momento, porra.

Antes que eu ao menos me dê conta do que estou fazendo, começo a andar a passos largos na direção dos dois, pronto para acabar com ele. Para sua sorte, ele a solta quando me aproximo.

— Vê se não desaparece, Ana. Ah, Sr. Grey, boa noite — murmura ele, tímido e um pouco intimidado.

— Sr. Rodriguez, muito impressionante. Uma pena que *nós* precisemos voltar para Seattle. Anastasia?

Pego a mão dela.

— Tchau, José. Parabéns mais uma vez.

Ela se inclina para longe de mim, dá um beijo carinhoso no rosto corado de Rodriguez, e quase infarto com isso. Preciso reunir todo meu autocontrole para não colocá-la sobre o ombro. Em vez disso, eu a arrasto pela mão até a porta, e vamos para fora. Ela vem tropeçando atrás de mim, tentando acompanhar meus passos, mas não ligo.

Agora eu só quero...

Vejo um beco. Corro até lá com ela, e antes de perceber o que estou fazendo, pressiono-a na parede. Agarro seu rosto entre as mãos, colando seu corpo no meu à medida que raiva e desejo se misturam num coquetel inebriante e explosivo. Puxo seus lábios com os meus, e nossos dentes se esbarram, mas minha língua entra na sua boca. Tem gosto de vinho barato e da deliciosa e doce Ana.

Ah, esta boca.

Eu estava com saudade desta boca.

Ela me provoca. Seus dedos estão no meu cabelo, puxando com força. Ela geme na minha boca, me dando mais acesso, e está retribuindo meu beijo, liberando a paixão que sente, a língua enroscada na minha. Provando. Recebendo. Dando.

Sua ansiedade é inesperada. O desejo irradia pelo meu corpo, como um incêndio florestal se alastrando pelo mato seco. Estou tão excitado... Eu a quero agora, aqui, neste beco. E o que eu pretendia que fosse um beijo de punição, de marcação de território, torna-se algo diferente.

Ela quer a mesma coisa.

Também sentiu saudade.

E isso é mais do que excitante.

Gemo em resposta, desarmado.

Com uma das mãos, seguro sua nuca enquanto nos beijamos. A mão livre passeia pelo seu corpo, e me familiarizo outra vez com suas curvas: seu peito, sua cintura, sua bunda, sua coxa. Ela geme quando meus dedos alcançam a barra do vestido e começam a puxá-lo para cima. Meu objetivo é arrancá-lo, fodê-la aqui. Torná-la minha outra vez.

A sensação de tocá-la.

É inebriante, e eu a quero como nunca.

Ao longe e através da neblina do meu tesão, ouço uma sirene de polícia.

Não! Não! Grey!

Assim não. Controle-se.

Eu me afasto, olhando para ela de cima, ofegante e furioso para cacete.

— Você. É. Minha! — rosno, e me afasto à medida que recupero a razão. — Pelo amor de Deus, Ana.

Eu me curvo, as mãos nos joelhos, tentando recobrar o fôlego e acalmar meu corpo em convulsão. A ereção que ela provocou em mim chega a ser dolorosa.

Alguém já me afetou deste jeito? Alguma vez?
Caramba! Quase trepei com ela em um beco.
Isso é ciúme. É esta a sensação: de ter as entranhas arrancadas, de perder todo o controle. Não gosto. Não gosto nem um pouco.

— Sinto muito — diz ela com a voz rouca.
— Acho bom. Eu sei o que você estava fazendo. Você quer aquele fotógrafo, Anastasia? Ele obviamente sente algo por você.
— Não. — Sua voz é suave e ofegante. — Ele é só um amigo.

Pelo menos, ela parece arrependida, o que ajuda a me acalmar um pouco.

— Passei toda a minha vida adulta tentando evitar emoções extremas. Mas você... você desperta sentimentos em mim que me são completamente desconhecidos. É muito... — Fico sem palavras. Não consigo encontrar vocabulário para descrever o que sinto. Estou descontrolado e perdido. — Perturbador. — É o melhor que consigo. — Eu gosto de ter controle, Ana, mas com você isso... — eu olho para ela de cima — desaparece.

Seus olhos estão repletos de promessas carnais, e seu cabelo está bagunçado e sexy, na altura dos seios. Esfrego a nuca, grato por ter recuperado algum autocontrole.

Olhe como fico perto de você, Ana. Está vendo?

Passo a mão no cabelo, respirando fundo para tentar clarear os pensamentos. Pego sua mão.

— Venha, nós precisamos conversar.
Antes de eu foder você.
— E você precisa comer.

Tem um restaurante perto do beco. Não é o que eu escolheria para um reencontro, se é isso que estamos tendo, mas vai servir. Vai ter que ser rápido. Taylor vai chegar logo.

Abro a porta para ela.

— Isto vai ter de servir. Não temos muito tempo.

O restaurante parece ter como foco o público da galeria, e talvez estudantes. É irônico que as paredes sejam da mesma cor que o meu quarto de jogos, mas logo afasto esse pensamento.

Um garçom simpático nos conduz até uma mesa em um lugar reservado. Ele é só sorrisos para Anastasia. Dou uma olhada no cardápio escrito em um quadro-negro na parede e decido fazer o pedido antes de o garçom se afastar, mostrando que estamos com pressa.

— Dois bifes ao ponto, molho béarnaise, se você tiver, batatas fritas e legumes cozidos, qualquer um que tiver na cozinha. E traga a carta de vinhos.

— Claro, senhor — diz ele, saindo apressado.

Ana aperta os lábios, irritada.

O que foi desta vez?

— E se eu não gostar de bife?

— Não comece, Anastasia.

— Não sou criança, Christian.

— Então pare de agir como uma.

— Então eu sou uma criança porque não gosto de bife?

Ela não esconde sua petulância.

Não!

— Você é uma criança por causar ciúmes em mim deliberadamente. É uma coisa infantil de se fazer. Você não tem consideração pelos sentimentos do seu amigo, usando-o daquele jeito?

Ela enrubesce enquanto observa as próprias mãos.

Sim. Você deveria sentir vergonha. Está confundindo o garoto. Até eu percebo isso.

Será que está fazendo a mesma coisa comigo? Só me iludindo?

Durante o tempo que passamos separados, talvez finalmente ela tenha percebido que tem poder. Poder sobre mim.

O garçom retorna com a carta de vinhos, o que me dá a chance de recuperar a calma. A seleção é modesta: só há um vinho bebível no menu. Olho para Anastasia, que está emburrada. Conheço essa expressão. Talvez ela quisesse ter escolhido o próprio prato. Não consigo resistir a brincar com ela, sabendo que não entende quase nada de vinho.

— Gostaria de escolher o vinho? — pergunto, ciente de que soo sarcástico.

— Escolha você — responde ela, com os lábios comprimidos.

Isso aí. É melhor não brincar comigo, baby.

— Duas taças de Barossa Valley Shiraz, por favor — digo ao garçom, que aguarda.

— Hum... nós só vendemos esse vinho pela garrafa, senhor.

— Uma garrafa, então.

Seu babaca idiota.

— Certo.

Ele se afasta.

— Você está muito mal-humorado — diz ela, sem dúvida com pena do garçom.

— Eu me pergunto o motivo.

Mantenho a expressão neutra, mas até aos meus próprios ouvidos sou *eu* que agora pareço infantil.

— Bem, é bom definir o tom adequado para uma discussão íntima e sincera a respeito do futuro, não acha?

Ela me dá um sorriso sentimental.

Ah, olho por olho, Srta. Steele. Ela me desafiou outra vez, e não deixo de admirar sua coragem. Percebo que essa disputa não vai nos levar a lugar algum.

E estou sendo um idiota.

Não acabe com suas chances, Grey.

— Desculpe — digo, porque ela está certa.

— Está desculpado. E fico muito feliz de informar que não resolvi virar vegetariana desde a nossa última refeição.

— Considerando que *aquela* foi a última refeição que você fez, acho que essa é uma questão a ser discutida.

— E temos mais uma "questão a ser discutida".

— Uma questão a ser discutida — repito sem emitir som.

Sim, essa expressão. Lembro-me de tê-la usado pela última vez enquanto discutíamos nosso acordo na manhã de sábado. O dia em que meu mundo caiu.

Porra. Não pense nisso. Seja homem, Grey. Diga a ela o que quer.

— Ana, na última vez em que conversamos, você me deixou. Estou um pouco nervoso. Eu disse a você que a quero de volta, e você não disse... nada.

Ela morde o lábio e fica pálida.

Ah, não.

— Senti sua falta... de verdade, Christian — diz, baixinho. — Os últimos dias têm sido... difíceis.

Difícil é eufemismo.

Ela engole em seco e respira fundo. Isso não parece um bom sinal. Talvez meu comportamento durante a última hora finalmente a tenha afastado. Fico tenso. Aonde ela quer chegar?

— Nada mudou. Eu não posso ser o que você quer que eu seja.

Sua expressão é sombria.

Não. Não. Não.

— Você é o que eu quero que você seja.

Você é tudo o que eu quero que você seja.

— Não, Christian, eu não sou.

Ah, baby, por favor, acredite em mim.

— Você está chateada por causa do que aconteceu da última vez. Eu fui estúpido, e você... você também. Por que você não usou a palavra de segurança, Anastasia?

Ela fica surpresa, como se não tivesse pensado nisso antes.

— Responda — peço.

Isso vem me assombrando. *Por que você não usou a palavra de segurança, Ana?*

Ela se curva na cadeira. Triste. Derrotada.

— Eu não sei — sussurra.

O quê?

O QUÊ?

Fico sem palavras. Venho me sentindo mal para caramba porque ela não usou a palavra de segurança. Mas, antes de eu me recuperar, as palavras começam a sair da sua boca. Em tom baixo, suave, como se estivesse em um confessionário, como se sentisse vergonha.

— Foi demais para mim. Eu estava tentando ser o que você queria que eu fosse, tentando lidar com a dor, e a palavra sumiu da minha cabeça. — Seu olhar está vazio, e ela dá levemente de ombros como se pedisse desculpas. — Sabe... eu esqueci.

Mas que inferno.

— Você esqueceu!

Estou em choque. Passamos por essa merda toda porque ela *esqueceu?*

Não estou acreditando. Eu me agarro à mesa para me prender ao presente enquanto absorvo essa informação alarmante.

Será que eu lhe lembrei as palavras de segurança? *Meu Deus.* Não me recordo. O e-mail que Ana me mandou na primeira vez que bati nela me vem à memória.

Ela não me interrompeu daquela vez.

Sou um idiota.

Eu deveria ter lhe lembrado.

Espere aí. Ela sabe que existem palavras de segurança. Lembro que disse isso mais de uma vez.

— Não temos um contrato assinado, Anastasia. Mas já discutimos limites. E quero reiterar que temos palavraas de segurança, tudo bem?

Ela pisca algumas vezes, mas permanece calada.

— Quais são? — pergunto em tom autoritário.

Ela hesita.

— Quais são as palavras de segurança, Anastasia?

— Amarelo.

— E?

— Vermelho.

— Lembre-se delas.

Ela ergue uma sobrancelha no que obviamente é uma atitude de escárnio e está prestes a dizer algo.

— Não comece com suas gracinhas aqui, Srta. Steele. Senão vou te foder ajoelhada. Entendeu?

— Como posso confiar em você? Em qualquer situação?

Se ela não consegue ser sincera comigo, que esperança temos? Ela não pode me dizer o que acha que quero ouvir. Que tipo de relacionamento é esse? Fico arrasado. Esse é o problema em lidar com alguém que não tem meu estilo de vida. Ela não entende.

Eu nunca deveria ter corrido atrás dela.

O garçom chega com o vinho enquanto nos encaramos com incredulidade.

Talvez eu devesse ter explicado melhor para ela.

Puta merda, Grey. Deixe de ser negativo.

Sim. É irrelevante agora. Vou tentar um relacionamento do jeito de Ana, se ela permitir.

O idiota irritante demora demais para abrir a garrafa. Caramba. Será que está tentando nos entreter? Ou só quer impressionar Ana? Por fim, ele tira a rolha e serve um pouco para eu experimentar. Dou um pequeno gole. Precisa respirar, mas é passável.

— Está ótimo.

Agora, saia daqui. Por favor.

Ele nos serve e se afasta.

Ana e eu nos encaramos, cada um tentando descobrir o que o outro está pensando. Ela é a primeira a desviar o olhar, depois toma um gole do vinho, fechando os olhos como se buscasse inspiração. Quando volta a abri-los, noto seu desespero.

— Desculpe — sussurra.

— Por que está se desculpando?

Droga. Será que ela vai terminar comigo? Será que não há esperança?

— Por não ter usado a palavra de segurança.

Ah, graças a Deus. Achei que fosse o fim.

— Talvez pudéssemos ter evitado todo esse sofrimento — resmungo em resposta, tentando esconder meu alívio.

— Você parece bem. — Sua voz está trêmula.

— As aparências enganam. Não estou nem um pouco bem. Eu sinto como se o Sol tivesse se posto e não tivesse nascido por cinco dias, Ana. Estou vivendo uma noite infinita.

Ouço um discreto suspiro de surpresa.

Como ela achava que eu me sentia? Ela me deixou depois de eu ter quase implorado para que ficasse.

— Você disse que nunca iria me deixar, mas foi só as coisas ficarem difíceis para que saísse porta afora.

— Quando foi que eu disse que nunca iria deixar você?

— Dormindo. — Antes de irmos planar. — Foi a coisa mais reconfortante que ouvi em muito tempo, Anastasia. Isso me fez relaxar.

Ela inspira com força. Sua compaixão evidente e sincera está estampada em seu lindo rosto quando ela pega a taça de vinho. É a minha chance.

Pergunte a ela, Grey.

Faço a única pergunta sobre a qual não venho me permitindo pensar por saber que tenho pavor da resposta, seja qual for. Mas estou curioso. Preciso saber.

— Você disse que me amava — sussurro, quase engasgando com as palavras. Não é possível que ela ainda sinta a mesma coisa. Ou é? — Isso ficou no passado?

— Não, Christian, não ficou — responde ela, como se estivesse no confessionário outra vez.

Eu não estava preparado para o alívio que me invade. Mas é um alívio misturado com medo. É uma combinação confusa, porque sei que ela não deveria amar um monstro.

— Que bom — balbucio, confuso.

Quero parar de pensar nisso agora e, com o timing perfeito, o garçom retorna com a nossa refeição.

— Coma — ordeno.

Essa mulher precisa se alimentar.

Ela olha para o prato com insatisfação.

— Eu juro, Anastasia, se você não comer, vou colocá-la de bruços no meu colo e dar umas palmadas em você aqui neste restaurante, e não vai ter nada a ver com a minha satisfação sexual. Coma!

— Tudo bem, vou comer. Controle sua mão nervosa, por favor.

Ela está tentando fazer graça, mas não estou rindo. Ela está definhando. Pega os talheres com uma relutância teimosa, dá uma garfada, fecha os olhos e lambe os lábios com satisfação. A visão da língua dela provoca uma reação no meu corpo já excitado depois do nosso beijo no beco.

Que inferno, de novo, não! Interrompo minha reação. Teremos tempo para isso depois, *se* Ana disser sim. Ela dá outra garfada, e mais uma, e sei que continuará comendo. Fico grato pela distração oferecida pela comida. Corto meu filé e dou uma garfada. Não está ruim.

Continuamos comendo, olhando um para o outro, mas sem dizer nada.

Ela não me mandou dar o fora. Isso é bom. E, enquanto a observo, percebo como estou gostando de sua companhia. Tudo bem, estou rodeado por todo tipo de emoções conflituosas... mas ela está aqui. Ainda está comigo, comendo. Tenho esperança de que minha proposta dê certo. Sua reação ao beijo no beco foi... visceral. Ela ainda me quer. Sei que poderíamos ter fodido ali mesmo; ela não teria me impedido.

Ela interrompe meu devaneio.

— Você sabe quem está cantando?

Ouvimos uma voz lírica feminina e suave no sistema de som do restaurante. Não sei quem é, mas concordamos que é boa.

Ao ouvir a cantora, lembro que tenho o iPad para Ana. Espero que ela aceite o presente, e que goste. Além das músicas que baixei ontem, ainda acrescentei mais coisas de manhã: fotos do planador na minha mesa e de nós dois na cerimônia de formatura dela, além de alguns aplicativos. É meu pedido de desculpas, e espero que a mensagem simples que gravei no verso dele transmita meus sentimentos. Espero que ela não ache cafona demais. Só falta entregar para ela, mas não sei se chegaremos a esse ponto. Reprimo um suspiro, porque Ana nunca aceitou meus presentes com facilidade.

— O que foi? — pergunta ela.

Sabe que tenho algo em mente, e não é a primeira vez que me pergunto se ela consegue ler meus pensamentos.

Balanço a cabeça.

— Coma.

Seus olhos azuis cintilantes me observam.

— Não consigo. Já comi o bastante para o senhor?

Ela está tentando me incitar de propósito? Examino sua expressão, mas ela parece estar sendo sincera, e comeu mais da metade do prato. Se não comeu nada nos últimos dias, provavelmente já comeu o suficiente esta noite.

— Estou satisfeita — acrescenta.

Como se tivesse sido combinado, meu celular vibra no bolso da jaqueta, indicando que chegou uma mensagem. Deve ser de Taylor, que provavelmente já está quase na galeria. Olho para o relógio.

— Temos que ir daqui a pouco. Taylor chegou, e amanhã você tem que acordar cedo para trabalhar.

Eu não tinha pensado nisso antes. Ela agora trabalha, precisa dormir. Talvez eu tenha que rever meus planos e as expectativas do meu corpo. A possibilidade de não atender aos meus desejos me desagrada.

Ana me lembra que também trabalho amanhã.

— Eu preciso de muito menos horas de sono do que você, Anastasia. Pelo menos você comeu alguma coisa.

— Não vamos voltar no *Charlie Tango*?

— Não, achei que eu talvez fosse beber. Taylor vai nos levar de volta. Além do mais, desse jeito, pelo menos tenho você no carro só para mim por algumas horas. O que podemos fazer além de conversar?

E posso apresentar minha proposta a ela.

Pouco à vontade, eu me remexo na cadeira. A terceira fase da campanha não foi tão fácil quanto eu imaginara.

Ela me deixou com ciúme.

Perdi o controle.

Sim. Como de costume, ela me desarmou. Mas posso virar o jogo e fechar o acordo no carro.

Não desista, Grey.

Chamo o garçom e peço a conta. Em seguida, ligo para Taylor. Ele atende no segundo toque.

— Sr. Grey.

— Estamos no Le Picotin, Terceira Avenida, South West — informo e desligo.

— Você é muito grosso com Taylor. Aliás, com a maioria das pessoas.

— Só vou direto ao ponto, Anastasia.

— Você ainda não foi direto ao ponto esta noite. Nada mudou, Christian.

Touché, Srta. Steele.

Diga a ela. Diga agora, Grey.

— Tenho uma proposta para você.

— Tudo isso começou com uma proposta.

— Uma proposta diferente — explico.

Acho que ela fica um pouco cética, mas talvez também esteja curiosa. O garçom volta e lhe entrego meu cartão, mas mantenho a atenção fixa em Ana. Bem, pelo menos ela está intrigada.

Que bom.

Meu coração dispara. Espero que ela aceite... ou realmente estarei perdido. O garçom me entrega o recibo para assinar. Acrescento uma gorjeta obscena e assino com um floreio. O garçom parece exageradamente grato. E continua sendo irritante.

Meu telefone vibra e olho a mensagem. Taylor chegou. O garçom me devolve o cartão e desaparece.

— Vamos. Taylor está lá fora.

Nós nos levantamos, e seguro a mão dela.

— Não quero perder você, Anastasia — murmuro, erguendo sua mão e roçando meus lábios nos nós dos seus dedos. Sua respiração acelera.

Ah, esse som.

Olho para o rosto dela. Seus lábios estão entreabertos, as bochechas, rosadas, e os olhos, bem abertos. Essa visão me enche de esperança e desejo. Reprimo meus impulsos e a conduzo pelo restaurante até lá fora, onde Taylor nos aguarda no Audi Q7. Penso que Ana pode ficar relutante em conversar se ele estiver no banco da frente.

Tenho uma ideia. Abro a porta traseira para ela entrar e depois sigo até o lado do motorista. Taylor se levanta para abrir a porta para mim.

— Boa noite, Taylor. Você está com o seu iPod e fones de ouvido?
— Sim, senhor, nunca saio de casa sem eles.
— Ótimo. Use-os no trajeto para casa.
— Pois não, senhor.
— O que vai ouvir?
— Puccini, senhor.
— Tosca?
— La Bohème.
— Ótima escolha.

Sorrio.

Como sempre, ele me surpreende. Sempre imaginei que seu gosto musical estivesse mais para country e rock. Respirando fundo, entro no carro. Estou prestes a negociar o acordo mais importante da minha vida.

Eu a quero de volta.

Taylor aperta play no aparelho de som do carro, e as notas envolventes de Rachmaninov ressoam baixinho ao fundo. Ele me olha por um segundo pelo retrovisor e sai para o tráfego noturno tranquilo.

Anastasia está olhando para mim quando me viro para encará-la.

— Como eu estava dizendo, Anastasia, tenho uma proposta para você.

Ela lança um olhar ansioso para Taylor, como eu sabia que faria.

— Ele não pode nos ouvir.
— Como não? — pergunta, parecendo confusa.
— Taylor — chamo.

Ele não responde. Eu o chamo outra vez, então me inclino e toco seu ombro. Ele tira um dos fones do ouvido.

— Sim, senhor?
— Obrigado, Taylor. Pode voltar para a sua música.
— Certo, senhor.
— Feliz, agora? Ele está ouvindo seu iPod. Puccini. Esqueça que ele está aqui. É o que eu faço.
— Você pediu a ele para fazer isso?
— Pedi.

Ela pisca, surpresa.

— Certo, e a sua proposta? — pergunta, hesitante e apreensiva.

Também estou nervoso, baby. Lá vamos nós. *Não estrague tudo, Grey.*

Como começar?

Respiro fundo.

— Primeiro preciso perguntar uma coisa. Você quer um relacionamento baunilha, sem nenhuma trepada sacana?

— Trepada sacana? — sussurra ela com voz aguda, incrédula.

— Trepada sacana.

— Não acredito que você falou isso.

Ela lança outro olhar ansioso para Taylor.

— Bem, falei. Responda.

— Eu gosto de uma trepada sacana — murmura.

Ah, baby, eu também.

Estou aliviado. Primeiro passo... ok. *Mantenha a calma, Grey.*

— É o que eu achava. Então, do que você não gosta?

Ela fica em silêncio por um instante, e sei que está me avaliando sob a luz e as sombras dos postes intermitentes.

— Da ameaça de punição cruel e incomum — responde.

— Como assim?

— Bem, você tem todas aquelas... — Ela se interrompe, olhando mais uma vez para Taylor e abaixando o tom de voz. — Varas, chicotes e outras coisas no seu quarto de jogos, e isso me assusta para cacete. Eu não quero que você use aquilo comigo.

Isso eu já havia percebido sozinho.

— Certo, então nada de chicotes ou varas... nem de cintos — acrescento, sem conseguir disfarçar a ironia na voz.

— Você está tentando redefinir os limites rígidos? — pergunta ela.

— Não exatamente, só estou tentando entender você, formar uma imagem mais clara do que você gosta e do que não gosta.

— Basicamente, Christian, é difícil lidar com seu prazer em me infligir dor. E com a ideia de que você vai fazer isso porque eu cruzei alguma espécie de linha arbitrária.

Droga. Ela me conhece. Já viu o monstro. Não vou abordar essas questões, ou vou arruinar minha chance. Ignoro o primeiro comentário e me concentro no segundo ponto.

— Mas não é arbitrária, as regras estão escritas.

— Não quero um conjunto de regras.

— Nenhuma regra?

Puta merda... Assim ela poderia me tocar. Como posso me proteger disso? E se ela fizer alguma coisa idiota que a coloque em perigo?

— Nenhuma regra — declara ela, balançando a cabeça para enfatizar.

Ok, a pergunta de um milhão de dólares:

— Mas você não se importa se eu bater em você?

— Com o quê?

— Com isso.

Levanto a mão.

Ela se remexe no banco, e uma doce e silenciosa alegria cresce dentro de mim. *Ah, baby, adoro quando você se remexe.*

— Não, não me importo. Principalmente com aquelas bolas prateadas...

Meu pau começa a ficar duro só de imaginar. *Merda.* Cruzo as pernas.

— Sim, aquilo foi divertido.

— Mais do que divertido — acrescenta ela.

— Então, você pode lidar com alguma dor.

A esperança transparece pela minha voz.

— Acho que sim.

Ela dá de ombros.

Ok. Então talvez a gente consiga construir um relacionamento com base nisso. *Respire fundo, Grey, apresente os termos.*

— Anastasia, eu quero começar de novo. Começar pela parte baunilha e, depois, quem sabe, quando você confiar mais em mim e eu achar que você está sendo sincera e é capaz de se comunicar comigo, a gente possa seguir em frente e fazer algumas das coisas que eu gosto de fazer.

É isso.

Puta que pariu. Meu coração acelera; meu sangue lateja, parecendo um tambor nos meus ouvidos enquanto aguardo a reação dela. Minha felicidade está em jogo. E ela diz... nada! Olha para mim ao passarmos por um poste, e a enxergo claramente. Está me analisando. Seus olhos continuam inacreditavelmente grandes em seu lindo rosto mais magro e triste.

Ah, Ana.

— Mas e os castigos? — pergunta, por fim.

Fecho os olhos. Não é um não.

— Nada de castigos. Zero.

— E as regras?

— Nada de regras.

— Nenhuma regra? Mas você tem as suas necessidades... — Sua voz falha.

— Preciso mais de você do que delas, Anastasia. Esses últimos dias têm sido um inferno. Todos os meus instintos me dizem para deixar você ir, que eu não mereço você. As fotos que aquele cara tirou... Eu vejo como ele a enxerga. Você parece tão despreocupada e bonita, não que não esteja bonita agora, mas aqui está você. Eu vejo a sua dor. E é difícil saber que fui eu que fiz você se sentir assim.

Isso está me matando, Ana.

— Mas eu sou um sujeito egoísta. Eu quis você desde que caiu em meu escritório. Você é delicada, honesta, afetuosa, forte, inteligente, inocente de um modo sedutor; a lista é interminável. Você me deixa bobo. Eu quero você, e a ideia de que outra pessoa possa possuir você é como uma faca perfurando minha alma negra.

Merda. Floreios demais, Grey! Demais.

É como se eu estivesse possuído. Vou assustá-la.

— Christian, por que você acha que tem uma alma negra? — Ela aumenta o tom de voz, me surpreendendo. — Eu jamais diria isso. Triste, talvez, mas você é um homem bom. Eu sei que é... Você é generoso, é gentil e nunca mentiu para mim. E eu não me esforcei muito. Sábado passado foi um choque. Foi o meu grito de alerta. Eu percebi que até então você tinha pegado leve comigo, e que eu não poderia ser a pessoa que você queria que eu fosse. Então, depois que saí, eu me dei conta de que a dor física a que você me submeteu não era tão ruim quanto a dor de perdê-lo. Eu quero agradá-lo, mas é muito difícil.

— Você me agrada o tempo todo. — *Quando ela vai entender? — Quantas vezes eu tenho de dizer isso?*

— Eu nunca sei o que você está pensando.

Ela não sabe? Baby, você me lê como a um dos seus livros; com a diferença de que não sou herói. Nunca serei herói.

— Às vezes você é tão distante... como uma ilha — continua. — Você me intimida. É por isso que eu fico quieta. Eu não sei para que lado o seu humor vai se dirigir. Ele se altera de um extremo a outro num milésimo de segundo. Isso me confunde, e você não me deixa tocar seu corpo, e eu quero tanto demonstrar o quanto amo você.

Meu peito é tomado por ansiedade, e meu coração começa a martelar. Ela disse outra vez; as palavras poderosas que não consigo suportar. E ser tocado. Não. Não. *Não.* Ela não pode me tocar. Mas, antes que eu consiga responder, antes que a escuridão me domine, ela desafivela o cinto de segurança, desliza pelo banco e se senta no meu colo, me emboscando. Coloca uma mão de cada lado da minha cabeça, olhando nos meus olhos, e prendo a respiração.

— Eu amo você, Christian Grey — diz. — E você está disposto a fazer tudo isso por mim. Sou eu quem não merece isso, e eu lamento não poder fazer todas aquelas coisas por você. Talvez com o tempo... eu não sei... mas, sim, aceito a sua proposta. Onde eu assino?

Ela envolve meu pescoço e me abraça, a bochecha quente encostada na minha.

Não consigo acreditar no que estou ouvindo.

A ansiedade se transforma em alegria. O sentimento cresce no meu peito, me iluminando da cabeça aos pés e irradiando calor. Ela vai tentar. Vai voltar para mim. Não a mereço, mas a tenho de volta. Eu a abraço com força, enfiando o nariz no seu cabelo cheiroso, enquanto alívio e um caleidoscópio de emoções felizes preenchem o vazio que venho carregando dentro de mim desde que ela se foi.

— Ah, Ana — sussurro, abraçando-a, surpreso demais e... satisfeito demais para falar alguma coisa.

Ela se aconchega nos meus braços, a cabeça apoiada no meu ombro, e ouvimos Rachmaninov. Relembro suas palavras.

Ela me ama.

Repasso a frase na minha cabeça e no que restou do meu coração, engolindo o medo que surge na minha garganta conforme as palavras ressoam dentro de mim.

Eu consigo.

Posso viver com isso.

Preciso. Tenho que protegê-la, proteger seu coração vulnerável.

Respiro fundo.

Eu consigo.

Menos a parte do toque. Isso eu não consigo. Preciso fazê-la entender, controlar suas expectativas. Delicadamente, acaricio suas costas.

— Toque é um de meus limites rígidos, Anastasia.

— Eu sei. Gostaria de entender por quê.

Sua respiração arrepia meu pescoço.

Devo contar? Por que ela iria querer saber dessa merda toda? Da minha merda? Talvez eu possa dar uma pista, uma dica.

— Eu tive uma infância terrível. Um dos cafetões da prostituta drogada...

Aí ESTÁ VOCÊ, SEU merdinha.

Não. Não. Não. A queimadura, não.

Mamãe! Mamãe!

Ela não consegue ouvir, seu verme de bosta.

Ele agarra meu cabelo e me puxa de debaixo da mesa da cozinha.

Ai. Ai. Ai.

Ele está fumando. O cheiro. Cigarro. É um cheiro nojento. Como algo velho e podre. Ele está sujo. Feito lixo. Esgoto. Está bebendo alguma coisa marrom. Direto da garrafa.

E mesmo que conseguisse, ela não dá a mínima, grita.

Ele sempre grita.

Ele me dá um tapa no rosto. E outro. E outro. Não. Não.

Luto contra ele. Mas ele ri. E traga o cigarro outra vez. A ponta brilha num tom vermelho-alaranjado.

A queimadura, diz ele.

A dor. A dor. A dor. O cheiro.

Queima. Queima. Queima.

Dor. Não. Não. Não.
Eu urro.
Urro.
Mamãe! Mamãe!
Ele ri sem parar. Faltam-lhe dois dentes.

Estremeço enquanto minhas memórias e meus pesadelos flutuam como a fumaça do cigarro velho dele, enevoando meu cérebro, arrastando-me para uma época de medo e impotência.

Digo a Ana que me lembro de tudo, e ela me abraça mais forte. Seu rosto está apoiado no meu pescoço. Sua pele macia e quente roça na minha, me trazendo de volta ao presente.

— Ela maltratava você? Sua mãe?

A voz de Ana sai rouca.

— Não que eu me lembre. Ela era negligente. Não me protegia do cafetão.

Ela era uma inútil patética e ele era um filho da puta doente.

— Acho que era eu que cuidava dela. Quando ela finalmente se suicidou, levou quatro dias para alguém se dar conta e nos encontrar... Disso eu me lembro.

Fecho os olhos e vejo as vagas imagens sem som da minha mãe caída no chão, eu a cobrindo com o cobertor e me encolhendo ao seu lado.

Anastasia arqueja.

— Isso é horrível de muitas maneiras.

— Cinquenta.

Ela beija meu pescoço, a pressão delicada e suave dos seus lábios na minha pele. E sei que não é pena o que ela quer transmitir. É conforto; talvez até compreensão. Minha doce e compassiva Ana.

Aperto-a com mais firmeza e beijo seu cabelo enquanto ela se aninha nos meus braços.

Baby, isso foi há muito tempo.

Minha exaustão começa a se manifestar. Várias noites em claro atormentadas por pesadelos estão cobrando seu preço. Estou cansado. Quero parar de pensar. Ana é meu apanhador de sonhos. Nunca tive pesadelos enquanto ela dormia ao meu lado. Recostando-me, fecho os olhos, sem dizer nada, pois não tenho mais nada a dizer. Ouço a música e, quando termina, escuto apenas sua respiração tranquila e ritmada. Anastasia dormiu. Está exausta. Como eu. Percebo que não posso passar a noite com ela. Se eu fizer isso, ela não vai dormir. Eu a abraço, gostando de sentir seu peso, honrado por ela conseguir dormir em cima de mim. É impossível conter um sorriso orgulhoso. Consegui. Eu a reconquistei. Agora só preciso mantê-la ao meu lado, o que já será um grande desafio.

Meu primeiro relacionamento baunilha... Quem poderia imaginar? Fechando os olhos, visualizo a expressão de Elena quando eu lhe contar. Ela terá muito a dizer, sempre tem...

— *A julgar pela sua postura, sei que você tem algo para me contar.*
Ouso levantar o olhar para Elena, cujos lábios vermelhos formam um sorriso. Ela cruza os braços, o açoite na mão.
— *Sim, senhora.*
— *Você tem permissão para falar.*
— *Consegui uma vaga em Harvard.*
Ela me dirige um olhar irritado.
— *Senhora* — acrescento rapidamente, então encaro meus pés.
— *Entendo.*
Ela anda ao meu redor. Estou nu no seu porão. O ar frio da primavera acaricia minha pele, mas é a antecipação do que está por vir que deixa todos os meus pelos arrepiados. Isso e o cheiro do seu perfume caro. Meu corpo começa a reagir. Ela ri.
— *Controle-se!* — grita, e o açoite golpeia minhas coxas.
E eu tento, de verdade, controlar meu corpo.
— *Se bem que talvez você deva ser recompensado por bom comportamento* — ronrona ela.
E me bate novamente, dessa vez no peito, porém com menos força, mais como uma brincadeira.
— *É uma conquista e tanto entrar em Harvard, meu querido bichinho de estimação.*
O açoite corta o ar outra vez, queimando minhas nádegas, e minhas pernas estremecem.
— *Parado* — alerta ela.
E me recomponho, aguardando o próximo golpe.
— *Então, você vai me deixar* — sussurra, e o açoite atinge minhas costas.
Arregalo os olhos e a encaro, assustado.
Não. Nunca.
— *Olhe para baixo* — ordena ela.
Eu olho para os meus pés enquanto o pânico me domina.
— *Você vai me deixar e ficar com uma universitariazinha.*
Não. Não.
Ela agarra meu rosto, as unhas penetrando minha pele.
— *Você vai.*

Seus gélidos olhos azuis queimam os meus, os lábios vermelhos contorcidos num sorriso de desdém.
— *Nunca, senhora,*
Ela ri e me empurra, erguendo a mão.
Mas o golpe não vem.
Quando abro os olhos, encontro Ana na minha frente. Ela acaricia meu rosto e sorri.
— *Eu amo você* — diz.

Acordo, momentaneamente desorientado, meu coração disparado como uma sirene, e não sei se é por medo ou excitação. Estou no banco traseiro do Audi, e Ana está dormindo enroscada no meu colo.
Ana.
Ela é minha outra vez. E, por um instante, fico tonto. Um sorriso bobo surge no meu rosto, e balanço a cabeça. Será que já me senti assim? Estou animado com o futuro. Estou animado para ver aonde nosso relacionamento vai. Que coisas novas vamos experimentar. Existem tantas possibilidades...
Beijo o cabelo dela e apoio o queixo na sua cabeça. Quando olho pela janela, percebo que chegamos a Seattle. Os olhos de Taylor encontram os meus pelo retrovisor.
— Para o Escala, senhor?
— Não, para a casa da Srta. Steele.
Rugas se formam nos cantos dos olhos dele.
— Chegaremos em cinco minutos — diz.
Uau. Estamos quase em casa.
— Obrigado, Taylor.
Dormi mais do que achava ser possível no banco de trás de um carro. Não sei que horas são, mas não quero soltá-la para conferir o relógio. Olho para minha bela adormecida. Seus lábios estão levemente entreabertos, os cílios pretos fechados, sombreando o rosto. E me lembro de observá-la dormir no Heathman naquela primeira vez. Ela parecia muito relaxada, como está agora. Fico relutante em incomodá-la.
— Acorde, baby.
Beijo seu cabelo. Suas pálpebras tremem e ela abre os olhos.
— Oi — sussurro.
— Desculpe — murmura ela, sentando-se.
— Eu poderia ver você dormir para sempre, Ana.
Não precisa pedir desculpas.
— Falei alguma coisa? — Ela parece preocupada.
— Não — afirmo. — Estamos quase chegando à sua casa.
— Não estamos indo para a sua? — Ela fica surpresa.

— Não.
Ana ajeita a postura e olha para mim.
— Por que não?
— Porque você tem que trabalhar amanhã.
— Ah.
Seu beicinho deixa claro que ela está decepcionada. Quero dar uma gargalhada.
— Por quê? Tinha algo em mente? — provoco.
Ela se contorce no meu colo.
Opa.
Uso as mãos para fazê-la parar.
— Bem, talvez — responde ela sem olhar para mim, um pouco tímida.
Não consigo conter o riso. Ela é corajosa em vários aspectos, e ao mesmo tempo muito tímida em outros. Enquanto a observo, me dou conta de que preciso fazê-la se abrir sobre sexo. Se vamos ser honestos um com o outro, ela precisa me dizer como se sente. Do que precisa. Quero que tenha bastante confiança para expressar seus desejos. Todos.
— Anastasia, não vou tocar em você de novo até que me implore.
— O quê?!
Ela parece um pouco chateada.
— Até que você comece a se comunicar comigo. Da próxima vez em que fizermos amor, você vai ter que me dizer exatamente o que quer, nos mínimos detalhes.
Isso vai lhe dar algo em que pensar, Srta. Steele.
Levanto-a do meu colo quando Taylor para na frente do apartamento dela. Desço do carro, vou até sua porta e abro para ela. Ana sai do carro com uma linda aparência sonolenta.
— Tenho uma coisa para você.
É agora. Será que ela vai aceitar meu presente? É o último passo do meu processo para ganhá-la de volta. Abro o porta-malas e pego a caixa de presente contendo um MacBook Pro, um celular e um iPad. Ela olha da caixa para mim, desconfiada.
— Só abra quando estiver dentro de casa.
— Você não vai subir?
— Não, Anastasia.
Por mais que eu quisesse, nós dois precisamos dormir.
— Então, quando vamos nos ver de novo?
— Amanhã.
— Meu chefe me chamou para tomar um drinque com ele amanhã.
O que diabo aquele filho da puta quer? Preciso pedir para Welch fazer um relatório sobre Hyde. Tem alguma coisa errada com ele que não consta no seu histórico profissional. Não confio nem um pouco nele.

— Ah, é mesmo? — Tento parecer indiferente.
— Para comemorar minha primeira semana — acrescenta, depressa.
— Onde?
— Não sei.
— Eu poderia buscar você depois disso.
— Certo... Mando um e-mail ou uma mensagem.
— Ótimo.

Caminhamos até a porta que leva ao saguão, e observo, entretido, enquanto ela revira a bolsa em busca das chaves. Destranca a porta e se vira para se despedir... e não consigo mais resistir. Eu me inclino e seguro seu queixo com os dedos. Quero beijá-la com força, mas me contenho e dou beijos delicados da testa até a boca. Ela geme, e esse som delicioso vai direto para o meu pau.

— Até amanhã — digo, sem conseguir disfarçar o tesão na voz.
— Boa noite, Christian — sussurra ela, e seu desejo ecoa o meu.

Ah, baby. Amanhã. Agora não.

— Já para dentro — ordeno, e é uma das coisas mais difíceis que já fiz: deixá-la ir sabendo que posso tê-la quando quiser.

Meu corpo ignora o gesto nobre e enrijece em antecipação. Balanço a cabeça, surpreso como sempre com o tesão que sinto por Ana.

— Até mais, baby — digo.

Viro-me para a rua e sigo até o carro, determinado a não olhar para trás. Assim que entro, me permito dar uma espiada. Ela ainda está lá, parada na porta, me observando.

Que bom.

Vá dormir, Ana, ordeno. Como se me ouvisse, ela fecha a porta, e Taylor liga o carro e segue para casa, para o Escala.

Recosto-me no banco.

Como tudo pode mudar de um dia para outro.

Sorrio. Ela é minha outra vez.

Imagino-a em seu apartamento, abrindo a caixa. Será que vai ficar brava? Ou animada?

Vai ficar brava.

Nunca foi muito receptiva com presentes.

Merda. Será que fui longe demais?

Taylor entra na garagem do Escala, e paramos na vaga ao lado do Audi A3 de Ana.

— Taylor, você pode levar o Audi da Srta. Steele para o apartamento dela amanhã?

Espero que ela também aceite o carro.

— Sim, Sr. Grey.

Deixo-o na garagem, fazendo sei lá o quê, e vou para o elevador. Ao entrar, confiro o celular para ver se ela disse algo sobre os presentes. Assim que as portas do elevador se abrem, entro no meu apartamento e recebo um e-mail.

De: Anastasia Steele
Assunto: iPad
Data: 9 de junho de 2011 23:56
Para: Christian Grey

Você me fez chorar de novo.
Amei o iPad.
Amei as músicas.
Amei o app da Biblioteca Britânica.
Amo você.
Obrigada.
Boa noite.
Bj, Ana.

Sorrio para a tela. *Lágrimas de felicidade, que ótimo!*
Ela amou.
Ela me ama.

SEXTA-FEIRA, 10 DE JUNHO DE 2011

Ela me ama.
   Foi preciso uma viagem de três horas de carro para que eu não ficasse apavorado com esse pensamento. Mas preciso lembrar que ela não me conhece de verdade. Não sabe do que sou capaz, ou por que faço o que faço. Ninguém pode amar um monstro, não importa quão generosa seja.

Prefiro afastar o pensamento, porque não quero de jeito nenhum ceder ao pessimismo.

Flynn ficaria orgulhoso.

Rapidamente, digito uma resposta para o e-mail dela.

De: Christian Grey
Assunto: iPad
Data: 10 de junho de 2011 00:03
Para: Anastasia Steele

Fico feliz que tenha gostado. Comprei um para mim também.
Se eu estivesse aí, secaria suas lágrimas com beijos.
Mas não estou, então, vá dormir.

Christian Grey
CEO, Grey Enterprises Holdings, Inc.

Eu a quero bem-disposta amanhã. Sentindo uma satisfação totalmente diferente e desconhecida, eu me alongo e vou para o quarto. Ansioso para me deitar na cama, deixo o celular na mesa de cabeceira e noto que recebi outro e-mail dela.

De: Anastasia Steele
Assunto: Sr. Rabugento
Data: 10 de junho de 2011 00:07
Para: Christian Grey

Você parece o mandão de sempre, e talvez ainda mais tenso e rabugento, Sr. Grey.
Eu sei de algo que poderia acalmá-lo. Só que você não está aqui, não me deixou ficar com você, e ainda espera que eu implore...
Vá sonhando, senhor.

Bj, Ana.
PS: Reparei que você incluiu o Hino do Perseguidor, "Every Breath You Take". Aprecio seu senso de humor, mas será que o Dr. Flynn sabe disso?

E lá está. O senso de humor de Anastasia Steele. Senti falta dele. Eu me sento na beirada da cama e respondo.

De: Christian Grey
Assunto: Calmaria zen-budista
Data: 10 de junho de 2011 00:10
Para: Anastasia Steele

Minha querida Srta. Steele,
Relacionamentos baunilha também têm palmadas, sabia? Em geral são consensuais e acontecem num contexto sexual... Mas estou mais do que feliz em abrir uma exceção.
Você vai ficar aliviada de saber que o Dr. Flynn também aprecia meu senso de humor.
Agora, por favor, vá dormir, já que amanhã não vou deixar você dormir muito. Aliás, você vai implorar, confie em mim. E eu mal posso esperar por isso.

Christian Grey
Um CEO tenso, Grey Enterprises Holdings, Inc.

Fico encarando o celular, esperando a resposta dela. Sei que não vai deixar essa passar. E, certo como dois e dois são quatro, outro e-mail chega.

De: Anastasia Steele
Assunto: Boa noite, bons sonhos
Data: 10 de junho de 2011 00:12
Para: Christian Grey

Bem, já que você está me pedindo de forma tão educada, e eu gosto da sua deliciosa ameaça, vou me recolher com o iPad que você tão gentilmente me deu e adormecer enquanto navego pela Biblioteca Britânica, ouvindo a música que diz tudo por você.

Bj,
A.

Ela gostou da minha ameaça? Caramba, ela é complicada. Então, me lembro de como ela se contorceu no carro quando falamos sobre palmadas.
Ah, baby, não é uma ameaça. É uma promessa.
Eu me levanto e vou até o closet tirar a jaqueta enquanto penso em algo para dizer. Ela quer uma abordagem mais delicada... Sei que posso pensar em algo. Então, tenho uma ideia.

De: Christian Grey
Assunto: Mais um pedido
Data: 10 de junho de 2011 00:15
Para: Anastasia Steele

Sonhe comigo.
Bj.
Christian Grey
CEO, Grey Enterprises Holdings, Inc.

Sim, sonhe comigo. Quero ser o único em sua mente. Nada daquele fotógrafo. Nada daquele chefe. Só eu. Troco de roupa rapidamente, vestindo a calça do pijama, e escovo os dentes.
Quando me deito, olho o celular novamente, mas não tem nada da Srta. Steele. Ela deve estar dormindo. Assim que fecho os olhos, percebo que não pensei em Leila nenhuma vez durante toda a noite. Anastasia me distraiu tanto, linda, engraçada...

O alarme me desperta pela primeira vez desde que ela me deixou. Tive um sono profundo e sem sonhos, e acordo revigorado. A primeira coisa em que penso é Ana. Como será que ela está agora de manhã? Será que mudou de ideia?

Não. Continue otimista.

Certo.

Fico imaginando sua rotina matinal.

Melhor.

E vou vê-la hoje à noite. Pulo da cama e visto o moletom. Vou correr pelo trajeto de sempre para dar uma olhada no prédio dela. Mas, desta vez, não vou ficar observando. Não sou mais um perseguidor.

Meus pés golpeiam o concreto. O sol atinge os prédios enquanto corro em direção à rua de Ana. Ainda está silencioso, mas o Foo Fighters toca alto enquanto corro. Será que eu deveria estar ouvindo algo mais apropriado para o meu humor? Talvez "Feeling Good". A versão de Nina Simone.

Sentimental demais, Grey. Continue correndo.

Não demoro a chegar no prédio de Ana, e não preciso parar. Hoje vou vê-la mais tarde. Por inteiro. Sentindo-me especialmente satisfeito comigo mesmo, me pergunto se vamos acabar aqui esta noite.

O que quer que façamos, é Ana quem vai decidir. Vai ser do jeito dela.

Subo correndo a Wall Street, de volta para casa, para começar meu dia.

— Bom dia, Gail.

Até para os meus ouvidos, soo incomumente cordial. Gail para diante do fogão e me olha como se eu tivesse três cabeças.

— Quero ovos mexidos e torradas esta manhã — acrescento, piscando para ela enquanto me dirijo ao escritório.

Ela fica boquiaberta, mas não diz nada.

Hum, deixei a Sra. Jones sem palavras? Isso, sim, é novidade.

Vejo meus e-mails no computador, e não há nada que não possa esperar até eu chegar na empresa. Meus pensamentos se voltam para Ana, e me pergunto se ela já tomou café da manhã.

De: Christian Grey
Assunto: Me ajude...
Data: 10 de junho de 2011 08:05
Para: Anastasia Steele

Espero que você tenha tomado café da manhã.
Senti sua falta ontem à noite.

Christian Grey
CEO, Grey Enterprises Holdings, Inc.

No carro, a caminho da empresa, recebo a resposta.

De: Anastasia Steele
Assunto: Livros velhos...
Data: 10 de junho de 2011 08:33
Para: Christian Grey

Estou comendo uma banana enquanto escrevo. Não tomo café da manhã há alguns dias, então já é um avanço. Adorei o app da Biblioteca Britânica. Comecei a reler Robinson Crusoé... e, é claro, amo você.
Agora me deixe em paz, estou tentando trabalhar.

Anastasia Steele
Assistente de Jack Hyde, Editor, SIP

Robinson Crusoé? Um homem solitário, isolado numa ilha deserta. Será que ela está tentando me dizer alguma coisa?
E ela me ama.
Me. Ama. Fico surpreso ao perceber que está ficando mais fácil ouvir essas palavras... mas não *tão* fácil.
Então, mudo o foco para o que mais me irrita no e-mail dela.

De: Christian Grey
Assunto: Você só comeu isso?
Data: 10 de junho de 2011 08:36
Para: Anastasia Steele

É melhor se esforçar mais. Vai precisar de energia para implorar.

Christian Grey
CEO, Grey Enterprises Holdings, Inc.

Taylor para no meio-fio em frente à Grey House.

— Senhor, vou levar o Audi para o apartamento da Srta. Steele agora de manhã.

— Ótimo. Até mais tarde, Taylor. Obrigado.

— Tenha um bom dia, senhor.

No elevador da Grey House, leio a resposta dela.

De: Anastasia Steele
Assunto: Praga
Data: 10 de junho de 2011 08:39
Para: Christian Grey

Sr. Grey, estou tentando exercer meu ganha-pão, e é você que vai implorar.

Anastasia Steele
Assistente de Jack Hyde, Editor, SIP

Essa é boa! Acho que não.

— Bom dia, Andrea.

Cumprimento-a com um aceno simpático de cabeça quando passo por sua mesa.

— Hum. — Ela fica imóvel, mas se recupera rapidamente, pois nunca falha em seu papel de assistente pronta para tudo. — Bom dia, Sr. Grey. Café?

— Por favor. Puro.

Fecho a porta do escritório, e quando me sento, respondo a Ana.

De: Christian Grey
Assunto: Manda ver!
Data: 10 de junho de 2011 08:46
Para: Anastasia Steele

Ora, Srta. Steele, eu adoro um desafio...

Christian Grey
CEO, Grey Enterprises Holdings, Inc.

Adoro o fato de ela ser tão provocante nos e-mails. A vida nunca é sem graça com Ana. Eu me inclino na cadeira, as mãos atrás da cabeça, tentando entender meu humor agitado. Quando foi que estive tão alegre? É assustador. Ela tem o poder de me dar esperança e de me deixar desesperado. Sei qual opção eu prefiro. Há um espaço vazio na parede do meu escritório; talvez um dos retratos dela devesse preencher esse lugar. Antes que eu possa considerar a possibilidade, alguém bate à porta. Andrea entra, trazendo meu café.

— Sr. Grey, posso falar com o senhor?
— Claro.

Ela se senta na cadeira à minha frente, nervosa.

— O senhor lembra que não estarei aqui hoje à tarde nem na segunda?

Encaro-a, surpreso. *Mas que porra é essa?* Não me lembro disso. Detesto quando ela não está aqui.

— Achei que devesse lembrá-lo — acrescenta ela.
— Alguém vai substituir você?
— Sim. O RH vai mandar alguém de outro departamento. O nome dela é Montana Brooks.
— Ok.
— É só um dia e meio, senhor.

Rio.

— Pareço assim tão preocupado?

Andrea me dá um sorriso raro.

— Sim, Sr. Grey, parece.
— Bem, o que quer que você vá aprontar, espero que se divirta.

Ela se levanta.

— Obrigada, senhor.
— Tenho algum compromisso este final de semana?
— Amanhã vai jogar golfe com o Sr. Bastille.
— Cancele.

Prefiro me divertir com Ana.

— Certo. O senhor também tem um baile de máscaras na casa dos seus pais para a Superando Juntos.
— Ah, não, droga.
— Já está agendado há meses.
— Sim, eu sei. Pode deixar marcado.

Será que Ana vai me acompanhar?

— Ok, senhor.
— Você encontrou alguém para substituir a filha do Senador Blandino?
— Sim, senhor. O nome dela é Sarah Hunter. Ela começa na terça, quando eu voltar.
— Ótimo.
— O senhor tem um compromisso às nove com a Srta. Bailey.

— Obrigado, Andrea. Coloque Welch na linha para mim.
— Sim, Sr. Grey.

Ros está concluindo seu relatório sobre a entrega aérea em Darfur.
— Tudo correu como planejado, e os primeiros relatórios das ONGs em solo indicam que chegou na hora certa e no lugar certo — afirma. — Sinceramente, foi um grande sucesso. Vamos ajudar muitas pessoas.
— Ótimo. Talvez a gente deva fazer isso todo ano onde for necessário.
— É um custo alto, Christian.
— Eu sei. Mas é a coisa certa a fazer. E é só dinheiro.
Ela me dirige um olhar um pouco exasperado.
— Terminamos? — pergunto.
— Por enquanto, sim.
— Ótimo.
Ros continua me observando com curiosidade.
Qual é o problema?
— Estou feliz que você tenha voltado.
— O que quer dizer com isso?
— Você sabe o que quero dizer. — Ela se levanta e pega os papéis. — Você estava ausente, Christian.
Ros semicerra os olhos.
— Eu estava aqui.
— Não, não estava. Mas fico feliz que esteja de volta e concentrado, e você também parece mais feliz.
Ela me dirige um sorriso largo e anda até a porta.
É tão óbvio assim?
— Vi a foto no jornal hoje de manhã.
— Foto?
— É. Você e uma moça em uma exposição de fotos.
— Ah, sim.
Não consigo esconder o sorriso. Ros balança a cabeça.
— Vejo você à tarde para a reunião com o Marco.
— Certo.
Ela sai, e fico sozinho, imaginando como o resto da minha equipe vai reagir a mim hoje.

Barney, meu mago da tecnologia e engenheiro sênior, produziu três protótipos do tablet a energia solar. É um produto que espero vendermos no mundo inteiro a um valor diferenciado, mas também usar filantropicamente nos países em desenvolvimento. A democratização da tecnologia é uma das minhas paixões — torná-la barata, funcional e disponível para as nações que mais precisam e ajudar a tirar esses países da pobreza.

Ainda pela manhã nos reunimos no laboratório para discutir os protótipos espalhados na bancada. Fred, o vice-presidente da nossa divisão de telecomunicações, está defendendo a ideia de colocar as células solares na parte de trás de cada dispositivo.

— Por que não podemos incorporá-la na estrutura inteira do tablet, inclusive na tela? — pergunto.

Sete cabeças se viram ao mesmo tempo na minha direção.

— Não na tela, mas numa capa... talvez? — sugere Fred.

— Caro? — fala Barney ao mesmo tempo.

— O céu é o limite, pessoal. Não se preocupem com dinheiro — respondo. — Vamos vender uma marca de luxo aqui, e praticamente a distribuiremos de graça no terceiro mundo. Esse é o objetivo.

A sala explode num frisson de atividade criativa, e duas horas depois temos três ideias sobre como cobrir o dispositivo com células solares.

— ...é claro que ele será compatível com WiMAX para uso doméstico — afirma Fred.

— E incorporar a capacidade de acesso à internet por satélite para a África e a Índia — acrescenta Barney. — Se conseguirmos.

Ele me olha com curiosidade.

— É claro que isso é mais para a frente. Espero que dê para usar o sistema de navegação por satélite europeu, o Galileo. — Sei que vai ser uma longa negociação, mas temos tempo. — A equipe do Marco está verificando isso.

— A tecnologia do futuro, hoje — declara Barney com orgulho.

— Excelente.

Assinto com a cabeça em sinal de aprovação. Depois me viro para a minha vice-presidente de compras.

— Vanessa, e a questão do conflito pela extração de minério? Como estamos lidando com isso?

Mais tarde, estamos sentados em volta de uma mesa na sala de reunião, enquanto Marco apresenta um novo plano de negócio para a SIP e suas estipulações para o contrato após a assinatura da nossa versão revisada do acordo de ontem.

— Eles querem um mês para divulgar a aquisição. Para não assustar os autores.

— Sério? Os autores vão se importar? — pergunto.

— Estamos falando de uma indústria criativa — acrescenta Ros com delicadeza.

— Tanto faz.

Quero revirar os olhos.

— Você e eu temos uma reunião com Jeremy Roach, o proprietário, hoje às quatro e meia.

— Ótimo. Podemos discutir os detalhes que faltam.

Minha mente se concentra em Anastasia. Como será que anda seu dia? Revirou os olhos para alguém hoje? Como são seus colegas de trabalho? Seu chefe? Pedi a Welch para investigar Jack Hyde, afinal basta ler o histórico profissional de Hyde para perceber que tem algo estranho na carreira dele. Ele começou em Nova York, e agora está aqui. Alguma coisa não bate. Preciso saber mais sobre esse cara, principalmente porque agora Ana está trabalhando para ele.

Também estou esperando uma atualização sobre Leila. Welch não tem nenhuma novidade sobre o paradeiro dela. É como se tivesse desaparecido completamente. Só posso esperar que, onde quer que esteja, tenha ido para um lugar melhor.

— O monitoramento dos e-mails deles é quase tão rígido quanto o nosso — diz Ros, interrompendo meus pensamentos.

— E? — pergunto. — Pelo menos uma empresa faz jus ao seu capital líquido com uma política rigorosa de monitoramento de e-mails.

— Fico surpresa por ser um negócio tão pequeno. Todos os e-mails são checados pelo RH.

Dou de ombros.

— Não tenho nenhum problema quanto a isso. — Embora devesse alertar Ana. — Vamos dar uma olhada nas responsabilidades legais deles.

Depois que terminamos de falar sobre a SIP, passamos para o tópico seguinte.

— Tentaremos checar o estaleiro em Taiwan — diz Marco.

— Acho que não temos nada a perder — concorda Ros.

— E quanto à empresa e a boa vontade de nossos funcionários?

— Christian, não precisamos fazer isso — afirma Ros, suspirando.

— Faz sentido em termos financeiros. Você sabe. Eu sei. Vamos ver até onde podemos chegar.

Meu telefone acende, avisando que recebi um e-mail de Ana.

Finalmente!

Estou tão ocupado que não consegui entrar em contato com ela desde a manhã, mas ela não saiu da minha cabeça o dia inteiro, ficou bem na extremidade da minha consciência, feito um anjo da guarda. Meu anjo da guarda. Sempre presente, mas nunca invasiva.

Minha.

Grey, controle-se.

Enquanto Ros lista os próximos passos para o projeto Taiwan, leio o e-mail de Ana.

De: Anastasia Steele
Assunto: Entediada...
Data: 10 de junho de 2011 16:05
Para: Christian Grey

Não tenho nada para fazer.
Como você está?
O que está fazendo?

Anastasia Steele
Assistente de Jack Hyde, Editor, SIP

Sem nada para fazer? O pensamento me faz sorrir quando me lembro dela brincando com o gravador nas mãos quando veio me entrevistar.
O senhor é gay, Sr. Grey?
Ah, minha doce e inocente Ana.
Não. Não sou gay.
Adoro o fato de ela estar pensando em mim e ter tirado um tempo do dia para falar comigo. Isso... me distrai. Um calor pouco familiar percorre meus ossos. Isso me deixa inquieto. Muito inquieto. Ignorando a sensação, digito rapidamente uma resposta.

De: Christian Grey
Assunto: Algo para fazer
Data: 10 de junho de 2011 16:15
Para: Anastasia Steele

Você deveria ter vindo trabalhar para mim.
Certamente teria algo para fazer agora.
Tenho certeza de que seria melhor aproveitada.
Na verdade, posso pensar em diversas formas de aproveitá-la...

Porra. Agora não, Grey.
Meus olhos encontram os de Ros, e sinto sua censura.
— Preciso responder a isto com urgência — digo.
Ela troca olhares com Marco.

Eu estou fazendo minhas fusões e aquisições de sempre.
É tudo muito tedioso.
Seus e-mails na SIP são monitorados.

Christian Grey
Um CEO distraído, Grey Enterprises Holdings, Inc.

Mal posso esperar para vê-la esta noite; ela ainda vai enviar um e-mail dizendo aonde iremos nos encontrar. É frustrante. Mas concordamos em ter um relacionamento nos termos dela, então deixo meu celular de lado e volto a me concentrar na reunião.
Paciência, Grey. Paciência.
Passamos para a discussão da visita do prefeito de Seattle à Grey House na próxima semana, um compromisso que marquei quando o conheci no início do mês.
— Sam está nessa? — pergunta Ros.
— Não perderia por nada — respondo.
Sam nunca perde uma oportunidade de divulgação.
— Certo. Se você estiver pronto, vou colocar Jeremy Roach na linha da SIP para repassarmos os detalhes finais.
— Vamos fazer isso.

DE VOLTA AO MEU escritório, a substituta de Andrea está passando mais batom na boca ainda vermelha. Não gosto disso. A cor me lembra Elena. Uma das coisas que adoro em Ana é que ela não se enche de batom — aliás, de nenhuma maquiagem. Disfarçando meu descontentamento e ignorando a garota nova, vou para a minha sala. Não consigo nem me lembrar do nome dela.
A proposta revisada de Fred para a Kavanagh Media está aberta em meu desktop, mas estou preocupado, e é difícil me concentrar. O tempo está passando, e ainda não recebi notícias de Anastasia; como sempre, estou esperando pela Srta. Steele. Confiro minha caixa de e-mails outra vez.
Nada.
Checo o celular para ver se recebi alguma mensagem de texto.
Nada.
Por que ela está demorando tanto? Espero que não esteja ocupada com o chefe.
Alguém bate à porta.
O que foi agora?
— Pode entrar.
A substituta de Andrea enfia a cabeça pelo vão da porta, e, *tcharam*, um e-mail, mas não é de Ana.

— O que foi? — rosno, tentando me lembrar do nome dela.
Ela não se deixa abalar.
— Estou saindo, Sr. Grey. O Sr. Taylor deixou isto para o senhor.
Ela segura um envelope.
— É só deixar ali na bancada.
— O senhor precisa de mais alguma coisa?
— Não. Pode ir. Obrigado.
Dou um sorriso fraco.
— Tenha um bom fim de semana, senhor — diz ela, com um sorriso afetado.
Ah, eu pretendo mesmo.
Eu a dispenso, mas ela não vai embora. Fica ali parada, então me dou conta de que espera algo de mim.
O que é?
— Vejo o senhor na segunda — diz, com um irritante sorriso amarelo de nervoso.
— Sim, segunda. Feche a porta ao sair.
Parecendo um pouco desapontada, ela faz o que pedi.
O que foi isso?
Pego o envelope na bancada. É a chave do Audi de Ana, e na letra impecável de Taylor está escrito: *Estacionado em uma vaga alugada nos fundos do prédio.*
Retorno à minha mesa e volto a atenção para os e-mails; enfim, vejo que há um de Ana. Abro um sorriso tão grande quanto o do Gato de Cheshire.

De: Anastasia Steele
Assunto: Vai combinar direitinho com você
Data: 10 de junho de 2011 17:36
Para: Christian Grey

Estamos indo para um bar chamado Anos Cinquenta.
A quantidade de piadas que eu poderia fazer sobre isso é interminável.
Estou ansiosa para encontrá-lo lá, Sr. Grey.

Bj,
A.

Será uma referência aos Cinquenta Tons?
Estranho. Ela está tirando uma onda com a minha cara?
Bem, vamos nos divertir um pouco.

De: Christian Grey
Assunto: Riscos
Data: 10 de junho de 2011 17:38
Para: Anastasia Steele

Fazer piada é uma coisa muito, muito perigosa.

Christian Grey
CEO, Grey Enterprises Holdings, Inc.

De: Anastasia Steele
Assunto: Riscos?
Data: 10 de junho de 2011 17:40
Para: Christian Grey

O que quer dizer com isso?

Tão lenta assim, Anastasia? Não faz seu tipo. Mas não quero brigar.

De: Christian Grey
Assunto: Apenas...
Data: 10 de junho de 2011 17:42
Para: Anastasia Steele

É apenas uma observação, Srta. Steele.
Vejo você em breve.
Até menos, baby.

Christian Grey
CEO, Grey Enterprises Holdings, Inc.

Agora que ela entrou em contato, relaxo e me concentro na proposta da Kavanagh. É boa. Mando-a de volta para Fred, e digo que pode enviar para Kavanagh. Distraidamente, imagino se a Kavanagh Media pode estar pronta para uma aquisição. É algo a se considerar. O que será que Ros e Marco diriam? Por enquanto deixo a ideia de lado e vou para o saguão, enviando uma mensagem a Taylor para avisar onde vou encontrar Ana.

O Anos Cinquenta é um bar esportivo. É vagamente familiar, e me dou conta de que já estive aqui com Elliot. Ele faz o tipo esportista, um cara divertido, que anima qualquer festa. Este é o tipo de lugar que ele frequenta, um santuário para os esportes coletivos. Eu era muito cabeça quente para jogar em qualquer time nas escolas em que estudei. Preferia esportes mais solitários, como o remo, ou os de contato, como o kickboxing, em que podia chutar alguém até não aguentar mais... ou ser chutado até não aguentar mais.

O interior está lotado de jovens que estão começando o fim de semana com apenas um drinque (ou cinco), e demoro um tempo para vê-la no bar.

Ana.

E ele está lá. *Hyde.* Grudado nela.

Babaca.

Os ombros dela estão tensos. Está claramente desconfortável.

Filho da puta.

Com um grande esforço, me aproximo de forma casual, tentando manter a calma. Quando chego ao lado dela, coloco o braço em seu ombro e a puxo para perto, libertando-a das investidas indesejadas de Jack.

Beijo-a bem atrás da orelha.

— Oi, baby — sussurro através do cabelo dela.

Ela se derrete com o corpo colado ao meu, e o babaca se empertiga e me observa. Quero arrancar a expressão de "foda-se" da sua cara franzida e arrogante, mas ignoro-o deliberadamente e me concentro na minha garota.

Oi, baby. Esse cara está incomodando você?

Ela fica radiante com a minha aproximação. Os olhos brilhando, os lábios úmidos, o cabelo caindo nos ombros. Está usando a camisa azul que Taylor lhe comprou, e que combina com seus olhos e sua pele. Eu me inclino e a beijo. Ela enrubesce, mas se vira para o babaca, que captou a mensagem e deu um passo atrás.

— Jack, este é Christian. Christian, Jack — diz ela, gesticulando.

— Sou o namorado — declaro para não deixar dúvidas, e estendo a mão para Hyde.

Está vendo? Posso bancar o bonzinho.

— Sou o chefe — responde ele ao apertarmos as mãos.

Ele tem um aperto firme, então faço ainda mais força.

Fique longe da minha garota.

— Na verdade, Ana mencionou um ex-namorado — diz ele com uma voz arrastada, condescendente.

— Bem, deixei de ser ex. — Dirijo-lhe um discreto sorriso maldoso. — E aí, Ana, vamos? Está na hora.

— Por favor, fique e tome uma bebida com a gente — diz Hyde, enfatizando as palavras "a gente".

— Já temos planos. Outro dia, quem sabe.

Tipo... nunca.

Não confio nele, e quero Ana longe desse cara.

— Vamos — digo, pegando a mão dela.

— Vejo vocês na segunda — diz ela, apertando os dedos entre os meus.

Ana está se dirigindo a Hyde e a uma mulher atraente que deve ser uma colega de trabalho. Pelo menos, não estava sozinha com ele. A mulher dá um sorriso simpático para Ana, enquanto Hyde fecha a cara. Sinto seus olhos perfurarem minhas costas ao sairmos. Mas não dou a mínima.

Lá fora, Taylor aguarda no Audi Q7. Abro a porta de trás para Ana.

— Por que eu fiquei com a impressão de que aquilo foi um concurso de quem mija mais longe? — pergunta ela ao entrar.

Observadora como sempre, Srta. Steele.

— Porque foi — confirmo, fechando a porta.

Dentro do carro, seguro sua mão, pois quero tocá-la, levando-a aos meus lábios.

— Oi — sussurro.

Ela está tão linda! As olheiras desapareceram. Ela dormiu. Comeu. Seu brilho saudável voltou. Pelo sorriso despreocupado, eu diria que está transbordando de alegria, e essa alegria me contagia.

— Oi — diz ela, ofegante e insinuante.

Droga. Quero partir para cima dela agora, mesmo tendo certeza de que Taylor não gostaria muito se eu fizesse isso. Olho para ele, e seus olhos encontram imediatamente os meus no retrovisor. Está aguardando instruções.

Bem, estamos fazendo isto do jeito de Ana.

— O que você gostaria de fazer esta noite? — pergunto.

— Você disse que já tínhamos planos.

— Ah, eu sei o que eu quero fazer, Anastasia. Estou perguntando o que você quer fazer.

Sua boca forma um sorriso voluptuoso que se comunica diretamente com o meu pau.

Gostosa.

— Entendi. Então... vai ser implorar. Você quer implorar na minha casa ou na sua? — provoco.

Seu rosto se ilumina, bem-humorado.

— Acho que você está sendo muito presunçoso, Sr. Grey. Mas, só para variar, desta vez a gente podia ir para a minha casa.

Ela morde o lábio inferior carnudo e me lança um olhar penetrante através dos cílios escuros.

Puta merda.

— Taylor, para o apartamento da Srta. Steele, por favor.

E rápido!

— Sim, senhor — responde ele, dando a partida no carro.

— E então, como foi o seu dia? — pergunto, esfregando o polegar nos nós dos dedos dela.

Sua respiração fica entrecortada.

— Bom. E o seu?

— Bom, obrigado.

Sim, muito bom. Trabalhei mais hoje do que a semana inteira. Beijo a mão dela, porque Ana foi a responsável por isso.

— Você está linda.

— Você também está lindo.

Ah, baby, isto aqui é só um rostinho bonito.

Falando em rostinhos bonitos...

— O seu chefe, Jack Hyde, ele é bom no que faz?

Ela franze a testa, formando aquele *v* que eu tanto gosto de beijar.

— Por quê? Isso não tem nada a ver com o seu concurso de mijo a distância, tem?

— Aquele homem quer entrar na sua calcinha, Anastasia — aviso, tentando soar o mais neutro possível.

Ela fica chocada. Meu Deus, é tão inocente! Isso ficou óbvio para mim e para qualquer um que estivesse prestando atenção no bar.

— Bem, ele pode querer o que bem entender — diz ela num tom irônico. — Por que estamos tendo essa conversa? Você sabe que não tenho o menor interesse nele. Ele é só meu chefe.

— Esse é o ponto. Ele quer o que é meu. Preciso saber se ele é bom no trabalho dele.

Porque, se não for, sinto muito, mas vou demitir o filho da puta.

Ela dá de ombros, mas olha para o próprio colo.

O que foi? Será que ele já tentou alguma coisa?

Ela diz que acha que ele é bom no que faz, mas parece estar tentando convencer a si mesma.

— Bem, é melhor ele deixar você em paz, ou vai acabar no olho da rua.

— Ah, Christian, do que você está falando? Ele não fez nada errado...

Por que ela está franzindo o cenho? Ele a incomoda? Converse comigo, Ana. Por favor.

— Qualquer movimento dele, conte para mim. Isso se chama torpeza moral da mais baixa. Ou assédio sexual.

— Foi apenas uma cerveja depois do trabalho.

— Estou falando sério. Um movimento, e ele está na rua.

— Você não tem esse poder! — zomba ela.

Mas seu sorriso desaparece quando ela me olha com ceticismo.

— Ou tem?

Na verdade, tenho. Sorrio para ela.

— Você está comprando a editora — sussurra Ana, horrorizada.

— Não exatamente.

Essa não é a reação que eu esperava, e a conversa também não está indo para onde eu queria.

— Você já comprou. A SIP. Já comprou.

Ela fica pálida.

Caramba. Está puta.

— Talvez — respondo com cautela.

— Comprou ou não? — insiste ela.

Hora do show, Grey. Conte.

— Comprei.

— Por quê?

Sua voz é estridente.

— Porque eu posso, Anastasia. Preciso de você em segurança.

— Mas você disse que não iria interferir na minha carreira!

— E não vou.

Ela puxa a mão.

— Christian...

Merda.

— Você está brava comigo?

— Estou. Claro que estou brava com você — grita. — Quer dizer, que tipo de executivo responsável toma decisões com base na pessoa que ele está comendo no momento?

Ela olha, nervosa, para Taylor, e então me encara, furiosa, com uma expressão recriminatória.

Eu quero adverti-la pelo atrevimento e por fazer tempestade em copo d'água. Começo a falar, mas concluo que não é uma boa ideia. Seus lábios formam o típico beicinho teimoso à moda Steele que conheço tão bem... Eu também estava com saudade disso.

Ela cruza os braços, irritada.
Merda.
Está com raiva mesmo.

Retribuo seu olhar de fúria, querendo apenas puxá-la para o meu colo... Mas, infelizmente, isso não é uma opção.

Que inferno, eu só estava fazendo o que me pareceu melhor.

Taylor estaciona em frente ao prédio dela, e parece que, antes mesmo de o carro parar, Ana já saiu.

Merda!

— Acho que é melhor você esperar aqui — digo a Taylor, e saio correndo atrás dela.

Talvez a minha noite esteja prestes a seguir um rumo radicalmente diferente do que eu planejei. Será que já estraguei tudo?

Quando a alcanço na porta do saguão, ela está revirando a bolsa, tentando encontrar as chaves. Fico parado atrás dela sem saber o que fazer.

E agora?

— Anastasia — digo.

Ela suspira de forma exagerada e vira o rosto, a boca retorcida com força.

Respondendo ao que ela disse no carro, tento deixar as coisas mais leves com um pouco de humor.

— Primeiro, já faz tempo, tempo demais, aliás, que não como você. E segundo, eu queria entrar no mercado editorial. Das quatro editoras de Seattle, a SIP é a mais rentável.

Continuo falando da empresa, mas o que quero mesmo dizer é... *Por favor, não brigue comigo.*

— Então você é meu chefe agora — rebate ela.

— Tecnicamente, eu sou o chefe do chefe do seu chefe.

— E, tecnicamente, isso é uma torpeza moral das mais baixas, o fato de eu estar fodendo com o chefe do chefe do meu chefe.

— No momento, você está discutindo com ele — começo a erguer a voz.

— Isso porque ele é um idiota.

Idiota. Idiota!

Ela está me insultando! As únicas pessoas que fazem isso são Mia e Elliot.

— Idiota?

Sim. Talvez eu seja. E, de repente, sinto vontade de rir. Anastasia me chamou de idiota. Elliot concordaria.

— Isso mesmo.

Ela está tentando continuar com raiva, mas sua boca se contrai nos cantos.

— Idiota? — repito a pergunta, e não consigo mais conter o sorriso.

— Não me faça rir quando estou com raiva de você! — grita ela, tentando, sem conseguir, continuar séria.

Abro meu melhor sorriso, e ela cai numa gargalhada desinibida e espontânea que me leva às nuvens.

Sucesso!

— Só porque estou com esse sorriso idiota na cara não significa que eu não esteja morrendo de raiva de você — diz ela, rindo.

Eu me inclino, esfrego o nariz no cabelo dela, e respiro fundo. Seu cheiro e sua proximidade despertam minha libido. Eu a quero.

— Como sempre, Srta. Steele, você é surpreendente.

Encaro-a, apreciando seu rosto vermelho e seus olhos brilhantes. Ela é linda.

— E então, vai me convidar para entrar ou vou ficar de castigo por exercer o meu direito democrático, como cidadão norte-americano, empreendedor e consumidor, de comprar o que eu bem entender?

— Você falou com o Dr. Flynn sobre isso?

Rio. Ainda não. Vai ser um saco quando eu falar.

— Você vai me deixar entrar ou não, Anastasia?

Por um instante, ela parece indecisa, o que faz meu coração disparar. Mas depois morde o lábio, sorri e abre a porta para mim. Aceno para Taylor, indicando que ele pode ir embora, e sigo Ana pela escada, aproveitando a visão fantástica de sua bunda. O balanço suave de seus quadris ao subir cada degrau é mais do que sedutor... porque ela não faz ideia de que seja tão atraente. Sua sensualidade inata vem da inocência: sua disposição para experimentar e sua capacidade de confiar.

Droga. Espero ainda ter sua confiança. Afinal de contas, eu a afugentei. Vou ter que me esforçar para recuperá-la. Não quero perdê-la outra vez.

O apartamento é bem-decorado e organizado, como eu esperava, mas tem um clima de lugar pouco usado, inabitado. Ele me faz lembrar da galeria: é todo de tijolos antigos e madeira. A bancada de concreto da cozinha tem um design moderno e ousado. Gostei.

— Apartamento bacana — observo em tom de aprovação.

— Os pais de Kate compraram para ela.

Eamon Kavanagh foi generoso com a filha. É um lugar cheio de estilo; ele escolheu bem. Espero que Katherine goste. Eu me viro para Ana, que está perto da bancada. Como será que ela se sente morando com uma amiga tão rica? Tenho certeza de que ela paga... mas deve ser difícil ficar à sombra de Katherine Kavanagh. Talvez ela goste, ou vai ver precisa fazer algum esforço. Ana certamente não desperdiça dinheiro com roupas. Mas já resolvi isso: tem um closet inteiro só para ela no Escala. O que será que ela vai achar disso? Provavelmente, isso vai me dar dor de cabeça.

Não pense nisso agora, Grey.

Ana está me observando, os olhos sombrios. Ela passa a língua no lábio inferior, e meu corpo se acende como fogos de artifício.

— E então... quer uma bebida? — pergunta ela.

— Não, obrigado, Anastasia.

Quero você.

Ela esfrega as mãos, parecendo perdida e um pouco apreensiva. Será que ainda a deixo nervosa? Essa mulher me tem de joelhos, e é ela que está nervosa?

— O que você gostaria de fazer, Anastasia? — pergunto, me aproximando sem tirar os olhos dos dela. — Eu sei o que eu quero fazer.

E podemos fazer aqui, ou no seu quarto, ou no seu banheiro, não me importo. Só quero você. Agora.

Seus lábios se entreabrem e sua respiração fica forte e acelerada.

Nossa, esse som é um tesão.

Você também me quer, baby.

Eu sei.

Eu sinto.

Ela se encosta na bancada da cozinha, sem ter para onde correr.

— Ainda estou brava com você — declara, mas com a voz trêmula e suave.

Não parece nem um pouco brava. Provocativa, talvez, mas não brava.

— Eu sei — concordo, dando um sorriso malicioso.

Ela arregala os olhos.

Ah, baby.

— Gostaria de comer alguma coisa? — sussurra.

Concordo devagarinho com a cabeça.

— Sim. Você.

De pé diante dela, fitando seus olhos cheios de desejo, sinto o calor do seu corpo. Ele me queima. Quero mergulhar nele. Banhar-me nele. Quero fazê-la gritar, gemer, dizer meu nome. Quero tê-la outra vez e apagar a lembrança do nosso término.

Quero que ela seja minha. Outra vez.

Mas há outras prioridades.

— Você já comeu hoje?

— Um sanduíche no almoço.

Já é alguma coisa.

— Você precisa comer — repreendo.

— Eu realmente não estou com fome... de comida.

— E você está com fome de quê, Srta. Steele?

Baixo o rosto, e nossos lábios quase se tocam.

— Acho que você sabe, Sr. Grey.

Ela não está errada. Contenho um gemido, e preciso de todo o meu autocontrole para não agarrá-la e jogá-la na bancada de concreto. Mas eu estava falando sério quando disse que ela precisaria implorar. Ana tem que me dizer o que quer. Precisa colocar seus sentimentos, suas necessidades e seus desejos em palavras. Quero saber o que a faz feliz. Inclino a cabeça como se fosse beijá-la, enganando-a, pois em vez disso sussurro em seu ouvido:

— Quer que eu beije você, Anastasia?

Ela respira fundo.

— Sim.

— Onde?

— Em todos os lugares.

— Você vai ter que ser um pouco mais específica do que isso. Eu já avisei que não vou tocar você até que implore e me diga o que fazer.

— Por favor — pede ela.

Ah, não, baby, não vou facilitar tanto para você.

— Por favor, o quê?

— Toque em mim.

— Onde?

Ela estica a mão para me tocar.

Não.

A escuridão se espalha dentro de mim e aperta minha garganta com suas garras. Instintivamente, dou um passo atrás, o coração disparado por causa do medo que toma conta do meu corpo.

Não me toque. Não me toque.

Merda.

— Não. Não — balbucio.

— O quê?

Ela está confusa.

— Não.

Balanço a cabeça.

Ela já sabe. Eu lhe disse ontem. Preciso que entenda que não pode me tocar.

— Nem um pouco?

Ela dá um passo na minha direção, e não sei o que pretende. A escuridão é como uma faca penetrando minhas entranhas, então recuo mais um passo e ergo as mãos para mantê-la longe.

Com um sorriso, suplico:

— Espere, Ana.

Mas não consigo encontrar as palavras certas.

Por favor. Não me toque. Não suporto.

Droga, é frustrante.

— Às vezes você não se importa — argumenta ela. — Talvez eu devesse pegar uma caneta, aí poderíamos mapear as áreas proibidas.

Hum, nunca pensei nisso.

— Isso não é má ideia. Onde fica o seu quarto?

Preciso distraí-la do assunto.

Ela indica a esquerda com a cabeça.

— Você está tomando a pílula?

Ela fica decepcionada.

— Não.

O quê?!

Depois de toda a merda que foi fazê-la tomar a porcaria da pílula! Não acredito que ela parou.

— Certo.

É um desastre. O que é que vou fazer com ela? Merda. Preciso de camisinhas.

— Venha, vamos comer alguma coisa — digo, pensando que podemos sair e eu posso aproveitar para comprar alguns pacotes.

— Achei que estávamos indo para a cama! Eu quero ir para a cama com você.

Ela fica chateada.

— Eu sei, baby.

Mas, com a gente, são dois passos para a frente e um para trás.

Esta noite não vai ser como planejamos. Talvez tenhamos esperado demais. Como ela pode ficar com um idiota fodido da cabeça que não suporta ser tocado? E como posso estar com alguém que se esquece de tomar a porra da pílula? Odeio camisinha.

Meu Deus. Talvez sejamos incompatíveis.

Chega de pensamentos negativos, Grey. Chega!

Ela fica totalmente desapontada, e, por mais absurdo que seja, parte de mim de repente se satisfaz com isso. Pelo menos, ela me quer. Avanço e a agarro pelos pulsos, prendendo suas mãos atrás dela e a puxando para os meus braços. Seu corpo elegante no meu é uma sensação boa. Mas ela está magra. Muito magra.

— Você precisa comer e eu também.

Você me pegou de surpresa ao tentar me tocar. Preciso me recompor, baby.

— Além do mais... a expectativa é o segredo da sedução e, neste instante, estou muito interessado em adiar a gratificação.

Especialmente sem um método contraceptivo.

Ela me olha, cética.

Sim, eu sei. Acabei de inventar isso.

— Você já me seduziu e eu quero a minha gratificação agora. Eu imploro, por favor — choraminga ela.

Ela é a própria Eva: a personificação da tentação. Abraço-a com mais força, e, definitivamente, sinto que está mais magra. É desconcertante, porque a culpa é minha.

— Vamos comer. Você está muito magra.

Beijo sua testa e a solto, pensando onde podemos jantar.

— Ainda estou com raiva porque você comprou a SIP, e, agora, estou com raiva porque você está me fazendo esperar.

Ela comprime os lábios.

— Você é muito ansiosa, não é? — digo, sabendo que ela não vai entender como elogio. — Mas vai se sentir melhor depois de uma boa refeição.

— Eu sei o que vai fazer com que eu me sinta melhor.

— Anastasia Steele, estou chocado — falo em tom de deboche e levo a mão ao peito.

— Pare de me provocar. Você não joga limpo. — De repente, sua postura muda. — Eu poderia cozinhar alguma coisa para nós, só que vamos ter que ir ao mercado.

— Ao mercado?

— Comprar comida.

— Você não tem comida em casa? — Pelo amor de Deus, não surpreende que ela não esteja se alimentando. — Vamos às compras, então.

Ando rapidamente até a porta do apartamento e a abro, fazendo sinal para que ela saia. Isso pode ser bom para mim. Só preciso encontrar uma farmácia ou loja de conveniência.

— Ok, ok — diz ela, e sai às pressas.

Enquanto caminhamos pela rua de mãos dadas, me pergunto como, em sua presença, posso enfrentar um espectro inteiro de emoções: raiva, luxúria, medo, diversão. Antes de Ana, eu era calmo e estável, mas tinha uma vida monótona. Isso mudou no instante em que ela caiu de paraquedas no meu escritório. Estar com ela é como estar no olho de um furacão, meus sentimentos colidindo e entrando em conflito, chegando ao ápice para em seguida se acalmarem. Fico desorientado. Ana nunca é monótona. Só espero que o que restou do meu coração consiga lidar com isso.

Percorremos dois quarteirões até o Supermercado Ernie. É pequeno e está lotado. A maioria dos clientes, a julgar pelo conteúdo das cestas, é de pessoas solteiras, ou pelo menos eu acho. E aqui estou eu, ex-solteiro.

Gosto da ideia.

Sigo Ana, segurando uma cesta e apreciando a visão da bunda dela, toda apertadinha e empinada na calça jeans. Gosto mais ainda quando ela se abaixa na seção de verduras e pega algumas cebolas. O tecido da calça se estica na bunda, e a camisa levanta, revelando um pedacinho da pele pálida e perfeita.

Ah, as coisas que eu queria fazer com essa bunda...

Ana está olhando para mim, perplexa, e me fazendo perguntas sobre a última vez que estive em um supermercado. Não faço a menor ideia. Ela quer preparar frango xadrez, porque é rápido. Rápido, hum? Dou um sorrisinho irônico e a acompanho pelo supermercado, desfrutando da habilidade dela para escolher os ingredientes: apertando um molho de tomate aqui, cheirando uma pimenta ali. Enquanto caminhamos em direção ao caixa, ela me pergunta sobre meus funcionários e há quanto tempo estão comigo. *Por que ela quer saber isso?*

— Taylor, há quatro anos, acho. A Sra. Jones também deve ter o mesmo tempo.

Aproveito para fazer uma pergunta também:

— Por que você não tem comida em casa?

Ela fecha a cara.

— Você sabe por quê.

— Foi você quem me deixou — relembro.

Se tivesse ficado, poderíamos ter resolvido as coisas e evitado todo o sofrimento.

— Eu sei — diz ela, parecendo arrependida.

Fico na fila ao lado dela. Uma mulher na nossa frente está brigando com duas crianças pequenas, uma das quais chora sem parar.

Meu Deus. Como as pessoas conseguem lidar com isso?

Poderíamos ter ido comer fora. Há vários restaurantes na vizinhança.

— Você tem alguma coisa para beber? — pergunto, pois depois desta experiência da vida real, vou precisar de álcool.

— Cerveja... Acho.

— Vou pegar um vinho.

Tento me afastar o máximo possível do garoto que não para de gritar, mas, após uma rápida olhada ao redor, percebo que não tem álcool nem camisinhas à venda aqui.

Que merda.

— Tem uma boa loja de bebidas aqui ao lado — diz Anastasia quando volto à fila, que não parece ter andado nem um pouco, e continua dominada pelo garoto barulhento.

— Vou ver o que eles têm.

Aliviado por sair daquele inferno que é o Ernie, vejo uma lojinha de conveniência bem ao lado da Liquor Locker. Lá dentro, pego os dois últimos pacotes de camisinhas.

Graças a Deus. Dois pacotes de duas.

Quatro trepadas, se eu tiver sorte.

Não consigo evitar um sorriso. Isso deve ser o suficiente, até para a insaciável Srta. Steele.

Pego os dois e pago ao velho no caixa, saindo logo em seguida. Também tenho sorte na loja de bebidas. Eles têm uma ótima seleção de vinhos, e encontro um Pinot Grigio acima da média na adega climatizada.

Anastasia está saindo do supermercado quando volto.

— Deixa que eu levo isso.

Pego as duas sacolas de compras e retornamos ao apartamento.

Ela me conta um pouco do que fez ao longo da semana. É evidente que está gostando do novo emprego. Não menciona o fato de eu ter comprado a SIP, e fico grato por isso. E, da minha parte, não menciono o babaca do chefe dela.

— Você parece tão... doméstico — diz ela ao voltarmos à cozinha num gracejo que não consegue disfarçar muito bem.

Está rindo de mim. De novo.

— Ninguém nunca me acusou disso antes.

Deixo as sacolas na bancada, e ela começa a tirar as coisas. Pego o vinho. O supermercado já foi uma dose de realidade suficiente por hoje. Onde será que ela guarda o abridor?

— Este lugar ainda é novo para mim. Acho que o abridor está naquela gaveta ali.

Ela indica com o queixo. Sorrio diante de sua capacidade multitarefa e encontro o abridor. Fico feliz por ela não ter afogado as mágoas durante a minha ausência. Já sei o que acontece quando ela fica bêbada.

Quando me viro para olhar para Ana, ela está vermelha.

— Em que você está pensando? — pergunto, tirando a jaqueta e jogando no sofá.

Depois me aproximo da garrafa de vinho.

— Em quão pouco conheço você.

— Você me conhece melhor do que qualquer pessoa.

Ana, sem dúvida, consegue ler meus pensamentos como ninguém. É desconcertante. Abro a garrafa imitando o floreio cafona do garçom de Portland.

— Não acho que isso seja verdade — responde ela, ainda tirando as coisas das sacolas.

— Mas é, Anastasia. Sou uma pessoa muito, muito reservada.

Preciso de privacidade, fazendo o que faço. *O que fazia.*

Sirvo duas taças e entrego uma a ela.

— Saúde.

Ergo a minha taça.

— Saúde.

Ela toma um gole, e então se ocupa na cozinha. Está em seu habitat natural. Lembro que ela me contou que cozinhava para o pai.

— Posso ajudar com isso? — pergunto.

Ela me olha como quem diz que está tudo sob controle.

— Não, está tudo bem... pode se sentar.

— Eu queria ajudar.

Ela não consegue esconder a surpresa.

— Você pode cortar os legumes.

Soa como se ela estivesse fazendo uma grande concessão. Talvez tenha razão em se preocupar. Não sei nada de culinária. Minha mãe, a Sra. Jones e minhas submissas — algumas com mais sucesso do que outras — sempre assumiram esse papel.

— Não sei cozinhar — digo enquanto examino a faca afiada que ela me entrega.

— Imagino que você não precise.

Ana coloca uma tábua e uns pimentões vermelhos na minha frente.

O que diabo devo fazer com isso? Eles têm um formato esquisito.

— Você nunca cortou um legume antes? — pergunta ela em tom de descrença.

— Não.

De repente, parece convencida.

— Está rindo de mim?

— Parece que há uma coisa que eu sei fazer e você não. Cá entre nós, Christian, acho que se trata de uma primeira vez. Aqui, deixe-me mostrar.

Ela encosta o corpo no meu, nossos braços se tocam, e meu corpo ganha vida.

Caramba.

Saio do caminho.

— Assim.

Ela demonstra, cortando o pimentão vermelho e retirando todas as sementes e tudo o mais de dentro com um giro delicado da faca.

— Parece bastante simples.

— Você não vai achar muito difícil.

Seu tom é provocativo, mas irônico. Será que ela acha que não sou capaz de cortar um legume? Com uma precisão cautelosa, começo a cortar.

Droga, as sementes vão para todos os lados. É mais difícil do que pensei. Ana fez parecer fácil. Ela passa por mim, a coxa roçando na minha perna enquanto pega outros ingredientes. Está fazendo de propósito, tenho certeza, mas tento ignorar o efeito que está provocando na minha libido e continuo cortando com cuidado. Essa faca é perigosa. Ana passa por mim novamente, desta vez roçando o quadril em mim, e então, mais uma vez, mais um toque, tudo abaixo da minha cintura. Meu pau está gostando, e muito.

— Eu sei o que você está tentando, Anastasia.

— Acho que as pessoas chamam de cozinhar — diz ela com uma sinceridade fingida.

Ah, Anastasia está brincando comigo. Será que finalmente percebeu o poder que tem sobre mim?

Pegando outra faca, ela para diante da tábua, descascando e cortando alho, cebolinha e ervilhas. Aproveita todas as oportunidades para esbarrar em mim, e de forma nada sutil.

— Você é muito boa nisso — admito, passando para o segundo pimentão.

— Fatiar legumes? — Ela pisca. — Anos de prática — declara, e esbarra a bunda em mim.

Cansei. Já chega.

Ela pega os legumes e os coloca delicadamente ao lado da frigideira quente.

— Se você fizer isso mais uma vez, Anastasia, eu vou trepar com você no chão dessa cozinha.

— Você vai ter que implorar primeiro — retruca ela.

— É um desafio?

— Talvez.

Ah, Srta. Steele. Pode vir com tudo.

Largo a faca e vou até ela, sem tirar os olhos dos seus. Os lábios de Ana se contorcem quando me inclino em sua direção, a um centímetro de distância, mas sem tocá-la. Então, apago a chama que aquece a frigideira.

— Acho que vamos comer mais tarde. — *Porque agora vou foder você até não aguentar mais.* — Coloque o frango na geladeira.

Engolindo em seco, ela pega a tigela de frango cortado em cubinhos e desastradamente tampa com um prato, guardando tudo na geladeira. Eu me aproximo em silêncio por trás dela, de forma que, quando Ana se vira, estou bem na sua frente.

— Então, você vai implorar? — sussurra ela.

— Não, Anastasia. — Nego com a cabeça. — Nada de implorar.

Olho para ela, tesão e desejo esquentando meu sangue.

Puta merda, quero meter fundo nela.

Vejo suas pupilas dilatarem e suas bochechas enrubescerem de desejo. Ela me quer. Eu a quero. Ela morde o lábio, e não aguento mais. Agarrando seus quadris, puxo-a para a minha ereção cada vez maior. Suas mãos estão no meu cabelo, e ela está me puxando para sua boca. Empurro-a na geladeira e a beijo com força.

O gosto dela é tão bom, tão doce.

Ela geme dentro da minha boca, e é como um despertador que deixa meu pau ainda mais duro. Coloco a mão no cabelo dela, puxando sua boca para que o ângulo me permita enfiar a língua mais fundo. Sua língua se enrosca na minha.

Caralho. É erótico, bruto, intenso. Eu me afasto.
— O que você quer, Anastasia?
— Você.
— Onde?
— Cama.

Não precisa dizer mais nada. Eu a pego nos braços e a carrego até o quarto. Quero vê-la nua e louca de tesão embaixo de mim. Colocando-a delicadamente no chão, acendo o abajur na mesa de cabeceira e fecho as cortinas. Quando olho pela janela para a rua lá fora, percebo que este é o quarto para o qual eu olhava durante minhas vigílias silenciosas, do meu esconderijo de perseguidor obcecado.

Ela estava aqui, sozinha, encolhida na cama.

Quando me viro, Ana está me observando. Os olhos bem abertos. Esperando. Querendo.

— E agora? — pergunto.

Ela fica vermelha.

E eu permaneço completamente estático.

— Faça amor comigo — diz ela após um instante.
— Como? Você tem que me dizer, baby.

Ela lambe os lábios, um gesto de nervoso, e meu tesão só aumenta.

Merda. Concentre-se, Grey.

— Tire minha roupa.

Sim! Dobrando o dedo na forma de um gancho na parte de cima da camisa dela, tomando cuidado para não tocar sua pele macia, puxo delicadamente, forçando-a a se aproximar de mim.

— Boa menina.

Seus seios se levantam e abaixam à medida que a respiração vai acelerando. Seus olhos escuros estão cheios de promessas carnais, assim como os meus. Com jeito, começo a desabotoar sua camisa. Ela coloca as mãos em meus braços — para se equilibrar, eu acho — e olha para mim.

Sim, tudo bem, baby. Não toque no meu peito.

Abro o último botão, tiro a camisa dela, deslizando-a pelos ombros, e a deixo cair no chão. Tomando o cuidado de não tocar seus lindos seios, passo para a calça jeans, abrindo o botão e o zíper.

Resisto à tentação de jogá-la na cama. Vai ser um jogo de espera. Ela precisa falar comigo.

— Diga o que você quer, Anastasia.
— Beije-me daqui até aqui.

Ela passa o dedo da base da orelha até o pescoço.

O prazer será todo meu, Srta. Steele.

Tirando seu cabelo da frente, reunindo as mechas macias em minha mão, puxo delicadamente sua cabeça para o lado, expondo seu pescoço elegante. Eu me inclino, esfrego o nariz em sua orelha e percorro seu pescoço com beijos leves, fazendo o mesmo no sentido contrário. Um som suave vem do fundo da sua garganta.

É excitante.

Nossa, como eu quero me perder nela. Redescobri-la.

— A calça jeans e a calcinha — murmura, ofegante e confusa, e sorrio perto do seu pescoço.

Ela está começando a entender.

Fale comigo, Ana.

Beijo seu pescoço pela última vez e me ajoelho à sua frente, surpreendendo-a. Enfio os polegares no cós da calça e da calcinha, puxando lentamente. Sentado sobre os joelhos, admiro suas pernas longas e sua bunda, que fica à vista quando ela tira os sapatos e a calça. Seus olhos encontram os meus, e aguardo as ordens.

— E agora, Anastasia?

— Beije-me — responde ela, a voz quase inaudível.

— Onde?

— Você sabe onde.

Contenho um sorriso. Ela não consegue mesmo dizer.

— Onde? — insisto.

Ela fica ainda mais vermelha, mas com uma expressão determinada, e ao mesmo tempo mortificada, aponta para o topo das coxas.

— Ah, com prazer.

Rio, aproveitando seu constrangimento.

Lentamente, deixo meus dedos percorrerem suas pernas, de baixo para cima, até minhas mãos alcançarem seus quadris, e então a puxo para a frente, para a minha boca.

Caralho. Sinto o cheiro da excitação dela.

Já estou desconfortável com a calça jeans, que, de repente, parece ainda menor. Enfio a língua por seus pelos pubianos, me perguntando se algum dia vou convencê-la a se livrar deles, mas encontro meu alvo e sinto o gosto.

Nossa, ela é doce. É doce para caralho.

Ela geme, cerrando o punho no meu cabelo, e eu não paro. Girando a língua para um lado e para outro, sentindo seu gosto.

— Christian, por favor — implora ela.

Paro.

— Por favor o quê, Anastasia?

— Faça amor comigo.

— Estou fazendo — respondo, soprando delicadamente seu clitóris.

— Não. Quero você dentro de mim.
— Você tem certeza?
— Por favor.

Não. Estou me divertindo muito. Sigo com a lenta e lasciva tortura da minha garota sensual e preciosa.

— Christian... por favor — geme ela.

Eu a solto e me levanto, minha boca molhada com o tesão dela, encarando seus olhos entreabertos.

— E então?
— E então, o quê? — pergunta ela, ofegante.
— Ainda estou vestido.

Ela parece confusa, sem entender. Estendo os braços e me rendo.

Aqui estou. Sou seu.

Ela coloca as mãos na minha camisa.

Merda. Não. Dou um passo atrás.

Não expliquei direito.

— Não — protesto.

Eu estava me referindo à calça, baby. Ela pisca, como se tivesse entendido o que estou pedindo, e então se ajoelha.

Espere aí, Ana! O que você está fazendo?

Meio sem jeito — com os dedos e os polegares —, ela abre minha calça e a puxa. Ah! Meu pau encontra algum espaço.

Solto os pés da calça e tiro as meias enquanto ela continua ajoelhada na posição submissa no chão. O que está tentando fazer comigo? Depois de eu me livrar da calça, ela pega meu pau duro e aperta com firmeza, como lhe ensinei.

Caralho.

Ela puxa com a mão. Ah! Quase exagerou. Quase doeu. Gemendo, fico rígido e fecho os olhos. A visão dela de joelhos e a sensação de sua mão em mim são quase demais. De repente, sua boca quente e molhada me envolve. Ela chupa com força.

— Ah, Ana... ei, devagar.

Enquanto seguro sua cabeça, ela me enterra mais fundo na boca, cobrindo os dentes com os lábios, pressionando.

— Caralho — sussurro, venerando-a, e flexiono os quadris para entrar mais fundo em sua boca.

A sensação é boa demais. Ela continua, sem parar, e é mais do que excitante. Gira a língua ao redor da cabeça repetidamente para me provocar. Está me pagando na mesma moeda. Gemendo, deixo clara a sensação de sua boca e língua eficientes.

Caramba. Ela é boa demais nisso, e me mete até o fundo da garganta outra vez.
— Ana, chega. Pare — falo com os dentes cerrados.
Ela está desafiando meu controle. Não quero gozar agora; quero estar dentro dela quando explodir, mas ela me ignora e repete o gesto.
Foda-se.
— Ana, você já provou o quanto é boa. Eu não quero gozar na sua boca — resmungo.
E, mais uma vez, ela me desobedece.
Chega, mulher.
Agarrando seus ombros, eu a levanto rapidamente e a jogo na cama. Pego a calça e tiro uma camisinha do bolso de trás, me livrando da camisa, puxando-a pela cabeça e deixando ao lado da calça. Ana está deitada, nua e sensual.
— Tire o sutiã.
Ela se senta e faz o que mandei, finalmente.
— Deite. Quero ver você.
Ela se deita sobre os lençóis, os olhos fixos em mim. Seu cabelo está desgrenhado e solto, formando uma auréola castanha e atraente no travesseiro. Seu corpo assume um delicado tom rosado de excitação. Seus mamilos estão duros, me chamando; suas pernas compridas estão abertas.
Ela é deslumbrante.
Rasgo o pacote e coloco a camisinha. Ela observa cada movimento meu, ainda ofegante. Ela me quer.
— Você é uma bela visão, Anastasia Steele.
E é minha, outra vez.
Subo na cama, e começo beijando seus tornozelos, as partes internas de seus joelhos, as coxas, os quadris, a barriga macia. Minha língua rodopia ao redor do seu umbigo, e ela me recompensa com um gemido alto. Passo a língua na parte inferior de um dos seus seios, depois do outro. Enfio seu mamilo na boca, brincando com ele, esticando-o à medida que endurece mais entre meus lábios. Puxo com força, e ela se contorce ardentemente sob o meu corpo, gritando.
Paciência, baby.
Soltando o mamilo, concentro minha atenção no irmão gêmeo dele.
— Christian, por favor.
— Por favor, o quê? — murmuro entre seus seios, curtindo o desespero dela.
— Quero você dentro de mim.
— Agora?
— Por favor.
Ela está completamente ofegante e exasperada, do jeito que eu gosto. Empurro suas pernas com meus joelhos. Ah, também quero você, baby. Deslizo sobre ela,

posicionado e pronto. Quero saborear este momento, este momento em que vou reconquistar seu corpo lindo, reconquistar minha linda garota. Seus olhos escuros, ardentes, encontram os meus e, bem lentamente, meto dentro dela.

Cacete. É tão bom. Tão apertadinha. Perfeita.

Ela ergue o quadril na minha direção, joga a cabeça para trás, o queixo erguido, a boca aberta num agradecimento silencioso. Agarra meus braços e geme sem nenhum pudor. Que som maravilhoso. Coloco as mãos ao redor da sua cabeça para segurá-la, afasto-me e deslizo novamente para dentro dela. Seus dedos encontram meu cabelo, puxando e mexendo, e me movo lentamente, sentindo seu calor molhado e apertado me envolver, apreciando cada centímetro delicioso.

Seus olhos estão escuros. A boca, aberta. Ela ofega debaixo de mim. Está linda.

— Mais rápido, Christian, mais rápido... por favor.

Seu desejo é uma ordem, baby.

Minha boca encontra a sua, tomando posse dela também, e começo a me mexer, de verdade, metendo, metendo. Ela é tão linda! Senti falta disso. Senti falta de tudo nela. A sensação de estar com ela é a de estar em casa. Ela é a minha casa. Ela é tudo. Eu me perco, e vou me enterrando dentro dela, sem parar.

Sua intensidade cresce: ela está chegando ao ápice.

Ah, baby, sim. Suas pernas se enrijecem. Ela está quase lá. Eu também.

— Goze, baby. Goze para mim — sussurro com os dentes cerrados.

Ela grita ao explodir debaixo de mim, prendendo meu corpo e me enterrando ainda mais fundo, e eu gozo, derramando minha vida e minha alma dentro dela.

— Ana! Ah, Ana!

Caio em cima dela, pressionando-a no colchão, e enterro o rosto em seu pescoço, sentindo o delicioso e intoxicante perfume de Ana.

Ela é minha novamente.

Minha.

Ninguém vai tirá-la de mim, e farei tudo que estiver ao meu alcance para ficar com ela.

Quando recupero o fôlego, me ergo e pego suas mãos nas minhas, ao mesmo tempo em que ela abre os olhos. Estão mais azuis do que nunca, claros e saciados. Ela dá um sorriso tímido, e esfrego a ponta do nariz no dela, tentando encontrar palavras para expressar minha gratidão. Em vez de palavras adequadas, ofereço-lhe um beijo rápido, e me afasto com relutância.

— Senti falta disso.

— Eu também — responde ela.

Seguro seu queixo e a beijo outra vez.

Obrigado, obrigado, obrigado por ter me dado uma segunda chance.

— Não me deixe de novo — murmuro.

Nunca. É uma confissão. Estou revelando um segredo obscuro: *preciso dela.*

— Está bem — responde Ana com um sorriso carinhoso que dispara meu coração.

Com duas simples palavras, Ana costura toda a minha alma. Estou exultante.

Meu destino está em suas mãos, Ana. Aliás, está em suas mãos desde que a conheci.

— Obrigada pelo iPad — acrescenta ela, interrompendo minhas fantasias.

Foi o primeiro presente meu que ela aceitou de bom grado.

— Não há de quê, Anastasia.

— Qual é sua música preferida lá?

— Isso já seria revelar demais — provoco.

Acho que talvez seja a do Coldplay, porque é a que mais combina.

Meu estômago está roncando. Estou faminto, e essa não é uma sensação que tolero muito bem.

— Agora venha, minha serviçal, preparar uma refeição para mim. Estou morrendo de fome — digo, sentando-me, e a puxo para mim.

— Serviçal? — repete ela, rindo.

— Serviçal. Comida, agora, por favor — ordeno como o homem das cavernas que sou enquanto esfrego o nariz em seu cabelo.

— Já que me pede de forma tão educada, senhor, é para já.

Ela roça no meu colo ao se levantar.

Ah!

Ao sair da cama, vira o travesseiro. Atrás dele, há um balão triste e vazio em forma de helicóptero. Eu o pego e olho para ela, sem entender de onde veio aquilo.

— É o meu balão — enfatiza ela.

Ah, sim, Andrea enviou balão e flores quando Ana e Katherine se mudaram para este apartamento. O que ele está fazendo aqui?

— Na sua cama?

— É. Ele me faz companhia.

— Sortudo esse *Charlie Tango.*

Ela retribui meu sorriso enquanto cobre seu corpo lindo com o roupão.

— Meu balão — alerta, antes de sair do quarto.

Possessiva, essa Srta. Steele!

Assim que ela sai, tiro a camisinha, amarro e jogo no lixo ao lado da cama de Ana. Caio de volta nos travesseiros, examinando o balão. Ela o guardou e dormiu com ele. Toda vez que passei em frente ao apartamento dela, sofrendo por ela, Ana estava encolhida na cama, sofrendo por mim, agarrada a isto.

Ela me ama.

De repente, sou dominado por sentimentos confusos e desnorteantes, e o pânico aperta minha garganta.

Como é possível?

Porque ela não conhece você, Grey.

Merda.

Não se renda ao pessimismo. As palavras de Flynn formam uma nuvem no meu cérebro. *Concentre-se no lado positivo.*

Bem, ela é minha outra vez. Só preciso fazê-la ficar. Com sorte, passaremos o fim de semana inteiro juntos para nos conhecermos de novo.

Que inferno! Tenho que ir ao baile da Superando Juntos amanhã.

Eu poderia me livrar dessa, mas minha mãe nunca me perdoaria.

Será que Ana gostaria de ir comigo?

Ela vai precisar de uma máscara, se aceitar.

Encontro meu celular no chão e envio uma mensagem para Taylor. Sei que ele vai visitar a filha de manhã, mas espero que consiga arranjar uma máscara.

> Vou precisar de uma máscara para Anastasia usar no evento amanhã. Acha que consegue arranjar uma?

TAYLOR
Sim, senhor.
Conheço o lugar certo.

> Excelente.

TAYLOR
De que cor?

> Prateada ou azul-escura.

E, enquanto envio a mensagem, tenho uma ideia que pode ou não funcionar.

> Você consegue arranjar um batom também?

TAYLOR
Alguma cor em especial?

> Não. Você escolhe.

Ana sabe cozinhar. O frango xadrez está delicioso. Estou mais calmo comendo, e não me lembro de algum dia já ter me sentido tão à vontade e relaxado com ela. Nós dois estamos sentados no chão, ouvindo as músicas do meu iPod, enquanto comemos e tomamos o Pinot Grigio gelado. E, além disso, é gratificante vê-la devorar a comida. Está com tanta fome quanto eu.

— Está gostoso.

Estou degustando cada garfada.

Ela fica radiante com meu elogio e coloca uma mecha de cabelo desgrenhado atrás da orelha.

— Normalmente sou eu que faço a comida aqui em casa. Kate não é muito boa na cozinha.

Ela está com as pernas cruzadas ao meu lado, à mostra. O roupão surrado é de um tom creme atraente. Quando ela se inclina, ele se abre e vejo o contorno do seu seio.

Grey, comporte-se.

— Foi sua mãe quem lhe ensinou? — pergunto.

— Na verdade, não. — Ela ri. — Na época em que eu estava interessada em aprender a cozinhar, minha mãe já morava com o Marido Número Três em Mansfield, no Texas. E o Ray teria vivido à base de torrada e comida de restaurante se não fosse eu.

— Por que você não ficou no Texas com sua mãe?

— Eu não... — Ela se interrompe, e seu rosto se fecha diante do que presumo ser uma lembrança desagradável. Eu me arrependo de ter perguntado, e quero mudar de assunto, mas ela continua: — ...me entendia com Steve, o marido dela. E sentia falta de Ray. O casamento da minha mãe com Steve não durou muito. Ela caiu em si, acho. Nunca fala dele — acrescenta em voz baixa.

— Então você ficou em Washington com seu padrasto.

— Morei durante um período muito curto no Texas. Depois voltei para ficar com Ray.

— Parece que você cuidava dele.

— Acho que sim — responde ela.

— Você está acostumada a cuidar das pessoas.

Deveria ser o contrário.

Ela se vira para observar minha expressão.

— O que foi? — pergunta, preocupada.

— Quero cuidar de você.

De todas as maneiras. É uma frase simples, mas, para mim, diz tudo. Ana fica impactada.

— Já percebi — diz, meio irônica. — Só que você faz isso de um jeito estranho.

— É o único que conheço.

Estou tateando para encontrar o caminho neste relacionamento. É algo novo para mim. Não conheço as regras. E, no momento, tudo que quero é cuidar de Ana e lhe dar o mundo inteiro.

— Ainda estou brava com você por ter comprado a SIP.

— Eu sei, só que não é isso que vai me impedir, baby.

— O que eu vou falar para os meus colegas de trabalho, para Jack?

Ela soa exasperada. Mas uma imagem de Hyde no bar, debruçando-se na direção dela, com um olhar malicioso, surge na minha mente.

— É melhor esse filho da puta se cuidar — rosno.

— Christian! Ele é meu chefe.

Não se eu puder mudar isso.

Ela está fazendo cara feia para mim, e não quero vê-la com raiva. Estamos muito relaxados. *O que você faz para relaxar?*, ela chegou a me perguntar durante a entrevista. Bem, Ana, é isto que eu faço, comer frango xadrez com você, nós dois sentados no chão. Ela ainda está nervosa, com certeza pensando na situação no trabalho e no que dizer a eles sobre o fato de a GEH ter adquirido a SIP.

Proponho uma solução simples.

— Não conte a eles.

— Não contar o quê?

— Que eu sou o dono. O negócio foi fechado ontem. A notícia não vai poder ser divulgada por umas quatro semanas até que o setor administrativo da SIP faça algumas mudanças.

— Hum... — Ela parece alarmada. — Eu vou perder o emprego?

— Sinceramente, duvido muito.

Não se quiser ficar.

Ela faz uma careta.

— Se eu sair e arrumar outro emprego, você vai comprar a outra empresa também?

— Você não está pensando em sair, está?

Meu Deus, estou prestes a gastar uma pequena fortuna para adquirir essa empresa, e ela está falando em sair!

— Talvez. Receio que você não tenha me deixado muita escolha.

— Sim, vou comprar a outra empresa, também.

Isso pode ficar caro.

— Você não acha que está sendo um pouco superprotetor demais?

Noto o sarcasmo em sua voz.

Talvez...

Ela está certa.

— Sim. Tenho plena consciência da impressão que isso passa — admito.

— Chamando Dr. Flynn — diz ela, revirando os olhos.

Quero repreendê-la por isso, mas ela se levanta e estende a mão para pegar minha tigela vazia.

— Quer sobremesa? — pergunta com um sorriso falso.

— Agora você está falando a minha língua!

Sorrio com malícia, ignorando sua atitude.

Você pode ser a sobremesa, baby.

— Não é isso — diz ela, baixinho, como se lesse meus pensamentos. — Tem sorvete. De baunilha — acrescenta, e então sorri, como se fosse uma piada interna.

Ah, Ana. Isto está ficando cada vez melhor.

— Sério? Acho que nós poderíamos fazer algo com ele.

Isso vai ser divertido. Eu me levanto, como se antecipasse o que está prestes a acontecer.

Ela.

Eu.

Nós dois.

— Posso ficar aqui? — pergunto.

— Como assim?

— Esta noite.

— Presumi que você fosse ficar.

— Ótimo. Cadê o sorvete?

— No forno.

O sorriso irônico está de volta.

Ah, Anastasia Steele, minha mão está coçando.

— O sarcasmo é a forma mais baixa de humor, Srta. Steele. Ainda posso colocar você de bruços no meu colo e lhe dar umas palmadas.

Ela ergue uma sobrancelha.

— Você está com aquelas bolas prateadas?

Sinto vontade de rir. Essa é nova. Significa que ela está disposta a receber umas palmadas ocasionais. Mas vamos deixar para outra hora. Bato nos bolsos da camisa e da calça jeans como se procurasse as bolas.

— Curiosamente, não costumo carregar um kit extra comigo. Não tem muita serventia no escritório.

— Fico feliz em ouvir isso, Sr. Grey, e pensei que você tinha dito que sarcasmo era a forma mais baixa de humor.

— Bem, Anastasia, meu novo lema é: se não pode vencê-los, junte-se a eles.

Ela fica boquiaberta. Está perplexa.

Sim!

Por que é tão divertido provocá-la?

Vou até a geladeira, sorrindo como o tolo que sou, abro o freezer e pego o pote de sorvete.

— Isso aqui vai cair muito bem.

Mostro a embalagem.

— Ben & Jerry's e Ana.

Abro a gaveta e pego uma colher.

Quando ergo os olhos, Ana está com um olhar cheio de desejo, e não sei se é por mim ou pelo sorvete. Espero que seja pela combinação dos dois.

Hora de brincar, baby.

— Espero que você esteja com calor. Porque vou refrescar você com isto aqui. Venha.

Estendo a mão, e fico em êxtase quando ela a segura. Também quer brincar.

A luz do abajur na cabeceira dela é fraca, e o quarto está um pouco escuro. Talvez antes ela preferisse ficar à meia-luz, mas, considerando o comportamento que teve mais cedo, parece menos tímida e mais confortável com a própria nudez. Deixo o sorvete na mesa de cabeceira, e então tiro o edredom e os travesseiros da cama, empilhando-os no chão.

— Você tem outro jogo de lençóis, não tem?

Ela concorda com a cabeça, olhando para mim do canto do quarto. O *Charlie Tango* está amassado em cima da cama.

— Não suje meu balão — avisa ela quando o pego.

Eu o solto e o observo flutuar até o edredom no chão.

— Nem sonharia com isso, baby, mas quero lambuzar você nestes lençóis.

Vamos ficar grudentos, e a cama dela também.

Agora, vamos à pergunta importante: ela vai topar ou não?

— Quero amarrar você — sussurro.

No silêncio entre nós, ouço um leve som de espanto.

Ah, eu ouvi isso.

— Tudo bem — diz ela.

— Só as mãos. Na cama. Preciso de você bem paradinha.

— Tudo bem — repete.

Eu me aproximo como se ela fosse a caça, e eu, o caçador, um sem tirar os olhos do outro.

— Vamos usar isto.

Pego a faixa do seu roupão, puxo-a delicadamente, e o roupão se abre, revelando a nudez de Ana; puxo mais um pouquinho, e a faixa sai. Ela não desvia os olhos dos meus, e não tenta se cobrir.

Muito bem, Ana.

Roço os dedos em suas bochechas. Sua pele é macia como cetim sob o meu toque. Beijo seus lábios.

— Deite-se na cama de barriga para cima.

Hora do show, baby.

Sinto a ansiedade de Ana ao fazer o que lhe peço, deitando-se na cama. De pé perto dela, passo um tempo admirando-a.

Minha garota.

Minha garota estonteante. Pernas compridas, cintura fina, seios perfeitos. Sua pele impecável cintila com a luz fraca, e seus olhos brilham num tom escuro de desejo carnal enquanto ela espera.

Sou um cara de sorte.

Meu corpo enrijece, concordando com isso.

— Eu poderia ficar aqui olhando para você o dia inteiro, Anastasia.

O colchão afunda quando passo uma das pernas por cima do seu corpo e me sento sobre ela.

— Braços acima da cabeça — ordeno.

Ela obedece de imediato, e, usando a faixa, amarro seus pulsos e passo a outra extremidade pelas barras de metal na cabeceira da cama.

Pronto.

Que visão poderosa ela é...

Dou-lhe um beijo rápido e cheio de gratidão nos lábios e saio da cama. Assim que fico de pé, tiro a camisa e a calça, e coloco uma camisinha na cabeceira.

Agora, o que fazer?

Mais uma vez na extremidade da cama, pego seus tornozelos e puxo-a pelo colchão, deixando seus braços completamente esticados. Quanto menos ela conseguir se mover, mais intensas serão as sensações.

— Assim é melhor — murmuro para mim mesmo.

Com o pote de sorvete e a colher, me sento em cima dela outra vez. Ana morde o lábio e abro a tampa para pegar uma colherada.

— Hum... ainda está bem duro.

Penso em colocar um pouco em mim e passar para sua boca. Mas, quando percebo como está gelado, fico com receio de me causar um efeito brochante.

Isso seria inconveniente.

— Delicioso — digo, lambendo os lábios à medida que o sorvete derrete na minha boca. — É incrível como um bom e velho sorvete de baunilha pode ser tão bom. — Olho para ela, que sorri para mim, sua expressão se iluminando. — Quer um pouco?

Ela aceita com um aceno de cabeça, embora pareça um pouco hesitante.

Pego outra colher, oferecendo-lhe, e ela abre a boca. Mudo de ideia e a enfio na boca. É como tirar doce de criança.

— Está bom demais para dividir — declaro, provocando-a.

— Ei — reclama ela.

— O que foi, Srta. Steele, gosta de sorvete de baunilha?

— Gosto! — exclama, e ela me surpreende tentando lutar contra o meu peso, mas é claro que não consegue.

Rio.

— Ficando agitada, é? Eu não faria isso se fosse você.

Ela para.

— Sorvete — geme, deixando clara sua frustração.

— Bem, como você me deu tanto prazer hoje, Srta. Steele.

Pego mais um pouco com a colher e dou a ela. Ana me olha com uma incerteza divertida, mas abre os lábios, e eu assinto com a cabeça, colocando o sorvete em sua boca. Meu pau fica ainda mais duro quando imagino seus lábios em mim.

Tudo a seu tempo, Grey.

Com delicadeza, tiro a colher de sua boca e pego um pouco mais de sorvete. Ela recebe a segunda colher sofregamente. Escorre um pouco, já que está começando a derreter por causa do calor da minha mão no pote. Devagar, dou mais uma colherada a ela.

— Hum, essa é uma boa maneira de fazer você comer: à força. Eu poderia me acostumar com isso.

Ela fecha a boca quando lhe ofereço mais, e há um brilho desafiador em seus olhos quando balança a cabeça. Ana já se satisfez. Inclino a colher; lentamente o sorvete derretido escorre por seu pescoço e, à medida que mexo a colher, as gotas de sorvete caem em seu peito. Ela abre a boca.

Ah, isso aí, baby.

Eu me abaixo e passo a língua para limpá-la.

— Hum. Fica ainda mais gostoso em você, Srta. Steele.

Ana tenta dobrar os braços, puxando a faixa do roupão presa à cabeceira, mas está bem amarrada, e se mantém no lugar. Vou derramando delicadamente a colher seguinte em seus seios, observando com satisfação cada mamilo endurecer à sensação do sorvete gelado. Com a parte de trás da colher, espalho sorvete em cada mamilo duro feito pedra, e ela se contorce debaixo de mim.

— Está com frio? — pergunto.

Sem esperar resposta, caio de boca, lambendo e engolindo cada filete de sorvete, chupando seus seios, deixando os bicos ainda maiores. Ela fecha os olhos e geme.

— Quer um pouco?

Coloco uma grande quantidade na boca, engolindo um pouco, em seguida a beijo, enfiando a língua cheia de sorvete em sua boca ansiosa.

Ben & Jerry's. E Ana.
Perfeito.
Recuo um pouco, me sentando em suas coxas, e espalho sorvete derretido da base do seio até o meio do abdome. Coloco uma bola grande de sorvete de baunilha no seu umbigo. Ela arregala os olhos ao perceber que o sorvete queima.
— Bem, você já fez isso antes — alerto. — Vai ter que ficar bem paradinha, ou vai espalhar sorvete pela cama toda.
Coloco uma bela colherada de sorvete na boca e volto para os seios dela, sugando os bicos alternadamente com meus lábios e minha língua gelados. Deslizo corpo abaixo, seguindo o rastro do sorvete derretido, sugando tudo. Ela se contorce debaixo de mim, os quadris se mexendo num ritmo familiar.
Ah, baby, se você ficasse parada sentiria muito mais.
Uso a língua para devorar o que restou do sorvete em seu umbigo.
Está grudenta, mas não em todos os lugares.
Ainda não.
Eu me ajoelho no meio de suas coxas e passo outra colher de sorvete em sua barriga, indo até os pelos pubianos, alcançando meu alvo final e derramando o restante no seu clitóris inchado. Ela grita e tensiona as pernas.
— Silêncio.
Eu me abaixo e lambo lentamente, limpando-a.
— Ah... por favor... Christian.
— Eu sei, baby, eu sei — sussurro em sua pele sensível, mas continuo com minha invasão lasciva.
Suas pernas se retesam outra vez. Ela está quase lá.
Jogo o pote de sorvete, que cai no chão, e enfio um dedo dentro dela, em seguida outro, me deliciando ao descobrir como seu corpo está molhado, quente e aconchegante, e me concentro no seu ponto doce, acariciando-a, sentindo-a, sabendo que ela está muito perto. O clímax está iminente.
— Bem aqui — murmuro, enquanto coloco e retiro os dedos devagar.
Ela dá um grito sufocado, seu corpo convulsionando em meus dedos.
Isso mesmo.
Tiro a mão e pego o pacote com as camisinhas. Apesar de eu detestar isso, leva só um segundo para colocar. Subo em cima dela, que ainda está no final do orgasmo, e meto nela.
— Ah, sim! — digo, gemendo.
Ela é como o paraíso.
Meu paraíso.
Mas está grudenta. Todo o seu corpo. Meu corpo fica colando no dela, o que é um pouco desconcertante. Eu me afasto e a coloco de quatro.

— Assim — murmuro, e me inclino para pegar a faixa, soltando suas mãos.

Quando ela fica livre, eu a puxo, colocando-a de costas, montada em mim. Seguro os seios dela e puxo os mamilos enquanto ela geme e inclina a cabeça para trás, apoiando-a em meu ombro. Enfio o nariz no pescoço dela e começo a flexionar os quadris, penetrando-a mais fundo. Ela tem cheiro de maçã, baunilha e Ana.

Minha fragrância favorita.

— Você sabe o quanto significa para mim? — sussurro em seu ouvido, sua cabeça jogada para trás em êxtase.

— Não — responde ela, ofegante.

Fecho os dedos delicadamente em torno de sua mandíbula e do seu pescoço, tranquilizando-a.

— Ah, sabe sim. Não vou deixar você ir embora.

Nunca.

Eu te amo.

— Você é minha, Anastasia.

— Sim, sua.

— E eu cuido do que é meu — murmuro, mordendo sua orelha.

Ela grita.

— Isso, quero ouvir.

Quero cuidar de você.

Passo a mão pela cintura dela, segurando-a contra mim, enquanto, com a outra, seguro seu quadril. E continuo metendo nela. Ela se move junto comigo, gritando, gemendo, soluçando. Minhas costas estão pingando de suor, assim como minha testa e meu peito, que está escorregadio, e deslizamos um no outro enquanto ela cavalga. Ana cerra os punhos e para de se mexer, as pernas ao meu redor, os olhos fechados, quando grita baixinho.

— Goze para mim, baby — rosno entre os dentes cerrados, e ela goza, berrando uma versão desconexa do meu nome.

Eu me deixo levar, gozando dentro dela e perdendo o controle.

Afundamos na cama e eu a tomo nos braços. Nos deitamos em uma pilha desfeita de lençóis grudentos, adocicados, ambos ofegantes. Respiro fundo quando seu cabelo roça nos meus lábios.

Será sempre assim?

Incrível.

Fecho os olhos e aprecio esse momento de lucidez e tranquilidade.

— O que eu sinto por você me assusta — diz ela, um pouco rouca.

— Também me assusta, baby.

Mais do que você possa imaginar.

— E se você me deixar?

O quê? Por que eu iria deixá-la? Fiquei perdido sem ela.

— Eu não vou a lugar algum. Acho que nunca vou me cansar de você, Anastasia.

Ela se vira em meus braços e me observa, os olhos sombrios e intensos, e não faço a menor ideia do que está pensando. Inclina-se e me dá um beijo delicado e carinhoso.

O que diabo ela está pensando?

Coloco uma mecha de cabelo atrás de sua orelha. Preciso fazê-la acreditar que estou aqui de vez, enquanto ela me quiser.

— Eu nunca tinha me sentido do jeito que me senti quando você foi embora, Anastasia. Eu moveria o céu e a terra para evitar ter aquela sensação de novo.

Os pesadelos. A culpa. O desespero me sugando para o abismo, e me afogando.

Merda. Recomponha-se, Grey.

Não, nunca mais quero sentir aquilo.

Ela me dá mais um beijo leve e suplicante, o que me acalma.

Não pense nisso, Grey. Pense em outra coisa.

Então me lembro do baile de verão dos meus pais.

— Você pode ir comigo à festa de verão do meu pai, amanhã? É um evento de caridade que acontece todo ano. Eu disse que iria.

Prendo a respiração.

Estamos falando de um encontro.

Um encontro de verdade.

— Claro.

O rosto de Ana se ilumina, mas então se fecha.

— O que foi?

— Nada.

— Fale — insisto.

— Não tenho roupa.

Sim. Tem sim.

— Não fique brava, mas ainda estou com todas aquelas roupas lá em casa para você. Tenho certeza de que há pelo menos uns dois vestidos lá.

— Ah, é mesmo? — murmura ela, contraindo os lábios.

— Não consegui me desfazer delas.

— Por quê?

Você sabe, Ana. Acaricio seu cabelo, torcendo para que ela entenda. Eu a queria de volta, então as guardei.

Ela balança a cabeça, resignada.

— Sempre difícil, não é, Sr. Grey?

Rio, porque é verdade, e também porque é algo que eu poderia ter dito a ela. Ana sorri.

— Estou grudenta, preciso de um banho.

— Nós dois.

— Infelizmente, não há espaço para nós dois. Você pode ir, vou trocar a roupa de cama enquanto isso.

O BANHEIRO DELA é do tamanho do meu box, e com certeza o menor cubículo para tomar banho onde já estive. Estou praticamente com a cara grudada na parede. No entanto, descubro a fonte do cheiro maravilhoso do cabelo dela. Xampu de maçã-verde. Quando a água começa a gotejar em cima de mim, abro a tampa, e, fechando os olhos, respiro fundo.

Ana.

Acho que vou acrescentar isto à lista de compras da Sra. Jones. Quando abro os olhos, ela está me encarando, as mãos nos quadris. Para minha decepção, está de roupão.

— Este banheiro é pequeno — reclamo.

— Eu avisei. Você estava cheirando o meu xampu?

— Talvez.

Sorrio.

Ela ri e me entrega uma toalha com estampa das lombadas de livros clássicos. Ana, a eterna bibliófila. Eu a enrolo na cintura e lhe dou um beijo rápido.

— Não demore. E isso não é um pedido.

Deitado em sua cama, esperando ela voltar, olho ao redor do quarto. Não parece que alguém mora ali. Três paredes são de tijolo aparente, a quarta é de concreto liso, e não há nada nelas. Ana ainda não teve tempo de transformar este lugar em um lar. Estava triste demais para desempacotar as coisas depois da mudança. E foi culpa minha.

Fecho os olhos.

Quero que ela seja feliz.

Ana feliz.

Sorrio.

SÁBADO, 11 DE JUNHO DE 2011

Ana está ao meu lado. Radiante. Linda. Minha. Está usando um robe de cetim branco. Estamos no *Charlie Tango*, buscando a aurora. Indo atrás do crepúsculo. Atrás da aurora. Do crepúsculo. Voamos bem acima das nuvens. A noite é uma mortalha escura que nos cobre. O cabelo de Ana está brilhante, castanho-claro, reluzente por causa do pôr do sol. Temos o mundo aos nossos pés, e quero lhe dar o mundo. Ela está extasiada. Faço uma reversão e estamos no meu planador. Veja o mundo, Ana. Quero lhe mostrar o mundo. Ela ri. Dá risadinhas. Está feliz. Suas tranças apontam para o chão quando ela fica de cabeça para baixo. De novo, pede ela. E eu obedeço. Nós giramos, giramos e giramos. Mas desta vez ela começa a gritar. Está me olhando horrorizada. Seu rosto está contorcido. Apavorado. Enojado. Comigo.
Comigo?
Não.
Não.
Ela grita.

Acordo com o coração disparado. Ana se contorce ao meu lado, fazendo um som sinistro e de outro mundo que arrepia todos os pelos do meu corpo. À luz do poste da rua, vejo que ela ainda está dormindo. Eu me sento e a chamo com delicadeza.

— Meu Deus, Ana!

Ela acorda de repente. Ofegante. Os olhos arregalados. Apavorada.

— Ana, você está bem? Você estava tendo um pesadelo.

— Ah — sussurra ela enquanto olha para mim, os cílios tremendo feito as asas de um beija-flor. Estico a mão e acendo o abajur. Ela estreita os olhos à meia-luz.

— A garota — diz ela, buscando meu olhar.

— O que houve? Que garota?

Resisto à vontade de tomá-la nos braços e beijá-la até os pesadelos desaparecerem.

Ela pisca mais uma vez, e sua voz soa mais clara, menos temerosa:

— Tinha uma garota do lado de fora da SIP quando saí do trabalho ontem. Ela se parecia comigo... mas não exatamente.

Meu couro cabeludo formiga.

Leila.

— Quando foi isso? — pergunto, sentando-me com as costas eretas.

— Ontem à tarde, quando saí do trabalho. — Ela está abalada. — Você sabe quem ela é?

— Sei.

Por que Leila resolveu confrontar Ana?

— Quem é? — pergunta ela.

Eu deveria ligar para Welch. Durante nossa conversa esta manhã, ele não tinha nada a relatar sobre o paradeiro de Leila. A equipe dele ainda está tentando encontrá-la.

— Quem é? — insiste Ana.

Droga. Sei que ela não vai desistir enquanto não tiver respostas. Por que não me contou antes?

— Leila.

Ela franze ainda mais a testa.

— Aquela que colocou a música "Toxic" no seu iPod?

— É. Ela disse alguma coisa?

— Ela falou: "O que você tem que eu não tenho?" E quando eu perguntei quem ela era, ela respondeu: "Ninguém."

Meu Deus, Leila, o que você está aprontando? Tenho que ligar para Welch.

Cambaleio para fora da cama e visto a calça jeans.

Na sala, pego o celular no bolso da jaqueta. Welch atende depois de dois toques, e qualquer hesitação que eu pudesse ter em ligar para ele às cinco da manhã desaparece. Ele devia estar acordado.

— Sr. Grey — diz, a voz rouca como sempre.

— Peço desculpas por ligar tão cedo.

Começo a andar de um lado para outro no pequeno espaço da cozinha.

— Dormir não é minha praia, Sr. Grey.

— Imaginei. É Leila. Ela abordou minha namorada, Anastasia Steele.

— No trabalho dela? Ou no apartamento? Quando?

— Isso, na frente da SIP, ontem... no fim da tarde.

Eu me viro, e Ana, usando só a minha camisa, está parada ao lado da bancada, me observando. Eu a avalio enquanto continuo a conversa; sua expressão parece uma mistura de curiosidade e temor. Está linda.

— Que horas, exatamente? — pergunta Welch.
Repito a pergunta para Ana.
— Tipo dez para as seis — diz ela.
— Ouviu? — pergunto a Welch.
— Não.
— Dez para as seis — repito.
— Então ela rastreou a Srta. Steele até o trabalho.
— Descubra como.
— Tem fotos de vocês dois juntos na imprensa.
— Isso.

Ana inclina a cabeça para o lado e joga o cabelo por cima do ombro enquanto escuta a minha parte da conversa.

— Acha que deveríamos nos preocupar com a segurança da Srta. Steele? — pergunta Welch.

— Eu diria que não, mas eu não imaginava que ela seria capaz disso.
— Acho que deveria considerar segurança adicional para ela, senhor.
— Eu não sei como isso vai acabar.

Olho para Ana no momento em que ela cruza os braços, acentuando o contorno dos seios que se destacam sob o algodão branco da minha camisa.

— Gostaria de aumentar sua segurança também, senhor. Que tal conversar com Anastasia? Deixá-la a par do perigo que pode estar correndo?

— Certo, eu falo com ela.

Ana morde o lábio. Eu queria que ela parasse. Isso me distrai.

— Vou passar o recado para o Sr. Taylor e a Sra. Jones em um horário mais razoável — continua Welch.

— Certo.
— Enquanto isso, vou precisar de mais gente em serviço por aí.
— Eu sei.

Suspiro.

— Vamos começar com as lojas nos arredores da SIP. Para ver se alguém notou alguma coisa. Pode ser a pista que estávamos esperando.

— Descubra e me avise. Descubra onde ela está, Welch... Ela está em apuros. Descubra onde ela está.

Desligo e olho para Ana. Seu cabelo embaraçado cai sobre os ombros; as pernas compridas estão brancas sob a luz fraca do corredor. Eu as imagino em volta do meu corpo.

— Você quer um chá? — pergunta ela.
— Na verdade, eu queria voltar para a cama.

E esquecer toda essa merda sobre Leila.

— Bem, eu preciso de um pouco de chá. Vai querer também?

Ela segue até o fogão, pega a chaleira e começa a enchê-la de água.

Não quero porra de chá nenhum. Quero me enfiar dentro de você e esquecer Leila.

Ana olha diretamente para mim, e percebo que está esperando uma resposta.

— Sim, por favor.

Pareço mal-humorado até para os meus próprios ouvidos.

O que Leila quer com Ana?

E por que Welch ainda não a encontrou?

— O que houve? — pergunta ela alguns minutos depois.

Está segurando uma xícara de chá familiar.

Ana. Por favor. Não quero que você se preocupe com isso.

— Você não vai me dizer? — insiste ela.

— Não.

— Por quê?

— Porque não tem nada a ver com você. Não quero que você se envolva nisso.

— Tem a ver comigo, sim. Ela me encontrou e me abordou na porta do meu trabalho. Como ela sabe a meu respeito? Como ela sabe onde eu trabalho? Acho que tenho o direito de ser informada sobre o que está acontecendo.

Ela tem resposta para tudo.

— Por favor — pressiona.

Ah, Ana. Ana. Ana. Por que você faz isso?

Seus olhos azuis intensos suplicam.

Porra. Não posso dizer não para essa carinha.

— Está bem. — Você venceu. — Não tenho ideia de como ela encontrou você. Talvez a nossa fotografia em Portland, não sei. — Com relutância, continuo: — Quando eu estava na Geórgia com você, Leila apareceu do nada no meu apartamento e fez uma cena na frente de Gail.

— Gail?

— A Sra. Jones.

— Como assim, "fez uma cena"?

Balanço a cabeça.

— Conte. — Ela coloca as mãos nos quadris. — Você está escondendo alguma coisa.

— Ana, eu...

Por que ela está com tanta raiva? Não quero que se meta nisso. Ela não entende que a humilhação de Leila é a minha humilhação. Leila decidiu tentar suicídio no *meu* apartamento, e eu não estava lá para ajudá-la; ela fez esse pedido de socorro por algum motivo.

— Por favor? — pede Ana outra vez.

Ela não vai desistir. Suspiro com exasperação e conto que Leila fez uma tentativa desastrada de suicídio.

— Ai, não!

— Gail a levou para o hospital. Mas Leila fugiu antes que eu pudesse chegar lá. O psiquiatra que a atendeu disse que é uma forma típica de chamar a atenção. Ele não acha que ela estivesse realmente correndo perigo. Ela estava a um passo da idealização suicida, como ele mesmo disse. Mas não estou convencido. Venho tentando localizá-la desde então, para ver se posso ajudar.

— Ela disse alguma coisa à Sra. Jones?

— Nada demais.

— Mas você não consegue encontrá-la? E a família dela?

— Não sabem onde ela está. Nem o marido sabe.

— Marido?! — exclama ela.

— É. — *Aquele filho da puta mentiroso.* — Ela está casada há uns dois anos.

— Ela já era casada enquanto estava com você?

— Não! Meu Deus, claro que não. Ela esteve comigo há quase três anos. Ela me deixou e se casou com esse cara pouco depois.

Eu já falei, baby, eu não compartilho. Já me meti com uma mulher casada, e não terminou bem.

— Então, por que ela está tentando chamar sua atenção agora?

— Não sei. Tudo o que conseguimos descobrir é que ela largou o marido há uns quatro meses.

Ana pega uma colher de chá e mexe nela enquanto fala.

— Deixe-me ver se entendi. Já faz três anos que ela não é mais sua submissa?

— Dois anos e meio, mais ou menos.

— E ela queria mais.

— Isso.

— Mas você não?

— Você já sabe disso.

— E aí ela deixou você.

— Isso.

— Então, por que ela está correndo atrás de você agora?

— Eu não sei.

Ela queria mais, só que não pude lhe dar isso. Será que ela me viu com você?

— Mas você suspeita...

— Eu suspeito que tenha alguma coisa a ver com você.

Mas posso estar enganado.

Agora podemos voltar para a cama?

Ana me observa, avaliando meu peito. Ignoro sua análise e faço a pergunta que vem me incomodando desde que ela me disse que viu Leila.

— Por que você não me contou ontem?

Ana tem a dignidade de exibir uma expressão de culpa.

— Esqueci. Você sabe como é, sair para beber depois do trabalho, ao fim da minha primeira semana. Você ter aparecido no bar e a sua... competição de testosterona com Jack. — Ela dá um sorriso tímido. — E depois, a gente veio para cá. Esqueci totalmente. Você tem o hábito de me fazer esquecer as coisas.

Eu gostaria de esquecer isso agora. Vamos voltar para a cama.

— Competição de testosterona? — repito, achando graça.

— É. O concurso de mijo.

— Eu vou lhe mostrar o que é uma competição de testosterona. — Minha voz sai grave.

— Não prefere uma xícara de chá?

Ela me oferece a xícara.

— Não, Anastasia, não prefiro. — *Eu quero você. Agora.* — Esqueça ela. Venha.

Estendo a mão. Ela deixa a xícara na bancada e coloca a mão sobre a minha.

De volta ao quarto, puxo a camisa pela cabeça de Ana.

— Gosto quando você usa minhas roupas — sussurro.

— Eu gosto de usá-las. Têm seu cheiro.

Seguro a cabeça dela com ambas as mãos e a beijo.

Quero fazer com que ela se esqueça de Leila.

Eu quero me esquecer de Leila.

Pego-a no colo e a levo até a parede de concreto.

— Envolva meu corpo com as pernas, baby — ordeno.

QUANDO ABRO OS OLHOS, o quarto está banhado de luz, e Ana está acordada ao meu lado, aninhada no meu braço.

— Oi — diz ela, sorrindo como se estivesse tramando alguma coisa.

— Oi — respondo com cautela. Tem alguma coisa errada. — O que está fazendo?

— Olhando para você.

Ela passa a mão pela parte inferior da minha barriga. E meu corpo ganha vida.

Opa!

Seguro sua mão.

Ana com certeza deve estar dolorida depois de ontem.

Ela lambe os lábios, e o sorriso culpado é substituído por outro, safado, carnal.

Talvez não.

Acordar ao lado de Anastasia Steele certamente tem suas vantagens. Rolo para cima dela, seguro suas mãos e a prendo na cama enquanto ela se contorce embaixo de mim.

— Acho que você estava aprontando, Srta. Steele.

— Gosto de aprontar quando estou com você.

Era praticamente como se ela estivesse falando com a minha virilha.

— Ah, é?

Beijo seus lábios. Ela assente.

Nossa, que linda.

— Sexo ou café da manhã?

Ela ergue os quadris na minha direção, e preciso de todo meu autocontrole para não aceitar imediatamente o que ela está oferecendo.

Não. Deixe ela esperando.

— Boa escolha.

Beijo seu pescoço, a clavícula, o peito, os seios.

— Ah — sussurra ela.

FICAMOS DEITADOS DEPOIS DO SEXO.

Não me lembro de momentos assim antes de Ana. Eu não ficava na cama só… deitado. Mexo no cabelo dela. Tudo isso mudou.

Ana abre os olhos.

— Oi.

— Oi.

— Está dolorida? — pergunto.

Suas bochechas coram.

— Não. Estou cansada.

Acaricio seu rosto.

— Você não dormiu muito ontem à noite.

— Nem você. — Seu sorriso é cem por cento Srta. Steele acanhada, mas seu olhar fica melancólico. — Não ando dormindo muito bem ultimamente.

Um remorso veloz e terrível arde em minhas entranhas.

— Desculpe — respondo.

— Não peça desculpas. Foi minha…

Coloco um dedo sobre seus lábios.

— Shh.

Ela franze os lábios para beijar meu dedo.

— Se serve de consolo — confesso —, eu também não dormi bem nessa última semana.

— Ah, Christian — diz ela, e, pegando minha mão, beija cada nó de dedo.

É um gesto carinhoso e humilde. Um nó surge em minha garganta, e meu coração dispara. Estou à beira de algo desconhecido, uma planície onde o horizonte desaparece e o território é novo e inexplorado.

É apavorante.

É confuso.

É excitante.

O que você está fazendo comigo, Ana?

Para onde está me levando?

Respiro fundo e me concentro na mulher ao meu lado. Ela dá um sorriso sexy, e consigo nos imaginar passando o dia todo na cama, mas percebo que estou com fome.

— Café da manhã? — pergunto.

— Você está se oferecendo para fazer café da manhã ou exigindo ser alimentado, Sr. Grey? — provoca ela.

— Nenhuma das duas coisas. Vou pagar por um café da manhã. Não sou bom na cozinha, como demonstrei ontem à noite.

— Você tem outras qualidades — diz ela com um sorriso brincalhão.

— Ora, Srta. Steele, o que você quer dizer?

Ana semicerra os olhos.

— Acho que você sabe. — Ela está me provocando. Senta-se lentamente e tira as pernas da cama. — Pode tomar banho no banheiro de Kate. É maior que o meu.

Claro que é.

— Vou usar o seu. Gosto de estar no seu espaço.

— Também gosto de você no meu espaço.

Ela dá uma piscadela, se levanta e sai do quarto.

Ana sem pudores.

QUANDO VOLTO DO BOX apertado, encontro-a usando uma calça jeans e uma camiseta justa que deixa pouco para minha imaginação. Ela está mexendo no cabelo.

Quando visto minha calça, sinto a chave do Audi no bolso. Eu me pergunto como ela vai reagir quando eu devolvê-lo para ela. Pareceu aceitar bem o iPad.

— Quantas vezes por semana você malha? — pergunta, e percebo que está me observando pelo espelho.

— Todo dia útil.

— O que você faz?

— Corro, levanto peso e faço kickboxing.

Também fiz o percurso de ida e volta correndo até o seu apartamento na última semana.

— Kickboxing?

— É, tenho um personal trainer, um ex-atleta olímpico que me dá aula. O nome dele é Claude. É muito bom.

Digo para Ana que ela gostaria de ter ele como personal.

— Para que um personal trainer, se eu tenho você para me manter em forma?

Eu me aproximo dela, ainda mexendo no cabelo, e a abraço. Nossos olhares se encontram no espelho.

— Mas eu preciso de você em forma, baby, para fazer as coisas que tenho em mente. Vou precisar que você acompanhe o meu ritmo.

Isso se nós voltarmos ao quarto de jogos.

Ela ergue a sobrancelha.

— Você sabe que quer — articulo as palavras sem emitir som para o reflexo dela.

Ela brinca com o lábio, mas interrompe nosso contato visual.

— O que foi? — pergunto, preocupado.

— Nada — diz ela, e balança a cabeça — Tudo bem, quero conhecer o Claude.

— Quer?

Que fácil!

— É. Se isso faz você tão feliz — diz ela, e ri.

Eu a aperto e dou um beijo em sua bochecha.

— Você não tem ideia. — Eu a beijo atrás da orelha. — E então, o que gostaria de fazer hoje?

— Eu queria cortar o cabelo, e hum... Preciso descontar um cheque e comprar um carro.

— Ah.

É agora. Tiro a chave do Audi do bolso da calça.

— Aqui está — digo para ela.

Ana parece não entender, mas então suas bochechas coram, e percebo que ela está chateada.

— Como assim, aqui está?

— Taylor trouxe de volta ontem.

Ela se solta do meu abraço e me olha de cara feia.

Merda. Está irritada. Por quê?

Ela tira um envelope do bolso traseiro da calça.

— Aqui, isto é seu.

Reconheço o envelope em que coloquei o cheque com o valor do Fusca velho dela. Ergo as mãos e dou um passo para trás.

— Ah, não. Esse dinheiro é seu.

— Não, não é. Eu gostaria de comprar o carro de você.

Está. De. Sacanagem?
Ela quer *me* dar dinheiro!
— Não, Anastasia. Seu dinheiro, seu carro.
— Não, Christian. Meu dinheiro, seu carro. Eu compro de você.
Ah, não. Não mesmo.
— Eu lhe dei o carro de presente de formatura.
E você disse que aceitaria.
— Se você tivesse me dado uma caneta... teria sido um presente de formatura adequado. Mas você me deu um Audi.
— Você realmente quer discutir isso?
— Não.
— Ótimo, aqui estão as chaves.
Eu as coloco sobre a cômoda.
— Não foi isso o que eu quis dizer!
— Fim de papo, Anastasia. Não me provoque.
O olhar dela agora diz tudo. Se eu fosse feito de palha, teria incendiado, e não de um jeito bom. Ela está furiosa. De verdade. De repente, ela estreita os olhos e dá um sorriso maldoso. Pega o envelope, segura-o no ar e, de maneira um tanto teatral, rasga-o no meio, e depois repete o gesto. Joga os pedaços no lixo e me dirige um olhar vitorioso de foda-se.
Ah. De volta ao jogo, Ana.
— Como sempre, Srta. Steele, você é muito desafiadora.
Repito as palavras que ela usou ontem, dou meia-volta e sigo para a cozinha.
Agora estou furioso. Para caralho.
Como ela se atreve?
Pego o celular e ligo para Andrea.
— Bom dia, Sr. Grey.
Ela parece meio sem fôlego quando atende.
— Oi, Andrea.
Ao fundo, ouço uma mulher gritar:
— Ele não se tocou de que você vai se casar hoje, Andrea?
Então a voz de Andrea:
— Com licença, Sr. Grey.
Casar!
Há um ruído quando o fone é abafado com a mão.
— Mãe, fica quieta. É meu chefe. — Sua voz volta ao normal: — O que posso fazer pelo senhor, Sr. Grey?
— Você vai se casar?
— Sim, senhor.

— Hoje?
— Sim. O que o senhor quer que eu faça?
— Eu queria que você depositasse vinte e quatro mil dólares na conta bancária de Anastasia Steele.
— Vinte e quatro mil?
— Sim, vinte e quatro mil dólares. Diretamente.
— Vou cuidar disso. Vai estar na conta dela na segunda-feira.
— Segunda-feira?
— Sim, senhor.
— Excelente.
— Mais alguma coisa, senhor?
— Não, é só isso, Andrea.

Desligo, incomodado porque a perturbei no dia do casamento, e mais incomodado ainda porque ela não me contou que ia se casar.

Por que não quis me contar? Será que está grávida?

Vou ter que encontrar uma nova assistente?

Eu me viro para a Srta. Steele, que está furiosa na porta.

— Vai entrar na sua conta na segunda-feira. Não brinque assim comigo.

— Vinte e quatro mil dólares! — grita ela. — E como você sabe o número da minha conta?

— Eu sei tudo a seu respeito, Anastasia — respondo, tentando manter a calma.

— Meu carro não valia vinte e quatro mil dólares de jeito nenhum — argumenta ela.

— Concordo com você, mas o negócio é conhecer o mercado, não importa se você está comprando ou vendendo. Tinha um maluco que queria aquela banheira e estava disposto a pagar esse dinheiro todo. Aparentemente, é um clássico. Pergunte a Taylor, se não acredita em mim.

Nós nos encaramos.

Que mulher impossível.

Impossível. Impossível.

Os lábios dela se abrem. Ela está sem fôlego, as pupilas dilatadas. Me absorvendo. Me consumindo.

Ana.

Ela lambe o lábio inferior.

E está ali, no ar entre nós.

Nossa atração, uma força viva. Aumentando. Aumentando.

Porra.

Eu a seguro e a empurro na porta, meus lábios procurando e encontrando os dela. Domino sua boca, beijando-a com avidez, meus dedos se fechando na base da nuca, segurando-a. Os dedos dela estão no meu cabelo. Puxando. Direcionando-me enquanto ela também me beija, a língua na minha boca. Dominando. Tudo. Pego a bunda dela, puxo-a para o meu pau duro e esfrego meu corpo no dela. Eu a quero. De novo.

— Por que, por que você tem que me desafiar? — digo em voz alta enquanto beijo seu pescoço.

Ela inclina a cabeça para trás para me dar total acesso.

— Porque eu posso — sussurra.

Ah. Ela roubou minha fala.

Estou ofegante quando encosto a testa na dela.

— Deus do céu, eu quero muito comer você agora, mas as camisinhas acabaram. Eu nunca consigo me saciar de você. Você é enlouquecedora, enlouquecedora.

— E você me deixa maluca — sussurra ela. — Em todos os sentidos.

Respiro fundo, encaro os olhos provocantes e famintos que me prometem o mundo, e balanço a cabeça.

Calma, Grey.

— Venha. Vamos tomar café da manhã na rua. Conheço um lugar onde você pode cortar o cabelo.

— Está bem.

Ela sorri.

E não brigamos mais.

Andamos de mãos dadas pela rua Vine e entramos à direita na Primeira Avenida. Eu me pergunto se é normal passar de um estado de raiva mútua para essa calma casual que sinto enquanto andamos pelas ruas. Talvez a maioria dos casais seja assim. Olho para Ana ao meu lado.

— Isso parece tão normal — digo. — Estou adorando.

— Christian, acho que o Dr. Flynn concordaria que você pode ser qualquer coisa, menos normal. Excepcional, talvez.

Ela aperta a minha mão.

Excepcional!

— O dia está lindo — acrescenta.

— Está.

Ela fecha os olhos por um instante e vira o rosto para o sol matinal.

— Venha, conheço um ótimo lugar para um brunch.

Um dos meus cafés favoritos fica a poucos quarteirões da casa de Ana, na Primeira Avenida. Quando chegamos lá, abro a porta para ela e faço uma pausa para sentir o aroma de pão fresco.

— Que lugar encantador — diz ela quando nos sentamos à mesa. — Adorei a arte nas paredes.
— Eles apoiam um artista diferente por mês. Descobri Trouton aqui.
— Tornam extraordinário um objeto comum — diz Ana.
— Você lembrou.
— Tem pouca coisa que eu poderia esquecer sobre você, Sr. Grey.
E eu sobre você, Srta. Steele. Você é extraordinária.
Rio e entrego um cardápio para ela.

— EU PAGO. — Ana pega a conta antes de mim. — Você precisa ser rápido comigo, Grey.
— Você tem razão, preciso mesmo — resmungo.
Uma pessoa que deve mais de cinquenta mil dólares em empréstimo estudantil não deveria estar pagando meu café da manhã.
— Não fique com essa cara. Estou vinte e quatro mil dólares mais rica do que quando acordei. Posso pagar... — Ela confere a conta. — Vinte e dois dólares e sessenta e sete centavos de café da manhã.
Fora arrancar a conta da mão dela à força, não tem muito mais que eu possa fazer.
— Obrigado — murmuro.
— E agora, para onde vamos? — pergunta ela.
— Você quer mesmo cortar o cabelo?
— Quero, olhe só como ele está.
Mechas escuras escaparam do rabo de cavalo, emoldurando seu lindo rosto.
— Para mim, você está linda. Sempre.
— E ainda tem essa festa do seu pai hoje à noite.
Lembro a ela que é black-tie e na casa dos meus pais.
— Eles têm uma tenda no jardim. Você sabe...
— Qual é a caridade?
— É um programa de reabilitação de drogas para pais com filhos pequenos, chama-se Superando Juntos.
Prendo a respiração, torcendo para ela não começar a me perguntar sobre a ligação dos Grey com a causa. É pessoal, e eu não preciso da pena dela. Já lhe contei tudo que quero contar sobre aquela época da minha vida.
— Parece uma boa causa — diz ela com compaixão, e felizmente para por aí.
— Venha, vamos embora.
Eu me levanto e estendo a mão, encerrando a conversa.
— Aonde vamos? — pergunta ela, enquanto continuamos caminhando pela Primeira Avenida.
— Surpresa.

Não posso contar para ela que é um dos salões de Elena. Sei que vai surtar. Pela nossa conversa em Savannah, percebi que a mera menção ao nome dela é um gatilho para Ana. Hoje é sábado, e Elena não trabalha aos fins de semana — e, quando trabalha, é no salão no Bravern Center.

— Chegamos.

Abro a porta do Esclava e levo Ana para dentro. Não venho aqui há alguns meses; a última vez foi com Susannah.

— Bom dia, Sr. Grey — diz Greta, nos cumprimentando.

— Oi, Greta.

— O de sempre, senhor? — pergunta ela educadamente.

Porra.

— Não. — Olho para Ana, nervoso. — A Srta. Steele vai dizer o que quer.

Ana me encara, os olhos ardendo de incompreensão.

— Por que aqui? — pergunta ela.

— Sou dono deste lugar, e de mais três iguais a este.

— Você é dono do salão?

— Sou. É uma atividade paralela. Enfim, você pode fazer o que quiser aqui, de graça. — Listo todos os tratamentos disponíveis. — Todas essas coisas que as mulheres gostam... tudo. Eles fazem aqui.

— Depilação?

Por uma fração de segundo, penso em recomendar a cera de chocolate para os pelos pubianos dela, mas, considerando as circunstâncias, guardo a sugestão para mim.

— Depilação também. Em todas as partes do corpo.

Ana fica vermelha.

Como vou convencê-la de que a penetração ficaria mais prazerosa para ela sem os pelos?

Um passo de cada vez, Grey.

— Eu gostaria de cortar o cabelo, por favor — diz ela para Greta.

— Claro, Srta. Steele.

Greta se concentra no computador e aperta algumas teclas.

— Franco vai estar livre daqui a cinco minutos.

— Franco é ótimo — confirmo, mas reparo que a postura de Ana mudou de repente.

Estou prestes a perguntar o que houve quando vejo Elena saindo do escritório nos fundos.

Droga. O que ela está fazendo aqui?

Agitada, Elena fala com uma das funcionárias, então me vê e se ilumina feito uma árvore de Natal, com uma expressão de prazer maliciosa.

Merda.
— Com licença — digo para Ana, e me apresso na direção de Elena antes que ela venha até nós.
— Ah, que prazer inesperado — murmura ao me dar dois beijos na bochecha.
— Bom dia, senhora. Não esperava ver você aqui.
— Minha esteticista faltou, está doente. E *você* anda me evitando.
— Ando ocupado.
— Estou vendo. Ela é a nova?
— Ela é Anastasia Steele.
Elena abre um grande sorriso para Ana, que nos observa com atenção. Sabe que estamos falando sobre ela e reage com um sorriso morno.
Droga.
— A beleza do sul? — pergunta Elena.
— Ela não é do sul.
— Achei que você tivesse ido a Geórgia para vê-la.
— A mãe dela mora lá.
— Entendo. Ela realmente parece ser o seu tipo.
— É.
Não vamos falar sobre isso.
— Você vai me apresentar?
Ana está falando com Greta... interrogando-a, pelo que parece. *O que está perguntando?*
— Acho que não é uma boa ideia.
Elena fica decepcionada.
— Por quê?
— Ela chama você de Mrs. Robinson.
— Ah, é? Que engraçado. Embora eu esteja surpresa que alguém tão jovem conheça a referência. — O tom de Elena é irônico. — Também estou surpresa por você ter contado a ela sobre nós. E a confidencialidade?
Ela bate com a unha vermelha no lábio.
— Ela não vai falar.
— Espero que não. Olha, não se preocupe. Vou me retirar.
Ela ergue as mãos em um gesto de rendição.
— Obrigado.
— Mas será que é uma boa ideia, Christian? Ela já magoou você uma vez.
Seu rosto está cheio de preocupação.
— Não sei. Eu senti falta dela. Ela sentiu minha falta. Decidi que vou tentar do jeito dela. Ela está disposta.
— Do jeito dela? Tem certeza de que consegue? Tem certeza de que quer?

Ana continua nos encarando. Está assustada.

— O tempo dirá — respondo.

— Bom, estou aqui se precisar de mim. Boa sorte. — Elena abre um sorriso suave e calculado. — Não suma.

— Obrigado. Você vai à festa dos meus pais hoje à noite?

— Acho que não.

— Acho que é uma boa ideia.

Ela parece momentaneamente surpresa, mas diz:

— Vamos nos encontrar no final da semana, para podermos falar com mais liberdade.

— Claro.

Ela aperta meu braço, e eu volto para Ana, que espera na recepção. Seu rosto está contraído, e os braços, cruzados no peito, exalando irritação.

Isso não é bom.

— Você está bem? — pergunto, sabendo muito bem que não está.

— Na verdade, não. Você não quis me apresentar? — responde ela, com um tom ao mesmo tempo sarcástico e indignado.

Meu Deus. Ela sabe que é Elena. Como?

— Mas eu pensei...

Ana me interrompe:

— Para um homem inteligente, você às vezes... — Ela para no meio da frase, com raiva demais para continuar. — Eu quero ir embora, por favor.

Ana bate o pé no piso de mármore.

— Por quê?

— Você sabe por quê — diz com rispidez e revira os olhos como se eu fosse o maior idiota que ela já conheceu.

Você é o maior idiota que ela já conheceu, Grey.

Sabe como ela se sente em relação a Elena.

Tudo estava indo tão bem...

Conserte as coisas, Grey.

— Sinto muito, Ana. Eu não sabia que ela estaria aqui. Ela nunca está aqui. Abriu uma filial nova no Bravern Center, e normalmente fica lá. Parece que tinha alguém doente hoje.

Ana se vira bruscamente e anda na direção da porta.

— Não vamos precisar de Franco, Greta — informo à recepcionista, irritado por ela talvez ter ouvido nossa conversa.

Vou depressa atrás de Ana.

Ela passa os braços em volta do corpo de maneira defensiva e sai na rua com a cabeça baixa. Sou obrigado a dar passos mais largos para alcançá-la.

Ana. Pare. Você está exagerando.

Ela simplesmente não entende a natureza do meu relacionamento com Elena.

Quando chego ao seu lado, fico perdido. O que eu faço? O que eu digo? Talvez Elena tenha razão.

Será que consigo fazer isso?

Nunca tolerei esse tipo de comportamento de nenhuma submissa. Pior: nenhuma delas nunca foi petulante assim.

Mas odeio quando ela fica com raiva de mim.

— Você costumava levar suas submissas lá? — pergunta Ana, e não sei se é uma pergunta retórica ou não.

Arrisco uma resposta.

— Algumas, sim.

— Leila?

— Sim.

— O lugar parece bem novo.

— Foi reformado recentemente.

— Entendi. Então Mrs. Robinson conhece todas as suas submissas.

— Conhece.

— E elas sabiam a respeito dela?

Não do jeito que ela está imaginando. Nunca souberam do nosso relacionamento de dominadora e submisso. Só achavam que éramos amigos.

— Não. Nenhuma delas. Só você.

— Mas eu não sou sua submissa.

— Não, você definitivamente não é.

Porque eu com certeza não aceitaria esse comportamento de mais ninguém. Ela para de repente e se vira para me olhar, a expressão gelada.

— Você não percebe a maluquice que é tudo isso? — diz.

— Sim. Desculpe.

Eu não sabia que ela estaria lá.

— Quero cortar o cabelo, de preferência num lugar em que você não tenha comido nem as funcionárias nem a clientela. — Sua voz sai rouca, e ela está à beira das lágrimas.

Ana.

— Agora, com licença.

Ela se vira para ir embora.

— Você não vai embora, vai?

O pânico cresce dentro de mim. Acabou. Ela está indo embora antes de ao menos termos nossa segunda chance.

Grey, você estragou tudo.

— Não — grita ela, exasperada. — Eu só quero um maldito corte de cabelo. Em algum lugar em que eu possa fechar os olhos, com alguém para lavar o meu cabelo, e eu possa me esquecer de toda essa bagagem que vem junto com você.

Ela não está me deixando. Respiro fundo.

— Posso pedir ao Franco para ir até o meu apartamento, ou o seu — ofereço.

— Ela é muito atraente.

Caramba. Isso, não.

— Sim, ela é.

E daí? Esqueça, Ana.

— Ainda é casada?

— Não. Ela se separou há uns cinco anos.

— Por que você não está com ela?

Ana! Deixa isso para lá.

— Porque nós terminamos. Eu já lhe contei isso.

Quantas vezes preciso dizer a ela? Meu celular vibra no bolso da jaqueta. Levanto o dedo para interromper o sermão e atendo o telefone. O identificador de chamada diz que é Welch. O que será que ele tem a relatar?

— Sr. Grey.

— Oi, Welch.

— Três coisas. Rastreamos a Sra. Leila Reed até Spokane, onde ela estava morando com um homem chamado Geoffrey Barry. Ele morreu em um acidente de carro na I-90.

— Morreu num acidente de carro? Quando?

— Quatro semanas atrás. O marido dela, Russell Reed, sabia sobre Barry, mas mesmo assim não quer informar para onde a Sra. Reed foi.

— É a segunda vez que aquele filho da mãe joga sujo com a gente. Ele deve saber. Será que ele não tem um pingo de sentimento por ela?

Fico chocado com a frieza do ex de Leila.

— Ele tem sentimentos por ela, mas certamente não matrimoniais.

— Agora está começando a fazer sentido.

— O psiquiatra deu alguma dica? — pergunta Welch.

— Não.

— Ela pode estar sofrendo de algum tipo de psicose?

Concordo com Welch que essa pode ser a condição dela, mas isso ainda não explica onde ela está, que é o que eu realmente quero saber. Olho ao redor. *Onde você está, Leila?*

— Ela está aqui. Está nos observando — murmuro.

— Sr. Grey, estamos perto. Vamos encontrá-la.
Welch tenta me tranquilizar e pergunta se estou no Escala.
— Não.
Gostaria que Ana e eu não estivéssemos tão expostos aqui na rua.
— Estou pensando em quantos serão necessários para sua equipe de proteção pessoal.
— Dois ou quatro, vinte e quatro horas por dia, sete dias por semana.
— Certo, Sr. Grey. Já falou com Anastasia?
— Ainda não abordei a questão.
Ana está me observando, ouvindo. Sua expressão é penetrante, mas inescrutável.
— Deveria falar logo. Tem outra coisa. A Sra. Reed obteve uma licença falsificada de porte de arma.
— O quê?
Meu coração se aperta de medo.
— Descobrimos os detalhes na nossa busca hoje de manhã.
— Certo. Quando?
— A data é de ontem.
— Tão recente assim? Mas como?
— Ela falsificou os documentos.
— E ninguém checou o histórico?
— Todos os formulários são falsos. Ela está usando um nome diferente.
— Entendi. Passe para mim por e-mail o nome, o endereço e as fotos, se tiver os arquivos.
— Pode deixar. E vou providenciar a segurança adicional.
— Vinte e quatro horas por dia, sete dias por semana, a partir de agora. Entre em contato com Taylor.
Encerro a ligação. Isso é sério.
— E aí? — pergunta Ana.
— Era Welch.
— Quem é Welch?
— Meu assessor de segurança.
— Certo. O que aconteceu?
— Leila deixou o marido há cerca de três meses e fugiu com um rapaz que foi morto em um acidente de carro há quatro semanas.
— Ah.
— O idiota do psiquiatra devia ter descoberto isso. Luto. É esse o problema. Droga. O hospital podia ter feito um trabalho melhor.
— Venha.

Estendo a mão, que Ana segura automaticamente, sem pensar. Mas, com a mesma velocidade, ela a puxa de volta.

— Espere aí. A gente estava no meio de uma discussão sobre "nós". Sobre ela, sua Mrs. Robinson.

— Ela não é minha Mrs. Robinson. E a gente pode conversar sobre isso na minha casa.

— Eu não quero ir para a sua casa. Eu quero cortar o cabelo! — grita ela.

Pego o celular e ligo para o salão. Greta atende na mesma hora.

— Greta, aqui é Christian Grey. Quero o Franco na minha casa em uma hora. Fale com a Sra. Lincoln.

— Sim, Sr. Grey. — Ela me deixa esperando por uma fração de segundo. — Tudo bem. Ele pode estar lá à uma hora.

— Ótimo. — Eu desligo. — Ele vai estar lá à uma da tarde.

— Christian...!

Ana me olha com raiva.

— Anastasia, Leila obviamente está sofrendo um surto psicótico. Eu não sei se ela está atrás de você ou de mim, nem o que ela está disposta a fazer. Nós vamos até o seu apartamento pegar as suas coisas, e você pode ficar na minha casa até que ela tenha sido rastreada.

— E por que eu iria querer fazer isso?

— Para que eu possa manter você em segurança.

— Mas...

Me dê forças.

— Você vai comigo para o meu apartamento nem que eu tenha que arrastar você pelo cabelo.

— Acho que você está exagerando.

— Não estou. A gente pode continuar essa discussão na minha casa. Ande.

Ela me olha com raiva. Intratável.

— Não — diz.

— Você pode ir andando ou eu posso carregar você. Para mim, não faz diferença, Anastasia.

— Você não se atreveria.

— Ah, baby, nós dois sabemos que se você me chamar para a briga eu vou correndo.

Ela estreita os olhos.

Você não me deu escolha, Ana.

Eu a pego no colo e a jogo por cima do ombro, ignorando o olhar assustado do casal que passa por nós.

— Ponha-me no chão! — grita ela, e começa a lutar.

Eu a seguro com mais força e bato em sua bunda.

— Christian — grita ela.

Ana está furiosa. Mas estou pouco me fodendo. Um homem assustado, um pai, imagino, tira seus filhos do caminho.

— Eu vou sozinha! Eu vou sozinha! — grita ela, e eu a coloco no chão na mesma hora.

Ela se vira tão rápido que bate o cabelo no meu ombro. Sai batendo os pés na direção de seu apartamento e eu vou atrás, mas me mantenho alerta. Olhando para todos os lados.

Onde você está, Leila?

Atrás de um carro estacionado? De uma árvore?

O que você quer?

Ana para de repente.

— O que aconteceu? — pergunta ela.

— Como assim?

O que foi agora?

— Com a Leila.

— Eu já disse.

— Não, você não disse. Tem mais alguma coisa nessa história. Ontem você não insistiu que eu fosse para sua casa. E então, o que aconteceu?

Perceptiva, Srta. Steele.

— Christian! Fale!

— Ela tirou uma licença para porte de arma ontem.

Sua postura muda. A raiva vira medo.

— Isso significa que ela pode simplesmente comprar uma arma — sussurra, horrorizada.

— Ana. — Eu a pego nos braços. — Eu acho que ela não vai fazer nada de estúpido, mas... simplesmente não quero que você corra esse risco.

— Eu, não... e você? — diz, a voz cheia de angústia.

Ela me envolve com os braços e me abraça com força. Está com medo por mim.

Por mim!

E um momento atrás eu achei que ela estivesse me deixando.

Isso é surreal.

— Vamos voltar.

Beijo seu cabelo. Conforme seguimos, passo o braço por seus ombros e a puxo para perto, para protegê-la. Ela enfia a mão no passador de cinto da minha calça, me segurando bem perto, os dedos na curva do meu quadril.

Essa... proximidade é nova. Eu poderia me acostumar com isso.

Andamos até o seu apartamento, e fico de olho, procurando Leila.

AVALIO A DIVERSIDADE DE emoções que estou sentindo desde que acordei enquanto observo Ana arrumar uma pequena mala. No beco, outro dia, tentei articular o que sentia. O melhor que consegui foi "perturbado". E isso ainda descreve meu estado de espírito atual. Ana não é a mulher moderada de quem me lembro; é bem mais audaciosa e volátil.

Ela mudou tanto assim desde que me deixou? *Ou eu mudei?*

Não ajuda o fato de haver um nível novo de inquietação por causa de Leila. Pela primeira vez em muito tempo, sinto medo. E se alguma coisa acontecesse com Ana por causa da minha ligação com Leila? A situação está fora do meu controle. E não gosto disso.

Ana está séria e estranhamente quieta. Ela dobra o balão e o coloca na mochila.

— *Charlie Tango* vai também? — provoco.

Ela faz que sim e dá um sorriso sem graça. Ou está com medo ou ainda irritada por causa de Elena. Ou então está com raiva porque a carreguei no ombro pela rua. Ou talvez seja por causa dos vinte e quatro mil dólares.

Droga, tem opção demais para escolher. Queria saber o que ela está pensando.

— Ethan vai chegar na terça-feira — diz ela.

— Ethan?

— O irmão de Kate. Ele vai ficar aqui até encontrar um lugar para morar em Seattle.

Ah, o outro filho Kavanagh. O vagabundo da praia. Eu o conheci na formatura dela. Ele não tirou as mãos de Ana.

— Bem, que bom que você vai estar comigo. Ele vai ter mais espaço.

— Não sei se ele tem as chaves. Vou precisar voltar na terça. Isso é tudo — diz ela.

Pego a mala e dou uma rápida olhada ao redor antes de trancarmos a porta. Reparo com irritação que o apartamento não tem alarme.

O AUDI ESTÁ PARADO onde Taylor disse que estaria. Abro a porta do carona para Ana, mas ela permanece imóvel, olhando para mim.

— Não vai entrar? — pergunto, confuso.

— Achei que eu fosse dirigir.

— Não. Eu dirijo.

— Algum problema com o jeito como eu dirijo? — pergunta ela, e lá está aquele tom de novo. — Não me diga que você sabe qual foi minha nota na prova de direção... Eu não ficaria surpresa, dadas as suas tendências para perseguição.

— Entre no carro, Anastasia.

Minha paciência está no limite.

Chega. Você está me enlouquecendo. Quero você em casa, onde estará segura.

— Ok.

Ela bufa e entra. Não moramos longe um do outro, e o trajeto não deve demorar. Normalmente, eu teria prazer em dirigir o pequeno Audi. É ágil no tráfego de Seattle. Mas me distraio com todos os pedestres. Um deles pode ser Leila.

— As suas submissas eram todas morenas? — pergunta Ana do nada.

— Eram.

Mas não quero falar sobre isso. Nosso relacionamento recente está indo para um território perigoso.

— Só curiosidade.

Ela está mexendo no penduricalho da mochila, o que significa que está apreensiva.

Deixe-a calma, Grey.

— Eu já falei. Prefiro morenas.

— Mrs. Robinson não é morena.

— Talvez seja por isso. Ela fez com que eu criasse uma aversão a louras.

— Você está brincando!

A descrença de Ana é óbvia.

— Sim. Estou brincando.

Precisamos mesmo falar sobre isso? Minha ansiedade se multiplica. Se ela continuar xeretando, vou confessar meu segredo mais sombrio.

Não. Nunca posso contar. Ela me abandonaria.

Sem nem olhar para trás.

E me lembro de vê-la andando pela rua e entrando na garagem do Hotel Heathman depois do nosso primeiro café.

Ela não olhou para trás.

Nem uma vez.

Se eu não tivesse entrado em contato com ela sobre a exposição do fotógrafo... não estaria com ela agora.

Ana é forte. Se diz adeus, está falando sério.

— Conte-me sobre ela.

Ana interrompe meus pensamentos.

O que é agora? Ela está falando de Elena? De novo?

— O que você quer saber?

Mais informações sobre a Sra. Lincoln só vão piorar seu humor.

— Como é o acordo de negócios de vocês?

Bom, isso é fácil.

— Sou um sócio passivo. Não tenho nenhum interesse especial no ramo da beleza, mas ela construiu um negócio de sucesso. Eu só investi e a ajudei a começar.
— Por quê?
— Devia isso a ela.
— Ah, é?
— Quando larguei Harvard, ela me emprestou cem mil dólares para eu abrir meu próprio negócio.
— Você largou a faculdade?
— Não era a minha praia. Cursei dois anos. Infelizmente, meus pais não foram tão compreensivos.

— *Você o quê?*
Grace faz cara feia para mim, exaltada.
— *Quero largar. Vou abrir minha própria empresa.*
— *De quê?*
— *Investimentos.*
— *Christian, o que você sabe sobre investimentos? Precisa terminar a faculdade.*
— *Mãe, eu tenho um plano. Acredito que consigo fazer isso.*
— *Olha, filho, esse é um passo enorme que pode afetar todo o seu futuro.*
— *Eu sei, pai, mas não aguento mais. Não quero morar em Cambridge por mais dois anos.*
— *Peça transferência. Volte para Seattle.*
— *Mãe, não é por causa do lugar.*
— *Você só não encontrou seu nicho.*
— *Meu nicho é no mundo real. Não na faculdade. É sufocante.*
— *Você conheceu alguém?* — *pergunta Grace.*
— *Não* — *digo, mentindo com facilidade.*
Conheci Elena antes de ir para Harvard.
Grace semicerra os olhos, e as pontas das minhas orelhas queimam.
— *Não podemos apoiar esse gesto irresponsável, filho.*
Carrick está incorporando totalmente o papel de pai pomposo e escroto, e tenho medo de que ele vá começar o típico sermão de "estudar muito, trabalhar muito, pôr a família em primeiro lugar".
Grace enfatiza o que quer dizer:
— *Christian, você está apostando o resto da sua vida.*
— *Mãe. Pai. Está feito. Sinto muito por decepcionar vocês de novo. Minha decisão já foi tomada. Só estou informando vocês.*
— *Mas e a quantia já paga?*
Minha mãe está retorcendo as mãos.

Merda.
— Vou pagar a vocês.
— Como? E como é que você vai abrir um negócio, meu Deus? Precisa de capital.
— Não se preocupe com isso, mãe. Está resolvido. E vou pagar a vocês.
— Christian, querido, não é o dinheiro que importa...

A única lição que aprendi na faculdade foi de como ler um balanço patrimonial, e descobri a paz que o remo me trazia.
— Não parece ter sido um mau negócio para você abandonar a faculdade. Que curso você fazia? — pergunta Ana, me trazendo de volta à nossa conversa.
— Política e economia.
— Então ela é rica?
Ana está obcecada pelo empréstimo que Elena me deu.
— Ela era uma esposa-troféu entediada, Anastasia. O marido era rico, um cara importante no ramo madeireiro. — Isso sempre me faz sorrir. Dou um sorriso torto para Ana. Lincoln Timber. Que babaca desagradável ele se revelou. — Ele não a deixava trabalhar. Sabe como é, um sujeito controlador. Tem alguns homens que são assim.
— Não me diga? Um sujeito controlador? — debocha Ana. — Sem dúvida é uma criatura mítica...
O sarcasmo escorre de cada palavra dela. Seu humor é atrevido, mas sua resposta me faz sorrir.
— Ela lhe emprestou dinheiro do marido?
Sem dúvida.
— Que coisa horrível.
— Ele se vingou à altura.
Aquele babaca.
Meus pensamentos têm uma reviravolta sombria. Ele quase matou a esposa porque ela estava trepando comigo. Tremo ao pensar no que teria feito com ela se eu não tivesse aparecido. Uma fúria percorre meu corpo, e aperto o volante enquanto esperamos a cancela da garagem do Escala se abrir. Os nós dos meus dedos ficam brancos. Elena passou três meses no hospital e se recusou a prestar queixa.
Calma, Grey.
Afrouxo as mãos no volante.
— Como? — pergunta ela, curiosa como sempre, querendo saber sobre a vingança de Lincoln.
Não vou contar essa história. Balanço a cabeça, estaciono em uma das minhas vagas e desligo o carro.
— Vamos, Franco vai chegar daqui a pouco.

No elevador, olho para Ana. Um pequeno *v* se forma entre as sobrancelhas dela. Está pensativa, talvez refletindo sobre o que contei. Ou será outra coisa?

— Ainda está com raiva de mim? — pergunto.

— Muita.

— Certo.

Pelo menos eu sei.

Taylor já está de volta da visita a Sophie, sua filha. Ele nos cumprimenta quando chegamos ao saguão.

— Boa tarde, senhor — diz em voz baixa.

— Welch entrou em contato?

— Sim, senhor.

— E?

— Tudo combinado.

— Excelente. Como está a sua filha?

— Bem, senhor, obrigado.

— Ótimo. Vai chegar um cabeleireiro daqui a pouco, Franco De Luca.

— Srta. Steele — cumprimenta Taylor.

— Oi, Taylor. Você tem uma filha?

— Sim, senhora.

— Quantos anos ela tem?

— Sete.

Ana parece confusa.

— Ela mora com a mãe — esclarece Taylor.

— Ah, entendi — diz Ana, e ele dá um raro sorriso para ela.

Eu me viro e entro na sala. Não sei se gosto de Taylor encantando a Srta. Steele ou vice-versa. Ouço Ana atrás de mim.

— Está com fome? — pergunto.

Ela nega com a cabeça, e seus olhos avaliam o cômodo. Ana não vem aqui desde o dia horrível em que me deixou. Quero dizer que estou feliz por ela estar de volta, mas ela está com raiva de mim agora.

— Tenho que dar alguns telefonemas. Sinta-se em casa.

— Ok.

EM MEU ESCRITÓRIO, NA escrivaninha, encontro um grande saco de pano. Dentro tem uma linda máscara prateada para Ana com plumas azul-marinho. Ao lado, uma sacolinha Chanel contendo um batom vermelho. Taylor fez um bom trabalho. No entanto, acho que Ana não vai ficar impressionada com minha ideia do batom, pelo menos não por enquanto. Coloco a máscara em uma prateleira e guardo o batom no bolso, em seguida me sento em frente ao computador.

Foi uma manhã instrutiva e prazerosa com Anastasia. Ela agiu de maneira muito desafiadora desde que acordamos, tanto por causa do cheque por aquela lata-velha de Fusca, quanto por meu relacionamento com Elena ou por sua insistência em pagar pelo café da manhã.

Ana é radicalmente independente e ainda não parece interessada no meu dinheiro. Ela não pega, ela dá; mas, pensando bem, sempre foi assim. É revigorante. Todas as minhas submissas amavam os presentes. *Grey, quem você quer enganar?* Elas diziam que gostavam, mas talvez fosse por causa do papel que estavam interpretando.

Apoio a cabeça nas mãos. Isso é difícil. Estou em uma rota desconhecida com Ana.

A raiva que ela sente de Elena é lamentável. Elena é minha amiga.

Será que Ana está com ciúmes?

Não posso mudar o passado, e depois de tudo que Elena fez por mim, vai ser estranho lidar com a hostilidade de Ana.

É assim que minha vida vai ser de agora em diante, atolada nessa incerteza? Esse vai ser um assunto interessante para discutir com Flynn na próxima consulta. Talvez ele possa me orientar.

Balançando a cabeça, ativo o iMac e verifico meus e-mails. Welch enviou uma cópia da licença falsificada de porte de armas de Leila. Ela está usando o nome Jeanne Barry e um endereço em Belltown. A foto é dela, mas parece mais velha, mais magra e mais triste do que quando a conheci. É deprimente. Essa mulher precisa de ajuda.

Imprimo duas planilhas da SIP, demonstrativos de lucros e perdas dos últimos três anos, que vou examinar mais tarde. Em seguida, avalio os currículos da equipe extra de proteção que Taylor aprovou; dois são ex-agentes federais e dois são antigos Seals da marinha. Mas ainda preciso abordar o assunto da segurança adicional com Ana.

Um passo de cada vez, Grey.

AO TERMINAR DE RESPONDER alguns e-mails de trabalho, vou atrás de Ana.

Ela não está na sala nem no meu quarto, mas quando entro lá, pego duas camisinhas na mesa de cabeceira e continuo a busca. Quero subir para saber se ela está no quarto das submissas, mas escuto a porta do elevador e Taylor cumprimentando alguém. Meu relógio marca 12h55. Franco deve ter chegado.

A porta do saguão se abre, e antes que Taylor abra a boca, eu digo:

— Vou chamar a Srta. Steele.

— Muito bem, senhor.

— Me avise assim que a equipe de segurança chegar.

— Pode deixar, Sr. Grey.
— E obrigado pela máscara e pelo batom.
— Por nada, senhor.
Taylor fecha a porta.
No andar de cima, não a vejo, mas a ouço.
Ana está falando sozinha no closet.
O que é que está fazendo lá dentro?
Respiro fundo e abro a porta. Ela está sentada no chão de pernas cruzadas.
— Aí está você. Achei que tinha fugido.
Ela ergue um dedo, e percebo que está no celular, e não falando sozinha. Encostado no umbral da porta, eu a observo prender o cabelo atrás da orelha e começar a enrolar uma mecha com o indicador.
— Desculpe, mãe, tenho que ir. Eu ligo para você depois.
Ela está nervosa. Sou eu que a deixo assim? Talvez esteja escondida aqui para fugir de mim. Será que precisa de espaço? O pensamento é desalentador.
— Também amo você, mãe.
Ela desliga e se vira para mim com uma expressão de expectativa.
— Por que você está se escondendo aí? — pergunto.
— Não estou me escondendo. Estou me desesperando.
— Desesperando?
A ansiedade faz minha pele formigar. Ela está *mesmo* pensando em fugir.
— Com tudo isso, Christian.
Ela indica os vestidos pendurados no closet.
As roupas? Ela não gostou?
— Posso entrar? — pergunto.
— O closet é seu.
Meu closet. Suas roupas, Ana.
Lentamente, eu me sento no chão à frente dela, tentando avaliar seu humor.
— São só roupas. Se você não gostar eu mando devolver.
Pareço mais resignado do que conciliatório.
— Você é muito complicado, sabia?
Ela não está errada. Coçando o queixo com a barba por fazer, penso no que dizer.
Seja verdadeiro. Seja sincero. As palavras de Flynn soam na minha cabeça.
— Eu sei. Mas estou tentando — respondo.
— Está tentando mesmo — comenta ela.
— Você também, Srta. Steele.
— Por que está fazendo isso?
Ela gesticula entre nós.

Entre ela e mim.
Ela e eu.
Ana e Christian.
— Você sabe por quê.
Eu preciso de você.
— Não, eu não sei — insiste ela.
Passo as mãos no cabelo, procurando inspiração. O que ela quer que eu diga? O que quer ouvir?
— Você é uma mulher frustrante.
— Você poderia ter uma bela submissa morena. Uma mulher que perguntaria "a que altura?" todas as vezes em que você dissesse "pule", isso se ela tivesse permissão para falar, é claro. Então, por que eu, Christian? Simplesmente não entendo.
O que eu deveria responder? Porque eu acordei desde que a conheci? Porque meu mundo todo mudou. Está girando em outro eixo.
— Você me faz olhar para o mundo de forma diferente, Anastasia. Você não me quer pelo dinheiro. Você me dá... — Eu procuro a palavra. — Esperança.
— Esperança de quê?
De tudo.
— De mais — respondo.
Era o que Ana queria. E agora também quero.
Entregue o jogo, Grey.
Eu lhe dou razão.
— Estou acostumado a mulheres que fazem exatamente o que eu mando, quando eu mando, tudo o que eu quiser. Isso enjoa rápido. Existe algo em você, Anastasia, que me toca em algum nível profundo que eu não sou capaz de compreender. É como um canto de sereia. Eu não consigo resistir a você, e não quero perdê-la.
Nossa. Caprichou, Grey.
Seguro sua mão.
— Não vá embora, por favor. Tenha um pouco de fé em mim e um pouco de paciência. Por favor.
E ali está, em seu doce sorriso: sua compaixão, seu amor. Eu poderia me deleitar com essa expressão o dia todo. Todos os dias. Ela coloca as mãos em meus joelhos, me surpreendendo, e se inclina para me dar um beijo na boca.
— Tudo bem. Fé e paciência, posso fazer isso — diz ela.
— Ótimo. Porque Franco chegou.
Ela joga o cabelo por cima do ombro.
— Já estava na hora!
Sua gargalhada infantil é contagiosa, e nos levantamos juntos.

De mãos dadas, descemos a escada, e acho que superamos o que a estava deixando com raiva.

Franco faz um estardalhaço constrangedor por causa da minha garota. Eu os deixo no meu banheiro. Não sei se Ana gostaria que eu ficasse gerenciando o corte de cabelo dela.

Volto para o escritório, sentindo a tensão nos ombros. No corpo todo. Essa manhã fugiu do meu controle, e por mais que ela diga que vai tentar ter fé e paciência, vou ter que esperar para ver se vai cumprir com sua palavra.

Mas Ana nunca me deu motivo para duvidar dela.

A não ser quando foi embora.

E me magoou...

Afasto o pensamento sombrio e verifico meus e-mails rapidamente. Tem um de Flynn.

De: Dr. John Flynn
Assunto: Esta noite
Data: 11 de junho de 2011 13:00
Para: Christian Grey

Christian,
Você vai à festa beneficente dos seus pais hoje à noite?

JF

Respondo imediatamente:

De: Christian Grey
Assunto: Esta noite
Data: 11 de junho de 2011 13:15
Para: Dr. John Flynn

Boa tarde, John.
Sim, e vou estar acompanhado da Srta. Anastasia Steele.

Christian Grey
CEO, Grey Enterprises Holdings, Inc.

O que será que ele vai achar disso? Acho que é a primeira vez que realmente sigo seu conselho... e estou experimentando meu relacionamento com Ana do jeito dela.

Até o momento, isso está bem confuso.

Balanço a cabeça e pego as planilhas que imprimi e os dois relatórios encadernados que preciso ler sobre o negócio de transporte de carga em Taiwan.

ESTOU PERDIDO NOS NÚMEROS da SIP. Estão desperdiçando muito dinheiro. O custo indireto é alto demais, a depreciação é astronômica, os custos de produção estão aumentando, e os funcionários...

Um movimento na minha visão periférica me distrai.

Ana.

Ela está parada na entrada da sala, virando um pé para dentro, com uma expressão constrangida e tímida. Está me olhando com ansiedade, e sei que espera minha aprovação.

Ela está lindíssima. O cabelo, volumoso e brilhante.

— Está vendo! Eu disse que ele ia gostar.

Franco a seguiu até a sala.

— Você está linda, Ana — digo, e meu elogio gera um rubor cativante em suas bochechas.

— Meu trabalho aqui está feito! — exclama Franco, batendo palmas.

Está na hora de levá-lo à porta.

— Obrigado, Franco — digo, e tento guiá-lo para fora da sala.

Ele segura Ana e beija suas bochechas em uma demonstração de afeto um tanto dramática.

— Nunca deixe outra pessoa cortar seu cabelo, *bellissima* Ana!

Olho sério para ele até que a solte.

— Por aqui — indico, querendo tirá-lo de casa.

— Sr. Grey, ela é uma joia.

Eu sei.

— Aqui. — Entrego trezentos dólares a ele. — Obrigado por vir tão em cima da hora.

— Foi um prazer. De verdade.

Ele aperta minha mão, e na mesma hora Taylor aparece para acompanhá-lo até a porta.

Graças a Deus.

Ana está onde a deixei.

— Que bom que você manteve o cabelo comprido. — Pego uma mecha e acaricio entre os dedos. — Tão macio — murmuro. Ela fica me observando. Ansiosa, eu acho. — Ainda está brava comigo?

Ela faz que sim com a cabeça.

Ah, Ana.

— Por que motivo, exatamente?

Ela revira os olhos para mim... e me lembro de um momento em seu quarto em Vancouver quando ela cometeu exatamente o mesmo erro. Mas isso parece que foi em outra vida, e sei que ela não me deixaria dar palmadas nela agora. Por mais que eu queira. Sim. Eu quero muito.

— Você quer a lista completa? — pergunta.

— Tem uma lista?

Estou achando graça.

— Uma bem comprida.

— A gente pode falar disso na cama?

Os pensamentos sobre dar palmadas em Ana desceram para a minha virilha.

— Não.

— Na mesa do almoço, então. Estou com fome, e não é só de comida.

— Não vou deixar você me seduzir com sua expertise sexual.

Expertise sexual!

Anastasia, você me deixa lisonjeado.

E eu gosto.

— O que está incomodando você, especificamente, Srta. Steele? Bote para fora.

Eu já me perdi.

— O que está me incomodando? — Ela faz um som de deboche. — Bem, tem essa brutal invasão de privacidade, o fato de que você me levou no trabalho da sua ex-amante e de que você costumava levar todas as suas submissas para depilar as partes lá, o jeito como você me tratou na rua, como se eu tivesse seis anos. — Ela começa a listar meus maus comportamentos. Sinto como se estivesse no primeiro ano de novo. — E, para fechar com chave de ouro, você deixa sua Mrs. Robinson tocar em você!

Ela não tocou em mim! *Meu Deus.*

— É uma bela lista. Mas só para esclarecer mais uma vez, ela não é minha Mrs. Robinson.

— Ela pode tocar em você — enfatiza Ana, e sua voz oscila, cheia de mágoa.

— Ela sabe onde.

— O que isso quer dizer?

— Você e eu não temos nenhum tipo de regra. Eu nunca tive uma relação sem regras, e nunca sei onde você vai me tocar. Isso me deixa nervoso. — Ela é imprevisível e precisa entender que seu toque me desarma. — O seu toque significa... significa... mais, muito mais.

Você não pode tocar em mim, Ana. Por favor, aceite isso.
Ela dá um passo à frente, levantando a mão.
Não. Uma escuridão espreme minhas costelas. Dou um passo para trás.
— Limite rígido — sussurro.
Ela disfarça a decepção.
— Como você se sentiria se não pudesse me tocar?
— Arrasado e privado de um direito.
Seus ombros murcham, e ela balança a cabeça, mas dá um sorriso resignado.
— Um dia você vai ter que me explicar direitinho por que esse é um limite rígido.
— Um dia — respondo.
E afasto da mente a visão de um cigarro aceso.
— Bom, e o resto de sua lista. Invadir sua privacidade. É porque eu sei o número da sua conta?
— Sim, isso é revoltante.
— Eu sempre verifico o histórico das minhas submissas. Posso mostrar a você.
Vou para o escritório, e ela me segue. Avaliando se é uma boa ideia, puxo o arquivo de Ana do armário e lhe entrego. Ela lê o nome impresso e me olha com intensidade.
— Tome, pode ficar com isso — digo.
— Puxa, muito obrigada — rebate ela com deboche, e começa a folhear e verificar o conteúdo.
— Então você sabia que eu trabalhava na Clayton's?
— Sabia.
— Não foi coincidência. Você não apareceu lá por acaso? *Confesse, Grey.*
— Não.
— É muita maluquice. Você tem noção disso?
— Não vejo as coisas dessa forma. Para fazer o que eu faço, tenho que ser muito cuidadoso.
— Mas isso é particular.
— Eu não faço uso indevido dessas informações. Qualquer um com o mínimo de esforço pode descobrir isso, Anastasia. Para ter controle, é preciso informação. Eu sempre operei assim.
— Você usa essas informações indevidamente, sim. Você depositou vinte e quatro mil dólares que eu não queria na minha conta.
— Eu já falei. Foi o valor que o Taylor conseguiu pelo seu carro. É inacreditável, eu sei, mas é verdade.
— Mas o Audi...

— Anastasia, você tem alguma ideia de quanto dinheiro eu ganho?

— Por que eu teria? Não preciso saber quanto você tem em sua conta bancária, Christian.

— Eu sei. E essa é uma das coisas que eu amo em você. Anastasia, eu ganho uns cem mil dólares por hora.

Sua boca se abre de espanto.

E, pela primeira vez, ela fica em silêncio.

— Vinte e quatro mil dólares não são nada. O carro, os livros, as roupas, isso não é nada.

— Se você estivesse no meu lugar, como você se sentiria, com toda essa... generosidade vinda de bandeja para você? — pergunta.

Isso é irrelevante. Estamos falando sobre ela, não sobre mim.

— Não sei.

Dou de ombros porque é uma pergunta absurda.

Ela suspira como se tivesse que explicar uma equação complexa para uma pessoa limitada.

— Não é legal. Quer dizer, você é muito generoso, mas isso me deixa desconfortável. Já falei isso várias vezes.

— Eu quero lhe dar o mundo, Anastasia.

— Eu só quero você, Christian. Não quero os extras.

— Mas eles estão incluídos no pacote. Fazem parte do que sou.

De quem eu sou.

Ela balança a cabeça, apaziguada.

— Vamos comer? — pergunta, mudando de assunto.

— Claro.

— Eu cozinho.

— Ótimo. Se não quiser, tem comida pronta na geladeira.

— A Sra. Jones tira folga nos fins de semana?

Faço que sim.

— E aí você come congelados na maior parte deles?

— Não.

— Hum?

Respiro fundo, me perguntando como a informação que estou prestes a dar vai ser recebida.

— Minhas submissas cozinham, Anastasia.

Algumas bem, outras não tão bem.

— Ah, claro. — Ela força um sorriso. — O que o senhor gostaria de comer?

— Qualquer coisa que a senhora encontre na cozinha — respondo, sabendo que ela não vai entender a referência.

Ela assente e sai do meu escritório, deixando o arquivo. Ao guardá-lo, vejo o arquivo de Susannah. Ela era péssima cozinheira, pior do que eu. Mas se esforçava... e nós nos divertíamos.

— Você queimou isso?
— Sim. Desculpe, senhor.
— Bom, o que vamos fazer com você?
— O que agradar ao senhor.
— Você queimou a comida de propósito?

O rubor e o movimento dos lábios quando ela esconde o sorriso são suficientes como resposta.

Era uma época mais prazerosa e simples. Meus relacionamentos anteriores eram ditados por uma série de regras a serem seguidas, e se não fossem, havia consequências. Eu tinha paz. E sabia o que se esperava de mim. Eram relacionamentos íntimos, mas nenhuma das minhas submissas anteriores me afetava como Ana, apesar de ela ser tão difícil.

Talvez seja assim porque ela é tão difícil.
Eu me lembro da nossa negociação do contrato. Ela foi difícil naquele momento.
Foi. E olha no que deu, Grey.
Ana me deixou pisando em ovos desde que a conheci. Por isso gosto tanto dela? Por quanto tempo vou me sentir assim? Provavelmente pelo tempo que ela ficar. Porque, no fundo, sei que vai acabar me deixando.
Todas acabam assim.
Uma música começa a tocar alto na sala. "Crazy in Love", da Beyoncé. Será que Ana está me enviando uma mensagem?
Paro no corredor que leva ao meu escritório e à sala de TV e a observo cozinhar. Ela está batendo ovos, mas para de repente, e pelo que vejo está sorrindo feito uma boba.
Eu me aproximo por trás e passo os braços em volta dela, surpreendendo-a.
— Interessante escolha de música — digo em seu ouvido e lhe dou um beijo atrás da orelha. — Seu cabelo está com um cheiro bom.
Ela se contorce para fora dos meus braços.
— Ainda estou brava com você.
— Quanto tempo você vai continuar com isso? — pergunto, passando a mão pelo cabelo com frustração.
— Pelo menos até que eu tenha comido. — O tom dela é arrogante, mas brincalhão.

Bom.

Pego o controle remoto e desligo a música.

— Foi você que colocou essa música no seu iPod? — pergunta Ana.

Balanço a cabeça. Não quero dizer que foi Leila porque ela pode ficar com raiva de novo.

— Você não acha que ela estava tentando lhe dizer alguma coisa, na época? — pergunta, adivinhando corretamente que foi Leila.

— Bem, pensando agora, acho que sim, provavelmente — respondo.

Por que não percebi isso?

Ana pergunta por que ainda está no meu iPod, e me ofereço para apagá-la.

— O que você quer ouvir?

— Surpreenda-me — diz ela, e é um desafio.

Muito bem, Srta. Steele. Seu desejo é uma ordem. Percorro a lista de músicas do iPod, descartando várias canções. Penso em "Please Forgive Me", de David Gray, mas é óbvio demais e, sinceramente, muito exagerado.

Já sei. Como ela chamou antes? Expertise sexual? Isso mesmo.

Use isso. *Seduza-a, Grey.*

Já cansei do mau humor dela. Encontro a música que quero e aperto o play. *Perfeito.* A orquestra começa a tocar, e a música enche a sala com uma introdução suave e provocante, depois Nina Simone canta:

— *I put a spell on you.*

Ana se vira com o batedor na mão, e faço contato visual enquanto me aproximo.

— *You're mine* — canta Nina.

Você é minha.

— Christian, por favor — sussurra Ana quando a alcanço.

— Por favor, o quê?

— Não faça isso.

— Isso o quê?

— Isso.

Ela está sem fôlego.

— Tem certeza?

Tiro o batedor de sua mão antes que ela decida usá-lo como arma.

Ana. Ana. Ana.

Estou perto o suficiente para sentir seu cheiro. Fecho os olhos e respiro fundo. Quando os abro, o rubor de desejo surge em suas bochechas.

E está ali, entre nós.

A sensação familiar.

Nossa forte atração.

— Quero você, Anastasia — murmuro. — Eu amo e odeio, e eu amo discutir com você. É tudo muito novo. Preciso saber que estamos bem. E esse é o único jeito que conheço para descobrir.

Ela fecha os olhos.

— O que eu sinto por você não mudou — sussurra ela, a voz baixa e tranquilizadora.

Prove.

Seus cílios tremem, e seus olhos se desviam para a pele exposta acima da minha camisa. Ela morde o lábio. Contenho um gemido enquanto o calor que irradia de seu corpo aquece a nós dois.

— Não vou tocar você até que me diga que sim. — Minha voz está rouca de desejo. — Mas, neste instante, depois desta manhã de merda, eu só quero me enterrar em você e esquecer tudo que não seja nós dois.

O olhar dela encontra o meu.

— Vou tocar seu rosto — diz ela, me surpreendendo.

Certo. Eu ignoro o frisson que desce pela minha coluna. A mão dela acaricia minha bochecha, e fecho os olhos apreciando a sensação das pontas dos seus dedos acariciando minha barba por fazer.

Ah, baby.

Não precisa ter medo, Grey.

Instintivamente, pressiono o rosto na direção do toque dela, experimentando-o, sentindo prazer. Eu me inclino, os lábios próximos dos dela, e ela aproxima o rosto do meu.

— Sim ou não, Anastasia?

— Sim.

A palavra mal passa de um sussurro audível.

Levo minha boca até a sua, meus lábios roçando nos seus, persuadindo-a. Sentindo seu gosto. Provocando-a até ela se abrir para mim. Eu a abraço, uma das mãos em sua bunda, puxando-a para o meu pau duro, e a outra subindo pelas costas, até o cabelo macio, o qual puxo com delicadeza. Ela geme quando sua língua encontra a minha.

— Sr. Grey.

Somos interrompidos.

Meu Deus.

Largo Ana.

— Taylor — digo entre os dentes quando ele para na entrada da sala, parecendo adequadamente constrangido, mas determinado.

Que. Porra. É. Essa.

Temos um acordo de que ele deve ficar fora de vista quando eu não estiver sozinho no apartamento. O que ele tem a dizer deve ser importante.

— Escritório — indico, e Taylor atravessa rapidamente a sala. — Continuamos daqui a pouco — sussurro para Ana, e vou atrás de Taylor.

— Desculpe-me por interromper, senhor — diz ele quando estamos no escritório.

— É melhor ter um bom motivo.

— Bem, sua mãe ligou.

— Por favor, não me diga que esse é o motivo.

— Não, senhor. Mas é melhor ligar para ela logo. É sobre esta noite.

— Certo. O que mais?

— A equipe de segurança está aqui, e, sabendo sua opinião sobre armas, achei que devia informá-lo de que eles estão armados.

— O quê?

— O Sr. Welch e eu achamos que é uma medida de precaução.

— Odeio armas de fogo. Vamos torcer para que eles não precisem usá-las.

Pareço irritado, e estou mesmo. Eu estava beijando Anastasia Steele.

Quando fui interrompido enquanto beijava alguém?

Nunca.

O pensamento de repente me diverte.

Estou vivendo a adolescência que nunca tive.

Taylor relaxa, e sei que é porque meu humor mudou.

— Você sabia que Andrea ia se casar hoje? — pergunto, porque isso está me incomodando desde cedo.

— Sabia — responde ele com uma expressão intrigada.

— Ela não me contou.

— Deve ter sido sem querer, senhor.

Agora sei que ele está sendo condescendente. Ergo uma sobrancelha.

— O casamento é no The Edgewater — acrescenta, rapidamente.

— Ela vai ficar lá?

— Acredito que sim.

— Você pode investigar discretamente se o casal tem um quarto reservado e fazer um upgrade para a melhor suíte disponível? E pagar por isso.

Taylor sorri.

— Claro, senhor.

— Quem é o sortudo?

— Isso eu não sei, Sr. Grey.

Por que Andrea tem sido tão misteriosa sobre o casamento? Afasto o pensamento quando um cheiro delicioso chega até a sala e meu estômago ronca de expectativa.

— É melhor eu voltar para Anastasia.

— Sim, senhor.

— Era só isso?
— Era.
— Ótimo. — Nós dois saímos do escritório. — Falo com eles daqui a dez minutos — digo para Taylor quando voltamos para a sala.

Ana está inclinada sobre o fogão, pegando alguns pratos.

— Estaremos prontos — responde Taylor, e sai, me deixando sozinho com Anastasia.

— Almoço? — oferece ela.
— Por favor.

Eu me sento em um dos bancos, diante da bancada onde ela serviu os pratos.

— Algum problema? — pergunta, curiosa como sempre.

Ainda tenho que contar a ela sobre a segurança adicional.

— Não.

Ela não insiste no assunto, e se ocupa servindo nosso almoço: omelete à espanhola com salada. Estou impressionado com o fato de Ana ser tão habilidosa e ficar tão à vontade na minha cozinha. Ela se senta ao meu lado enquanto dou uma garfada, e a comida derrete na minha boca.

Humm. Delicioso.

— Está gostoso. Quer uma taça de vinho?
— Não, obrigada — responde, e começa a comer devagar.

Pelo menos ela está comendo.

Dispenso o vinho, porque sei que vou beber à noite. E lembro que preciso ligar para minha mãe. O que será que ela quer? Não sabe que me separei de Ana... e que agora estamos juntos de novo. Eu deveria avisar que Ana vai ao baile comigo hoje.

Usando o controle remoto, coloco uma música relaxante.

— Qual é essa? — pergunta Ana.
— Canteloube, *Canções de Auvergne*. Essa se chama "Bailero".
— É linda. Que língua é essa?
— Francês antigo... Occitano, na verdade.
— Você fala francês; consegue entender a letra?
— Algumas palavras, sim. Minha mãe tinha um mantra: um instrumento musical, uma língua estrangeira, uma arte marcial. Elliot fala espanhol; Mia e eu falamos francês. Elliot toca guitarra, eu toco piano, e Mia, violoncelo.
— Uau. E as artes marciais?
— Elliot luta judô. Mia bateu o pé e se recusou aos doze anos.

Ana sabe que faço kickboxing.

— Eu queria que minha mãe tivesse sido assim tão organizada.
— Dra. Grace é formidável quando se trata das realizações de seus filhos.

— Ela deve ter muito orgulho de você. Eu teria — diz Ana carinhosamente.

Ah, baby, você não podia estar mais enganada. Nada é tão simples. Fui uma grande decepção para os meus pais: expulsões de escolas, abandono de faculdade, nenhum relacionamento do qual estivessem a par... Se Grace soubesse a verdade sobre meu estilo de vida...

Se *você* soubesse a verdade, Ana.

Não comece, Grey.

— Já decidiu o que vai usar esta noite? Ou eu vou ter que escolher?

— Hum... ainda não. Foi você quem escolheu todas aquelas roupas?

— Não, Anastasia, não fui eu. Dei uma lista e seu tamanho a uma personal shopper na Neiman Marcus. Elas devem servir em você. Só para que você saiba, eu contratei segurança adicional para a noite de hoje e para os próximos dias. Com Leila imprevisível e escondida em algum lugar pelas ruas de Seattle, acho que é uma boa precaução. Não quero que você saia sozinha, está bem?

Ela parece um pouco atordoada, mas concorda sem discutir, o que me surpreende.

— Ótimo. Vou avisar a eles. Não vou demorar.

— Eles estão aqui?

— Estão.

Ela parece intrigada. Mas não protestou contra a segurança adicional, e, enquanto estou em vantagem, pego o prato vazio, coloco na pia e deixo Ana terminar sua refeição em paz.

A equipe de segurança está reunida no escritório de Taylor, à mesa redonda dele. Depois de nossas apresentações, eu me sento e falo sobre os eventos da noite.

QUANDO TERMINO DE INSTRUÍ-LOS, volto para o escritório com o intuito de ligar para minha mãe.

— Querido, como você está? — pergunta ela com entusiasmo pelo telefone.

— Estou bem, Grace.

— Você vem esta noite?

— Claro. E Anastasia também.

— É mesmo? — Ela parece surpresa, mas disfarça rapidamente. — Que maravilha, querido. Vou reservar um espaço em nossa mesa.

Ela parece exultante demais. Só consigo imaginar sua alegria.

— Vejo você esta noite, mãe.

— Não vejo a hora, Christian. Adeus.

Tem um e-mail de Flynn.

De: Dr. John Flynn
Assunto: Esta noite
Data: 11 de junho de 2011 14:25
Para: Christian Grey

Estou ansioso para conhecer Anastasia.

JF

Aposto que está, John.
Parece que todos estão animados por eu ter uma acompanhante esta noite.
Todos, inclusive eu.

ANA ESTÁ DEITADA NA cama no quarto das submissas, olhando para o Mac. Está absorta, lendo alguma coisa na internet.
— O que está fazendo? — pergunto.
Ela leva um susto e, por algum motivo, parece culpada. Eu me deito ao seu lado e vejo que ela está em uma página chamada "Transtorno de Personalidade Múltipla: Sintomas".
Sei que tenho muitos problemas, mas felizmente esquizofrenia não é um deles. Não consigo esconder que acho graça de sua investigação psicológica amadora.
— Entrou nesse site por um motivo específico?
— Estou pesquisando. Para entender uma personalidade difícil.
— Uma personalidade difícil?
— Meu projeto nas horas vagas.
— Então eu virei um projeto para suas horas vagas? Um hobby? Uma espécie de experimento científico, talvez? E eu achando que era tudo. Srta. Steele, assim você me magoa.
— Como você sabe que é você?
— É só um palpite — provoco.
— É verdade que você é a única pessoa problemática, inconstante e maníaca por controle que eu conheço intimamente.
— Achei que eu fosse a única pessoa que você conhecia intimamente.
— É. Isso também — responde ela, e um rubor constrangido colore suas bochechas.
— E aí, já chegou a alguma conclusão?
Ela se vira para me observar, a expressão calorosa.
— Acho que você precisa muito se tratar.

Coloco uma mecha do cabelo dela atrás de sua orelha, satisfeito por ela mantê-lo comprido e eu ainda poder fazer isso.

— Acho que preciso muito de você — rebato. — Tome.

Eu lhe entrego o batom.

— Você quer que eu use isto?

Dou uma gargalhada.

— Não, Anastasia, a menos que você queira. Acho que não é muito a sua cor.

Vermelho é a cor de Elena. Mas não digo isso para Ana. Ela vai morrer de raiva. Não vai ser nada bom.

Eu me sento na cama, cruzo as pernas e tiro a camisa pela cabeça. Pode ser uma ideia brilhante ou bem idiota. Vamos ver.

— Gostei da sua ideia de fazer um mapa.

Ela parece não entender.

— Um mapa das áreas proibidas — explico.

— Ah. Eu estava brincando — diz ela.

— Eu, não.

— Você quer que eu desenhe em você com batom?

Ela está confusa.

— O batom sai. Depois de um tempo.

Ela pensa na minha proposta, e um sorriso repuxa seus lábios.

— E se eu usasse algo mais permanente, um marcador, por exemplo?

— Posso fazer uma tatuagem.

— Não, nada de tatuagem!

Ela ri, mas seus olhos se arregalam de horror.

— Batom, então — retruco.

Sua gargalhada é contagiante, e sorrio para ela.

Ana fecha o Mac e estico minhas mãos.

— Venha. Sente no meu colo.

Ela tira os sapatos e sobe em mim. Eu me deito de barriga para cima, mantendo os joelhos dobrados.

— Recoste-se contra as minhas pernas.

Ela monta em mim, animada com o novo desafio.

— Você parece... empolgada com a ideia — comento com ironia.

— Estou sempre aberta a novas informações, Sr. Grey, e isso significa que você vai relaxar, porque eu vou saber onde ficam os limites.

Balanço a cabeça. Espero que seja uma boa ideia.

— Abra o batom — instruo.

Pela primeira vez, ela faz o que eu mando.

— Deixe eu pegar sua mão.

Ela estica a mão livre.
— A que está segurando o batom!
— Está revirando os olhos para mim? — repreende ela.
— Estou.
— Isso é uma grosseria, Sr. Grey. Conheço algumas pessoas que ficam realmente violentas diante de um revirar de olhos.
— Ah, conhece, é? — Meu tom é irônico.
Ela coloca a mão com o batom na minha, e eu me sento de repente, surpreendendo-a e ficando cara a cara.
— Pronta? — sussurro, tentando controlar minha ansiedade, mas o pânico começa a se espalhar.
— Pronta — responde ela, a palavra tão suave quanto uma brisa de verão.
Sei que estou prestes a ultrapassar meus limites, e a escuridão me rodeia feito um abutre, esperando para me consumir. Levo a mão dela até o topo do meu ombro, e o medo aperta minhas costelas, expulsando o ar dos meus pulmões.
— Faça força para baixo.
Eu me esforço para dizer as palavras. Ela faz o que peço, e guio suas mãos em volta do meu braço na altura do ombro até a lateral do peito. A escuridão desliza pela minha garganta, ameaçando me sufocar. A expressão de Ana não é de graça, mas de concentração solene e determinação. Fixo o olhar nela e leio cada nuance de pensamento e de emoção na profundeza de suas íris, cada qual feito uma boia salva-vidas, me impedindo de me afogar, mantendo a escuridão longe.
Ela é minha salvação.
Paro na base do tórax e passo suas mãos pelo meu abdome, o batom deixando um rastro vermelho enquanto ela pinta meu corpo. Estou ofegante, tentando desesperadamente esconder o medo. Cada músculo está contraído e saltado enquanto o vermelho marca minha pele. Eu me inclino para trás e me apoio nos braços flexionados enquanto luto contra meus demônios e me rendo à sua ilustração gentil. Ela está na metade quando a solto e lhe dou controle absoluto.
— E agora até o outro lado — sussurro.
Com o mesmo foco, Ana desenha do meu lado direito. Os olhos dela estão impossivelmente grandes. Angustiados. Mas atentos. Quando chega no alto do meu ombro, ela para.
— Pronto, terminei — sussurra, a voz rouca com a emoção contida.
Ela afasta a mão do meu corpo e me dá um breve descanso.
— Não, não terminou.
Traço uma linha com o dedo na base do pescoço acima da clavícula. Ana respira fundo e passa o batom pelo mesmo caminho. Quando termina, olhos azuis encontram o cinza.

— Agora as costas — instruo, e me mexo para ela sair de cima de mim. Eu me viro de costas e cruzo as pernas. — Repita nas costas a linha que você fez em meu peito. — Minha voz soa rouca e estranha, como se eu tivesse saído do corpo para observar uma mulher jovem e linda domar um monstro.

Não. Não.

Viva o momento, Grey.

Viva isto.

Sinta isto.

Conquiste isto.

Estou à mercê de Ana.

A mulher que amo.

A ponta do batom atravessa minhas costas, e me curvo e aperto bem os olhos, tolerando a dor. Ela desaparece.

— Ao redor da nuca, também? — A voz dela está melancólica.

Cheia de garantias. *Minha boia salva-vidas.* Faço que sim, e a dor volta, perfurando minha pele abaixo da linha do couro cabeludo.

De forma tão repentina quanto surgiu, desaparece de novo.

— Pronto — diz ela, e quero gritar de alívio do heliporto do Escala.

Eu me viro para olhá-la, e ela está me observando. Sei que vou me estilhaçar feito vidro se vir qualquer sinal de pena em seu rosto... mas não vejo. Ela está esperando. Paciente. Gentil. Controlada. Compassiva.

Minha Ana.

— Esses são os limites — sussurro.

— Posso lidar com isso. Agora, quero me jogar em cima de você — diz ela, os olhos brilhando.

Finalmente!

Meu alívio é um sorriso malicioso, e estico as mãos em convite.

— Bem, Srta. Steele, sou todo seu.

Ela dá um gritinho de prazer e se joga em meus braços.

Opa!

Fico sem equilíbrio, mas me recupero e giro o corpo, jogando-a na cama embaixo de mim, segurando meu bíceps.

— Agora, aquela conversa que a gente estava tendo antes do almoço...

Eu a beijo intensamente. Seus dedos se fecham no meu cabelo e o puxam enquanto a devoro. Ela geme, a língua enroscada na minha, e há um sentimento selvagem de abandono em nosso beijo. Ela está afastando a escuridão, e eu estou consumindo sua luz. A adrenalina alimenta minha paixão, e ela me acompanha a cada beijo. Eu a quero nua. Eu a sento, puxo sua camiseta pela cabeça e jogo no chão.

— Quero sentir você. — Minhas palavras soam febris em seus lábios enquanto abro seu sutiã e o jogo de lado.

Eu a deito na cama e beijo seus seios, meus lábios brincando com um mamilo enquanto os dedos provocam o outro. Ela grita quando eu sugo e puxo com força.

— Isso, baby, quero ouvir você.

Eu respiro na pele dela.

Ela se contorce embaixo de mim enquanto continuo minha adoração sensual aos seios dela. Os mamilos reagem ao meu toque, ficando mais compridos e duros conforme Ana se contorce com um ritmo imposto por sua paixão.

Ela é uma deusa.

Minha deusa.

Abro o botão da sua calça jeans, e ela entrelaça as mãos no meu cabelo. Abro logo o zíper e enfio a mão por dentro da calcinha. Meus dedos deslizam com facilidade para o meu objetivo.

Porra.

Ela ergue a pélvis para encostar na base da minha mão, e esfrego seu clitóris enquanto ela geme. Está molhada e pronta.

— Ah, baby — sussurro, e me inclino por cima dela, observando sua expressão selvagem. — Você está tão molhada.

— Quero você — geme ela.

Eu a beijo de novo enquanto minha mão desliza para dentro dela. Estou ávido. Quero ela toda. Preciso dela toda.

Ela é minha.

Minha.

Eu me sento, seguro a barra da sua calça jeans e, com um puxão rápido, a arranco. Prendo os dedos na calcinha, fazendo o mesmo. Fico de pé, tiro uma embalagem prateada do bolso e jogo para ela. Fico aliviado ao tirar a calça jeans e a cueca.

Ana abre o pacote e me olha com uma expressão faminta quando me deito ao lado dela. Coloca lentamente a camisinha em mim, e eu seguro suas mãos e me viro de barriga para cima.

— Você. Em cima — instruo, e a coloco montada em mim. — Quero olhar para você.

Lentamente, eu a puxo para baixo.

Porra. Como. Ela. É. Gostosa.

Fecho os olhos e contraio os quadris enquanto ela me recebe, então expiro e solto um gemido longo e alto.

— Você é uma delícia.

Aperto meus dedos nos dela. Não quero soltá-la.

E ela sobe e desce, o corpo abraçando o meu. Seus seios balançam. Solto suas mãos, sabendo que vai respeitar o mapa, e seguro seus quadris. Ela coloca a mão nos meus braços, e eu me ergo com força para dentro dela.

Ela dá um grito.

— Isso, baby, sinta-me — sussurro.

Ela inclina a cabeça para trás e entra no ritmo perfeito.

Para cima. Para baixo. Para cima. Para baixo. Para cima. Para baixo.

Eu me perco no ritmo compartilhado, apreciando cada centímetro precioso dela. Está ofegando e gemendo. E eu a vejo me receber sem parar. Os olhos fechados. A cabeça para trás, em êxtase. Ela é magnífica. Abre os olhos.

— Minha Ana. — Meus lábios formam as palavras.

— Sim. Sempre — balbucia ela.

E suas palavras atingem minha alma e me levam ao limite. Fecho os olhos e me rendo a ela novamente.

Ela grita quando chega ao êxtase, me levando ao meu ao cair em cima de mim.

— Ah, baby — digo, gemendo, e estou exausto.

Sua cabeça cai em meu peito, mas não ligo. Ela venceu a escuridão. Com os dedos cansados, acaricio seu cabelo e suas costas enquanto nós dois recuperamos o fôlego.

— Você é tão linda — murmuro, e só quando Ana levanta a cabeça me dou conta de que falei em voz alta.

Ela me olha com ceticismo.

Quando vai aprender a ouvir um elogio?

Eu me sento depressa, pegando Ana desprevenida. Mas a seguro, e ficamos cara a cara novamente.

— Você. É. Linda. — Enfatizo cada palavra.

— E você é incrivelmente gentil, às vezes.

Ela se inclina para a frente e me dá um beijo casto.

Eu a levanto, e ela faz uma careta quando saio de dentro dela. Eu a beijo com delicadeza.

— Você não tem ideia de como é atraente, tem?

Ela parece constrangida.

— Todos aqueles caras atrás de você... isso não lhe dava nenhuma pista?

— Caras? Que caras?

— Você quer a lista? O fotógrafo, ele é louco por você; aquele sujeito da loja de ferragens; o irmão mais velho da sua amiga com quem você divide o apartamento. Seu chefe.

Aquele filho da puta traiçoeiro.

— Ah, Christian, não é verdade.

— Pode acreditar. Eles querem você. Eles querem o que é meu.

Eu a aperto, e ela apoia os antebraços nos meus ombros, as mãos no meu cabelo. E me observa com uma tolerância divertida.

— Minha — afirmo.

— Sim, sua. — Ela dá um sorriso indulgente. — A linha ainda está intacta.

Passa o dedo pela marca de batom no meu ombro.

Eu enrijeço, alarmado.

— Quero explorar — sussurra.

— O apartamento?

— Não. — Ela balança a cabeça. — Eu estava pensando no mapa do tesouro que desenhamos em você.

O quê?

Ela passa o nariz no meu, me distraindo.

— E o que isso envolveria exatamente, Srta. Steele?

Ela levanta a mão e mexe com as pontas dos dedos na minha barba por fazer.

— Só quero tocar você em todos os lugares em que estou autorizada.

O indicador roça em meus lábios, e eu o pego com os dentes.

— Ai — reclama ela quando mordo.

Sorrio e rosno.

Então ela quer me tocar. Dei meus limites a ela.

Tente fazer as coisas do jeito dela, Grey.

— Tudo bem — concordo, mas noto a insegurança em minha voz. — Espere. — Eu a levanto, tiro a camisinha e jogo ao lado da cama. — Odeio essas coisas. Estou pensando em chamar a Dra. Greene para dar uma injeção em você.

— E você acha que é só chamar, que a obstetra e ginecologista mais famosa de Seattle vai vir correndo?

— Posso ser muito persuasivo. — Coloco uma mecha de seu cabelo atrás da orelha. Ela tem as orelhinhas endiabradas mais lindas do mundo. — Franco fez um ótimo trabalho. Gostei dessas camadas.

— Pare de mudar de assunto — avisa.

Eu a coloco montada em mim mais uma vez. Observando-a com atenção, me recosto nos travesseiros enquanto ela apoia as costas nos meus joelhos erguidos.

— Pode tocar à vontade — murmuro.

Sem desviar os olhos dos meus, ela coloca a mão na minha barriga, embaixo da linha de batom. Meu corpo se contrai quando seu dedo explora os vales entre meus músculos abdominais. Eu me encolho, e ela ergue o dedo.

— Não tenho que fazer isso — diz.

— Não, tudo bem. Só preciso de uma... readaptação. Faz tempo que ninguém me toca.

— Mrs. Robinson?
Merda. Por que fiz alusão a ela?
Com cautela, assinto.
— Não quero falar dela. Só vai estragar seu bom humor.
— Eu aguento.
— Não, você não aguenta, Ana. Você fica possessa toda vez que eu a menciono. Meu passado é meu passado. É um fato. Não posso mudá-lo. Tenho sorte que você não tenha um, porque eu ficaria louco se tivesse.
— Ficaria louco? Mais do que já é?
— Louco por você — declaro.
Ela dá um grande sorriso genuíno.
— Quer que eu chame o Dr. Flynn?
— Acho que não vai ser necessário.
Ela se contorce em cima de mim, e eu abaixo as pernas. Com os olhos nos meus, ela coloca os dedos na minha barriga.
Fico tenso.
— Gosto de tocar em você — diz ela, e a mão desce até o meu umbigo, eriçando os pelos ali.
Seus dedos vão mais para baixo.
Opa.
Meu pau estremece em aprovação.
— De novo? — pergunta ela com um sorriso carnal.
Ah, Anastasia, sua insaciável.
— Ah, sim, Srta. Steele, de novo.
Eu me sento, seguro sua cabeça e lhe dou um beijo demorado e intenso.
— Você não está muito dolorida? — pergunto com a boca na dela.
— Não.
— Adoro sua energia, Ana.

ELA COCHILA AO MEU lado. Satisfeita, espero. Depois de tantas brigas e recriminações, agora me sinto em paz.
Talvez eu consiga ter esse tal de relacionamento baunilha.
Olho para Ana. Sua boca está ligeiramente aberta, e os cílios lançam uma sombra suave nas bochechas pálidas. Ela parece serena e linda, e eu poderia ficar observando-a dormir para sempre.
Mas ela também sabe ser difícil para caralho.
Quem poderia imaginar?
E a ironia é... acho que eu gosto.
Ela faz com que eu me questione.

Ela faz com que eu questione tudo.
Ela faz com que eu me sinta vivo.

DE VOLTA À SALA, recolho meus papéis no sofá e sigo para o escritório. Deixei Anastasia dormindo. Ela deve estar exausta depois da noite de ontem, e teremos uma longa noite pela frente, no baile.

Na minha mesa, ligo o computador. Um dos muitos atributos de Andrea é manter os contatos atualizados e sincronizados em todos os meus dispositivos. Faço uma busca pela Dra. Greene e, como era esperado, encontro o e-mail dela. Estou de saco cheio de camisinhas, e gostaria que ela atendesse Ana o mais rápido possível. Envio um e-mail para ela, mas imagino que só vou receber resposta na segunda-feira. Afinal, estamos no meio do fim de semana.

Mando dois e-mails para Ros e faço algumas anotações nos relatórios que li mais cedo. Ao abrir uma gaveta para guardar a caneta, vejo a caixa vermelha com os brincos que comprei para Ana, para o baile a que nunca fomos.

Ela me deixou.

Pego a caixa e examino os brincos novamente. São perfeitos para ela. Elegantes. Simples. Deslumbrantes. Eu me pergunto se Ana os aceitaria hoje. Depois da briga por causa do Audi e dos vinte e quatro mil dólares, parece improvável. Mas gostaria de dá-los a ela. Coloco a caixa no bolso e olho o relógio. Está na hora de acordar Ana, porque tenho certeza de que vai precisar de um tempo para se arrumar.

ELA ESTÁ ENCOLHIDA NO meio da cama, parecendo pequena e solitária. Está no quarto das submissas. Por que será que está aqui? Ela não é minha submissa. Devia estar dormindo na minha cama, no andar de baixo.

— Ei, dorminhoca.

Beijo sua têmpora.

— Humm — resmunga ela, abrindo as pálpebras.

— Hora de levantar — sussurro, e beijo de leve seus lábios.

— Sr. Grey. — Seus dedos acariciam meu queixo. — Senti sua falta.

— Você estava dormindo.

Como pode ter sentido minha falta?

— Senti falta de você nos meus sonhos.

A declaração simples e sonolenta me derruba. Ela é muito imprevisível e encantadora. Sorrio quando um calor inesperado se espalha pelo meu corpo. Está se tornando familiar, mas não quero nomear o sentimento. É novo demais. Assustador demais.

— De pé — ordeno, e saio para me arrumar antes que me sinta tentado a me juntar a ela.

Depois de uma chuveirada rápida, faço a barba. Costumo evitar contato visual com o babaca no espelho, mas hoje ele parece mais feliz, embora um tanto ridículo com a mancha de batom em volta do pescoço.

Meus pensamentos se voltam para a noite a seguir. Normalmente, eu odeio esses eventos, acho-os terrivelmente chatos, mas desta vez vou ter uma acompanhante. Outra primeira vez com Ana. Espero que tê-la ao meu lado afaste as amigas de Mia que tentam desesperadamente chamar minha atenção. Elas nunca aprenderam que não estou interessado.

Eu me pergunto o que Ana vai achar; talvez ache um saco também. Espero que não. Talvez eu devesse animar a noite.

Quando termino de me barbear, tenho uma ideia.

Alguns minutos depois, já com calça social e camisa, subo e paro em frente ao quarto de jogos.

Será uma boa ideia?

Ana sempre pode dizer não.

Destranco a porta e entro.

Não venho ao quarto de jogos desde que ela me deixou. Está silencioso, e a luz ambiente ilumina as paredes vermelhas, dando ao lugar uma ilusão de calor. Mas este quarto não é mais meu santuário. Não é desde que ela me deixou sozinho, na escuridão. Guarda a lembrança do rosto dela marcado por lágrimas, da raiva e das palavras amargas. Fecho os olhos.

Você precisa se resolver, Grey.

Estou tentando, Ana. Estou tentando.

Você é um filho da puta.

Porra.

Se ao menos ela soubesse. Ela iria embora. De novo.

Descarto o pensamento desagradável e pego o que preciso no baú.

Será que Ana vai aceitar isso?

Eu gosto de uma trepada sacana. As palavras sussurradas na noite da nossa reconciliação me trazem algum consolo. Com a confissão de Ana em mente, eu me viro para sair. Pela primeira vez na vida, não quero mais ficar aqui.

Enquanto tranco a porta, me pergunto quando ou se Ana e eu vamos revisitar aquele quarto. Sei que não estou pronto. Como ela vai se sentir em relação ao — como ela chama? — Quarto Vermelho da Dor? Veremos. Fico deprimido ao pensar que eu talvez nunca mais o use. Pensando nisso, vou até o quarto dela. Talvez eu devesse me livrar das bengalas e dos cintos. Talvez isso ajude.

Abro a porta do quarto das submissas e paro.

Assustada, Ana se vira para mim. Está usando um espartilho preto, uma calcinha de renda mínima e meias sete oitavos.

Todos os pensamentos somem da minha mente.

Minha boca fica seca enquanto eu a encaro.

Ela é um sonho molhado ambulante.

Ela é Afrodite.

Obrigado, Caroline Acton.

— Precisa de alguma coisa, Sr. Grey? Imagino que você tenha algum propósito nessa visita além de ficar me encarando feito um bobo de boca aberta. — Há um tom de arrogância na voz dela.

— Obrigado, Srta. Steele, mas estou me divertindo muito aqui, feito um bobo de boca aberta. — Entro no quarto. — Lembre-me de mandar um bilhete de agradecimento a Caroline Acton.

Ana faz um gesto com as mãos. Quer saber de quem estou falando.

— A personal shopper da Neiman — esclareço.

— Ah.

— Estou bastante distraído.

— Estou vendo. O que você quer, Christian? — pergunta ela, parecendo impaciente, mas acho que só está me provocando.

Pego as bolas prateadas no bolso para que ela as veja, e sua expressão muda de brincalhona para assustada.

Acha que eu quero bater nela.

Eu quero...

Mas.

— Não é o que você está pensando — afirmo, tranquilizando-a.

— Esclareça.

— Achei que você podia usar isto hoje à noite.

Ela pisca várias vezes.

— Durante a festa?

Faço que sim.

— Você vai me bater depois?

— Não.

O rosto dela demonstra decepção, e, não tem jeito, é impossível para mim conter o riso.

— Quer que eu bata?

Eu a vejo engolir em seco, indecisa.

— Bem, pode ter certeza de que não vou bater em você daquele jeito, nem que você implore. — Faço uma pausa e espero a informação ser absorvida antes de continuar. — Quer brincar disso? — Mostro as bolas. — Você pode tirá-las a qualquer momento, se for demais.

Os olhos dela ficam sombrios, e um sorriso discreto e malicioso se forma em seus lábios.

— Está bem — aceita.

E, mais uma vez, sou lembrado de que Anastasia Steele não é uma mulher que recusa desafios.

Vejo os sapatos Louboutin no chão.

— Boa menina. Venha aqui, e eu vou colocá-las em você depois que calçar os sapatos.

Ana de lingerie delicada e sapatos Louboutin. Todos os meus sonhos estão virando realidade.

Estendo a mão para ajudá-la a calçar os sapatos. Ela desliza os pés neles, e passa de pequena e moleca a alta e sinuosa.

Ela está incrível.

Cara, veja o que fazem com as pernas dela.

Eu a levo até a beira da cama, pego a cadeira e a coloco na frente dela.

— Quando eu acenar com a cabeça, você se abaixa e se segura na cadeira. Entendeu?

— Entendi.

— Ótimo. Agora abra a boca.

Ela obedece, e enfio o indicador entre os lábios dela.

— Chupe — ordeno.

Ela segura minha mão e, com um olhar de luxúria para mim, faz exatamente o que pedi.

Meu Deus.

O olhar dela é ardente. Lascivo. Firme. E sua língua provoca e suga meu dedo.

É como estar com meu pau na boca de Ana.

Fico duro.

Instantaneamente.

Ah, baby.

Conheci pouquíssimas mulheres que tiveram esse efeito instantâneo em mim, mas não tanto quanto Ana... e considerando sua inocência, fico surpreso. Mas ela mexe comigo assim desde que a conheci.

Trate do assunto em questão, Grey.

Para lubrificar as bolas, eu as coloco na boca enquanto ela continua dando prazer ao meu dedo. Quando tento puxá-lo, os dentes dela se fecham, e ela abre um sorriso encantador.

Nada disso, eu aviso, balançando a cabeça, e ela afrouxa a mordida, me libertando.

Aceno com a cabeça, indicando que deve se inclinar sobre a cadeira, e ela obedece.

Eu me ajoelho atrás dela, puxo a calcinha para o lado e enfio o dedo chupado dentro dela, fazendo um círculo lento, sentindo as paredes apertadas e molhadas da vagina. Ela geme, e quero mandá-la ficar quieta e parada, mas esse não é mais o relacionamento que temos.

Estamos fazendo as coisas do jeito dela.

Puxo o dedo para fora e então enfio delicadamente cada bola dentro dela, empurrando com cuidado o mais fundo possível. Quando coloco a calcinha de volta no lugar, dou um beijo em sua linda bunda. Eu me apoio nos calcanhares, passo as mãos pelas pernas dela e beijo cada coxa no ponto exato onde a meia termina.

— Você tem belas pernas, Srta. Steele. — Eu me levanto e seguro os quadris dela, pressionando-a no meu pau duro. — Talvez quando a gente voltar eu coma você desse jeito, Anastasia. Pode ficar de pé agora.

Ela se levanta, a respiração acelerada, e rebola na minha frente, roçando a bunda na minha ereção. Beijo seu ombro e passo o braço em volta da sua cintura, segurando a caixinha da Cartier.

— Comprei isto para você usar na festa de gala do sábado passado. Mas você me deixou, então perdi a oportunidade. — Respiro fundo. — Esta é a minha segunda chance.

Será que ela vai aceitar?

Parece simbólico, de qualquer forma. Se estiver nos levando a sério, ela vai aceitar. Prendo a respiração. Ana estica a mão para pegar a caixa, abre e passa muito tempo olhando para os brincos.

Por favor, aceite, Ana.

— São lindos — sussurra. — Obrigada.

Ela *sabe* ser boazinha. Sorrio e relaxo, sabendo que não vou ter que brigar para que fique com eles. Beijo seu ombro e vejo o vestido de cetim prateado na cama. Pergunto se é o que ela vai vestir.

— Vou. Tudo bem?

— Claro. Vou deixar você terminar de se arrumar.

PERDI A CONTA DO número de eventos desse tipo a que compareci, mas pela primeira vez estou animado. Vou poder exibir Ana para a minha família e todos os amigos ricos deles.

Termino de amarrar a gravata-borboleta com facilidade e pego o paletó. Ao vesti-lo, dou uma última olhada no espelho. O babaca parece feliz, mas precisa ajeitar a gravata.

— Fique parado — diz Elena com rispidez.
— Sim, senhora.
Estou na frente dela, me arrumando para o baile de formatura. Falei para os meus pais que não iria, porque ia visitar alguém. Vai ser nosso baile particular. Só Elena e eu. Ela se mexe, e ouço a seda cara roçando e sinto o cheiro provocante do perfume dela.
— Abra os olhos.
Obedeço. Ela está parada atrás de mim, e estamos de frente para um espelho. Eu olho para ela, não para o garoto idiota parado a sua frente.
Ela segura as pontas da minha gravata-borboleta.
— E é assim que se faz.
Lentamente, ela mexe os dedos. As unhas são vermelhas. Eu observo. Fascinado. Ela puxa as pontas, e estou usando uma gravata-borboleta respeitável.
— Agora, vamos ver se você consegue. Se conseguir, vou recompensá-lo.
Ela abre o sorriso secreto de "sou sua dona", e sei que vai ser bom.

Estou repassando os arranjos da noite com a equipe de segurança quando ouço passos atrás de mim. Todos os quatro homens se distraem de repente. Taylor sorri. Quando me viro, Ana está no pé da escada.

Uma visão. Uau.

Ela está deslumbrante com o vestido prateado, parecendo que saiu da cena de um filme mudo.

Ando calmamente até ela, com uma sensação desproporcional de orgulho, e beijo seu cabelo.

— Anastasia. Você está de tirar o fôlego.

Fico muito satisfeito por ela estar usando os brincos. Ana fica vermelha.

— Uma taça de champanhe antes de irmos? — ofereço.

— Por favor.

Faço um sinal com a cabeça para Taylor, que leva os três colegas até o saguão, e, com o braço em volta da minha acompanhante, seguimos para a sala. Na geladeira, pego uma garrafa de Cristal Rosé e abro.

— Equipe de segurança? — pergunta Ana enquanto sirvo o líquido borbulhante nas taças de champanhe.

— Guarda-costas. Estão sob orientação de Taylor. Ele também é treinado nisso.

Entrego a taça para ela.

— Ele é muito versátil.

— Sim, é. Você está linda, Anastasia. Saúde.

Toco a taça na dela. Ela bebe e fecha os olhos, saboreando a bebida.

— Como você está se sentindo? — pergunto, reparando no rubor em suas bochechas, da mesma cor do champanhe.

Quanto tempo será que ela vai tolerar as bolas?
— Ótima, obrigada.
Ela abre um sorriso doce.
Esta noite vai ser divertida.
— Tome, você vai precisar disto. — Dou a ela a bolsa de veludo com a máscara.
— Abra.
Ana obedece, tira a delicada máscara prateada e passa os dedos pelas plumas.
— É um baile de máscaras.
— Entendi.
Ela examina a máscara, impressionada.
— Vai realçar seus lindos olhos, Anastasia.
— Você também vai usar uma?
— Claro. São muito libertadoras, de certa forma.
Ela sorri.
Tenho mais uma surpresa.
— Venha. Quero lhe mostrar uma coisa.
Estendo a mão e a levo pelo corredor até chegar à biblioteca. Não consigo acreditar que nunca mostrei esse lugar para Ana.
— Você tem uma biblioteca! — exclama ela.
— Sim, a sala da sinuca, como Elliot chama. O apartamento é bem grande. Quando você falou hoje de "explorar", eu me dei conta de que nunca fiz um tour com você. Agora não temos tempo, mas pensei em lhe mostrar esta sala e, quem sabe, desafiá-la para uma partida de sinuca num futuro próximo.
Seus olhos brilham de admiração enquanto ela observa a coleção de livros e a mesa de bilhar.
— Combinado — diz ela com um sorriso satisfeito.
— O que foi?
Está escondendo alguma coisa. Ela sabe jogar?
— Nada — responde rapidamente, e sei que essa deve ser a resposta. Ela mente muito mal.
— Bem, talvez o Dr. Flynn possa descobrir seus segredos. Você vai encontrá-lo esta noite.
— O charlatão caro?
— Ele mesmo. Está morrendo de vontade de conhecê-la. Vamos?
Ela assente, e a empolgação brilha em seus olhos.

FAZEMOS O TRAJETO EM um silêncio agradável no banco de trás do carro. Passo o polegar pelos nós dos seus dedos, sentindo sua expectativa crescente. Ela cruza e descruza as pernas, e sei que as bolas estão lhe dando trabalho.

— Onde você conseguiu o batom? — pergunta ela do nada.
Aponto para Taylor e articulo o nome dele sem emitir som.
Ela ri. Mas para de repente.
E sei que foram as bolas.
— Relaxe — sussurro. — Se for demais...
Beijo cada nó dos dedos dela e sugo a ponta do mindinho, passando a língua em volta dele, como ela fez com meu dedo mais cedo. Ana fecha os olhos, inclina a cabeça para trás e inspira. Seus olhos ardentes encontram os meus quando ela os reabre. Depois me recompensa com um sorriso malicioso, e eu reajo da mesma maneira.
— Então, o que podemos esperar deste evento? — pergunta.
— Ah, o de sempre.
— Não para mim.
Claro. Quando ela iria a um evento assim? Beijo os nós dos dedos dela novamente enquanto explico.
— Um monte de gente esbanjando dinheiro. Leilão, rifa, jantar, dança... minha mãe sabe como dar uma festa.
O Audi entra na fila de carros em frente à casa dos meus pais. Ana se estica para olhar. Espio pelo para-brisa traseiro e vejo Reynolds, da segurança, nos seguindo no meu outro Audi Q7.
— Hora de colocar a máscara.
Pego a minha na bolsa preta de seda ao meu lado.
Quando paramos na entrada, estamos disfarçados. Ana está espetacular, deslumbrante, e quero exibi-la para o mundo. Taylor para, e um dos recepcionistas abre a minha porta.
— Pronta? — pergunto a ela.
— Tanto quanto é possível.
— Você está linda, Anastasia.
Beijo sua mão e saio do carro.
Passo o braço em torno da minha acompanhante, e andamos juntos em direção à casa por um tapete verde que minha mãe alugou para a ocasião. Espio por cima do ombro e vejo os quatro seguranças atrás de nós, olhando para todo lado. É tranquilizador.
— Sr. Grey! — chama um fotógrafo.
Puxo Ana para perto e posamos.
— Dois fotógrafos? — observa Ana, curiosa.
— Um é do *Seattle Times*, o outro é para produzir um souvenir. Nós vamos poder comprar uma cópia no final da festa.
Passamos por uma fila de garçons com taças de champanhe, e pego uma para Ana.

Meus pais capricharam, como fazem todos os anos. Tenda, pérgulas, lampiões, pista de dança quadriculada, cisnes de gelo e um quarteto de cordas. Vejo Ana observar o ambiente com admiração. É gratificante ver a generosidade dos meus pais pelos olhos dela. Não é sempre que tenho a oportunidade de recuar e apreciar a minha sorte em fazer parte do mundo deles.

— Quantas pessoas foram convidadas? — pergunta ela, avaliando a tenda elaborada perto da costa.

— Acho que umas trezentas. Você vai ter que perguntar à minha mãe.

— Christian!

Ouço a voz aguda e não tão doce da minha irmã. Ela passa os braços pelo meu pescoço em uma exibição melodramática de afeto. Está lindíssima de rosa.

— Mia.

Retribuo o abraço entusiasmado. Ela olha para Ana, e sou esquecido.

— Ana! Ai, querida, você está linda! Você tem que conhecer minhas amigas. Nenhuma delas consegue acreditar que Christian finalmente tem uma namorada.

Ela abraça Ana e segura sua mão. Ana me lança um olhar apreensivo antes de Mia levá-la até um grupo de mulheres que fazem uma festa ao recebê-la. Todas, menos uma.

Merda. Reconheço Lily, que é amiga de Mia desde o jardim de infância. Mimada, rica, linda, mas cheia de ressentimento, é a representação de todos os piores atributos do privilégio e da soberba. E houve uma época em que ela achou que tinha direito a mim. Estremeço.

Vejo Ana ser agradável com as amigas de Mia, mas ela recua de repente, parecendo pouco à vontade. Acho que Lily está sendo babaca. Não aceito isso. Eu me aproximo e passo o braço pela cintura de Ana.

— Meninas, vocês se importam se eu roubar meu par de volta?

— Prazer em conhecê-las — diz Ana para o grupo enquanto a puxo para longe.

— Obrigada — articula sem som para mim.

— Vi que Lily estava com Mia. Que criatura desagradável.

— Ela gosta de você — observa Ana.

— Bem, o sentimento não é recíproco. Venha, deixe-me apresentá-la a algumas pessoas.

Ana é impressionante, o par perfeito. Graciosa, elegante e doce, ela ouve com atenção quando lhe contam histórias, faz perguntas inteligentes, e amo o jeito como ela me desafia.

Sim. Amo isso mais do que tudo. É novo e inesperado.

Mas, pensando bem, ela sempre é inesperada.

Para completar, ela se mantém alheia aos muitos, muitos olhares de admiração que recebe de homens e mulheres, e fica perto de mim. Atribuo o brilho rosado em seu rosto ao champanhe e talvez às bolas, mas, se a estão incomodando, Ana disfarça bem.

O mestre de cerimônias anuncia que o jantar foi servido, e seguimos o tapete verde pelo gramado até a tenda. Ana olha para a marina.

— Marina? — pergunto.

— Talvez a gente possa ir lá depois.

— Só se eu puder carregar você no ombro.

Ela ri, então para de repente.

Sorrio.

— Como está se sentindo?

— Bem — diz ela com ar superior, e meu sorriso se alarga.

De volta ao jogo, Srta. Steele.

Atrás de nós, Taylor e seus homens nos seguem a uma distância discreta, e, quando chegamos à tenda, posicionam-se de modo a ter uma boa visão das pessoas.

Minha mãe e Mia já estão à nossa mesa com um amigo de Mia.

Grace dá boas-vindas calorosas a Ana.

— Ana, que bom ver você de novo! Está tão linda.

— Mãe.

Eu a cumprimento com dois beijos nas bochechas.

— Ah, Christian, tão formal! — repreende ela.

Meus avós maternos se juntam a nós, e depois dos abraços obrigatórios, eu os apresento a Ana.

— Ah, finalmente ele encontrou alguém, que maravilha, e você é tão bonita! Espero que dê em casamento — diz minha avó com entusiasmo.

Nem um pouco apropriado, vovó.

Porra. Olho para minha mãe. *Socorro. Mãe. Faça ela parar.*

— Mãe, não deixe Ana sem graça — diz Grace, repreendendo a mãe.

— Não ligue para essa velha indiscreta, minha querida. Ela acha que, só porque tem mais idade, tem o direito divino de dizer qualquer disparate que passa por essa cabeça branca.

Meu avô pisca para mim.

Theodore Trevelyan é meu herói. Temos uma ligação especial. Esse homem me ensinou com muita paciência a plantar, cultivar e transplantar macieiras, e ao fazer isso ganhou meu eterno afeto. É calmo. Forte. Gentil. Paciente comigo. Sempre.

Aqui, garoto, diz vovô Trev-yan. *Você não fala muito, não é?*

Balanço a cabeça. Não. Eu não falo nada.

Não tem problema. As pessoas aqui falam demais. Quer me ajudar no pomar?
Faço que sim. Gosto do vovô Trev-yan. Tem olhos gentis e uma gargalhada alta. Ele oferece a mão, mas enfio as minhas embaixo dos braços.
Como quiser, Christian. Vamos fazer algumas macieiras verdes produzirem maçãs vermelhas.
Eu gosto de maçãs vermelhas.
O pomar é grande. Tem árvores. E árvores. E mais árvores. Mas são árvores pequenas. Não grandes. E não têm folhas. Nem maçãs. Por causa do inverno. Estou com botas grandes e um chapéu. Gosto do meu chapéu. Me deixa aquecido.
Vovô Trev-yan olha para uma árvore.
Está vendo essa árvore, Christian? Ela produz maçãs verdes azedas. Mas podemos enganar a árvore para que produza maçãs vermelhas e doces para nós. Esses galhos são da macieira vermelha. E aqui está minha tesoura de podar.
Tesoura de po-dar. É afiada.
Quer cortar este?
Concordo com a cabeça.
Vamos transplantar esse galho que você cortou. Chama-se enxerto.
En-xerto. En-xerto. Pronuncio a palavra em pensamento. Ele pega uma faca e afia uma ponta do galho. Então corta um galho da árvore e enfia o en-xerto no corte.
Agora, nós prendemos com fita.
Ele pega fita verde e amarra o galho no tronco.
E colocamos cera de abelha derretida no buraco. Aqui. Pegue este pincel. Com firmeza. Isso mesmo.
Nós fazemos muitos transplantes.
Sabe, Christian, a maçã só fica atrás da laranja como a fruta mais valiosa plantada nos Estados Unidos. Mas, aqui em Washington, não temos sol suficiente para laranja.
Estou com sono.
Cansado? Quer voltar para casa?
Faço que sim.
Nós trabalhamos muito. Esta árvore vai ficar cheia de maçãs vermelhas e doces quando o outono chegar. Você pode me ajudar a colhê-las.
Ele sorri e estica a mão, que eu seguro. É grande e áspera, mas quente e gentil.
Vamos tomar chocolate quente.

Vovô dá um sorriso enrugado, e volto a atenção para o acompanhante de Mia, que parece estar de olho na minha Ana. O nome dele é Sean, e acho que é da escola de Mia. Aperto a mão dele com força.

Mantenha seus olhos na sua acompanhante, Sean. A propósito, você está com a minha irmã. Trate-a bem, senão acabo com você. Acho que consigo transmitir tudo isso com o olhar sério e o forte aperto de mão.

Ele assente e engole em seco.

— Sr. Grey.

Puxo a cadeira de Ana, e nós nos sentamos.

Meu pai está no palco. Ele bate no microfone, dá boas-vindas e faz uma apresentação para os convidados distintos reunidos a sua frente.

— Bem-vindos, senhoras e senhores, ao nosso baile anual de caridade. Espero que vocês aproveitem o que preparamos para esta noite e que abram bem esses bolsos para ajudar o fantástico trabalho que a nossa equipe tem feito com a Superando Juntos. Como vocês sabem, trata-se de uma causa muito importante tanto para minha esposa como para mim.

As plumas na máscara de Ana balançam quando ela se vira para me olhar, e me questiono se está pensando no meu passado. Será que eu deveria responder à sua pergunta velada?

Sim. Esse baile existe por minha causa.

Meus pais o criaram por causa da minha infância infeliz. E agora ajudam centenas de pais viciados e seus filhos oferecendo refúgio e reabilitação.

Mas ela não diz nada, e eu fico impassível, porque não sei como deveria me sentir em relação à sua curiosidade.

— Agora vou passar a palavra para o nosso mestre de cerimônias. Por favor, sentem-se e aproveitem a noite — diz meu pai.

Ele entrega o microfone para o mestre de cerimônias e vem em direção à nossa mesa, fazendo uma linha reta até Ana. Ele a cumprimenta com um beijo em cada bochecha. Ela fica vermelha.

— Bom ver você de novo, Ana — diz ele.

— Senhoras e senhores, por favor, escolham um representante em cada mesa — pede o mestre de cerimônias.

— Uh... eu, eu! — grita Mia, quicando feito uma criança na cadeira.

— No centro da mesa, vocês vão encontrar um envelope — continua o mestre. — Cada um de vocês deve arrumar, implorar, pedir emprestado ou roubar uma nota do valor mais alto possível, escrever o nome nela e colocá-la dentro do envelope. Os representantes da mesa, por favor, devem guardar esses envelopes com cuidado. Vamos precisar deles mais tarde.

— Aqui.

Dou uma nota de cem para Ana.

— Devolvo depois — sussurra ela.

Ah, por favor.

Não quero discutir isso outra vez. Sem dizer nada, porque uma cena seria inconveniente, eu lhe entrego minha Mont Blanc para que ela possa assinar na cédula.

Grace faz sinal para dois garçons na frente do pavilhão, e eles puxam a lona, revelando uma paisagem de cartão-postal de Seattle e da Baía de Meydenbauer no crepúsculo. É uma vista linda, principalmente nesse horário, e fico feliz que o tempo esteja bom.

Ana fica feliz ao olhar a paisagem e seu reflexo na água.

E eu a observo com novos olhos. É deslumbrante. O céu cada vez mais escuro em chamas com o sol poente espelhado na água, as luzes de Seattle brilhando ao longe. É isso aí. Deslumbrante.

Ver tudo isso pelos olhos de Ana desperta minha humildade. Durante anos, não dei valor a nada disso. Olho para os meus pais. Meu pai segura a mão da esposa enquanto ri de alguma coisa que a amiga dela diz. O jeito como olha para ela... o jeito como ela olha para ele.

Os dois se amam.

Ainda.

Balanço a cabeça. É esquisito estar sentindo uma apreciação estranha e nova pela minha criação?

Eu tive sorte. Muita.

Nossos garçons chegam, dez no total, e em sincronia servem o primeiro prato à nossa mesa. Ana me espia por trás da máscara.

— Com fome?

— Muita — responde ela, séria.

Droga. Todos os outros pensamentos evaporam quando meu corpo reage à declaração ousada, e sei que ela não está se referindo à comida. Meu avô a distrai, e eu me mexo na cadeira, tentando acalmar meu corpo.

A comida está gostosa.

Mas sempre foi gostosa na casa dos meus pais.

Nunca senti fome aqui.

Levo um susto com a direção dos meus pensamentos e fico agradecido quando Lance, amigo da minha mãe da época da faculdade, puxa conversa comigo sobre o que a GEH está desenvolvendo.

Fico ciente dos olhos de Ana em mim enquanto Lance e eu debatemos sobre a economia da tecnologia no mundo em desenvolvimento.

— Não se pode dar esse tipo de tecnologia de graça! — diz Lance, bufando.

— Por que não? No fim das contas, quem se beneficia? Como seres humanos, nós todos temos que compartilhar de espaços e recursos finitos no planeta. Quanto mais inteligentes formos, com mais eficiência vamos usá-los.

— Democratizar a tecnologia não era algo que eu esperaria de alguém como você — diz Lance, rindo.

Cara. Você não me conhece.

Lance é bem interessante, mas sou distraído pela bela Srta. Steele. Ela se mexe ao meu lado enquanto ouve nossa conversa, e sei que as bolas estão causando o efeito desejado.

Talvez nós devêssemos ir até a marina.

Minha conversa com Lance é interrompida algumas vezes por vários parceiros de negócios oferecendo um aperto de mão e uma história ou outra. Não sei se vieram dar uma olhada em Ana ou tentar me agradar.

Quando a sobremesa é servida, estou pronto para ir embora.

— Com licença — diz Ana de repente, sem fôlego.

Sei que ela chegou ao limite.

— Você precisa ir ao toalete? — pergunto.

Ela assente, e vejo uma súplica desesperada em seus olhos.

— Eu lhe mostro onde fica — ofereço.

Ela se levanta e começo a me erguer da cadeira, mas Mia também fica de pé.

— Não, Christian! Você não vai levar Ana... Deixe que eu vou.

E, antes que eu possa dizer qualquer coisa, ela segura a mão de Ana.

Ana dá de ombros como se pedisse desculpas e segue Mia para fora da tenda. Taylor sinaliza que está de olho e vai atrás das duas. Tenho certeza de que Ana não percebe que ganhou uma sombra.

Porra. Eu queria ir com ela.

Minha avó se inclina para falar comigo.

— Ela é linda.

— Eu sei.

— Você parece feliz, querido.

Pareço? Achei que estivesse emburrado por ter perdido a oportunidade.

— Acho que nunca vi você tão relaxado.

Ela dá tapinhas na minha mão; é um gesto carinhoso, e pela primeira vez não me afasto do seu toque.

Feliz? Eu?

Experimento a palavra para ver se encaixa, e um calor inesperado surge dentro de mim.

Sim. Ela me faz feliz.

É um sentimento novo. Eu nunca me descrevi com esses termos.

Sorrio para minha avó e aperto sua mão.

— Acho que você está certa, vovó.

Os olhos dela brilham, e ela também aperta minha mão.

— Você devia levá-la para a fazenda.
— Devia mesmo. Acho que ela ia gostar.

Mia e Ana voltam para a tenda, dando risadinhas. É um prazer vê-las juntas e testemunhar a família inteira receber minha garota de braços abertos. Até minha avó percebeu que Ana me faz feliz.

Ela está certa.

Quando Ana se senta, ela me lança um breve olhar carnal.

Ah. Disfarço o sorriso. Quero perguntar se ainda está usando as bolas, mas presumo que as retirou. Fez bem em usá-las por tanto tempo. Segurando a mão de Ana, eu lhe entrego uma lista de prêmios de leilão.

Acho que ela vai gostar dessa parte da noite: a elite de Seattle exibindo seu dinheiro.

— Você tem uma propriedade em Aspen? — pergunta ela, e todo mundo à mesa se vira para olhar.

Faço que sim e levo o dedo aos lábios.

— Você tem mais algum imóvel? — sussurra.

Assinto. Mas não quero distrair todo mundo na mesa com essa conversa. É a parte da noite em que arrecadamos um belo valor para a caridade.

Enquanto todo mundo aplaude a venda de um bastão de beisebol dos Mariners por doze mil dólares, eu me inclino e digo:

— Eu lhe conto depois.

Ela lambe os lábios, e minha frustração anterior volta.

— Queria ter ido lá com você — acrescento.

Ana me lança um breve olhar ressentido, e acho que significa que ela pensa o mesmo, mas decide se contentar em ouvir os lances.

Eu a vejo se envolver com a empolgação do leilão, virando a cabeça para ver quem está dando o lance e aplaudindo na conclusão de cada lote.

— E agora um fim de semana em Aspen, Colorado. Quais são os lances iniciais, damas e cavalheiros, para essa cortesia generosa do Sr. Christian Grey? — Há uma salva de palmas, e o mestre de cerimônias continua: — Eu ouvi cinco mil dólares?

Os lances começam.

Penso em levar Ana para Aspen. Não sei se ela esquia. Imaginá-la usando esquis é algo perturbador. Ela não dança de forma coordenada, então pode ser um desastre nas rampas. Eu não ia querer que ela se machucasse.

— Vinte mil dólares é o lance. Dou-lhe uma, dou-lhe duas — grita o mestre de cerimônias.

Ana levanta a mão e grita:

— Vinte e quatro mil dólares!

Sinto como se tivesse levado um chute no plexo solar.

Puta. Que. Pariu.

— Vinte e quatro mil dólares, para a bela senhorita de vestido prata, dou-lhe uma, dou-lhe duas... Vendido! — declara o mestre de cerimônias, ao som de aplausos intensos.

Todo mundo à nossa mesa olha para ela de boca aberta enquanto minha raiva dispara, saindo de controle. O dinheiro era para ela. Respiro fundo, me inclino e a beijo na bochecha.

— Não sei se caio de joelhos em adoração por você ou se lhe dou umas boas palmadas — sussurro em seu ouvido.

— Opção dois, por favor — diz ela rapidamente e sem fôlego.

O quê?

Por um momento, fico confuso, mas então percebo que as bolas fizeram seu trabalho. Ela está cheia de desejo, e minha raiva é esquecida.

— Está sofrendo, é? — sussurro. — Vamos ver o que podemos fazer a respeito.

Passo os dedos pelo maxilar dela.

Faça-a esperar, Grey.

Deve ser punição suficiente.

Ou talvez nós pudéssemos prolongar a agonia. Um pensamento maldoso surge na minha mente.

Ana se contorce ao meu lado enquanto minha família a parabeniza pelo lance vitorioso. Passo um dos braços pelas costas da cadeira dela e começo a acariciar suas costas nuas com o polegar. Com a outra mão, pego a dela e beijo a palma, depois a coloco na minha coxa. Lentamente, puxo a mão dela pela coxa até apoiar seus dedos no meu pau duro.

Eu a ouço ofegar e, por baixo da máscara, olhos chocados se encontram com os meus.

Nunca vou me cansar de chocar a doce Ana.

Conforme o leilão continua, minha família volta a atenção para o item seguinte. Ana, ainda mais ousada, sem dúvida, com o desejo que sente, surpreende-me e começa a me acariciar por cima da calça.

Porra.

Mantenho a mão por cima para ninguém perceber que ela me acaricia e continuo afagando seu pescoço.

Minha calça está ficando desconfortável.

Ela virou o jogo, Grey. De novo.

— Vendido, por cento e dez mil dólares! — declara o mestre de cerimônias, trazendo-me de volta ao presente.

O prêmio é uma semana na casa dos meus pais em Montana, e o valor foi colossal.

O local todo explode em gritos e aplausos, e Ana tira a mão de mim para se juntar às palmas.

Droga.

Com relutância, também aplaudo, e agora que o leilão acabou, planejo levar Ana para conhecer a casa.

— Pronta? — pergunto para ela apenas movendo os lábios.

— Pronta — diz ela, os olhos brilhando atrás da máscara.

— Ana! — chama Mia. — Está na hora!

Ana parece confusa.

— Hora de quê?

— O leilão da primeira dança. Venha!

Mia se levanta e estende a mão.

Puta que pariu. Minha irmã irritante.

Olho de cara feia para Mia. A maior empata-foda do mundo.

Ana olha para mim e começa a rir.

É contagiante.

Eu me levanto, grato por estar de paletó.

— A primeira dança é minha, viu? E não vai ser na pista — murmuro junto à veia pulsante embaixo de sua orelha.

— Mal posso esperar.

Ela me beija na frente de todo mundo.

Sorrio e percebo que a mesa toda está nos olhando.

Sim, pessoas. Eu tenho uma namorada. Acostumem-se.

Todos desviam o olhar na mesma hora, constrangidos de terem sido pegos encarando.

— Venha, Ana.

Mia é insistente e a leva para o pequeno palco, onde há várias mulheres reunidas.

— Senhores, o ponto alto da noite! — exclama o mestre de cerimônias nos alto-falantes, soando mais alto que o burburinho da multidão. — O momento pelo qual todos vocês estavam esperando! Essas doze lindas jovens concordaram em vender sua primeira dança pelo lance mais alto!

Ana não está à vontade. Ela olha para o chão e para os dedos entrelaçados. Olha para qualquer lugar, menos para o grupo de homens que se aproxima do palco.

— Agora, senhores, por favor aproximem-se e deem uma boa olhada naquela que pode ser a sua primeira dança de hoje: doze jovens doces e graciosas.

Quando Mia envolveu Ana nessa merda de brincadeira?

É um açougue.

Sei que é por uma boa causa, mas mesmo assim...

O mestre de cerimônias anuncia a primeira jovem, fazendo uma apresentação exagerada. O nome dela é Jada, e a primeira dança é vendida rapidamente por cinco mil dólares. Mia e Ana estão conversando. Ana parece interessada no que Mia diz.

Cacete.

O que Mia está dizendo para ela?

Mariah é a próxima à venda. Parece constrangida com a apresentação do mestre de cerimônias, e não a culpo. Mia e Ana continuam conversando, e sei que é sobre mim.

Puta que pariu, Mia, cala a boca.

A primeira dança de Mariah é vendida por quatro mil dólares.

Ana olha para mim e depois para Mia, que parece muito agitada.

Jill é a próxima, e a primeira dança dela é vendida por quatro mil dólares.

Ana olha para mim, e sinto seus olhos cintilarem atrás da máscara, mas não tenho ideia do que está pensando.

Merda. O que Mia disse?

— E agora, deixe-me apresentar a bela Ana.

Mia leva Ana até o centro do palco, e sigo para a frente da plateia. Ana não gosta de ser o centro das atenções.

Maldita Mia por obrigá-la a fazer isso.

Mas Anastasia é linda.

O mestre de cerimônias faz outra apresentação exagerada e ridícula.

— A bela Ana toca seis instrumentos musicais, fala mandarim fluentemente e é adepta da ioga... muito bem, senhores...

Chega.

— Dez mil dólares — grito.

— Quinze. — A voz é de um cara qualquer.

Que porra é essa?

Eu me viro para olhar quem está dando lances pela minha garota e percebo que é Flynn, o charlatão caro, como Ana o chama. Eu reconheceria seu gingado em qualquer lugar. Ele dá um aceno educado.

— Bem, senhores! É uma noite de lances altos — anuncia o mestre de cerimônias para as pessoas reunidas.

Qual é o jogo de Flynn? Até onde ele quer levar isso?

A conversa na tenda morre conforme as pessoas nos olham e esperam para ouvir minha reação.

— Vinte — ofereço, a voz baixa.

— Vinte e cinco — diz Flynn.

Ana olha com ansiedade de mim para Flynn. Ela está morrendo de vergonha. E, sinceramente, eu também. Já cansei do jogo que Flynn está fazendo, seja ele qual for.

— Cem mil dólares — anuncio alto, para que todo mundo ouça.
— Que merda é essa? — diz uma mulher atrás de Ana, e ouço exclamações das pessoas à minha volta.

Chega, John.

Lanço um olhar para Flynn, que ri e ergue graciosamente as mãos. Ele parou.

— Cem mil dólares pela formosa Ana! Dou-lhe uma... dou-lhe duas...

O mestre de cerimônias convida Flynn a dar outro lance, mas ele balança a cabeça e faz uma reverência.

— Vendida! — grita o mestre de cerimônias em triunfo, e a salva de palmas e os gritos são ensurdecedores.

Dou um passo à frente e estendo a mão para Ana.

Ganhei minha garota.

Ela sorri para mim com alívio quando segura minha mão. Eu a ajudo a descer do palco e beijo as costas da mão dela, depois a apoio embaixo do braço. Nós seguimos até a saída da tenda, ignorando os assobios e gritos de parabéns.

— Quem era? — pergunta ela.

— Alguém que você pode conhecer mais tarde. Agora, quero lhe mostrar uma coisa. Temos uns trinta minutos até que o leilão da primeira dança termine. Depois, teremos que estar de volta à pista para que eu possa desfrutar da dança pela qual paguei.

— Uma dança caríssima — observa ela secamente.

— Tenho certeza de que vai valer cada centavo.

Finalmente. Ela é minha. Mia ainda está no palco e não pode me impedir. Levo Ana pelo gramado na direção da pista de dança, ciente de que dois guarda-costas estão nos seguindo. Os sons da festa vão diminuindo atrás de nós conforme a conduzo pelas portas francesas que levam à sala de estar. Deixo as portas abertas para que os seguranças possam vir atrás de nós. De lá, seguimos para o saguão e subimos dois lances de escada até chegar ao meu quarto de infância.

Vai ser outra primeira vez.

Lá dentro, tranco a porta. Os seguranças podem esperar do lado de fora.

— Este era o meu quarto.

Ana fica parada no meio do cômodo, observando tudo: meus pôsteres, meu mural de cortiça. Tudo. Seus olhos avaliam cada objeto e voltam até mim.

— Nunca trouxe uma garota aqui.

— Nunca?

Balanço a cabeça. Uma emoção adolescente cresce em mim. Uma garota. No meu quarto. O que minha mãe diria?

Ana abre os lábios em um convite. Seus olhos estão sombrios por trás da máscara e não se afastam dos meus. Caminho lentamente até ela.

— Não temos muito tempo, Anastasia, e do jeito que estou me sentindo neste instante, não precisamos de muito tempo. Vire de costas. Deixe-me tirar esse vestido.

Ela se vira na mesma hora.

— Fique de máscara — sussurro em seu ouvido.

Ana geme, e nem toquei nela ainda. Sei que está em busca de alívio depois de usar as bolas por tanto tempo. Abro o zíper do seu vestido e a ajudo a tirá-lo. Dou um passo para trás, o coloco sobre uma cadeira e tiro o paletó.

Ela está de espartilho.

E meias sete oitavos.

E saltos.

E a máscara.

Ela me distraiu durante o jantar.

— Sabe, Anastasia. — Eu me aproximo dela enquanto desamarro a gravata-borboleta e abro os botões da gola da camisa. — Fiquei com tanta raiva quando você comprou o meu item no leilão. As mais variadas ideias invadiram a minha mente. Eu tive de lembrar a mim mesmo que punição é uma carta fora do baralho. Mas aí você veio e se ofereceu. — Chego bem perto e a encaro. — Por que fez isso?

Eu preciso saber.

— Eu me ofereci? — A voz dela está rouca, revelando seu desejo. — Não sei. Frustração... excesso de álcool... uma boa causa.

Ela dá de ombros, e seus olhos se deslocam até minha boca.

— Eu jurei a mim mesmo que não bateria em você de novo, nem que você me implorasse.

— Por favor.

— Mas então eu me dei conta de que você estava provavelmente muito desconfortável naquele momento, e que não está acostumada com isso.

— Isso — responde ela, sussurrante, sexy e satisfeita, acho, por eu entender como ela se sente.

— Então, talvez haja certa... liberdade. Se eu for fazer isso, você tem que me prometer uma coisa.

— Qualquer coisa.

— Você vai usar a palavra de segurança se precisar dela, e eu só vou fazer amor com você, tudo bem?

Ela concorda na mesma hora.

Eu a levo para a cama, coloco o edredom de lado e me sento enquanto ela fica parada na minha frente, de máscara e espartilho.

Está sensacional.

Pego um travesseiro e o deixo ao meu lado. Seguro a mão dela e a puxo para que se deite atravessada no meu colo, com o peito no travesseiro. Tiro o cabelo dela da frente do rosto e da máscara.

Pronto.

Ela está maravilhosa.

Agora, para apimentar as coisas.

— Coloque as mãos para trás.

Ela se mexe para seguir minha ordem e se contorce no meu colo.

Ansiosa. Gosto disso.

Amarro os pulsos dela com a minha gravata. Ela está impotente. Sob meu poder.

É inebriante.

— Você quer mesmo isso, Anastasia?

— Quero — diz ela, deixando clara sua necessidade.

Mas ainda não entendo. Achei que isso tudo tinha sido descartado.

— Por quê? — pergunto, acariciando sua bunda.

— Preciso de um motivo?

— Não, baby. Só estou tentando entender você.

Concentre-se no momento, Grey.

Ela quer isso. E você também.

Acaricio sua bunda mais uma vez, preparando-me. Preparando Ana.

Depois me inclino, seguro-a com a mão esquerda e bato nela uma vez com a direita, bem na junção da sua linda bunda com as coxas.

Ela geme uma palavra incoerente.

Não é a palavra de segurança.

Bato nela de novo.

— Dois. Vamos até o doze.

Começo a contar.

Acaricio sua bunda e bato duas vezes, uma em cada nádega. Puxo a calcinha de renda pelas coxas, pelos joelhos, pelas panturrilhas e pelos saltos Louboutin, deixando-a cair no chão.

É excitante.

De todas as maneiras.

Ao reparar que ela não está mais com as bolas, bato nela novamente, contando cada tapa. Ela geme e se contorce em meus joelhos, os olhos fechados atrás da máscara. Sua bunda está com um tom lindo de cor-de-rosa.

— Doze — sussurro ao terminar.

Acaricio sua bunda vermelha e enfio dois dedos nela.

Está molhada.

Molhada para cacete.

Tão pronta.

Ana geme quando giro os dedos dentro dela e goza alto, freneticamente.

Uau. Que rápido. Ela é tão sensual...

— Muito bem, baby — murmuro, e desamarro os pulsos dela. Está ofegante, tentando recuperar o fôlego. — Ainda não terminei com você, Anastasia.

Estou inquieto. Eu a quero.

Muito.

Baixando-a até que encoste os joelhos no chão, eu me ajoelho atrás dela. Abro o zíper e puxo a cueca para baixo, libertando meu pau ansioso. Do bolso da calça, pego uma camisinha e tiro os dedos da minha garota.

Ela choraminga.

Cubro meu pau de látex.

— Abra as pernas. — Ela obedece, e eu a penetro. — Isso não vai demorar — sussurro.

Seguro seus quadris e saio lentamente dela, depois meto de novo com força.

Ela grita. De satisfação. De entrega. De êxtase.

É isso que ela quer, e fico mais do que satisfeito em obedecer. Eu meto e meto, e ela se move na minha direção. Movimentando-se para trás.

Merda.

Vai ser ainda mais rápido do que pensei.

— Ana, não — aviso.

Quero prolongar o prazer dela. Mas é uma garotinha gulosa e recebe o máximo que consegue. Um contraponto voraz a mim.

— Ana. Merda! — É um grito estrangulado de gozo, e isso a estimula.

Ela grita quando o orgasmo percorre seu corpo, me puxando enquanto afundo nela.

Cara, isso foi bom.

Estou exausto.

Depois de tanta provocação e expectativa durante o jantar... isso foi inevitável. Beijo seu ombro, saio de dentro dela e tiro a camisinha, jogando-a na lixeira ao lado da cama. Isso vai dar algo para a empregada da minha mãe pensar.

Ana ainda está de máscara, ofegante, sorrindo. Ela parece saciada. Eu me ajoelho e encosto a testa nas costas dela conforme nós dois encontramos nosso equilíbrio.

— Humm — murmuro de satisfação e dou um beijo em suas costas perfeitas. — Acho que você me deve uma dança, Srta. Steele.

Ela cantarola uma resposta satisfeita de algum lugar no fundo da garganta. Eu me sento e a puxo para o colo.

— Não temos muito tempo. Vamos.

Beijo seu cabelo. Ela sai do meu colo e se senta na cama, começando a se vestir enquanto fecho a camisa e dou o nó na gravata.

Ana se levanta e vai até onde deixei seu vestido. Só de máscara, espartilho e sapatos, ela é a personificação da sensualidade. Eu sabia que era uma deusa, mas isso... Ela superou todas as minhas expectativas.

Eu a amo.

Viro o rosto, sentindo-me vulnerável de repente, e ajeito o edredom na cama.

A sensação de inquietude retrocede como uma maré baixa enquanto termino, e vejo Ana examinando as fotos no meu quadro de cortiça. Tem muitas, de todas as partes do mundo. Meus pais gostavam de férias no exterior.

— Quem é essa? — pergunta, apontando para uma foto velha em preto e branco da prostituta drogada.

— Ninguém importante.

Visto o paletó e ajeito a máscara. Eu tinha me esquecido dessa foto. Carrick me deu quando eu tinha dezesseis anos. Tentei jogar fora várias vezes, mas nunca consegui me livrar dela.

— *Filho, tenho uma coisa para você.*

— *O quê?*

Estou no escritório de Carrick, esperando levar uma bronca. Por qual motivo, não sei. Espero que ele não tenha descoberto sobre a Sra. Lincoln.

— *Você parece mais calmo, mais controlado, mais você mesmo ultimamente.*

Concordo, torcendo para a minha expressão não revelar nada.

— *Estava olhando uns arquivos antigos e encontrei isto.*

Ele me entrega uma foto em preto e branco de uma jovem triste. É como um soco no estômago.

A prostituta drogada.

Ele observa minha reação.

— *Nos deram isso na época da adoção.*

— *Ah* — *consigo dizer com um nó na garganta.*

— *Achei que você pudesse querer ver. Você a reconhece?*

— *Sim.* — *A resposta sai com dificuldade.*

Ele assente, e sei que tem mais alguma coisa a dizer.

O que mais seria?

— *Não tenho nenhuma informação sobre seu pai biológico. Até onde sei, ele não fazia parte da vida da sua mãe de nenhuma maneira.*

Ele está tentando me contar alguma coisa... Não era a porra do cafetão dela? Por favor, diga que não era ele.

— Se você quiser saber qualquer outra coisa... estou aqui.
— Aquele homem? — sussurro.
— Não. Não tem nada a ver com você — diz meu pai para me tranquilizar.
Fecho os olhos.
Que alívio da porra. Que alívio da porra. Que alívio da porra.
— Isso é tudo, pai? Posso ir?
— Claro.
Meu pai parece perturbado, mas assente.
Pego a foto e saio do escritório. E corro. Corro. Corro. Corro...

A prostituta drogada era uma criatura triste e patética. Parece uma perfeita vítima nessa foto em preto e branco. Acho que é uma foto da delegacia de polícia, mas com os números de registro do prisioneiro cortados. Eu me pergunto se as coisas teriam sido diferentes para ela se a caridade dos meus pais existisse na época. Balanço a cabeça. Não quero falar sobre ela com Ana.
— Posso fechar o seu zíper? — pergunto para mudar de assunto.
— Por favor — diz Ana, e se vira de costas para que eu feche o zíper do vestido.
— Então por que ela está no seu quadro de fotos?
Anastasia Steele, você tem resposta e pergunta para tudo.
— Um descuido de minha parte. Como está a minha gravata?
Ela observa, e seu olhar se suaviza. Estica a mão e a ajeita, puxando as duas pontas.
— Agora está perfeita — diz.
— Como você. — Eu a tomo nos braços e a beijo. — Está se sentindo melhor?
— Muito, obrigada, Sr. Grey.
— O prazer é todo meu, Srta. Steele.
Estou grato. Feliz.
Ofereço a mão, e ela a segura com um sorriso tímido e satisfeito. Destranco a porta e descemos até voltarmos ao jardim. Não sei em que momento os seguranças se juntam a nós, mas eles nos seguem até o terraço pelas portas francesas da sala de estar. Tem alguns fumantes reunidos ali, dando baforadas, e eles nos observam com interesse, mas eu os ignoro e levo Ana até a pista de dança.
O mestre de cerimônias anuncia:
— E agora, senhoras e senhores, é hora da primeira dança. Sr. e Dra. Grey, estão prontos?
Carrick assente, o braço ao redor da minha mãe.
— Senhoras e senhores do leilão da primeira dança, todos prontos?
Envolvo a cintura de Ana e olho para ela, que sorri.
— Então, vamos começar — declara o mestre de cerimônias com entusiasmo.
— É com você, Sam!

O líder da banda atravessa o palco, se vira para a banda e estala os dedos, e eles tocam uma versão brega de "I've Got You Under My Skin". Puxo Ana para perto e começamos a dançar, e ela acompanha meu ritmo com facilidade. Ela é cativante e eu a giro pela pista de dança. Sorrimos um para o outro como os bobos apaixonados que somos...
Eu já me senti assim alguma vez?
Alegre?
Feliz?
O dono da porra do universo.
— Adoro essa música — digo para ela. — Parece muito apropriada.
— Você também está sob a minha pele. Ou estava, lá no seu quarto.
Ana! Estou chocado.
— Srta. Steele, eu não tinha ideia de que você podia ser tão vulgar.
— Nem eu, Sr. Grey. Acho que são minhas experiências recentes — responde ela com um sorriso malicioso. — Foram muito educativas.
— Para nós dois.
Eu a giro pela pista de dança mais uma vez. A música termina, e eu a solto com relutância para aplaudir.
— A senhorita me concederia a próxima dança? — pergunta Flynn, surgindo do nada.
Ele me deve algumas explicações depois daquela palhaçada no leilão, mas dou um passo para o lado.
— Fique à vontade. Anastasia, este é John Flynn. John, Anastasia.
Ana me olha, nervosa, e me retiro para um canto a fim de observar. Flynn abre os braços, e Ana segura a mão dele na hora em que a banda começa "They Can't Take That Away From Me".
Ela está animada nos braços de John. Fico curioso para saber o que estão conversando.
Sobre mim?
Merda.
Minha ansiedade volta com força total.
Preciso enfrentar a realidade de que, quando Ana souber todos os meus segredos, ela irá embora, e tentar fazer as coisas do jeito dela é só prolongar o inevitável.
Mas John não seria tão indiscreto, claro.
— Oi, querido — diz Grace, interrompendo meus pensamentos sombrios.
— Mãe.
— Está se divertindo?
Ela também está olhando para Ana e John.
— Muito.

Grace está sem a máscara.

— Que doação generosa da sua jovem amiga — diz ela, mas seu tom de voz é um pouco ferino.

— É — respondo secamente.

— Achei que ela fosse estudante.

— Mãe, é uma longa história.

— Imaginei.

Tem alguma coisa errada.

— O que foi, Grace? Desembucha.

Ela estica a mão para tocar no meu braço, hesitante.

— Você parece feliz, querido.

— E estou.

— Acho que ela faz bem a você.

— Também acho.

— Espero que não o magoe.

— Por que diz isso?

— Ela é jovem.

— Mãe, o que você...?

Uma convidada usando o vestido mais espalhafatoso que já vi se aproxima de Grace.

— Christian, essa é minha amiga Pamela, do clube do livro.

Nós nos cumprimentamos, mas quero interrogar minha mãe. O que ela está tentando insinuar sobre Ana? A música está acabando, e sei que preciso resgatar Anastasia do meu psiquiatra.

— Não terminamos essa conversa — aviso a Grace e sigo para onde Ana e John estão depois que terminam de dançar.

O que minha mãe está tentando me dizer?

— Foi um prazer conhecê-la, Anastasia — diz Flynn para Ana.

— John.

Eu aceno em cumprimento.

— Christian.

Flynn faz o mesmo e pede licença, sem dúvida para procurar a esposa. Estou confuso por causa da conversa que tive com minha mãe. Tomo Ana nos braços para a próxima dança.

— Ele é muito mais jovem do que eu esperava — diz Ana. — E terrivelmente indiscreto.

Porra.

— Indiscreto?

— Ah, sim, ele me contou tudo — revela.

Merda. Ele fez isso mesmo? Testo Ana para descobrir o tamanho do dano causado.

— Bom, nesse caso, vou pegar sua bolsa. Imagino que você não queira mais nada comigo.

Ana para de dançar.

— Ele não me contou nada! — exclama, e acho que quer me sacudir.

Ah, graças a Deus.

Coloco a mão em suas costas, e a banda inicia "The Very Thought of You".

— Então, vamos aproveitar esta dança.

Eu sou um idiota. Claro que Flynn não romperia o sigilo profissional. E, conforme Ana vai acompanhando meus passos, meu espírito se eleva e minha ansiedade se dissipa. Eu não tinha ideia de que podia apreciar tanto uma dança.

Fico impressionado com o nível de compostura de Ana na pista de dança esta noite, e por um instante volto ao apartamento depois da nossa primeira noite juntos, vendo-a dançar com os fones de ouvido. Ela estava tão descoordenada naquele dia, um contraste tão grande com a Ana que está aqui comigo agora, me acompanhando e se divertindo.

A banda passa para "You Don't Know Me".

É mais lenta. Melancólica. Amarga.

É um aviso.

Ana. *Você não me conhece.*

E enquanto dançamos abraçados, imploro silenciosamente por seu perdão por um pecado que ela desconhece. Por algo que nunca pode saber.

Ela não me conhece.

Baby, me desculpe. Sinto seu cheiro, que me serve de consolo. Fecho os olhos e o guardo na memória, para sempre poder relembrá-lo.

Ana.

A música termina e ela me dá um sorriso encantador.

— Preciso ir ao banheiro — diz. — Não vou demorar.

— Certo.

Eu a observo se afastar com Taylor logo atrás e reparo nos outros três seguranças em volta da pista de dança. Um deles segue Taylor.

Vejo o Dr. Flynn conversando com a esposa.

— John.

— Oi de novo, Christian. Você já conhece minha esposa, Rhian.

— Claro. Rhian — digo enquanto apertamos as mãos.

— Seus pais sabem dar uma festa — diz ela.

— Sabem mesmo — respondo.

— Com licença, vou ao toalete. John. Comporte-se — avisa ela, e tenho que rir.

— Ela me conhece bem — comenta Flynn secamente.

— E que porra foi aquela? — pergunto. — Está se divertindo às minhas custas?
— Definitivamente às suas custas. Adoro ver você abrir o bolso.
— Tem sorte de que ela vale cada centavo.
— Precisei fazer alguma coisa para você ver que não tem medo de compromisso. Flynn dá de ombros.
— Esse foi o motivo do seu lance contra mim, para me testar? Não é minha falta de compromisso que me assusta.
Olho para ele, desolado.
— Ela parece bem preparada para lidar com você — diz ele.
Não tenho tanta certeza.
— Christian, apenas conte para ela. Ana sabe que você tem questões. Não é por causa de nada que eu tenha dito. — Ele ergue as mãos. — E essa não é a hora e aqui não é o lugar para termos essa discussão.
— Tem razão.
— Onde ela está?
Flynn olha em volta.
— Banheiro.
— Ela é uma garota adorável.
Concordo.
— Tenha um pouco de fé — diz ele.
— Sr. Grey.
Somos interrompidos por Reynolds, da equipe de segurança.
— O que foi? — pergunto a ele.
— Podemos falar em particular?
— Pode falar à vontade — respondo.
Esse é o meu psiquiatra, porra.
— Taylor queria que você soubesse que Elena Lincoln está falando com a Srta. Steele.
Merda.
— Vá — diz Flynn, e pelo olhar dele, sei que gostaria de ser uma mosquinha para ouvir essa conversa.
— Até mais — murmuro, e sigo Reynolds até a tenda.
Taylor está perto da porta da tenda. Atrás dele, dentro da tenda grande, Ana e Elena estão tendo uma discussão tensa. Ana se vira de repente e se aproxima de mim.
— Aí está você — digo, tentando avaliar seu humor quando ela se aproxima.
Ela me ignora totalmente e passa direto por Taylor e por mim.
Isso não é bom.
Lanço um olhar rápido para Taylor, mas ele permanece impassível.
— Ana — chamo e corro para alcançá-la. — Qual o problema?

— Por que você não pergunta para a sua ex? — responde ela com irritação. Está furiosa.

Olho em volta para ter certeza de que ninguém está ouvindo.

— Estou perguntando a você — insisto.

Ela me olha com raiva.

Que merda eu fiz?

Ana empertiga os ombros.

— Ela está ameaçando vir atrás de mim se eu magoar você de novo. Provavelmente com um chicote — rosna.

E não sei se está sendo engraçada de propósito, mas imaginar Elena ameaçando Ana com um chicote de montaria é algo ridículo.

— Tenho certeza de que você é capaz de apreciar a ironia nisso — digo, provocando Ana em uma tentativa de melhorar seu humor.

— Não tem graça, Christian! — responde ela com rispidez.

— Não. Você está certa. Vou falar com ela.

— Você não vai fazer nada disso.

Ela cruza os braços.

O que eu devo fazer então, porra?

— Olhe — continua —, eu sei que você está amarrado a ela financeiramente, não leve a mal o trocadilho, mas... — Ela para e bufa, porque parece sem palavras de repente. — Preciso ir ao banheiro — rosna outra vez.

Ana está puta da vida. De novo.

Suspiro. *O que posso fazer?*

— Por favor, não fique brava — imploro. — Eu não sabia que ela estava aqui. Ela disse que não viria. — Estico a mão, e Ana me deixa passar o polegar pelo seu lábio inferior. — Não deixe Elena estragar a nossa noite, por favor, Anastasia. Ela é notícia velha.

Levanto seu queixo e dou um beijo delicado em seus lábios.

Ela cede com um suspiro, e acho que nossa briga acabou. Seguro seu cotovelo.

— Eu vou acompanhar você até o banheiro para que não seja interrompida de novo.

Tiro o celular do bolso enquanto a espero do lado de fora dos banheiros químicos de luxo que minha mãe alugou para o evento. Tem um e-mail da Dra. Greene dizendo que pode atender Ana amanhã.

Que bom. Resolvo isso depois.

Digito o número de Elena no celular e recuo vários passos até um canto silencioso do quintal. Ela atende no primeiro toque.

— Christian.

— Elena, que porra você está fazendo?

— Aquela garota é desagradável e grossa.
— Bom, talvez você devesse deixá-la em paz.
— Achei que eu devia me apresentar.
— Para quê? Pensei que você tivesse dito que não vinha. Por que você mudou de ideia? Achei que tínhamos um acordo.
— Sua mãe ligou e implorou para que eu viesse, e eu estava curiosa sobre Anastasia. Preciso saber que ela não vai magoar você de novo.
— Bem, deixe ela em paz... Esse é o primeiro relacionamento normal que eu tenho, e não quero que estrague tudo por causa de alguma preocupação inoportuna que você tem por mim. Deixe. Ela. Em. Paz.
— Chris...
— Estou falando sério, Elena.
— Você deu as costas para quem é? — pergunta ela.
— Não, claro que não. — Eu viro o rosto, e Ana está me observando. — Tenho que ir. Boa noite.
Desligo na cara de Elena, provavelmente pela primeira vez na vida.
Ana ergue a sobrancelha.
— Como vai a sua notícia velha?
— Mal-humorada. — Decido que é melhor mudar de assunto. — Você quer dançar mais? Ou quer ir embora? — Confiro o relógio. — Os fogos de artifício vão começar em cinco minutos.
— Adoro fogos de artifício — diz ela, e sei que está sendo conciliatória.
— Então a gente fica para ver. — Eu a tomo nos braços e a puxo para perto.
— Não deixe que ela se intrometa na nossa vida, por favor.
— Ela se preocupa com você — diz Ana.
— Sim, e eu com ela... como amigo.
— Acho que é mais do que amizade para ela.
— Anastasia. Elena e eu... — Paro. O que posso dizer para acalmá-la? — É complicado. Nós temos uma história em comum. Mas é só uma história. Eu já falei um milhão de vezes, ela é uma amiga. É só isso. Por favor, esqueça o assunto.
Beijo seu cabelo, e ela não diz mais nada.
Seguro sua mão, e voltamos para a pista de dança.
— Anastasia — chama meu pai com seu tom de voz suave. Ele está logo atrás de nós. — Será que você me concederia a honra da próxima dança?
Carrick estende a mão para ela.
Sorrio para ele e o vejo levar minha acompanhante para a pista de dança na hora em que a banda começa a tocar "Come Fly With Me".
Eles logo iniciam uma conversa animada, e me pergunto novamente se é sobre mim.

— Oi, querido.

Minha mãe surge ao meu lado, segurando uma taça de champanhe.

— Mãe, o que você estava querendo dizer? — pergunto sem preâmbulos.

— Christian, eu...

Ela para, olha para mim com ansiedade, e sei que está enrolando. Não gosta de dar más notícias.

Meu nível de ansiedade dispara.

— Grace. Fale.

— Conversei com Elena. Ela me contou que você e Ana se separaram e que você ficou arrasado.

O quê?

— Por que não me disse nada? — continua ela. — Sei que vocês são parceiros de negócio, mas fiquei chateada de saber disso por ela.

— Elena está exagerando. Eu não fiquei arrasado. Nós nos desentendemos. Só isso. Não contei porque foi temporário. Está tudo bem agora.

— Odeio imaginar você sofrendo, querido. Espero que ela esteja com você pelos motivos certos.

— Quem? Ana? O que está insinuando, mãe?

— Você é um homem rico, Christian.

— Você acha que ela é interesseira?

E é como se ela tivesse me batido.

Porra.

— Não, não foi o que eu disse...

— Mãe. Ela não é assim.

Estou tentando manter o controle.

— É o que eu espero, querido. Só estou tomando conta de você. Tome cuidado. A maioria dos jovens tem o coração partido na adolescência.

Ela me lança um olhar de experiência.

Ah, por favor. Meu coração foi partido bem antes de alcançar a puberdade.

— Querido, você sabe que nós só queremos a sua felicidade, e preciso dizer, usando esta noite como prova, que nunca vi você tão feliz.

— É. Mãe, agradeço a preocupação, mas está tudo bem. — Quase cruzo os dedos nas costas. — Agora vou resgatar minha namorada interesseira das garras do meu pai. — Minha voz sai gelada.

— Christian... — Minha mãe tenta me chamar de volta, mas ela pode ir se foder.

Como se atreve a pensar isso de Ana? E por que Elena ficou fofocando sobre mim e Ana para Grace?

— Já chega de dançar com homens velhos — anuncio para Ana e meu pai.

Carrick ri.

— Sem essa de "velho", filho. Já tive meus momentos, todo mundo sabe.

Ele dá uma piscadela para Ana e sai andando para se juntar à esposa com expressão aflita.

— Acho que meu pai gosta de você — murmuro, sentindo instintos assassinos.

— E por que não haveria de gostar? — pergunta Ana com um sorriso modesto.

— É um bom argumento, bem colocado, Srta. Steele. — Eu a puxo para um abraço, e a banda começa a tocar "It Had to Be You". — Dance comigo. — Minha voz sai baixa e rouca.

— Com prazer, Sr. Grey.

Nós dançamos, e meus pensamentos sobre interesseiras, pais ansiosos demais e ex-dominadoras intrometidas são esquecidos.

DOMINGO, 12 DE JUNHO DE 2011

À meia-noite, o mestre de cerimônias declara que podemos tirar as máscaras. Estamos de pé às margens da baía, contemplando a fantástica queima de fogos, Ana à minha frente, aninhada em meus braços. Seu rosto está iluminado por um caleidoscópio de cores enquanto os fogos explodem no céu. Ela fica impressionada com cada explosão, exibindo um grande sorriso. Os fogos estão perfeitamente sincronizados com a música "Zadok The Priest", de Handel.

É arrebatador.

Meus pais não pouparam esforços para agradar os convidados, e isso me deixa um pouco menos irritado com eles. Uma última explosão de estrelas douradas ilumina a baía. A multidão aplaude espontaneamente enquanto faíscas caem do céu, iluminando a água escura.

É espetacular.

— Senhoras e senhores! — exclama o mestre de cerimônias à medida que os aplausos e assobios cessam. — Tenho apenas um aviso para acrescentar ao final desta noite maravilhosa: a generosidade de vocês arrecadou um total de um milhão, oitocentos e cinquenta e três mil dólares!

A notícia é recebida com muitos aplausos da multidão. É uma quantia impressionante. Imagino que minha mãe tenha passado a noite ocupada em arrancar dinheiro de seus amigos e convidados ricos. Minha contribuição de seiscentos mil dólares ajudou. Os aplausos começam a diminuir, e da balsa de onde os técnicos soltaram os fogos de artifício surgem as palavras "A Superando Juntos Agradece a Todos" acesas em centelhas prateadas que tremulam sobre o espelho negro da baía.

— Nossa, Christian... isso foi maravilhoso! — exclama Ana, e eu a beijo.

Sugiro que é hora de irmos. Mal posso esperar para chegar em casa e me deitar com ela. Foi um longo dia. Espero não precisar convencê-la a passar a noite comigo. Para início de conversa, Leila continua desaparecida. E, apesar de tudo, gostei do dia, quero mais. Quero passar o domingo com ela, e talvez a próxima semana também.

Amanhã, Ana pode se consultar com a Dra. Greene, e, dependendo do clima, podemos voar ou velejar. Eu poderia lhe mostrar *The Grace*.

A possibilidade de passar mais tempo com Ana me deixa animado.

Muito animado.

Taylor se aproxima, balançando a cabeça, e sei que ele quer que fiquemos onde estamos até a multidão se dispersar. Ele passou a noite toda a postos, e deve estar exausto. Vou até ele e peço para Ana aguardar comigo.

— Então, Aspen? — pergunto para distraí-la.

— Ih... Não paguei minha oferta — diz ela.

— Você pode mandar um cheque. Eu tenho o endereço.

— Você ficou com muita raiva.

— Sim, fiquei.

— A culpa é sua e dos seus brinquedinhos.

— Você se entregou completamente, Srta. Steele. Um resultado dos mais satisfatórios, se me lembro bem. Aliás, onde estão?

— As bolas? Na minha carteira.

— Eu gostaria de tê-las de volta. Elas são um dispositivo potente demais para serem deixadas em suas mãos inocentes.

— Preocupado de que eu me entregue de novo, talvez para outra pessoa? — pergunta ela, com um brilho malicioso nos olhos.

Ana, não brinque com esse tipo de coisa.

— Espero que isso não aconteça, Ana. Quero todo o seu prazer.

Sempre.

— Você não confia em mim?

— Implicitamente. Agora, posso ter as bolas de volta?

— Vou pensar no seu caso.

A Srta. Steele está inflexível.

A distância, o DJ começou a tocar.

— Quer dançar? — pergunto.

— Estou muito cansada, Christian. Gostaria de ir embora, se estiver tudo bem para você.

Faço sinal para Taylor. Ele assente e fala alguma coisa no microfone preso na manga para o pessoal da segurança, enquanto começamos a atravessar o gramado. Mia vem correndo atrás de nós com os sapatos na mão.

— Vocês não estão indo embora, estão? A música de verdade acabou de começar. Vamos, Ana.

— Mia, Anastasia está cansada. Nós estamos indo para casa. Além disso, temos um dia cheio amanhã.

Ana olha para mim com uma expressão de surpresa.

Mia faz careta porque não faremos a vontade dela, mas não insiste.

— Você tem que voltar na semana que vem. Quem sabe nós duas não fazemos compras juntas?

— Claro, Mia — responde Ana, e sinto o cansaço em sua voz.

Preciso levá-la para casa. Mia se despede de Ana com um beijo, em seguida me abraça com força. Seu rosto brilha quando ela olha para mim.

— Gosto de ver você feliz assim — diz ela, beijando minha bochecha. — Tchau. Divirtam-se.

Ela corre até onde os amigos estão esperando, e todos vão para a pista de dança.

Meus pais estão por perto, e me sinto culpado por causa do que aconteceu com minha mãe.

— Vamos dar boa-noite aos meus pais antes de sair. Venha.

Andamos até eles. O rosto de Grace fica radiante quando ela nos vê. Olhando para cima, ela toca meu rosto, e tento não fechar a cara. Ela sorri.

— Obrigada por ter vindo e trazido Anastasia. Foi maravilhoso ver vocês dois juntos.

— Obrigado pela noite maravilhosa, mãe — consigo dizer.

Não quero abordar a conversa que tivemos mais cedo na frente de Ana.

— Boa noite, filho. Até mais, Ana — diz Carrick.

— Ah, Anastasia, volte outro dia, por favor. Foi ótimo recebê-la aqui — diz Grace, sem disfarçar a alegria.

Ela parece sincera, e o resquício do seu comentário sobre Ana ser uma interesseira começa a desaparecer. Talvez ela só queira me proteger. Mas eles não conhecem Ana. Ela é a mulher menos materialista que já conheci.

Vamos até a frente da casa. Ana passa as mãos pelos braços.

— Você está bem aquecida? — pergunto.

— Sim, obrigada.

— Eu me diverti muito esta noite, Anastasia. Obrigado.

— Eu também, em alguns momentos mais do que em outros.

E está claramente se referindo ao nosso encontro amoroso no meu quarto de infância.

— Não morda o lábio — aviso.

— O que você quis dizer com ter um dia cheio amanhã? — pergunta ela.

Respondo que a Dra. Greene nos fará uma visita, e que tenho uma surpresa para ela.

— A Dra. Greene!

— É.

— Por quê?

— Porque eu odeio camisinha.

— O corpo é meu — diz ela.

— É meu também — sussurro.

Ana. Por favor. Eu. Odeio. Camisinha.

Os olhos dela cintilam com o brilho suave das lanternas de papel penduradas no jardim, e fico esperando para ver se ela vai continuar discutindo. Ela ergue a mão, e eu fico paralisado. Depois puxa minha gravata-borboleta, soltando-a. Com dedos delicados, abre o primeiro botão da minha camisa. Observo, fascinado e imóvel.

— Você fica sexy assim — murmura, surpreendendo-me.

Acho que ela esqueceu a Dra. Greene.

— Preciso levar você para casa. Venha.

O Audi Q7 estaciona, o manobrista sai e entrega as chaves a Taylor. Um dos seguranças, Sawyer, me entrega um envelope. Está endereçado a Ana.

— De onde veio isto? — pergunto.

— Foi um dos garçons que me entregou, senhor.

Será que é de um admirador? A letra me parece familiar. Taylor ajuda Ana a entrar no carro, e eu me sento ao seu lado, lhe dando o bilhete.

— É para você. Um dos funcionários entregou a Sawyer. Com certeza é de mais um dos seus admiradores.

Taylor segue a fila de carros que sai da casa dos meus pais. Ana rasga o envelope para abri-lo, e começa a ler o bilhete.

— Você contou a ela?

— Contei o que a quem?

— Que a chamo de Mrs. Robinson.

— É da Elena? Isso é ridículo.

Eu disse para Elena deixar Ana em paz. Por que ela está me ignorando? E o que disse a Ana? Qual é o problema dela?

— Amanhã eu falo com ela. Ou segunda-feira.

Quero ler o bilhete, mas Ana não deixa. Ela o enfia na bolsa e tira as bolas prateadas.

— Até a próxima — diz ela, me devolvendo as bolas.

Vai ter uma próxima?

Que boa notícia. Aperto a mão dela, que retribui meu gesto, observando a escuridão pela janela.

No meio da ponte, ela já dormiu. Paro um instante para relaxar. Muitas coisas aconteceram hoje. Estou cansado, então recosto a cabeça e fecho os olhos.

É, foi um dia e tanto.

Ana e o cheque. Seu mau humor. Sua teimosia. O batom. O sexo.

Sim, o sexo.

E, é claro, vou ter que lidar com a preocupação da minha mãe e sua apreensão ofensiva diante da desconfiança de que Ana é uma oportunista interessada na minha fortuna.

E ainda tem Elena, sua interferência, seu mau comportamento. O que é que vou fazer com ela?

Olho para minha imagem refletida na janela do carro. Uma figura pálida e repulsiva me encara de volta, desaparecendo apenas quando saímos da I-5 para a iluminada Stewart Street. Estamos perto de casa.

Ana ainda dorme quando estacionamos do lado de fora. Sawyer sai do carro e abre a porta para mim.

— Vou precisar carregar você? — pergunto a Ana, apertando sua mão.

Ela acorda e balança a cabeça, sonolenta. Com Sawyer na frente, sempre alerta, entramos juntos no prédio enquanto Taylor leva o carro para a garagem.

Ana se encosta em mim no elevador e fecha os olhos.

— Foi um longo dia, hein, Anastasia?

Ela concorda com a cabeça.

— Cansada?

Outro aceno afirmativo.

— Você não está muito falante.

Ela balança a cabeça pela terceira vez, o que me faz sorrir.

— Venha. Vou botar você na cama.

Entrelaço meus dedos nos dela, e seguimos Sawyer para fora do elevador, entrando no saguão. Sawyer para à nossa frente e ergue a mão. Seguro a mão de Ana com mais força.

Que porra é essa?

— Certo, T — diz Sawyer, e se vira para nós. — Sr. Grey, os pneus do Audi da Srta. Steele foram cortados e jogaram tinta nele.

Ana arqueja.

Como é que é?

O primeiro pensamento que me ocorre é que algum vândalo idiota invadiu a garagem... mas então me lembro de Leila.

O que foi que ela fez?

Sawyer continua:

— Taylor receia que alguém possa ter entrado no apartamento e que ainda esteja lá. Ele quer ter certeza.

Alguém esteve no meu apartamento?

— Entendo. Qual é o plano de Taylor?

— Ele está subindo pelo elevador de serviço com Ryan e Reynolds. Vão fazer uma busca e depois liberar a entrada. Aguardarei aqui com o senhor.

— Obrigado, Sawyer. — Aperto o braço ao redor de Ana. — Este dia só melhora.

É impossível Leila ter entrado no apartamento. Ou não?

Então me lembro dos momentos em que pelo canto do olho achei ter visto algo se movendo... e de quando acordei por achar que alguém tinha passado a mão no meu cabelo e vi que Ana estava dormindo profundamente ao meu lado. Um arrepio de insegurança desce pela minha espinha.

Merda.

Preciso saber se Leila está lá dentro. Acho que ela não vai me machucar. Beijo o cabelo de Ana.

— Olhe, não posso ficar aqui esperando. Sawyer, tome conta da Srta. Steele. Não deixe que ela entre até que você tenha recebido um ok. Imagino que Taylor esteja exagerando. Não tem como ela ter entrado no apartamento.

— Não, Christian. — Ana tenta me impedir, os dedos me segurando pelas lapelas. — Você tem que ficar aqui comigo.

— Obedeça, Anastasia. Espere aqui.

Soo mais duro do que pretendia, e ela me solta.

— Sawyer?

Ele está bloqueando meu caminho, hesitante. Ergo uma sobrancelha, e após um momento de incerteza ele abre as portas duplas que levam ao apartamento e me deixa passar, fechando-as atrás de mim.

O corredor que leva à sala de estar está escuro e silencioso. Fico de pé, tentando ouvir qualquer ruído, os ouvidos buscando alguma coisa incomum. Só ouço o vento soprando em torno do prédio e o assobio dos aparelhos elétricos da cozinha. Lá embaixo, na rua, uma sirene de polícia. Mas, fora isso, o Escala está em silêncio, como deveria.

Se Leila estivesse aqui, para onde ela iria?

A primeira coisa que me vem à mente é o quarto de jogos, e estou prestes a subir a escada quando ouço o barulho do elevador de serviço. Taylor e os outros dois seguranças saem no corredor com armas em punho, como se estivessem em um filme de ação com bastante testosterona.

— Essas coisas são mesmo necessárias? — pergunto a Taylor, que lidera a incursão.

— Estamos tomando as precauções básicas, senhor.

— Acho que ela não está aqui.

— Vamos fazer uma verificação rápida.

— Ok — respondo, resignado. — Vou checar lá em cima.

— Eu o acompanho, Sr. Grey.

Acho que Taylor está exagerando na preocupação com minha segurança.

Ele rapidamente dá instruções aos outros dois, que se separam para verificar o apartamento. Acendo as luzes, deixando a sala e o corredor iluminados, e subo a escada com Taylor.

Ele é minucioso. Confere debaixo da cama com dossel, da mesa, e até do sofá no quarto de jogos. Faz a mesma coisa no quarto da submissa e em todos os outros cômodos. Nenhum sinal de intrusos. Segue para o quarto da Sra. Jones, enquanto desço a escada. Meu banheiro e meu closet estão vazios, assim como meu quarto. De pé no meio do quarto, me sinto um idiota, mas me inclino e verifico debaixo da cama.

Nada.

Nem mesmo poeira. A Sra. Jones está fazendo um trabalho espetacular.

A porta da varanda está trancada, mas eu a abro. Do lado de fora, a brisa é fresca, e a cidade se estende lá embaixo, escura e sombria, aos meus pés. Ouço o barulho do tráfego e o lamento baixinho do vento, mas só isso. Ao voltar para dentro, tranco a porta.

Taylor retorna do andar de baixo e diz:

— Ela não está aqui.

— Você acha que é Leila?

— Sim, senhor. — Ele comprime os lábios. — O senhor se importa se eu der uma olhada no seu quarto?

Achei que já tivesse feito isso, mas estou cansado demais para discutir.

— Claro que não.

— Quero checar todos os closets e armários, senhor — diz ele.

— Está bem.

Balanço a cabeça diante dessa situação ridícula, e abro as portas para o saguão, indo atrás de Ana. Sawyer ergue a arma, mas abaixa ao me ver.

— Tudo certo — aviso a ele, que coloca a pistola no coldre e abre caminho.

— Taylor está exagerando — digo a Ana.

Ela parece exausta, e não se mexe. Apenas me encara, pálida, e percebo que está assustada.

— Está tudo bem, baby. — Envolvo-a nos meus braços e beijo seu cabelo. — Vamos lá, você está cansada. Cama.

— Eu fiquei tão preocupada — diz ela.

— Eu sei. Estamos todos nervosos.

Sawyer sumiu. Provavelmente está dentro do apartamento.

— Cá entre nós, essas suas ex-namoradas estão se mostrando um desafio e tanto, Sr. Grey — comenta ela.

— Sim. Estão.

E estão mesmo. Eu a levo até a sala.

— Taylor e sua equipe estão verificando todos os closets e armários. Não acho que ela esteja aqui.

— Por que estaria?

Ana parece confusa, e eu garanto que Taylor é minucioso, que verificamos todos os lugares, inclusive o quarto de jogos. Para acalmá-la, ofereço um drinque, mas ela recusa. Está cansada.

— Venha. Deixe-me colocar você na cama. Você parece exausta.

No meu quarto, ela esvazia a bolsa em cima da cômoda.

— Aqui. — Ela me entrega o bilhete de Elena. — Não sei se você quer ler isso. Eu prefiro ignorar.

Dou uma olhada no bilhete.

Anastasia,
Talvez eu não tenha feito um julgamento correto a seu respeito. E você certamente formou uma ideia errada de mim. Ligue para mim se tiver alguma dúvida que gostaria de esclarecer, poderíamos combinar um almoço. Christian não quer que eu fale com você, mas eu ficaria mais do que feliz em ajudar. Não me leve a mal, eu aprovo a relação de vocês, acredite em mim. Mas... se você machucá-lo... Ele já se machucou o suficiente. Ligue para mim: (206) 279-6261
Mrs. Robinson

Fico furioso.

Isto é mais um jogo de Elena?

— Não sei bem que dúvidas ela poderia esclarecer. — Guardo o bilhete no bolso da calça. — Preciso falar com Taylor. Deixe-me abrir seu vestido.

— Você vai dar queixa do carro para a polícia? — pergunta ela ao se virar.

Afasto seu cabelo e abro o zíper.

— Não. Não quero envolver a polícia. Leila precisa de ajuda, não de intervenção policial, e não quero a polícia aqui. Só precisamos redobrar nossos esforços para encontrá-la. — Beijo seu ombro. — Vá para a cama.

NA COZINHA, ME SIRVO de um copo d'água.

O que diabo está acontecendo? Meu mundo parece estar em colapso. Justo quando estou começando a acertar as coisas com Ana, meu passado volta feito um fantasma para me assombrar: Leila e Elena. Será que elas estão de conluio?

Acho que estou sendo paranoico... Que ideia absurda. Elena não é tão maluca assim.

Esfrego o rosto.

Por que Leila estaria atrás de mim?

Por ciúmes?

Ela queria mais. Eu, não.

Mas eu teria ficado feliz em continuar com nosso relacionamento do jeito que era... Foi ela quem terminou.

— Mestre. Tenho permissão para falar? — pergunta Leila.

Ela está sentada à minha direita à mesa de jantar, usando um corpete de renda sensual da La Perla.

— Claro.

— Tenho sentimentos pelo senhor. Eu queria que colocasse uma coleira em mim para poder ficar ao seu lado para todo o sempre.

Coleira? Para todo o sempre? Que papo de merda é esse agora que mais parece o final de um conto de fadas?

— Mas acho que isso não vai acontecer nem nos meus sonhos — continua ela.

— Leila, você sabe que isso não é para mim. Já discutimos esse assunto.

— Mas o senhor se sente sozinho. Percebo isso.

— Sozinho? Eu? Não me sinto assim. Tenho meu trabalho. Minha família. Tenho você.

— Eu quero mais, Mestre.

— Não posso lhe dar mais. Você sabe.

— Entendo.

Ela ergue o rosto para olhar para mim, seus olhos cor de âmbar me avaliando. Acabou de quebrar a quarta regra: nunca tinha olhado para mim sem permissão. Mas não a repreendo.

— Não posso. Isso não faz parte da minha natureza.

Sempre fui honesto com ela. Não é algo que ela não saiba.

— Faz, sim, senhor. Mas talvez eu não seja a pessoa certa para fazê-lo perceber isso.

Ela parece triste. Olha para o prato vazio.

— Eu gostaria de terminar nosso relacionamento.

Ela me pegou de surpresa.

— Tem certeza? Leila, esse é um grande passo. Eu gostaria de dar continuidade ao nosso acordo.

— Não consigo mais, Mestre.

Sua voz fica embargada na última palavra, e não sei o que dizer.

— Não consigo — sussurra ela, pigarreando.
— Leila.

Paro, chocado com a emoção que noto em sua voz.

Ela sempre foi uma submissa impecável. Achei que fôssemos compatíveis.

— Vou ficar triste se você for — digo, pois é verdade. — Gostei muito do tempo que passamos juntos. Espero que você também tenha gostado.

— Também vou ficar triste, senhor. Eu mais do que gostei. Eu esperava...

Sua voz falha, e ela dá um sorriso triste.

— Eu gostaria de me sentir diferente.

Mas não me sinto. Não preciso de um relacionamento permanente.

— O senhor nunca me deu nenhuma indicação de que algum dia se sentiria diferente. — Sua voz é baixa.

— Sinto muito. Você está certa. Vamos terminar, como você quer. É o melhor, ainda mais se você sente algo por mim.

TAYLOR E A EQUIPE de segurança chegam à cozinha.

— Nenhum sinal de Leila no apartamento, senhor — diz Taylor.

— Eu achava que não teria mesmo, mas agradeço por vocês terem verificado. Obrigado.

— Vamos nos alternar no monitoramento das câmeras. Ryan primeiro. Sawyer e Reynolds vão dormir.

— Ótimo. Façam isso.

— Sim, Sr. Grey. Cavalheiros. — Taylor dispensa os três. — Boa noite.

Assim que eles saem, Taylor se vira para mim.

— O carro já era, senhor.

— Perda total?

— Acho que sim. Ela fez um belo trabalho.

— Isto é, se foi Leila.

— Vou falar com o segurança do prédio de manhã e dar uma olhada no circuito de câmeras deles. O senhor quer envolver a polícia?

— Ainda não.

— Ok.

Taylor concorda com a cabeça.

— Preciso de outro carro para Ana. Você pode entrar em contato com a Audi amanhã?

— Sim, senhor. De manhã vou providenciar a remoção do que restou do carro.

— Obrigado.

— Tem mais alguma coisa que eu possa fazer, Sr. Grey?

— Não. Obrigado. Vá descansar.

— Boa noite, senhor.
— Boa noite.
Taylor sai e eu vou para o escritório. Estou agitado. Não vou conseguir dormir. Penso em ligar para Welch só para atualizá-lo, mas está muito tarde. Tiro o paletó e o penduro na cadeira. Em seguida, me sento diante do computador e escrevo um e-mail para ele.

Quando aperto enviar, meu telefone vibra. O nome de Elena Lincoln aparece na tela.

Só me faltava essa.

Atendo.

— O que você acha que está fazendo?
— Christian!

Ela está surpresa.

— Não sei por que você está me ligando a esta hora. Não tenho nada a dizer para você.

Ela suspira.

— Só quero contar... — Ela se interrompe e muda de ideia. — Eu queria deixar um recado.

— Bem, pode me contar agora. Não precisa deixar recado.

Não consigo manter a calma.

— Pelo visto você está chateado. Se for por causa do bilhete, escute...
— Não, escute você. Eu já pedi, agora estou mandando. Deixe-a em paz. Ela não tem nada a ver com você. Entendeu?

— Christian, eu me preocupo com você, só isso.

— Eu sei que você se preocupa. Mas estou falando sério, Elena. Deixe-a em paz, merda. Preciso dizer uma terceira vez? Você está me ouvindo?

— Sim. Sim. Desculpe.

Nunca a ouvi tão resignada. Isso me acalma um pouco.

— Ótimo. Boa noite.

Jogo o telefone na mesa. Mulher intrometida. Apoio a cabeça nas mãos.

Estou muito cansado.

Ouço uma batida na porta.

— O que foi? — grito.

Levanto a cabeça e vejo Ana. Ela está vestindo minha camiseta, e tudo o que vejo são pernas compridas e olhos enormes de medo. Ela está cutucando a onça com vara curta.

Ah, Ana.

— Você só devia usar cetim ou seda, Anastasia. Mas até com minha camiseta fica linda.

— Senti sua falta. Venha para a cama.

Sua voz é sexy e sedutora.

Como posso dormir com essa merda toda acontecendo? Eu me levanto e dou a volta na mesa para vê-la melhor. E se Leila quiser machucá-la? E se conseguir? Como vou suportar?

— Você sabe o que significa para mim? Se alguma coisa acontecesse com você por minha causa...

Sou dominado por uma sensação conhecida e desagradável que cresce no meu peito, tornando-se um nó em minha garganta que preciso engolir.

— Nada vai acontecer comigo — diz ela num tom de voz calmo.

Passa a mão no meu rosto, coçando a barba com os dedos.

— Sua barba cresce muito rápido.

Ela parece surpresa. Adoro seu toque suave no meu rosto. É reconfortante e sensual. Ele domina a escuridão. Acaricia meu lábio inferior com o polegar, seguindo os dedos com o olhar. Suas pupilas estão grandes e o pequeno *v* aparece entre suas sobrancelhas porque ela está concentrada. Percorre a linha do meu lábio inferior, descendo pelo queixo, pelo pescoço, pelo colo, onde minha camisa está aberta.

O que ela está fazendo?

Passa o dedo pelo que presumo ser a linha feita com o batom. Fecho os olhos, esperando a escuridão sufocar meu peito. Seu dedo encosta na minha camisa.

— Não vou tocar em você. Só quero abrir sua camisa — diz ela.

Abrindo os olhos, controlo o pânico e me concentro em seu rosto. Não a impeço. Minha camisa sobe e ela abre o segundo botão. Mantendo a camisa erguida, seus dedos passam para o botão seguinte, que ela também abre, e depois o próximo. Não me mexo. Não me atrevo. Com a respiração entrecortada, sufoco o medo que sinto. Meu corpo inteiro está tenso, cheio de expectativa.

Não me toque.

Por favor, Ana.

Ela abre o botão seguinte e sorri para mim.

— De volta a território seguro — diz.

Seus dedos percorrem a linha que ela fez mais cedo, e eu contraio o diafragma à medida que seu toque percorre minha pele.

Ela termina de desabotoar e abre totalmente minha camisa. Eu solto o ar que estava prendendo. Em seguida, ela pega minha mão e, agarrando o punho da camisa, remove a abotoadura esquerda, para então fazer o mesmo com a direita.

— Posso tirar sua camisa? — pergunta.

Respondo com um aceno de cabeça, completamente desarmado, e ela tira a camisa pelos meus ombros. Terminou. Ela parece satisfeita, e meu peito está nu na sua frente.

Aos poucos, relaxo. Não foi tão ruim.
— E minha calça, Srta. Steele?
Sorrio com malícia.
— No quarto. Quero você na sua cama.
— Quer, é? Srta. Steele, você é insaciável.
— Não imagino por quê — diz ela, pegando minha mão.
Deixo-a me levar pela sala e pelo corredor até chegar ao quarto. Está frio. Meus mamilos endurecem por causa do vento gelado no quarto.
— Você abriu a porta da varanda? — pergunto.
— Não — responde Ana, olhando, confusa, para a porta aberta.
Em seguida, se vira para mim, o rosto pálido. Ela está preocupada.
— O que foi? — pergunto, enquanto todos os pelos do meu corpo se arrepiam, não de frio, mas de medo.
— Quando acordei... — sussurra ela — tinha alguém aqui. Pensei que eu estivesse imaginando coisas.
— O quê?
Dou uma olhada rápida ao redor do quarto, corro para a varanda e olho lá fora. Ninguém. Mas me lembro claramente de ter fechado a porta durante a busca. E sei que Ana não esteve na varanda. Tranco novamente.
— Tem certeza? — pergunto. — Quem?
— Uma mulher, acho. Estava escuro. Eu tinha acabado de acordar.
Merda!
— Vista-se. Agora! — ordeno.
Por que ela não me disse isso quando entrou no escritório? Preciso tirá-la daqui.
— Minhas roupas estão lá em cima — resmunga ela.
Abro uma gaveta da cômoda e puxo uma calça de moletom.
— Coloque isto.
Jogo a calça para ela, pego uma camiseta e me visto depressa. Depois pego o telefone na mesa de cabeceira.
— Sr. Grey? — atende Taylor.
— Ela ainda está aqui, porra — rosno.
— Merda — diz Taylor, e desliga.
Instantes depois, ele entra no quarto com Ryan.
— Ana disse que viu alguém no quarto. Uma mulher. Ela foi me procurar no escritório, mas não disse nada. — Lanço um olhar irritado para ela. — Quando voltamos para cá, a porta da varanda estava aberta. Lembro-me de tê-la fechado e trancado eu mesmo durante a busca. É Leila. Sei que é ela.
— Faz quanto tempo? — pergunta Taylor a Ana.
— Cerca de dez minutos — responde ela.

— Ela conhece o apartamento como a palma da mão. Vou sair com Anastasia. Ela está escondida em algum lugar aqui dentro. Encontre-a. Quando Gail volta?

— Amanhã à noite, senhor.

— Ela não deve voltar até que este lugar esteja seguro. Entendido?

— Sim, senhor. O senhor vai para Bellevue?

— Não vou levar esse problema para a casa dos meus pais. Faça uma reserva para mim em algum lugar.

— Certo. Eu ligo para o senhor.

— Não estamos todos exagerando um pouco? — pergunta Ana.

— Ela pode ter uma arma — vocifero.

— Christian, ela estava ao pé da cama. Teria atirado em mim naquele momento, se quisesse mesmo fazer isso.

Respiro fundo, porque não é hora de perder o controle.

— Não estou preparado para assumir o risco. Taylor, Anastasia precisa de sapatos.

Taylor sai, mas Ryan fica para vigiar Ana.

Vou correndo até meu closet, tiro a calça, visto uma calça jeans e meu casaco. Pego as camisinhas que havia deixado no bolso da calça que usei mais cedo e as enfio no bolso da calça jeans. Escolho algumas roupas, e, pensando melhor, pego também a jaqueta jeans.

Ana continua onde a deixei, confusa e tensa. Minha calça de moletom é grande demais para ela, mas não temos tempo para trocar. Coloco a jaqueta jeans sobre seus ombros e pego sua mão.

— Venha.

Eu a levo até a sala para esperar por Taylor.

— Não acredito que ela poderia se esconder aqui dentro — diz Ana.

— O lugar é grande. Você ainda não viu tudo.

— Por que você não liga para ela... não diz que quer conversar?

— Anastasia, ela está instável, e talvez armada — digo, irritado.

— Então a gente simplesmente foge?

— Por enquanto, sim.

— E se ela tentar atirar em Taylor?

Caramba. Espero que não tente.

— Taylor conhece e entende armas. Vai ser mais rápido que ela.

Espero.

— Ray foi do exército. Ele me ensinou a atirar.

— Você, com uma arma? — pergunto, incrédulo.

Estou chocado. Detesto armas.

— Sim. — Ela parece ofendida. — Sei atirar, Sr. Grey, então é melhor você tomar cuidado. Não é só com as suas ex-submissas que precisa se preocupar.

— Vou me lembrar disso, Srta. Steele.

Taylor desce a escada, e nós nos juntamos a ele no saguão. Ele entrega a Ana uma mala pequena e seu All Star preto. Ela o abraça, surpreendendo nós dois.

— Tenha cuidado — diz.

— Sim, Srta. Steele — responde Taylor, envergonhado, mas feliz com a preocupação e o afeto espontâneo dela.

Olho para ele, que ajeita a gravata.

— Avise-me para onde estou indo.

Taylor pega a carteira e me entrega seu cartão de crédito.

— Talvez precise disto quando chegar lá.

Nossa! Ele está mesmo levando isso a sério.

— Bem pensado.

Ryan se junta a nós.

— Sawyer e Reynolds não encontraram nada — avisa.

— Acompanhe o Sr. Grey e a Srta. Steele até a garagem — ordena Taylor.

Nós três entramos no elevador, onde Ana tem a chance de calçar o All Star. Com a minha jaqueta e calça de moletom, está com um visual engraçado. No entanto, por mais bonita que ela esteja, não consigo achar graça na nossa situação. A verdade é que eu a coloquei em perigo.

A cor some do rosto de Ana quando ela vê seu carro na garagem. Não sobrou nada: o para-brisa está quebrado e a carroceria está toda amassada e cheia de tinta branca. Meu sangue ferve ao ver isso, mas, por Ana controlo a fúria. Eu a levo depressa até o R8. Seu olhar está fixo à frente quando me sento ao seu lado, e sei que é porque não suporta olhar para o seu carro.

— Vai chegar outro na segunda-feira — garanto, na esperança de que isso a faça se sentir melhor.

Ligo o carro e coloco o cinto de segurança.

— Como ela sabia que o carro era meu?

Suspiro. Isto não vai acabar bem.

— Ela tinha um Audi A3. Eu compro um para todas as minhas submissas. É um dos carros mais seguros da categoria.

— Então, não foi bem um presente de formatura — diz ela, baixinho.

— Anastasia, ao contrário do que eu esperava, você nunca foi minha submissa, então, tecnicamente, é um presente de formatura.

Dou ré no estacionamento e sigo para a saída da garagem, onde paramos, aguardando a cancela levantar.

— E você ainda espera por isso? — pergunta ela.

O quê?

O telefone embutido no carro vibra.

— Grey — atendo.

— Fairmont Olympic. Em meu nome — informa Taylor.

— Obrigado, Taylor. E, Taylor, tenha cuidado.

— Sim, senhor — responde ele e desliga.

O silêncio é assustador no centro de Seattle. Essa é uma das vantagens de dirigir quase às três da manhã. Faço um retorno na I-5 para o caso de Leila estar nos seguindo. De vez em quando, dou uma olhada no retrovisor, a ansiedade aumentando.

Está tudo fora de controle. Leila pode ser perigosa. Entretanto, ela teve a oportunidade de machucar Ana, mas não fez isso. Era uma pessoa boa quando a conheci, criativa, inteligente, brincalhona. E eu a admirei quando terminou nosso relacionamento numa atitude de autopreservação. Ela nunca foi destrutiva, nem consigo mesma, até aparecer no Escala e se cortar na frente da Sra. Jones, e depois destruir o carro de Ana.

Ela está fora de si.

E não tenho certeza de que não vai machucar Ana.

Como eu poderia continuar vivendo se isso acontecesse?

Ana está praticamente sendo engolida pelas minhas roupas, parecendo pequena e devastada, olhando pela janela do carro. Ela me fez uma pergunta e foi interrompida. Queria saber se eu ainda esperava uma submissa.

Como pode perguntar isso?

Tranquilize-a, Grey.

— Não. Não é o que eu espero, não mais. Pensei que fosse óbvio.

Ela se vira para me encarar, aconchegando-se na minha jaqueta e parecendo menor ainda.

— Eu me preocupo que, você sabe... que eu não seja suficiente.

Por que ela está falando sobre isso agora?

— Você é mais do que suficiente. Pelo amor de Deus, Anastasia, o que eu tenho que fazer?

Ela brinca com um botão da jaqueta jeans.

— Por que você achou que eu o largaria quando eu disse que o Dr. Flynn tinha me contado tudo o que havia para saber a seu respeito?

Então é nisso que ela está pensando.

Seja vago, Grey.

— Você não pode nem começar a entender as profundezas da minha depravação, Anastasia. E não é algo que eu queira compartilhar com você.

— E você realmente acha que eu deixaria você se soubesse? É essa a ideia que faz de mim?

— Eu sei que você iria me deixar — respondo, e esse pensamento é insuportável.

— Christian... Acho que isso é muito pouco provável. Não posso imaginar ficar sem você.

— Você já me deixou uma vez... não quero passar por isso de novo.

Ela fica pálida e começa a brincar com os cordões da calça de moletom.

Pois é. Você me magoou.

E eu magoei você...

— Elena disse que encontrou você no sábado passado — sussurra ela.

Não. Isso é mentira.

— Não encontrou, nada.

Por que Elena mentiria?

— Você não foi vê-la depois que eu saí?

— Não. Já disse que não, e não gosto que duvidem de mim.

Então percebo que estou descontando minha raiva nela. Com um tom de voz mais delicado, acrescento:

— Não fui a lugar algum no fim de semana passado. Eu me sentei e montei o planador que você me deu. Levei uma eternidade.

Ana abaixa a cabeça e olha para os próprios dedos. Continua brincando com os cordões da jaqueta.

— Ao contrário do que Elena pensa, não corro para ela toda vez que tenho um problema, Anastasia. Não corro para ninguém. Você já deve ter notado, não sou muito de conversar.

— Carrick me contou que você não falou por dois anos.

— Contou, é?

Por que minha família não consegue ficar calada?

— Eu meio que tentei obter informações — confessa ela.

— Então, o que mais meu pai lhe contou?

— Que a sua mãe foi a médica que o examinou quando você chegou ao hospital. Depois que o encontraram no apartamento. Ele disse que aprender a tocar piano ajudou. E Mia.

Uma imagem de Mia ainda bebê, o cabelo preto arrepiado e um sorriso gorgolejante, surge na minha mente. Ela era alguém de quem eu podia cuidar, alguém que eu *podia* proteger.

— Ela tinha uns seis meses quando chegou. Fiquei muito feliz, Elliot menos. Ele já tivera de aceitar a minha chegada. Ela era perfeita. Claro, não é mais tão perfeita hoje em dia.

Ana ri. E isso é tão inesperado que, de repente, fico mais relaxado.

— Você acha isso engraçado, Srta. Steele?

— Ela parecia determinada a nos manter afastados.

— É, e teve bastante sucesso. — E é irritante. Ela é... Mia. Minha irmã mais nova. Aperto o joelho de Ana. — Mas no final a gente acabou conseguindo. — Dou um breve sorriso e checo o retrovisor. — Não acho que fomos seguidos.

Pego outra saída da rodovia e sigo para o centro de Seattle.

— Posso perguntar uma coisa sobre Elena? — diz Ana quando paramos em um sinal vermelho.

— Se for realmente necessário.

Mas eu preferiria que não.

— Você me disse há muito tempo que ela o amava de uma maneira que você achou aceitável. O que isso quer dizer?

— Não é óbvio?

— Não para mim.

— Eu estava fora de controle. Não suportava ser tocado. Ainda não suporto. Para um adolescente de quatorze, quinze anos com os hormônios em fúria, era uma época difícil. Ela me mostrou uma maneira de colocar minha energia para fora.

— Mia disse que você arrumava muita briga.

— Meu Deus, o que deu nessa família tagarela? — Paramos no sinal seguinte.

— Na verdade, é você. Você arranca informação das pessoas.

— Mia ofereceu essa informação livremente. Na verdade, ela foi muito comunicativa. Estava preocupada que você fosse começar uma briga na tenda, caso não me ganhasse no leilão — diz ela.

— Ah, baby, não havia esse perigo. De jeito nenhum eu deixaria alguém dançar com você.

— Você deixou o Dr. Flynn.

— Ele é sempre a exceção à regra.

Viro na entrada de veículos do Hotel Fairmont Olympic. Um manobrista vem correndo em nossa direção, e eu estaciono perto dele.

— Venha — digo a Ana, saindo do carro para pegar nossa bagagem. Jogo as chaves para o rapaz simpático. — Está em nome de Taylor — informo.

O saguão está silencioso, com a exceção de uma mulher e seu cachorro. A esta hora? Estranho.

A recepcionista faz nosso registro.

— O senhor precisa de ajuda com as malas, Sr. Taylor? — pergunta ela.

— Não, a Sra. Taylor e eu damos conta sozinhos.

— Os senhores estão na Suíte Cascade, Sr. Taylor, décimo primeiro andar. O rapaz vai ajudá-los com as malas.

— Não precisa. Onde ficam os elevadores?

Ela indica o caminho, e, enquanto esperamos, pergunto como Ana está. Parece exausta.

— Foi uma noite interessante — responde ela, com seu costumeiro dom do eufemismo.

Taylor reservou a maior suíte do hotel. Fico surpreso ao descobrir que tem dois quartos. Será que ele espera que a gente durma separado, como faço com minhas submissas? Talvez eu devesse lhe explicar que não é assim com Ana.

— Bem, Sra. Taylor, não sei quanto a você, mas eu realmente gostaria de uma bebida — digo enquanto Ana me acompanha até o quarto principal, onde deixamos as malas na poltrona.

De volta à sala de estar, a lareira está acesa. Ana aquece as mãos enquanto sirvo a bebida no bar. Ela parece uma menininha travessa, adorável, e seu cabelo castanho brilha feito cobre à luz do fogo.

— Armagnac?

— Por favor — responde ela.

Diante da lareira, eu lhe entrego um copo de conhaque.

— Foi um dia cheio, hein?

Avalio sua reação. Estou impressionado, considerando todo o drama da noite, que ela não tenha desabado e chorado até agora.

— Estou bem — responde. — E você?

Estou nervoso.

Ansioso.

Com raiva.

Sei de uma coisa que vai me acalmar.

Você, Srta. Steele.

Minha cura.

— Bem, neste instante gostaria de beber isto e, depois, se você não estiver muito cansada, gostaria de levá-la para a cama e me perder em você.

Estou desafiando a sorte. Ela deve estar exausta.

— Acho que posso fazer isso pelo senhor, Sr. Taylor — diz ela, recompensando-me com um sorriso tímido.

Ah, Ana. Você é uma mulher gloriosa.

Tiro os sapatos e as meias.

— Sra. Taylor, pare de morder o lábio — murmuro.

Ela toma um gole do Armagnac e fecha os olhos. Emite um som de prazer em sinal de apreciação pela bebida. O som é suave, melodioso, e, ah, muito sexy.

Sinto-o subir pela virilha.

Ela é mesmo uma mulher e tanto.

— Você nunca deixa de me surpreender, Anastasia. Mesmo depois de um dia como hoje, ou, no caso, ontem, você não está choramingando nem fugindo e gritando por aí. Estou impressionado. É uma mulher muito forte.

— Você é um bom motivo para ficar — sussurra ela.

Aquela sensação esquisita invade meu peito. Mais assustadora do que a escuridão. Maior. Mais forte. Tem o poder de machucar.

— Já falei, Christian, não vou a lugar algum, não importa o que você tenha feito. Você sabe o que sinto por você.

Ah, baby, você sairia correndo se soubesse a verdade.

— Onde você vai pendurar os retratos de mim que José tirou? — pergunta ela, pegando-me de surpresa.

— Depende — respondo, perplexo por ela conseguir mudar de assunto tão rápido.

— De quê?

— Das circunstâncias.

Depende se ela ficar. Eu não vou suportar ver os retratos quando ela não for mais minha.

Se. Se ela não for mais minha.

— A exposição ainda não terminou, então não tenho que decidir de imediato. Não sei quando a galeria vai entregá-los, apesar do meu pedido.

Ela semicerra os olhos, observando-me, como se eu estivesse escondendo alguma coisa.

Sim. Meu medo. É isso que estou escondendo.

— Pode fazer essa cara pelo tempo que quiser, Sra. Taylor. Não vou contar nada — brinco.

— Posso arrancar a verdade de você sob tortura.

— Sério, Anastasia, acho que você não deveria fazer promessas que não pode cumprir.

Ela semicerra os olhos de novo, mas dessa vez de um jeito bem-humorado. Deixa o copo em cima da lareira, pegando o meu em seguida e colocando-o ao lado do dela.

— É isso que a gente vai descobrir — diz com uma determinação fria na voz.

Agarrando minha mão, ela me leva até o quarto.

Ana está assumindo o controle.

Isso não acontece desde que ela me atacou no escritório.

Vá na onda, Grey.

Ela para ao pé da cama.

— Agora que me trouxe até aqui, Anastasia, o que vai fazer comigo?

Ela me encara, os olhos brilhando, cheios de amor, e engulo em seco, aturdido com a visão que ela é.

— Vou começar tirando sua roupa. Quero terminar o que comecei mais cedo.
Fico totalmente sem ar.
Ela pega as lapelas da minha jaqueta e a desliza delicadamente pelos meus ombros. Vira-se e a coloca na poltrona. Sinto seu perfume.
Ana.
— Agora a camiseta — diz.
Fico mais audacioso. Sei que ela não vai me tocar. Ela teve uma boa ideia com o mapa, e os traços borrados do batom continuam no peito e nas costas. Levanto os braços e dou um passo atrás enquanto ela puxa a camiseta pela minha cabeça.
Ela entreabre os lábios ao ver meu peito. Estou louco para tocá-la, mas estou adorando sua doce e lenta sedução.
Vamos fazer isto do jeito dela.
— E agora? — murmuro.
— Quero beijar você aqui.
Ela desliza a unha de um lado para outro do meu quadril.
Cacete.
Fico tenso dos pés à cabeça, e todo o sangue corre para a parte inferior do meu corpo.
— Não a estou impedindo — sussurro.
Pegando minha mão, ela indica que devo me deitar.
Ainda de calça? Ok.
Tiro os cobertores da cama e me sento, sem desviar os olhos de Ana, esperando para descobrir o que ela vai fazer em seguida. Ela deixa minha jaqueta jeans escorregar pelos ombros e cair no chão; minha calça de moletom também cai, e preciso de todo o meu autocontrole para não agarrá-la e jogá-la na cama.
Endireitando os ombros, o olhar fixo no meu, ela pega minha camiseta pela bainha e a ergue até sua cabeça, balançando-a ao tirar.
Nua na minha frente, ela está linda.
— Anastasia, você é a própria Afrodite.
Ela segura meu rosto com as mãos e se inclina para me beijar, e não consigo mais resistir. Quando seus lábios tocam os meus, agarro seus quadris e a puxo para a cama, para que ela fique embaixo de mim. Enquanto nos beijamos, abro suas pernas, me posiciono entre suas coxas: meu lugar favorito. Ela retribui meu beijo com uma ferocidade que esquenta meu sangue. Sua boca é voraz, sua língua se enrosca na minha. Tem gosto de Armagnac e Ana. Minhas mãos percorrem seu corpo. Com uma delas, apoio sua cabeça, enquanto a outra segue livre, massageando e apertando os lugares por onde passa. Com a palma da mão em seu seio, puxo o mamilo, e fico encantado ao senti-lo endurecer entre os meus dedos.
Preciso disso. Anseio por esse contato.

Ela geme e mexe os quadris, comprimindo meu pau, já duro e apertado na calça jeans.

Caralho.

Prendo a respiração e paro de beijá-la.

O que você está fazendo?

Ela está ofegante, olhando para mim com uma expressão ardente e suplicante.

Quer mais.

Flexiono os quadris, pressionando a ereção nela enquanto observo sua reação. Ela fecha os olhos e geme em êxtase, agarrando meu cabelo. Repito o movimento, e dessa vez ela se esfrega em mim.

Aaaah.

A sensação é maravilhosa.

Seus dentes arranham meu queixo quando ela procura meus lábios e minha língua num beijo molhado e apaixonado, nós dois nos esfregando um no outro, em movimentos opostos perfeitos, criando uma fricção que é uma tortura deliciosa. O calor se intensifica e queima entre nós, concentrado no nosso ponto de conexão. Seus dedos agarram meus braços, enquanto sua respiração acelera. Arfante, ela desliza a mão até minha lombar e alcança o cós da calça, onde agarra minha bunda e me puxa para si.

Não vou gozar.

Não.

— Você vai acabar comigo, Ana.

Eu me ajoelho e tiro a calça, libertando minha ereção e pegando uma camisinha no bolso. Entrego a Ana, que está deitada, sem fôlego, na cama.

— Você me quer, baby, e eu com certeza quero você. Você sabe o que fazer.

Com dedos ávidos, ela abre o pacote e desenrola a camisinha no meu pau cada vez mais duro.

Ana é muito hábil. Sorrio para ela quando volta a se deitar.

Ana, sua insaciável.

Roço o nariz no dela e, muito lentamente, vou afundando nela.

Ana é minha.

Agarra meus braços e ergue o queixo, a boca aberta em um grande gemido de prazer. Delicadamente, deslizo para dentro dela outra vez, com um braço em cada lado do seu rosto.

— Você me faz esquecer de tudo. Você é a melhor terapia.

Tiro devagarinho, e volto a enfiar devagarinho também.

— Por favor, Christian, mais rápido.

Ela empurra o quadril ao meu encontro.

— Ah, não, baby. Quero devagar.

Por favor, vamos fazer devagar.

Eu a beijo e puxo seu lábio inferior. Ela enrosca os dedos no meu cabelo e me segura, deixando que eu continue no meu ritmo lento e suave. Devagar e sempre. Seu prazer começa a aumentar, as pernas se retesando, e ela inclina a cabeça para trás ao gozar, me levando junto.

— Ah, Ana — digo, e seu nome é uma prece nos meus lábios.

Aquela sensação desconhecida volta, cresce no meu peito, tentando sair. E sei o que é. Sei desde sempre. Quero dizer que a amo.

Mas não consigo.

As palavras queimam até se tornarem cinzas na minha garganta.

Engulo em seco e apoio a cabeça em sua barriga, meus braços em torno dela, seus dedos em meu cabelo.

— Nunca vou me cansar de você. Não me deixe.

Beijo sua barriga.

— Não vou a lugar algum, Christian, e pelo que me lembro eu que queria beijar sua barriga — diz ela.

— Agora não tem nada impedindo você, baby.

— Acho que não sou capaz de me mexer... Estou tão cansada.

Eu me estico ao seu lado e nos cubro. Ela parece radiante, mas também exausta.

Deixe-a dormir, Grey.

— Durma agora, doce Ana.

Beijo seu cabelo e a abraço.

Nunca mais quero soltá-la.

ACORDO COM O SOL forte entrando pelas cortinas, e Ana está dormindo profundamente ao meu lado. Apesar de termos ido dormir de madrugada, me sinto descansado. Durmo bem quando estou com ela.

Eu me levanto, pego a calça jeans e a camiseta para me vestir. Se eu ficar na cama, sei que vou acordá-la. Ela é tentadora demais para que eu a deixe dormir, e sei que precisa descansar.

Na sala principal, sento-me diante da escrivaninha e tiro o laptop da bolsa. Minha primeira tarefa é mandar um e-mail para a Dra. Greene. Pergunto se ela pode vir até o hotel atender Ana. Ela responde que só poderá às 10h15.

Ótimo.

Confirmo o horário, e em seguida ligo para Mac, que é o imediato no meu iate.

— Sr. Grey.

— Mac, eu gostaria de sair com *The Grace* esta tarde.

— O tempo está ótimo.

— Que bom. Eu gostaria de ir até a ilha de Bainbridge.

— Vou prepará-lo, senhor.
— Ótimo. Nós chegaremos por volta da hora do almoço.
— Nós?
— Sim, vou levar minha namorada, Anastasia Steele.
Mac hesita um pouco antes de dizer:
— Será um prazer.
— O prazer será nosso.
Desligo, ansioso diante da possibilidade de mostrar *The Grace* a Ana. Acho que ela vai adorar velejar. Afinal, adorou planar e voar no *Charlie Tango*.

Ligo para Taylor em busca de notícias, mas cai na caixa-postal. Espero que ele esteja tendo um sono merecido ou providenciando a retirada do Audi destruído de Ana da garagem, como prometeu. Isso me lembra de que preciso substituir seu carro. Será que Taylor já entrou em contato com a concessionária? Como é domingo, talvez ele não tenha conseguido.

Meu telefone vibra. É uma mensagem da minha mãe.

GRACE
Querido, foi ótimo ver você e Anastasia ontem à noite.
Obrigada a você e a Ana pela generosidade.
Bj, Mamãe

Ainda estou chateado com seus comentários sobre Ana ser uma interesseira. É óbvio que não a conhece bem. Mas elas só se encontraram três vezes. E era Elliot quem sempre levava garotas para casa... não eu. Grace nem conseguia acompanhar.

— *Elliot, querido, basta nos apegarmos que elas ficam para trás. É de partir o coração.*
— *Então, não se apeguem.* — *Ele dá de ombros, mastigando com a boca aberta.*
— *Eu não me apego* — *sussurra, mas só eu ouço.*
— *Um dia, alguém vai partir seu coração, Elliot* — *diz Grace ao entregar um prato de macarrão com queijo a Mia.*
— *Ah, tanto faz, mãe. Pelo menos, eu trago garotas para casa.*
Ele me olha com desdém.
— *Várias amigas minhas querem se casar com Christian. Pergunte a elas* — *diz Mia, entrando em minha defesa.*
Urgh. Que pensamento desagradável... As amiguinhas venenosas de Mia do oitavo ano.
— *Você não tem que estudar para suas provas, seu babaca?*
Mostro o dedo do meio para Elliot.

— Estudar? Eu, não, seu veado. Hoje à noite, vou sair — ele se gaba.

— Meninos! Já chega! Esta é a primeira noite que vocês vêm dormir em casa desde que foram para a faculdade. Não se veem há um tempão. Parem de brigar e comam.

Dou uma garfada no macarrão com queijo. Esta noite, vou encontrar a Sra. Lincoln...

São 9h40 quando peço café da manhã para nós dois, sabendo que vai demorar pelo menos vinte minutos para chegar. Retorno aos e-mails e decido ignorar a mensagem da minha mãe por enquanto.

O serviço de quarto chega logo após as dez horas. Peço ao rapaz para deixar tudo nas gavetas do carrinho que mantêm a comida aquecida, e, assim que ele termina de colocar a mesa, eu o dispenso.

Está na hora de acordar Ana.

Ela continua dormindo profundamente. Seu cabelo parece mogno espalhado no travesseiro, sua pele se ilumina sob a luz e seu rosto delicado e lindo descansa. Eu me deito ao seu lado e a encaro, absorvendo cada detalhe. Ela pisca e abre os olhos.

— Oi.

— Oi. — Ela puxa as cobertas até o queixo, as bochechas corando. — Há quanto tempo você está me olhando?

— Eu poderia ver você dormir por horas, Anastasia. Mas estou aqui só há uns cinco minutos. — Beijo sua testa. — A Dra. Greene vai chegar daqui a pouco.

— Ah.

— Dormiu bem? — pergunto. — Deve ter dormido, com todo aquele ronco.

— Eu não ronco!

Sorrio para tranquilizá-la.

— Não. Não ronca.

— Você tomou banho? — pergunta ela.

— Não. Estava esperando por você.

— Ah... tudo bem. Que horas são?

— Dez e quinze. Não tive coragem de acordar você antes, estava tão cansada... de partir o coração.

— Você me disse que nem sequer tinha coração.

De fato isso é verdade, mas ignoro seu comentário.

— O café da manhã está servido: panquecas e bacon para você. Venha, levante-se, estou começando a me sentir sozinho aqui.

Dou um tapa na bunda dela, pulo da cama e a deixo sozinha para se arrumar.

Na sala de jantar, tiro as coisas do carrinho e arrumo os pratos. Eu me sento, e em instantes termino a torrada e os ovos mexidos. Sirvo-me de um pouco de café, na dúvida se devo apressar Ana, mas decido que não, então abro o *Seattle Times*.

Ela entra arrastando os pés na sala de jantar com um roupão grande demais e se senta ao meu lado.

— Coma. Você vai precisar de energia hoje — digo.

— Ah, é? E por quê? Vai me trancar no quarto? — provoca ela.

— Por mais tentadora que seja essa ideia, achei que a gente podia sair hoje. Tomar um pouco de ar.

Estou ansioso para *The Grace*.

— É seguro? — pergunta ela com sarcasmo.

— Para onde vamos, é — murmuro, sem sorrir com seu comentário. — E isso não é assunto para brincadeira — acrescento.

Quero mantê-la em segurança, baby.

Ela comprime a boca naquela expressão teimosa e olha para o café da manhã.

Coma, Ana.

Como se lesse meus pensamentos, ela pega o garfo e começa a comer, então relaxo um pouco.

Alguns minutos depois, alguém bate na porta. Olho para o relógio.

— Deve ser a médica — digo, e vou até a porta.

— Bom dia, Dra. Greene. Entre. Obrigado por ter vindo tão em cima da hora.

— Mais uma vez, Sr. Grey, sou eu que agradeço por fazer meu tempo valer tanto. Onde está a paciente?

A Dra. Greene não brinca em serviço.

— Está tomando café da manhã. Vai ficar pronta em um instante. A senhora quer esperar no quarto?

— Está ótimo.

Indico o caminho para o quarto principal, e logo em seguida Ana entra, me olhando com desaprovação. Prefiro ignorar isso, e fecho a porta, deixando-a com a Dra. Greene. Ela pode ficar chateada o quanto quiser, mas parou de tomar pílula, e sabe que eu detesto camisinha.

Meu celular vibra. Finalmente.

— Bom dia, Taylor.

— Bom dia, Sr. Grey. O senhor ligou?

— Alguma novidade?

— Sawyer conferiu o circuito de câmeras na garagem, e está confirmado que foi Leila que destruiu o carro.

— Merda.

— Calma, senhor. Atualizei Welch sobre a situação, e o Audi já foi retirado.

— Ótimo. Você checou o circuito interno do apartamento?

— Estamos fazendo isso, mas ainda não encontramos nada.
— Precisamos saber como ela entrou.
— Sim, senhor. Ela não está aqui agora. Fizemos uma varredura minuciosa, mas acredito que, até termos certeza de que ela não vai entrar outra vez, seja melhor o senhor ficar fora. Vou trocar todas as fechaduras. Até a da escada de incêndio.
— A escada de incêndio. Sempre me esqueço dela.
— Isso é fácil, senhor.
— Vou levar Ana para *The Grace*. Ficaremos a bordo, caso seja necessário.
— Eu gostaria de fazer uma verificação de segurança em *The Grace* antes de vocês embarcarem — acrescenta Taylor.
— Ok. Acho que não vamos chegar antes de uma da tarde.
— Podemos pegar sua bagagem no hotel logo em seguida.
— Ótimo.
— E mandei um e-mail para a Audi sobre o carro novo.
— Ok, não deixe de me dar notícias sobre isso.
— Pode deixar, senhor.
— Ah, Taylor, no futuro pode reservar uma suíte de um quarto só.
Taylor hesita.
— Está bem, senhor — diz ele. — Isso é tudo por enquanto?
— Não, mais uma coisa. Quando Gail voltar, pode pedir para ela transferir todas as roupas e pertences da Srta. Steele para o meu quarto.
— Pode deixar, senhor.
— Obrigado.
Desligo e volto para a mesa de jantar para terminar de ler o jornal. Observo, para o meu descontentamento, que Ana mal tocou no café da manhã.
Plus ça change, Grey. Plus ça change.

Meia-hora depois, Ana e a Dra. Greene saem do quarto. Ana parece desanimada. Nós nos despedimos da médica, e fecho a porta da suíte.
— Tudo bem? — pergunto a Ana, que está de pé no corredor, parecendo chateada. Ela assente, mas não olha para mim. — Anastasia, o que foi? O que a Dra. Greene falou?
Ela balança a cabeça.
— Em sete dias, você não vai mais precisar de camisinha.
— Sete dias?
— Isso.
— Ana, o que houve?
— Não há nada com que se preocupar. Por favor, Christian, deixe para lá.

Geralmente, não faço ideia do que ela está pensando, mas está incomodada com alguma coisa, e se algo a incomoda também fico incomodado. Talvez a Dra. Greene tenha lhe aconselhado a ficar longe de mim. Levanto seu queixo para fitar seus olhos.

— Fale! — insisto.

— Não tem nada para falar. Quero me vestir.

Ela afasta o queixo da minha mão.

Merda! Qual é o problema?

Passo as mãos no cabelo num esforço para manter a calma.

Será que é medo de Leila?

Ou será que a médica lhe deu uma má notícia?

Ela não deixa nada escapar.

— Vamos tomar banho — sugiro algum tempo depois.

Ela concorda, mas sem nenhum entusiasmo.

— Venha.

Pego sua mão e vou para o banheiro, seguido por uma Ana relutante. Ligo o chuveiro e tiro a roupa enquanto ela fica parada no meio do banheiro, observando, aborrecida.

Ana, qual é o problema, porra?

— Não sei se algo deixou você chateada ou se é só mau humor por ter dormido pouco — digo, baixinho, enquanto abro seu roupão. — Mas quero que você me diga. Minha imaginação está dando voltas aqui, e não gosto disso.

Ana revira os olhos, mas antes que eu possa continuar reclamando, ela diz:

— A Dra. Greene me repreendeu por ter parado de tomar a pílula. Ela disse que eu poderia estar grávida.

— O quê?

Grávida!

E me sinto em queda livre. Cacete.

— Mas não estou — diz Ana. — Ela fez um teste. Foi um choque, só isso. Não acredito que pude ser tão burra.

Ah, graças a Deus.

— Tem certeza de que não está grávida?

— Tenho.

Solto o ar.

— Ótimo. É, dá para imaginar que seja perturbador ouvir esse tipo de notícia.

— Eu estava mais preocupada com a sua reação.

— Com a minha reação? Bem, naturalmente, estou aliviado... teria sido o cúmulo do descuido e da falta de educação engravidar você.

— Então, talvez seja melhor a gente se abster — retruca ela.

Como é que é?
— Você acordou de mau humor hoje.
— Foi só um choque, só isso — responde ela, aborrecida outra vez.
Eu a puxo para os meus braços. Ela está tensa de indignação. Beijo seu cabelo e a abraço.
— Ana, não estou acostumado com isso — murmuro. — Minha tendência natural é arrancar as informações de você a tapa, mas duvido seriamente que você queira isso.
Ela poderia chorar se eu fizesse isso. Pela minha experiência, as mulheres se sentem melhor depois de chorarem um pouco.
— Não, não quero — responde ela. — Isso aqui ajuda.
E me abraça com força, o rosto quente encostado em meu peito. Apoio o queixo em sua cabeça. Ficamos assim por uma eternidade, e aos poucos ela vai relaxando nos meus braços.
— Venha, vamos tomar banho.
Termino de tirar seu roupão, e ela entra comigo debaixo da água quente. É uma sensação boa. Passei a manhã toda me sentindo sujo. Coloco xampu na cabeça, e depois entrego o recipiente a Ana. Ela parece mais feliz agora, e estou contente que o chuveiro seja grande o bastante para nós dois. Ela se rende à água, inclinando o lindo rosto, e começa a lavar o cabelo.
Coloco o sabonete líquido na mão e começo a ensaboar Ana. Seu aborrecimento me deixou preocupado. Eu me sinto responsável. Ela está cansada, e teve uma noite difícil. Enquanto enxagua o cabelo, massageio e lavo seus ombros, braços, axilas, costas e seus lindos seios. Virando-a, vou para a barriga, entre as pernas, e depois para a bunda. Um som de aprovação vem do fundo da sua garganta.
Abro um sorriso largo.
Assim está melhor.
Viro-a para me encarar.
— Aqui — digo, entregando o sabonete. — Quero que você limpe o resto do batom.
Ela arregala os olhos numa expressão séria e genuína de espanto.
— Por favor, não desvie muito da linha — acrescento.
— Tudo bem.
Ela coloca o sabonete na palma das mãos e as esfrega para fazer espuma. Colocando as mãos nos meus ombros, começa a remover a linha com um delicado movimento circular. Fecho os olhos e respiro fundo.
Será que vou conseguir fazer isso?
Com a respiração entrecortada, o pânico chega à minha garganta. Ela continua descendo pela lateral do meu corpo, seus dedos ágeis me limpando carinho-

samente. Mas é insuportável. A sensação é de ter várias lâminas na minha pele. Todos os músculos do meu corpo estão tensos. Fico parado feito uma estátua de bronze, contando os segundos para ela terminar.

Está levando uma eternidade.

Meus dentes estão cerrados.

De repente, suas mãos deixam meu corpo, o que me assusta. Abro os olhos, e ela está colocando mais sabonete nas mãos. Olha para mim, e vejo minha dor refletida em seus olhos e em sua expressão meiga e ansiosa. E sei que não é pena, mas compaixão. Ela sente minha agonia.

Ah, Ana.

— Pronto? — pergunta, a voz rouca.

— Pronto — sussurro, determinado a não deixar o medo vencer, e fecho os olhos.

Ela toca a lateral do meu corpo e eu fico paralisado, o horror me invadindo por dentro, tomando meu peito e minha garganta, não deixando nada além da escuridão. É um grande vazio que me consome por completo.

Ana soluça, e eu abro os olhos.

Ela está chorando, as lágrimas se misturando à água quente caindo em nós, seu nariz vermelho. A compaixão está tomando conta do seu rosto; compaixão e raiva ao lavar meus pecados.

Não. Não chore, Ana.

Sou só um cara fodido da cabeça.

Seus lábios tremem.

— Não. Por favor, não chore — digo, abraçando-a com força. — Por favor, não chore por mim.

Ela começa a chorar incontrolavelmente. Muito mesmo. Seguro sua cabeça entre as mãos e me abaixo para beijá-la.

— Não chore, Ana, por favor — murmuro em sua boca. — Foi há muito tempo. Estou doido para que você me toque, mas simplesmente não consigo suportar. É demais para mim. Por favor, por favor, não chore.

— Também quero tocar você — gagueja ela em meio aos soluços. — Mais do que imagina. Ver você assim... tão machucado e com medo, Christian... me fere profundamente. Eu amo tanto você.

Passo o polegar no lábio inferior dela.

— Eu sei. Eu sei.

Ela aperta os olhos e me encara com tristeza, porque sabe que minhas palavras não são convincentes.

— Você é muito fácil de amar. Você não enxerga isso? — pergunta, enquanto a água cai sobre nós.

— Não, baby, não enxergo.
— Mas você é. E eu amo você — enfatiza. — E sua família também ama. E Elena e Leila também... elas têm um jeito estranho de demonstrar isso, mas elas amam você. E você merece.
— Pare.
Não suporto mais. Coloco um dedo em seus lábios e balanço a cabeça.
— Não posso ouvir isso. Não sou nada, Anastasia.
Sou só um menino perdido, parado aqui diante de você. Sem amor. Abandonado pela única pessoa que tinha o dever de me proteger, porque sou um monstro.
É isso que sou, Ana.
Nada além disso.
— Sou a casca de um homem. Não tenho coração.
— Você tem, sim — diz ela, o tom mais alto, apaixonado. — E eu o quero para mim, por inteiro. Você é um homem bom, Christian, um homem muito bom. Nunca duvide disso. Olhe para o que você fez... o que você conquistou. — Continua chorando. — Olhe o que você fez por mim... o que você deixou para trás, por mim. Eu sei. Eu sei o que você sente por mim.
Seus olhos azuis cheios de amor e compaixão me despem e expõem como fizeram na primeira vez em que a vi.
Ela enxerga quem eu sou. Acha que me conhece.
— Você me ama — diz.
O oxigênio sai dos meus pulmões.
O tempo para, e só escuto o sangue latejando nos meus ouvidos e a água caindo, levando a escuridão embora.
Responda, Grey. Diga a verdade.
— Sim — murmuro. — Amo.
É uma confissão profunda e sombria, que sai do fundo da minha alma. No entanto, ao dizer as palavras em voz alta, tudo fica claro. Claro que a amo. É óbvio que ela sabe. Eu a amo desde que a conheci. Desde que a vi dormindo. Desde que ela se entregou a mim e só a mim. Estou viciado. Não me canso. É por isso que tolero sua atitude.
Estou apaixonado. Então é esta a sensação?
A reação dela é instantânea. Seu sorriso é estonteante, e ilumina seu rosto lindo. É uma mulher de tirar o fôlego. Pega minha cabeça, puxando minha boca para a sua, e me beija, derramando todo amor e doçura dentro de mim.
É irresistível.
Arrebatador.
Sexy.
E meu corpo reage da única maneira que sabe.

Gemendo em seus lábios, eu a envolvo com os braços.
— Ah, Ana. Quero você, mas não aqui.
— Sim — responde ela, febril, na minha boca.

Fecho a torneira do chuveiro e a puxo para fora, enrolando-a no roupão e colocando uma toalha na minha cintura. Com outra toalha menor, começo a secar seu cabelo.

É isto que eu adoro: cuidar dela.

Além disso, para variar, ela está deixando.

Espera, pacientemente, enquanto tiro o excesso de água do seu cabelo e esfrego sua cabeça. Quando ergo os olhos, ela está me encarando pelo espelho acima da pia do banheiro. Nossos olhos se encontram, e me perco em seu olhar afetuoso.

— Posso retribuir? — pergunta ela.

O que pretende?

Concordo com a cabeça, e Ana pega outra toalha. Na ponta dos pés, ela começa a secar meu cabelo. Abaixo a cabeça, facilitando seu trabalho.

Hum. É gostoso.

Ela usa as unhas, esfregando com força.

Caramba.

Dou um sorriso bobo, me sentindo... amado. Quando levanto a cabeça para olhar, ela está me observando, e sorri também.

— Faz tempo que ninguém faz isso comigo. Muito tempo — digo. — Na verdade, acho que ninguém nunca secou meu cabelo.

— Certamente Grace já deve ter feito isso, não? Secado seu cabelo quando você era pequeno?

Nego com a cabeça.

— Não. Ela respeitou meus limites desde o primeiro dia, apesar de ter sido doloroso para ela. Fui uma criança muito autossuficiente.

Ana para por um instante, e me pergunto no que está pensando.

— Bem, eu me sinto honrada — diz ela.

— Com certeza, Srta. Steele. Ou talvez seja eu quem se sinta honrado.

— Isso nem precisa ser dito, Sr. Grey.

Ela joga a toalha úmida na pia e pega outra. De pé atrás de mim, nossos olhos se encontram outra vez no espelho.

— Posso tentar uma coisa? — pergunta Ana.

Vai ser do jeito que você quiser, baby.

Assinto, dando minha permissão, e ela percorre meu braço esquerdo com a toalha, removendo as gotículas de água da minha pele. Olha para cima, me observando atentamente, e se inclina, beijando meu bíceps.

Prendo a respiração.

Ela seca meu outro braço, deixando um rastro de beijos suaves à direita do meu bíceps. Abaixando-se atrás de mim, de forma que não vejo mais o que está fazendo, ela seca minhas costas, respeitando as linhas de batom.

— Ao longo das costas com a toalha — peço, tomando coragem.

Respiro fundo e fecho os olhos.

Ana faz o que digo, secando rapidamente minhas costas. Ao terminar, ela me dá um beijo rápido no ombro.

Solto o ar. Não foi tão ruim.

Ela coloca os braços ao meu redor e seca minha barriga.

— Segure isto — diz, me entregando uma toalha de rosto. — Lembra de quando estávamos na Geórgia? Você fez com que eu me tocasse usando suas mãos — explica.

Com os braços em torno de mim, ela me encara no espelho. Com a toalha enrolada na cabeça, parece um personagem bíblico.

A Virgem Maria.

Como a santa, ela é amorosa e delicada. Mas não é mais virgem.

Pegando a mão que está segurando a toalha de rosto, ela a guia ao longo do meu peito, secando o local. Fico paralisado assim que a toalha encosta em mim. Não penso mais em nada, e ordeno que meu corpo suporte o toque. Estou tenso diante de Ana, imóvel. Vamos fazer do jeito dela. Fico ofegante, com uma mistura estranha de medo, amor e fascínio, e meus olhos acompanham seus dedos enquanto ela guia delicadamente minha mão, secando meu peito.

— Acho que você já está seco — diz ela, abaixando a mão.

Pelo reflexo do espelho, nossos olhares se encontram.

Eu a quero, preciso dela, e lhe digo isso.

— Também preciso de você — diz ela, e seus olhos escurecem.

— Deixe-me amar você.

— Deixo — responde ela.

Eu a pego nos braços, meus lábios nos dela, e a levo até o quarto. Deito-a na cama, e com cuidado e carinho infinitos, mostro a adoração e o amor que sinto, a importância que ela tem para mim.

E como eu a amo.

Sou uma nova pessoa. Um novo Christian Grey. Estou apaixonado por Anastasia Steele — e, mais importante, ela está apaixonada por mim. É claro que essa garota precisa fazer um exame para conferir se bate bem da cabeça, mas me sinto grato, exausto e feliz.

Estou deitado ao seu lado, imaginando um mundo de possibilidades. A pele de Ana é quente e macia. Não consigo parar de tocá-la enquanto nós nos olhamos na calmaria depois da tempestade.

— Então, você é capaz de ser delicado.
Seu olhar demonstra surpresa.
Só com você.
— Hum... é o que parece, Srta. Steele.
Ela sorri, exibindo os dentes perfeitos.
— Não foi bem assim na primeira vez em que... hum, fizemos isso.
— Não? — Pego uma mecha do seu cabelo e, com o indicador, brinco com ela. — Quando roubei sua virtude.
— Não acho que você tenha roubado. Acho que minha virtude foi oferecida muito livremente e de bom grado. Eu também queria você e, se me lembro bem, aproveitei bastante.
Seu sorriso é tímido, mas carinhoso.
— Eu também, se me lembro bem, Srta. Steele. Nosso objetivo é satisfazer. E isso significa que você é minha, completamente.
— Sim, sou sua. Eu queria perguntar uma coisa.
— Vá em frente.
— Seu pai biológico... você sabe quem ele era?
Sua pergunta é completamente inesperada. Balanço a cabeça. Ela me surpreende outra vez. Nunca sei o que está se passando nessa sua cabeça inteligente.
— Não tenho ideia. Não era o animal do cafetão, pelo menos.
— Como você sabe?
— Algo que meu pai... algo que Carrick me disse.
Seu olhar está cheio de expectativa e suspense.
— Tão sedenta por informação, Anastasia.
Suspiro e balanço a cabeça. Não gosto de pensar naquela época da minha vida. É difícil separar as memórias dos pesadelos, mas ela é persistente.
— O cafetão encontrou o corpo da prostituta drogada e avisou às autoridades. Mas levou quatro dias para fazer a descoberta. Fechou a porta quando saiu... e me deixou com ela... com o corpo.

Mamãe está dormindo no chão.
Já está dormindo há muito tempo.
Ela não acorda.
Eu a chamo. Eu a balanço.
Ela não acorda.

Sinto um calafrio e continuo:
— A polícia o interrogou mais tarde. Ele negou incisivamente que eu tivesse qualquer coisa a ver com ele, e Carrick disse que ele não se parecia nada comigo.

Graças a Deus.

— Você se lembra de como ele era?

— Anastasia, essa é uma parte da minha vida que não revisito com frequência. Sim, eu me lembro. Nunca vou esquecê-lo. — Sinto gosto de bile na garganta.

— Podemos falar de outra coisa?

— Desculpe. Não queria deixar você triste.

— Tudo isso é passado, Ana. Não é algo sobre o que quero pensar.

Ela fica culpada, e, sabendo que foi longe demais com as perguntas, muda de assunto.

— E qual é a minha surpresa, então?

Ah, ela lembrou. Isso, sim, é algo com que posso lidar.

— Você topa sair para pegar um pouco de ar fresco? Quero mostrar uma coisa.

— Claro.

Ótimo! Dou um tapa na bunda dela.

— Vá se vestir. Calça jeans está bom. Espero que Taylor tenha separado uma para você.

Pulo da cama, animado com a ideia de levar Ana para velejar. Ela me observa vestir a cueca.

— Ande — brinco com ela, que ri.

— Só admirando a vista — diz Ana.

— Seque o cabelo.

— Autoritário como sempre — observa ela, e me inclino para beijá-la.

— Isso nunca vai mudar, baby. Não quero que você fique doente.

Ela revira os olhos.

— Você sabe que as palmas das minhas mãos ainda coçam, não sabe, Srta. Steele?

— Fico feliz em ouvir isso, Sr. Grey. Estava começando a achar que você estava perdendo o jeito.

Ah, *não*, a Srta. Steele está me confundindo.

Não me tente, Ana.

— Eu posso facilmente demonstrar que esse não é o caso, se você assim o desejar.

Tiro um suéter da mala, pego o telefone e guardo o resto das minhas coisas. Assim que termino, vejo que Ana já está vestida e secando o cabelo.

— Guarde suas coisas. Se for seguro, iremos para casa hoje à noite; se não, podemos dormir aqui outra vez.

ANA E EU ENTRAMOS no elevador. Um casal de idosos abre espaço para nós. Ana olha para mim e dá um sorriso malicioso. Aperto sua mão e sorrio, lembrando-me daquele beijo.

Ah, foda-se a papelada.
— Nunca vou deixar você se esquecer daquilo — cochicha ela no meu ouvido. — Nosso primeiro beijo.

Estou tentado a repetir a performance e chocar o casal de idosos, mas prefiro dar um beijo discreto em sua bochecha, o que a faz rir.

Fazemos o check-out na recepção e percorremos o salão de mãos dadas, indo até onde está o manobrista.

— Para onde estamos indo, exatamente? — pergunta Ana enquanto aguardamos meu carro.

Pisco para ela, tentando esconder minha animação. Seu rosto se ilumina com um grande sorriso. Eu me inclino e a beijo.

— Você tem alguma ideia de como me faz feliz?
— Tenho... Sei exatamente. Porque você faz o mesmo por mim.

O manobrista aparece com meu R8.
— Belo carro, senhor — diz ao me entregar as chaves.

Eu lhe dou uma gorjeta, e ele abre a porta para Ana.

Quando saio para a Quarta Avenida, o sol continua brilhando, minha garota está ao meu lado e uma ótima música toca no carro.

Ultrapasso um Audi A3, então me lembro do carro destruído de Ana. Percebo que não havia pensado nenhuma vez em Leila e no seu comportamento desequilibrado nas últimas horas. Ana é uma boa distração.

Ela é mais do que uma distração, Grey.
Talvez eu devesse comprar outra coisa para ela.
Sim. Algo diferente. Não um Audi.
Um Volvo.
Não. Meu pai tem um.
Uma BMW.
Não. Minha mãe tem uma.
— Preciso fazer um desvio. Não deve demorar muito.
— Claro.

Estacionamos em uma concessionária da Saab. Ana me olha, perplexa.
— Precisamos comprar um carro novo para você — digo.
— Não vai ser um Audi?

Não. Não vou lhe dar o mesmo carro que comprei para todas as minhas submissas.

— Achei que você poderia gostar de outra coisa.
— Um Saab?

Ela está encantada.
— É. Um 9-3. Venha.

— O que você tem com carros estrangeiros?
— Os alemães e os suecos fazem os carros mais seguros do mundo, Anastasia.
— Pensei que você já tinha mandado substituírem o A3.
— Posso cancelar isso. Venha.
Saio do carro e dou a volta para abrir a porta dela.
— Estou lhe devendo um presente de formatura.
— Christian, você realmente não tem que fazer isso.
Deixo claro que tenho, sim, e vamos até o showroom, onde um vendedor nos recebe com um sorriso ensaiado.
— Meu nome é Troy Turniansky. Um Saab, senhor? Usado?
Ele esfrega as mãos, antecipando a venda.
— Novo — informo.
— Você tem algum modelo em mente, senhor?
— 9-3, 2.0T, modelo esporte, sedã.
Ana me dirige um olhar questionador.
Sim. Já faz tempo que quero fazer test drive em um desses.
— Excelente escolha, senhor.
— Que cor, Anastasia? — pergunto.
— Hum... preto? — responde ela, dando de ombros. — Você realmente não precisa fazer isso.
— Preto não é muito visível à noite.
— Seu carro é preto.
Não estamos falando de mim. Encaro-a com um olhar sério.
— Amarelo, então — diz ela, jogando o cabelo nos ombros, irritada, eu acho.
Fecho a cara para ela.
— Que cor você quer que eu escolha, então? — pergunta ela, cruzando os braços.
— Prata ou branco.
— Prata, então — responde ela, mas insiste que ficaria satisfeita com o Audi.
Pressentindo a perda de uma venda, Turniansky interfere:
— Que tal o conversível, senhora?
Ana fica radiante, e Turniansky une as mãos.
— Conversível? — pergunto, erguendo uma sobrancelha.
Ela fica vermelha, constrangida.
A Srta. Steele gostaria de um conversível, e fico mais do que satisfeito por descobrir algo que ela quer.
— Quais são as estatísticas de segurança do conversível? — pergunto ao vendedor, que está preparado, abrindo um folder cheio de estatísticas e outras informações.

Olho para Ana, que não consegue parar de sorrir. Turniansky corre até o balcão para consultar o computador e checar se eles têm um 9-3 conversível novo.

— Quero um pouco desse entorpecente que você tomou, Srta. Steele.

Puxo-a para perto.

— O entorpecente é você, Sr. Grey.

— Sério? Bem, você sem dúvida parece alterada. — Dou um beijo nela. — E obrigado por aceitar o carro. Foi mais fácil do que da última vez.

— Bem, não é um A3.

— Aquele não é o carro certo para você.

— Eu gostava dele.

— Senhor, sobre o 9-3? Localizei um na concessionária de Beverly Hills. Podemos trazê-lo para cá em dois dias.

Turniansky não consegue se conter de alegria com seu feito.

— Topo de linha? — pergunto.

— Sim, senhor.

— Excelente.

Entrego meu cartão de crédito a ele.

— Se puder me acompanhar, Sr... — Turniansky dá uma olhada no nome no cartão — ...Grey.

Eu o acompanho até sua mesa.

— Você consegue fazer com que ele chegue amanhã?

— Posso tentar, Sr. Grey.

Ele balança a cabeça, e começamos a preencher a papelada.

— OBRIGADA — DIZ ANASTASIA quando saímos.

— Não há de quê.

A voz triste e comovente de Eva Cassidy invade o R8 assim que ligo o carro.

— Quem está cantando? — pergunta Ana, e eu respondo.

— Tem uma voz linda.

— Tem, tinha.

— Ah.

— Morreu jovem.

Jovem demais.

— Ah.

Ana me olha, melancólica.

Lembro que ela não terminou o café da manhã, e pergunto se está com fome.

Estou prestando atenção, Ana.

— Estou.

— Então primeiro vamos almoçar.

Percorro a avenida Elliott e me dirijo à marina Elliott Bay. Flynn estava certo. Gosto de tentar fazer as coisas do jeito dela. Olho para Ana, que está perdida na música, contemplando a paisagem. Estou contente e ansioso com o que planejei para esta tarde.

O estacionamento da marina está lotado, mas encontro uma vaga.

— Vamos comer aqui. Vou abrir a porta para você — digo quando Ana está prestes a sair do carro.

Caminhamos abraçados em direção à orla.

— Quantos barcos — exclama ela.

E um deles é meu.

Ficamos de pé no calçadão, contemplando os veleiros no estuário. Ana aperta a jaqueta ao redor do corpo.

— Frio?

Abraço-a com força, trazendo-a para mais perto.

— Não, só admirando a vista.

— Poderia admirá-la o dia inteiro. Venha, por aqui.

Vamos até o SP's, restaurante e bar da orla, para almoçar. Lá encontro Dante, o irmão de Claude Bastille.

— Sr. Grey! — Ele me vê primeiro. — O que vai querer hoje?

— Boa tarde, Dante. — Levo Ana até um banco no bar. — Esta bela moça é Anastasia Steele.

— Bem-vinda ao SP's Place. — Dante sorri para Ana, os olhos pretos intrigados. — O que vai querer beber, Anastasia?

— Por favor, pode me chamar de Ana — diz ela, e então, olhando para mim, acrescenta: — E vou beber o mesmo que Christian.

Ana está me acompanhando, como fez no baile. Gosto disso.

— Vou tomar uma cerveja. Este é o único bar em Seattle que tem Adnams Explorer.

— Cerveja?

— É. Duas Adnams Explorers, por favor, Dante.

Ele assente e serve as cervejas no bar. Digo a Ana que o ensopado de frutos do mar daqui é delicioso. Dante anota nosso pedido e pisca para mim.

Pois é, estou aqui com uma mulher que não é da minha família. Sei que é novidade.

Volto a atenção para Ana.

— Como você começou nos negócios? — pergunta ela, tomando um gole da cerveja.

Faço um resumo: com o dinheiro de Elena e alguns investimentos sagazes, mas arriscados, consegui estabelecer um capital de risco. A primeira empresa que comprei estava prestes a falir. Ela desenvolvia baterias de celular usando grafeno, mas o P&D havia consumido todo o capital. Valia a pena explorar as patentes que eles tinham, e mantive os principais talentos da empresa, Fred e Barney, que hoje são meus dois diretores de engenharia.

Conto a Ana sobre nosso trabalho com tecnologia de energia solar e eólica para o mercado interno e os países em desenvolvimento, e também sobre as pesquisas que estamos fazendo para desenvolver o armazenamento de baterias. Explico que essas iniciativas são cruciais, considerando que estamos esgotando as reservas de combustíveis fósseis.

— Você ainda está me ouvindo? — pergunto, quando o ensopado chega.

Adoro o fato de ela se interessar pelo que faço. Até meus pais se esforçam para não se distraírem quando falo sobre o meu trabalho.

— Estou fascinada — responde ela. — Tudo em você me fascina, Christian.

Suas palavras me encorajam, então continuo contando minha história, como comprei e vendi outras empresas, mantendo as que estavam de acordo com as minhas vocações, desmantelando e vendendo outras.

— Fusões e aquisições — reflete ela.

— Isso mesmo. Comecei a exportar há dois anos, e depois parti para melhorias na produção de alimentos. Nossos locais de teste na África são pioneiros em novas técnicas agrícolas com o intuito de gerar colheitas mais abundantes.

— Alimentando o mundo — diz Ana, de brincadeira.

— É, algo assim.

— Você é muito filantrópico.

— Posso me permitir esse luxo.

— Está delicioso — diz Ana, comendo mais uma garfada de ensopado.

— É um dos meus pratos favoritos — respondo.

— Você me disse que gosta de velejar.

Ana aponta para os barcos lá fora.

— Sim. Venho aqui desde que era criança. Elliot e eu aprendemos a velejar na escola de vela daqui. Você veleja?

— Não.

— Então o que uma mulher de Montesano faz para se divertir? — pergunto, tomando um gole de cerveja.

— Lê.

— Sempre voltamos aos livros quando se trata de você, não é mesmo?

— Pois é.

— O que aconteceu entre Ray e sua mãe?

— Acho que eles foram se afastando. Minha mãe é muito romântica, e Ray, hum, é mais prático. Ela havia passado a vida toda em Washington. Queria aventuras.

— E encontrou alguma?

— Encontrou Steve. — Ela fecha a cara, como se a simples menção do nome dele deixasse um gosto amargo em sua boca. — Mas nunca fala sobre ele.

— Hum.

— É. Acho que não foi uma época feliz para ela. Acho que ela se arrependeu de ter deixado Ray.

— E você ficou com ele.

— Fiquei. Ele precisava mais de mim do que minha mãe.

Conversamos bastante, totalmente à vontade. Ana é uma boa ouvinte e está muito mais aberta desta vez. Talvez seja porque agora ela sabe que a amo.

Eu amo Ana.

Aí está. Não dói tanto, não é mesmo, Grey?

Ela explica que detestou morar no Texas e em Vegas por causa do calor. Prefere o clima mais ameno de Washington.

Espero que fique em Washington.

Sim. Comigo.

E se ela se mudasse para minha casa?

Grey, você está se precipitando.

Leve-a para velejar.

Olho para o relógio e termino a cerveja.

— Podemos ir?

Terminamos de almoçar e saímos sob o sol mais fraco do verão.

— Queria lhe mostrar uma coisa.

De mãos dadas, passamos pelos barcos menores ancorados à marina. Vejo o mastro de *The Grace* se erguendo por cima dos barcos menores à medida que nos aproximamos do ancoradouro. Minha ansiedade aumenta. Já faz tempo que não velejo, e agora vou poder levar minha garota. Saindo do calçadão principal, chegamos ao cais, então passamos para uma plataforma mais estreita. Paro diante de *The Grace*.

— Pensei que a gente podia velejar hoje. Este é o meu barco.

Meu catamarã. Meu orgulho e minha alegria.

Ana fica impressionada.

— Construído por minha empresa. Foi concebido do zero pelos melhores arquitetos navais do mundo e construído aqui em Seattle, no meu quintal. Motor elétrico híbrido, bolinas assimétricas, vela mestra de topo quadrado.

— Certo — diz Ana, erguendo as mãos. — Está me deixando tonta, Christian.

Não exagere, Grey.

— É um belo barco.

Não consigo disfarçar minha admiração.

— Realmente, parece imponente, Sr. Grey.

— E é, Srta. Steele.
— Qual é o nome?

Pego sua mão e lhe mostro *The Grace* escrito com uma fonte cursiva e elaborada na lateral.

— Você deu o nome de sua mãe?

Ana fica surpresa.

— Dei. Por que você acha isso estranho?

Ela dá de ombros, como se estivesse sem palavras.

— Adoro minha mãe, Anastasia. Por que não daria o nome dela ao meu barco?

— Não, não é isso... é só...

— Anastasia, Grace Trevelyan-Grey salvou minha vida. Devo tudo a ela.

Ela dá um sorriso sem graça. Imagino o que está se passando em sua cabeça, e o que posso ter feito para que ela achasse que não amo minha mãe.

Ok, já disse a Ana que não tenho coração, mas sempre houve espaço para minha família no que restou dele. Até para Elliot.

Eu não sabia que havia espaço para mais alguém.

Mas tem um exatamente no formato de Ana.

E ela o preencheu até transbordar.

Engulo em seco enquanto tento controlar a intensidade do meu sentimento por ela. Está ressuscitando meu coração, e me ressuscitando junto.

— Quer subir a bordo? — pergunto antes de dizer alguma coisa boba.

— Sim, por favor.

Segurando minha mão, ela me segue, e percorremos a rampa até o deque. Mac aparece, assustando Ana ao abrir as portas de correr que levam ao salão principal.

— Sr. Grey! Bem-vindo de volta.

Trocamos um aperto de mãos.

— Anastasia, este é Liam McConnell. Liam, minha namorada, Anastasia Steele.

— Como vai? — diz ele, e ela e Liam se cumprimentam. — Pode me chamar de Mac. Bem-vinda a bordo, Srta. Steele.

— Pode me chamar de Ana, por favor.

— Como ela está, Mac? — pergunto.

— Prontinha para mandar ver, senhor — responde ele com um grande sorriso.

— Vamos lá, então.

— Vai sair com ela? — pergunta ele.

— Vou — respondo. Eu não perderia isso por nada. — Quer fazer um tour rápido, Anastasia?

Passamos pelas portas de correr. Ana dá uma olhada ao redor, e sei que está impressionada. O interior foi feito por um designer sueco que mora em Seattle, com linhas clean e um tom claro de carvalho que transformam o salão em um espaço iluminado e arejado. Adotei o mesmo estilo em todo *The Grace*.

— Este é o salão principal. E a cozinha ao lado. — Indico com a cabeça. — Banheiros dos dois lados.

Aponto para eles, então a conduzo pela porta pequena até minha cabine.

Ana fica boquiaberta ao ver minha cama.

— E aqui, a cabine principal. Você é a primeira garota que vem aqui, tirando as da família. — Eu a abraço e lhe dou um beijo. — Elas não contam. Talvez a cama tenha que ser batizada — sussurro nos seus lábios. — Mas não agora. Vamos, Mac deve estar zarpando. — Volto com Ana para o salão. — O escritório, e ali na frente, mais duas cabines.

— Quantas pessoas podem dormir a bordo?

— Seis. Mas nunca trouxe mais ninguém além da família. Gosto de velejar sozinho. Mas não com você aqui. Preciso ficar de olho em você.

Abro uma gaveta perto da porta de correr e puxo um colete salva-vidas de um tom berrante de vermelho.

— Aqui.

Eu o coloco em sua cabeça e amarro.

— Você adora me amarrar, não é?

— De todos os jeitos.

Pisco para ela.

— Você é um pervertido.

— Eu sei.

— Meu pervertido — diz ela, brincando.

— Sim, seu.

Depois de prender bem, seguro o colete pelas laterais e lhe dou um beijo rápido.

— Para sempre — digo, e a solto antes que ela possa responder. — Venha.

Saímos e subimos os degraus que levam ao convés superior, entrando na cabine.

Lá embaixo, na doca, Mac está soltando a corda da proa. Ele dá um pulo para subir a bordo.

— Foi aqui que você aprendeu todos os seus truques com cordas?

Ana simula uma ingenuidade.

— Nós de marinheiro são bem úteis. Srta. Steele, você parece curiosa. Gosto de você curiosa. Eu ficaria mais do que feliz em demonstrar o que posso fazer com uma corda.

Ana fica em silêncio, e acho que a deixei chateada.

Droga.

— Peguei você — diz ela, sorrindo, satisfeita.

Isso não foi legal. Semicerro os olhos.

— Talvez eu tenha que dar um jeito em você mais tarde, mas agora preciso conduzir meu barco.

Eu me acomodo na cadeira do capitão e ligo os dois motores de cinquenta e cinco cavalos. Desligo a turbina, e Mac corre pelo convés superior, segurando-se no parapeito, em seguida pula de volta para o convés, onde solta as cordas da popa. Ele acena para mim e eu entro em contato pelo rádio com a Guarda Costeira para obter permissão para sair.

Tiro *The Grace* do ponto morto, aciono o câmbio e abaixo o manete. E meu lindo barco deixa o ancoradouro.

Ana está acenando para a pequena multidão que se formou no cais para assistir à partida. Eu a puxo para se sentar entre as minhas pernas.

— Está vendo isto? — Aponto para a radiofrequência. — Aí está nosso rádio, nosso GPS, nosso AIS, o radar.

— O que é AIS?

— Isso nos identifica. Mede nossa profundidade.

— Pegue o timão.

— Sim, sim, capitão! — exclama ela.

Saio lentamente da marina, as mãos de Ana ao lado das minhas no timão. Entramos em mar aberto e navegamos pelo estuário em forma de um grande arco até seguirmos para noroeste, em direção à península Olympic e à ilha de Bainbridge. O vento está moderado, a quinze nós, mas sei que, assim que soltarmos as velas de *The Grace*, vamos voar. Adoro isto. Enfrentar desafios em um barco que ajudei a projetar, usando as habilidades que passei a vida inteira aperfeiçoando. É muito emocionante.

— Hora de velejar — digo a Ana, e não consigo conter minha animação. — Aqui, sua vez. Mantenha-a neste curso.

Ana parece em pânico.

— Baby, é muito fácil. Segure o timão e mantenha os olhos no horizonte, sobre a proa. Você vai se sair muito bem, como sempre. Quando as velas subirem, você vai sentir uma puxada no timão. Apenas segure firme. Quando eu fizer assim — faço um sinal com a mão como se estivesse cortando o pescoço — você pode desligar o motor. Este botão aqui. — Aponto para o botão que desliga os motores. — Entendeu?

— Entendi.

Mas Ana parece insegura. Sei que pode fazer isto. Ela sempre consegue. Eu lhe dou um beijo e vou para o convés superior preparar e levantar a vela principal. Mac e eu giramos as manivelas juntos, com facilidade. Quando o vento atinge a vela, avançamos com um solavanco, e olho para Ana, que segura firme. Mac e eu abrimos a vela da proa, que sobe pelo mastro, recebendo o vento e aumentando a potência.

— Segure firme e desligue os motores! — grito mais alto que o vento forte e as ondas, fazendo sinal com a mão para ela.

Ana aperta o botão e o ronco dos motores desaparece enquanto avançamos pelo mar, voando para noroeste.

Eu me junto a Ana no timão. O vento está bagunçando seu cabelo, soprando-o ao redor do rosto. Ela está em êxtase, as bochechas rosadas de alegria.

— E aí, o que está achando? — grito para ser ouvido acima do som do mar e do vento.

— Christian! É maravilhoso.

— Espere só até a bujarrona estar aberta.

Aponto com o queixo para Mac, que está desenrolando a bujarrona.

— Bela cor — grita Ana.

Dou uma piscadela. Pois é, da cor do meu quarto de jogos.

O vento enche a bujarrona de ar, e *The Grace* avança com força total, nos proporcionando um passeio eletrizante. O olhar de Ana sai da bujarrona para mim.

— A vela assimétrica. Para ganhar velocidade — digo.

Coloquei *The Grace* em vinte nós, mas o vento precisa estar a nosso favor para alcançarmos essa velocidade.

— É incrível — grita ela. — A que velocidade estamos agora?

— Uns quinze nós.

— Não tenho ideia do que isso significa.

— Mais ou menos vinte e oito quilômetros por hora.

— Só? Parece muito mais rápido.

Ana está radiante. Sua alegria é contagiante. Aperto suas mãos no timão.

— Você está linda, Anastasia. É bom ver um pouco de cor em suas bochechas... e não por estar envergonhada. Você está como nas fotos do José.

Ela se vira nos meus braços e me beija.

— Você sabe como agradar uma garota, Sr. Grey.

— Nosso objetivo é satisfazer, Srta. Steele.

Ela se vira outra vez na direção da proa, e eu afasto seu cabelo do pescoço e a beijo.

— Gosto de ver você feliz — cochicho em seu ouvido, e navegamos pelo estuário de Puget.

A̶NCORAMOS NO ESTREITO PERTO do balneário de Hedley, na ilha de Bainbridge. Juntos, Mac e eu baixamos um bote para ele visitar um amigo em Point Monroe.

— Vejo-o em mais ou menos uma hora, Sr. Grey.

Ele desce até o bote, acena para Ana e liga o motor externo.

Retorno ao convés, onde Ana está esperando, e pego sua mão. Não preciso observar Mac acelerando em direção à laguna; tenho coisa mais importante para me preocupar.

— O que vamos fazer agora? — pergunta Ana, enquanto a levo para o salão.

— Tenho planos para você, Srta. Steele.

E, com uma pressa indecente, eu a arrasto até minha cabine. Ela sorri enquanto tiro rapidamente seu colete salva-vidas e o jogo no chão. Assim que faço isso, ela olha para mim, ainda calada, mas morde o lábio inferior, e não sei se é um gesto inconsciente ou deliberado.

Quero fazer amor com ela.

No meu barco.

Será mais uma experiência nova.

Acariciando seu rosto com a ponta dos dedos, sigo lentamente pelo queixo, pescoço e peito, alcançando o primeiro botão fechado da camisa. Seus olhos não se desviam dos meus em nenhum momento.

— Quero ver você.

Com o polegar e o indicador, abro o botão. Ela fica completamente imóvel, a respiração acelerada.

Sei que ela é minha, que vai fazer o que eu mandar. Minha garota.

Dou um passo atrás para lhe dar um pouco de espaço.

— Tire a roupa para mim — falo baixinho.

Seus lábios se abrem e seus olhos ardem de desejo. Lentamente, ela encontra com os dedos o primeiro botão fechado, e desabotoa bem devagar. Então, no mesmo ritmo enlouquecedor, passa para o próximo.

Caralho.

Ela está me provocando. Que atrevida.

Depois do último botão, ela abre a camisa e a tira, deixando-a cair no chão.

Está usando um sutiã de renda branco, os mamilos rígidos marcando a renda, e é uma visão e tanto. Seus dedos percorrem o umbigo, e brincam com o primeiro botão da calça jeans.

Baby, você precisa tirar os sapatos.

— Pare. Sente-se.

Aponto para a beirada da cama, e ela obedece.

Eu me ajoelho, desamarro e tiro um tênis, depois o outro, tirando as meias também.

Pego seu pé e beijo seu dedão macio, roçando meus dentes nele.

— Ah!

Ela ofega, e esse som é música para o meu pau.

Deixe-a fazer do jeito dela, Grey.

De pé, estico a mão e a puxo da cama.

— Continue.
Eu me afasto um pouco para aproveitar o show.
Com um olhar provocativo, ela desabotoa a calça e abre o zíper no mesmo ritmo lento. Enfia os polegares no cós da calça e a abaixa lentamente pelas pernas.
Está usando fio dental.
Um fio dental.
Uau.
Ana abre o sutiã e desliza as alças pelos ombros, em seguida o deixa cair no chão.
Quero tocá-la.
Preciso cerrar os punhos para não fazer isso.
Ela deixa o fio dental cair até os tornozelos, e quando termina de tirá-lo, fica de pé diante de mim.
É uma mulher e tanto.
E eu a quero.
Por inteiro.
Seu corpo, seu coração, sua alma.
Já tem o coração dela, Grey. Ela ama você.
Seguro a beirada do meu moletom e o tiro pela cabeça, depois a camiseta. Tiro os tênis e as meias. Seus olhos não desviam dos meus em nenhum momento.
Estão ardentes.
Começo a desabotoar a calça jeans, mas ela coloca a mão em cima da minha.
— Deixe que eu faço isso — sussurra.
Estou impaciente para me livrar da calça, mas abro um grande sorriso.
— À vontade.
Ela dá um passo à frente e me puxa pelo cós da calça, me forçando a chegar mais perto. Desabotoa, mas não abre o zíper. Em vez disso, seus dedos intrépidos largam o zíper para percorrer o contorno rígido do meu pau. Instintivamente, flexiono os quadris, empurrando minha ereção para a mão dela.
— Você está ficando tão ousada, Ana, tão corajosa.
Seguro seu rosto entre as mãos e a beijo, enfiando delicadamente a língua em sua boca enquanto ela coloca as mãos nos meus quadris e traça círculos com os polegares na minha pele, logo acima do cós da calça.
— Você também — sussurra ela em meus lábios.
— Estamos chegando lá — respondo.
Ela abre meu zíper, enfia a mão na minha calça e segura meu pau. Gemo em apreciação, e meus lábios encontram os dela enquanto a envolvo com os braços, sentindo sua pele macia na minha.
A escuridão desapareceu.
Ela sabe onde me tocar.

E como me tocar.

Sua mão me aperta com força, movendo-se para cima e para baixo, me dando prazer. Tolero alguns desses movimentos, e então falo baixinho:

— Ah, Ana, eu quero tanto você.

Recuo um passo e tiro a calça e a cueca, ficando nu diante dela, preparado.

Seus olhos percorrem meu corpo, mas, neste momento, o já conhecido *v* surge entre suas sobrancelhas.

— O que foi, Ana? — pergunto, acariciando seu rosto com carinho.

Será uma reação às minhas cicatrizes?

— Nada. Faça amor comigo, agora — diz ela.

Eu a abraço e a beijo com ardor, meus dedos se enroscando no seu cabelo. Nunca vou me cansar da sua boca. Dos seus lábios. Da sua língua. Eu a levo até a cama e gentilmente a conduzo para nos deitarmos juntos. Ao seu lado, contorno sua mandíbula com o nariz, respirando fundo.

Pomares. Maçãs. Verão e um leve toque de outono.

Ela é tudo isso.

— Você tem alguma ideia de como o seu cheiro é delicioso, Ana? É um perfume irresistível.

Com os lábios, desço pelo pescoço dela, pelos seios, beijando-a no caminho, sentindo sua essência enquanto viajo pelo seu corpo.

— Você é tão linda — digo, chupando suavemente um mamilo.

Ela geme e arqueia o corpo. O som deixa meu pau ainda mais duro.

— Quero ouvir você, baby.

Seguro seu seio, então passo para a cintura, aproveitando a sensação da pele macia sob meus dedos. Passo pelo quadril, pela bunda, indo até o joelho, enquanto beijo e chupo seus seios. Segurando seu joelho, ergo a perna dela e a coloco dobrada em meus quadris.

Ela ofega, e me delicio com sua reação.

Girando o corpo, eu a levo comigo, deixando-a em cima de mim. Entrego a ela a camisinha que deixei na cabeceira.

Seu prazer é evidente enquanto ela se mexe para se sentar nas minhas coxas. Agarra minha ereção, inclinando-se e beijando a cabeça. Seu cabelo forma uma cortina ao redor do meu pau enquanto ela me recebe com a boca.

Caralho. Que erótico.

Ela me consome, chupando com força, passando os dentes em mim.

Gemo e flexiono os quadris para entrar mais fundo na sua boca.

Ela me solta, abre o pacote e desenrola a camisinha no meu pau duro. Estico os braços para ajudá-la a se equilibrar, e ela segura em mim enquanto lentamente, ah, devagarinho, se senta.

Ah, meu Deus.

É tão bom.

Fecho os olhos e inclino a cabeça para trás enquanto ela me recebe. E me entrego a ela.

Ana geme e coloco as mãos em seus quadris, fazendo-a subir e descer enquanto me empurro, consumindo-a.

— Ah, baby — sussurro.

Quero mais. Muito mais.

Eu me sento, e ficamos cara a cara, a bunda dela nas minhas coxas, e eu metendo nela. Ana abre a boca e agarra meus braços enquanto a seguro e encaro seus olhos lindos, que brilham cheios de amor e desejo.

— Ana. O que você me faz sentir — digo, beijando-a com uma paixão desenfreada.

— Eu amo você — diz ela, e fecho os olhos.

Ela me ama.

Nós nos viramos, suas pernas engatadas na minha cintura, e a observo, maravilhado.

Também amo você. Mais do que possa imaginar.

De forma lenta, delicada e gentil, começo a me mexer, apreciando cada centímetro dela.

Este sou eu, Ana.

Por inteiro.

E eu amo você.

Passo o braço em torno da sua cabeça, aninhando-a em meu abraço enquanto ela roça os dedos no meu braço, no meu cabelo e na minha bunda. Beijo sua boca, seu queixo, sua mandíbula. Provoco nela um prazer cada vez maior, até atingir o ápice. Seu corpo começa a tremer.

Ela está arfando, pronta.

— Isso, baby... goze para mim... por favor... Ana.

— Christian! — grita ela ao gozar em mim, e eu me deixo levar.

O SOL DA TARDE entra pelas escotilhas, causando um reflexo aquoso no teto da cabine. A tranquilidade aqui na água é enorme. Talvez pudéssemos dar a volta ao mundo navegando, só Ana e eu.

Ela dorme ao meu lado.

Minha linda garota apaixonada.

Ana.

Eu me lembro de ter pensado que essas três letras tinham o poder de ferir, mas agora sei que também têm o poder de me curar.

Ela não conhece você de verdade.

Olho para o teto, franzindo o cenho. Esse pensamento me persegue incansavelmente. Por quê?

Porque quero ser honesto com ela. Flynn acha que eu deveria confiar nela e contar, mas não tenho coragem.

Ela me deixaria.

Não. Afasto a ideia e aproveito mais alguns minutos deitado ao lado dela.

— Mac vai voltar daqui a pouco.

Fico triste por ter que interromper a paz do silêncio entre nós.

— Hum — murmura ela, mas abre os olhos e sorri.

— Por mais que eu quisesse ficar aqui com você pelo resto da tarde, ele vai precisar da minha ajuda com o bote. — Beijo sua boca. — Ana, você está tão linda, toda despenteada e sexy. Me faz querer você de novo.

Ela acaricia meu rosto.

Ela enxerga quem eu sou.

Não, Ana, você não me conhece.

Mesmo relutante, saio da cama, enquanto ela se vira e fica de bruços.

— Você também não é nada mau, capitão — responde ela, com um beicinho de admiração, enquanto me visto.

Eu me sento ao seu lado para calçar os tênis.

— Capitão, é? — digo, pensativo. — Bem, sou o senhor deste navio.

— Você é o senhor do meu coração, Sr. Grey.

Eu queria ser seu senhor de forma diferente, mas assim também é bom. Acho que consigo fazer isso. Dou um beijo nela.

— Vou estar no convés. Tem um chuveiro no banheiro, se você quiser. Precisa de alguma coisa? Uma bebida?

Ela ri, e sei que é de mim.

— O que foi? — pergunto.

— Você.

— O que tem eu?

— Quem é você e o que fez com Christian?

— Ele não está muito longe, baby — respondo, com um aperto de ansiedade no coração. — Você vai encontrá-lo em breve, especialmente se não se levantar.

Dou um tapa na bunda de Ana, que ri e dá um gritinho ao mesmo tempo.

— Estava ficando preocupada.

Ela finge preocupação.

— Ah, é? Você realmente me manda sinais contraditórios, Anastasia. Como é que um homem pode entendê-la? — Dou-lhe mais um beijo. — Até mais, baby.

E saio para que ela termine de se vestir.

Mac chega cinco minutos depois, e juntos levantamos o bote e o amarramos.

— Como estava seu amigo? — pergunto.
— De bom humor.
— Você poderia ter ficado mais tempo — digo.
— E perder a viagem de volta?
— Sim.
— Não! Não consigo ficar muito tempo longe daqui — diz Mac, batendo no casco de *The Grace*.
Sorrio.
— Entendo.
Meu telefone vibra.
— Taylor — atendo, enquanto Ana abre as portas de correr do salão, segurando o colete salva-vidas.
— Boa tarde, Sr. Grey. O apartamento está liberado — informa Taylor.
Puxo Ana para perto e beijo seu cabelo.
— Ótima notícia.
— Checamos todos os cômodos.
— Ótimo.
— Analisamos todas as imagens dos últimos três dias no circuito interno.
— Isso.
— Foi muito esclarecedor.
— Sério?
— A Srta. Williams entrou pela escada de incêndio.
— A escada de incêndio?
— Isso. Ela tinha a chave, e subiu todos os andares até chegar lá em cima.
— Entendi.
Nossa, é uma bela escalada.
— As fechaduras foram trocadas, e agora é seguro vocês voltarem. Estamos com as bagagens. Voltam ainda hoje?
— É...
— Quando podemos esperá-los?
— Hoje à noite.
— Ótimo, senhor.
Desligo, e Mac liga os motores.
— Hora de voltar.
Dou um beijo em Ana ao colocar o colete salva-vidas nela.

ANA É UMA AJUDANTE de convés desenvolta e disposta. Nós dois alçamos e guardamos a vela mestra, a vela de proa e a bujarrona, enquanto Mac pilota. Ensino a ela a dar três nós. Não é tão boa nisso, e é difícil ficar sério.

— Talvez eu amarre você um dia — ameaça ela.
— Você vai ter que me pegar primeiro, Srta. Steele.

Já faz um bom tempo desde que alguém me amarrou pela última vez, e não sei se ainda gosto disso. Sinto um arrepio quando penso como ficaria indefeso para receber o toque dela.

— Quer um tour mais completo no *The Grace*?
— Ah, sim, por favor, é tão lindo.

ANA ESTÁ DE PÉ nos meus braços diante do leme logo antes de entrarmos na marina. Ela parece feliz.

E isso me deixa feliz.

Ela ficou fascinada com *The Grace* e tudo que lhe mostrei. Até com a sala das máquinas.

Foi divertido. Respiro fundo, a água salgada no ar limpando minha alma. E me lembro de uma citação de um dos meus livros de memórias favoritos, *Terra dos Homens*.

— Velejar tem uma poesia tão antiga quanto o mundo — murmuro no ouvido dela.

— Parece uma citação.
— E é. Antoine de Saint-Exupéry.
— Ah, adoro O *Pequeno Príncipe*.
— Eu também.

Volto para a marina, onde viro lentamente *The Grace* e dou ré no ancoradouro. A multidão que se reuniu para assistir já se dispersou quando Mac pula no cais e amarra as cordas da popa.

— Chegamos — digo a Ana, e, como de costume, fico um pouco relutante em deixar *The Grace*.

— Obrigada. Foi uma tarde perfeita.
— Também achei. Talvez a gente possa matricular você numa escola de vela, para sairmos juntos, só nós dois, por alguns dias.

Ou poderíamos dar a volta ao mundo navegando, Ana, só você e eu.

— Eu adoraria. Podemos batizar o quarto de novo e de novo.

Dou um beijo debaixo da orelha dela.

— Hum... vou esperar ansioso, Anastasia.

Ela se contorce de prazer.

— Venha, o apartamento está liberado. Já podemos voltar.
— E as nossas coisas no hotel?
— Taylor já buscou. Hoje cedo, depois de fazer uma varredura em *The Grace* com a equipe de segurança.

— O coitado não dorme nunca?

— Ele dorme. Está só fazendo o trabalho dele, Anastasia, o que faz muito bem, aliás. Jason é um verdadeiro achado.

— Jason?

— Jason Taylor.

Ana dá um sorriso carinhoso.

— Você gosta muito de Taylor — observo.

— Acho que sim. Acho que Taylor cuida muito bem de você. É por isso que gosto dele. Ele parece gentil, confiável e leal. É do caráter avuncular dele que eu gosto.

— Avuncular?

— É.

— Certo, avuncular.

Ana ri.

— Ah, Christian, cresça, pelo amor de Deus.

O que foi?

Ela está me repreendendo.

Por quê?

Porque sou possessivo? Talvez isso seja infantil.

Talvez.

— Estou tentando — respondo.

— Isso é verdade. E muito — diz ela, olhando para o teto.

— As lembranças que você evoca quando revira os olhos para mim, Anastasia.

— Bem, se você se comportar, talvez a gente possa reviver algumas delas.

— Se eu me comportar? Sério, Srta. Steele, o que a faz achar que eu quero reviver tais memórias?

— Provavelmente, a forma como seus olhos se iluminaram feito luzes de Natal quando eu disse isso.

— Você já me conhece muito bem — digo.

— Gostaria de conhecê-lo melhor.

— E eu a você, Anastasia. Venha, vamos.

Mac já abaixou a rampa, permitindo que eu leve Ana para o cais.

— Obrigado, Mac.

Aperto sua mão.

— É sempre um prazer, Sr. Grey, até a próxima. Ana, muito bom conhecer você.

— Tenha uma boa noite, Mac, e obrigada — responde Ana, um pouco tímida.

Juntos, Ana e eu seguimos para o calçadão, deixando Mac em *The Grace*.

— De onde Mac é? — pergunta Ana.

— Da Irlanda... Irlanda do Norte.
— Ele é seu amigo?
— Mac? Ele trabalha para mim. Ele me ajudou a construir *The Grace*.
— Você tem muitos amigos?

Para que eu precisaria de amigos?

— Na verdade, não. Fazendo o que faço... não cultivo amizades. Só tem a...

Merda. Eu me interrompo, porque não quero mencionar Elena.

— Está com fome? — pergunto, na esperança de que comida seja um assunto mais seguro.

Ana faz que sim com a cabeça.

— Vamos comer lá onde deixei o carro. Venha.

ANA E EU ESTAMOS sentados no Bee's, um bistrô italiano ao lado do SP's. Ela está lendo o cardápio enquanto bebo um ótimo Frascati, leve e delicioso.

— O que foi? — pergunta Ana ao erguer os olhos.
— Você está linda, Anastasia. Pegar um pouco de ar faz bem a você.
— Para falar a verdade, acho que minha pele está um pouco irritada por causa do vento. Mas foi uma tarde adorável. Uma tarde perfeita. Obrigada.
— O prazer é todo meu.
— Posso perguntar uma coisa?
— Qualquer coisa, Anastasia. Você sabe disso.
— Você não parece ter muitos amigos. Por quê?
— Já falei, eu realmente não tenho tempo. Tenho sócios, embora isso seja muito diferente de amizade, imagino. Tenho minha família e é isso. — Dou de ombros. — Fora Elena.

Por sorte, ela ignora o comentário sobre Elena.

— Nenhum amigo homem da mesma idade que você, com quem sair e gastar energia?

Não. Só Elliot.

— Você sabe como eu gosto de gastar energia, Anastasia — murmuro. — E eu estive trabalhando, construindo meu negócio. É só o que eu faço, além de velejar e voar de vez em quando.

E trepar, é claro.

— Nem na faculdade?
— Não.
— Só Elena, então?

Concordo com a cabeça. *Aonde ela quer chegar?*

— Deve ser meio solitário.

Isso lembra as palavras de Leila: *Mas o senhor se sente sozinho.* Percebo isso.

Franzo o cenho. A única vez que me senti sozinho foi quando Ana me deixou. Fiquei arrasado.

Nunca mais quero me sentir daquele jeito.

— O que você gostaria de comer? — pergunto, querendo mudar de assunto.

— Vou querer o risoto.

— Boa escolha.

Chamo o garçom, encerrando a conversa.

Fazemos o pedido. Risoto para Ana, penne para mim.

O garçom se afasta, e percebo que Ana está olhando para o próprio colo, os dedos entrelaçados. Está pensando em alguma coisa.

— Anastasia, qual o problema? Fale.

Ela olha para mim, e ainda parece incomodada.

— Fale — ordeno.

Detesto quando ela fica preocupada.

Ela se empertiga. O assunto é sério.

Merda. O que foi agora?

— Só estou preocupada que isso não seja suficiente para você. Você sabe, para gastar energia.

O quê? De novo, não.

— Eu dei algum sinal de que isso não é o bastante? — pergunto.

— Não.

— Então por que você acha isso?

— Porque eu sei como você é. Do que você... hum... precisa.

Sua voz é hesitante, e ela mexe os ombros e cruza os braços, assumindo uma posição de defesa. Fecho os olhos e esfrego a testa. Não sei o que dizer. Achei que estivéssemos nos divertindo.

— O que eu tenho que fazer? — pergunto, baixinho.

Estou tentando, Ana. De verdade.

— Não, você não entendeu — responde ela, animada de repente. — Você tem sido incrível, e eu sei que foram só alguns dias, mas espero não estar forçando você a ser alguém que não é.

Sua resposta é reconfortante, mas acho que ela ainda não entendeu.

— Eu ainda sou eu, Anastasia, fodido em todos os meus cinquenta tons — digo, procurando as palavras certas. — Sim, eu tenho que conter meu desejo de ser controlador... mas essa é a minha natureza, o jeito como lidei com a minha vida. Sim, eu espero que você se comporte de determinada maneira, e quando você não o faz é ao mesmo tempo desafiador e estimulante. Nós ainda fazemos o que eu gosto. Você me deixou bater em você após seu lance absurdo de ontem.

A lembrança do nosso encontro cheio de tesão de ontem me distrai por um instante.

Grey!

Mantendo a voz baixa, tento explicar como me sinto.

— Gosto de punir você. E não acho que um dia essa vontade vá esmorecer... mas estou tentando, e não é tão difícil quanto achei que seria.

— Eu gostei daquilo — sussurra Ana, se referindo ao que fizemos no quarto onde passei a infância.

— Eu sei. Eu também.

Respiro fundo, e digo a verdade:

— Mas preciso admitir, Anastasia, tudo isso é novo para mim, e estes últimos dias têm sido os melhores da minha vida. Não quero mudar nada.

O rosto dela se ilumina.

— Também foram os melhores da minha vida, sem dúvida.

Tenho certeza de que seu sorriso reflete meu alívio.

Mas ela insiste.

— Então você não quer me levar para seu quarto de jogos?

Puta merda. Engulo em seco.

— Não, não quero.

— Por que não? — indaga ela.

Agora me sinto mesmo no confessionário.

— Na última vez em que estivemos lá, você me deixou. Vou me afastar de qualquer coisa que poderia fazer você me deixar de novo. Fiquei arrasado quando você foi embora. Já expliquei isso. Nunca mais quero me sentir daquele jeito. Já falei como me sinto a seu respeito.

— Mas isso não parece justo. Não pode ser confortável para você ter que ficar constantemente preocupado com o que eu sinto. Você fez todas essas mudanças por mim, e eu... eu acho que deveria retribuir de alguma forma. Não sei... talvez... tentar... umas fantasias — diz ela, corando.

— Ana, você retribui, sim, mais do que imagina. Por favor, por favor, não se sinta assim. Baby, faz só um fim de semana. Dê um tempo para a gente. Pensei muito em nós dois na semana passada, quando você foi embora. Nós precisamos de tempo. Você precisa confiar em mim, e eu em você. Talvez com o tempo a gente possa se aventurar, mas gosto de como você está agora. Gosto de ver você feliz assim, relaxada e descontraída, e de saber que eu sou a causa disso. Eu nunca...

Faço uma pausa.

Não desista de mim, Ana.

Ouço a voz do Dr. Flynn me aborrecendo.

— A gente precisa aprender a caminhar antes de correr — digo.

— Qual é a graça? — pergunta ela.
— Flynn. Ele diz isso o tempo todo. Nunca pensei que iria citar uma frase dele.
— Um Flynnismo.

Rio.

— Isso mesmo.

O garçom chega com as entradas, e nós interrompemos a conversa, passando para um assunto mais leve: turismo. Citamos todos os países que Ana gostaria de visitar, e os lugares que eu conheço. Essa conversa me faz lembrar de como tenho sorte. Meus pais nos levaram para viajar pelo mundo inteiro: Europa, Ásia e América do Sul. Meu pai, particularmente, considerava essas viagens parte essencial da nossa educação. É claro que eles tinham condições de pagar. Ana nunca saiu dos Estados Unidos, e sempre quis visitar a Europa. Eu gostaria de levá-la a todos os lugares onde estive. Será que ela gostaria de navegar pelo mundo comigo?

Não se precipite, Grey.

O TRÂNSITO ESTÁ TRANQUILO no caminho de volta ao Escala. Ana admira as paisagens, e acompanha com o pé o ritmo da música que toca no carro.

Não consigo deixar de pensar na conversa intensa que tivemos mais cedo sobre nossa relação. A verdade é que não sei se consigo manter um relacionamento baunilha, mas estou disposto a tentar. Não quero pressioná-la a fazer algo que não quer.

Mas ela está disposta a tentar, Grey.

Foi o que disse.

Ela quer o Quarto Vermelho, é assim que se refere a ele.

Balanço a cabeça. Acho que finalmente vou aceitar o conselho do Dr. Flynn.

Caminhar antes de correr, Ana.

Olho pela janela e vejo uma moça de cabelo castanho comprido, que me lembra Leila. Não é ela, mas, ao nos aproximarmos do Escala, começo a observar atentamente as ruas à procura dela.

Onde ela se meteu, porra?

Quando estaciono na garagem do Escala, minhas mãos agarram o volante com força e a tensão dominou cada músculo do meu corpo. Será que foi uma boa ideia voltar para o apartamento com Leila ainda solta por aí?

Sawyer está na garagem, espreitando os arredores da minha vaga feito um leão numa jaula. Claro que ele está exagerando, mas fico aliviado ao ver que o Audi A3 foi retirado daqui. Ele abre a porta de Ana assim que desligo o carro.

— Oi, Sawyer — diz ela.

— Srta. Steele. — Ele retribui o cumprimento. — Sr. Grey.
— Nenhum sinal? — pergunto.
— Não, senhor — responde ele, e embora eu soubesse que essa seria a resposta, fico irritado.

Pego Ana pela mão e entramos no elevador.
— Você não tem permissão para sair daqui sozinha. Entendeu? — aviso.
— Entendi — responde ela quando as portas se fecham, os lábios se retorcendo num sorriso.
— Qual é a graça?

Fico surpreso por ela ter concordado imediatamente.
— Você.
— Eu? — Minha tensão começa a diminuir. Ela está rindo de mim? — Srta. Steele? Por que sou engraçado?

Comprimo os lábios, tentando conter um sorriso.
— Não faça essa carinha — diz ela.

Que carinha?
— Por quê?
— Porque ela tem o mesmo efeito sobre mim que eu tenho sobre você quando faço isso — diz ela, usando os dentes para brincar com o lábio inferior.
— Sério?

Repito a mesma expressão e me inclino para lhe dar um beijo. Quando meus lábios tocam os dela, meu desejo é despertado. Ouço-a respirar fundo, então seus dedos se enroscam no meu cabelo. Colando os lábios nos dela, eu a agarro e a empurro contra a parede do elevador, minhas mãos em seu rosto. Sua língua está na minha boca, e a minha na dela, enquanto ela pega o que quer e eu lhe dou tudo que tenho.

É explosivo.

Quero fodê-la. Agora.

Jogo toda a minha ansiedade nela, que absorve tudo.

Ana...

As portas do elevador se abrem com um som familiar. Inclino o rosto para longe dela, mas continuo prendendo-a na parede com o quadril e a ereção.
— Uau — murmuro, tentando recuperar o fôlego.
— Uau — repete ela, ofegante.
— O que você faz comigo, Ana...

Acaricio seu lábio inferior com o polegar. Os olhos de Ana se desviam rapidamente para o saguão, e eu sinto a presença de Taylor. Ela beija o canto da minha boca e diz:
— O que você faz comigo, Christian.

Dou um passo atrás e seguro sua mão. Eu não a atacava em um elevador desde o dia no Heathman.

Controle-se, Grey.

— Venha — chamo.

Ao sairmos do elevador, Taylor está logo ali.

— Boa noite, Taylor.

— Sr. Grey, Srta. Steele.

— Ontem eu era a Sra. Taylor — diz Ana, cheia de sorrisinhos para ele.

— Soa bem, Srta. Steele — responde Taylor.

— Também achei.

O que é que está acontecendo aqui?

Faço cara feia para Ana e Taylor.

— Quando vocês acabarem, gostaria de ouvir o relatório de Taylor. — Os dois se entreolham. — Já falo com você. Só quero discutir uma coisa com a Srta. Steele — digo a Taylor.

Ele assente.

E eu levo Ana pela mão até meu quarto e fecho a porta.

— Não flerte com os funcionários, Anastasia.

— Não estava flertando. Estava sendo simpática, há uma diferença.

— Não seja simpática com os funcionários nem flerte com eles. Não gosto disso.

Ela suspira.

— Desculpe.

Joga o cabelo por cima do ombro e olha para as próprias unhas. Seguro seu queixo e levanto sua cabeça para ver seus olhos.

— Você sabe como sou ciumento.

— Você não tem razão nenhuma para ter ciúmes, Christian. Sou sua de corpo e alma.

Ela me olha como se eu estivesse louco, e de repente me sinto um tolo.

Tem razão.

Exagerei.

Eu lhe dou um beijo carinhoso.

— Não vou demorar. Sinta-se em casa.

Vou até o escritório de Taylor, que se levanta quando eu entro.

— Sr. Grey, isso foi...

Ergo a mão.

— Não. Sou eu quem deve desculpas.

Taylor parece surpreso.

— O que está acontecendo? — pergunto.

— Gail vai voltar ainda hoje, mais tarde.
— Ótimo.
— Informei à administração do Escala que a Srta. Williams tem uma chave. Achei que deveriam saber.
— O que disseram?
— Bem, queriam chamar a polícia, mas eu disse para não fazerem isso.
— Ótimo.
— Todas as fechaduras foram trocadas, e chamamos um empreiteiro para dar uma olhada na porta da escada de emergência. A Srta. Williams não deveria conseguir entrar por fora nem com a chave.
— E vocês não encontraram nada na busca que fizeram?
— Nada, senhor. Não consegui identificar onde ela se escondeu. Mas não está mais aqui.
— Você falou com Welch?
— Resumi a situação para ele.
— Obrigado. Ana vai passar a noite aqui. Acho que é mais seguro.
— Concordo, senhor.
— Cancele o Audi. Decidi comprar um Saab para Ana. Deve chegar em breve. Pedi que apressassem a entrega.
— Pode deixar, senhor.

Quando volto para o meu quarto, Ana está de pé na entrada do closet. Parece um pouco chocada. Enfio a cabeça no vão da porta. As roupas dela estão lá dentro.

— Ah, eles conseguiram fazer a mudança.

Pensei que Gail fosse cuidar das roupas de Ana. Dou de ombros.

— O que houve? — pergunta ela.

Explico rapidamente o que Taylor acabou de me contar sobre o apartamento e Leila.

— Queria saber onde está. Mas ela conseguiu fugir de todas as nossas tentativas de encontrá-la, quando tudo de que precisa é ajuda.

Ana me abraça, e isso me acalma. Retribuo seu abraço e beijo o topo da sua cabeça.

— O que você vai fazer quando encontrá-la? — pergunta ela.
— O Dr. Flynn conhece um lugar.
— E o marido?
— Ele lavou as mãos. — *Filho da puta.* — A família dela é de Connecticut. Acho que ela está completamente sozinha.
— Isso é triste.

A compaixão de Ana não tem limites. Eu a abraço mais forte.

— Tudo bem se todas as suas coisas ficarem aqui? Quero dividir o quarto com você.
— Tudo bem.
— Quero que você durma comigo. Não tenho pesadelos quando estamos juntos.
— Você tem pesadelos?
— Tenho.
Ela me abraça mais forte, e ficamos ali, diante do closet, abraçados.
Pouco tempo depois, ela diz:
— Eu estava só separando minha roupa para o trabalho amanhã.
— Trabalho! — exclamo, e a solto.
— Sim, trabalho — responde ela, confusa.
— Mas Leila... ela está solta por aí. — Ana não entende o risco? — Não quero que você vá para o trabalho.
— Isso é ridículo, Christian. Eu tenho que ir trabalhar.
— Não, você não tem.
— Eu tenho um emprego novo, do qual gosto. Claro que tenho que ir trabalhar.
— Não, você não tem.
Posso cuidar de você.
— Você acha que eu vou ficar aqui fazendo nada enquanto você sai por aí sendo o Mestre do Universo?
— Para falar a verdade... acho.
Ana fecha os olhos e esfrega a testa, como se evocasse alguma força interior. Ela não entende.
— Christian, eu preciso trabalhar — insiste.
— Não, você não precisa.
— Sim. Eu. Preciso.
Seu tom é de quem não está para brincadeira.
— Não é seguro.
E se acontecer alguma coisa com você?
— Christian... Eu preciso trabalhar para viver, e vou ficar bem.
— Não, você não precisa trabalhar para viver... E como você sabe que vai ficar bem?
Cacete. Por isso gosto de ter submissas. Não estaríamos tendo essa discussão se ela tivesse assinado a porra de um contrato.
— Pelo amor de Deus, Christian, Leila estava aqui, ao pé da sua cama, e ela não me fez mal nenhum, e, sim, eu preciso trabalhar. Não quero ficar em dívida com você. E tenho que pagar o empréstimo da faculdade.
Ao dizer isso, ela coloca as mãos nos quadris.
— Não quero que você vá para o trabalho.

— Isso não depende de você, Christian. Não é uma decisão que você possa tomar.

Merda.

Ela está decidida.

E, claro, está certa.

Passo a mão no cabelo, tentando não perder o controle, e acabo tendo uma ideia.

— Sawyer vai com você.

— Christian, não precisa disso. Você está sendo irracional.

— Irracional? — retruco. — Ou ele vai com você ou eu vou ser realmente irracional e vou prender você aqui.

— Como, exatamente?

— Ah, eu dou o meu jeito, Anastasia. Não me force.

Estou quase explodindo.

— Certo! — grita ela, erguendo as mãos. — Tudo bem, Sawyer pode vir comigo se isso fizer você se sentir melhor.

Sinto, ao mesmo tempo, vontade de beijá-la, dar umas palmadas nela e foder. Dou um passo para a frente e ela imediatamente recua, me observando.

Acalme-se, Grey. Você está assustando a coitada da garota.

Respiro fundo para me acalmar e convido Ana para conhecer melhor o apartamento. Se ela vai ficar, deve conhecer bem o lugar.

Ela me dirige um olhar duvidoso, como se tivesse sido pega de surpresa. Mas concorda e segura minha mão quando a ofereço. Aperto a mão dela de volta.

— Não queria assustar você — digo, pedindo desculpas.

— Você não me assustou. Eu estava me preparando para correr — responde ela.

— Correr?

Você foi longe demais outra vez, Grey.

— É brincadeira! — grita ela.

Isso não foi engraçado, Ana.

Suspiro e a conduzo pelo apartamento. Mostro o quarto desocupado ao lado do meu, em seguida a levo até o andar de cima, mostrando os outros quartos, a academia e a ala dos funcionários.

— Tem certeza de que não quer entrar aqui? — pergunta ela, com timidez, quando passamos pelo quarto de jogos.

— Não estou com a chave.

Ainda estou chateado com nossa discussão. Detesto brigar com ela. Mas, como de costume, ela está abrindo meus olhos para as merdas que faço.

Mas e se algo acontecer com ela?

A culpa vai ser minha.

Só posso torcer para que Sawyer a proteja.
Lá embaixo, mostro a sala de TV.
— Então você tem um Xbox? — diz ela, rindo.
Adoro sua risada. Imediatamente me faz sentir melhor.
— Tenho, mas sou uma porcaria. Elliot sempre ganha. Foi engraçado quando você pensou que este era o meu quarto de jogos.
— Que bom que você me acha engraçada, Sr. Grey — responde ela.
— Você é, Srta. Steele, quando não está sendo irritante, claro.
— Normalmente sou irritante quando você é irracional.
— Eu? Irracional?
— É, Sr. Grey. Irracional poderia ser seu nome do meio.
— Não tenho nome do meio.
— Então Irracional funciona direitinho.
— Acho que é uma questão de opinião, Srta. Steele.
— Gostaria de ouvir a opinião profissional do Dr. Flynn.
Meu Deus, adoro quando nos provocamos.
— Pensei que Trevelyan fosse seu nome do meio — comenta ela, confusa.
— Não. Sobrenome. Trevelyan-Grey.
— Mas você não usa.
— É muito longo. Venha.
Em seguida, levo-a até o escritório de Taylor. Ele se levanta assim que entramos.
— Oi, Taylor. Estou só mostrando o apartamento a Anastasia.
Ele balança compreensivamente a cabeça para nós dois. Ana olha ao redor, surpresa, eu acho, com o tamanho do cômodo e a quantidade de monitores do circuito interno. Seguimos em frente.
— E, claro, você já esteve aqui.
Abro a porta da biblioteca, e Ana dá uma olhada na mesa de bilhar.
— Vamos jogar? — desafia ela.
A Srta. Steele está a fim de um jogo.
— Está bem. Você já jogou antes?
— Algumas vezes — responde ela, evitando contato visual.
Está mentindo.
— Você é uma péssima mentirosa, Anastasia. Ou você nunca jogou antes ou...
— Com medo de um pouco de competição? — interrompe ela.
— Eu? Com medo de uma menininha como você?
— Faça sua aposta, Sr. Grey.
— Você é assim tão confiante, Srta. Steele?
Nunca tinha visto este lado de Ana.
Manda ver, Ana.

— O que você quer apostar?
— Se eu ganhar, você me leva de novo para o quarto de jogos.
Merda, ela está falando sério.
— E se eu ganhar? — pergunto.
— Aí a escolha é sua.

Ela dá de ombros, tentando parecer indiferente, mas não consegue disfarçar as más intenções no olhar.

— Fechado. — Não pode ser difícil. — Quer jogar bilhar, sinuca ou bilhar francês?
— Bilhar, por favor. Não conheço os outros.

Pego as bolas em um armário embaixo de uma das estantes de livros, formando com elas um triângulo no veludo verde. Escolho um taco que deve ser adequado para o tamanho de Ana.

— Quer estourar? — pergunto, entregando-lhe o giz.
Vou deixá-la de quatro.
Hum, talvez esse seja meu prêmio.

Na minha mente, surge uma imagem de Ana de joelhos diante de mim, as mãos masturbando meu pau.
É, isso serve.

— Tudo bem — responde ela, a voz ofegante e suave enquanto passa o giz na ponta do taco.

Ela comprime os lábios, e sopra lenta e deliberadamente o excesso, me olhando.
O gesto reflete no meu pau.
Porra.

Ela aponta o taco para a bola e bate com tanta força e maestria que atinge o centro do triângulo e espalha todas as bolas. A bola do canto, a número nove amarela listrada, vai direto para a caçapa superior direita.

Ah, Anastasia Steele, com você as surpresas nunca acabam.

— Fico com as listradas — diz ela, e tem a ousadia de me dar um sorriso evasivo.
— Como quiser.
Vai ser divertido.

Ela dá a volta na mesa, procurando a próxima vítima. Gosto desta nova Ana. Predatória. Competitiva. Confiante. Sexy para caralho. Ela se debruça sobre a mesa, esticando o braço, o que faz sua blusa subir, exibindo um pequeno trecho da pele entre a barra e o cós da calça jeans. Então bate, e é a marrom listrada que se dá mal. Dando mais uma volta na mesa, ela me lança um olhar superficial antes de se abaixar, se esticando outra vez na mesa, a bunda empinada, e encaçapa a roxa.

Hum. Talvez eu precise rever meus planos.
Ela é boa.
Ana mata a azul com facilidade, mas erra a verde.

— Sabe, Anastasia, eu poderia passar o dia inteiro aqui assistindo a você se inclinar e se esticar em cima dessa mesa.

Ela cora.

Isso!

Esta é a Ana que eu conheço.

Tiro o suéter e examino o que restou na mesa.

Hora do show, Grey.

Encaçapo o máximo de bolas que consigo, porque preciso compensar o prejuízo. Mato três e me preparo para encaçapar a laranja. Dou a tacada, e a laranja rola rapidamente até a caçapa esquerda, seguida pela branca.

Merda.

— Um erro básico, Sr. Grey.

— Ah, Srta. Steele, sou apenas um simples mortal. Sua vez, creio.

Aponto na direção da mesa.

— Você não está tentando perder, está? — pergunta Ana, inclinando a cabeça de lado.

— Ah, não. Pelo prêmio que tenho em mente, Anastasia, quero ganhar. Mas, de qualquer forma, eu sempre quero ganhar.

Boquete de joelhos ou...

Eu poderia proibi-la de ir para o trabalho. Hum... Uma aposta que poderia custar o emprego dela. Acho que essa opção não seria bem recebida.

Ana semicerra os olhos, e eu pagaria caro para saber no que está pensando. Ela se inclina na mesa para dar uma olhada nas bolas. A blusa abre um pouco e vejo seus seios.

Ela se levanta sorrindo. Aproxima-se de mim e se abaixa outra vez, empinando a bunda primeiro para a esquerda, depois para a direita. Volta a se inclinar sobre a mesa, me mostrando tudo que tem a oferecer. E, ao fazer isso, olha para mim.

— Sei o que você está fazendo — sussurro.

E meu pau aprova, Ana.

Aprova muito.

Mudo de posição para acomodar minha ereção cada vez maior.

Ela se levanta e inclina a cabeça para o lado, enquanto alisa lentamente o taco com a mão, para cima e para baixo.

— Hum... Estou apenas tentando decidir onde vai ser minha próxima tacada.

Puta que pariu. Ela sabe seduzir.

Ana se abaixa, acerta a bola listrada laranja com a bola branca para alinhá-la à caçapa, em seguida tira o apoio especial para o taco de debaixo da mesa e prepara a tacada. Quando aponta para a bola branca, vejo seus seios se projetando sob a blusa, e respiro fundo.

Ela erra.

Ótimo.

Ando devagar até ficar atrás de Ana, que ainda está inclinada, e coloco a mão em sua bunda.

— Você está tentando me provocar, Srta. Steele?

Dou um tapa forte na sua bunda.

Porque ela merece.

Ela geme.

— Estou — murmura.

Ah, Ana.

— Cuidado com o que deseja, baby.

Aponto a bola branca para a vermelha, que entra na caçapa superior esquerda. Em seguida, tento acertar a superior direita com a amarela. Atinjo a bola branca com cuidado. Ela raspa na amarela, que para pouco antes do seu destino.

Merda. Errei.

Ana sorri.

— Quarto Vermelho, aí vamos nós — ameaça.

Gosto quando você é safada.

E ela sabe ser.

É confuso. Faço sinal para que ela continue, sabendo que não quero levá-la para o quarto de jogos. Da última vez que estivemos lá, ela me deixou.

Ana encaçapa a verde listrada, e dá um sorriso triunfante ao encaçapar também a laranja.

— Você tem que cantar a bola — murmuro.

— Acima e à esquerda — diz ela, balançando a bunda na minha frente.

Ela mira, mas a bola preta passa longe da caçapa.

Ah, que alegria.

Rapidamente, encaçapo as duas restantes, e sobra apenas a preta.

Passo o giz no taco, olhando para Ana.

— Se eu ganhar, vou lhe dar umas palmadas e comer você em cima dessa mesa.

Ela fica boquiaberta.

Isso. Ela está animada com a ideia. Passou o dia pedindo por isso. Será que acha que perdi o jeito?

Bem, veremos.

— Acima, à direita — anuncio, e me inclino para dar a tacada.

O taco bate na branca, que desliza pela mesa e encosta na preta, fazendo-a rolar até a caçapa superior à direita. Balança na entrada por um instante, e prendo o fôlego, até que ela cai no alvo, com um som agradável.

Isso.

Anastasia Steele, você é minha.

Orgulhoso, vou até ela, que está boquiaberta, um pouco decepcionada.

— Você não vai dar uma de má perdedora agora, vai? — pergunto.

— Depende de quão forte você me bater — sussurra ela.

Pego o taco dela e o coloco na mesa, depois enfio os dedos na gola da blusa dela e puxo, trazendo-a para perto.

— Bem, vamos contar os seus delitos, Srta. Steele. — Mostrando os dedos, começo a contar. — Primeiro, provocar ciúmes em mim com meus próprios funcionários. — Ela arregala os olhos. — Segundo, brigar comigo porque quer ir trabalhar. Terceiro, empinar esse traseiro delicioso para mim durante os últimos vinte minutos. — Eu me inclino e roço o nariz no dela. — Quero que você tire a sua calça jeans e esta beleza de camisa. Agora.

Beijo-a delicadamente nos lábios e vou até a porta da biblioteca para trancá-la. Quando me viro, ela está paralisada no mesmo lugar.

— A roupa, Anastasia. Você ainda está vestida. Tire a roupa ou eu que vou tirá-la para você.

— Você tira — diz ela, arfante, a voz fraca como uma brisa de verão.

— Ah, Srta. Steele. É um trabalho sujo, mas acho que dou conta do recado.

— Você normalmente dá conta da maioria dos recados, Sr. Grey — responde ela, mordendo o lábio.

Insinuações de Ana.

— Ora, Srta. Steele, o que você quer dizer com isso?

Vejo uma régua de acrílico em cima da mesa da biblioteca.

Perfeito.

Ela passou o dia inteiro fazendo comentários descarados sobre sentir falta deste meu lado. Vamos ver como vai encará-lo agora. Ergo a régua para que ela possa vê-la e a curvo com as mãos, em seguida a enfio no bolso de trás e me aproximo lentamente dela.

Nada de sapatos, penso.

Eu me ajoelho e desamarro seu All Star, tirando os tênis e as meias. Abro o primeiro botão da calça jeans dela e puxo o zíper. Olho para ela enquanto tiro lentamente sua calça. Seus olhos estão fixos nos meus. Ela retira os pés de dentro da calça. Está de fio dental branco.

Esse fio dental...

Sou fã dele.

Meu pau também...

Agarro suas coxas por trás e roço o nariz na sua calcinha.

— Quero ser bem duro com você, Ana. Você vai ter que me dizer para parar se for demais — sussurro, e beijo seu clitóris através da renda.

Ela geme.

— Palavra de segurança? — pergunta.

— Não, nada de palavra de segurança, só me diga para parar, e eu paro. Entendeu?

Eu a beijo outra vez, fazendo círculos com o nariz sobre o botão que há entre suas pernas. Fico de pé diante dela antes de me deixar levar.

— Responda.

— Sim, sim, entendi.

— Você ficou dando dicas e me enviando sinais confusos durante o dia todo, Anastasia. Você disse que estava preocupada que eu tivesse perdido a mão. Não sei o que quis dizer com isso, e não sei o quão sério você estava falando, mas nós vamos descobrir. Ainda não quero voltar para o quarto de jogos, então nós podemos tentar isso agora, mas você tem que me prometer que, se não gostar, vai me avisar.

— Eu aviso. Nada de palavra de segurança — diz ela, como se quisesse me tranquilizar.

— Nós somos amantes, Anastasia. Amantes não precisam de palavras de segurança. — Franzo a testa. — Precisam?

Esse é um assunto sobre o qual não sei nada.

— Acho que não — responde ela. — Prometo.

Preciso saber que ela vai me avisar se eu passar dos limites. Sua expressão é sincera e cheia de desejo. Desabotoo sua blusa e a deixo cair. A visão dos seus seios é um tesão. Muito excitante. Ela está maravilhosa. Pego o taco atrás dela.

— Você joga bem, Srta. Steele. Tenho que admitir que estou surpreso. Por que não mata a preta para mim?

Ela contrai os lábios, em seguida, com um olhar provocativo, pega a bola branca, inclina-se sobre a mesa e prepara a jogada. Fico atrás dela e coloco a mão em sua coxa direita. Seu corpo se retesa enquanto passo os dedos pela bunda dela e chego até a coxa, provocando-a de leve.

— Vou errar, se você continuar fazendo isso — reclama, a voz rouca.

— Não me importo se você vai acertar ou errar, baby. Só queria ver você assim, semivestida, debruçada na minha mesa de bilhar. Você tem ideia de como está gostosa neste instante?

Ela fica vermelha e brinca com a bola branca enquanto tenta alinhar a tacada. Acaricio sua bunda. Sua bunda linda, completamente visível porque está de fio dental.

— Acima, à esquerda — diz ela, e acerta a bola branca com a ponta do taco.

Dou um tapa forte, e ela grita. A branca bate na preta, que faz uma tabela para longe da caçapa.

Eu a acaricio outra vez.

— Acho que você vai ter que tentar de novo. Concentre-se, Anastasia.

Ela balança o traseiro na minha mão, como se implorasse por mais.

Está gostando demais disto, então vou até o outro lado da mesa para reposicionar a bola preta, e, pegando a branca, jogo na direção dela.

Ana pega a bola e começa a preparar a jogada mais uma vez.

— Hã-hã — advirto. — Espere.

Não tão rápido, Srta. Steele.

Volto para o meu lugar atrás dela, mas desta vez coloco a mão na sua coxa direita e na bunda.

Adoro essa bunda.

— Agora — sussurro.

Ela geme e apoia a cabeça na mesa.

Não desista ainda, Ana.

Ela respira fundo e, erguendo a cabeça, se mexe para a direita. Eu a acompanho. Ela se inclina na mesa outra vez e acerta a bola branca. Enquanto a bola rola pelo veludo verde, dou outra palmada. Com força. Ela erra a preta.

— Ah, não! — diz, gemendo.

— Mais uma, baby. E se errar essa, você vai ver só.

Reposiciono a bola preta e volto para trás dela, acariciando novamente seu lindo traseiro.

— Você consegue — digo, ofegante.

Ela pressiona a bunda na minha mão e lhe dou um tapinha de leve.

— Ansiosa, Srta. Steele? — Ela responde com um suspiro. — Bem, vamos tirar isso.

Deslizo delicadamente sua calcinha pelas coxas e a tiro, jogando-a em cima da calça jeans.

Ajoelhando-me atrás dela, beijo cada nádega sua.

— Dê a sua tacada, baby.

Muito agitada, com os dedos trêmulos, ela pega a bola branca, posiciona e dá a tacada. Mas, impaciente, erra. Ana semicerra os olhos, esperando uma palmada. Mas, em vez disso, eu me inclino, pressionando o corpo dela no veludo. Pego o taco da sua mão e o deixo de lado.

Agora vamos nos divertir de verdade.

— Você errou — sussurro no ouvido dela. — Espalme as mãos na mesa.

Minha ereção tenta vencer o zíper.

— Muito bem. Vou bater em você agora e quem sabe na próxima vez você não erre mais.

Eu me mexo ao lado dela para mirar melhor. Ela geme e fecha os olhos, respirando mais alto. Acaricio seu traseiro com uma das mãos. Com a outra, seguro-a e enfio os dedos no cabelo dela.

— Abra as pernas — digo, pegando a régua no bolso.

Ela hesita, então dou uma palmada com a régua. O som do golpe em sua bunda é muito agradável, e ela arqueja, mas não diz nada, então bato outra vez.

— As pernas — ordeno.

Ela obedece, e bato de novo. Ana semicerra os olhos, absorvendo a dor, mas não me pede para parar.

Ah, baby.

Bato outra vez, e outra, e ela geme. Sua pele está ficando rosada sob a régua, e minha calça quase não segura mais a ereção. Bato mais duas vezes. Estou perdido. Perdido nela. Ana está fazendo isto por mim. E eu amo isso. Eu a amo.

— Pare — diz.

Largo a régua imediatamente e a solto.

— Já chega? — pergunto.

— Chega.

— Quero comer você agora. — Minha voz é um sussurro tenso.

— Sim — implora.

Ela quer o mesmo.

Sua bunda está cor-de-rosa, e Ana respira fundo.

Abro o zíper, dando mais espaço para o meu pau, e enfio dois dedos nela, fazendo círculos, descobrindo que ela está pronta.

Coloco depressa a camisinha, e então me posiciono atrás dela, enfiando lentamente. *Ah, isso.* Este, sem dúvidas, é meu lugar preferido no mundo inteiro.

Tiro o pau, segurando o quadril de Ana. Em seguida meto tão forte que ela grita.

— De novo? — pergunto.

— De novo — diz ela, ofegante. — Estou bem. Pode se soltar... e me leve com você.

Com prazer, Ana.

Penetro com força novamente, e estabeleço um ritmo lento, mas intenso, metendo sem parar. Ela geme e grita enquanto a possuo. Cada centímetro. Meu.

Ana começa a se animar, está quase lá, e eu acelero o ritmo, ouvindo seus gritos, até que ela goza no meu pau, berrando e me contagiando. Neste momento, grito seu nome e esvazio minha alma dentro dela.

Caio em cima de Ana, tentando recuperar o fôlego. Estou cheio de gratidão e humildade. Eu a amo. Eu a quero. Sempre.

Envolvo-a nos braços, e nos deitamos no chão, onde aninho sua cabeça no meu peito. Não quero mais largá-la.

— Obrigado, baby — digo, baixinho, enchendo seu rosto de beijos delicados.

Ela abre os olhos e dá um sorriso sonolento e saciado. Aperto-a com mais força e acaricio seu rosto.

— Sua bochecha está vermelha por causa do feltro.
Combinando com sua bunda, baby.
Seu sorriso fica maior ainda enquanto recebe meu carinho.
— Como foi? — pergunto.
— Bom demais — responde ela. — Gosto quando você é bruto, Christian, e também gosto quando é gentil. Gosto que seja com você.
Fecho os olhos, impressionado com a linda e jovem mulher que tenho nos braços.
— Você nunca falha, Ana. Você é linda, inteligente, estimulante, divertida, sensual, e todos os dias eu agradeço à Divina Providência por ter sido você a me entrevistar, e não Katherine Kavanagh. — Beijo seu cabelo, e ela boceja, me fazendo sorrir. — Estou cansando você. Venha. Banho, depois cama.
Eu me levanto e a puxo para que também fique de pé.
— Quer que eu carregue você?
Ela faz que sim com a cabeça.
— Sinto muito, mas é melhor você se vestir. Não sabemos quem vamos encontrar no corredor.

NO BANHEIRO, ABRO A torneira e coloco bastante espuma de banho na água corrente.

Ajudo Ana a tirar a roupa e seguro sua mão para ela entrar na banheira. Eu a sigo, e nos sentamos um de frente para o outro enquanto a banheira se enche de água quente e espuma cheirosa.

Pego um pouco de sabonete líquido e começo a massagear o pé esquerdo de Ana, esfregando a sola com os polegares.

— Isso é bom — diz ela, fechando os olhos e inclinando a cabeça para trás.
— Fico feliz.

Gosto de vê-la tendo prazer. Seu cabelo está preso em um coque frouxo no topo da cabeça. Algumas mechas escapam, e sua pele está úmida e um pouco queimada depois da nossa tarde em *The Grace*.

Ela está deslumbrante.

Foram dois dias confusos. O comportamento absurdo de Leila, a interferência de Elena, e Ana firme e forte o tempo todo. Foi uma lição para mim. Sempre aprendo com ela. Gostei principalmente de vê-la feliz. Gosto tanto de vê-la assim. A alegria dela é minha alegria.

— Posso perguntar uma coisa? — murmura ela, abrindo um olho só.
— Claro. Qualquer coisa, Ana, você sabe disso.

Ela endireita a postura e os ombros.

Ah, não.

— Amanhã, quando eu for trabalhar, Sawyer pode simplesmente me deixar na porta da frente do prédio e depois me pegar no final do dia? Por favor, Christian. Por favor — diz ela rapidamente.

Interrompo a massagem.

— Achei que a gente tinha concordado.

— Por favor.

Por que isso é tão importante para ela?

— E o almoço? — pergunto, mais uma vez preocupado com sua segurança.

— Eu preparo alguma coisa para levar daqui, assim eu não tenho que sair, por favor.

— Acho muito difícil dizer não para você — confesso, beijando a sola do seu pé.

Quero que ela fique em segurança, mas, até Leila ser encontrada, não sei se isso vai ser possível.

Ana me encara com seus grandes olhos azuis.

— Você não vai sair?

— Não.

— Certo.

Ela sorri com gratidão, ao que parece.

— Obrigada — diz, derramando água da banheira ao ficar de joelhos para colocar as mãos em meus ombros e me beijar.

— Não há de quê, Srta. Steele. Como vai a sua bunda?

— Dolorida. Mas nada de mais. A água alivia.

— Estou feliz que você tenha me pedido para parar — digo.

— Minha bunda também.

Sorrio.

— Vamos para a cama.

Escovo os dentes e volto para o quarto, onde Ana já está deitada.

— A Sra. Acton não mandou nenhuma roupa de dormir? — pergunto. Tenho certeza de que tem algumas camisolas de seda e cetim.

— Não tenho ideia. Gosto de usar suas camisetas — responde ela, fechando os olhos.

Nossa, estou exausto. Eu me inclino e beijo sua testa.

Ainda tenho algumas pendências do trabalho para resolver, mas quero ficar com Ana. Passei o dia inteiro com ela, e foi muito bom.

Não quero que este dia acabe.

— Preciso trabalhar. Mas não quero deixá-la sozinha. Posso usar o seu laptop para logar no escritório? Vou atrapalhar você se trabalhar daqui?

— O laptop não é meu — balbucia ela, e fecha os olhos.

— É, sim — sussurro, e me sento ao seu lado, abrindo o MacBook Pro.

Clico no Safari, entro no meu e-mail e começo a ler o que tenho.

Ao terminar, mando um e-mail para Taylor, avisando que gostaria que Sawyer acompanhasse Ana amanhã. Falta apenas decidir onde Sawyer vai ficar enquanto Ana estiver no trabalho.

Resolveremos isso de manhã.

Dou uma olhada na minha agenda. Tenho uma reunião às oito e meia com Ros e Vanessa no setor de compras para discutirmos o problema do conflito da extração de minério.

Estou cansado.

Ana está dormindo profundamente quando me deito ao seu lado. Observo seu peito subir e descer a cada respiração. Em muito pouco tempo, ela se tornou importante demais para mim.

— Ana, eu te amo — sussurro. — Obrigado por hoje. Por favor, não vá embora.

E fecho os olhos.

SEGUNDA-FEIRA, 13 DE JUNHO DE 2011

As notícias matutinas de Seattle me despertam com uma reportagem sobre o próximo jogo dos Angels contra os Mariners. Quando viro a cabeça, Ana está acordada me observando.

— Bom dia — diz ela, com um sorriso radiante.

Acaricia com os dedos a barba rala na minha bochecha e me beija.

— Bom dia, baby. — Estou surpreso por ter dormido tanto. — Normalmente acordo antes de o alarme tocar.

— Está programado para muito cedo — resmunga Ana.

— É verdade, Srta. Steele. Tenho que me levantar.

Eu a beijo e me levanto.

No closet, visto o moletom e pego meu iPod. Dou uma olhada em Ana antes de sair: ela voltou a dormir.

Ótimo. Ela teve um fim de semana agitado. Assim como eu.

Pois é, foi um fim de semana e tanto.

Resisto à vontade de lhe dar um último beijo e a deixo dormir. Olhando pelas janelas, percebo que está nublado, mas acho que não está chovendo. Vou arriscar uma corrida em vez de ir para a academia.

— Sr. Grey — cumprimenta Ryan no saguão.

— Bom dia, Ryan.

— O senhor vai sair?

Ele provavelmente acha que precisa me acompanhar.

— Vou ficar bem, Ryan. Obrigado.

— O Sr. Taylor...

— Não vai ter problema.

Entro no elevador e deixo Ryan no saguão parecendo indeciso, talvez se perguntando se tomou a decisão certa. Leila nunca foi de acordar cedo... exatamente como Ana. Acho que estarei em segurança.

Está chuviscando. Mas não me importo. Com "Bittersweet Symphony" tocando nos meus ouvidos, começo a correr pela Quarta Avenida.

Minha mente se enche com as imagens caóticas de tudo que aconteceu nos últimos dias: Ana no baile, Ana no meu barco, Ana no hotel.

Ana. Ana. Ana.

Minha vida virou de cabeça para baixo, a ponto de eu nem saber se me reconheço mais.

As palavras de Elena ressoam na minha mente: *"Você deu as costas para quem é?"* *Será que dei?*

"Não posso mudar." A letra da música ecoa na minha cabeça.

A verdade é que gosto da companhia dela. Gosto da presença de Ana na minha casa. Eu gostaria que ficasse. Permanentemente. Ela trouxe bom humor, um sono de qualidade, vitalidade e amor para a minha existência monocromática. Eu não sabia que estava solitário até conhecê-la.

Mas ela não vai querer morar comigo, ou vai? Com Leila solta por aí, é melhor que ela fique, mas, assim que encontrarem Leila, Ana vai embora. Não posso obrigá-la a ficar, embora parte de mim quisesse isso. Contudo, se descobrir a verdade sobre mim, ela vai embora e nunca mais vai querer me ver.

Ninguém pode amar um monstro.

E quando ela se for...

Que inferno.

Corro mais rápido, golpeando o chão com força, tentando me livrar dos meus temores, até só restar a consciência dos meus pulmões quase explodindo e dos meus Nikes batendo no chão.

A Sra. Jones está na cozinha quando volto da corrida.

— Bom dia, Gail.

— Sr. Grey, bom dia.

— Taylor lhe contou sobre Leila?

— Sim, senhor. Espero que vocês a encontrem. Ela precisa de ajuda.

Gail exibe uma expressão preocupada.

— Precisa mesmo.

— Eu soube que a Srta. Steele ainda está aqui.

Ela abre o sorriso esquisito que aparece toda vez que falamos de Ana.

— Acho que ela vai ficar enquanto Leila for uma ameaça. E vai precisar de algo para levar para o almoço hoje.

— Ok. O que o senhor gostaria para o café da manhã?

— Ovos mexidos e torradas.

— Ótimo, senhor.

Assim que termino o banho e me visto, decido acordar Ana. Ela continua dormindo profundamente. Dou um beijo na testa dela.

— Vamos, dorminhoca, acorde. — Seus olhos se abrem e se fecham outra vez com um suspiro. — O que foi? — pergunto.

— Eu queria que você voltasse para a cama.

Não me tente, baby.

— Você é insaciável, Srta. Steele. Por mais que a ideia seja tentadora, tenho uma reunião às oito e meia, então preciso sair daqui a pouco.

Sobressaltada, Ana dá uma olhada no relógio, me afasta e pula da cama, correndo para o banheiro. Balanço a cabeça, impressionado com sua energia súbita, enfio algumas camisinhas no bolso e vou tomar café na cozinha.

Nunca se sabe, Grey.

Descobri que é bom ficar sempre preparado quando estou com Anastasia Steele.

A Sra. Jones está fazendo o café.

— Seus ovos mexidos ficarão prontos num instante, Sr. Grey.

— Ótimo. Ana vai se juntar a mim daqui a pouco.

— Devo preparar ovos mexidos para ela também?

— Acho que ela prefere panquecas com bacon.

Gail serve café, ovos mexidos e torradas em um dos lugares que arrumou na bancada da cozinha.

Ana aparece uns dez minutos depois usando uma das roupas que lhe dei: camisa de seda e saia cinza. Está diferente.

Sofisticada.

Elegante.

Está linda. Não mais uma estudante sem ambição, mas uma jovem profissional confiante.

Aprovo sua escolha e passo um braço em volta dela.

— Você está linda — digo, dando um beijo atrás de sua orelha.

Meu único receio em relação à sua aparência é que ela vai estar assim com o chefe.

Não se meta, Grey. A escolha é dela. Ela quer uma carreira.

Eu a solto quando Gail coloca o café da manhã de Ana na bancada.

— Bom dia, Srta. Steele — diz.

— Ah, obrigada. Bom dia — responde Ana.

— O Sr. Grey me disse que a senhora vai levar algo para almoçar no trabalho. O que gostaria de comer?

Ana olha de relance para mim.

Pois é, baby, eu estava falando sério. Nada de sair.

— Um sanduíche... uma salada. Pode ser qualquer coisa.

Ela sorri para Gail com gratidão.

— Vou preparar um embrulho para a senhora.

— Por favor, Sra. Jones, pode me chamar de Ana.

— Ana — corrige Gail.

— Tenho que ir, Ana. Taylor vai voltar e deixar você no trabalho com Sawyer.

— Só até a porta — reitera ela.

— É. Só até a porta. — Foi o nosso acordo. — Mas tenha cuidado — acrescento baixinho.

De pé, dou um beijo nela, segurando seu queixo.

— Até mais, baby.

— Tenha um bom dia no escritório, querido — diz ela quando começo a me afastar, e embora seja uma coisa piegas de se dizer, fico encantado.

Isso é tão... *normal*.

No elevador, Taylor me cumprimenta com uma novidade.

— Senhor, tem uma cafeteria em frente à SIP. Acho que Sawyer pode montar guarda lá durante o dia.

— E se ele precisar de reforços? Você sabe, ele pode querer ir ao banheiro.

— Vou mandar Reynolds ou Ryan.

— Ok.

Eu havia esquecido que Andrea está fora para se casar, mas sua lua de mel não vai ser lá essas coisas, afinal ela volta amanhã. Sua substituta, cujo nome ainda não consegui decorar, está na página de Facebook da *Vogue* quando chego.

— Nada de redes sociais no horário de trabalho — digo com firmeza.

Erro de principiante. Mas ela deveria saber disso, pois já era funcionária daqui. Ela se assusta.

— Desculpe, Sr. Grey. Eu não o ouvi chegar. O senhor gostaria de um café?

— Sim, um macchiato.

Fecho a porta da sala e ligo o computador na minha mesa. Há um e-mail da concessionária da Saab: o carro de Ana vai chegar hoje. Encaminho a mensagem para Taylor, assim ele poderá organizar a entrega, e acho que vai ser uma boa surpresa para Ana esta noite. Em seguida, mando um e-mail para Ana.

De: Christian Grey
Assunto: Chefe

Data: 13 de junho de 2011 08:24
Para: Anastasia Steele

Bom dia, Srta. Steele,
Só queria agradecer pelo fim de semana maravilhoso, apesar de todo o drama.
Espero que você nunca mais vá embora, nunca.
E só para lembrar: a notícia da SIP permanece embargada por quatro semanas.
Apague este e-mail assim que o ler.

Seu,
Christian Grey
CEO, Grey Enterprises Holdings, Inc., e chefe do chefe do seu chefe

Confiro as anotações de Andrea. O nome da substituta é Montana Brooks. Ela bate na porta e entra com meu café.
— Ros Bailey vai se atrasar um pouco, mas Vanessa Conway já chegou.
— Ela vai esperar Ros.
— Sim, Sr. Grey.
— Preciso de umas ideias para presentes de casamento.
A Srta. Brooks fica surpresa.
— Bem, depende da intimidade que o senhor tem com a pessoa, e de quanto quer gastar, e...
Não preciso de uma aula. Levanto a mão.
— Anote as ideias. É para minha secretária.
— Ela tem uma lista?
— O quê?
— Uma lista de casamento em alguma loja?
— Não sei. Descubra.
— Sim, Sr. Grey.
— É só isso.
E ela sai. *Graças a Deus Andrea volta amanhã.*
O relatório de Welch sobre Jack Hyde está na minha caixa de e-mail. Enquanto espero por Ros, aproveito a oportunidade para dar uma olhada.

MINHA REUNIÃO COM ROS e Vanessa é rápida. Vanessa e a equipe estão conduzindo uma auditoria minuciosa das nossas redes de fornecedores, e estão propondo a compra da cassiterita e do tungstênio da Bolívia, e do tântalo da Austrália para evitarmos o problema do conflito da extração de minério. Vai ser mais caro, mas vai evitar problemas com a Comissão de Títulos e Câmbio dos Estados Unidos, que é nossa responsabilidade como empresa.

Quando eles saem, verifico meus e-mails e encontro um de Ana.

De: Anastasia Steele
Assunto: Chefão
Data: 13 de junho de 2011 09:03
Para: Christian Grey

Caro Sr. Grey,
Você está me pedindo para morar com você? E, claro, sei que a maior prova de sua impressionante capacidade de perseguição permanece embargada pelas próximas quatro semanas. Devo fazer um cheque em nome da Superando Juntos e mandar para o seu pai? Por favor, não apague este e-mail. Por favor, responda a ele. Amo você.
Bj,
Anastasia Steele
Assistente de Jack Hyde, Editor, SIP

Se eu estou pedindo a ela para morar comigo?
Merda.
Grey, isso é um passo ousado e precipitado.
Eu poderia cuidar dela. Em tempo integral.
Ela seria minha. Realmente minha.
E, lá no fundo, sei que só há uma resposta.
Um sim retumbante.
Ignoro todas as outras perguntas e respondo.

De: Christian Grey
Assunto: Chefão, eu?
Data: 13 de junho de 2011 09:07
Para: Anastasia Steele

Sim. Por favor.

Christian Grey
CEO, Grey Enterprises Holdings, Inc.

Enquanto espero a resposta, leio o restante do relatório sobre Jack Hyde. Aparentemente, está tudo bem. Ele é bem-sucedido e ganha um salário decente. Teve uma origem humilde e parece inteligente e ambicioso, mas há algo incomum na sua carreira: que profissional do mercado editorial começa em Nova York, depois vai trabalhar em várias outras editoras espalhadas pelo país e termina em Seattle?

Não faz sentido.

Parece que ele não teve nenhum relacionamento longo, e nunca fica com a mesma assistente por mais de três meses.

Isso significa que o período de Ana trabalhando para ele é limitado.

De: Anastasia Steele
Assunto: Flynnismo
Data: 13 de junho de 2011 09:20
Para: Christian Grey

Christian,
O que aconteceu com aprender a caminhar antes de correr?
Podemos falar sobre isso hoje à noite, por favor?
Fui convidada a participar de uma conferência em Nova York, na quinta-feira.
Isso significa passar a noite de quarta lá.
Achei que você devia saber.
Bj,

Anastasia Steele
Assistente de Jack Hyde, Editor, SIP

Ela não quer morar comigo. Não é a resposta que eu queria.

O que você esperava, Grey?

Pelo menos, quer discutir o assunto à noite, então há esperança. Mas também quer ir para Nova York, porra.

Que droga.

Será que ela vai a essa conferência sozinha?

Ou com Hyde?

De: Christian Grey
Assunto: O QUÊ?

Data: 13 de junho de 2011 09:21
Para: Anastasia Steele

Sim. Vamos conversar esta noite.
Você vai sozinha?

Christian Grey
CEO, Grey Enterprises Holdings, Inc.

Jack Hyde deve ser um babaca como chefe se não consegue manter uma assistente por mais de três meses. Sei que também sou um babaca, mas Andrea já trabalha comigo há quase um ano e meio.
Eu não sabia que ela ia se casar.
Sim, isso me deixou puto, mas antes dela houve Helena, que passou dois anos comigo e hoje trabalha no RH, recrutando nossos engenheiros.
Enquanto espero a resposta de Ana, leio a última página do relatório.
E lá está. As três acusações de assédio encobertas pelas editoras anteriores e duas advertências oficiais na SIP.
Três?
Ele é um tarado do caralho. *Eu sabia.* Por que isso não estava no seu histórico profissional?
Ele estava se jogando em cima de Ana no bar, invadindo seu espaço. Assim como o fotógrafo.

De: Anastasia Steele
Assunto: Nada de maiúsculas gritantes numa segunda de manhã!
Data: 13 de junho de 2011 09:30
Para: Christian Grey

Podemos falar sobre isso hoje à noite?
Bj,

Anastasia Steele
Assistente de Jack Hyde, Editor, SIP

Evasiva, Srta. Steele.
É uma viagem com ele.
Eu sei.

Ela estava sensacional hoje de manhã.
Ele planejou isso, aposto.

De: Christian Grey
Assunto: Você ainda não me ouviu gritar
Data: 13 de junho de 2011 09:35
Para: Anastasia Steele

Fale agora.
Se for com essa criatura desprezível com quem você trabalha, então a resposta é não, nem por cima do meu cadáver.

Christian Grey
CEO, Grey Enterprises Holdings, Inc.

Clico em enviar, e em seguida ligo para Ros.
— Christian — atende ela de imediato.
— A SIP tem muitos gastos desnecessários. Há muito dinheiro indo pelo ralo, e precisamos dar um basta nisso. Quero uma moratória para todos os gastos periféricos desnecessários. Viagens. Hotéis. Amenidades. Tudo que não for essencial. Especialmente para funcionários sem cargo de chefia. Você sabe.
— Sério? Acho que não vamos economizar muito.
— Ligue para Roach. Dê a ordem. Imediatamente.
— O que fez você tomar essa decisão?
— Só faça o que estou mandando, Ros.
Com um suspiro, ela responde:
— Se você insiste... Quer que eu acrescente isso ao contrato?
— Quero.
— Ok.
— Obrigado.
Desligo.
Pronto. Isso deve impedir a viagem de Ana para Nova York. Além do mais, eu mesmo gostaria de levá-la até lá. Ela me contou ontem que nunca foi.
Ouço um alerta no celular. Ana respondeu.

De: Anastasia Steele
Assunto: Não, VOCÊ ainda não me ouviu gritar

Data: 13 de junho de 2011 09:46
Para: Christian Grey

Sim. É com Jack.
Eu quero ir. É uma grande oportunidade para mim.
E nunca fui a Nova York.
Pare de se preocupar e de ficar arrancando os cabelos à toa.

Anastasia Steele
Assistente de Jack Hyde, Editor, SIP

Estou prestes a responder quando ouço uma batida na porta.
— O que foi? — rosno.
Montana enfia a cabeça na porta entreaberta, o que é muito irritante: ou entra ou não entra.
— Sr. Grey, a lista de Andrea... — Por um momento, não sei do que está falando.
— ...está na Crate and Barrel — continua ela, com um sorriso afetado.
— Ok.
Que diabo devo fazer com essa informação?
— Fiz uma lista com os itens disponíveis e os preços.
— Mande a lista por e-mail — digo entre os dentes. — E traga outro café.
— Sim, Sr. Grey.
Ela sorri, como se estivéssemos falando da merda do tempo, e fecha a porta.
Agora posso responder à Srta. Steele.

De: Christian Grey
Assunto: Não, VOCÊ ainda não viu nada
Data: 13 de junho de 2011 09:50
Para: Anastasia Steele

Anastasia,
Não é com a merda dos meus cabelos que estou preocupado.
A resposta é NÃO.

Christian Grey
CEO, Grey Enterprises Holdings, Inc.

Montana coloca outro macchiato na minha mesa.

— O senhor tem uma reunião com Barney e Fred no laboratório — informa.
— Obrigado. Vou levar o café.

Sei que pareço mal-humorado, mas neste momento tem uma mulher de olhos azuis me enchendo a paciência. Montana sai e experimento o café.

Puta merda.

Está escaldante.

Derrubo a xícara, o café, tudo.

Que inferno.

Felizmente, não cai em mim nem no teclado, mas suja o chão inteiro.

— Srta. Brooks! — grito.

Meu Deus, como eu queria que Andrea estivesse aqui.

A cabeça de Montana surge na porta entreaberta. E ela passou batom demais.

— Acabei de derramar café no chão todo, porque estava quente demais. Limpe isso, por favor.

— Ah, Sr. Grey, me desculpe.

Enquanto ela dá uma olhada na sujeira, eu saio. Ela que cuide disso. Por um instante, fico na dúvida se fez de propósito.

Grey, você está paranoico.

Pego o telefone e decido ir pela escada.

Barney e Fred estão sentados na mesa do laboratório.

— Bom dia, cavalheiros.

— Sr. Grey — diz Fred —, Barney encontrou a solução.

— Ah, é?

— Sim, a capa.

— Vamos usar a impressora 3D, e voilà.

Ele me entrega uma estrutura compacta e flexível de plástico fixada no tablet.

— Está ótimo — digo. — Você deve ter passado o final de semana inteiro fazendo isto.

Olho para Barney, que dá de ombros.

— Não tinha nada melhor para fazer.

— Você precisa sair mais, Barney. Mas o trabalho está ótimo. Vocês queriam me mostrar mais alguma coisa?

— Poderíamos adaptá-la facilmente para usar também como capa de celular.

— Eu adoraria ver isso.

— Vou providenciar.

— Ótimo. Mais alguma coisa?

— Por enquanto, é só isso, Sr. Grey.

— Talvez valha a pena mostrar a impressora 3D ao prefeito quando ele vier.

— Temos um show e tanto planejado para ele — diz Fred.

— Sem revelar nada — acrescenta Barney.
— Parece ótimo. Obrigado pela demonstração. Vou voltar lá para cima.
Aguardando o elevador, verifico meus e-mails. Há uma resposta de Ana.

De: Anastasia Steele
Assunto: Cinquenta Tons
Data: 13 de junho de 2011 09:55
Para: Christian Grey

Christian,
Você precisa segurar a sua onda.
Eu NÃO vou dormir com Jack, nem que a vaca tussa.
AMO você. Isso é o que acontece quando as pessoas se amam.
Elas CONFIAM umas nas outras.
Não acho que você vá DORMIR COM, BATER, COMER ou AÇOITAR qualquer outra pessoa. Tenho FÉ e CONFIANÇA em você.
Por favor, tenha a COMPOSTURA de agir da mesma forma comigo.

Ana

Anastasia Steele
Assistente de Jack Hyde, Editor, SIP

Cacete! Eu disse a ela que os e-mails eram monitorados na SIP.
Paramos em vários andares, e eu tento, realmente tento controlar minha raiva. Mas à medida que meus funcionários entram e saem, ainda preciso aguentar os cumprimentos irritantes e cheios de expectativa por eu estar no elevador.
— Bom dia, Sr. Grey.
— Bom dia, Sr. Grey.
Respondo acenando com a cabeça. Não estou a fim de papo.
Por trás do meu sorriso educado, meu sangue está fervendo.
Assim que volto para a minha sala, procuro o telefone do trabalho de Ana e ligo para ela.
— Escritório de Jack Hyde, Ana Steele falando — atende.
— Você pode, por favor, deletar o último e-mail que me mandou e tentar ser um pouco mais discreta com a linguagem que usa no seu e-mail profissional? Eu já disse que o sistema é monitorado. Vou tentar conter os danos daqui — resmungo e desligo.

Ligo para Barney.

— Sr. Grey.

— Você pode deletar o e-mail que a Srta. Steele me enviou às nove e cinquenta e cinco do servidor da SIP, assim como todos os que eu mandei para ela?

Ouço apenas silêncio do outro lado da linha.

— Barney?

— Hum. Claro, Sr. Grey. Eu estava pensando em como fazer isso. Mas tive uma ideia.

— Ótimo. Avise quando tiver conseguido.

— Sim, senhor.

Meu telefone acende. *Anastasia*.

— O que é? — respondo, e acho que ela percebe que estou mais do que rabugento.

— Vou para Nova York, quer você queira, quer não.

— Não conte com isso.

Silêncio.

— Ana?

Ela desligou na minha cara.

Merda. Outra vez.

Quem faz isso?

Bem, eu posso até ter acabado de fazer a mesma coisa com ela, mas essa não é a questão.

Lembro que ela fez o mesmo quando me ligou bêbada.

Apoio a cabeça nas mãos.

Ana. Ana. Ana.

O telefone do meu escritório toca.

— Grey.

— Sr. Grey, é Barney. Foi muito mais fácil do que eu pensava. Os e-mails não estão mais no servidor da SIP.

— Obrigado, Barney.

— Sem problemas, Sr. Grey.

Pelo menos, uma coisa deu certo.

Alguém bate na porta.

O que foi agora?

Montana abre a porta e aparece com material de limpeza e um pano para limpar o carpete.

— Mais tarde — resmungo.

Já estou de saco cheio dela. Ela gira nos calcanhares e sai imediatamente. Respiro fundo. Hoje está sendo um dia de merda, e isso tudo antes da hora do almoço. Recebo outro e-mail de Ana.

De: Anastasia Steele
Assunto: O que você fez?
Data: 13 de junho de 2011 10:43
Para: Christian Grey

Por favor, me diga que você não vai interferir em meu trabalho.
Realmente quero ir a esta conferência.
Eu não deveria ter que lhe pedir isso.
Já apaguei o e-mail agressivo.

Anastasia Steele
Assistente de Jack Hyde, Editor, SIP

Respondo imediatamente.

De: Christian Grey
Assunto: O que você fez?
Data: 13 de junho de 2011 10:46
Para: Anastasia Steele

Estou apenas protegendo o que é meu.
O e-mail que você tão imprudentemente me enviou já foi deletado do servidor da SIP, da mesma forma que os meus e-mails para você.
Aliás, confio em você implicitamente. É nele que não confio.

Christian Grey
CEO, Grey Enterprises Holdings, Inc.

A resposta dela também é quase imediata.

De: Anastasia Steele
Assunto: Cresça
Data: 13 de junho de 2011 10:48
Para: Christian Grey

Christian,
Não preciso de proteção contra meu próprio chefe.

Ele pode até dar em cima de mim, mas vou dizer não.
Você não pode interferir. Isso é errado e controlador em muitos níveis.

Anastasia Steele
Assistente de Jack Hyde, Editor, SIP

"Controlador" é meu nome do meio, Ana. Acho que eu já lhe disse isso, e pode acrescentar "irracional" e "esquisito".

De: Christian Grey
Assunto: A resposta é NÃO
Data: 13 de junho de 2011 10:50
Para: Anastasia Steele

Ana,
Sei o quanto você é "eficaz" em lutar contra atenção indesejada. Lembro-me de que foi assim que tive o prazer de passar minha primeira noite com você.
Pelo menos o fotógrafo tem sentimentos por você. Já esse cretino, não. Ele é um mulherengo e vai tentar seduzi-la. Pergunte a ele o que aconteceu com a última assistente dele e com a outra antes dela.
Não quero brigar por isso.
Se você quer conhecer Nova York, eu a levo lá. Podemos ir neste fim de semana. Tenho um apartamento na cidade.

Christian Grey
CEO, Grey Enterprises Holdings, Inc.

Ela não responde de imediato, e eu me distraio com alguns telefonemas.
Welch não tem nenhuma novidade sobre Leila. Discutimos se devemos envolver a polícia a esta altura; ainda estou relutante em fazer isso.
— Ela está perto, Sr. Grey — diz Welch.
— É inteligente. Conseguiu fugir de nós até agora.
— Estamos vigiando seu apartamento, a SIP e a Grey House. Ela não vai nos enganar outra vez.
— Espero que não. E obrigado pelo relatório sobre Hyde.
— Não precisa agradecer. Posso tentar descobrir mais coisas, se o senhor quiser.
— Por enquanto, não precisa. Mas talvez eu volte a procurá-lo.
— Está bem, senhor.

— Até mais.

E desligo.

Meu telefone toca antes que o coloque novamente no gancho.

— Estou com sua mãe na linha — diz Montana, alegremente, com sua voz melodiosa.

Merda. Só me faltava essa. Ainda estou meio puto com minha mãe e seu comentário sobre Ana estar atrás do meu dinheiro.

— Pode passar a ligação — resmungo.

— Christian, querido — diz Grace.

— Oi, mãe.

— Querido, eu só queria me desculpar pelo que disse no sábado. Você sabe que eu acho Ana maravilhosa, é só que... é tudo tão repentino...

— Está tudo bem.

Mas não está.

Ela fica em silêncio por um instante, e acho que está duvidando da sinceridade da minha resposta.

Mas já estou brigando com uma das mulheres da minha vida e não quero brigar com outra.

— Grace?

— Desculpe, querido. Seu aniversário é no sábado, e nós queríamos organizar uma festa.

Um e-mail de Ana surge na tela do meu computador.

— Mãe, não posso conversar agora. Preciso desligar.

— Tudo bem, me ligue.

Ela parece triste, mas não tenho tempo para isso agora.

— Claro, pode deixar.

— Tchau, Christian.

— Tchau.

E desligo.

De: Anastasia Steele
Assunto: EN: Encontro para um almoço ou Bagagem irritante
Data: 13 de junho de 2011 11:15
Para: Christian Grey

Christian,

Enquanto você esteve ocupado interferindo na minha carreira e se livrando de minhas mensagens, recebi o seguinte e-mail da Sra. Lincoln. Eu realmente não gostaria de encontrá-la, e mesmo que quisesse, não estou autorizada a deixar o edifício. Como ela descobriu meu endereço, não sei. O que você sugere que eu faça? Aí vai o e-mail dela:

Cara Anastasia,
Eu realmente gostaria de almoçar com você. Acho que começamos com o pé esquerdo, e eu gostaria de consertar isso. Você está livre em algum momento esta semana?
Elena Lincoln

Anastasia Steele
Assistente de Jack Hyde, Editor, SIP

Meu Deus, este dia só piora. Que diabo Elena está fazendo desta vez? E Ana está chamando minha atenção pelas merdas que fiz, como sempre.

Eu não sabia que discutir podia ser tão cansativo. Desestimulante. E preocupante. Ela está brava comigo.

De: Christian Grey
Assunto: Bagagem Irritante
Data: 13 de junho de 2011 11:23
Para: Anastasia Steele

Não fique brava comigo. Só estou pensando em você.
Se alguma coisa acontecesse com você, eu nunca iria me perdoar.
Vou lidar com a Sra. Lincoln.

Christian Grey
CEO, Grey Enterprises Holdings, Inc.

Bagagem irritante? Sorrio pela primeira vez desde que me despedi de Ana pela manhã. Ela leva jeito com as palavras.

Ligo para Elena.

— Christian — diz ela ao atender no quinto toque.

— Será que vou ter que colocar um aviso em um avião e mandá-lo sobrevoar o seu escritório?

Ela ri.

— Meu e-mail?

— Sim, Ana mandou para mim. Por favor, deixe ela em paz. Ela não quer se encontrar com você. E eu entendo e respeito isso. Você está dificultando a minha vida.
— Você a entende?
— Sim.
— Acho que ela precisa saber como você é duro consigo mesmo.
— Não. Ela não precisa saber de nada.
— Você parece exausto.
— Só estou cansado de você perseguir minha namorada pelas minhas costas.
— Namorada?
— Sim, namorada. Acostume-se com isso.
Ela suspira ruidosamente.
— Elena, por favor.
— Ok, Christian, é problema seu.
Mas que merda é essa?
— Preciso desligar — respondo.
— Até mais — diz ela, parecendo triste.
— Tchau.
E desligo.

As mulheres da minha vida são difíceis. Eu me viro na cadeira e olho pela janela. Não para de chover. O céu está escuro e lúgubre, refletindo meu humor. A vida ficou complicada. Antes era mais fácil, quando tudo e todos ficavam onde eu os colocava, nos compartimentos previamente escolhidos. Agora, com Ana, tudo mudou. É tudo novo, e até agora todo mundo, inclusive minha mãe, ou está irritado comigo ou está me irritando.

Quando olho para a tela do computador, encontro outro e-mail de Ana.

De: Anastasia Steele
Assunto: Mais tarde
Data: 13 de junho de 2011 11:32
Para: Christian Grey

Será que podemos conversar sobre isso hoje à noite? Estou tentando trabalhar, e sua interferência contínua está me distraindo.

Anastasia Steele
Assistente de Jack Hyde, Editor, SIP

Está bem. Vou deixá-la em paz.

O que quero mesmo é ir até o escritório dela e levá-la a algum lugar para um almoço esplêndido. Mas acho que ela não ia gostar disso.

Suspirando fundo, abro o e-mail com a lista de casamento de Andrea. Tigelas, panelas, pratos... Nada que me atraia. Mais uma vez, fico questionando por que ela não me contou que iria se casar.

Chateado, ligo para o consultório de Flynn e marco um horário à tarde. Já passou da hora. Em seguida, chamo Montana e peço para ela comprar um cartão de casamento e algo para o meu almoço. Não é possível que ela seja capaz de errar até isso.

Enquanto estou almoçando, Taylor me liga.

— Taylor.
— Sr. Grey, está tudo bem.

Meu coração dispara com a descarga de adrenalina que percorre meu corpo. *Ana.*

— O que aconteceu? Ana está bem?
— Está ótima, senhor.
— Tem alguma novidade sobre Leila?
— Não, senhor.
— Então, o que foi?
— Só quero avisar que Ana foi à lanchonete na Union Square. Mas já voltou ao escritório. Está bem.
— Obrigado por avisar. Mais alguma coisa?
— O Saab chega à tarde.
— Ótimo.

Desligo o telefone, e tento, tento mesmo, não ficar puto para caralho. Falhei. Ela disse que não ia sair.

Leila poderia ter atirado nela.

Será que ela não entende isso?

Ligo para Ana.

— Escritório de Jack Hyde...
— Você me garantiu que não sairia.
— Jack me pediu para comprar o almoço dele. Eu não tinha como dizer não. Você colocou alguém para me vigiar?

Ela parece incrédula.

Ignoro a pergunta.

— É por isso que eu não queria que você voltasse a trabalhar.
— Christian, por favor. Você está me sufocando.

— Sufocando?
— É. Você tem que parar com isso. Falo com você hoje à noite. Infelizmente, tenho que trabalhar até mais tarde porque não posso ir a Nova York.
— Anastasia, não quero sufocar você.
— Bem, é o que está fazendo. Tenho que trabalhar. Falo com você depois.
Ela parece tão triste quanto eu ao desligar.
Eu a estou sufocando?
Talvez eu esteja...
Mas só quero protegê-la. Vi o que Leila fez com o carro dela.
Não force a barra, Grey.
Ou ela vai deixar você.

FLYNN TEM UMA LAREIRA de verdade acesa no consultório. Estamos em junho. O fogo crepita enquanto conversamos.
— Você comprou a empresa onde ela trabalha? — pergunta Flynn com as sobrancelhas erguidas.
— Comprei.
— Acho que Ana tem razão. Não fico surpreso que ela se sinta sufocada.
Eu me remexo na cadeira. Não é o que eu queria ouvir.
— Eu queria entrar no mercado editorial.
Flynn permanece impassível, sem deixar transparecer nada, esperando que eu fale algo.
— Exagerei, não é? — admito.
— Exagerou.
— Ela não ficou impressionada.
— Seu objetivo era impressioná-la?
— Não. Não era minha intenção. De qualquer forma, a SIP é minha agora.
— Entendo que você queira protegê-la, e sei por que está tentando fazer isso. Mas é uma reação exagerada. Você tem uma conta bancária que lhe permite fazer isso, mas vai afastá-la se continuar assim.
— É com isso que estou preocupado.
— Christian, você já tem bastante problema com que se preocupar. Leila Williams, e, sim, vou ajudá-lo quando você a encontrar; a animosidade de Ana em relação a Elena, e eu acho que você entende por que ela se sente assim.
Ele me olha com seriedade.
Dou de ombros, sem querer concordar com ele.
— Mas tem algo mais importante que você ainda não me contou, e estou esperando você falar desde que chegou aqui. Eu vi no sábado.
Eu o encaro, sem entender do que está falando. Ele aguarda pacientemente.

O que ele viu no sábado?
Os lances?
A dança?
Merda.
— Estou apaixonado por Ana.
— Obrigado. Eu sei.
— Ah.
— Eu já sabia disso quando você me procurou depois que ela se foi. Fico feliz que tenha descoberto sozinho.
— Eu não sabia que era capaz de me sentir assim.
— É claro que você é capaz. — Ele soa exasperado. — Por isso fiquei tão interessado na sua reação quando ela disse que ama você.
— Está começando a ficar mais fácil de ouvir.
Ele sorri.
— Que bom. Fico feliz.
— Sempre consegui separar os diferentes aspectos da minha vida. Meu trabalho. Minha família. Minha vida sexual. Eu entendia o que cada um significava para mim. Mas, desde que conheci Ana, não é mais tão simples. É uma sensação totalmente nova, e me sinto perdido e sem controle.
— Bem-vindo à experiência de se apaixonar. — Flynn sorri. — E não seja tão duro consigo mesmo. Você tem uma ex armada e solta por aí que já tentou chamar atenção ameaçando suicídio na frente da sua governanta. E que vandalizou o carro de Ana. Você adotou medidas para proteger Ana e a si mesmo. Fez tudo ao seu alcance. Não pode estar em todos os lugares, e não pode deixar Ana trancada.
— Eu gostaria.
— Eu sei que sim. Mas não pode. É simples.
Balanço a cabeça, mas no fundo sei que John está certo.
— Christian, há muito tempo acho que você não teve adolescência, no que diz respeito à parte emocional. Acho que está passando por isso agora. Percebo que está agitado — continua ele — e, como não me deixa receitar ansiolíticos, gostaria que experimentasse as técnicas de relaxamento que discutimos.
Ah, essa merda não. Reviro os olhos, mas sei que estou me comportando como um adolescente mal-humorado. Exatamente como ele disse.
— Christian, é sua pressão sanguínea que está em jogo. Não a minha.
— Ok. — Ergo as mãos, me rendendo. — Tentarei encontrar meu *lugar feliz...*
— Soo sarcástico, mas isso vai acalmar John, que está olhando para o relógio.
Onde é meu lugar feliz?
Minha infância no pomar.
Velejar e planar. Sempre.

Costumava ser com Elena.
Mas agora meu lugar feliz é com Ana.
Em Ana.
Flynn contém um sorriso.
— Nosso tempo acabou — avisa ele.

No banco de trás do Audi, ligo para Ana.
— Oi — diz ela, a voz baixa e ofegante.
— Oi, que horas você vai terminar?
— Lá pelas sete e meia, acho.
— Encontro você lá embaixo.
— Tudo bem.
Graças a Deus. Achei que fosse dizer que queria voltar para o apartamento dela.
— Ainda estou brava com você, mas é só isso — sussurra ela. — Temos muito o que conversar.
— Eu sei. Vejo você às sete e meia.
— Tenho que desligar. Vejo você mais tarde.
E desliga.
— Vamos ficar aqui esperando por ela — digo a Taylor, e olho para a porta da SIP.
— Sim, senhor.
E fico ali sentado, ouvindo a chuva fazer uma tatuagem irregular no capô do carro, afogando meus pensamentos. Afogando meu lugar feliz.

Uma hora depois, a porta da SIP se abre e lá vem ela. Taylor sai do carro e abre a porta enquanto Ana corre na nossa direção, a cabeça baixa, tentando não se molhar.
Quando se senta ao meu lado, não faço ideia do que ela vai fazer ou dizer, mas está balançando a cabeça, me molhando e molhando o banco.
Quero abraçá-la.
— Oi — diz ela, e seus olhos ansiosos encontram os meus.
— Oi — respondo, e esticando o braço, pego a mão dela.
— Ainda está brava? — pergunto.
— Não sei — responde ela.
Levo sua mão até meus lábios e beijo os nós dos seus dedos.
— Foi um dia de merda.
— É, foi.
— Está melhor agora que você está aqui.

Passo o polegar pelos nós dos dedos dela, ansioso por esse contato.

Enquanto Taylor nos leva para casa, os problemas do dia parecem se dissipar, e começo, enfim, a relaxar.

Ela está aqui. Está segura.

Está comigo.

Taylor para em frente ao Escala, e não sei ao certo por quê, mas Ana já está abrindo a porta, então pulo atrás dela e corremos até o prédio, fugindo da chuva. Seguro sua mão enquanto esperamos o elevador e observo a rua pelo vidro. Só para garantir.

— Pelo visto você ainda não encontrou Leila — diz Ana.

— Não. Welch ainda está procurando por ela.

Entramos no elevador e as portas se fecham. Ana ergue o olhar para mim com uma expressão safada, os olhos bem abertos, e não consigo desviar o olhar. Nossos olhares transmitem minha ansiedade e a necessidade dela. Ana passa a língua nos lábios. Ah, não.

De repente, a atração surge no ar entre nós, feito estática, nos cercando.

— Você está sentindo? — sussurro.

— Estou.

— Ah, Ana.

Não suporto a distância entre nós. Estendo a mão para puxá-la para os meus braços, segurando sua cabeça. Meus lábios procuram e encontram os seus. Ela geme na minha boca, os dedos no meu cabelo, enquanto a pressiono contra a parede do elevador.

— Odeio discutir com você.

Quero cada centímetro dela. Bem aqui. Agora mesmo. Para saber que estamos bem.

A reação de Ana é imediata. Seu desejo e sua paixão se manifestam no nosso beijo, sua língua é exigente e cheia de urgência. Ela ergue o corpo e o encosta no meu, em busca de alívio. Levanto sua saia, as pontas dos dedos percorrendo sua coxa e sentindo a renda e o calor de sua pele.

— Deus do céu, você está de liga. — Minha voz sai rouca enquanto passo o polegar pela liga. — Quero ver isso.

E levanto completamente sua saia para ver as coxas. Dou um passo atrás para apreciar aquela visão e aperto o botão de emergência do elevador. Estou arfante, cheio de tesão, e ela fica ali, parada, sendo a deusa do caralho que é, olhando para mim, os olhos sombrios, cheios de desejo, os seios subindo e descendo enquanto ela puxa ar para os pulmões.

— Solte o cabelo.

Ana solta o cabelo, que cai em seus ombros e se aninha nos seios.

— Abra os dois botões de cima da camisa — sussurro, ficando cada vez mais duro.

Com os lábios entreabertos, ela desabotoa o primeiro botão muito lentamente. Parando um instante, desce a mão e passa para o segundo. Sem pressa. Deixando-me cada vez mais tentado, e, por fim, revelando os seios.

— Você tem alguma ideia de como está sensual neste exato momento?

Ouço o desejo na minha voz.

Ela crava os dentes no lábio inferior e balança a cabeça.

Acho que vou explodir. Fecho os olhos, tentando me controlar. Dando um passo à frente, coloco as mãos na parede, uma de cada lado do seu rosto. Ela ergue a cabeça e me encara. Me aproximo mais.

— Acho que você sabe, Srta. Steele. Acho que você adora me deixar louco.

— Eu deixo você louco?

— Em todos os aspectos, Anastasia. Você é uma sereia, uma deusa.

Eu me abaixo e agarro sua perna, logo acima do joelho, levantando-a até a minha cintura. Eu me inclino lentamente, pressionando meu corpo no dela. Minha ereção se aconchega na junção sagrada de suas coxas. Beijo seu pescoço, minha língua experimentando e saboreando sua pele. Ela agarra meu pescoço e arqueia as costas, pressionando o corpo no meu.

— Vou comer você aqui mesmo, Anastasia.

Gemo, levantando-a ainda mais.

Pego uma camisinha no bolso e abro o zíper.

— Segure em mim, meu bem.

Ela põe os braços em torno do meu pescoço e se segura com mais firmeza. Eu lhe mostro a camisinha. Ela morde no canto, eu puxo, e abrimos juntos o pacote.

— Boa menina. — Dou um passo atrás e consigo colocar a porra da camisinha

— Deus, mal posso esperar pelos próximos seis dias.

Chega de camisinha.

Percorro sua calcinha com o polegar.

Renda. Ótimo.

— Espero que você não ligue muito para esta calcinha.

A única resposta é sua respiração forte no meu ouvido. Enfio os polegares na costura da parte de trás, e a calcinha se rasga, permitindo acesso ao meu lugar feliz.

Com os olhos fixos nos dela, eu a possuo lentamente.

Porra, como ela é gostosa.

Ela se contorce, fecha os olhos e geme.

Tiro e meto devagar mais uma vez.

É isso que eu quero.

Era disso que precisava.
Depois de um dia de merda.
Ela não foi embora.
Está aqui.
Para mim.
Comigo.
— Você é minha, Anastasia.
As palavras deslizam pelo seu pescoço.
— Sim. Sua. Quando você vai aceitar isso?
Suas palavras são um suspiro. E é justamente o que quero ouvir, o que preciso ouvir. Eu a possuo, rápido, furiosamente. Preciso dela. A cada grito, cada respiração, cada vez que ela puxa meu cabelo, sei que também precisa de mim. Eu me perco dentro dela e a sinto perder o controle.
— Ah, meu bem — digo, com um gemido, e ela goza em mim, gritando alto.
Eu gozo em seguida, sussurrando seu nome. Depois a beijo e a abraço, recuperando a compostura. Minha testa está encostada na dela; nossos olhos, fechados.
— Ah, Ana. Preciso tanto de você.
Fecho os olhos e beijo sua testa, feliz por tê-la encontrado.
— E eu de você, Christian — diz ela, arfando.
Eu a solto, ajeito sua saia e abotoo os dois primeiros botões da sua camisa. Em seguida, digito a senha no painel do elevador, religando-o.
— Taylor deve estar se perguntando onde estamos — digo, e dou um sorriso malicioso enquanto ela tenta, em vão, ajeitar o cabelo.
Após mais algumas tentativas malsucedidas, ela desiste e opta por um rabo de cavalo.
— Vai ter que ser isso mesmo.
Tento acalmá-la, fecho o zíper, e coloco a camisinha e a calcinha estraçalhada no bolso da calça para jogar fora mais tarde.
Taylor nos aguarda quando as portas se abrem.
— Ocorreu um problema com o elevador — digo ao sairmos, mas evito fazer contato visual.
Ana corre para o quarto, sem dúvidas para tomar um banho, enquanto vou para a cozinha, onde a Sra. Jones está preparando o jantar.
— O Saab chegou, Sr. Grey — diz Taylor, tendo me seguido até a cozinha.
— Ótimo. Vou avisar a Ana.
— Sim, senhor.
Ele sorri. Taylor e Gail se entreolham antes de ele se virar para sair.
— Boa noite, Gail — digo, ignorando a troca de olhar deles.

Tiro o paletó, que penduro no banco, e me sento diante da bancada.

— Boa noite, Sr. Grey. O jantar já vai ficar pronto.

— O cheiro está bom.

Caramba, estou morrendo de fome.

— *Coq au vin* para dois. — Ela me olha de soslaio, satisfeita, ao pegar dois pratos. — Eu gostaria de saber se a Srta. Steele estará conosco amanhã.

— Sim.

— Vou preparar o almoço dela novamente.

— Ótimo.

Ana volta e se junta a mim na bancada da cozinha, e a Sra. Jones serve nosso jantar.

— Bom apetite, Sr. Grey, Ana — diz ela, nos deixando a sós.

Pego uma garrafa de vinho branco na geladeira e sirvo nós dois. Ana ataca a comida. Está com fome.

— Gosto de ver você comer.

— Eu sei.

Ela coloca um pedaço de frango na boca. Rio e bebo um gole de vinho.

— Conte-me algo bom sobre o seu dia — diz ela, ao terminar de mastigar.

— Demos um grande passo hoje no design do tablet a energia solar. Ele vai ter muitas funcionalidades diferentes. Também vamos produzir telefones a energia solar.

— Você está animado com isso?

— Muito. E tanto a produção quanto a distribuição nos países em desenvolvimento serão baratas.

— Cuidado, você não está conseguindo disfarçar seu lado filantrópico — provoca ela, mas sua expressão é cheia de afeto. — Então, é só em Nova York e Aspen que você tem propriedades?

— É.

— Onde em Nova York?

— TriBeCa.

— Fale mais.

— É um apartamento que raramente uso. Na verdade, minha família usa mais do que eu. Posso levar você quando quiser.

Ana se levanta, pega meu prato e o coloca na pia. Acho que ela está prestes a lavar a louça.

— Deixe isso. Gail vai lavar.

Ela parece mais feliz do que quando entrou no carro.

— Bem, agora que você está mais dócil, Srta. Steele, vamos conversar sobre hoje?

— Acho que é você quem está mais dócil. E acho que estou fazendo um belo trabalho em domesticar você.

— Me domesticar? — resmungo, achando graça no fato de ela achar que preciso ser domesticado.

Ela assente com a cabeça. Está falando sério.

Me domesticando.

Bem, sem dúvidas estou mais dócil desde o nosso encontro amoroso no elevador. E ela ficou mais do que feliz em contribuir com o que fizemos. Será que é a isso que está se referindo?

— É. Talvez seja isso que você esteja fazendo, Anastasia.

— Você estava certo sobre Jack — diz ela, e se inclina sobre a bancada, com uma expressão séria.

Fico em pânico.

— Ele tentou alguma coisa?

Ela nega com a cabeça.

— Não, nem vai tentar, Christian. Eu disse a ele hoje que sou sua namorada, e ele se retraiu na hora.

— Tem certeza? Eu poderia demitir esse filho da puta.

Ele já era. Quero ele na rua.

Ana suspira.

— Você tem que me deixar lutar minhas próprias batalhas. Não pode ficar constantemente tentando adivinhar tudo o que vai me acontecer e me proteger o tempo todo. É sufocante, Christian. Nunca vou evoluir com essa interferência incessante. Preciso de um pouco de liberdade. Eu jamais sonharia em interferir nos seus assuntos.

— Só quero que você fique segura, Anastasia. Se alguma coisa acontecesse com você, eu...

— Eu sei — diz ela. — E entendo por que você sente tanta necessidade de me proteger. E parte de mim adora isso. Sei que se precisar de você, você vai estar lá, da mesma forma como eu vou estar lá por você. Mas, se quisermos alguma esperança de um futuro juntos, você tem que confiar em mim e no meu julgamento. Sim, eu vou me enganar de vez em quando, vou cometer alguns erros, mas tenho que aprender.

É um pedido suplicante, e sei que ela está certa.

É só... É só que...

As palavras de Flynn surgem na minha mente: *Você vai afastá-la se continuar agindo assim.*

Ela vem até mim com uma determinação silenciosa e, pegando minhas mãos, as coloca na sua cintura. Delicadamente, apoia as mãos nos meus braços.

— Você não pode interferir no meu trabalho. É errado. Não preciso de você invadindo o meu dia feito um cavaleiro numa armadura branca que vem para salvar o dia. Sei que você quer controlar tudo, e entendo o porquê, mas você não pode. É uma meta impossível... você tem que aprender a se desligar. — Ela acaricia meu rosto. — Se você puder fazer isso... se puder me dar isso... eu venho morar com você.

— Você faria isso?

— Faria.

— Mas você mal me conhece — confesso, subitamente tomado pelo pânico. Preciso contar a ela.

— Eu o conheço o suficiente, Christian. Nada que você me diga sobre si mesmo vai me assustar.

Duvido disso. Ela não sabe por que faço o que faço.

Ana não conhece o monstro.

Ela toca meu rosto outra vez, tentando me reconfortar.

— Mas, se você pudesse me dar só um pouquinho de espaço.

— Estou tentando, Anastasia. Eu não podia ficar de braços cruzados e deixar você ir para Nova York com aquele... cretino. Ele tem uma reputação terrível. Nenhuma das assistentes dele durou mais de três meses, e elas nunca são transferidas para outro setor da empresa. Não quero que você passe por isso, baby. Não quero que nada aconteça com você. Que você se machuque... o pensamento me apavora. Não posso prometer que não vou interferir, não se achar que você pode se machucar. — Respiro fundo. — Eu amo você, Anastasia. Vou fazer tudo que posso para protegê-la. Não consigo imaginar minha vida sem você.

Belo discurso, Grey.

— Eu também amo você, Christian.

Ela enlaça meu pescoço com os braços e me beija, a língua brincando com meus lábios.

Taylor tosse ao fundo, e me endireito, com Ana ao meu lado.

— Sim? — dirijo-me a Taylor, um pouco mais irritado do que pretendia.

— A Sra. Lincoln está subindo, senhor.

— O quê?

Taylor dá de ombros, como se pedisse desculpas.

Balanço a cabeça.

— Bem, isso vai ser interessante — murmuro, dando um sorriso resignado para Ana.

Ela olha de mim para Taylor, e acho que não está acreditando. Ele balança a cabeça e sai.

— Você falou com ela hoje? — pergunta.

— Falei.

— O que você disse?

— Falei que você não quer se encontrar com ela, e que eu entendo os seus motivos. Falei também que não gosto que ela aja pelas minhas costas.

— E o que ela respondeu?

— Ela me dispensou de um jeito que só Elena é capaz de fazer.

— Por que você acha que ela veio aqui?

— Não tenho ideia.

Taylor volta à sala.

— A Sra. Lincoln — anuncia, e lá está Elena olhando para nós dois.

Puxo Ana para mais perto.

— Elena — digo, intrigado com o motivo que a trouxe aqui.

Ela olha de mim para Ana.

— Desculpe. Não sabia que você estava acompanhado, Christian. É segunda-feira — diz ela.

— Namorada — esclareço.

Submissas só no final de semana, Sra. Lincoln. Você sabe disso.

— Claro. Oi, Anastasia. Não sabia que você estaria aqui. Sei que você não quer falar comigo. Aceito isso.

— Aceita? — O tom de voz de Ana é fúnebre.

Droga.

Elena vem em nossa direção.

— Sim, já entendi a mensagem. Não vim aqui para ver você. Como eu disse, Christian raramente está acompanhado durante a semana. — Faz uma pausa e se dirige a Ana. — Estou com um problema e preciso conversar com ele a respeito.

— Ah? Aceita uma bebida? — pergunto.

— Sim, por favor — responde ela.

Pego uma taça. Quando me viro, as duas estão sentadas, constrangidas, na bancada da cozinha.

Merda.

Que dia. Que dia. Que dia. Só piora.

Sirvo vinho para as duas e me sento entre elas.

— Qual o problema? — pergunto a Elena.

Seus olhos se fixam em Ana.

— Anastasia está comigo agora.

Estendo o braço e aperto a mão de Ana para tranquilizá-la, na esperança de que ela fique calada.

Quanto antes Elena der sua bênção, mais cedo vai embora.

Elena parece nervosa, o que não é comum. Ela brinca com o anel, sinal de que está incomodada com algo.

— Estou sendo chantageada.
— De que forma? — pergunto, chocado.
Ela pega um bilhete na bolsa. Não quero tocar nele.
— Coloque aqui, na bancada.
Indico a bancada de mármore com o queixo e aperto a mão de Ana com mais força.
— Não quer tocar? — pergunta Elena.
— Não. Impressões digitais.
— Christian, você sabe que não posso levar isso à polícia.
Ela deixa o bilhete na bancada. Está escrito em letras garrafais.

SRA LINCOLN
CINCO MIL
OU CONTO TUDO.

— Estão pedindo só cinco mil dólares? — Que estranho. — Tem alguma ideia de quem seja? Alguém do grupo?
— Não — responde ela.
— Linc?
— O quê? Depois de todo esse tempo? Acho que não.
— Isaac já sabe?
— Não contei ainda.
— Acho que ele deveria saber.
Ana puxa a mão. Ela quer sair.
— O que foi? — pergunto a Ana.
— Estou cansada. Acho que vou dormir — responde.
Analiso sua expressão para descobrir o que ela está pensando, mas, como sempre, não faço ideia.
— Tudo bem — respondo. — Não vou demorar.
Solto sua mão, e ela se levanta.
— Boa noite, Anastasia — diz Elena.
Ana responde com frieza, e sai da sala com uma postura cheia de atitude. Volto a atenção para Elena.
— Acho que eu não posso fazer muita coisa, Elena. Se é uma questão de dinheiro... — Paro de falar. Ela sabe que eu lhe daria o dinheiro. — Posso pedir a Welch para investigar.
— Não, Christian, só queria dividir isso com você. Você parece muito feliz — acrescenta, mudando de assunto.
— E estou.

Ana acabou de aceitar vir morar comigo.

— Você merece.

— Queria que isso fosse verdade.

— Christian. — O tom de Elena é de censura. — Ela sabe o quão negativo você é a respeito de si mesmo? Sobre os seus problemas?

— Ela me conhece melhor do que ninguém.

— Ai! Essa doeu.

— É verdade, Elena. Não preciso fazer joguinhos com ela. E estou falando sério, deixe Anastasia em paz.

— Qual o problema dela?

— Você... O que nós tivemos. O que nós fizemos. Ela não entende.

— Faça-a entender.

— Isso é passado, Elena, e por que eu iria querer corrompê-la explicando a relação doentia que tivemos? Ela é boa, gentil e inocente, e, por algum milagre, me ama.

— Não é milagre nenhum, Christian. Tenha um pouco de fé em si mesmo. Você é um partido e tanto. Já falei isso inúmeras vezes. E ela também parece ótima. Forte. Alguém que vai estar do seu lado.

— Ela é mais forte do que nós dois.

Os olhos de Elena estão frios. Ela está pensativa.

— Você não sente falta?

— De quê?

— Do quarto de jogos.

— Isso realmente não é da sua conta.

— Desculpe.

Seu sarcasmo é irritante; ela fala sem nenhum remorso.

— Acho que é melhor você ir embora. E, por favor, telefone antes de aparecer de novo.

— Desculpe, Christian — repete ela, e parece estar sendo sincera. — Desde quando você é assim tão sensível?

— Elena, nós temos uma relação de trabalho que tem beneficiado incrivelmente a nós dois. Vamos manter as coisas assim. O que aconteceu entre a gente é passado. Anastasia é o meu futuro, e eu não vou arriscar isso de forma alguma, então chega dessa merda.

— Entendi.

Elena me lança um olhar severo, como se tentasse descobrir a fonte da minha irritação. Esse olhar me deixa desconfortável.

— Olhe, sinto muito pelo seu problema. Talvez você tenha que encarar a situação e pagar para ver.

— Não quero perder você, Christian.
— Não sou seu para você perder, Elena.
— Não foi o que quis dizer.
— E o que você quis dizer? — pergunto, irritado.
— Olhe, não quero discutir com você. Sua amizade significa muito para mim. Vou deixar Anastasia em paz. Mas estarei aqui se você precisar de mim. Sempre.
— Anastasia acha que você me viu no sábado passado. Você ligou, foi só isso. Por que você falou para ela que encontrou comigo?
— Queria que ela soubesse o quão perturbado você ficou quando ela foi embora. Não quero que ela magoe você.
— Ela sabe. Eu mesmo falei. Pare de interferir. Falando sério, você está parecendo uma mãe dominadora.
Elena ri, mas é uma risada vazia, e quero muito que ela vá embora.
— Eu sei. Desculpe-me. Você sabe como eu me preocupo com você. Nunca achei que você fosse se apaixonar, Christian. É muito gratificante ver isso. Mas eu não suportaria se ela machucasse você.
— Estou assumindo os riscos — respondo secamente. — Agora, tem certeza de que não quer que Welch dê uma pesquisada no assunto?
— Imagino que não faria mal algum.
— Certo. Falo com ele amanhã de manhã.
— Obrigada, Christian. E desculpe. Não queria atrapalhar vocês. Estou indo. Da próxima vez eu ligo.
— Ótimo.
Eu me levanto. Ela entende o recado e se levanta também. Vamos até o saguão, e ela me dá um beijo na bochecha.
— Só estou cuidando de você — diz.
— Eu sei. Ah, e outra coisa: pode não fofocar com a minha mãe sobre meu relacionamento com Ana?
— Certo — responde ela, mas com a boca contraída. Está irritada.
As portas do elevador se abrem, e ela entra.
— Boa noite.
— Boa noite, Christian.
As portas se fecham e as palavras que Ana escreveu no e-mail mais cedo me vêm à cabeça.
Bagagem irritante.
Rio sem querer. *Sim, Ana. Você está certíssima.*
Eu a encontro sentada na minha cama. Sua expressão é inescrutável.
— Ela já foi — digo, ansioso para descobrir a reação de Ana.
Não sei o que ela está pensando.

— Você pode me contar mais sobre ela? Estou tentando entender por que você acha que ela o ajudou. — Ana olha para as próprias unhas, depois para mim, os olhos cheios de convicção. — Eu abomino essa mulher, Christian. Acho que ela lhe causou danos irreparáveis. Você não tem amigos. Ela o afastou das outras pessoas?

Ah, caramba. Não aguento mais. Não preciso disso agora.

— Por que diabo você quer saber sobre ela? Tivemos um longo caso, ela me batia para caralho com frequência, e eu comia ela de maneiras que você nem pode imaginar. Fim de papo.

Ela fica pálida, em choque, os olhos brilhando, e joga o cabelo sobre os ombros.

— Por que está com tanta raiva?

— Porque aquela merda toda já acabou! — grito.

Ana vira a cabeça, comprimindo a boca.

Droga.

Por que sou tão suscetível quando estou com ela...?

Calma, Grey.

Eu me sento ao seu lado.

— O que você quer saber?

— Você não precisa me dizer nada. Não quero me meter.

— Anastasia, não é isso. Não gosto de falar dessa droga. Vivi numa bolha durante anos sem que nada me afetasse e sem precisar me justificar para ninguém. Ela sempre esteve do meu lado, como uma espécie de confidente. E agora meu passado e meu futuro estão colidindo de um jeito que nunca achei que fosse possível. Nunca achei que fosse ter um futuro com alguém, Anastasia. Você me dá esperança e me faz pensar sobre todas as possibilidades.

Você disse que viria morar comigo.

— Eu estava ouvindo — sussurra ela, e acho que está envergonhada.

— O quê? A nossa conversa?

Meu Deus. O que foi que eu disse mesmo?

— É.

— E aí?

— Ela se preocupa com você.

— É, ela se preocupa. E eu me preocupo com ela, do meu jeito, mas isso não chega nem perto do que sinto por você. Se o problema for esse.

— Não estou com ciúme — acrescenta rapidamente, jogando o cabelo sobre o ombro outra vez.

Não sei se acredito nela.

— Você não ama Elena?

Suspiro.

— Há muito tempo eu achei que a amava.
— Quando estávamos na Geórgia, você disse que não a amava.
— É verdade.
Ela está confusa.
Ah, baby, preciso desenhar para você?
— Eu já amava você, Anastasia. Você é a única pessoa por quem eu viajaria cinco mil quilômetros. O que eu sinto por você é muito diferente de qualquer coisa que já senti por Elena.
Ana me pergunta quando descobri isso.
— Ironicamente, foi a própria Elena quem me falou. Ela me encorajou a ir até a Geórgia.
A expressão de Ana muda. Ela parece apreensiva.
— Então você a desejava? Quando era mais novo.
— Sim. Ela me ensinou muita coisa. Ensinou-me a acreditar em mim mesmo.
— Mas ela também bateu muito em você.
— É, bateu.
— E você gostava?
— Naquela época, sim.
— Tanto que você quis fazer isso com outras pessoas?
— É.
— E ela ajudou você com isso?
— Ajudou.
— Ela foi sua submissa?
— Sim.
Ana está chocada. *Não me pergunte se não quer saber.*
— E você espera que eu goste dela?
— Não, embora isso fosse facilitar e muito a minha vida. Entendo sua hesitação.
— Hesitação! Meu Deus, Christian... se ela tivesse feito isso com um filho seu, como você se sentiria?
Que pergunta ridícula.
Eu com um filho?
Nunca.
— Eu não precisava ter ficado com ela. A escolha também foi minha, Anastasia.
— Quem é Linc?
— O ex-marido dela.
— Lincoln Timber?
— Ele mesmo.
— E Isaac?

— O submisso atual dela. Ele tem vinte e tantos anos, Anastasia. É um adulto que sabe o que está fazendo.

— Da mesma idade que você — diz ela.

Já chega. Já chega.

— Olhe, Anastasia, como falei para ela, ela é parte do meu passado. Você é o meu futuro. Não deixe que ela atrapalhe isso, por favor. E, sinceramente, já cansei desse assunto. Preciso trabalhar. — Fico de pé e olho para ela. — Esqueça isso. Por favor.

Ela ergue o queixo daquele seu jeito determinado, mas prefiro ignorar o gesto.

— Ah, já ia me esquecendo — acrescento. — Seu carro chegou um dia antes. Está lá na garagem. A chave está com Taylor.

Ela exibe uma expressão animada.

— Posso dirigir amanhã?

— Não.

— Por que não?

— Você sabe por quê.

Leila. Preciso soletrar?

— O que me faz lembrar — continuo. — Se for sair do escritório, avise-me. Sawyer estava lá, vigiando você. Aparentemente, não posso confiar em você para cuidar de si mesma sozinha.

— Parece que também não posso confiar em você — retruca ela. — Você podia ter me avisado que Sawyer estava me vigiando.

— Você quer brigar por causa disso também? — pergunto.

— Não achei que estivéssemos brigando. Achei que estivéssemos conversando — responde ela, o olhar irritado fixo em mim.

Fecho os olhos, me esforçando para manter a calma. Não vamos chegar a lugar algum com isso.

— Tenho que trabalhar — digo, e saio, deixando-a sentada na cama antes de dizer algo de que vá me arrepender.

Todas essas perguntas.

Se ela não gosta das respostas, por que pergunta?

Elena também está puta.

Quando me sento à escrivaninha, vejo que já recebi um e-mail dela.

De: Elena Lincoln
Assunto: Sobre esta noite
Data: 13 de junho de 2011 21:16
Para: Christian Grey

Christian,
Me desculpe. Não sei o que me deu para aparecer na sua casa daquele jeito.
Acho que estou perdendo sua amizade. É só isso.
Sua amizade e seus conselhos são importantes para mim.
Eu não estaria onde estou sem você.
Só quero que saiba disso.

ELENA LINCOLN
ESCLAVA
Para a Beleza Que Há Em Você ™

Acho que ela também está querendo me dizer que eu não estaria onde estou sem ela. E é verdade.

Ela agarra meu cabelo, puxando minha cabeça para trás.
— O que quer me dizer? — murmura, os olhos azuis e frios perfurando os meus.
Estou acabado. Meus joelhos estão doloridos. Minhas costas, cobertas de vergões. Minhas coxas estão me matando. Não aguento mais. E ela está me encarando diretamente nos olhos. Esperando.
— Quero largar Harvard, senhora — digo.
E é uma confissão difícil. Harvard sempre foi um objetivo. Para mim. Para os meus pais. Só para mostrar a eles que eu conseguia. Só para provar que eu não era o caso perdido que eles achavam.
— Largar a faculdade?
— Sim, senhora.
Ela solta o meu cabelo e balança o açoite de um lado para outro.
— O que você vai fazer?
— Quero abrir meu próprio negócio.
Com a unha vermelha, Elena percorre minha bochecha até a boca.
— Eu sabia que algo o incomodava. Sempre preciso bater em você para arrancar essas coisas, não é?
— Sim, senhora.
— Vista-se. Vamos conversar sobre isso.

Balanço a cabeça. Não é hora de pensar em Elena. Passo para meus outros e-mails.

QUANDO OLHO PARA O relógio, já são dez e meia.
Ana.

Eu me distraí com a versão definitiva do contrato da SIP. Será que devo acrescentar a demissão de Hyde como uma condição? Mas isso pode servir de justificativa para uma ação legal.

Eu me levanto, me espreguiço e vou para o quarto.

Ana não está lá.

E ela não estava na sala. Subo correndo a escada até o quarto das submissas, mas está vazio. *Merda.*

Onde ela se meteu? Na biblioteca?

Desço depressa a escada.

Eu a encontro dormindo encolhida em uma das poltronas da biblioteca. Está usando uma camisola de cetim cor-de-rosa, o cabelo solto escondendo o seio. No colo, um livro aberto: *Rebecca*, de Daphne du Maurier.

Sorrio. A família do meu avô Theodore é da Cornualha, por isso a coleção de Daphne du Maurier.

Pego Ana no colo.

— Oi. Você caiu no sono. Não conseguia encontrá-la.

Dou um beijo nela, que coloca os braços ao redor do meu pescoço e diz alguma coisa que não entendo. Eu a levo até o meu quarto e a deixo na cama.

— Durma, baby.

Beijo delicadamente sua testa e vou tomar banho.

Quero lavar o dia de hoje do meu corpo.

TERÇA-FEIRA, 14 DE JUNHO DE 2011

De repente, estou acordado. Meu coração disparou, e uma grande inquietação me deixa com um nó na garganta. Estou deitado nu ao lado de Ana, que dorme profundamente. Meu Deus, eu invejo a habilidade que ela tem para dormir. A luz da minha cabeceira ainda está acesa, o relógio marca 1h45, e não consigo me livrar da aflição.

Leila?

Corro até o closet e pego uma calça e uma camiseta. No quarto, olho embaixo da cama. A porta da varanda está trancada. Atravesso depressa o corredor até o escritório de Taylor. A porta está aberta, eu bato e entro. Ryan se levanta, surpreso por me ver.

— Boa noite, senhor.
— Oi, Ryan. Tudo bem?
— Sim, senhor. Está tudo tranquilo.
— Nada no...

Aponto para os monitores de segurança.

— Nada, senhor. O local está protegido. Reynolds acabou de fazer uma ronda de verificação.
— Ótimo. Obrigado.
— De nada, Sr. Grey.

Fecho a porta e vou até a cozinha beber água. Observando a sala, as janelas e a escuridão, eu tomo um gole.

Cadê você, Leila?

Eu a vejo em pensamento, de cabeça baixa. Desejando. Esperando. Querendo. Ajoelhada no meu quarto de jogos, dormindo no quarto dela, ajoelhada ao meu lado enquanto trabalho no escritório. E, até onde eu sei, ela deve estar vagando pelas ruas de Seattle, com frio, sozinha e agindo feito uma louca.

Talvez eu esteja inquieto porque Ana aceitou morar aqui.

Posso protegê-la. Mas não é isso que ela quer.

Balanço a cabeça. Anastasia é um desafio.

Um desafio e tanto.

Bem-vindo à experiência de se apaixonar. As palavras de Flynn me assombram. Então é assim. Confuso, revigorante, exaustivo.

Vou até o piano de cauda e baixo a tampa para proteger as cordas o mais silenciosamente que consigo. Não quero acordá-la. Eu me sento e olho para as teclas. Não toco há alguns dias. Encosto os dedos no teclado e começo a tocar. Enquanto o noturno em si bemol menor de Chopin se espalha pela sala, fico sozinho com a música melancólica, que acalma minha alma.

Um movimento na visão periférica chama minha atenção. Ana está nas sombras. Seus olhos brilham com a luz do corredor, e eu continuo tocando. Ela vem na minha direção, com o roupão de cetim rosa-claro. Está deslumbrante: uma diva que saiu das telas de cinema.

Quando chega perto de mim, tiro as mãos das teclas. Quero tocá-la.

— Por que você parou? Estava tão bonito — diz ela.

— Você tem alguma ideia de como está atraente?

— Venha para a cama — convida ela.

Ofereço a mão, e quando ela segura, eu a puxo para o colo e a abraço, beijando seu pescoço exposto e passando os lábios pela pulsação. Ela estremece nos meus braços.

— Por que a gente briga? — pergunto enquanto meus dentes provocam o lóbulo da sua orelha.

— Porque estamos nos conhecendo, e porque você é teimoso, irritadiço, mal-humorado e difícil.

Ela inclina a cabeça para me dar mais acesso ao pescoço. Sorrio novamente na pele dela enquanto roço meu nariz.

Um desafio.

— Sou tudo isso, Srta. Steele. Não sei como você me aguenta.

Passo os dentes no lóbulo da orelha dela.

— Humm...

Ela deixa claro que é gostoso.

— É sempre assim? — sussurro na sua pele.

Eu nunca me canso dela?

— Não tenho ideia — diz Ana, a voz um pouco além de um suspiro.

— Nem eu.

Desamarro a faixa do roupão, que se abre, revelando a camisola embaixo, que está grudada no corpo dela, marcando cada curva, cada declive, cada vale. Minha mão vai do rosto para os seios dela, e os mamilos endurecem, se destacando no cetim quando os percorro com os dedos. Levo a mão à cintura dela e depois ao quadril.

— Você fica tão gostosa com esse tecido, e eu consigo ver tudo... até isto.

Puxo delicadamente os pelos pubianos, visíveis como uma leve protuberância embaixo do tecido.

Ela ofega. Vou subindo a mão por seu pescoço e a enfio no cabelo, inclinando sua cabeça para trás. Eu a beijo, fazendo-a abrir a boca e provando a língua dela.

Ana geme mais uma vez e apoia os dedos no meu rosto, acariciando minha barba por fazer enquanto seu corpo se empertiga sob meu toque.

Delicadamente, levanto a camisola, apreciando a sensação do cetim suave e macio subindo por seu belo corpo, revelando as pernas compridas e lindas. Minha mão encontra sua bunda. Ela está nua. Eu a aninho na mão e passo a unha do polegar pela parte interna da coxa.

Eu a quero. Aqui. No meu piano.

Eu me levanto abruptamente, surpreendendo Ana, e a coloco em cima do piano, deixando-a sentada na parte da frente com os pés nas teclas. Duas cordas dissonantes tocam na sala enquanto ela olha para mim. De pé, entre as pernas dela, seguro suas mãos.

— Deite-se.

Eu a faço se deitar no piano. O cetim se espalha feito líquido pela beirada da madeira preta brilhante e pelas teclas.

Quando Ana está deitada de costas, eu a solto, tiro a camiseta e abro as pernas dela. Seus pés tocam uma melodia nas teclas graves e agudas. Beijo a parte interna do joelho direito e sigo beijando e mordiscando enquanto subo até coxa. A camisola levanta, revelando mais e mais da minha linda garota. Ela geme. Sabe o que tenho em mente. Seus pés se flexionam, e os sons dissonantes das teclas ressoam pela sala, um acompanhamento irregular da respiração acelerada dela.

Chego ao meu objetivo: o clitóris. E a beijo uma vez, apreciando o tremor que sobe pelo corpo dela. Em seguida, sopro os pelos pubianos para abrir um pequeno espaço para a minha língua. Afasto ainda mais as pernas dela e a mantenho no lugar. Ela é minha. Exposta. À minha mercê. E eu adoro isso. Lentamente, começo a fazer movimentos circulares com a língua na área sensível. Ana grita, e eu continuo, enquanto ela se contorce embaixo de mim, erguendo o quadril, pedindo mais.

Eu não paro.

Eu a consumo.

Até meu rosto ficar encharcado.

De mim.

Dela.

As pernas de Ana começam a tremer.

— Ah, Christian, por favor.

— Ah, não, baby, ainda não.

Faço uma pausa e respiro fundo. Ela está deitada à minha frente de cetim, o cabelo espalhado pelo ébano polido. Está linda, iluminada apenas pela luz baixa.

— Não — choraminga.

Ela não quer que eu pare.

— Essa é a minha vingança, Ana. Se você discute comigo, vou descontar no seu corpo de alguma forma.

Beijo a barriga dela, sentindo os músculos se contraírem sob os meus lábios.

Ah, baby, você está tão pronta.

Minhas mãos sobem por suas coxas, acariciando, massageando, provocando.

Com a língua, circulo o umbigo dela enquanto meus polegares alcançam a junção das coxas.

— Ah!

Ana sufoca um grito quando enfio um polegar nela e o outro provoca seu clitóris, em um movimento contínuo.

Ela arqueia as costas no piano.

— Christian! — grita ela.

Chega, Grey.

Levanto os pés dela das teclas e os empurro, e Ana desliza com facilidade pelo tampo do piano. Abro o zíper, pego uma camisinha e deixo a calça cair no chão. Subo no piano e me ajoelho entre as pernas dela enquanto coloco a camisinha. Ela me observa, a expressão intensa e cheia de desejo. Subo pelo corpo dela até ficarmos cara a cara. Meu amor e meu desejo estão refletidos em seus olhos misteriosos.

— Quero tanto você — sussurro, e a possuo lentamente.

Saio.

E entro.

Ela aperta meus bíceps e inclina a cabeça, a boca bem aberta.

Ela está muito perto.

Aumento a velocidade. As pernas de Ana se flexionam embaixo de mim e ela dá um grito abafado ao gozar. Eu me entrego, me perdendo na mulher que amo.

ACARICIO SEU CABELO ENQUANTO ela apoia a cabeça no meu peito.

— Você costuma beber chá ou café à noite? — pergunta Ana.

— Que pergunta esquisita.

— Pensei em levar uma bebida para você no seu escritório, mas então percebi que não sabia o que você prefere.

— Ah, entendi. De noite é sempre água ou vinho, Ana. Embora talvez eu devesse experimentar chá.

Levo a mão do cabelo dela até as costas, afagando, tocando, acariciando.

— Sabemos mesmo muito pouco a respeito um do outro — sussurra ela.
— Eu sei.
Ana não me conhece. E quando conhecer...
Ela ergue o corpo, franzindo a testa.
— O que foi?
Eu queria poder contar. Mas, se contar, você vai embora.
Aninho seu rosto lindo e doce.
— Amo você, Ana Steele.
— Eu também amo você, Christian Grey. Nada que você me contar vai me afastar.
Vamos ver, Ana. Vamos ver.
Eu a afasto para o lado, me sento e saio do piano, depois a tiro de lá.
— Cama — sussurro.

Vovô Trev-yan e eu estamos colhendo maçãs.
Está vendo as maçãs vermelhas naquela macieira verde?
Faço que sim.
Nós as colocamos aí. Você e eu. Lembra?
Nós enganamos essa velha macieira.
Ela achava que ia produzir maçãs verdes amargas.
Mas produziu maçãs vermelhas e doces. Lembre-se disso.
Faço que sim.
Ele leva a maçã até o nariz e cheira.
Sinta o cheiro.
O cheiro é bom. O cheiro é forte.
Ele esfrega a maçã na camisa e me entrega.
Experimente. Dou uma mordida.
É crocante e deliciosa e torta de maçã.
Sorrio. Minha barriga está feliz.
Essas maçãs se chamam fuji.
Quer experimentar a verde?
Não sei.
Vovô dá uma mordida, e seus ombros tremem.
Ele faz uma careta.
É horrível.
Ele me oferece a maçã. E sorri. Eu sorrio e dou uma mordida.
Um tremor desce da cabeça aos meus pés.
HORRÍVEL.
Também faço uma careta. Ele ri. Eu rio.

Colhemos as maçãs vermelhas e as colocamos em um cesto.
Nós enganamos a árvore.
Não é horrível. É doce.
Nada horrível. Doce.

O AROMA É EVOCATIVO. O pomar do meu avô. Abro os olhos. Estou enroscado nela. Seus dedos estão no meu cabelo, e ela sorri timidamente para mim.
— Bom dia, linda — murmuro.
— Bom dia para você também, lindo.
Meu corpo tem outra saudação em mente. Dou um beijo nela antes de desenroscar as pernas das dela. Apoiado em um cotovelo, eu a observo.
— Dormiu bem?
— Dormi, apesar da interrupção no meio da noite.
— Hum. Você pode interromper meu sono assim sempre que quiser.
Eu a beijo de novo.
— E você? Dormiu bem?
— Eu sempre durmo bem com você, Anastasia.
— Não teve mais pesadelos?
— Não.
Só sonhos. Sonhos agradáveis.
— Sobre o que são os seus pesadelos?
A pergunta dela me pega de surpresa, e de repente me lembro de mim mesmo aos quatro anos: indefeso, perdido, solitário, magoado e cheio de raiva.
— São flashbacks da minha primeira infância, ou foi o que o Dr. Flynn me disse. Alguns são bem vívidos, outros menos.
Fui uma criança que sofreu negligência e abuso.
Minha mãe não me amava.
Não me protegia.
Ela se matou e me abandonou.
A prostituta drogada morta no chão.
A queimadura.
A queimadura, não.
Não. Não pense nisso, Grey.
— E você acorda gritando e chorando?
A pergunta de Ana me traz de volta ao presente. Fico passando o dedo pela clavícula dela, sem perder o contato com seu corpo. Meu apanhador de sonhos.
— Não, Anastasia. Nunca chorei. Não que eu me lembre.
Nem aquele filho da puta conseguiu me fazer chorar.
— Você não tem memórias felizes da sua infância?

— Eu me lembro da prostituta viciada cozinhando. Lembro-me do cheiro. Acho que era um bolo de aniversário. Para mim.

Mamãe está na cozinha.
O cheiro é bom.
Gostoso, quente e de chocolate.
Ela canta.
A música feliz da mamãe.
Ela sorri.
É para você, verme.
Para mim.

— E me lembro da chegada de Mia com meus pais. Minha mãe estava preocupada com minha reação, mas eu adorei o bebezinho logo de cara. Minha primeira palavra foi Mia. Lembro-me da minha primeira aula de piano. A Srta. Kathie, minha professora, era o máximo. Ela criava cavalos também.

— Você disse que sua mãe o salvou. Como?

Grace? Não é óbvio?

— Ela me adotou. Quando a vi pela primeira vez, achei que fosse um anjo. Estava toda de branco e era tão gentil e calma enquanto me examinava. Nunca vou me esquecer daquilo. Se ela tivesse dito não, ou se Carrick tivesse dito não...

Porra. Eu estaria morto agora.

Olho para o despertador: 6h15.

— Isso tudo é meio pesado para essa hora da manhã.

— Fiz uma promessa de conhecer você melhor — diz Ana, com uma expressão sincera e maliciosa ao mesmo tempo.

— Fez, é, Srta. Steele? Achei que você queria saber se eu prefiro chá ou café. De qualquer forma, sei de um jeito que pode ajudar você a me conhecer melhor.

Eu a cutuco com a minha ereção.

— Acho que já conheço você bastante bem nesse quesito.

Sorrio.

— Acho que eu nunca vou conhecer você o bastante nesse quesito. Sem dúvida existem vantagens de se acordar ao seu lado.

Mexo na orelha dela.

— Você não tem que se levantar?

— Hoje não. Só tem uma coisa que quer se levantar agora, Srta. Steele.

— Christian!

Rolo para cima dela e seguro suas mãos, para que fiquem acima da cabeça. Beijo seu pescoço.

— Ah, Srta. Steele. — Segurando suas mãos com uma das minhas, enfio a outra debaixo do corpo dela, e em ritmo lento puxo a camisola de cetim, até minha ereção se aninhar no sexo dela. — Ah, as coisas que eu queria fazer com você — sussurro.

Ela sorri e ergue o quadril na minha direção.

Sua safada.

Mas antes precisamos de uma camisinha.

Estendo a mão até a mesa de cabeceira.

ANA SE JUNTA A mim no balcão para o café da manhã. Está usando um vestido azul-claro e sapatos de salto. Está lindíssima, mais uma vez. Eu a observo devorar o café da manhã. Estou relaxado. Feliz, até. Ela disse que vai morar comigo, e comecei o dia transando. Dou um sorriso malicioso e me pergunto se Ana acharia isso engraçado. Ela se vira para mim.

— Quando vou conhecer seu personal trainer, Claude, e ver o que ele é capaz de fazer?

— Depende. Vai querer ir a Nova York neste fim de semana ou não? Ou você pode marcar uma sessão de manhã cedo durante a semana. Posso pedir para a Andrea checar a agenda dele e avisar você.

— Andrea?

— Minha secretária.

Ela volta hoje. Que alívio.

— Uma das suas muitas louras?

— Ela não é minha. Ela trabalha para mim. Você é minha.

— Eu trabalho para você.

Ah, sim!

— É verdade.

— Talvez Claude possa me ensinar a lutar kickbox — diz Ana, dando um sorriso bobo também.

Ela obviamente quer melhorar suas chances contra mim. Isso pode ser interessante.

— Quero ver, Srta. Steele.

Ana morde a panqueca e olha para trás.

— Você abriu a tampa do piano de novo.

— Eu tinha fechado para não acordar você. Pelo visto não deu certo, mas fico feliz por isso.

Ana fica vermelha.

Sim. Há muito a ser dito sobre sexo no piano. E sexo logo de manhã. É ótimo para o meu humor.

A Sra. Jones interrompe nosso momento. Inclina-se e coloca um saco de papel com o almoço de Ana na frente dela.

— Para mais tarde, Ana. Atum, tudo bem?

— Ah, sim. Obrigada, Sra. Jones.

Ana dá um grande sorriso, que Gail retribui, para logo depois sair do cômodo e nos dar privacidade. Isso também é novidade para Gail. Não costumo receber ninguém durante a semana. A única vez foi com Ana.

— Posso perguntar uma coisa?

Ana interrompe meus pensamentos.

— Claro.

— E você não vai ficar bravo?

— É sobre Elena?

— Não.

— Então não vou ficar bravo.

— Mas agora eu tenho uma pergunta complementar.

— Ah, é?

— Que é sobre ela.

Meu bom humor passa.

— O que é?

— Por que você fica tão bravo quando pergunto a respeito dela?

— Sinceramente? — pergunto.

— Achei que você sempre fosse sincero comigo.

— Tento ser.

— Isso me parece uma resposta um tanto evasiva.

— Eu sempre sou sincero com você, Ana. Não faço joguinhos. Bem, não esse tipo de joguinho — acrescento.

— Que tipo de jogos você quer jogar? — pergunta Ana, piscando e fingindo inocência.

— Srta. Steele, você se distrai tão facilmente.

Ela ri, e a visão e o som do seu sorriso recuperam meu bom humor.

— Sr. Grey, você é uma distração em tantos sentidos.

— Meu som preferido no mundo é a sua risada, Anastasia. E então, a sua pergunta original?

— Ah, sim. Você só via suas submissas nos fins de semana?

— Sim, só nos fins de semana.

Aonde ela quer chegar com isso?

— Então, nada de sexo durante a semana.

Ela olha para a entrada da sala, verificando se tem alguém ouvindo.

Dou uma gargalhada.

— Ah, então é aí que você quer chegar com isso. Por que você acha que eu malho todos os dias da semana?

Hoje é diferente. Sexo em dia de trabalho. Antes do café da manhã. A última vez que isso aconteceu foi na escrivaninha do meu escritório com você, Anastasia.

— Você parece muito satisfeita consigo mesma, Srta. Steele.

— E estou, Sr. Grey.

— Com razão. Agora tome o seu café da manhã.

DESCEMOS NO ELEVADOR COM Taylor e Sawyer, e nosso bom humor coletivo continua no carro. Taylor e Sawyer vão na frente quando seguimos para a SIP.

Sim, definitivamente eu poderia me acostumar com isso.

Ana está animada. Ela me olha furtivamente, ou sou eu que faço isso?

— Você não falou que o irmão da sua amiga chegava hoje? — pergunto a Ana.

— Meu Deus, Ethan! — exclama ela. — Tinha me esquecido. Ah, Christian, obrigada por me lembrar. Vou ter que passar lá no apartamento.

— Que horas?

— Não sei que horas ele chega.

— Não quero que você vá a lugar nenhum sozinha.

Ela me olha preocupada.

— Eu sei — diz ela. — Sawyer vai estar espionando... digo... patrulhando, hoje?

— Vai — respondo, enfatizando a palavra.

Leila ainda está por aí.

— Se eu estivesse com o Saab, seria muito mais fácil — murmura ela, chateada.

— Sawyer vai estar de carro, e ele pode levar você até o seu apartamento, dependendo da hora.

Olho para Taylor pelo retrovisor. Ele assente.

Ana suspira.

— Certo. Acho que Ethan deve entrar em contato comigo durante o dia. Eu aviso qual é o plano, quando souber.

Esse acordo deixa muito a desejar.

Mas não quero discutir.

Meu dia está bom demais.

— Tudo bem. Mas nada de sair sozinha, entendeu? — digo, balançando um dedo na direção dela.

— Sim, querido — responde ela, carregando as palavras de sarcasmo.

Ah, eu daria tudo para bater nela agora mesmo.

— E talvez você devesse usar o seu BlackBerry. Só vou mandar e-mails para ele. Acho que isso deve evitar que o meu técnico de TI tenha mais uma manhã profundamente interessante, tudo bem?

— Certo, Christian.

Ela revira os olhos.

— Ora, ora, Srta. Steele, acredito que esteja fazendo a palma da minha mão coçar.
— Ah, Sr. Grey, você e essa sua palma que não se cansa nunca. O que vamos fazer com isso?
Rio. Ela é engraçada.
Meu celular vibra.
Merda. É Elena.
— O que foi?
— Christian. Oi. Sou eu. Desculpe incomodá-lo. Queria ter certeza de que você não tinha ligado para aquele cara. O bilhete era de Isaac.
— Não me diga.
— Pois é. Isso é muito constrangedor. Era brincadeira.
— Era brincadeira.
— Era. E ele não queria cinco mil em espécie.
Dou uma gargalhada.
— Quando ele lhe disse?
— Hoje de manhã. Liguei para ele logo cedo. Falei que tinha ido conversar com você. Ah, Christian, me desculpe.
— Não, não se preocupe. Não precisa se desculpar. Fico feliz que haja uma explicação lógica. Parecia mesmo uma quantia ridícula de tão baixa.
— Estou envergonhada.
— Não tenho dúvidas de que você já esteja planejando uma vingança bem má e criativa. Pobre Isaac.
— Na verdade, ele está furioso comigo. Então talvez eu tenha que recompensá-lo.
— Ótimo.
— Enfim. Obrigada por me ouvir ontem. A gente se fala.
— Até mais.
Desligo e me viro para Ana, que está me observando.
— Quem era? — pergunta ela.
— Você realmente quer saber?
Ela nega com a cabeça e olha pela janela, os cantos da boca se virando para baixo.
— Ei.
Seguro a mão dela e beijo cada nó dos dedos, depois pego o mindinho, enfio na boca e sugo. Com força. E mordo delicadamente.
Ela se contorce ao meu lado e olha, nervosa, para Taylor e Sawyer no banco da frente. Ganhei a atenção dela.
— Não se preocupe, Anastasia. Ela é passado.

Beijo o meio da palma e solto a mão dela. Ela abre a porta e a observo entrar na SIP.

— Sr. Grey, eu gostaria de verificar o apartamento da Srta. Steele já que ela vai voltar lá hoje — diz Taylor, e concordo que é uma boa ideia.

Andrea dá um grande sorriso quando saio do elevador da Grey House. Há uma garota pequena ao lado dela.

— Bom dia, Sr. Grey. Esta é Sarah Hunter. Ela vai ser nossa estagiária.

Sarah me encara e estende a mão.

— Bom dia, Sr. Grey. É um prazer conhecer o senhor.

— Oi, Sarah. Bem-vinda.

Nós trocamos um aperto de mão firme.

O aperto dela é surpreendente.

Não tão pequena assim.

Puxo a mão de volta.

— Pode ir até minha sala, Andrea?

— Claro. Quer que Sarah prepare um café?

— Quero. Puro, por favor.

Sarah segue na direção da cozinha com um entusiasmo que espero não achar irritante, e eu seguro a porta da minha sala para Andrea passar. Depois que ela entra, fecho a porta.

— Andrea...

— Sr. Grey...

Nenhum de nós dois termina a frase.

— Pode falar — digo.

— Sr. Grey, eu só queria agradecer pela suíte. Era linda. Não precisava...

— Por que não me contou que ia se casar?

Eu me sento à escrivaninha.

Andrea fica vermelha. É uma coisa que não vejo com frequência, e ela parece não saber o que dizer.

— Andrea?

— Bem. Hum. No meu contrato há uma cláusula sobre não socializar.

— Você se casou com alguém que trabalha aqui!

Como ela conseguiu esconder isso?

— Sim, senhor.

— Quem é o sortudo?

— Damon Parker. Ele trabalha na engenharia.

— O australiano.

— Ele precisa de um green card. Está com visto temporário.

— Entendo.

Um casamento por conveniência. Por algum motivo, fico decepcionado com isso e com ela. Andrea nota minha expressão de censura e acrescenta apressadamente:

— Não foi por isso que me casei. Eu o amo — diz de um jeito nada característico, e fica vermelha.

Seu rosto corado restaura minha fé nela.

— Bem, parabéns. Tome. — Entrego a ela o cartão de "felizes para sempre" que assinei ontem e espero que não abra na minha frente. — Como vai a vida de casada até agora? — pergunto, para distraí-la e evitar que abra o envelope.

— Recomendo, senhor.

Ela está radiante. Reconheço esse olhar. É como me sinto. E agora não sei o que dizer.

Andrea recupera sua postura profissional.

— Vamos ver sua agenda?

— Por favor.

CASAMENTO. CONSIDERO A IDEIA quando Andrea sai. Obviamente combina com ela. É o que a maioria das mulheres quer. Não é? O que será que Ana faria se eu a pedisse em casamento? Balanço a cabeça, me sentindo emboscado pelo pensamento.

Não seja ridículo, Grey.

Relembro a manhã que tivemos. Eu poderia acordar todos os dias ao lado de Anastasia Steele e fechar os olhos ao lado dela todas as noites.

Você está apaixonado, Grey.

E muito.

Mando um e-mail para ela.

De: Christian Grey
Assunto: Nascer do sol
Data: 14 de junho de 2011 09:23
Para: Anastasia Steele

Adoro acordar de manhã com você.

Christian Grey
CEO, Total e Absolutamente Apaixonado, Grey Enterprises Holdings, Inc.

Sorrio quando aperto o botão de enviar.

Espero que ela leia no BlackBerry.

Sarah traz meu café. Abro a última versão do acordo da SIP e começo a ler. Meu celular toca. É uma mensagem de texto de Elena.

> ELENA
> Obrigada por ser tão compreensivo.

Ignoro a mensagem e volto ao documento. Quando ergo o olhar, encontro uma resposta de Ana. Tomo um gole do café.

De: Anastasia Steele
Assunto: Pôr do sol
Data: 14 de junho de 2011 09:35
Para: Christian Grey

Caro Total e Absolutamente Apaixonado,
Também adoro acordar com você. Mas adoro estar na cama com você, e em elevadores, em cima de pianos e de mesas de sinuca, em barcos, escrivaninhas, chuveiros e banheiras e em estranhas estruturas de madeira em forma de x com algemas e camas com dossel e lençóis de seda vermelhos e ancoradouros e quartos de infância.

Sua,
Maníaca Sexual e Insaciável
Bj.

Merda. Rindo e engasgando ao mesmo tempo, cuspo café no teclado ao ler "Maníaca Sexual e Insaciável". Não acredito que ela escreveu isso em um e-mail. Por sorte, ainda tenho os lenços de papel que sobraram do fiasco do café de ontem.

De: Christian Grey
Assunto: Computador molhado
Data: 14 de junho de 2011 09:37
Para: Anastasia Steele

Querida Maníaca Sexual e Insaciável,
Acabei de derramar café em todo o meu teclado.

Acho que isso nunca me aconteceu antes.
Realmente admiro mulheres que se concentram em geografia.
Devo concluir que você só me quer pelo meu corpo?

Christian Grey
CEO, Total e Absolutamente Chocado, Grey Enterprises Holdings, Inc.

Continuo lendo o acordo da SIP, mas não vou muito longe, porque chega outro e-mail dela.

De: Anastasia Steele
Assunto: Rindo — e molhada também
Data: 14 de junho de 2011 09:42
Para: Christian Grey

Querido Total e Absolutamente Chocado,
Sempre.
Tenho que trabalhar.
Pare de me distrair.

Bj,
MSI

De: Christian Grey
Assunto: Tenho mesmo que fazer isso?
Data: 14 de junho de 2011 09:50
Para: Anastasia Steele

Querida MSI,
Como sempre, seu desejo é uma ordem.
Adoro saber que você está rindo e que está molhadinha.
Até mais, baby.
Bj,

Christian Grey
CEO, Total e Absolutamente Apaixonado, Chocado e Enfeitiçado, Grey Enterprises Holdings, Inc.

Mais tarde, estou na reunião mensal com Ros e Marco, o responsável por fusões e aquisições, e a equipe dele. Estamos repassando uma lista de empresas que os funcionários de Marco identificaram como potenciais alvos de compra.

Ele está discutindo a última da lista.

— A empresa está mal, mas tem quatro patentes pendentes, que podem ser úteis na divisão de fibra ótica.

— Fred já deu uma olhada? — pergunto.

— Ele está animado — responde Marco com um sorriso malicioso.

— Então vamos em frente.

Meu celular toca, e o nome de Ana surge na tela.

— Com licença — digo ao atender o telefone. — Anastasia.

— Christian, Jack quer que eu vá comprar o almoço dele.

— Preguiçoso filho da mãe.

— Então eu vou dar uma saída. Talvez fosse melhor se você me passasse o telefone de Sawyer, assim eu não precisaria perturbar você.

— Você não me perturba, baby.

— Você está sozinho?

Olho em volta.

— Não. Tem seis pessoas aqui me olhando e se perguntando com quem estou falando.

Todos desviam o olhar.

— Sério? — reclama ela.

— Sim, sério. — Faço uma pausa. — É a minha namorada — anuncio para a sala.

Ros balança a cabeça.

— Na certa todos eles pensavam que você era gay...

Rio, e Ros e Marco se entreolham.

— É, provavelmente.

— Bem, melhor eu ir andando.

— Vou avisar a Sawyer. — Rio das reações em volta da mesa. — Teve notícias do seu amigo?

— Ainda não. Você vai ser o primeiro a saber, Sr. Grey.

— Ótimo. Até mais, baby.

— Tchau, Christian.

Eu me levanto.

— Só preciso fazer uma ligação rápida.

Fora da sala de reunião, ligo para Sawyer.

— Sr. Grey.
— Ana vai sair para comprar almoço. Fique perto dela.
— Sim, senhor.
Volto para a sala e a reunião está acabando. Ros se aproxima de mim.
— Sua "fusão" particular? — pergunta ela com um olhar curioso.
— Exatamente.
— Não me surpreende que você esteja tão animado. Eu aprovo — diz ela.
Sorrio, me sentindo satisfeito.

BASTILLE ESTÁ COM A corda toda. Ele me derrubou três vezes, porra.
— Dante me contou que você levou uma moça bonita para o bar. Por isso está frouxo assim hoje, Grey?
— Talvez. — Sorrio. — E ela precisa de um personal trainer.
— Sua secretária falou comigo hoje de manhã. Mal posso esperar para conhecê-la.
— Ela quer aprender kickbox.
— Para manter você na linha?
— É. Mais ou menos.
Parto para cima dele, mas ele desvia, fazendo os dreadlocks voarem, e me derruba com um chute rápido.
Merda. Estou no chão de novo.
Bastille está animado.
— Ela não vai ter dificuldade nenhuma em punir você se continuar lutando assim, Grey — diz ele.
Já chega. Ele vai para o chão.

VOLTO PARA O ESCRITÓRIO de banho tomado depois do treino com Bastille, e Andrea está me esperando.
— Sr. Grey. Obrigada. Você é mesmo muito generoso.
Com um gesto, indico que não foi nada e entro na minha sala.
— De nada, Andrea. Se for usar em uma lua de mel decente, faça isso quando eu também estiver fora.
Ela abre um sorriso raro, e eu fecho a porta.
Quando me sento à mesa, vejo que recebi um novo e-mail de Ana.

De: Anastasia Steele
Assunto: Visitante dos Trópicos
Data: 14 de junho de 2011 14:55
Para: Christian Grey

Caríssimo Total e Absolutamente ACE,
Ethan chegou e está vindo aqui buscar as chaves do apartamento.
Eu gostaria de verificar se ele se instalou direitinho, mais tarde.
Por que você não me busca depois do trabalho? A gente podia dar uma passada no apartamento e depois jantamos TODOS juntos?
Por minha conta.

Sua
Bj,
Ana
Ainda MSI

Anastasia Steele
Assistente de Jack Hyde, Editor, SIP

Ela continua usando o computador do trabalho.
Droga. Ana.

De: Christian Grey
Assunto: Jantar fora
Data: 14 de junho de 2011 15:05
Para: Anastasia Steele

Aprovo seu plano. Exceto a parte de você pagar o jantar!
Fica por minha conta.
Pego você às seis.
Bj,

PS: Por que você não está usando o BlackBerry???

Christian Grey
CEO, Total e Absolutamente Irritado, Grey Enterprises Holdings, Inc.

De: Anastasia Steele
Assunto: Mandão
Data: 14 de junho de 2011 15:11
Para: Christian Grey

Ah, não precisa ficar tão nervosinho.
Está tudo em código.
Vejo você às seis.
Bj,
Ana

Anastasia Steele
Assistente de Jack Hyde, Editor, SIP

De: Christian Grey
Assunto: Mulher irritante
Data: 14 de junho de 2011 15:18
Para: Anastasia Steele

Nervosinho!
Você vai ver só o nervosinho.
Mal posso esperar.

Christian Grey
CEO, Total e Absolutamente e Ainda mais Irritado, mas Sorrindo por Algum Motivo Desconhecido, Grey Enterprises Holdings, Inc.

De: Anastasia Steele
Assunto: Promessas. Promessas.
Data: 14 de junho de 2011 15:23
Para: Christian Grey

Quero só ver, Sr. Grey.
Também mal posso esperar. ;D
Bj,
Ana

Anastasia Steele
Assistente de Jack Hyde, Editor, SIP

Andrea me chama pelo interfone.
— O professor Choudury, da WSU, está na linha.

Ele é o chefe do departamento de ciências ambientais. É raro ele ligar.
— Pode passar a ligação.
— Sr. Grey. Eu queria dar uma boa notícia.
— Pode falar.
— A professora Gravett e a equipe dela fizeram um avanço em relação aos micróbios responsáveis por fixação de nitrogênio. Eu queria avisá-lo porque ela vai apresentar a descoberta para o senhor na sexta.
— Parece impressionante.
— Como sabe, nossa pesquisa tem sido direcionada para deixar o solo mais produtivo. E isso é revolucionário.
— Fico feliz em ouvir.
— Graças ao senhor, Sr. Grey, e aos fundos da GEH.
— Mal posso esperar para saber mais na sexta.
— Tenha um bom dia, senhor.

ÀS 17H55, ESTOU EM frente ao prédio da SIP, no banco de trás do Audi, ansioso para ver Ana.
Ligo para ela.
— Nervosinho falando.
— Bem, e aqui fala a Maníaca Sexual e Insaciável. Imagino que você esteja aqui fora, errei? — responde ela.
— Estou, sim, Srta. Steele. Ansioso para encontrá-la.
— Idem, Sr. Grey. Já estou descendo.
Fico esperando, lendo o relatório de patentes de fibra ótica sobre o qual Marco falou hoje cedo.
Ana surge alguns minutos depois. O cabelo dela, brilhando no sol de fim de tarde, balança em ondas densas sobre os ombros conforme ela se aproxima. Meu ânimo melhora, e fico completamente enfeitiçado.
Ela é tudo para mim.
Saio do carro e abro a porta para ela.
— Srta. Steele, você está tão bonita quanto hoje de manhã.
Eu a abraço e beijo seus lábios.
— Você também, Sr. Grey.
— Vamos lá buscar o seu amigo.
Abro a porta e ela entra no carro. Cumprimento Sawyer, que está na frente da SIP, fora da vista de Ana. Ele assente e segue para o estacionamento.

TAYLOR PARA DIANTE DO apartamento de Ana, e estendo a mão para a maçaneta do Audi Q7, mas sou interrompido pelo toque do celular.

— Grey — atendo enquanto Ana abre a porta.
— Christian.
— Ros, o que foi?
— Aconteceu uma coisa.
— Vou buscar Ethan. Volto em dois minutos — diz Ana sem emitir som ao sair do carro.
— Espere um instante, Ros.
Vejo Ana apertar o interfone e falar com Ethan. A porta se abre e ela entra.
— O que foi, Ros?
— É Woods.
— Woods?
— Lucas Woods.
— Ah, sim. O idiota que destruiu a empresa de fibra ótica e colocou a culpa nos outros.
— Ele mesmo. Está fazendo algumas declarações negativas na imprensa.
— E daí?
— Sam está preocupado com a repercussão. Woods anunciou a aquisição. Disse que chegamos e não o deixamos comandar a empresa do jeito que queria.
Rio de desprezo.
— Tem um bom motivo para isso. Ele estaria falido se tivesse continuado daquele jeito.
— Verdade.
— Diga para Sam que entendo que Woods parece convincente para quem nunca ouviu a história dele, mas quem o conhece sabe que ele chegou a um nível que vai além das suas habilidades e tomou decisões bem ruins. Ele é o único culpado.
— Então você não está preocupado.
— Com ele? Não. Ele é um babaca pretensioso. A comunidade sabe.
— Poderíamos ir atrás dele por difamação, e ele ainda violou o acordo de confidencialidade.
— Por que faríamos isso? Ele é do tipo que se alimenta de publicidade. Já recebeu corda suficiente para se enforcar. Mas devia criar coragem e deixar para lá.
— Achei que você diria isso. Sam está nervoso.
— Sam só precisa de um outro ponto de vista. Ele sempre tem uma reação exagerada com qualquer divulgação negativa.

Quando olho pela janela, noto um rapaz carregando uma mala e andando com determinação para a porta do prédio.

Ros continua falando, mas eu a ignoro. O homem parece conhecido. Tem o visual típico de um vagabundo de praia: cabelo louro comprido, pele bronzeada. Reconhecimento e apreensão me atingem ao mesmo tempo.

É Ethan Kavanagh.

Merda. *Quem abriu a porta para Ana?*

— Ros, preciso desligar — digo ao telefone quando o medo aperta meu peito. *Ana.*

Saio depressa do carro.

— Taylor, venha comigo — grito.

Corremos até Ethan Kavanagh, que está prestes a enfiar a chave na fechadura. Ele se vira, assustado, ao nos ver correndo em sua direção.

— Kavanagh. Sou Christian Grey. Ana está lá em cima com uma pessoa que pode estar armada. Espere aqui.

Há um brilho de reconhecimento em sua expressão, mas, sem dizer nada, talvez por estar confuso, ele entrega a chave. Passo pela porta e subo a escada correndo, dois degraus de cada vez.

Entro no apartamento, e ali estão elas.

Uma encarando a outra.

Ana e Leila.

E Leila está segurando uma arma.

Não. Não. Não. A porra de uma arma.

E Ana está aqui. Sozinha. Vulnerável. Pânico e fúria explodem dentro de mim.

Tenho vontade de pular em cima de Leila. De pegar a arma. De derrubá-la. Mas fico paralisado, olhando para Ana. Os olhos dela estão arregalados de medo e outro sentimento que não consigo decifrar. Compaixão, talvez? Mas, para o meu alívio, ela está ilesa.

Ver Leila é um choque. Não só está segurando uma arma, como perdeu muito peso. Está imunda. As roupas são farrapos, e os olhos castanhos estão inexpressivos. Um nó se forma em minha garganta, e não sei se é de medo ou de solidariedade.

Mas minha maior preocupação é ela estar segurando uma arma com Ana na sala.

Pretende fazer mal a ela?

Pretende fazer mal a mim?

Leila está me encarando. Seu olhar é penetrante, não está mais sem vida. Ela absorve cada detalhe, como se não acreditasse que sou real. É irritante. Mas me mantenho firme e retribuo seu olhar.

Sua pálpebra treme enquanto ela se recompõe. Mas segura a arma com mais firmeza.

Merda.

Espero. Pronto para atacar. Sinto o coração disparado e um gosto metálico de medo.

O que você vai fazer, Leila?
O que você vai fazer com essa arma?
Ela para e baixa a cabeça um pouco, mas o olhar permanece fixo em mim, me observando através dos cílios escuros.
Sinto um movimento atrás de mim.
Taylor.
Ergo a mão, avisando que ele deve ficar parado.
Ele está agitado. Furioso. Consigo sentir. Mas não se mexe.
Não tiro os olhos de Leila.
Ela parece uma assombração. Há círculos escuros sob os olhos, a pele está transparente como pergaminho, e os lábios, rachados e descascando.
Meu Deus, Leila, o que você fez consigo mesma?
O tempo passa. Segundos. Minutos. E nós ficamos nos olhando.
Lentamente, o brilho em seus olhos muda; a luminosidade aumenta, de castanho sem vida a castanho-dourado. Vislumbro a Leila que conheci. Há uma fagulha de conexão. Um humor similar e um gosto compartilhado. Nossa velha ligação está ali. Eu a sinto.
Ela está me dando isso.
Sua respiração acelera, e ela lambe os lábios rachados, mas a língua não deixa nenhuma umidade.
Mas é suficiente.
Suficiente para que eu saiba do que ela precisa. O que ela quer.
Ela me quer.
Eu, fazendo o que faço melhor.
Os lábios dela se entreabrem, o peito sobe e desce, e um toque de cor surge em seu rosto.
Seus olhos se iluminam, as pupilas se dilatam.
Sim. É isso que ela quer.
Ceder o controle.
Quer uma saída.
Não aguenta mais.
Está cansada. Ela é minha.
— Ajoelhe-se — sussurro para que só ela escute.
Leila se ajoelha como a submissa que é. Na mesma hora. Sem questionar. A cabeça baixa. A arma cai da mão dela e desliza pelo piso de madeira com um baque que rompe o silêncio à nossa volta.
Atrás de mim, ouço Taylor suspirar de alívio.
E seu suspiro é ecoado pelo meu.
Ah, graças a Deus.

Eu me aproximo dela lentamente, pego a arma e a enfio no bolso do paletó.

Agora que ela não é mais uma ameaça imediata, preciso tirar Ana do apartamento e afastá-la de Leila. No fundo, sei que nunca vou perdoar Leila por isso. Sei que ela não está bem, destruída, até. Mas ameaçar Ana?

Imperdoável.

Fico de pé diante de Leila, colocando-me entre as duas. Não tiro os olhos de Leila enquanto ela continua ajoelhada no chão e em silêncio.

— Anastasia, vá com Taylor — ordeno.

— Ethan — sussurra ela, com a voz trêmula.

— Lá embaixo — informo.

Taylor está esperando Ana, que não se mexe.

Por favor, Ana. Vá.

— Anastasia — digo.

Vá.

Ela continua no chão.

Fico ao lado de Leila, e Ana ainda está parada.

— Pelo amor de Deus, Anastasia, será que você pode me obedecer pelo menos uma vez na vida e sair daqui?

Nossos olhares se encontram, e eu imploro para que ela saia. Não posso fazer isso com ela aqui. Não sei se Leila está estável. Ela precisa de ajuda, e pode machucar Ana.

Uso meu olhar suplicante para fazer com que Ana compreenda.

Mas ela está pálida. Em choque.

Merda. Ela levou um susto, Grey. Não consegue se mexer.

— Taylor. Leve a Srta. Steele lá para baixo. Agora.

Ele assente e se aproxima de Ana.

— Por quê? — sussurra ela.

— Agora. Para o apartamento. Preciso ficar sozinho com Leila.

Por favor. Você tem que ficar longe do perigo.

Ela olha de mim para Leila.

Ana. Vá. Por favor. Preciso resolver o problema.

— Srta. Steele. Ana.

Taylor estende a mão para Anastasia.

— Taylor — digo.

Sem hesitar, ele pega Ana no colo e sai do apartamento.

Obrigado, porra.

Solto o ar e acaricio o cabelo imundo e bagunçado de Leila quando a porta do apartamento se fecha.

Estamos por conta própria.

Eu recuo.

— Levante-se.

Desajeitada, Leila fica de pé, mas seu olhar permanece fixo no chão.

— Olhe para mim — sussurro.

Ela ergue lentamente a cabeça, e o sofrimento é visível em seu rosto. Lágrimas surgem em seus olhos e começam a rolar pelas bochechas.

— Ah, Leila — sussurro, e a abraço.

Porra.

Que fedor.

Ela fede a pobreza, negligência e rua.

E mais uma vez estou em um apartamento pequeno e mal-iluminado em cima de uma loja de bebidas vagabunda em Detroit.

Ela tem o cheiro dele.

Das botas dele.

Do corpo imundo.

Tem a sujeira dele.

Minha boca se enche de saliva, e eu tenho ânsia de vômito. Uma vez. É difícil suportar.

Droga.

Mas ela não repara. Eu a abraço enquanto ela chora sem parar, o catarro escorrendo no meu paletó.

Eu a abraço.

Tento não vomitar.

Tento ignorar o fedor.

Um fedor terrivelmente familiar. E tão indesejado.

— Shh — sussurro. — Shh.

Ela tenta tomar um pouco de ar enquanto os soluços de fim de choro não cessam, e eu a solto.

— Você precisa de um banho.

Seguro sua mão e a levo para o banheiro do quarto de Kate. É espaçoso, como Anastasia disse. Tem chuveiro, banheira e vários produtos caros. Fecho a porta e fico tentado a trancá-la, pois não quero que Leila fuja. Mas ela fica parada, tímida e em silêncio, enquanto continua tremendo e soluçando.

— Está tudo bem — murmuro. — Estou aqui.

Abro a torneira, e a água quente cai na banheira espaçosa. Jogo óleo de banho no fluxo de água, e não demora para a fragrância sufocante de lírios superar o fedor de Leila.

Ela começa a tremer.

— Quer tomar banho? — pergunto.

Ela olha para a espuma e depois para mim. Assente.

— Posso tirar seu casaco?

Ela assente mais uma vez. E, usando só as pontas dos dedos, tiro o casaco dela. Não tem salvação. Vamos ter que queimá-lo.

Por baixo, as roupas estão largas. Ela está usando uma blusa rosa imunda e uma calça de cor indeterminada. Também não têm salvação. Ao redor do pulso, há um curativo rasgado e sujo.

— Precisamos tirar essas roupas, está bem?

Leila assente.

— Levante os braços.

Ela obedece sem reclamar, e tiro sua blusa, tentando não transparecer o choque que sinto ao vê-la sem roupa. Está esquelética, cheia de ossos aparecendo, um grande contraste com a antiga Leila. É doentio.

E a culpa é minha... Eu devia tê-la encontrado antes.

Baixo sua calça.

— Tire os pés da calça.

Seguro a mão dela.

Leila obedece, e acrescento a calça à pilha de lixo.

Ela está tremendo.

— Ei. Está tudo bem. Vamos procurar ajuda, ok?

Ela assente, mas continua impassível.

Pego sua mão e tiro o curativo. Acho que devia ter sido trocado. O cheiro é pútrido. Tenho ânsia, mas não vomito. A cicatriz no pulso dela é feia, mas, milagrosamente, parece limpa. Jogo fora a gaze e o esparadrapo.

— Você vai ter que tirar isso. — Estou me referindo à roupa íntima imunda. Leila olha para mim. — Não. Tire você — digo, e me viro para dar privacidade a ela.

Eu a ouço se mexer e escuto barulho de sapatilhas no chão do banheiro. Quando para, eu me viro, e ela está nua.

Suas curvas lascivas sumiram.

Ela deve ter passado semanas sem comer.

É perturbador.

— Aqui. — Ofereço a mão a ela, que aceita. Com a outra, verifico a temperatura da água. Está quente, mas não muito. — Entre.

Ela entra na banheira e afunda lentamente na água cheirosa e cheia de espuma. Tiro o paletó, enrolo as mangas da camisa e me sento no chão ao lado da banheira. Ela vira o rosto pequeno e triste para mim, mas continua muda.

Estendo a mão para pegar o sabonete líquido e a esponja de náilon que deve ser de Kavanagh. Bom, ela não vai sentir falta, afinal tem outra na prateleira.

— Mão — digo.

Leila estica a mão para mim, e começo a lavá-la metódica e delicadamente. Ela está imunda. Parece que não toma banho há semanas. Está muito suja. Como alguém se suja tanto assim?

— Levante o queixo.

Esfrego embaixo do pescoço e o outro braço, deixando a pele limpa e um pouco mais rosada. Lavo o torso e as costas.

— Deite-se.

Ela se deita na banheira, e lavo seus pés e suas pernas.

— Quer que eu lave seu cabelo?

Ela faz que sim. Pego o xampu.

Já dei banho nela. Várias vezes. Normalmente, como recompensa pelo comportamento dela no quarto de jogos. Sempre foi um prazer.

Agora nem tanto.

Lavo depressa o cabelo dela, e uso o chuveirinho para enxaguar.

Quando termino, ela parece um pouco melhor.

Eu me sento nos calcanhares.

— Tem muito tempo que você não faz isso — diz ela, com a voz baixa e sem vida, sem qualquer emoção.

— Eu sei. — Tiro a tampa do ralo para a água suja escorrer. Levantando-me, pego uma toalha grande. — De pé.

Leila obedece, e ofereço a mão para ela sair da banheira. Enrolo a toalha em seu corpo e pego uma menor para o cabelo.

O cheiro está melhor, mas, apesar do óleo de banho cheiroso, o fedor das roupas ainda predomina no banheiro.

— Venha. — Eu a retiro do banheiro e a deixo no sofá da sala. — Fique aqui.

Volto para o banheiro, pego meu paletó e puxo o celular do bolso. Ligo para Flynn. Ele atende na mesma hora.

— Christian.

— Leila Williams está aqui.

— Com você?

— Sim. Ela está péssima.

— Você está em Seattle?

— Isso. No apartamento de Ana.

— Estou indo para aí.

Dou a ele o endereço de Ana e desligo. Pego as roupas dela e volto para a sala. Leila está sentada onde a deixei, olhando para a parede.

Nas gavetas da cozinha, encontro um saco de lixo. Verifico os bolsos do casaco e da calça de Leila e só acho lenços de papel usados. Jogo as roupas no saco, dou um nó e deixo na porta de entrada.

— Vou procurar roupas limpas.
— Roupas dela? — diz Leila.
— Roupas limpas.

No quarto de Ana, encontro uma calça de moletom e uma camiseta lisa. Espero que Ana não se importe, mas acho que a necessidade de Leila é maior.

Ela ainda está no sofá quando eu volto.
— Aqui. Vista isto.

Coloco as roupas ao lado dela e vou até a pia da cozinha. Encho um copo de água e, quando termina de se vestir, ofereço a ela.

Ela balança a cabeça.
— Leila, beba isto.

Ela pega o copo e toma um gole.
— Mais um. Pequenos goles — digo.

Ela dá outro gole.
— Ele morreu — diz ela, e seu rosto se contorce de dor e luto.
— Eu sei. Sinto muito.
— Ele era como você.
— Era?
— Era.
— Entendo.

Bom, isso explica por que ela me procurou.
— Por que você não me ligou?

Eu me sento ao lado dela.

Leila balança a cabeça, e seus olhos se enchem de lágrimas novamente, mas ela não responde à pergunta.
— Liguei para um amigo. Ele pode ajudar você. É médico.

Ela está exausta e continua impassível, mas as lágrimas escorrem pelo seu rosto, e me sinto perdido.
— Eu estava procurando você — digo.

Ela não diz nada e começa a tremer violentamente.

Merda.

Tem uma manta na poltrona. Coloco nos ombros dela.
— Com frio?

Ela assente.
— Muito frio.

Leila se aconchega na manta, e volto para o quarto de Ana para procurar o secador de cabelo.

Enfio na tomada ao lado do sofá e me sento. Pego uma almofada e a coloco no chão entre meus pés.

— Sente-se. Aqui.

Leila se levanta devagar, ajeita a manta nos ombros e afunda na almofada entre as minhas pernas, de costas para mim.

O barulho alto do secador preenche o silêncio entre nós enquanto seco delicadamente o cabelo dela.

Leila fica em silêncio. Sem encostar em mim.

Ela sabe que não pode. Sabe que não tem permissão.

Quantas vezes sequei o cabelo dela? Umas dez, doze vezes?

Não consigo me lembrar do número exato, então me concentro no que estou fazendo.

Quando o cabelo está seco, eu paro. O apartamento de Ana fica em silêncio de novo. Leila encosta a cabeça na minha coxa, e não a impeço.

— Seus pais sabem que você está aqui? — pergunto.

Ela balança a cabeça.

— Você tem falado com eles?

— Não — sussurra.

Ela sempre foi próxima dos pais.

— Devem estar preocupados.

Ela dá de ombros.

— Eles não estão falando.

— Com você? Por quê?

Ela não responde.

— Sinto muito que as coisas não tenham dado certo com seu marido.

Ela não diz nada, e alguém bate na porta.

— Deve ser o médico.

Eu me levanto para abrir a porta.

Flynn entra, seguido de uma mulher uniformizada.

— John, obrigado por vir.

Fico aliviado ao vê-lo.

— Laura Flanagan, Christian Grey. Laura é nossa enfermeira-chefe.

Quando me viro, vejo Leila sentada no sofá, ainda enrolada na manta.

— Essa é Leila Williams — digo.

Flynn se agacha ao lado de Leila. Ela olha para ele com uma expressão vazia.

— Oi, Leila — cumprimenta ele. — Vim ajudar você.

A enfermeira fica para trás.

— Aquelas são as roupas dela. — Aponto para o saco de lixo junto à porta. — Precisam ser queimadas.

A enfermeira assente e pega o saco de lixo.

— Aceita vir comigo para um lugar onde podemos ajudar você? — pergunta Flynn.

Ela não diz nada, mas os olhos castanhos procuram os meus.

— Acho que devia acompanhar o médico. Eu vou com você.

Flynn franze a testa, mas não fala nada.

Leila olha para ele e assente.

Ótimo.

— Eu a levo — digo para Flynn e a pego nos braços.

Ela não pesa nada. Fecha os olhos e apoia a cabeça no meu ombro enquanto a carrego escada abaixo. Taylor está nos esperando.

— Sr. Grey, Ana foi para casa... — diz ele.

— Depois falamos sobre isso. Deixei meu paletó lá em cima.

— Vou buscar.

— Você pode trancar o apartamento? A chave está no bolso.

— Sim, senhor.

Na rua, acomodo Leila no carro de Flynn e me sento ao lado dela. Coloco o cinto de segurança nela, e Flynn e a colega se sentam na frente. Flynn liga o carro e entra no tráfego da hora do rush.

Enquanto olho pela janela, torço para Ana estar no Escala. A Sra. Jones vai preparar uma refeição para ela e, quando eu chegar em casa, ela estará me esperando. Esse pensamento é reconfortante.

O CONSULTÓRIO DE FLYNN na clínica psiquiátrica particular nos arredores de Fremont é espartano em comparação com a sala no centro da cidade: dois sofás, uma poltrona. Sem lareira. Só isso. Atravesso o pequeno cômodo diversas vezes enquanto espero. Estou me coçando para voltar para Ana. Ela deve ter ficado apavorada. Meu telefone está sem bateria, então não consegui ligar para ela ou para a Sra. Jones para saber como Ana está. São quase oito da noite. Olho pela janela. Taylor está esperando no carro. Eu só quero ir para casa.

Para Ana.

A porta se abre e Flynn entra.

— Achei que você já teria ido embora — diz ele.

— Preciso saber se ela está bem.

— Ela é uma moça doente, mas está calma e cooperando. Quer ajuda, e isso é sempre um bom sinal. Sente-se. Preciso de alguns detalhes.

Eu me sento na poltrona, e ele, em um dos sofás.

— O que aconteceu hoje?

Explico tudo o que aconteceu no apartamento de Ana antes da chegada dele.

— Você deu banho nela? — pergunta ele, surpreso.

— Ela estava imunda. O fedor era...

Eu paro e estremeço.

— Tudo bem. Podemos falar sobre isso depois.

— Ela vai ficar bem?

— Acho que sim, apesar de não haver medicação para o luto. É um processo natural. Mas vou tentar ir mais fundo e descobrir o que realmente estamos enfrentando.

— O que ela precisar... — declaro.

— É muita generosidade sua, considerando que ela não é problema seu.

— Ela me procurou.

— É verdade — admite ele.

— Eu me sinto responsável.

— Não devia. Aviso quando tiver novidade.

— Ótimo. Obrigado de novo.

— Só estou fazendo meu trabalho, Christian.

Taylor está sério no caminho de casa. Sei que está com raiva por Leila ter conseguido se infiltrar mais uma vez, apesar das nossas medidas de segurança. O apartamento de Ana foi revistado hoje de manhã. Não digo nada. Estou cansado e ansioso para voltar ao Escala. A bolsa e o celular de Ana ainda estão no carro, e Taylor me contou que ela foi para casa com Ethan. Não gosto de pensar nisso. Então, imagino-a aconchegada na poltrona da biblioteca, com um livro no colo. Sozinha.

Estou impaciente. Quero chegar em casa e ver minha garota.

Quando entramos na garagem, Taylor me lembra:

— Temos que revisar nossos procedimentos de segurança agora que a Srta. Williams foi encontrada.

— É. Acho que não vamos mais precisar dos rapazes.

— Vou falar com Welch.

— Obrigado.

Taylor estaciona, saio do carro em um instante e sigo direto para o elevador. Não espero por ele.

Assim que entro no apartamento, sinto que Ana não está em casa. O lugar parece vazio.

Onde ela está?

Ryan está monitorando o circuito de câmeras. Ele ergue o rosto quando entro no escritório de Taylor.

— Sr. Grey?

— A Srta. Steele veio para casa?
— Não, senhor.
— Merda.

Achei que ela pudesse ter vindo e depois saído. Dou meia-volta e vou para o escritório. Ela não está com a bolsa nem com o celular. Por que não voltou para casa? Parte de mim quer mandar uma equipe revirar a cidade atrás dela. Mas por onde começar?

Eu poderia ligar para Kavanagh. Taylor disse que ela saiu com ele.

Merda. Ethan e Ana.

Não gosto disso.

Não tenho o número dele. Penso em ligar para Elliot e mandar que ele peça a Kate o número do irmão, mas já passou da meia-noite em Barbados. Com um suspiro frustrado, observo a paisagem da cidade. O sol está se pondo no mar na Península Olympic, refletindo a luz derradeira no meu apartamento. É irônico que eu tenha passado a semana toda contemplando a vista e me perguntando onde Leila poderia estar. Agora estou pensando o mesmo a respeito de Ana. Está escurecendo. Onde ela foi parar?

Ela largou você, Grey.

Não. Não vou acreditar nisso.

A Sra. Jones bate na porta.
— Sr. Grey.
— Gail.
— Você a encontrou.

Franzo a testa. Ana?
— A Srta. Williams — esclarece ela.
— De certa forma. Ela foi para o hospital, onde deveria estar.
— Que bom. Quer alguma coisa para comer?
— Não. Obrigado. Vou esperar Ana.

Ela me observa.
— Fiz macarrão com queijo. Vou deixar na geladeira.

Macarrão com queijo. Meu prato favorito.
— Está bem. Obrigado.
— Vou me recolher agora.
— Boa noite, Gail.

Ela abre um sorriso solidário e sai.

Olho a hora: 21h15.

Droga, Ana. Venha para casa.

Onde ela está?

Foi embora.

Não.

Afasto o pensamento, sento-me à mesa e ligo o computador. Tenho alguns e-mails, porém, por mais que eu tente, não consigo me concentrar. Minha preocupação com Ana está aumentando. Onde ela está?

Vai voltar logo.

Vai.

Tem que voltar.

Ligo para Welch e deixo um recado avisando que Leila foi encontrada e está recebendo a ajuda de que precisa. Encerro a ligação e me levanto, porque não consigo ficar sentado. Foi uma noite e tanto.

Talvez eu devesse ler.

No quarto, pego o livro que estava lendo e o levo para a sala. E espero. E espero. Dez minutos depois, jogo o livro no sofá ao meu lado.

Estou inquieto, e a incerteza sobre o paradeiro de Ana está se tornando insuportável.

Vou até o escritório de Taylor. Ele está lá com Ryan.

— Sr. Grey.

— Você pode mandar alguém até a casa de Ana? Quero ver se ela voltou para o apartamento.

— Claro.

— Obrigado.

Retorno para o sofá e pego o livro novamente. Fico de olho no elevador. Mas nada acontece.

Está vazio.

Assim como eu.

Vazio, exceto pela minha inquietação crescente.

Ela se foi.

Abandonou você.

Leila a assustou.

Não. Não acredito nisso. Não é o estilo dela.

Sou eu. Ela não aguenta mais.

Ela disse que se mudaria para cá, mas desistiu.

Porra.

Eu me levanto e começo a andar de um lado para outro. Meu celular toca. É Taylor. Não Ana. Disfarço a decepção e atendo.

— Taylor.

— O apartamento está vazio, senhor. Não tem ninguém aqui.

Escuto um barulho. O elevador. Eu me viro, e Ana entra com passos um pouco irregulares na sala.

— Ela está aqui — digo para Taylor e desligo. Alívio. Raiva. Mágoa. Tudo se combina em uma onda de emoções que ameaçam me dominar. — Onde você estava? — grito com ela.

Ela pisca e dá um passo para trás. Está corada.

— Você bebeu? — pergunto.

— Um pouco.

— Eu falei para você voltar para cá. São dez e quinze. Estava preocupado com você.

— Fui tomar uma bebida ou três com Ethan enquanto você cuidava da sua ex.

Ela cospe a última palavra como se fosse veneno.

Droga. Ela está brava.

— Não sabia quanto tempo você iria ficar... com ela — prossegue.

Ela ergue o queixo com uma expressão genuína de indignação.

O quê?

— Por que está falando assim? — pergunto, confuso com a resposta dela.

Ela achou que eu *queria* estar com Leila?

Ana olha para o chão, evitando contato visual.

Ela ainda não entrou totalmente na sala.

O que está acontecendo?

Minha raiva diminui quando a ansiedade se espalha pelo meu peito.

— Ana, qual o problema?

— Onde está Leila?

Ela olha ao redor, uma expressão fria.

— Num hospital psiquiátrico em Fremont. — Onde ela *espera* que Leila esteja? — Ana, o que houve?

Dou dois passos cautelosos em sua direção, mas ela se mantém firme, distante e fria, e não se aproxima de mim.

— Qual o problema? — insisto.

Ela balança a cabeça.

— Não sirvo para você — responde.

Meu couro cabeludo formiga de medo.

— O quê? Por que você acha isso? Como pode pensar uma coisa dessas?

— Não posso ser tudo o que você quer.

— Você é tudo o que eu quero.

— Só de ver você com ela...

Meu Deus.

— Por que você está fazendo isso comigo? Isso não tem nada a ver com você, Ana. Tem a ver com ela. Ela está doente.

— Mas eu senti... o que vocês tiveram juntos.

— O quê? Não.
Estendo a mão para ela, que se afasta de mim, os olhos frios nos meus, me avaliando, e acho que ela não gosta do que vê...
— Você está indo embora?
Minha ansiedade aumenta e aperta minha garganta.
Ela afasta o olhar e franze a testa, mas não diz nada.
— Você não pode — sussurro.
— Christian... eu...
Ela para, e acho que está com dificuldade de se despedir. Ela vai embora. Eu sabia que isso ia acontecer. Mas tão rápido?
— Não. Não!
Estou novamente à beira do abismo.
Não consigo respirar.
É agora. Desde o início previ que isso aconteceria.
— Eu... — murmura Ana.
Como a impeço? Olho ao redor em busca de ajuda. O que posso fazer?
— Você não pode ir. Ana, eu amo você!
É minha última tentativa de salvar esse acordo, de nos salvar.
— Eu também amo você, Christian, é só que...
O vórtice está me sugando.
Ela não aguenta mais.
Eu a afastei.
De novo.
Fico tonto. Coloco as mãos na cabeça, tentando conter a dor que me parte ao meio. O desespero está abrindo um buraco no meu peito que vai ficando cada vez maior. Vai me sugar para baixo.
— Não... não!
Encontre seu lugar feliz.
Meu lugar feliz.
Quando era mais fácil?
Era mais fácil exibir minha dor.
Elena está de pé diante de mim. Na mão, segura uma bengala fina. As marcas nas minhas costas ardem. Cada uma delas lateja de dor conforme o sangue percorre meu corpo.
Estou de joelhos. Aos pés dela.
— Mais, senhora.
Silencie o monstro.
Mais. Senhora.
Mais.

Encontre seu lugar feliz, Grey.
Encontre sua paz.
Paz. Sim.
Não.
Uma onda surge no meu corpo e quebra dentro de mim, mas, ao recuar, leva o medo junto.
Você consegue fazer isso.
Caio de joelhos.
Respiro fundo e coloco as mãos nas coxas.
Sim. Paz.
Estou em um lugar calmo.
Eu me entrego a você. Todo meu ser. Sou seu e você pode fazer o que quiser.
O que ela vai fazer?
Olho para a frente, e sei que ela está me observando. Ao longe, ouço a voz dela.
— Christian, o que você está fazendo?
Inspiro lentamente e encho os pulmões. O outono está no ar. *Ana.*
— Christian! O que você está fazendo? — Sua voz está mais próxima, mais alta, mais aguda. — Christian, olhe para mim!
Ergo o olhar. E espero.
Ela está linda. Pálida. Preocupada.
— Christian, por favor, não faça isso. Não quero isso.
Você tem que me dizer o que quer. Eu espero.
— Por que você está fazendo isso? Fale comigo — implora ela.
— O que você quer que eu fale?
Ela ofega. É um som baixo e desperta lembranças de momentos felizes com ela. Eu os afasto. Só há o agora. As bochechas dela estão molhadas. Lágrimas. Ela retorce as mãos.
De repente, está de joelhos na minha frente.
Os olhos dela estão fixos nos meus. Os anéis externos da íris são anil. Vão clareando mais perto do centro, até alcançar a cor de um céu de verão sem nuvens. Mas as pupilas estão dilatadas, pretas e profundas, escurecendo o meio dos olhos.
— Christian, você não tem que fazer isso. Eu não vou embora. Já falei milhões de vezes, eu não vou embora. Tudo o que aconteceu... é esmagador. Eu só preciso de um pouco de tempo para pensar... um pouco de tempo para mim mesma. Por que você sempre pensa o pior?
Porque o pior acontece.
Sempre.
— Eu ia sugerir voltar para o meu apartamento esta noite. Você nunca me dá um tempo... um tempo para pensar nas coisas.

Ela quer ficar sozinha.
Longe de mim.

— Só um tempo para pensar — continua ela. — A gente mal se conhece, e toda essa bagagem que vem com você... Eu preciso... Eu preciso de tempo para pensar em tudo isso. E agora que Leila está... bem, de qualquer forma... já não está mais solta por aí, não é mais uma ameaça... Eu pensei... Eu pensei...

O que você pensou, Ana?

— Ver você com Leila... — Ela fecha os olhos como se sentisse dor. — Foi um choque tão grande. Eu tive um vislumbre de como era a sua vida... e... — Ela afasta o olhar do meu e o fixa nos joelhos. — Isso tem a ver com eu não ser boa o suficiente para você. Foi uma amostra da sua vida, e eu estou com muito medo de que você acabe se cansando de mim, e aí eu vou... eu vou terminar feito a Leila... uma sombra. Porque eu amo você, Christian, e se você me deixar, o mundo vai ser um lugar sem luz. Eu vou estar na escuridão. Não quero ir embora. Estou só morrendo de medo que você me deixe...

Ana também tem medo da escuridão.
Não vai fugir.
Ela me ama.

— Eu não entendo por que você me acha atraente — sussurra Ana. — Você é, bem, você é você... e eu... — Ela me olha, perplexa. — Eu não entendo. Você é lindo, sexy, bem-sucedido, bom, gentil, carinhoso... tudo isso... e eu não. E eu não consigo fazer as coisas que você gosta de fazer. Não consigo dar a você o que você precisa. Como você poderia ser feliz comigo? Como eu poderia segurá-lo? Nunca entendi o que você viu em mim. E ver você com ela, aquilo trouxe tudo à tona de novo.

Ela levanta a mão e seca o nariz, que está inchado e rosado de tanto chorar.

— Você vai ficar aqui de joelhos a noite toda? Porque também posso fazer isso.

Ela está com raiva de mim.
Está sempre com raiva de mim.

— Christian, por favor, por favor... fale comigo.

Os lábios dela estão macios. Sempre ficam macios depois que ela chora. Seu cabelo emoldura o rosto, e meu coração se aperta.

Será que é possível amá-la ainda mais?

Ela tem todas as qualidades que diz não ter. Mas é a compaixão a que mais amo.
Sua compaixão por mim.
Ana.

— Por favor — diz ela.

— Eu estava com tanto medo — sussurro. *Estou com medo agora.* — Quando vi Ethan chegar do lado de fora, eu soube que alguém tinha aberto a porta para você entrar no apartamento. Eu e Taylor pulamos para fora do carro. A gente sabia, e vê-la daquele jeito com você... e armada. Acho que morri um milhão de vezes, Ana. Alguém ameaçando você... todos os meus piores medos concretizados. Eu estava com tanta raiva, dela, de você, de Taylor, de mim mesmo. — Sou assombrado pela visão de Leila e a arma. — Eu não sabia o quão volátil ela estaria. Não sabia o que fazer. Não sabia como ela iria reagir. — Paro e me lembro da rendição de Leila. — E foi então que ela me deu uma dica; parecia arrependida. E eu simplesmente soube o que tinha de fazer.

— Continue — diz Ana.

— Vê-la daquele jeito, sabendo que eu talvez tivesse algo a ver com seu estado mental...

Uma lembrança indesejada de anos atrás volta: Leila com um sorrisinho enquanto virava deliberadamente as costas para mim, sabendo das consequências.

— Ela sempre foi tão levada e animada. Ela poderia ter machucado você. E teria sido minha culpa.

Se acontecesse alguma coisa com Ana...

— Mas não machucou — diz Ana. — E você não era o responsável por ela estar naquele estado, Christian.

— Eu só queria que você saísse. Eu queria você longe do perigo, e... Você. Simplesmente. Não. Ia. Embora. — Minha exasperação volta, e olho com raiva para Ana. — Anastasia Steele, você é a mulher mais teimosa que eu já conheci.

Fecho os olhos e balanço a cabeça. O que vou fazer com ela?

Se ela ficar.

Ela continua ajoelhada na minha frente quando abro os olhos.

— Você não ia me deixar? — pergunto.

— Não!

Ana parece exasperada.

Ela não vai embora. Respiro fundo.

— Eu achei... — Paro. — Isto aqui sou eu, Ana. Eu por inteiro... e sou todo seu. O que eu tenho que fazer para você entender? Para você ver que quero você do jeito que for. Que eu amo você.

— Eu também amo você, Christian, e ver você desse jeito é... — Ela faz uma pausa enquanto contém as lágrimas. — Achei que eu tinha estragado você.

— Estragado? Eu? Ah, não, Ana. É exatamente o oposto.

Você me completa.

Estendo a mão e seguro a dela.

— Você é a minha tábua da salvação — sussurro.

Preciso de você.

Beijo todos os nós dos dedos dela antes de pressionar a palma da minha mão na dela.

Como posso fazer com que ela entenda a importância que tem para mim?
Deixando que ela me toque.
Toque em mim, Ana.
Isso. Sem pensar muito, pego a mão dela e a coloco no meu peito, sobre meu coração.
Sou seu, Ana.
A escuridão se expande dentro do meu peito, e minha respiração se acelera. Mas controlo o medo. Preciso mais dela. Baixo a mão, deixo a dela no lugar, e me concentro em seu rosto lindo. A compaixão está ali, refletida em seus olhos.
Estou vendo.
Ela flexiona os dedos e sinto levemente suas unhas tocarem minha camisa. Logo depois tira a mão.
— Não. — Minha reação é instintiva, e pressiono a mão dela em meu peito. — Não tire.
Ana parece confusa, porém chega mais perto a ponto dos nossos joelhos se tocarem. Ela ergue a mão.
Merda. Vai tirar minha roupa.
Fico morrendo de medo. Não consigo respirar. Com uma das mãos, ela abre o primeiro botão, desajeitada. Flexiona os dedos presos embaixo da minha mão, e eu a solto. Usando ambas as mãos, ela mexe com delicadeza nos meus botões. Quando abre a camisa, eu ofego, recupero o fôlego e minha respiração começa a acelerar.
A mão de Ana paira sobre o meu peito. Ela quer me tocar. Pele com pele. Toque com toque. Indo fundo dentro de mim e confiando nos meus anos de controle, eu me preparo para seu toque.
Ana hesita.
— Sim — sussurro um incentivo, e inclino a cabeça para o lado.
As pontas dos dedos dela estão levíssimas no meu tórax, mexendo nos pelos do peito. Meu medo sobe pela garganta, deixando um nó que não consigo engolir. Ana afasta a mão, mas eu a seguro e a encosto na minha pele.
— Não, eu preciso disso. — Minha voz soa baixa e tensa.
Tenho que fazer isso.
É por ela.
Ana espalma a mão em mim e percorre uma linha com as pontas dos dedos até chegar ao meu coração. Seus dedos são gentis e quentes, mas estão queimando minha pele. Tornando-me dela. Sou dela. Quero lhe dar meu amor e minha confiança.
Sou seu, Ana.
O que você quiser.

Percebo que estou ofegante, puxando o ar com dificuldade para os pulmões.

Ana se remexe na cadeira, seus olhos escurecendo. Ela passa os dedos por mim de novo, coloca as mãos nos meus joelhos e se inclina para a frente.

Porra. Fecho os olhos. Vai ser difícil tolerar. Ergo a cabeça. Esperando. E sinto os lábios dela beijarem com extrema delicadeza o meu coração.

Solto um gemido.

É excruciante. Um inferno. Mas é Ana, aqui, me amando.

— De novo — sussurro.

Ela se inclina e beija logo acima do meu coração. Sei o que está fazendo. Sei onde está me beijando. Ela repete o beijo, e de novo. Seus lábios tocam com delicadeza cada uma das minhas cicatrizes. Sei onde ficam. Sei onde estão desde o dia em que surgiram no meu corpo. E aqui está ela, fazendo o que ninguém nunca fez. Me beijando. Me aceitando. Aceitando meu lado sombrio.

Ela está matando meus demônios.

Minha garota corajosa.

Minha linda garota corajosa.

Meu rosto está molhado. Minha visão, borrada. Mas me aproximo dela e a tomo nos braços, as mãos no seu cabelo. Viro o rosto dela para o meu e reivindico seus lábios. Sentindo-a. Consumindo-a. Precisando dela.

— Ah, Ana — sussurro com veneração enquanto me dedico à sua boca.

Eu a puxo para o chão. Ela aninha meu rosto, e não sei se a umidade vem das lágrimas dela ou das minhas.

— Christian, por favor, não chore. Eu estava falando sério quando disse que nunca vou deixar você. Mesmo. Sinto muito se transmiti alguma outra impressão... Por favor, por favor, me perdoe. Eu amo você. E sempre vou amar.

Olho para ela, tentando aceitar o que acabou de dizer.

Ela diz que me ama, que sempre vai me amar.

Mas ela não me conhece.

Não conhece o monstro.

O monstro não é digno do amor dela.

— O que foi? — pergunta ela. — Que segredo é esse que você acha que vai me fazer fugir daqui correndo? Que faz você ter tanta certeza de que eu iria embora? Conte para mim, Christian, por favor...

Ana tem o direito de saber. Enquanto estivermos juntos, isso vai ser sempre um obstáculo entre nós. Ela merece a verdade. Apesar de tudo, tenho que contar.

Eu me sento e cruzo as pernas. Ela também se senta e fica olhando para mim. Os olhos dela estão redondos e temerosos, refletindo meus sentimentos com exatidão.

— Ana...

Faço uma pausa e respiro fundo.
Conte, Grey.
Diga logo. Só assim você vai saber.
— Eu sou um sádico, Ana. Eu gosto de chicotear garotas morenas feito você porque todas vocês se parecem com a prostituta viciada... minha mãe biológica. E eu tenho certeza de que você é capaz de imaginar por quê.

As palavras saem depressa da minha boca como se estivessem prontas e esperando há dias.

Ela fica impassível. Parada. Quieta.

Por favor, Ana.

Por fim, ela fala, mas sua voz não passa de um sussurro frágil.

— Você disse que não era sádico.

— Não, eu disse que era Dominador. Se menti para você, foi uma mentira por omissão. Me desculpe. — Não consigo olhar para ela. Estou com vergonha. Fico encarando meus dedos, do mesmo jeito que ela faz. Mas Ana continua muda, e sou obrigado a olhar para ela. — Na época em que você me perguntou aquilo, eu tinha imaginado um relacionamento completamente diferente entre a gente — acrescento.

É verdade.

Os olhos de Ana se arregalam, e de repente ela esconde o rosto com as mãos. Não aguenta olhar para mim.

— Então é verdade — sussurra ela, e quando tira as mãos, seu rosto está pálido —, não posso lhe dar o que você quer.

O quê?

— Não, não, não. Ana. Não. Você pode, sim. Você já me dá o que eu quero.

— Não sei no que acreditar, Christian. Isso é tão terrível.

A voz dela está engasgada de emoção.

— Ana, acredite em mim. Depois que eu a puni e você me deixou, minha visão de mundo mudou. Eu não estava brincando quando disse que faria de tudo para nunca mais sentir aquilo de novo. Quando você disse que me amava, foi uma revelação. Ninguém nunca tinha me dito aquilo antes, e foi como se eu tivesse concluído uma etapa... ou talvez como se você tivesse concluído uma etapa, não sei. Dr. Flynn e eu ainda estamos discutindo a questão a fundo.

— O que significa isso tudo?

— Que eu não preciso daquilo. Não agora.

— Como você sabe? Como pode ter tanta certeza?

— Eu simplesmente sei. A ideia de machucar você... machucar você de verdade... é repugnante para mim.

— Eu não entendo. E quanto à régua, às palmadas, toda aquela trepada sacana?

— Estou falando de bater de verdade, Anastasia. Você devia ver o que sou capaz de fazer com uma vara ou com um chicote.

— Prefiro não ver.

— Eu sei. Se você quisesse fazer essas coisas, então tudo bem... mas você não quer, e eu entendo. Não posso fazer aquela merda toda com você se não quiser. Já falei uma vez, o poder é todo seu. E agora, desde que você voltou, não sinto nenhuma vontade.

— Mas quando a gente se conheceu, era isso que você queria, não era?

— Era, sem dúvida.

— E como pode a sua vontade simplesmente desaparecer, Christian? Como se eu fosse algum tipo de panaceia, e você estivesse... curado, por falta de palavra melhor... Eu não entendo.

— Eu não diria "curado"... Você não acredita em mim?

— Eu só acho tudo isso... inacreditável. É diferente.

— Se você nunca tivesse me deixado, então eu talvez não me sentisse assim. O fato de você ter ido embora foi a melhor coisa que poderia ter acontecido... para nós dois. Aquilo fez com que eu me desse conta do quanto eu queria você, só você. E estou falando sério quando digo que quero você do jeito que for.

Ela me olha. Impassível? Confusa? Não sei.

— Você ainda está aqui. Achei que já teria sumido por aquela porta a essa altura.

— Por quê? Porque eu talvez pense que você é doente, porque espanca e transa com mulheres que se parecem com a sua mãe? O que teria lhe dado essa impressão? — diz ela com rispidez.

Porra.

Ana está com as garras de fora, e as enfia em mim.

Mas eu mereço.

— Bem, eu não diria exatamente assim, mas é.

Está com raiva, talvez? Magoada, possivelmente? Ela sabe meu segredo. Meu segredo mais sombrio. E agora aguardo seu veredito.

Me amar.

Ou me deixar.

Ela fecha os olhos.

— Christian, eu estou exausta. A gente pode conversar sobre isso amanhã? Quero ir para a cama.

— Você não vai embora?

Não consigo acreditar.

— Você quer que eu vá?

— Não! Achei que você iria embora assim que eu contasse.

Sua expressão está mais suave, mas ela ainda parece confusa.
Por favor, não vá, Ana.
A vida vai ser insuportável sem você.
— Não me deixe — sussurro.
— Pelo amor de Deus... não! — grita ela, me assustando. — Eu não vou embora!
— Mesmo?
Inacreditável. Ela me surpreende até em um momento como esse.
— O que eu preciso fazer para você entender que não vou fugir? O que você quer que eu diga?
Ela está exasperada.
E, para minha surpresa, uma ideia surge na minha mente. Uma ideia tão louca e fora da minha zona de conforto que fico na dúvida de onde veio. Engulo em seco.
— Tem uma coisa que você pode fazer.
— O quê? — rebate ela.
— Casar-se comigo.
Ela fica boquiaberta e embasbacada.
Casamento, Grey? Você esqueceu o bom senso?
Por que ela iria querer se casar com você?
Ela está atônita, mas seus lábios se abrem, e ela ri. Depois morde o lábio, acho que para se conter. Mas não consegue. Ela cai no chão, e suas risadas viram gargalhadas que ecoam pela sala.
Não é a reação que eu esperava.
As gargalhadas ficam histéricas. Ela coloca a mão no rosto, e acho que talvez esteja chorando.
Não sei o que fazer.
Delicadamente, afasto o braço do rosto e limpo as lágrimas com as costas das mãos. Tento dizer uma coisa leve.
— Você acha meu pedido de casamento engraçado, Srta. Steele?
Ela funga, ergue a mão e acaricia minha bochecha.
Mais uma vez, não é o que eu esperava.
— Sr. Grey — sussurra ela. — Christian. A sua noção de timing é, sem dúvida...
Ela para, os olhos procurando os meus como se eu fosse um idiota louco. E talvez eu seja, mas preciso saber a resposta dela.
— Você está me matando aqui, Ana. Quer se casar comigo?
Lentamente, ela se senta e apoia as mãos nos joelhos.
— Christian, eu acabei de encontrar a sua ex-namorada apontando uma arma para mim, de ser expulsa do meu próprio apartamento, de ver você dar uma de Cinquenta Tons termonuclear...

Cinquenta Tons?

Abro a boca para me defender, mas ela levanta a mão para me impedir, então fico calado.

— Você acabou de revelar informações a seu respeito que são, francamente, bem chocantes, e agora você me pede para eu me casar com você.

— É, acho que é um resumo justo e bem preciso da situação.

— O que aconteceu com adiar a gratificação? — pergunta ela, me confundindo mais uma vez.

— Passei dessa fase. Agora sou um adepto convicto da gratificação instantânea. Carpe diem, Ana.

— Olhe, Christian, eu conheço você há uns três minutos, e tem tanta coisa que preciso saber. Eu bebi muito, estou com fome, estou cansada, e quero ir dormir. Preciso pensar a respeito da sua proposta da mesma forma como avaliei o contrato que você me ofereceu. E... — ela faz uma pausa e franze os lábios — ...não foi um pedido de casamento muito romântico.

A esperança borbulha em meu peito.

— É um bom argumento e bem colocado, Srta. Steele, como sempre. Então, isso é um não?

Ela suspira.

— Não, Sr. Grey, não é um não, mas também não é um sim. Você só está fazendo isso porque está com medo e não confia em mim.

— Não, estou fazendo isso porque finalmente conheci alguém com quem eu quero passar o resto da minha vida. Nunca achei que isso fosse acontecer comigo.

E essa é a verdade, Ana.

Eu amo você.

— Posso pensar... por favor? Pensar sobre tudo o que aconteceu hoje? Sobre o que você acabou de me contar? Você me pediu fé e paciência. Bem, estou pedindo o mesmo a você, Grey. Preciso disso, agora.

Fé e paciência.

Eu me inclino para a frente e coloco uma mecha de cabelo dela atrás da orelha. Esperaria uma eternidade por essa resposta se significasse que ela não vai me deixar.

— Posso fazer isso.

Eu me curvo e dou um beijo rápido nela.

Ela não se afasta.

E sinto um breve alívio.

— Não muito romântico, é?

Ela balança a cabeça negativamente, uma expressão solene.

— Flores e corações, então? — pergunto.

Ela assente, e eu sorrio.
— Está com fome?
— Estou.
— Você não comeu.
— Não, eu não comi — diz ela sem rancor, e se senta sobre os calcanhares. — Ser expulsa do meu apartamento depois de presenciar meu namorado interagindo intimamente com sua ex-submissa tirou o meu apetite consideravelmente.

Ela coloca as mãos no quadril.

Eu me levanto, ainda impressionado por ela estar aqui. Estendo a mão.
— Deixe eu preparar alguma coisa para você comer.
— Não posso simplesmente ir dormir?

Ela aceita minha mão, e eu a ajudo a se levantar.
— Não, você precisa comer. Venha.

Eu a levo até um banco diante do balcão, e quando ela está sentada, dou uma olhada na geladeira.
— Christian, na verdade, não estou com fome.

Eu a ignoro e confiro o que tem na geladeira.
— Queijo? — ofereço.
— Não a essa hora.
— Pretzel?
— Da geladeira? Não — diz ela.
— Você não gosta de pretzel?
— Não às onze e meia. Christian, eu vou para a cama. Você pode continuar aí remexendo essa geladeira a noite toda, se quiser. Estou cansada, e meu dia foi cheio demais. Um dia para se esquecer.

Ela desce do banco no momento em que encontro o prato que a Sra. Jones preparou mais cedo.
— Macarrão com queijo?

Mostro a tigela.

Ana me olha de soslaio.
— Você gosta de macarrão com queijo? — pergunta ela.

Se gosto? Amo macarrão com queijo.
— Quer um pouco? — tento provocá-la.

O sorriso dela diz tudo que precisa ser dito.

Coloco a tigela no micro-ondas e aperto o botão de aquecer.
— Então você sabe usar o micro-ondas, hein? — provoca Ana.

Está novamente sentada no banco.
— Se vier numa embalagem, normalmente eu consigo fazer alguma coisa. O problema é comida de verdade.

Coloco dois jogos americanos, pratos e talheres na bancada.
— Está muito tarde — diz Ana.
— Não vá trabalhar amanhã.
— Eu tenho que ir trabalhar amanhã. Meu chefe está indo para Nova York.
— Você quer ir para lá no fim de semana?
— Eu olhei a previsão do tempo, e parece que vai chover — diz ela.
— Ah, então o que você quer fazer?
O micro-ondas apita. Nosso jantar está pronto.
— Eu só quero viver um dia de cada vez por enquanto. Essa agitação toda, tudo isso é... cansativo.

Usando um pano, tiro a tigela fumegante do micro-ondas e coloco na bancada da cozinha. O cheiro está delicioso, e fico satisfeito por ter recuperado o apetite. Ana serve uma colherada em cada prato e eu me sento.

Fico impressionado por ela ainda estar comigo, apesar de tudo que contei. Ela é tão... forte. Nunca decepciona. Mesmo na hora de enfrentar Leila, manteve a calma.

Ela come uma garfada, e eu também. Está do jeito que eu gosto.
— Desculpe por Leila — murmuro.
— Por que você está pedindo desculpas?
— Deve ter sido um choque e tanto para você, dar de cara com ela no apartamento. O próprio Taylor tinha feito uma busca mais cedo. Ele está muito chateado.
— Não culpo Taylor.
— Nem eu. Ele esteve procurando por você.
— Sério? Por quê?
— Eu não sabia onde você estava. Você esqueceu sua bolsa, seu telefone. Eu não tinha como encontrá-la. Onde você se meteu?
— Ethan e eu fomos para o bar do outro lado da rua. Para que eu pudesse ver o que estava acontecendo.
— Entendi.
— E então, o que você fez com Leila no apartamento?
— Você quer mesmo saber? — pergunto.
— Quero — responde ela, mas seu tom de voz me passa incerteza. Hesito, mas ela olha para mim mais uma vez, e tenho que ser sincero. — Nós conversamos, e eu dei um banho nela. E eu coloquei uma roupa sua nela. Espero que você não se importe. Mas ela estava imunda.

Ana fica muda e se vira para longe de mim. Meu apetite desaparece.
Merda. Eu não devia ter contado.
— Era tudo o que eu podia fazer, Ana — tento explicar.
— Você ainda sente alguma coisa por ela?

— Não! — Fecho os olhos quando uma visão de Leila triste e perdida surge na minha mente. — Vê-la daquele jeito, tão diferente, tão destruída. Eu me preocupo com ela como um ser humano se preocupa com outro.

Afasto a imagem e me viro para Anastasia.

— Ana, olhe para mim.

Ela olha para a comida intocada.

— Ana.

— O quê? — sussurra.

— Não faça isso. Não significa nada. Foi como cuidar de uma criança, uma criança perturbada e despedaçada.

Ela fecha os olhos, e por um momento horrível, acho que vai cair no choro.

— Ana?

Ela se levanta, leva o prato até a pia e joga a comida no lixo.

— Ana, por favor.

— Chega, Christian! Chega desse "Ana, por favor"! — grita ela exasperada e começa a chorar. — Cansei dessa merda por hoje. Vou dormir. Estou exausta e nervosa. Me deixe em paz um pouco.

Ela sai da cozinha em direção ao quarto, me deixando com o macarrão com queijo frio e duro.

Merda.

QUARTA-FEIRA, 15 DE JUNHO DE 2011

A poio a cabeça nas mãos e esfrego o rosto. Não acredito que pedi Ana em casamento. E ela não disse não. Mas também não disse sim. Talvez nunca diga sim.

De manhã, ela vai acordar e cair em si.

O dia começou muito bem. Mas tudo veio abaixo esta noite, desde Leila.

Bem, pelo menos *ela* está em segurança e recebendo a ajuda de que precisa.

Mas a que preço? *Ana?*

Agora ela sabe de tudo.

Sabe que sou um monstro.

Mas continua aqui.

Concentre-se no lado positivo, Grey.

Meu apetite seguiu o mesmo caminho que o de Ana e também sumiu. Estou exausto. Foi uma noite cheia de emoção. Eu me levanto da bancada da cozinha. Passei por experiências mais intensas na última meia hora do que achei que seria possível.

É isso que ela faz com você, Grey. Ela o faz sentir.

Você sabe que está vivo quando está com ela.

Não posso perdê-la. Acabei de encontrá-la.

Confuso e sobrecarregado, coloco o prato na pia e vou para o meu quarto.

Será *nosso* quarto se ela aceitar.

Pela porta do banheiro, ouço um barulho abafado. Ela está chorando. Abro a porta e a encontro no chão, encolhida em posição fetal, usando uma das minhas camisetas e soluçando. Ver Ana tão desesperada é o mesmo que levar um chute no estômago e ficar sem ar. É insuportável.

Eu me abaixo no chão.

— Ei — murmuro, puxando-a para o meu colo. — Por favor, não chore, Ana, por favor.

Ela passa os braços ao meu redor e se agarra a mim, mas o choro não diminui.
Ah, baby.
Afago as costas dela, pensando em como suas lágrimas me afetam muito mais do que as de Leila.
Porque eu a amo.
Ela é forte e corajosa. E é assim que a recompenso: fazendo-a chorar.
— Desculpe, baby — sussurro, abraçando-a, e começo a niná-la, balançando-a para a frente e para trás enquanto ela chora.
Beijo seu cabelo. Aos poucos, o choro vai diminuindo, e ela estremece com soluços secos. Eu a levanto nos braços, carrego-a até o quarto e a coloco na cama. Ela boceja e fecha os olhos enquanto tiro minha calça e a camisa. De cueca, visto uma camiseta e apago a luz. Deitado, eu a abraço com força. Em questão de segundos, sua respiração fica mais profunda, e sei que ela dormiu. Também está exausta. Não ouso me mexer, com medo de acordá-la. Ela precisa dormir.
Na escuridão, tento entender tudo o que aconteceu esta noite. Foram muitas coisas. Muitas mesmo...

Leila está na minha frente. Ela parece uma sem-teto, e seu fedor me faz recuar um passo.
O fedor. Não.
O fedor.
Ele fede. Fede a coisas nojentas. E a sujeira. Sinto o vômito subir pela garganta.
Ele está com raiva. Eu me escondo embaixo da mesa. *Aí está você, seu merdinha.*
Ele está segurando um cigarro.
Não. Chamo minha mamãe. Mas ela não me escuta. Está deitada no chão.
Fumaça sai da boca dele.
Ele ri.
E puxa meu cabelo.
A queimadura. Eu grito.
Não gosto da queimadura.
Mamãe está no chão. Eu durmo ao seu lado. Ela está fria. Cubro ela com minha mantinha.
Ele voltou. Está com raiva.
Louca. Burra. Vadia.
Sai da minha frente, seu tampinha filho da puta. Ele me bate e eu caio.
Ele sai. Tranca a porta. E ficamos só mamãe e eu.

E depois ela também se vai. Onde está mamãe? Onde está mamãe?
Ele está segurando o cigarro na minha frente.
Não.
Ele dá uma tragada.
Não.
Encosta na minha pele.
Não.
A dor. O cheiro.
Não.

— Christian!
Abro os olhos. Está claro. *Onde estou?* No meu quarto.
Ana está de pé, segurando meus ombros e me sacudindo.
— Você foi embora, você foi embora, você só pode ter ido embora — murmuro sem coerência, e ela se senta ao meu lado.
— Estou aqui — diz, colocando a palma da mão em meu rosto.
— Você não estava aqui.
Só tenho pesadelos quando você não está aqui.
— Fui só beber alguma coisa. Estava com sede.
Fechando os olhos, esfrego o rosto, tentando separar a realidade da ficção. Ela não foi embora. Está olhando para mim. Ana, tão bondosa. Minha garota.
— Você está aqui. Ah, graças a Deus — digo, puxando-a para perto.
— Fui só buscar uma bebida — explica, enquanto passo os braços ao seu redor. Ela acaricia meu cabelo e minha bochecha. — Christian, por favor. Estou aqui. Não vou a lugar nenhum.
— Ah, Ana — falo, buscando sua boca.
Está com gosto de suco de laranja... de doçura e de lar.
Meu corpo reage quando beijo sua boca, sua orelha, seu pescoço. Puxo seu lábio inferior com os dentes enquanto acaricio seu corpo. Levanto a camiseta que ela está usando. Ana estremece quando seguro seu seio e geme na minha boca assim que meus dedos encontram seu mamilo.
— Quero você — sussurro.
Preciso de você.
— Estou aqui para você, Christian. Só para você.
Suas palavras acendem um fogo dentro de mim. Beijo-a outra vez.
Por favor, nunca me deixe.
Ela agarra minha camiseta, e mudo de posição para que possa tirá-la. Puxo Ana para cima ao me ajoelhar entre suas pernas e tiro sua camiseta. Ela me encara, os olhos sombrios e cheios de paixão e desejo. Segurando seu rosto, eu a beijo, e afun-

damos no colchão. Seus dedos se enroscam no meu cabelo, e ela retribui meu beijo com o mesmo fervor. Sua língua está dentro da minha boca, ávida por me dar prazer.
Ah, Ana.
De repente, ela se afasta e empurra meus braços.
— Christian... Pare. Não posso continuar.
— O que foi? O que houve? — murmuro em seu pescoço.
— Não, por favor. Não posso fazer isso, não agora. Preciso de um tempo, por favor.
— Ah, Ana, não pense demais — sussurro, sendo tomado pela ansiedade outra vez.
Estou totalmente desperto. Ela está me rejeitando. *Não.* Fico desesperado. Puxo o lóbulo da sua orelha com os dentes, seu corpo se contorce sob o meu toque e ela arfa.
— Ainda sou eu, Ana, o mesmo eu. Eu amo você e preciso de você. Toque em mim. Por favor.
Paro, roço o nariz no dela e a encaro. Carregando um peso nos ombros, espero sua reação.
Nosso relacionamento depende deste momento.
Se ela não conseguir fazer isto...
Se ela não conseguir me tocar.
Não posso tê-la.
Espero.
Por favor, Ana.
Hesitante, ela estica a mão e toca meu peito.
Calor e dor se espalham pelo meu tórax à medida que a escuridão liberta suas garras. Arquejo e fecho os olhos.
Eu consigo.
Posso fazer isto por ela.
Minha garota.
Ana.
Ela desliza a mão até o meu ombro, as pontas dos dedos queimando minha pele. Estou gemendo: quero tanto isso, ao mesmo tempo em que tenho tanto medo...
Ter medo do toque de quem você ama. *Que tipo de fodido eu sou?*
Ela me puxa para perto e acaricia minhas costas com as mãos, me abraçando. As palmas na minha pele. Me marcando. Meu grito sufocado é em parte gemido, em parte soluço. Enterro o rosto no pescoço dela, me escondendo, buscando alívio para a dor, mas beijando, amando, enquanto seus dedos percorrem as duas cicatrizes nas minhas costas.
É quase insuportável.

Beijo-a com fervor, me perdendo em sua língua e em sua boca enquanto luto contra meus demônios, usando só lábios e mãos, que deslizam pelo corpo dela enquanto suas mãos passeiam pelo meu.

A escuridão rodopia, tentando afastá-la, mas os dedos de Ana continuam me tocando, acariciando-me, sentindo-me. Delicadamente. Com amor. E eu me preparo para suportar o medo e a dor.

Traço um caminho com os lábios até seus seios, fechando-os ao redor de um mamilo, sugando-o até ele ficar duro, enrijecido, em alerta. Ela geme, e seu corpo se ergue na direção do meu, suas unhas arranhando os músculos das minhas costas. É demais. O medo explode em meu peito, martelando meu coração.

— Puta merda, Ana — grito e olho para ela.

Está ofegante, os olhos brilhando e transbordando sensualidade.

Ela está ficando excitada.

Caralho.

Não pense demais, Grey.

Seja homem. Vá em frente.

Respirando fundo para acalmar meu coração disparado, deslizo uma das mãos pelo seu corpo, passando pela barriga, até chegar aos lábios vaginais. Desço mais, e meus dedos ficam molhados com seu desejo. Enfiando-os dentro dela, faço círculos, e ela empurra a pélvis de encontro à minha mão.

— Ana.

Seu nome é uma evocação.

Eu a solto e me sento, afastando-me do toque dela. Sinto-me aliviado e abandonado ao mesmo tempo. Tiro a cueca, libertando meu pau, e me inclino em direção à mesa de cabeceira para pegar uma camisinha, que entrego a ela.

— Você quer fazer isso? Você ainda pode dizer não. Você sempre pode dizer não.

— Não me dê a chance de pensar, Christian. — Ela está sem ar. — Também quero você.

Ana rasga o pacote com os dentes e, com os dedos trêmulos, começa a desenrolar a camisinha em mim. Seus dedos na minha ereção são como uma tortura.

— Devagar. Você vai me fazer gozar, Ana.

Ela abre um sorriso ligeiro e possessivo para mim. Quando termina, eu me estico na sua direção. Mas preciso saber que também quer isso. Rolo rapidamente nossos corpos pela cama.

— Você. Faça você — sussurro, olhando para ela.

Ela lambe os lábios, e se afunda em mim, acolhendo-me, centímetro por centímetro.

— Ah.

Jogo a cabeça para trás e fecho os olhos.

Sou seu, Ana.
Ela agarra minhas mãos e começa a se movimentar para cima e para baixo.
Ah, baby.
Inclinando o corpo para a frente, ela beija meu queixo e roça os dentes na minha mandíbula.
Vou gozar.
Merda.
Coloco as mãos nos seus quadris e a faço parar.
Devagar, baby. Por favor, vamos devagar.
Seus olhos estão cheios de paixão e tesão. E eu tomo coragem novamente.
— Ana, toque em mim... por favor.
Ela arregala os olhos, e, satisfeita, espalma as mãos no meu peito. É ardente. Eu grito e meto mais fundo.
— Ah — geme ela, passando as unhas nos pelos do meu peito.
Ela está me provocando. Brincando comigo. Mas a escuridão tenta invadir cada ponto do seu contato, determinada a romper minha pele. É tão doloroso, tão intenso, que lágrimas começam a brotar em meus olhos, e o rosto de Ana vira um borrão.
Rolo o corpo outra vez para ficar em cima dela.
— Chega. Por favor, já chega.
Ela estica as mãos e segura meu rosto, enxugando minhas lágrimas e me puxando para um beijo. Mergulho dentro dela, tentando encontrar um equilíbrio. Mas estou perdido. Perdido nesta mulher. Sua respiração está no meu ouvido: entrecortada, ofegante. Ela está chegando lá. Está muito perto. Mas está se contendo.
— Vamos, Ana — sussurro.
— Não.
— Sim — suplico, e me mexo, girando os quadris e preenchendo-a totalmente. Ela geme, em alto e bom som, tensionando as pernas.
— Vamos, baby, eu preciso disso. Goze para mim.
Nós precisamos disso.
Ela se entrega, convulsionando ao meu redor e gritando enquanto me envolve com as pernas e os braços, e eu chego ao clímax.

SEUS DEDOS ACARICIAM MEU cabelo enquanto minha cabeça está apoiada em seu peito. Ela está aqui. Não foi embora, mas não consigo me livrar da sensação de que quase a perdi outra vez.
— Nunca me deixe — sussurro. Logo acima de mim, sinto sua cabeça se mexer, o queixo se erguendo daquele jeito teimoso. — Sei que você está revirando os olhos para mim — acrescento, feliz com seu gesto.
— Você me conhece bem. — Sua voz é bem-humorada.

Graças a Deus.
— Queria conhecer ainda mais.
— O mesmo vale para você, Grey — responde ela, perguntando em seguida o que atormenta meu sono.
— O de sempre.
Ana insiste que eu conte mais.
Ah, Ana, você quer mesmo saber?
Ela continua em silêncio. Esperando.
Suspiro.
— Devo estar com uns três anos, e o cafetão da prostituta está enfurecido de novo. Ele fuma, um cigarro atrás do outro, e não consegue achar um cinzeiro.
Ela quer mesmo lidar com essa merda? A queimadura. O cheiro. Os gritos.
Ela fica tensa embaixo de mim.
— Doeu muito — balbucio. — É da dor que eu me lembro. É o que me faz ter pesadelos. Isso, e o fato de que ela não fez nada para impedi-lo.
Ana me aperta com mais força.
Levanto a cabeça, encarando-a.
— Você não é igual a ela. Nunca pense isso. Por favor.
Ela pisca duas vezes, e volto a apoiar a cabeça em seu peito.
A prostituta drogada era fraca. *Não, verme. Agora, não.*
Ela se matou. E me abandonou.
— Às vezes, nos sonhos, ela está só lá deitada no chão. E eu acho que ela está dormindo. Mas ela não se mexe. Ela nunca se mexe. E eu estou com fome. Muita fome. Então eu ouço um barulho alto e ele está de volta, e me bate com muita força, xingando a prostituta viciada. A primeira reação dele sempre foi a de usar os punhos ou o cinto.
— É por isso que você não gosta de ser tocado?
Fecho os olhos e me agarro a ela com mais força.
— É complicado.
Enfio o rosto entre os seios dela, sentindo seu cheiro.
— Fale — pede.
— Ela não me amava.
Não é possível que me amasse. Ela não me protegia. E me deixou. Sozinho.
— Eu não me amava. O único toque que eu conhecia era... doloroso. O problema nasceu aí.
Nunca tive o toque amoroso de uma mãe, Ana.
Nunca.
Grace respeitou meus limites.
Ainda não sei por quê.

— Flynn sabe explicar melhor do que eu.
— Posso conversar com Flynn? — pergunta ela.
— Você está pegando a doença do Cinquenta Tons também, é?
Tento tornar o momento mais leve.
— Nem lhe conto. — Ana se contorce. — Gosto de tudo que está pegando em mim neste instante.
Adoro a leveza dela. Se ela consegue brincar sobre isso, há esperança.
— Ah, Srta. Steele, eu também gosto disso. — Eu a beijo e olho nas profundezas calorosas dos seus olhos. — Você é tão importante para mim, Ana. Eu estava falando sério sobre me casar com você. A gente pode se conhecer melhor depois. Eu posso cuidar de você. Você pode cuidar de mim. A gente pode ter filhos, se você quiser. Vou colocar o meu mundo a seus pés, Anastasia. Quero você de corpo e alma, para sempre. Por favor, pense nisso.
— Vou pensar, Christian. Vou pensar. Mas eu realmente queria falar com o Dr. Flynn, se você não se importar.
— Qualquer coisa para você, baby. Qualquer coisa. Quando você gostaria de vê-lo?
— Quanto antes, melhor.
— Certo. Amanhã de manhã eu resolvo isso. — Olho para o relógio: 3h44. — Está tarde. É melhor a gente dormir. — Apago a luz e a puxo para dormirmos de conchinha. Só durmo de conchinha com Ana. Enfio o nariz no pescoço dela. — Eu amo você, Ana Steele, e quero você ao meu lado, para sempre. Agora durma.

SOU DESPERTADO POR UMA comoção. Ana pula por cima de mim e corre para o banheiro.
Está indo embora?
Não.
Vejo que horas são.
Merda. Está tarde. Acho que nunca dormi até tão tarde. Ela vai trabalhar. Balançando a cabeça, ligo para Taylor pelo sistema interno.
— Bom dia, Sr. Grey.
— Taylor, bom dia. Pode levar a Srta. Steele para o trabalho hoje?
— Com todo prazer, senhor.
— Ela está muito atrasada.
— Vou aguardá-la na porta.
— Ótimo. E volte para me buscar.
— Pode deixar, senhor.
Eu me sento, e Ana sai correndo do banheiro, juntando as roupas ao mesmo tempo em que se seca. É um espetáculo e tanto, ainda mais levando em conta que ela está usando uma calcinha de renda preta combinando com o sutiã.

É, eu poderia passar o dia inteiro vendo isso.
— Você está bonita. Sabe, você pode ligar e dizer que está doente — sugiro.
— Não, Christian, eu não posso. Não sou uma CEO megalomaníaca com um sorriso bonito e que goza de total liberdade.
Sorriso bonito? Megalomaníaco? Sorrio.
— Eu gosto de gozar em total liberdade...
— Christian! — grita ela e joga a toalha em mim.
Dou uma risada. Ela ainda está aqui, e acho que não me odeia.
— Sorriso bonito, é?
— É. Você sabe o efeito que tem sobre mim.
Ela coloca o relógio no pulso e fica parada enquanto fecha a pulseira.
— Sei, é?
— Sim, sabe. O mesmo efeito que produz em todas as mulheres. É realmente muito cansativo ver todas elas desfalecendo por você.
— Ah, é?
Não consigo esconder que estou achando graça.
— Não banque o inocente, Sr. Grey, isso não combina nada com você.
Ela prende o cabelo num rabo de cavalo e calça sapatos de salto alto.
Toda de preto, baby. Está sensacional.
Ela se abaixa para me dar um beijo de despedida, e não resisto, puxando-a para a cama.
Obrigado por ainda estar aqui, Ana.
— O que posso fazer para convencê-la a ficar? — pergunto em voz baixa.
— Nada — resmunga ela, num esforço inútil para se desprender. — Me solte.
Faço beicinho, e ela ri. Passando o dedo nos meus lábios, ela sorri e se inclina para me beijar. Fecho os olhos e saboreio a sensação dos seus lábios nos meus.
Então a solto. Ela precisa ir.
— Taylor vai levar você. É mais rápido do que procurar um lugar para estacionar. Ele está esperando fora do prédio.
— Certo. Obrigada — responde ela. — Aproveite sua manhã preguiçosa, Sr. Grey. Queria poder ficar, mas o dono da empresa em que trabalho não aprovaria que seus funcionários faltassem só por causa de um sexo gostoso.
Ela pega a bolsa.
— Pessoalmente, Srta. Steele, não tenho dúvida alguma de que ele aprovaria. Na verdade, acho que ele insistiria por isso.
— Por que você vai ficar aí na cama? Não é muito a sua cara.
Cruzando as mãos atrás da cabeça, recosto-me e sorrio.
— Porque eu posso, Srta. Steele.
Ela balança a cabeça, fingindo desaprovação.

— Até mais, baby.

Joga um beijo no ar e corre porta afora. Ouço seus passos no corredor, até que tudo fica em silêncio.

Ana acabou de sair.

E já estou com saudade.

Pego o celular com a intenção de lhe mandar um e-mail. Mas o que deveria dizer? Já contei tanta coisa ontem à noite. Não quero assustá-la com mais... revelações.

Não complique as coisas, Grey.

De: Christian Grey
Assunto: Sentindo sua falta
Data: 15 de junho de 2011 09:05
Para: Anastasia Steele

Por favor, use o seu BlackBerry.
Bj,

Christian Grey
CEO, Grey Enterprises Holdings, Inc.

Olho ao redor e penso em como o quarto fica vazio sem ela. Digito um e-mail para sua conta pessoal. Preciso garantir que ela use o celular, porque não quero ninguém da SIP lendo nossos e-mails.

De: Christian Grey
Assunto: Sentindo sua falta
Data: 15 de junho de 2011 09:06
Para: Anastasia Steele

Minha cama é grande demais sem você.
Parece que vou ter que ir trabalhar, afinal de contas.
Até mesmo CEOs megalomaníacos precisam de alguma coisa para fazer.
Bj,

Christian Grey
Um CEO entediado, Grey Enterprises Holdings, Inc.

Espero que isso a faça sorrir. Aperto enviar e ligo para o consultório de Flynn. Deixo uma mensagem. Se Ana quer falar com Flynn, então ela vai falar com Flynn. Em seguida, saio da cama e vou para o banheiro. Afinal de contas, hoje vou ter uma reunião com o prefeito.

Estou faminto depois dos eventos de ontem à noite. Não jantei. A Sra. Jones preparou um café da manhã completo para mim: ovos, bacon, presunto, batata rosti, waffles e torradas. Gail fez seu melhor; e ela cozinha muito bem. Enquanto como, recebo uma resposta de Ana. Do e-mail profissional!

De: Anastasia Steele
Assunto: Gente de sorte
Data: 15 de junho de 2011 09:27
Para: Christian Grey

Meu chefe está uma arara.
A culpa é sua por ter me segurado até tarde com as suas... travessuras.
Você devia se envergonhar.

Anastasia Steele
Assistente de Jack Hyde, Editor, SIP

Ah, Ana, eu me envergonho mais do que você pode imaginar.

De: Christian Grey
Assunto: Travessuras?
Data: 15 de junho de 2011 09:32
Para: Anastasia Steele

Você não precisa trabalhar, Anastasia.
Você não tem ideia de como estou chocado com minhas próprias travessuras.
Mas gosto de fazê-la ficar acordada até tarde ;)
Por favor, use seu BlackBerry.
Ah, e case-se comigo, por favor.

Christian Grey
CEO, Grey Enterprises Holdings, Inc.

A Sra. Jones se movimenta ao fundo enquanto tomo café da manhã.
— Mais café, Sr. Grey?
— Por favor.
A resposta de Ana chega.

De: Anastasia Steele
Assunto: Meu ganha-pão
Data: 15 de junho de 2011 09:35
Para: Christian Grey

Sei que sua tendência natural é ficar insistindo, mas pode ir parando.
Preciso falar com seu psicólogo.
Só então vou dar minha resposta.
Não sou contra continuar vivendo em pecado.

Anastasia Steele
Assistente de Jack Hyde, Editor, SIP

Puta que pariu, que saco, Ana!

De: Christian Grey
Assunto: BLACKBERRY
Data: 15 de junho de 2011 09:40
Para: Anastasia Steele

Anastasia, se é para começar a falar do Dr. Flynn, então USE O SEU BLACK-BERRY.
Não estou pedindo.

Christian Grey
Um CEO fulo da vida, Grey Enterprises Holdings, Inc.

Meu telefone toca, e é a secretária de Flynn. Ele pode me atender amanhã às sete da noite. Peço que diga a Flynn para me ligar, porque preciso perguntar se posso levar Ana para a consulta.
— Vou ver se ele pode ligar mais tarde.
— Obrigado, Janet.

Também quero saber como Leila está esta manhã.
Mando outro e-mail para Ana. Desta vez, uso um tom mais suave.

De: Christian Grey
Assunto: Um pouco de discrição...
Data: 15 de junho de 2011 09:50
Para: Anastasia Steele

...não faz mal a ninguém.
Por favor, seja discreta... seus e-mails do trabalho são monitorados.
QUANTAS VEZES TENHO QUE DIZER ISSO?
Sim, maiúsculas gritantes, como você diz. USE SEU BLACKBERRY.
Temos uma consulta com o Dr. Flynn amanhã à noite.
Bj,

Christian Grey
Um CEO ainda fulo da vida, Grey Enterprises Holdings, Inc.

Espero que isso a deixe feliz.
— Jantar para dois? — pergunta Gail.
— Sim, Sra. Jones. Obrigado.
Tomo um último gole de café e deixo a xícara na mesa. Gosto de provocar Ana no café da manhã. Se ela se casar comigo, poderá estar aqui toda manhã.
Casamento. Uma esposa.
Grey, no que você estava pensando?
Que mudanças vou ter que fazer se ela aceitar se casar comigo? Eu me levanto e vou até o banheiro. Paro perto da escada que leva ao andar de cima. Por impulso, subo até o quarto de jogos. Destranco a porta e entro.
Minha memória mais recente deste quarto não é boa.
Bem, você é um filho da puta fodido.
As palavras de Ana me assombram. Eu me lembro de seu rosto angustiado marcado pelas lágrimas. Fecho os olhos. De repente, estou vazio, sofrendo, sentindo um remorso tão forte que perfura tendões e ossos. Nunca mais quero vê-la tão infeliz. Ontem à noite, ela estava soluçando, chorou até não aguentar mais, porém me deixou consolá-la. Uma grande diferença em relação à última vez.
Não é?
Dou uma olhada no quarto. O que será que vai acontecer com ele?

Eu me diverti muito aqui...
Ana na cruz. Ana algemada à cama. Ana de joelhos.
Gosto de uma trepada sacana.
Suspiro, e meu telefone vibra. É uma mensagem de Taylor. Está me esperando lá fora. Lançando um último olhar saudoso para o local que já foi meu santuário, fecho a porta.

A MANHÃ PASSA COM tranquilidade, mas há um clima animado na GEH. Não recebo com frequência comitivas na empresa, mas a visita do prefeito está causando um burburinho no prédio. Depois de algumas reuniões, tudo parece em seu devido lugar.

Às 11h30, ao voltar para o meu escritório, Andrea me passa uma ligação de Flynn.

— John, obrigado por ligar.

— Presumi que você quisesse falar sobre Leila Williams, mas vi na minha agenda que temos uma consulta amanhã à noite.

— Pedi Ana em casamento.

John não diz nada.

— Você está surpreso? — pergunto.

— Francamente, não.

Não é o que eu esperava que ele dissesse. Mas deixo para lá.

— Christian, você é impulsivo — continua ele. — E está apaixonado. O que ela disse?

— Quer conversar com você.

— Ela não é minha paciente, Christian.

— Mas eu sou, e estou lhe pedindo.

Depois de um momento de silêncio, ele diz:

— Ok.

— Por favor, conte tudo o que ela quiser saber.

— Se é o que você quer...

— É, sim. Como está Leila?

— Ela teve uma noite confortável e estava receptiva hoje de manhã. Acho que posso ajudá-la.

— Que bom.

— Christian. — Ele faz uma pausa. — Casamento é um compromisso sério.

— Eu sei.

— Tem certeza de que é isso que você quer?

É minha vez de fazer uma pausa. Passar o resto da vida com Ana...

— Tenho.

— Nem tudo são flores — diz John. — Dá trabalho.
Flores? Mas que diabo!
— Trabalho nunca me assustou, John.
Ele ri.
— É verdade. Vejo vocês dois amanhã.
— Obrigado.

MEU TELEFONE VIBRA, E é outra mensagem de Elena.

ELENA
Podemos jantar juntos?

Agora não, Elena. Não tenho como lidar com ela neste momento. Apago a mensagem. Já passa do meio-dia, e me dou conta de que não recebi mais nenhuma reposta de Ana. Digito um e-mail rápido.

De: Christian Grey
Assunto: Cri, cri, cri...
Data: 15 de junho de 2011 12:15
Para: Anastasia Steele

Você não me responde.
Por favor, diga que está tudo bem.
Você sabe como eu me preocupo.
Vou mandar Taylor até aí para verificar!
Bj,

Christian Grey
Um CEO muito ansioso, Grey Enterprises Holdings, Inc.

Minha próxima reunião é o almoço com o prefeito e sua comitiva. Eles querem conhecer o prédio, e meu assessor de imprensa está feliz da vida. Sam só sabe falar sobre promover a boa imagem da empresa, embora de vez em quando eu ache que sua verdadeira preocupação seja promover a própria imagem.

Andrea bate à porta e a abre.

— Sam está aqui, Sr. Grey — avisa.
— Mande-o entrar. Ah, você pode atualizar os contatos do meu celular?

— Claro.

Entrego-lhe meu celular, e ela se afasta para Sam entrar. Ele me dirige um sorriso presunçoso e começa a descrever todas as oportunidades que planejou para tirar fotos durante o tour pela empresa. Sam é pretensioso, uma contratação recente da qual estou começando a me arrepender.

Ouço uma batida na porta, e Andrea enfia a cabeça para dizer:

— A Srta. Anastasia Steele ligou para o seu celular. Mas não posso trazê-lo até aqui, porque estou baixando os contatos, e não tenho coragem de interromper a sincronização.

Pulo da cadeira, ignorando Sam, e a sigo até sua mesa. Ela me entrega o aparelho, que está conectado a um cabo tão curto que me obriga a ficar debruçado sobre o computador dela.

— Você está bem? — pergunto.

— Sim, estou ótima — responde Ana.

Graças a Deus.

— Christian, por que eu não estaria bem?

— Você sempre responde meus e-mails tão depressa. Depois de tudo que eu falei ontem à noite, estava preocupado.

Mantenho a voz baixa. Não quero que Andrea nem a garota nova me escutem.

— Sr. Grey. — Andrea está segurando o telefone com o pescoço e tentando chamar minha atenção. — O prefeito e sua comitiva estão na recepção, lá embaixo. Posso pedir para subirem?

— Não, Andrea. Diga a eles para esperarem.

Ela fica perplexa.

— Acho que é tarde demais... Eles estão a caminho.

— Não. Eu disse para esperar.

Merda.

— Christian, obviamente você está ocupado. Só estou ligando para que você saiba que está tudo bem, de verdade. Só estou muito ocupada hoje. Jack está me comendo no chicote. Hum... quero dizer... — Ela se interrompe.

Que escolha interessante de palavras.

— Comendo você no chicote, é? Bem, houve uma época em que eu o teria achado um cara de sorte. Não o deixe ficar por cima, baby.

— Christian! — repreende ela.

E eu sorrio. Gosto de chocá-la.

— Só fique de olho nele. Que bom que você está bem. A que horas posso buscar você?

— Eu mando um e-mail.

— Do BlackBerry — enfatizo.
— Sim, senhor.
— Até mais, baby.
— Até...
Ergo a cabeça e vejo que o elevador está subindo para o andar da diretoria. O prefeito está chegando.
— Ande, desligue — diz Ana, e ouço o sorriso em sua voz.
— Queria que você não tivesse saído para trabalhar hoje de manhã.
— Eu também. Mas estou ocupada. Desligue.
— Desligue você — digo, sorrindo.
— A gente já teve essa conversa — diz ela com aquele tom provocativo.
— Você está mordendo o lábio.
Ana inspira rapidamente.
— Sabe, Anastasia, você acha que eu não conheço você. Mas eu a conheço melhor do que pensa.
— Christian, a gente conversa mais tarde. Neste instante, eu também realmente gostaria de não ter saído hoje de manhã.
— Fico esperando seu e-mail, Srta. Steele.
— Tenha um bom dia, Sr. Grey.
Ela desliga assim que as portas do elevador se abrem.

São 15h45, e estou de volta ao escritório. A visita do prefeito foi um sucesso, um prêmio inesperado para as relações públicas da GEH. Andrea me liga.
— Sim?
— Estou com Mia Grey na linha para o senhor.
— Pode passar.
— Christian?
— Oi.
— Vamos dar uma festa de aniversário para você no sábado, e quero convidar Anastasia.
— "Oi, tudo bem?" para você também.
Mia resmunga com impaciência.
— Poupe-me dos seus sermões de irmão mais velho.
— Tenho um compromisso no sábado.
— Cancele. A festa vai rolar de qualquer jeito.
— Mia!
— Nada de "se" nem "mas". Qual é o número de Ana?
Suspiro e fico em silêncio.
— Christian! — grita ela do outro lado da linha.

Caramba.
— Passo por mensagem de texto.
— Nada de fugir. Ou você vai decepcionar mamãe, papai, eu e Elliot!
Respiro fundo.
— Está bom, Mia.
— Ótimo! Vejo você no sábado, então. Tchau.

Ela desliga, e fico olhando para o telefone, frustrado, mas achando graça. Minha irmã é um saco. Odeio aniversários. Ou melhor, odeio o meu aniversário. Mesmo relutante, passo o número de Ana para Mia, sabendo que estou abrindo a jaula da fera que é a minha irmã para uma vítima inocente.

Volto a ler o relatório.

Ao terminar, checo meus e-mails e encontro um de Ana.

De: Anastasia Steele
Assunto: Antediluviano
Data: 15 de junho de 2011 16:11
Para: Christian Grey

Prezado Sr. Grey,
Quando exatamente você ia me contar?
O que eu devo comprar para o meu velho de aniversário?
Quem sabe baterias novas para o aparelho de surdez?
Bj,

Anastasia Steele
Assistente de Jack Hyde, Editor, SIP

Mia não falha. Ela não perdeu um segundo. Eu me divirto respondendo.

De: Christian Grey
Assunto: Pré-histórico
Data: 15 de junho de 2011 16:20
Para: Anastasia Steele

Não zombe dos idosos.
Que bom saber que você está bem.
E que Mia entrou em contato.

Baterias novas são sempre úteis.
Não gosto de comemorar meu aniversário.
Bj,

Christian Grey
Um CEO surdo como uma porta, Grey Enterprises Holdings, Inc.

De: Anastasia Steele
Assunto: Huuuum
Data: 15 de junho de 2011 16:24
Para: Christian Grey

Prezado Sr. Grey,
Posso até vê-lo fazendo beicinho ao escrever essa última frase.
Você sabe o efeito que isso tem em mim.
Bjs,

Anastasia Steele
Assistente de Jack Hyde, Editor, SIP

A resposta me faz gargalhar, mas o que preciso fazer para convencê-la a usar o celular?

De: Christian Grey
Assunto: Revirar de olhos
Data: 15 de junho de 2011 16:29
Para: Anastasia Steele

Srta. Steele,
SERÁ QUE DÁ PARA USAR O SEU BLACKBERRY?
Bj,

Christian Grey
Um CEO com a mão coçando, Grey Enterprises Holdings, Inc.

Aguardo a resposta, e não me decepciono.

De: Anastasia Steele
Assunto: Inspiração
Data: 15 de junho de 2011 16:33
Para: Christian Grey

Prezado Sr. Grey,
Ah... essas mãos não se aguentam paradas por muito tempo, não é?
Eu me pergunto o que o Dr. Flynn diria sobre isso?
Mas agora, já sei o que dar a você de aniversário — e espero ficar bem dolorida...
;)
Um bj.

Finalmente, ela está usando o celular. E quer ficar dolorida. Minha mente entra em parafuso imaginando as possibilidades.
Eu me ajeito na cadeira ao digitar a resposta.

De: Christian Grey
Assunto: Crise de angina
Data: 15 de junho de 2011 16:38
Para: Anastasia Steele

Srta. Steele,
Não acho que meu coração poderia suportar a tensão de mais um e-mail desses — nem a minha calça, diga-se de passagem.
Comporte-se.
Bj,

Christian Grey
CEO, Grey Enterprises Holdings, Inc.

De: Anastasia Steele
Assunto: Estou tentando
Data: 15 de junho de 2011 16:42
Para: Christian Grey

Christian,
Estou tentando trabalhar, e meu chefe está impossível.

Por favor, pare de me atrapalhar e de ser você também tão impossível.
Seu último e-mail quase me fez entrar em combustão.
Bj,
PS: Você pode me buscar às seis e meia?

De: Christian Grey
Assunto: Estarei aí
Data: 15 de junho de 2011 16:47
Para: Anastasia Steele

Nada me daria mais prazer.
Na verdade, posso pensar numa série de coisas que me dariam mais prazer, e todas elas envolvem você.
Bj,

Christian Grey
CEO, Grey Enterprises Holdings, Inc.

Taylor e eu estacionamos em frente ao trabalho dela às 18h27. Devo esperar só alguns minutos.

Será que ela pensou na minha proposta? Claro que primeiro precisa conversar com Flynn. Talvez ele diga a ela para não ser tola. Esse pensamento me deprime. Será que nossos dias estão contados? Mas ela já sabe o pior e continua aqui. Acho que há esperança. Confiro o relógio — 18h38 — e olho para a porta do prédio.

Cadê ela?

De repente, Ana surge na rua, a porta fechando atrás de si. Mas ela não vem na direção do carro.

O que está acontecendo?

Ela para, olha o redor, e desaba lentamente no chão.

Cacete.

Abro a porta do carro e, pelo canto do olho, vejo que Taylor está fazendo o mesmo.

Nós dois corremos até Ana, que está sentada na calçada, tonta. Eu me abaixo ao seu lado.

— Ana, Ana! O que foi?

Eu a puxo para o meu colo e seguro a cabeça dela entre as mãos, verificando se está machucada. Ela fecha os olhos e afunda em meus braços, como se estivesse aliviada.

— Ana. — Seguro seus braços e a sacolejo. — O que foi? Está passando mal?
— Jack — sussurra.
— Merda!
Sinto uma descarga de adrenalina percorrer meu corpo inteiro, deixando uma fúria assassina como rastro. Olho para Taylor, que balança a cabeça e desaparece dentro do prédio.
— O que aquele babaca fez com você?
Ana ri.
— Foi o que eu fiz com ele.
E ela não para de rir. Está histérica. Vou matar esse cara.
— Ana! — Eu a sacolejo outra vez. — Ele encostou em você?
— Só uma vez — murmura ela, parando de rir.
A raiva inflama meus músculos, e eu me levanto, segurando-a nos braços.
— Cadê esse filho da puta?
Ouvimos sons abafados vindo de dentro do prédio. Coloco Ana no chão.
— Você consegue ficar de pé sozinha?
Ela faz que sim com a cabeça.
— Não vá lá dentro. Não, Christian.
— Entre no carro.
— Christian, não.
Ela agarra meu braço.
— Entre na merda do carro, Ana.
Vou matar esse cara.
— Não! Por favor! — implora ela. — Fique comigo. Não me deixe aqui sozinha.
Passo a mão no cabelo, tentando me controlar em vão enquanto os sons abafados vindos da SIP se intensificam. De repente, silêncio.
Pego meu celular.
— Christian, ele abriu os meus e-mails — sussurra ela.
— O quê?
— Meus e-mails para você. Ele queria saber onde os seus e-mails para mim foram parar. Ele estava tentando me chantagear.
Acho que vou infartar.
Aquele babaca filho da puta.
— Porra! — explodo, ligando para Barney.
— Alô...
— Barney. Aqui é o Grey. Preciso que você acesse o servidor principal da SIP e limpe todos os e-mails de Anastasia Steele para mim. Depois, acesse o arquivo pessoal de Jack Hyde e verifique se ele não tem nenhuma cópia deles. Se tiver, apague tudo...

— Hyde? H.Y.D.E.
— Isso.
— Tudo?
— Tudo. Agora. Avise-me assim que terminar.
— Pode deixar.
Desligo e disco o número de Roach.
— Jerry Roach.
— Roach. Aqui é o Grey.
— Boa noite...
— Jack Hyde... quero ele na rua. Agora.
— Mas... — protesta Roach.
— Neste minuto. Chame a segurança. Faça com que ele esvazie a mesa imediatamente ou eu vou liquidar essa empresa amanhã de manhã.
— Existe algum motivo... — tenta Roach novamente.
— Você já tem todos os motivos de que precisa para demitir o cara.
— Você leu o arquivo confidencial dele?
Ignoro a pergunta.
— Entendeu?
— Sr. Grey, entendi perfeitamente. Nosso gerente de RH sempre o defende. Mas vou cuidar disso. Tenha uma boa noite.
Desligo, sentindo-me um pouco mais tranquilo, e me viro para Ana.
— BlackBerry!
— Por favor, não fique bravo comigo.
— Estou com muita raiva de você agora — rosno. — Entre no carro.
— Christian, por favor...
— Entre na merda do carro, Anastasia, ou então eu mesmo vou colocar você lá dentro.
— Não faça nenhuma burrice, por favor — pede ela.
— Nenhuma BURRICE! — Estou furioso. — Eu disse para você usar a porra do BlackBerry. Então não venha me falar de burrice. Entre na merda do carro, Anastasia, AGORA!
— Tudo bem. — Ela ergue as mãos. — Mas, por favor, tenha cuidado.
Pare de gritar com ela, Grey.
Aponto para o carro.
— Por favor, tenha cuidado — repete ela em um sussurro. — Não quero que nada aconteça com você. Se alguma coisa acontecesse, acho que eu morreria.
E lá está: sua preocupação. Seu afeto por mim fica claro em suas palavras e em sua expressão bondosa e preocupada.
Acalme-se, Grey. Respiro fundo.

— Vou ter cuidado — afirmo, então a observo entrar no Audi.

Assim que ela entra no carro, dou meia-volta e ando a passos largos até o prédio. Não faço ideia de para onde ir, mas sigo a voz de Hyde.

Sua voz lamuriante, irritante.

Taylor está fora da sala do editor, ao lado do que deve ser a mesa de Ana. Lá dentro, Hyde está ao telefone, com um segurança de braços cruzados bem na sua frente.

— Estou pouco me fodendo, Jerry — protesta Hyde ao telefone. — A mulher é gostosa para caralho.

Já ouvi o bastante.

Invado a sala, furioso.

— Mas que... — diz Hyde, chocado ao me ver.

Ele está com um corte no supercílio esquerdo e um hematoma roxo na bochecha. Suspeito que Taylor o tenha disciplinado a sua própria maneira. Eu me aproximo do telefone e aperto o gancho, interrompendo a ligação.

— Bem, vejam só quem resolveu aparecer — diz Hyde com desprezo. — A porra do super-homem.

— Arrume suas coisas. Saia. E talvez ela não dê queixa.

— Vá se foder, Grey. Sou eu que vou dar queixa daquela vagabunda por ter me dado um chute no saco sem qualquer motivo. E também vou processar seu capanga aí por agressão. Você mesmo, bonitão — grita para Taylor, jogando um beijo.

Taylor permanece impassível.

— Não vou repetir — aviso, olhando com raiva para o filho da puta.

— Já disse, vá se foder. Você não pode entrar aqui e sair botando o pau na mesa.

— Sou o dono da empresa. Você é dispensável. Saia enquanto ainda consegue andar. — Mantenho a voz baixa.

O rosto de Hyde fica branco.

Pois é. Minha. Vá se foder, Hyde.

— Eu sabia. Eu sabia que tinha alguma coisa estranha acontecendo. Aquela vagabunda é sua espiã?

— Se você mencionar Anastasia mais uma vez, se ao menos pensar nela, se pensar em pensar nela, vou acabar com você.

Ele semicerra os olhos.

— Você gosta quando ela chuta o seu saco?

Dou um soco no nariz dele, fazendo-o bater a cabeça nas prateleiras atrás e cair.

— Você a mencionou. Levante-se. Tire tudo da sua mesa. E saia. Está demitido.

O nariz dele está sangrando.

Taylor entra no escritório com uma caixa de lenços para Hyde, e a coloca na mesa.

— Você viu isso — choraminga Hyde para o segurança.

— Vi você cair — responde o homem.

O nome no seu crachá é M. Mathur. *Bom trabalho.*

Hyde se levanta com dificuldade e pega alguns lenços para conter o sangramento.

— Vou dar queixa. Ela me atacou — continua, fungando, mas começa a guardar seus pertences na caixa.

— Três casos de assédio abafados em Nova York e Chicago, e duas advertências aqui. Acho que você não vai muito longe.

Ele me encara com olhos sombrios e um ódio puro e selvagem.

— Junte suas coisas. Já era para você — cuspo as palavras.

Em seguida, eu me viro e saio da sala com Taylor enquanto esperamos Hyde guardar suas coisas. Preciso ficar longe dele.

Quero matar esse cara.

Ele leva uma eternidade, mas permanece em silêncio. Está com raiva. Furioso. Quase sinto o cheiro do seu sangue fervendo. De vez em quando, ele me dirige um olhar venenoso, mas fico impassível. Ver seu rosto detonado já me satisfaz.

Ele finalmente termina e pega a caixa. Mathur o acompanha até a saída do prédio.

— Terminamos aqui, Sr. Grey? — pergunta Taylor.

— Por enquanto.

— Eu o encontrei caído no chão, senhor.

— Sério?

— Parece que a Srta. Steele sabe se defender.

— Ela sempre me surpreende. Vamos.

Acompanhamos Hyde até o lado de fora, depois seguimos para o Audi. Como Ana já está no banco do carona, Taylor me dá a chave e me sento no banco do motorista. Taylor entra atrás.

Ana permanece em silêncio enquanto saio com o carro.

Não sei o que lhe dizer.

O telefone do carro toca.

— Grey — atendo.

— Sr. Grey, aqui é Barney.

— Barney, estou no viva-voz, e há outras pessoas no carro.

— Senhor, tudo certo. Mas tenho que falar com o senhor a respeito do que mais encontrei no computador do Sr. Hyde.

— Eu ligo quando chegar ao meu destino. E obrigado, Barney.

— Sem problema, Sr. Grey.

Ele desliga, e eu paro no sinal vermelho.
— Você parou de falar comigo? — pergunta Ana.
Olho para ela.
— Parei — resmungo.
Ainda estou muito irritado. Eu disse que ele não era flor que se cheira. E eu disse para ela acessar o e-mail no celular. Estava certo em relação a tudo. Sinto-me no meu direito.

Grey, vê se cresce, você está se comportando feito uma criança.

As palavras de Flynn surgem na minha mente. *Christian, há muito tempo acho que você não teve adolescência, no que diz respeito à parte emocional. Acho que está passando por isso agora.*

Olho para Ana na esperança de conseguir dizer algo engraçado, mas ela está olhando pela janela. Então espero até chegarmos em casa.

EM FRENTE AO ESCALA, abro a porta de Ana enquanto Taylor passa para o banco do motorista.
— Vamos — digo, e ela pega minha mão.
Enquanto esperamos o elevador, Ana murmura:
— Christian, por que está tão bravo comigo?
— Você sabe por quê.
Entramos no elevador e digito o código.
— Deus, se alguma coisa tivesse acontecido com você, ele estaria morto agora. Mas eu vou acabar com a carreira dele. Assim ele nunca mais vai poder tirar proveito de moças como você. Aquele projeto miserável de homem.

Se alguma coisa tivesse acontecido com ela... *Ontem, Leila. Hoje, Hyde. Que inferno.*

Ela morde lentamente o lábio inferior, olhando para mim.
— Meu Deus, Ana!
Eu a puxo para mim e a giro, pressionando-a no canto do elevador. Puxando seu cabelo, levantando seu rosto, toco seus lábios com os meus e coloco todo o meu medo e o meu desespero no beijo. Suas mãos agarram meu bíceps enquanto ela me beija, a língua procurando a minha. Quando me afasto, nós dois estamos sem fôlego.
— Se alguma coisa tivesse acontecido com você... Se ele tivesse machucado você... — Fico arrepiado. — De agora em diante, só pelo BlackBerry. Entendeu?
Ela concorda com a cabeça, a expressão honesta. Eu me ajeito e a solto.
— Ele disse que você deu um chute no saco dele.
— Dei.
— Que bom.

— Ray foi do exército. Ele me ensinou direitinho.
— Fico muito feliz em saber. É bom eu me lembrar disso.

Ao sairmos do elevador, seguro sua mão e cruzamos o saguão em direção à sala. A Srta. Jones está cozinhando. O cheiro está ótimo.

— Preciso ligar para o Barney. Não vou demorar.

Eu me sento à mesa e pego o telefone.

— Sr. Grey.
— Barney, o que você encontrou no computador de Hyde?
— Bem, foi um pouco perturbador. Há artigos e fotografias seus, dos seus pais e dos seus irmãos, tudo em uma pasta chamada "Grey".
— Que estranho.
— Foi o que pensei.
— Pode me mandar tudo que ele tem?
— Sim, senhor.
— E vamos manter isso entre nós, por enquanto.
— Pode deixar, Sr. Grey.
— Obrigado, Barney. E vá para casa.
— Sim, senhor.

O e-mail de Barney chega quase imediatamente, e abro a pasta "Grey". Como esperado, há matérias publicadas na internet sobre meus pais e suas obras de caridade; artigos sobre mim, minha empresa, o *Charlie Tango* e a Gulfstream; assim como fotos de Elliot, dos meus pais e minhas que, suponho, tenham sido tiradas do Facebook de Mia. E, por último, duas fotos de Ana e eu — na formatura dela e na exposição de fotos.

Mas que diabo Hyde quer com toda essa merda? Não faz sentido. Sei que ele tem uma queda por Ana, isso explicaria seu modus operandi. Mas minha família? Eu? É como se ele fosse obcecado por nós. Ou será que é só por Ana? Estranho... E, francamente, perturbador. Decido ligar para Welch de manhã para discutirmos o assunto. Ele pode investigar mais e conseguir algumas respostas.

Fecho o e-mail e me deparo com os dois últimos acordos de aquisição de Marco na minha caixa de entrada. Preciso lê-los hoje; mas, antes, jantar.

— Boa noite, Gail — cumprimento ao voltar à sala.
— Boa noite, Sr. Grey. Jantar em dez minutos?

Ana está sentada à bancada da cozinha com uma taça de vinho. Depois de lidar com aquele babaca, acho que ela merece. Vou acompanhá-la. Pego a garrafa aberta de Sancerre e me sirvo de uma taça.

— Boa ideia — respondo a Gail e ergo a taça para Ana. — A ex-militares que treinam bem suas filhas.
— Saúde — diz ela, mas parece chateada.

— O que foi?
— Não sei se ainda tenho um emprego.
— Você ainda quer um?
— Claro.
— Então você ainda tem.
Ela revira os olhos, e sorrio, tomando mais um gole do vinho.
— Então, você conversou com Barney? — pergunta ela quando me sento ao seu lado.
— Conversei.
— E aí?
— E aí o quê?
— O que tinha no computador de Jack?
— Nada importante.
A Sra. Jones serve a comida na bancada. Empadão de frango. Um dos meus pratos preferidos.
— Obrigado, Gail.
— Espero que gostem, Sr. Grey, Ana — diz ela, satisfeita, e sai.
— Você não vai me dizer, não é? — insiste Ana.
— Dizer o quê?
Ela suspira e franze os lábios, então dá outra garfada.
Não quero que Ana se preocupe com o conteúdo do computador de Jack.
— José ligou — diz ela, mudando de assunto.
— Ah, é?
— Ele quer entregar suas fotos na sexta-feira.
— Uma entrega em pessoa. — Por que isso é trabalho dele e não da galeria? — Que gentil da parte dele.
— E ele quer sair. Para um drinque. Comigo.
— Sei.
— Kate e Elliot já devem estar de volta na sexta.
Apoio o garfo no prato.
— O que exatamente você está me pedindo?
— Não estou pedindo nada. Estou informando a você quais são os meus planos para sexta-feira. Quero encontrar José, e ele quer passar a noite em Seattle. Ou ele fica aqui ou ele pode ficar no meu apartamento, mas se ele for dormir lá, eu tenho que estar lá também.
— Mas ele deu em cima de você.
— Christian, isso foi há semanas. Ele estava bêbado, eu estava bêbada, você salvou o dia. Não vai acontecer de novo. Ele não é o Jack, pelo amor de Deus.
— Ethan está lá. Ele pode fazer companhia a ele.

— Ele quer encontrar comigo, e não com Ethan — responde Ana.

Fecho a cara para ela.

— Ele é só um amigo — continua.

Ela já teve que enfrentar Hyde... E se Rodriguez ficar bêbado e tentar a sorte com Ana de novo?

— Não gosto disso.

Ana respira fundo, como se tentasse manter a calma.

— Ele é meu amigo, Christian. Eu não o vejo desde a exposição. E ficamos muito pouco tempo lá. Sei que você não tem amigos além daquela mulher horrorosa, mas não fico aqui reclamando que você não pode se encontrar com ela.

O que Elena tem a ver com isso? Então lembro que não respondi às mensagens dela.

— Quero encontrar com ele — continua ela. — Tenho sido uma péssima amiga.

— É isso que você acha? — pergunto.

— De quê?

— De Elena. Você preferiria que eu não encontrasse com ela?

— É. Eu preferiria que você não encontrasse com ela.

— E por que você não me disse?

— Porque não cabe a mim dizer. Você diz que ela é a sua única amiga. — Ana está exasperada. — Assim como não cabe a você dizer se eu posso ou não encontrar com José. Você não entende isso?

Ela tem razão. Se ele ficar aqui, não vai poder dar em cima dela. Ou vai?

— Ele pode ficar aqui, suponho. Aqui eu posso ficar de olho nele.

— Obrigada! Sabe, se eu for passar a morar aqui também... — Sua voz diminui.

Sim. Ela vai convidar os amigos para virem aqui. Meu Deus. Eu não havia pensado nisso.

— Não é como se estivesse faltando espaço.

Ela gesticula ao redor do meu apartamento.

— Você está rindo de mim, Srta. Steele?

— Pode ter certeza, Sr. Grey.

Ela se levanta e leva nossos pratos.

— Gail pode fazer isso — digo, enquanto ela se aproxima do lava-louça.

É tarde demais.

— Agora eu já fiz.

— Tenho que trabalhar um pouco.

— Tudo bem. Eu arrumo alguma coisa para fazer.

— Venha aqui.

Ela se aproxima, se enfiando nas minhas pernas, e envolve meu pescoço com os braços. Abraço-a com força.

— Você está bem? — pergunto baixinho com o rosto em seu cabelo.

— Bem?

— Depois do que aconteceu com aquele filho da puta? Depois do que aconteceu ontem?

Eu me afasto para analisar sua expressão.

— Estou — responde ela, solene e enfática.

Para tentar me tranquilizar?

Abraço-a ainda mais forte. Foram dois dias estranhos. Aconteceram coisas demais rápido demais, eu acho. E meu passado se misturando com meu presente. Ela ainda não respondeu ao meu pedido de casamento. Talvez eu não devesse pressioná-la.

Ela me abraça, e, pela primeira vez desde hoje de manhã, fico calmo e centrado.

— Não vamos brigar — murmuro, e beijo seu cabelo. — Seu cheiro é sempre tão gostoso, Ana.

— O seu também.

Ela beija meu pescoço.

Com relutância, eu a solto e me levanto. Preciso ler aqueles acordos.

— Devo demorar só umas duas horas.

MEUS OLHOS ESTÃO CANSADOS. Esfrego o rosto e aperto o osso do nariz, olhando pela janela. Está escurecendo, mas terminei de ler os dois documentos. Fiz anotações e os encaminhei para Marco.

Agora é hora de encontrar Ana.

Talvez ela queira ver TV, ou alguma outra coisa. Detesto televisão, mas poderia me sentar com ela e assistir a um filme.

Vou até a biblioteca na esperança de encontrá-la, mas ela não está lá.

Será que foi tomar banho?

Não. Também não está no quarto nem no banheiro da suíte.

Decido checar o quarto das submissas, mas, no caminho, percebo que a porta do quarto de jogos está aberta. Dou uma olhada lá dentro e encontro Ana sentada na cama, olhando com desgosto para as varas. Com uma careta, ela desvia o olhar.

Preciso me livrar disso.

Fico em silêncio, encostado no batente da porta, e a observo. Ela sai da cama e vai para o sofá, as mãos percorrendo o couro macio. Dá uma olhada na cômoda, se levanta e vai até lá, abrindo a primeira gaveta.

Bem, por essa eu não esperava.

Ela pega um plugue anal e, fascinada, o examina, conferindo o peso com a mão. É um pouco grande demais para uma novata no prazer anal, mas fico encantado com a expressão de interesse dela. Seu cabelo está um pouco úmido, e ela está de calça de moletom e camiseta.

Sem sutiã.

Gostei.

Ao erguer o olhar, ela se depara comigo na porta.

— Oi — diz, arfante e nervosa.

— O que você está fazendo?

Ela fica vermelha.

— Hum... Eu estava entediada e curiosa.

— É uma combinação muito perigosa.

Entro no quarto para me juntar a ela. Inclinando-me, olho para a gaveta aberta a fim de checar o que mais tem lá dentro.

— E então, sobre o que exatamente você está curiosa, Srta. Steele? Talvez eu possa tirar suas dúvidas.

— A porta estava aberta... — explica ela depressa. — E eu...

Ana se interrompe, parecendo culpada.

Acabe com o sofrimento dela, Grey.

— Eu estava aqui hoje mais cedo pensando no que fazer com tudo isso. Devo ter esquecido de trancar.

— Ah?

— Mas agora você está aqui, curiosa como sempre.

— Você não está com raiva?

— Por que eu estaria com raiva?

— Eu me sinto como se estivesse invadindo seu território... e você sempre fica com raiva de mim.

Fico?

— Sim, você está invadindo, mas não estou com raiva. Espero que um dia você venha viver comigo aqui, e tudo isso — aceno para o quarto — vai ser seu também. É por isso que eu estava aqui hoje. Tentando decidir o que fazer.

Observo sua expressão, enquanto penso no que acabou de dizer. Na maior parte do tempo, a raiva que sinto é de mim mesmo, não dela.

— Sempre fico com raiva de você? Não estava com raiva hoje de manhã.

Ela sorri.

— Você estava brincalhão. Gosto do Christian brincalhão.

— Gosta, é? — pergunto, erguendo uma sobrancelha e retribuindo seu sorriso. Adoro quando ela me elogia.

— O que é isto?

Ela ergue o brinquedo que estava examinando.

— Sempre faminta por informação, Srta. Steele. Isso é um plugue anal.

— Ah...
Ela parece surpresa.
— Comprado para você.
— Para mim?
Concordo com a cabeça.
— Você compra, hum... brinquedos novos... para cada submissa?
— Algumas coisas, sim.
— Plugues anais?
Definitivamente.
— Isso.
Ela olha para o plugue com um pouco de apreensão e o devolve à gaveta.
— E isso?
Ana balança algumas esferas anais na minha direção.
— Esferas anais.
Ela percorre as esferas com os dedos. Está intrigada, pelo visto.
— Produzem um efeito e tanto se você as retirar no meio de um orgasmo — acrescento.
— E são para mim? — pergunta, referindo-se às esferas.
Ana mantém a voz baixa, como se estivesse com medo de ser ouvida.
— Para você.
— Esta é a gaveta anal?
Contenho o riso.
— Se você quiser chamar assim.
Seu rosto assume um lindo tom cor-de-rosa, e ela a fecha.
— Não gosta da gaveta anal? — provoco.
— Não está na minha lista de presentes de Natal.
Ah, a língua ferina de Ana. Ela abre a segunda gaveta. Agora vai ser divertido.
— A gaveta de baixo tem uma seleção de vibradores.
Ela a fecha rapidamente.
— E a seguinte?
— Essa é mais interessante.
Ela abre lentamente a gaveta seguinte. Pega um brinquedo e me mostra.
— Grampo genital.
Ana o guarda depressa na gaveta e escolhe outra coisa. Lembro que isso era um limite rígido para ela.
— Alguns desses são para produzir dor, mas a maioria é para o prazer — falo para tranquilizá-la.
— O que é isso?
— Grampo de mamilo... esse é para os dois.

— Os dois? Mamilos?

— Bem, são dois grampos, baby. Claro, para os dois mamilos, mas não foi isso o que eu quis dizer. Eles são tanto para o prazer quanto para a dor. — Pego-os da mão dela. — Me dê seu mindinho. — Ela obedece, e prendo um dos grampos na ponta. Ela arfa. — A sensação é muito intensa, mas é ao se tirar os grampos que eles são realmente dolorosos e prazerosos.

Ela tira o grampo.

— Gostei desses. — Sua voz sai rouca, e me faz sorrir.

— Gostou, é, Srta. Steele? Acho que deu para notar.

Ela assente e guarda os grampos na gaveta. Eu me inclino para a frente e pego outro conjunto para sua avaliação.

— Estes são ajustáveis.

Ergo-os para demonstrar.

— Ajustáveis?

— Você pode usar bem apertado... ou não. Dependendo do seu estado de espírito.

Seus olhos desviam dos grampos para o meu rosto, e ela passa a língua no lábio inferior. Em seguida, pega outro brinquedo.

— E este?

Parece intrigada.

— Isso é uma roda de Wartenberg.

Guardo os grampos ajustáveis na gaveta.

— Para?

Pego o objeto da mão dela.

— Me dê sua mão. Palma para cima.

Ela obedece, e giro a roda no centro da sua palma.

— Ui.

— Imagine isso nos seus seios — digo.

Ela puxa a mão, mas o sobe e desce do seu peito revela sua excitação.

Está ficando com tesão.

— A fronteira é tênue entre prazer e dor, Anastasia — observo, e coloco a roda de volta na gaveta.

Ela está observando outras coisas.

— Pregadores de roupa?

— Pode-se fazer um bocado de coisas com um pregador de roupas.

Mas acho que não é bem seu estilo, Ana.

Ela fecha a gaveta com o peso do corpo.

— Isso é tudo?

Também estou ficando com tesão. Acho que vou levá-la para o andar de baixo.

— Não... — responde ela, balançando a cabeça e abrindo a quarta gaveta, de onde tira uma das minhas peças favoritas.

— Mordaça de bola. Para mantê-la quieta — informo.

— Limite brando.

— Eu me lembro. Mas ainda dá para respirar. Os dentes envolvem a bola.

Pegando a mordaça, demonstro com as mãos como a bola se acomoda na boca.

— Você já usou isso antes? — pergunta, curiosa como sempre.

— Já.

— Para encobrir os gritos?

— Não, não é para isso que servem.

Ela inclina a cabeça para o lado, confusa.

— O negócio é o controle, Anastasia. Imagine o que é estar amarrada e não poder falar? Imagine a confiança que você teria que depositar em mim, sabendo o poder que eu teria sobre você? Sabendo que eu teria que ler seu corpo e suas reações, em vez de ouvir suas palavras? Isso a torna mais dependente, me põe numa situação de controle máximo.

— Parece que você sente falta disso.

Mal ouço sua voz.

— É só o que eu conheço.

— Você tem poder sobre mim. Você sabe que tem.

— Tenho? Você me faz sentir... impotente.

— Não! — protesta, chocada, eu acho. — Por quê?

— Porque você é a única pessoa que eu conheço que poderia realmente me machucar.

Você me machucou quando foi embora.

Coloco uma mecha do cabelo dela atrás da orelha.

— Ah, Christian... é recíproco. Se você não me quisesse...

Noto o tremor que percorre seu corpo, e ela olha para os dedos.

— A última coisa que quero fazer é machucá-lo. Eu amo você.

Ela acaricia meu rosto com as mãos, e aproveito seu toque. É ao mesmo tempo excitante e reconfortante. Deixo a mordaça de bola na gaveta e a abraço.

— Acabou a sessão de demonstração?

— Por quê? O que você queria fazer? — pergunta ela, insinuante.

Beijo-a com delicadeza, e ela encosta o corpo no meu, deixando claras suas intenções. Ela me quer.

— Ana, você foi praticamente atacada hoje.

— E...? — pergunta num sussurro.

— Como assim "e..."?

Sinto uma pontada de irritação.

— Christian, eu estou bem.
Está mesmo, Ana?
Puxo-a para ainda mais perto, apertando seu corpo.
— Quando penso no que poderia ter acontecido...
Encosto o rosto no cabelo dela e respiro fundo.
— Quando você vai aprender que sou mais forte do que pareço?
— Eu sei que você é forte.
Você me aguenta. Eu a beijo e a solto.
Ela faz beicinho e, para minha surpresa, pega outro brinquedo na gaveta. *Achei que tivéssemos terminado.*
— Isso é um separador de pernas com algemas para tornozelo e pulso — explico.
— Como funciona? — pergunta, olhando para mim através dos cílios.
Ah, baby, conheço esse olhar.
— Você quer que eu mostre?
Fecho os olhos por um instante, imaginando-a algemada e ao meu dispor. Isso me deixa com tesão. Muito tesão.
— Sim, quero uma demonstração. Gosto de ser amarrada.
— Ah, Ana — murmuro.
Eu quero, mas não posso fazer isso aqui.
— O que foi?
— Aqui não.
— Como assim?
— Quero você em minha cama, não aqui. Venha.
Pego a barra e a mão dela, levando-a para fora do quarto.
— Por que não lá dentro?
Paro no meio da escada.
— Ana, talvez você esteja pronta para voltar lá, mas eu não. Na última vez em que estivemos nesse quarto, você me deixou. Eu já disse isso várias vezes, quando você vai me entender? A consequência é que toda a minha atitude mudou depois daquilo. Minha visão geral da vida mudou radicalmente. Já falei isso a você. O que eu não falei é que... — paro, procurando as palavras certas — ...eu sou como um alcoólatra em recuperação, entendeu? Essa é a única comparação em que sou capaz de pensar. A compulsão se foi, mas não quero nenhuma tentação cruzando meu caminho. Não quero machucar você.
E não posso confiar em você para me dizer o que está disposta ou não a fazer.
Ela franze o cenho.
— Não suporto a ideia de machucar você, porque eu a amo — acrescento.
Seu olhar se suaviza, e antes que eu possa interrompê-la, ela se joga em cima de mim, e sou forçado a largar a barra para que a gente não caia pela escada. Ela

me pressiona na parede, e como está um degrau acima, nossos lábios ficam na mesma altura. Ela envolve meu rosto com as mãos e me beija, enfiando a língua na minha boca. Seus dedos seguem para o meu cabelo enquanto ela molda o corpo ao meu. Seu beijo é apaixonado, compassivo, entregue.

Solto um gemido e a empurro com delicadeza.

— Quer que eu coma você na escada? — rosno. — Porque, desse jeito, é isso que vou fazer.

— Quero — responde ela.

Observo sua expressão atordoada. Ela quer isto, e fico tentado, afinal nunca trepei na escada, mas vai ser desconfortável.

— Não. Quero você na minha cama.

Colocando-a por cima do ombro, fico satisfeito com seu gritinho de prazer. Dou-lhe um tapa forte na bunda, ela grita de novo e ri. Eu me abaixo para pegar a barra e a levo junto com Ana até o quarto, onde a coloco de pé e jogo a barra na cama.

— Não acho que você vai me machucar — diz ela.

— Também não acho que vou machucar você.

Seguro sua cabeça e a beijo com força, explorando sua boca com a língua.

— Quero tanto você. Você tem certeza a respeito disso... depois do que aconteceu hoje?

— Tenho. Também quero você. Quero tirar sua roupa.

Merda. Ela quer tocar em você, Grey.

Deixe.

— Tudo bem.

Consegui isso ontem.

No momento em que ela coloca os dedos no botão da minha camisa, prendo a respiração, tentando controlar o medo.

— Não vou tocar você se você não quiser.

— Não. Toque. Está tudo bem. Estou bem.

Tomo coragem, preparando-me para a confusão e o medo que vêm com a escuridão. Depois de abrir o primeiro botão, seus dedos deslizam para o próximo. Observo a concentração em seu rosto, seu lindo rosto.

— Quero beijar você aí — diz.

— Quer me beijar?

No meu peito?

— É.

Respiro fundo enquanto ela abre o botão seguinte. Ana olha para mim, e então, bem devagar, inclina-se para a frente.

Ela vai me beijar.

Prendo a respiração e a observo, aterrorizado e fascinado ao mesmo tempo, enquanto ela dá um beijo delicado e carinhoso no meu peito.

A escuridão permanece adormecida.

Ela chega ao último botão e abre minha camisa.

— Está ficando mais fácil, não é?

Concordo com a cabeça. Sim. Bem mais fácil. Ela tira minha camisa e a deixa cair no chão.

— O que você fez comigo, Ana? O que quer que seja, não pare.

Pego-a nos braços e levo as mãos ao seu cabelo, inclinando sua cabeça para trás a fim de beijar e mordiscar seu pescoço.

Ela geme, e seus dedos estão no cós da minha calça, abrindo o botão e o zíper.

— Ah, baby — murmuro, beijando atrás da orelha dela, onde sua pulsação atinge um ritmo rápido e firme de desejo.

Seus dedos percorrem minha ereção, e, de repente, ela se ajoelha.

— Nossa!

Antes que eu consiga respirar, ela puxa minha calça e envolve meu pau sedento com os lábios.

Cacete.

Ana fecha a boca ao redor do meu pau e chupa com força.

Não consigo desviar os olhos da sua boca.

Envolvendo-me.

Sugando-me para dentro.

Para fora.

Ela roça os dentes e aperta.

— Cacete.

Fecho os olhos, segurando sua cabeça e flexionando os quadris para entrar mais fundo na boca de Ana.

Ela me provoca com a língua.

Movimenta a boca para a frente e para trás, repetidamente.

Agarro a cabeça dela com mais força.

— Ana — aviso, tentando dar um passo para trás.

Ela prende meu pau com a boca e segura meu quadril.

Não vai me soltar.

— Por favor. — Não sei se quero que ela pare ou continue. — Eu vou gozar, Ana.

Ela é implacável. Sua boca e sua língua não poupam esforços. Ela não vai parar.

Puta que pariu.

Gozo na sua boca, segurando sua cabeça para me equilibrar.

Quando abro os olhos, ela está olhando para cima, triunfante. Sorri e lambe os lábios.

— Ah, então esse é o jogo que estamos jogando, Srta. Steele?

Eu me abaixo e a coloco de pé, meus lábios encontrando os seus. Com a língua na sua boca, sinto seu sabor doce misturado com o meu salgado. É um gosto forte. Solto um gemido.

— Posso sentir o meu gosto. Prefiro o seu.

Seguro a barra da camiseta dela e a puxo por cima da cabeça, depois ergo Ana do chão e a jogo na cama. Arranco o moletom com um só movimento, deixando-a nua. Tiro a roupa sem desviar os olhos dos dela. Eles ficam sombrios e cada vez maiores, enquanto eu também fico nu. Paro na sua frente. Ela é como uma ninfa espalhada pela cama, seu cabelo, uma auréola castanha, o olhar afetuoso e convidativo.

Meu pau se recupera, aumentando cada vez mais enquanto admiro cada centímetro da minha garota.

Caramba, ela é incrível.

— Você é uma mulher linda, Anastasia.

— Você é um homem lindo, Christian, e tem um gosto maravilhoso.

Seu sorriso é sexy e provocativo.

Retribuo com um sorriso malicioso.

Vou me vingar da Srta. Steele.

Pegando seu tornozelo esquerdo, eu o algemo sem perder o contato visual.

— Vamos ter que ver que gosto você tem. Se bem me lembro, você é uma iguaria rara e deliciosa, Srta. Steele.

Pego o tornozelo direito e o algemo também. Segurando a barra, dou um passo atrás para admirar meu trabalho, feliz por ela estar presa sem ter que apertar demais.

— A vantagem deste separador é que ele se expande — informo.

Seguro a argola e a puxo para fora, fazendo a barra crescer e suas pernas se abrirem ainda mais.

Ela arfa.

— Ah, nós vamos nos divertir com isso, Ana.

Eu me abaixo e pego a barra, virando-a rapidamente para deixá-la de bruços.

— Está vendo o que eu posso fazer com você?

Giro outra vez para que ela volte a ficar de barriga para cima.

Seus seios sobem e descem enquanto ela ofega.

— Já essas algemas são para os pulsos. Ainda tenho que pensar se vou usá-las. Depende se você se comportar ou não.

— Quando eu não me comporto? — Sua voz está rouca de desejo.

— Posso pensar em algumas infrações. — Passo os dedos pelas solas dos seus pés, e ela se contorce. — O BlackBerry, por exemplo.

— O que você vai fazer?

— Ah, eu nunca revelo meus planos.

Ela não faz ideia de como está gostosa neste momento. Subo devagar na cama até ficar entre suas pernas.

— Hum. Você está tão exposta, Srta. Steele — sussurro, e não desviamos o olhar um do outro enquanto subo os dedos por suas pernas, fazendo pequenos círculos. — O segredo é a expectativa, Ana. O que eu vou fazer com você?

Ela tenta se mexer embaixo de mim, mas está presa.

Meus dedos sobem mais, até alcançar o interior das coxas.

— Lembre-se, se você não gostar de alguma coisa, é só me pedir para parar.

Eu me inclino e beijo sua barriga, encostando o nariz no seu umbigo.

— Por favor, Christian.

— Ah, Srta. Steele. Descobri que você pode ser implacável em suas investidas amorosas para cima de mim. Acho que eu deveria retribuir o favor.

Beijo sua barriga, meus lábios vão descendo enquanto meus dedos vão subindo. Lentamente, enfio os dedos nela. Ana ergue a pélvis para recebê-los.

Solto um gemido.

— Você nunca deixa de me surpreender, Ana. Você está tão molhada.

Seus pelos pubianos fazem cócegas nos meus lábios, mas eu insisto até minha língua encontrar o clitóris ávido por atenção.

— Ah — choraminga, forçando as amarras.

Ah, baby, você é minha.

Rodopio a língua de um lado para outro, enfiando e tirando os dedos, girando-os devagar. Ela arqueia as costas, e pelo canto dos olhos vejo que está agarrando os lençóis.

Absorva o prazer, Ana.

— Ah, Christian — grita ela.

— Eu sei, baby.

Sopro suavemente.

— Ah! Por favor! — implora.

— Diga meu nome.

— Christian! — exclama ela.

— De novo.

— Christian, Christian, Christian Grey — continua gritando.

Está perto.

— Você é minha — sussurro, chupando-a com a língua frenética.

Ela grita ao gozar em volta dos meus dedos, e, enquanto ainda está no ápice do orgasmo, eu me levanto e a viro de bruços, puxando-a para o meu colo.

— A gente vai tentar uma coisa, baby. Se você não gostar, ou se for muito desconfortável, é só me avisar e a gente para.

Ela está sem fôlego e atordoada.

— Incline-se para baixo. Cabeça e peito na cama.

Ela obedece imediatamente, e eu puxo suas mãos para trás, algemando-as na barra perto dos tornozelos.

Cacete. Sua bunda está para cima; a respiração, pesada. Esperando. Por mim.

— Ana, você está tão linda.

Pego uma camisinha, abro rapidamente o pacote e a coloco.

Percorro sua coluna com os dedos até chegar à bunda.

— Quando você estiver pronta, também vou querer isto. — Passo o polegar no seu ânus, fazendo com que ela tensione o corpo e arqueje. — Não vai ser hoje, minha bela Ana — tranquilizo-a. — Mas um dia... Quero você de todos os jeitos. Quero possuir cada centímetro de seu corpo. Você é minha.

Volto a enfiar um dedo dentro dela. Ainda está molhada, e eu me ajoelho atrás dela e meto.

— Ai! Devagar — grita.

Paro. *Merda*. Seguro seu quadril.

— Tudo bem?

— Devagar... — diz ela. — Deixe eu me acostumar com isso.

Devagar. Consigo fazer devagar.

Saio e, com cuidado, entro de novo. Ela geme enquanto meto e saio. E mais uma vez.

E outra.

E outra.

Devagar.

— Isso, assim, agora, sim — murmura ela.

Solto um gemido e me mexo um pouco mais rápido. Ela começa a choramingar a cada estocada. E aumento ainda mais a velocidade. Ela aperta os olhos e abre a boca, tragando o ar a cada vez que meto.

Caralho. Que gostoso.

Fecho os olhos e agarro seu quadril com mais força, metendo com tudo.

Repetidamente.

Até senti-la me puxando para dentro.

Ela grita e goza, e me leva junto, então gozo dentro dela, chamando seu nome.

— Ana, baby.

Caio ao seu lado, completamente exausto, e descanso um pouco, curtindo o gozo. Não posso deixar Ana presa, então me sento e abro as algemas do separador. Ela se encolhe ao meu lado enquanto esfrego seus tornozelos e pulsos para livrá--los da dormência. Quando ela começa a mexer os dedos, eu me deito outra vez, puxando-a para perto. Ela balbucia alguma coisa ininteligível, e percebo que já está dormindo.

Beijo sua testa, cubro-a com o edredom e me sento para observá-la. Pego uma mecha do seu cabelo e a sinto entre os dedos.

Tão macio...

Enrolo a mecha no indicador.

Está vendo? Estou preso a você, Ana.

Beijo a ponta do cabelo e me inclino para trás, observando o céu crepuscular. Sei que lá embaixo já deve estar escuro, mas aqui em cima os últimos vestígios do dia mancham o céu com tons cor-de-rosa, laranja e opala. Ainda há luz.

Foi isso que ela fez.

Trouxe luz para a minha vida.

Luz e amor.

Mas ainda não me respondeu.

Diga sim, Ana.

Seja minha esposa.

Por favor.

Ela se mexe e abre os olhos.

— Eu poderia ver você dormir para sempre, Ana.

Beijo sua testa outra vez.

Ela abre um sorriso sonolento e fecha os olhos.

— Não quero deixar você ir embora nunca.

— Não quero ir embora nunca — responde, com a voz enrolada. — Nunca me deixe ir embora.

— Preciso de você — sussurro, e seus lábios formam um sorriso afetuoso enquanto sua respiração vai ficando mais ritmada.

Ela dormiu.

QUINTA-FEIRA, 16 DE JUNHO DE 2011

Vovô está rindo. Mia caiu de bunda. Ela ainda é um bebê.
Mia. Mamãe e papai estão sentados em um cobertor. Estamos no pomar.
Meu lugar favorito.
Elliot corre entre as árvores.
Levanto Mia, e ela começa a andar outra vez. Passos trêmulos.
Mas estou logo atrás. Cuidando dela. Andando com ela.
Eu a mantenho em segurança.
Estamos fazendo um piquenique.
Gosto de piqueniques.
Mamãe fez uma torta de maçã.
Mia se aproxima do cobertor. E todo mundo aplaude.
Obrigada, Christian. Você cuida tão bem dela, diz mamãe.
Mia é um bebê. Precisa de alguém para cuidar dela, respondo.
Mamãe.
Vovô olha para mim.
Ele está falando?
Está.
Mas isso é ótimo!
Vovô olha para mamãe.
Ele está com lágrimas nos olhos. Mas está feliz. São lágrimas de felicidade.
Elliot passa correndo. Ele está com uma bola de futebol.
Vamos jogar.
Cuidado com as maçãs.
Levanto a cabeça e vejo Jack Hyde nos observando de trás de uma árvore.

Acordo instantaneamente. Meu coração está acelerado. Não de medo, mas porque me assustei com alguma coisa no sonho.

O que foi?

Não consigo lembrar. Está claro lá fora, e Ana dorme profundamente ao meu lado. Olho para o relógio. São quase 6h30. Acordei antes do despertador. Isso não acontecia havia algum tempo, não com minha apanhadora de sonhos ao lado. O rádio começa a tocar, mas eu o desligo e me aninho perto de Ana, encostando o nariz no pescoço dela.

Ela se mexe.

— Bom dia, baby — digo baixinho, mordendo delicadamente o lóbulo da sua orelha.

Passo a mão no seio dela, acariciando de leve e sentindo o mamilo enrijecer sob a minha palma. Ela se estica ao meu lado, deslizo a mão até seu quadril e a abraço. Minha ereção está no meio da sua bunda.

— Você parece feliz em me ver — diz ela, contorcendo-se e apertando meu pau.

— Estou muito feliz em ver você.

Meus dedos se movem pela sua barriga até chegar ao seu sexo, e eu a acaricio, ali e em todos os lugares, lembrando-lhe das vantagens de acordarmos juntos. Ela está quente, disposta e pronta quando me estico para pegar uma camisinha na mesa de cabeceira e me deito em cima dela, sustentando o peso do corpo com os cotovelos. Abro devagar suas pernas, em seguida me ajoelho e rasgo o pacote.

— Mal posso esperar até sábado.

Ela me olha ansiosa.

— A festa?

— Não. Não vou mais ter que usar essa porra.

Coloco a camisinha.

— É um termo muito apropriado — comenta ela, rindo.

— Você está achando graça, Srta. Steele?

— Não — responde ela, tentando ficar séria, sem conseguir.

— Agora não é hora de rir.

Olho sério para ela, desafiando-a a rir outra vez.

— Achei que você gostasse de me ver rir.

— Agora não. Existe uma hora e um lugar certos para rir. E não é agora. Preciso fazer você parar, e acho que sei como.

Deslizo lentamente para dentro dela.

— Ah — geme no meu ouvido.

E fazemos amor, de forma maravilhosa e sem pressa.

Nada de risos.

Vestido e armado com um café e um enorme saco de lixo que peguei com a Sra. Jones, vou para o quarto de jogos. Tenho uma tarefa a cumprir enquanto Ana está no chuveiro.

Abro a porta, entro e deixo o café por perto. Levei meses para decorar e comprar tudo para este quarto. E agora não sei quando ou se voltarei a usá-lo.

Não pense nisso, Grey.

Confronto o motivo que me trouxe aqui. Em um canto, as varas. Tenho várias, do mundo inteiro. Passo os dedos na minha favorita, feita com pau-rosa e o melhor couro. Comprei em Londres. As outras são feitas de bambu, plástico, fibra de carbono, madeira e suede.

Fico triste por ter que me livrar delas.

Muito bem, admiti isso para mim mesmo.

Ana nunca vai gostar delas, não é a sua praia.

Qual é a sua praia, Anastasia?

Livros.

Nunca serão varas.

Tranco o quarto e vou para o escritório. Lá, coloco as varas em um armário. Depois darei um destino a elas, mas, por enquanto, Ana não vai precisar mais vê-las.

Termino o café à escrivaninha, sabendo que Ana logo ficará pronta para tomar café da manhã. Mas antes de me juntar a ela na cozinha, ligo para Welch.

— Sr. Grey?

— Bom dia. Eu queria falar com você sobre Jack Hyde.

ANA ESTÁ LINDA E elegante com um traje cinza quando entra na cozinha para tomar café. Ela deveria usar saia com mais frequência; tem pernas maravilhosas. Sinto um aperto no peito. De amor. De orgulho. E de humildade. É um sentimento novo e excitante do qual espero nunca me cansar.

— O que você gostaria para o café da manhã, Ana? — pergunta Gail.

— Vou só comer um pouco de granola. Obrigada, Sra. Jones.

Ela se senta ao meu lado, as bochechas coradas.

No que será que está pensando? Nesta manhã? Na noite anterior? No separador de pernas?

— Você está linda — digo.

— Você também.

Seu sorriso é discreto. Ana também esconde seus demônios interiores.

— A gente precisa comprar mais algumas saias para você. Aliás, adoraria levar você para fazer compras.

Ela não parece muito animada com a ideia.

— Estou me perguntando o que vai acontecer no trabalho hoje — diz Ana, e sei que está falando sobre a SIP para mudar de assunto.

— Eles vão ter que arrumar alguém para substituir aquele babaca — resmungo, mas não sei quando isso vai acontecer.

Proibi qualquer contratação até fazermos uma auditoria com os funcionários.
— Espero que escolham uma mulher como minha nova chefe.
— Por quê?
— Bem, as chances de você se opor a nós viajarmos juntas são bem menores — responde Ana.

Ah, baby, uma mulher também poderia ficar atraída por você.

A Sra. Jones coloca a omelete no meu prato, e me distrai da minha breve, mas extremamente prazerosa, fantasia de Ana com outra mulher.
— Qual é a graça? — questiona Ana.
— Você. Coma a granola toda, já que seu café da manhã vai ser só isso.

Ela franze os lábios, pega uma colher e devora o café da manhã.
— Posso ir com o Saab hoje? — pergunta Ana assim que dá a última colherada.
— Taylor e eu podemos deixá-la no trabalho.
— Christian, o Saab é só para decorar a garagem?
— Não.

Claro que não.
— Então, me deixe ir dirigindo para o trabalho. Leila não é mais uma ameaça.

Por que tudo é uma batalha?

O carro é dela, Grey.
— Se você quiser — cedo.
— Claro que quero.
— Então vou com você.
— Para quê? Vou ficar bem sozinha.

Tento reformular a frase.
— Eu gostaria de ir com você.
— Bem, nesse caso...

Ana concorda com a cabeça.

ANA ESTÁ RADIANTE. Ela está tão encantada e distraída que não sei se presta atenção nas minhas instruções. Mostro a ignição no painel central.
— Lugar estranho — diz Ana, mas está praticamente pulando no banco, tocando em tudo.
— Você está muito empolgada, não é?
— Sinta só esse cheiro de carro novo. Isso aqui é ainda melhor que o Modelo Especial Submissa... quero dizer, o A3 — corrige-se rapidamente.
— Modelo Especial Submissa, é? — Tento não rir. — Você tem uma habilidade e tanto com as palavras, Srta. Steele. — Eu me encosto no banco. — Bem, vamos lá.

E aponto na direção da saída.

Ana bate palmas, liga o carro e coloca a marcha em modo de direção. Se eu soubesse como ela ficaria animada para dirigir o carro, acho que a teria deixado antes.

Adoro vê-la feliz assim.

O Saab passa pela cancela, e Taylor nos segue até a Virginia Street no Audi Q7.

É a primeira vez que Ana dirige e eu vou no banco do carona. Ela é uma motorista confiante e parece boa. No entanto, não sou um passageiro fácil. Sei disso. Não gosto que dirijam para mim, com exceção de Taylor. Prefiro ocupar o banco do motorista.

— A gente pode ligar o rádio? — pergunta Ana quando paramos no sinal.

— Quero que você se concentre.

— Christian, por favor, posso dirigir com música — insiste ela.

Decidindo ignorar sua atitude, ligo o rádio.

— Além de CD, este rádio toca MP3 e é compatível com o seu iPod — informo.

O som de The Police enche o carro. Um clássico: "King of Pain". Abaixo o volume, porque está alto demais.

— Seu hino — diz Ana, com um sorriso travesso.

Ela está zombando de mim. Outra vez.

— Tenho esse disco em algum lugar... — continua ela.

Lembro que ela mencionou "Every Breath You Take" em um e-mail. O Hino do Perseguidor, foi como ela chamou. Ana gosta de fazer graça... às minhas custas. Balanço a cabeça, porque ela estava certa. Depois que me deixou, eu de fato ficava parado na frente do apartamento dela quando saía para correr de manhã.

Ela está mordendo o lábio inferior. Será que está preocupada com a minha reação? Com Flynn? Com o que ele pode dizer?

— Ei, Dona Espertinha. Volte aqui. — Ela para abruptamente no sinal vermelho. — Você está muito distraída. Trate de se concentrar, Ana. É quando a gente se distrai que os acidentes acontecem.

— Estava só pensando no trabalho.

— Baby, vai dar tudo certo. Confie em mim.

— Por favor, não interfira. Quero fazer isso sozinha. Christian, por favor. É importante para mim — diz ela.

Eu? Interferir? Só se for para proteger você, Ana.

— Não vamos discutir, Christian. Nós tivemos uma manhã tão maravilhosa. E a noite de ontem foi... — ela cora — ...divina.

A noite de ontem. Fecho os olhos e visualizo a bunda dela para cima. Eu me remexo no banco quando meu corpo reage.

— Foi. Divina. — E me dou conta de que pensei em voz alta. — Eu estava falando sério.

— Sobre o quê?
— Não quero deixar você ir embora.
— Não quero ir embora — responde Ana.
— Que bom.
Relaxo um pouco.
Ela ainda está aqui, Grey.

Ana entra no estacionamento da SIP e encontra uma vaga para o Saab.
Fim da tortura.
Ela não é uma motorista tão ruim assim.
— Eu acompanho você até o trabalho. Taylor vai me levar lá da porta — digo ao sairmos do carro. — Não se esqueça de que temos hora marcada com Flynn às sete da noite.
Estendo a mão para Ana. Ela aperta o controle remoto para trancar o carro, e olha com carinho para o Saab antes de pegar minha mão.
— Não vou me esquecer. Vou preparar uma lista de perguntas para ele.
— Perguntas? Sobre mim? Posso responder a quaisquer perguntas que você tiver a meu respeito.
Seu sorriso é indulgente.
— Sim, mas quero a opinião do charlatão imparcial e caro.
Eu a abraço, minhas mãos cobrindo as suas, segurando-as atrás das suas costas.
— Será que isso é uma boa ideia?
Encaro seus olhos assustados, que se suavizam, e ela diz que pode desistir das perguntas para Flynn. Depois solta uma das mãos e acaricia meu rosto.
— Qual é a sua preocupação?
— Que você vá embora.
— Christian, quantas vezes eu tenho que dizer? Não vou a lugar algum. Você já me contou o pior. Não vou deixar você.
— Então, por que você ainda não me deu uma resposta?
— Uma resposta?
— Você sabe do que estou falando, Ana.
Ela suspira, e sua expressão fica sombria.
— Quero ter certeza de que sou suficiente para você, Christian. É só isso.
— E você não vai aceitar a minha palavra quanto a isso?
Solto sua mão.
Quando ela vai perceber que é tudo que quero na vida?
— Christian, tudo tem acontecido muito rápido — diz. — E você mesmo já admitiu ser fodido em cinquenta tons. Não posso dar a você o que você precisa. Não é o que eu sou. Só que isso me faz sentir inadequada, principalmente depois

de ver você com Leila. Quem me garante que um dia você não vai encontrar uma garota que gosta das coisas que você gosta? E quem me garante que você não vai... você sabe... se apaixonar por ela? Alguém muito mais adequado às suas necessidades — explica Ana, desviando o olhar.

— Já conheci muitas mulheres que gostam de fazer o que eu faço. Nenhuma delas me atraiu do jeito que você me atrai. Jamais estabeleci uma relação emocional com nenhuma delas. É só você, Ana, desde sempre.

— Porque você nunca deu uma chance a elas. Você passou tempo demais trancafiado na sua fortaleza, Christian. Olhe, vamos discutir isso mais tarde. Tenho que ir trabalhar. Talvez o Dr. Flynn possa nos dar alguma luz.

Ela tem razão. Não deveríamos estar discutindo isso em um estacionamento.

— Venha.

Estendo a mão, e vamos juntos até sua sala.

TAYLOR ME BUSCA NO Audi, e no caminho até a Grey House reflito sobre a conversa que tive com Ana.

Estou trancafiado em uma fortaleza?

Talvez.

Olho pela janela. As pessoas estão correndo para o trabalho, concentradas na sua rotina. Aqui, no banco de trás do carro, estou isolado de tudo. Sempre fui assim. Deslocado: isolado na infância e enquanto crescia, entre as paredes de uma fortaleza.

Tudo por medo de sentir.

Medo de sentir qualquer coisa que não fosse raiva: minha companhia constante.

É isso que ela quer dizer? Caso seja, foi Ana que me deu a chave para sair. E é só a opinião de Flynn que a está impedindo.

Talvez, depois de ouvir o que ele tem a dizer, ela responda sim.

Preciso ter esperança.

Por um breve momento, me permito experimentar a sensação de um otimismo verdadeiro...

É aterrorizante.

Pode acabar mal. Outra vez.

Meu telefone vibra. É Ana.

— Anastasia. Tudo bem?

— Eles acabaram de me dar o cargo de Jack. Bem, temporariamente — explica, sem nenhum preâmbulo.

— Está brincando?

— Você tem alguma coisa a ver com isso? — Seu tom é acusatório.

— Não, não. Não mesmo. Quero dizer, com todo o respeito, Anastasia, mas você só está aí há uma semana, ou algo assim. Não me leve a mal.

— Eu sei — responde ela, parecendo desmoralizada. — Aparentemente, Jack me avaliou muito bem.

— Ah, foi, é? — Estou muito feliz por aquele babaca estar fora da vida dela.

— Bem, baby, se eles acham que você dá conta, tenho certeza de que você dá conta. Parabéns. Talvez a gente devesse comemorar depois da consulta com Flynn.

— Hum. Tem certeza de que você não tem nada a ver com isso?

Acha mesmo que eu mentiria para ela? Será que é por causa da minha confissão de ontem à noite?

Ou talvez tenham lhe dado o cargo porque não permiti que recrutassem alguém de fora da empresa.

Que inferno.

— Você está duvidando de mim? Isso me irrita tanto.

— Desculpe — responde ela depressa.

— Se você precisar de alguma coisa, me avise. Estou aqui. E, Anastasia?

— O quê?

— Use o BlackBerry.

— Está bem, Christian.

Ignoro seu tom sarcástico, e, balançando a cabeça, respiro fundo.

— Estou falando sério. Se você precisar, estou aqui.

— Tudo bem — diz Ana. — É melhor eu desligar. Tenho que mudar de sala.

— Para o que quer que você precise. Estou falando sério.

— Eu sei. Obrigada, Christian. Amo você.

Duas palavras simples.

Antes me aterrorizavam, e agora fico ansioso para ouvi-las.

— Também amo você, baby.

— Falo com você mais tarde.

— Até mais, baby.

Taylor estaciona em frente à Grey House.

— José Rodriguez vai entregar alguns retratos no Escala amanhã — aviso.

— Vou informar Gail.

— Ele vai passar a noite lá. — Pelo retrovisor, Taylor olha para mim, surpreso, eu acho. — Avise isso a Gail também — acrescento.

— Sim, senhor.

Quando o elevador começa a subir até o meu andar, permito-me uma breve fantasia sobre a vida de casado. É tão estranha essa *esperança*. Algo com que não estou acostumado. Eu me imagino levando Ana à Europa, à Ásia. Eu poderia mostrar o mundo a ela. Nós poderíamos ir a qualquer lugar. Eu poderia levá-la à Inglaterra... Ela ia adorar.

E depois voltaríamos para nossa casa no Escala.

Escala? Talvez meu apartamento tenha muitas lembranças de outras mulheres. Eu deveria comprar uma casa só nossa, para criar nossas próprias memórias.

Mas mantendo o Escala. É um lugar prático, perto do centro.

As portas do elevador se abrem.

— Bom dia, Sr. Grey — diz a garota nova.

— Bom dia...

Não consigo me lembrar do nome dela.

— Café?

— Por favor. Puro. Onde está Andrea?

— Por aí.

A Garota Nova sorri e sai correndo para fazer meu café.

Na minha mesa, começo a dar uma olhada em algumas casas na internet. Andrea bate na porta e entra minutos depois com o café.

— Bom dia, Sr. Grey.

— Andrea, bom dia. Eu gostaria que você mandasse flores para Anastasia Steele.

— E qual o senhor quer que eu mande?

— Ela foi promovida. Talvez rosas. Cor-de-rosa e brancas.

— Ok.

— E poderia colocar Welch na linha?

— Sim, senhor. Lembra que hoje seu encontro com o Sr. Bastille é no Escala, e não aqui, não é?

— Ah, é. Obrigado. Quem reservou a academia aqui?

— O clube de ioga, senhor.

Faço uma careta.

Ela contém um sorriso.

— Ros também quer falar com o senhor.

— Obrigado.

Depois de alguns telefonemas, volto para minha busca virtual por casas à venda. Lembro que quando comprei meu apartamento no Escala — e foi comprado na planta —, um corretor fez tudo para mim. Parecia um grande investimento, então eu não quis explorar outras opções.

Agora estou absorto em sites de imóveis, analisando uma casa atrás da outra. É viciante.

Faz anos que cobiço as mansões no estuário, desde que comecei a velejar. Acho que eu gostaria de uma casa com vista para a água. Cresci em um lugar assim: meus pais moram às margens do lago Washington.

Uma casa para família.

Família.

Crianças.

Balanço a cabeça. Não por um bom tempo. Ana é jovem. Só tem vinte e um anos. Vai demorar anos até começarmos a pensar em filhos.

Que tipo de pai eu seria?

Grey, não pense nisso.

Eu gostaria de encontrar um terreno para construir nossa casa. Fazer algo ecologicamente sustentável. Elliot poderia construí-la para mim. Algumas casas anunciadas atendem aos meus critérios. Uma delas, inclusive, tem vista para o estuário. A casa é antiga, construída em 1924, e faz poucos dias que está no mercado. As fotos são espetaculares. Especialmente ao pôr do sol. Para mim, a característica principal é a vista. Podemos derrubar a casa e reconstruí-la do zero.

Verifico a que horas o sol vai se pôr esta noite: 21h09.

Talvez eu consiga marcar um horário para ver a casa ao anoitecer durante esta semana.

Andrea bate na porta e entra.

— Sr. Grey, tenho algumas opções de flores aqui — diz, colocando algumas imagens na minha mesa.

— Esta. — É uma cesta grande de rosas brancas e cor-de-rosa. Ana vai adorar. — E você pode marcar um horário para eu dar uma olhada nesta casa? Vou mandar o link por e-mail. Eu adoraria que fosse à noite, ao pôr do sol, o mais rápido possível.

— Claro. O que o senhor quer escrever no cartão?

— Coloque o florista na linha assim que pedir as flores. Vou dizer para ele.

— Tudo bem, Sr. Grey.

Andrea sai.

Três minutos depois, ela passa a ligação do florista. Ele me pede alegremente para ditar a mensagem do cartão.

— Parabéns, Srta. Steele. E tudo por conta própria! Sem nenhuma ajuda de seu CEO supersimpático, camarada e megalomaníaco. Com amor, Christian.

— Entendido. Obrigado, senhor.

— Eu que agradeço.

Continuo procurando casas na internet, e sei que só estou me distraindo da ansiedade que sinto em relação ao encontro de Ana com Flynn. *Deslocamento.* É assim que Flynn descreveria. Mas minha felicidade está em jogo.

E casas são uma boa distração.

O que Flynn vai dizer?

Depois de meia hora olhando casas, sem trabalhar, desisto e ligo para Flynn.

— Você me pegou em um intervalo entre pacientes. É urgente? — pergunta ele.

— Estou ligando para saber como está Leila.

— Ela teve outra noite tranquila. Vou vê-la à tarde. E vou ver você também, certo?
— Sim. Com Ana.

Há um momento de silêncio entre nós, e sei que esse é um dos truques de John. Ele não fala nada na esperança de que eu quebre o silêncio.

— Christian, o que foi?
— Esta noite. Ana.
— Sim.
— O que você vai dizer?
— A Ana? Não sei o que ela vai me perguntar. Mas o que quer que seja, vou dizer a verdade.
— É com isso que me preocupo.

Ele suspira.

— Tenho uma percepção diferente da que você tem de si mesmo, Christian.
— Não sei se isso me tranquiliza.
— Nos vemos hoje à noite — responde ele.

À TARDE, VOLTO DA reunião com Fred e Barney, e estou prestes a clicar no site de outra agência imobiliária quando vejo um e-mail de Ana. Passei o dia todo sem ter notícias dela. Deve estar ocupada.

De: Anastasia Steele
Assunto: Megalomaníacos...
Data: 16 de junho de 2011 15:43
Para: Christian Grey

...são o meu tipo favorito de maníacos. Obrigada pelas lindas flores. Elas chegaram numa enorme cesta de vime que me faz pensar em piqueniques e cobertores.

Bjs

Ela está usando o celular. Finalmente!

De: Christian Grey
Assunto: Ar puro
Data: 16 de junho de 2011 15:55
Para: Anastasia Steele

Maníacos, é? O Dr. Flynn deve ter algo a dizer sobre isso.
Você quer fazer um piquenique?
A gente poderia se divertir muito ao ar livre, Anastasia...
Como está indo o seu dia, baby?

Christian Grey
CEO, Grey Enterprises Holdings, Inc.

De: Anastasia Steele
Assunto: Agitado
Data: 16 de junho de 2011 16:00
Para: Christian Grey

O dia passou voando. Não tive um momento sequer para pensar em nada além do trabalho. Acho que consigo dar conta disso! Conto mais quando chegar em casa.
Um dia ao ar livre parece... interessante.
Amo você.

Um bj.

PS: Não se preocupe com o Dr. Flynn.

Como ela sabe que não paro de pensar nisso?

De: Christian Grey
Assunto: Vou tentar...
Data: 16 de junho de 2011 16:09
Para: Anastasia Steele

...não me preocupar.
Até mais, baby.

Bj,
Christian Grey
CEO, Grey Enterprises Holdings, Inc.

Na academia do Escala, Bastille está cheio de energia, mas acerto dois chutes e o derrubo.

— Você está nervoso com alguma coisa, Grey. É a mesma garota? — pergunta ele com desdém e se levanta.

— Não é da porra da sua conta, Bastille.

Estamos nos cercando, procurando uma oportunidade para derrubar um ao outro.

— Ah! Acho ótimo que agora tem uma mulher dificultando sua vida. Quando vou conhecê-la?

— Não sei se isso vai acontecer.

— Levante a esquerda, Grey. Você está vulnerável.

Ele me ataca com um chute frontal, mas escapo dando um salto para a esquerda, evitando-o.

— Muito bom, Grey.

DEPOIS DO BANHO, RECEBO uma mensagem de texto de Andrea.

> ANDREA PARKER
> A corretora pode vê-lo esta noite.
> 20h30.
> Está bom?
> O nome dela é Olga Kelly.

> Ótimo!
> Obrigado.
> Por favor, me mande o endereço.

FICO PENSANDO O QUE Ana vai achar da casa. Andrea me envia o endereço e o código de acesso para os portões. Decoro o código e encontro a casa no Google Maps. Enquanto procuro o melhor caminho da clínica de Flynn até a casa, meu telefone toca. É Ros. Estou contemplando a vista da varanda quando ela me dá as boas notícias.

— Fred me retornou. Tudo certo com Kavanagh — diz.

— Ótimo, Ros.

— Há algumas questões técnicas que ele quer que a equipe discuta com o nosso pessoal. Gostaria de fazer uma reunião amanhã cedo. No café da manhã. Já avisei Andrea.

— Diga a Barney que vamos continuar a partir daí... Até mais — respondo, e ao virar as costas para a paisagem de Seattle e o estuário, vejo Ana me observando.

— Pode deixar. Nós nos vemos amanhã.

— Até mais.

Desligo e me aproximo para cumprimentar minha garota, com seu rosto doce e tímido, de pé na porta da sala de estar.

— Boa noite, Srta. Steele. — Eu a beijo e abraço. — Parabéns pela promoção.

— Você tomou banho.

— Acabei de ter uma sessão de luta com Claude.

— Ah.

— Derrubei-o duas vezes.

É uma lembrança a ser saboreada.

— Isso não acontece com frequência?

— Não. E é muito prazeroso quando acontece. Está com fome?

Ela balança a cabeça, parecendo preocupada.

— O que foi? — pergunto.

— Estou nervosa. Com o Dr. Flynn.

— Eu também. Como foi o seu dia? — pergunto, soltando-a do abraço.

— Ótimo. Agitado. Não acreditei quando Elizabeth, do RH, me convidou para ocupar o cargo. Tive que ir à reunião de almoço dos editores, e consegui convencê-los a considerar dois manuscritos.

Ela não para de falar. Está animada. Seus olhos brilham. É apaixonada pelo que faz. É um prazer vê-la assim.

— Ah, tem mais uma coisa que eu tenho que contar. Eu ia almoçar com Mia hoje.

— Você não chegou a mencionar isso.

— Eu sei, esqueci. Como eu não pude sair com ela por causa da reunião, Ethan a levou para almoçar.

Aquele rato de praia com a minha irmã... Não sei bem como me sinto em relação a isso.

— Sei. Pare de morder o lábio.

— Vou trocar de roupa — diz ela rapidamente antes que eu possa perguntar mais sobre Kavanagh e minha irmã.

Nunca imaginei minha irmã namorando. Teve aquele cara no baile, mas ela não parecia muito interessada nele.

— Costumo correr lá de casa até aqui — menciono ao estacionar o Saab. — Este carro é o máximo.

— Também acho. Christian... eu...

Meu estômago se revira.

— O que foi, Ana?

— Aqui. — Ela tira da bolsa uma pequena caixa preta embrulhada com uma fita. — É pelo seu aniversário. Queria dar para você agora, mas só se você me prometer que não vai abrir antes de sábado, tudo bem?
Engulo em seco para disfarçar o alívio.
— Tudo bem.
Ela respira fundo, parecendo nervosa. Por que se preocupou com isto? Tento não pensar. Balanço a caixa. Parece algo pequeno, de plástico. O que ela me deu?
Olho para ela.
Seja o que for, tenho certeza de que vou adorar. Dou um grande sorriso.
Meu aniversário é no sábado. Ela vai estar lá — ou, pelo menos, é o que o presente sugere, certo?
— Você não pode abrir antes de sábado — avisa, apontando o dedo para mim.
— Entendi. Mas por que você está me dando isso agora?
Coloco a caixa no bolso do paletó.
— Porque eu posso, Sr. Grey.
— Ora, Srta. Steele, roubando minhas falas...
— Roubei. Vamos acabar logo com isso?

FLYNN SE LEVANTA QUANDO entramos no consultório.
— Christian.
— John. — Trocamos um aperto de mãos. — Você se lembra de Anastasia?
— Como eu poderia esquecer? Bem-vinda, Anastasia.
— Ana, por favor — diz ao apertar a mão dele.
Ele nos indica onde sentar.
Espero Ana se sentar, observando como o vestido azul-marinho que ela escolheu para esta ocasião lhe cai bem, e me acomodo na outra poltrona, mas perto dela. Flynn ocupa a mesma cadeira de sempre, e eu coloco a mão em cima da de Ana, apertando-a.
— Christian pediu que você acompanhasse uma de nossas sessões — diz Flynn. — Só para você saber, nós tratamos estas sessões com absoluta confidencialidade...
Ele para quando Ana o interrompe:
— Hum... eu assinei um termo de confidencialidade.
Merda.
Solto sua mão.
— Um termo de confidencialidade? — Flynn me olha, espantado. Dou de ombros, mas não digo nada. — Você começa todos os seus relacionamentos com um contrato? — pergunta ele para mim.
— Só os contratuais.
Flynn retorce os lábios para conter um sorriso.

— E você já teve algum outro tipo de relacionamento?
Merda.
— Não — respondo, achando graça na sua reação.
Ele já sabia.
— Foi o que eu pensei — comenta ele, voltando a atenção para Ana. — Bem, acho que não precisamos nos preocupar com confidencialidade, mas posso sugerir que vocês dois discutam isso em algum momento? No meu entendimento, vocês não estão mais num relacionamento contratual.
— Outro tipo de contrato, espero — digo, olhando para Ana, que fica corada.
— Ana, me perdoe, mas é provável que eu saiba muito mais sobre você do que você imagina. Christian tem sido bastante expansivo.
Ela olha para mim.
— Um termo de confidencialidade? Isso deve ter chocado você — continua.
— Hum, acho que o choque disso já se tornou insignificante, dadas as revelações mais recentes de Christian — diz Ana, com a voz baixa e rouca.
Eu me remexo na poltrona.
— Imagino que sim. Então, Christian, o que gostaria de discutir?
Dou de ombros.
— Foi Anastasia quem quis ver você. Talvez você devesse perguntar a ela.
Mas Ana está olhando para uma caixa de lenços na mesa de centro à sua frente.
— Você ficaria mais à vontade se Christian nos deixasse por um momento? — pergunta Flynn.
O quê?
No mesmo instante, Ana olha para mim.
— Ficaria — responde ela.
Cacete.
Mas?
Merda.
Eu me levanto.
— Estarei na sala de espera.
— Obrigado, Christian — diz Flynn.
Olho para Ana na tentativa de transmitir o recado de que estou pronto para o compromisso que quero oficializar com ela. Em seguida, saio da sala, fechando a porta.
A recepcionista de Flynn, Janet, olha para mim, mas eu a ignoro e sigo para a sala de espera, onde desabo em uma das poltronas de couro.
Sobre o que eles vão falar?
Sobre você, Grey. Você.
Fechando os olhos, eu me recosto, tentando relaxar.
O sangue lateja em meus ouvidos, um som que é impossível ignorar.

Encontre seu lugar feliz, Grey.

Estou no pomar com Elliot. Somos crianças. Estamos correndo entre as árvores. Rindo. Colhendo maçãs. Comendo maçãs. Vovô está nos observando, e ri também.

Estamos em um caiaque com mamãe. Papai e Mia estão logo à frente. Estamos disputando corrida com papai.

Elliot e eu remamos com toda a nossa fúria de meninos de doze anos. Mamãe está rindo. Mia joga água em nós com o remo.

— Caralho! Elliot!

Estamos em um Hobie Cat. Ele está no timão, e estamos voando, cruzando o lago Washington. Elliot grita de alegria quando nos inclinamos. Estamos molhados. Em êxtase. Lutando contra o vento.

Estou fazendo amor com Ana. Sentindo seu cheiro. Beijando seu pescoço, seu peito.

Meu corpo reage.

Cacete. Não. Abro os olhos e encaro o candelabro de metal no teto branco, mudando de posição na poltrona.

Sobre o que eles estão falando?

Eu me levanto e começo a andar de um lado para outro. Mas volto a me sentar, e folheio as revistas *National Geographic*, as únicas que Flynn disponibiliza na sala de espera.

Não consigo me concentrar em nenhuma das matérias.

Mas as fotos são bonitas.

Isso é insuportável. Ando mais um pouco. Em seguida, eu me sento e verifico o endereço da casa que vamos visitar. E se Ana não gostar do que Flynn tem a dizer e não me quiser mais? Vou ter que pedir a Andrea para cancelar.

Fico de pé outra vez, e antes de pensar no que estou fazendo, saio, afastando-me daquela conversa. Daquela conversa sobre mim.

DOU TRÊS VOLTAS NO quarteirão e retorno para o consultório de Flynn. Janet não diz nada quando passo por ela, bato na porta e entro.

Flynn me dirige um sorriso benevolente.

— Bem-vindo de volta, Christian — diz ele.

— Acho que o tempo acabou, John.

— Quase, Christian. Junte-se a nós.

Eu me sento ao lado de Ana e coloco a mão em seu joelho. Ela não entrega nada, o que é frustrante, mas não afasta o joelho de mim.

— Você tem mais alguma questão, Ana?

Ela nega com a cabeça.

— Christian?

— Hoje não, John.

— Talvez fosse bom se vocês dois voltassem aqui. Tenho certeza de que Ana vai ter mais perguntas.

Se é o que ela quer. Se for necessário. Seguro sua mão, e seus olhos encontram os meus.

— Certo? — pergunto com delicadeza.

Ela assente e me dirige um sorriso tranquilizador. Espero que o modo como aperto sua mão denuncie meu alívio. Eu me viro para Flynn.

— Como ela está? — pergunto, e ele sabe que estou me referindo a Leila.

— Ela vai chegar lá — responde ele.

— Ótimo. Mantenha-me informado do seu progresso.

— Pode deixar.

Eu me viro para Ana.

— Então, vamos comemorar a sua promoção?

Ela concorda com um tímido aceno de cabeça, o que é um alívio.

COM A MÃO NAS costas dela, levo Ana para fora do consultório. Estou ansioso para ouvir o que os dois discutiram. Preciso saber se ele a desencorajou.

— Como foi? — pergunto, tentando parecer indiferente, quando chegamos à rua.

— Foi bom.

E? *Você está me matando, Ana.*

Ela olha para mim, e não faço ideia do que está pensando. É desalentador e irritante. Franzo o cenho.

— Por favor, não me olhe assim, Sr. Grey. Seguindo ordens médicas, eu vou lhe oferecer o benefício da dúvida.

— O que isso quer dizer?

— Você vai ver.

Ela vai se casar comigo ou não? Seu sorriso encantador não me dá nenhuma dica. *Que inferno.* Ela não vai me dizer. Vai me deixar curioso.

— Entre no carro — digo, irritado, abrindo a porta.

O telefone dela vibra, e ela me dirige um olhar cauteloso antes de atender.

— Alô! — diz com entusiasmo.

Quem é?

— É o José.

Ela forma as palavras com a boca sem emitir som, respondendo aos meus pensamentos.

— Desculpe não ter ligado para você. É sobre amanhã? — pergunta Ana a ele, sem tirar os olhos de mim. — Bem, na verdade estou ficando na casa de Christian esses dias, e se você quiser, ele diz que não tem problema você dormir lá.

Ah, sim. Ele vai entregar as fotografias maravilhosas de Ana, suas cartas de amor para ela.

Aceite os amigos dela, Grey.

Ela franze o cenho e se vira, encostando-se na parede do prédio.

Ela está bem? Observo-a com atenção, aguardando.

— Está. Sério — responde ela com a cara fechada.

O que está sério?

— Sim — responde, impaciente e indignada. — Claro que tenho... Você pode me buscar no trabalho... Mando o endereço por mensagem... Lá pelas seis da tarde? — Ela sorri. — Beleza. A gente se vê.

Desliga e volta para perto do carro.

— Como vai o seu amigo? — pergunto.

— Vai bem. Ele vai me buscar no trabalho amanhã, e acho que a gente vai sair para beber alguma coisa. Quer vir conosco?

— Você não acha que ele vai tentar alguma coisa?

— Não!

— Tudo bem — Ergo as mãos. — Você sai com o seu amigo, e eu vejo você no final do dia. Viu? Posso ser razoável.

Ela franze os lábios, acredito que achando graça.

— Posso dirigir?

— Preferia que você não dirigisse.

— Por quê, exatamente?

— Porque não gosto que dirijam para mim.

— Você não teve problemas com isso hoje de manhã, e você não parece se incomodar que Taylor dirija para você.

— Confio implicitamente na direção de Taylor.

— Mas não na minha!? — exclama Ana, colocando as mãos nos quadris. — Fala sério, essa sua mania de controle não tem limites. Eu dirijo desde os quinze anos.

Dou de ombros. Quero dirigir.

— O carro não é meu?

— É claro que é seu.

— Então, por favor, me dê as chaves. Eu só dirigi duas vezes, de casa para o trabalho e do trabalho para casa. E agora você que vai ficar com toda a diversão.

Ela cruza os braços, firme, teimosa como sempre.

— Mas você nem sabe aonde a gente vai.

— Tenho certeza de que você pode me ensinar o caminho, Sr. Grey. Você tem se saído um professor e tanto.

E, simples assim, ela deixa o momento leve. É a pessoa mais capaz de desarmar alguém que já conheci. Não vai me dar uma resposta. Vai me deixar no escuro, e quero passar o resto da minha vida com ela.

— Professor e tanto, é? — pergunto, sorrindo.

Ela cora.

— É, na maior parte do tempo.

Os olhos de Ana estão brilhando, zombando de mim.

— Bem, nesse caso...

Entrego-lhe as chaves e abro a porta do motorista para ela.

Respiro fundo quando nos juntamos ao trânsito.

— Para onde vamos? — pergunta, e preciso lembrar que não faz muito tempo que ela mora em Seattle para conhecer bem os lugares.

— Siga nesta rua.

— Você não vai ser mais específico? — pergunta.

Sorrio, indiferente.

Olho por olho, baby.

Ela semicerra os olhos.

— No sinal, vire à direita — digo.

Ela para abruptamente, jogando nós dois para a frente, e então liga a seta e vira.

— Calma, Ana!

Ela franze os lábios, irritada.

— Vire à esquerda. — Ana pisa fundo e entramos a toda velocidade. — Cuidado, Ana! — Agarro o painel. — Devagar!

Ela está a mais de 130 km/h em uma rua residencial!

— Estou diminuindo! — grita Ana ao pisar no freio.

Suspiro e volto ao cerne da questão que quero discutir, tentando soar casual, apesar de não conseguir.

— O que o Flynn disse?

— Já falei. Ele disse que eu deveria lhe conceder o benefício da dúvida.

Ana liga a seta para estacionar.

— O que você está fazendo?

— Deixando você dirigir.

— Por quê?

— Para poder olhar para você.

Eu rio.

— Não, não, você queria dirigir. Então, agora você dirige, e eu olho para você.

Ela se vira para me dizer alguma coisa.

— Mantenha os olhos na estrada! — grito.

Ela para de repente outra vez, fazendo os pneus cantarem bem diante de um sinal, solta o cinto de segurança e sai do carro, nervosa, batendo a porta.

Que porra é essa?

Ela fica de pé na calçada com os braços cruzados, e a posição parece ao mesmo tempo de defesa e de combate, olhando irritada para mim. Saio atrás dela.

— O que você está fazendo? — pergunto, totalmente perplexo.

— Não. O que *você* está fazendo?

— Você não pode parar aqui.

Aponto para o Saab abandonado.

— Sei disso.

— Então por que parou aqui?

— Porque cansei de você latindo ordens no meu ouvido. Ou você dirige ou cala a boca sobre como eu dirijo!

— Anastasia, volte para o carro antes que a gente tome uma multa.

— Não.

Passo as mãos no cabelo. O que deu nela?

Olho outra vez para ela. Estou perdido. Sua expressão muda, suavizando-se. Droga, ela está rindo de mim?

— O que foi? — pergunto.

— Você.

— Ah, Anastasia! Você é a mulher mais frustrante do mundo. — Ergo as mãos para o alto. — Tudo bem, eu dirijo.

Ela agarra meu paletó e me puxa para perto.

— Não, Sr. Grey... você é o homem mais frustrante do mundo.

Ela me encara e me domina com os olhos azuis cheios de sinceridade; eu mergulho nela e me perco. Me perco de uma forma diferente. Envolvo Ana em meus braços, apertando-a com força.

— Então talvez a gente tenha sido feito um para o outro.

O cheiro dela é maravilhoso. Eu deveria colocá-lo em um frasco de perfume.

Relaxante. Sexy. Ana.

Ela me abraça com força e apoia o rosto no meu peito.

— Ah... Ana, Ana, Ana.

Beijo seu cabelo e a abraço.

É estranho abraçar alguém na rua.

Mais uma primeira vez. Não. É a segunda vez que isso acontece. Também a abracei na rua perto do Esclava.

Ela se mexe e eu a solto. Sem dizer nada, abro a porta do carona, e ela entra no carro.

No volante, dou a partida, juntando-me ao tráfego. Uma música de Van Morrison está tocando no carro, e vou cantarolando enquanto pego a rampa de acesso para a I-5.

— Você sabe, se a gente tivesse levado uma multa, o carro está em seu nome... — digo a ela.

— Bom, ainda bem que acabei de ser promovida. Eu ia poder pagar.

Reprimo um sorriso enquanto seguimos na direção norte pela I-5.

— Aonde estamos indo? — pergunta Ana.

— É surpresa. O que mais o Flynn disse?

— Ele falou sobre BBBTVS.

— TBVS, Terapia Breve Voltada para a Solução. A opção mais moderna em terapia.

— Você já tentou outras?

— Baby, já fui submetido a todo tipo de terapia. Cognitivismo, Freud, funcionalismo, Gestalt, behaviorismo... Pode chutar o que você quiser que eu já fiz.

— Você acha que essa abordagem mais moderna vai ajudar?

— O que Flynn disse?

— Ele me disse para não perder tempo pensando sobre o seu passado. Para me concentrar no futuro, no lugar em que você quer estar.

Balanço a cabeça, mas não entendo por que ela não aceitou minha proposta.

É lá que quero estar.

Casado.

Talvez ele tenha dito algo para desencorajá-la.

— O que mais? — pergunto, buscando alguma indicação do que ele pode ter falado para dissuadi-la.

— Ele falou sobre o seu medo de ser tocado, embora tenha chamado de outra coisa. E sobre os seus pesadelos e a aversão que você tem de si mesmo.

Eu me viro para encará-la.

— Olhos na estrada, Sr. Grey — adverte ela.

— Vocês ficaram conversando durante séculos, Anastasia. O que mais ele disse?

— Ele não acha que você seja um sádico.

— Sério?

Flynn e eu temos pontos de vista diferentes a respeito disso. Ele não pode se colocar no meu lugar. Não entende.

— Ele diz que esse termo não é reconhecido pela psiquiatria. Desde os anos noventa — continua Ana.

— Flynn e eu temos opiniões diferentes sobre isso.

— Ele disse que você sempre pensa o pior de si mesmo. Eu sei que é verdade. Ele também mencionou sadismo sexual, mas disse que é um estilo de vida, uma escolha, não uma condição psiquiátrica. Talvez seja isso que você queira dizer.

Ana, você não faz ideia.
Você nunca vai saber até onde vai minha depravação.
— Então basta uma conversa com um médico e você virou especialista.
Ela suspira.
— Olhe, se você não quer ouvir o que ele falou, não me pergunte — diz.
Justo, Srta. Steele.
Grey, pare de pressionar a garota.
Ela volta a atenção para os carros que passam ao nosso lado.
Merda.
— Quero saber o que foi discutido — digo num tom conciliatório.
Saio da I-5, seguindo para oeste pela Northwest Eighty-Fifth Street.
— Ele me chamou de sua amante.
— Ah, foi, é? Bem, ele é mais que meticuloso em seus termos. Acho que é uma descrição precisa. Você não concorda?
— Você pensava em suas submissas como amantes?
Amantes? Leila? Susannah? Madison? Todas as minhas submissas me vêm à mente.
— Não. Elas eram parceiras sexuais. Você é minha única amante. E quero que seja mais.
— Eu sei. Só preciso de um tempo, Christian. Para minha cabeça se acostumar com tudo o que aconteceu nos últimos dias.
Olho para Ana.
Por que ela não disse antes?
Posso viver com isso.
Claro que posso lhe dar mais tempo.
Por ela, eu esperaria até o final dos tempos.

Relaxo e curto o passeio. Estamos na área residencial de Seattle, mas seguimos com destino ao estuário. Acho que marquei o encontro na hora certa para pegarmos o pôr do sol no estuário de Puget.
— Aonde estamos indo? — pergunta Ana.
— Surpresa.
Ela abre um sorriso curioso e se vira para admirar a paisagem pela janela.
Dez minutos depois, avisto os portões brancos de metal já corroídos que reconheço da foto postada na internet. Passo pela incrível entrada para carros e insiro o código de segurança no teclado. Com um rangido agudo, os portões pesados se abrem.
Olho para Ana.
Ela vai gostar daqui.

— O que foi? — pergunta.
— Uma ideia.
Passo com o Saab pelos portões.
A entrada é mais comprida do que eu imaginava. De um lado, há uma imensa área verde cuja grama precisa ser aparada. É grande o bastante para instalarmos uma quadra de tênis ou de basquete... ou as duas.

— *Ei, mano, vamos fazer umas cestas.*
— *Elliot, estou lendo.*
— *Ler não vai fazer com que você leve alguém para a cama.*
— *Cai fora.*
— *Basquete. Vamos lá, cara* — sussurra ele.
Mesmo relutante, largo meu Oliver Twist *surrado e o sigo até o jardim.*

ANA FICA IMPRESSIONADA QUANDO chegamos ao grande pórtico de entrada, e estaciono ao lado de um BMW sedã. A casa é imensa, e realmente impressionante do lado de fora.
Desligo o carro, e Ana está abismada.
— Você pode manter a cabeça aberta? — pergunto.
Ela franze o cenho.
— Christian, estou mantendo a cabeça aberta desde o dia em que conheci você.
E não posso discordar. Como sempre, ela está certa.
A corretora de imóveis está nos esperando no hall de entrada.
— Sr. Grey — cumprimenta ela calorosamente, e trocamos um aperto de mãos.
— Srta. Kelly.
— Olga Kelly.
Ela se apresenta a Ana.
— Ana Steele — responde ela.
A corretora de imóveis dá um passo para o lado. A casa está com cheiro de mofo depois dos possíveis meses de abandono. Mas não estou aqui para ver o interior.
— Venha.
Estendo a mão para Ana.
Depois de ter analisado cuidadosamente as plantas baixas, sei aonde quero ir e como chegar lá. Do hall, passamos por uma arcada e por um corredor, até chegar a uma grande escadaria, e atravessamos o que já foi a sala de estar principal.
Há várias portas francesas abertas do outro lado, o que é ótimo, porque o lugar precisa ser arejado. Apertando a mão de Ana, levo-a até a porta mais próxima, saindo na varanda.

A vista é tão envolvente e dramática quanto as fotos sugeriam: o estuário em toda a sua glória ao anoitecer. Vemos as luzes piscando nas margens distantes da ilha de Bainbridge, onde velejamos no fim de semana, e mais além fica a península Olympic.

O céu é enorme, e o pôr do sol é estonteante.

Ana e eu ficamos de mãos dadas, observando, curtindo a vista espetacular. Sua expressão está radiante. Ela adorou.

Ana se vira para mim.

— Você me trouxe aqui para admirar a vista?

Concordo com a cabeça.

— É impressionante, Christian. Obrigada — diz Ana, voltando a olhar para o céu opala.

— O que você acharia de ter essa vista para o resto da vida?

Meu coração dispara.

Isso é que é frase de impacto, Grey.

Ela vira rapidamente a cabeça para mim. Está em choque.

— Sempre quis morar no litoral — explico. — Navego o estuário para cima e para baixo, cobiçando essas casas. Este lugar não está à venda há muito tempo. Quero comprar, demolir a casa e construir uma casa nova para nós.

Seus olhos se arregalam mais do que eu acharia possível.

— É apenas uma ideia — sussurro.

Ela olha por cima do ombro para a velha sala de estar.

— Por que você quer demolir a casa? — pergunta.

— Eu queria fazer uma casa mais sustentável, usando as últimas técnicas ecológicas. Elliot pode construir.

— Podemos dar uma olhada na casa?

— Claro.

Dou de ombros.

Por que ela quer ver a casa?

Sigo Ana e a corretora de imóveis, que nos apresenta o lugar. Olga Kelly se sente em casa ao passar pelos inúmeros cômodos, descrevendo as características de cada um. O motivo de Ana querer ver a casa inteira é um mistério para mim.

Quando subimos a escadaria em caracol, ela se vira na minha direção.

— Você não poderia transformar a casa que já existe num lugar mais ecológico e sustentável?

Esta casa?

— Eu teria que perguntar a Elliot. O especialista em tudo isso é ele.

Ana gostou *desta* casa.

Preservar a casa não era o que eu tinha em mente.

A corretora de imóveis nos leva até a suíte máster. O cômodo tem janelas do teto ao chão que se abrem para uma varanda que dá para a vista espetacular. Nós dois paramos para contemplar o céu, que está escurecendo, com os últimos resquícios de sol. É uma visão gloriosa.

Passamos pelos outros quartos. São muitos, e o último dá para a frente da casa. A corretora sugere que a área verde pode ser ideal para um pasto e estábulos.

— O pasto ficaria onde hoje fica o prado? — pergunta Ana, um pouco hesitante.

— Isso — responde a mulher.

De volta ao térreo, vamos mais uma vez até a varanda, e revejo meus planos. Eu não imaginava morar nesta casa, mas parece bem construída e sólida o suficiente, e, sendo completamente remodelada, pode atender às nossas necessidades. Olho para Ana.

Quem estou querendo enganar?

Onde quer que Ana esteja será meu lar.

Se for o que ela quer...

Lá fora, na varanda, eu a abraço.

— Muito para assimilar? — pergunto.

Ela balança a cabeça.

— Eu queria ver se você gostava, antes de comprar.

— Da vista?

Concordo com a cabeça.

— Amei a vista, e gostei da casa atual também.

— Gostou?

— Christian, você me ganhou só com o prado — diz ela, com um sorriso tímido.

Isso significa que ela não vai embora.

Com certeza.

Seguro seu rosto com as mãos, entrelaçando os dedos no cabelo, e agradeço com um beijo.

— Obrigado por ter nos deixado dar uma olhada — digo à Srta. Kelly. — Manterei contato.

— Obrigada, Sr. Grey. Ana — diz a corretora, apertando nossas mãos com animação.

Ana gostou!

Meu alívio é palpável ao entrarmos no Saab. Olga acendeu as luzes do lado de fora, e a entrada está ladeada por lâmpadas piscantes. A casa está começando a me conquistar. É espaçosa e tem um ar majestoso. Elliot, sem dúvida, pode fazer sua mágica no lugar e torná-lo mais ecologicamente sustentável.

— E então, você vai comprar? — pergunta Ana no caminho de volta a Seattle.

— Vou.
— E vai colocar o Escala à venda?
— Por que eu faria isso?
— Para pagar... — Ela se interrompe.
— Acredite, tenho dinheiro o bastante.
— Você gosta de ser rico?
Quero zombar dela.
— Gosto. Você conhece alguém que não goste? — Ela morde o dedo. — Anastasia, você vai ter que aprender a ser rica também, se disser sim.
— A riqueza não é algo que eu tenha almejado para a minha vida, Christian.
— Eu sei. Amo isso em você. Mas, bem, você também nunca teve fome.
Pelo canto do olho, eu a vejo se virar e me encarar, mas não consigo identificar sua expressão no escuro.
— Para onde estamos indo? — pergunta ela, e sei que quer mudar de assunto.
— Comemorar.
— Comemorar o quê, a casa?
— Já esqueceu? Seu cargo de editora.
— Ah, é. Onde?
— No meu clube.
Ainda estão servindo jantar a esta hora, e estou com fome.
— No seu clube?
— É. Um deles.
— De quantos clubes você é membro?
— Três.
Por favor, não pergunte sobre eles.
— Clubes particulares de cavalheiros? Proibida a entrada de mulheres?
Ela me provoca, e sei que está rindo de mim.
— É permitida a entrada de mulheres. Em todos.
Especialmente em um: o Templo do Dominador. Embora faça tempo que não vou lá.
Ela me olha com curiosidade.
— O que foi? — pergunto.
— Nada — responde ela.

DEIXO O CARRO COM o manobrista, e andamos até o Mile High Club, no topo da Columbia Tower. Nossa mesa ainda não está pronta, então nos sentamos no bar.
— Espumante, senhorita?
Entrego uma taça de champanhe gelada a Ana.
— Ora, obrigada, *senhor*.

Ela enfatiza a última palavra e pisca para mim. Mexe as pernas, chamando minha atenção. Seu vestido está um pouco levantado, revelando mais do que a coxa.

— Flertando comigo, Srta. Steele?

— Sim, Sr. Grey. O que você vai fazer a respeito?

Ah, Ana. Adoro quando você vai direto ao assunto.

— Tenho certeza de que posso pensar em alguma coisa — murmuro. Carmine, o maître, acena. — Venha, nossa mesa está pronta.

Dou um passo atrás e estendo a mão, enquanto ela desce graciosamente do banco, e eu a sigo. Sua bunda está maravilhosa nesse vestido.

Ah. Tenho uma ideia perversa.

Antes de ela se sentar à mesa, toco seu cotovelo.

— Vá ao banheiro e tire a calcinha — cochicho no ouvido dela. — Agora.

Sua respiração acelera, e me lembro da última vez que ela ficou sem calcinha e virou o jogo. Talvez faça isso outra vez. Ela me dirige um olhar presunçoso, mas, sem dizer nada, entrega a taça de champanhe para mim e anda alegremente até o toalete feminino.

Enquanto aguardo à mesa, dou uma olhada no cardápio. É bem parecido com nosso jantar na sala particular do Heathman. Chamo o garçom, torcendo para que Ana não se irrite por eu pedir seu prato.

— Posso ajudá-lo, Sr. Grey?

— Por favor. Uma dúzia de ostras, para começar. Depois, dois pratos de robalo com molho *hollandaise* e batatas sauté. E uma porção de aspargos.

— Muito bem, senhor. Gostaria de algum item da carta de vinhos?

— Por enquanto, não. Vamos ficar no champanhe.

O garçom sai a passos largos, e Ana retorna com um sorriso sugestivo.

Ah, Ana. Ela quer brincar... mas não vou tocá-la. Pelo menos, não por enquanto. Quero deixá-la louca.

De pé, indico a cadeira.

— Sente-se aqui do meu lado. — Ana desliza para se acomodar, e eu me junto a ela, tomando o cuidado de não me sentar perto demais. — Já fiz o seu pedido. Espero que não se importe.

Com cautela para não tocar seus dedos, devolvo-lhe a taça de champanhe.

Ela fica tensa ao meu lado, mas bebe um gole.

O garçom retorna com ostras sobre o gelo picado.

— Acho que você gostou de ostras na última vez que experimentou.

— Na única vez que experimentei.

Sua respiração está pesada, o que denuncia sua... ansiedade.

— Ah, Srta. Steele, quando você vai aprender? — provoco, pegando uma ostra no prato.

Ergo a mão que estava na minha coxa e ela se recosta, antecipando meu toque, mas, em vez disso, pego o limão.

— Aprender o quê? — sussurra, enquanto espremo o limão na ostra.

— Coma. — Levo a ostra à sua boca. Ela abre os lábios, e apoio a ostra no lábio inferior. — Deite a cabeça um pouquinho para trás.

Com um olhar ardente, ela obedece, e coloco a ostra na sua boca. Ela fecha os olhos, apreciando, e pego uma para mim.

— Mais uma? — pergunto.

Ela concorda com a cabeça. Dessa vez acrescento um pouco de molho *mignonette*, ainda sem encostar nela. Ana engole e lambe os lábios.

— Bom?

Ela assente.

Como outra, e então lhe dou mais uma.

— Humm... — diz ela, e o som ressoa no meu pau.

— Ainda gosta de ostras? — pergunto, enquanto ela engole a última.

Ela balança a cabeça mais uma vez.

— Que bom.

Apoio as mãos nas coxas, flexionando os dedos, e fico feliz quando ela se mexe ansiosamente ao meu lado. Por mais que eu queira, não cedo à vontade de tocá-la. O garçom reabastece nossas taças com champanhe e retira os pratos. Ana fecha as coxas e esfrega as mãos nelas, e tenho a impressão de ouvir um suspiro de frustração.

Ah, baby, está ansiosa pelo meu toque?

O garçom volta com nossas entradas.

Ana me olha em sinal de reconhecimento assim que os pratos são colocados na mesa.

— Um dos seus preferidos, Sr. Grey?

— Sem dúvida, Srta. Steele. Embora ache que tenha sido bacalhau fresco o que a gente comeu no Heathman.

— Pelo que me lembro, estávamos numa sala de jantar privativa, discutindo contratos.

— Bons tempos. Desta vez espero conseguir comer você.

Estico a mão para pegar a faca, e ela se mexe outra vez do meu lado. Pego um pedaço do robalo.

— Não conte com isso — resmunga ela, e mesmo sem olhar sei que está fazendo beicinho.

Ah, dando uma de difícil, Srta. Steele?

— Por falar em contratos — continua —, o termo de confidencialidade...

— Rasgue.

— O quê? Sério?

— Sério.

— Tem certeza de que não vou sair correndo para fazer revelações bombásticas ao *Seattle Times*?

Rio, sabendo como ela é tímida.

— Não. Confio em você. Vou lhe conceder o benefício da dúvida.

— Igualmente — responde Ana.

— Fico muito feliz que você esteja de vestido.

— Por que não me tocou até agora, então?

— Sentindo falta do meu toque? — brinco.

— Sim! — exclama ela.

— Coma.

— Você não vai me tocar, não é?

— Não.

Disfarço o riso.

Ela parece ofendida.

— Pense só em como você vai estar quando chegarmos em casa — acrescento.

— Mal posso esperar para levar você embora.

— Pois vai ser sua culpa se eu entrar em combustão aqui no septuagésimo sexto andar — responde ela, furiosa.

— Ah, Anastasia. A gente daria um jeito de apagar o fogo.

Ana semicerra os olhos e come uma garfada. O robalo está delicioso, e estou com fome. Ela se remexe na cadeira, e seu vestido sobe um pouco, exibindo mais a pele. Ela dá outra mordida, e depois abaixa a faca, percorrendo o interior da coxa com a mão, os dedos inquietos.

Está brincando comigo.

— Sei o que você está fazendo.

— Sei que você sabe, Sr. Grey. Por isso é interessante.

Ela segura um talo de aspargo entre os dedos e, com um olhar de soslaio, mergulha no molho *hollandaise*, girando para um lado e para outro.

— Você não vai virar o jogo, Srta. Steele. — Pego o aspargo da mão dela. — Abra a boca.

Ela obedece e passa a língua no lábio inferior.

Tentador, Srta. Steele. Muito tentador.

— Mais — ordeno.

Ela morde o lábio inferior, mas faz o que eu digo, acolhendo o aspargo com a boca e chupando.

Caralho.

Poderia muito bem ser meu pau.

Ela geme baixinho, dá uma mordida e estende a mão para mim.

Eu a impeço com a outra mão.
— Ah, não, nada disso, Srta. Steele. — Passo os lábios nos nós dos seus dedos. — Nada de tocar em mim — repreendo, e coloco a mão dela no próprio joelho.
— Você não joga limpo.
— Eu sei. — Ergo a taça de champanhe. — Parabéns pela promoção, Srta. Steele. Brindamos.
— É, um tanto inesperada — diz Ana, um pouco desanimada.
Será que duvida de si mesma? Espero que não.
— Coma. — Mudo de assunto: — Não vou levar você para casa até que termine o seu prato, e então vamos poder comemorar de verdade.
— Não estou com fome. Não de comida.
Ah, Ana. É tão fácil distrair você...
— Coma, ou eu vou ter que lhe dar umas palmadas aqui mesmo, para a diversão dos outros clientes.
Ela muda de posição mais uma vez, o que me faz pensar que umas palmadas seriam bem-vindas, mas os lábios contraídos dizem outra coisa. Pegando um talo de aspargo, eu o enfio no molho.
— Coma isto — provoco.
Ela obedece sem desviar os olhos de mim.
— Você realmente não come o suficiente. Emagreceu desde que a conheci.
— Só quero ir para casa e fazer amor.
Sorrio.
— Eu também, e é o que a gente vai fazer. Vamos, coma.
Ela suspira, como se em sinal de derrota, e começa a remexer a comida. Sigo seu exemplo.
— Você teve alguma notícia do seu amigo? — pergunto.
— Qual?
— O cara hospedado no seu apartamento.
— Ah, Ethan. Não desde que ele levou Mia para almoçar.
— Estou trabalhando com o pai dele e o de Kate.
— Ah, é?
— Sim. Kavanagh parece um cara sério.
— Ele sempre foi legal comigo — responde Ana.
Começo a abandonar minha ideia anterior de tomar de forma hostil o negócio de Kavanagh.
Ela termina de jantar e apoia a faca e o garfo no prato.
— Boa menina.
— E agora? — pergunta, a expressão cheia de desejo.

— Agora? A gente vai embora. Imagino que você tenha certas expectativas, Srta. Steele. Que eu pretendo satisfazer com o melhor de minha capacidade.

— O melhor... de sua ca... pa... cidade? — gagueja ela.

Sorrio e fico de pé.

— A gente não precisa pagar?

— Sou sócio daqui. Vão me mandar a conta. Venha, Anastasia, passe na minha frente.

Dou um passo para o lado, e ela se levanta e para ao ajeitar o vestido sobre as coxas.

— Mal posso esperar para levar você para casa.

Sigo-a para fora do restaurante, parando para falar com o maître.

— Obrigado, Carmine. Maravilhoso, como sempre.

— O prazer é nosso, Sr. Grey.

— Você pode ligar para trazerem o carro?

— Sem problemas. Boa noite.

Quando entramos no elevador, pego o cotovelo de Ana e a puxo para o canto. Fico atrás dela, observando os outros casais entrarem.

Merda.

Linc, o ex de Elena, se aproxima, usando um paletó marrom cor de merda.

Que babaca.

— Grey — cumprimenta ele.

Respondo com um aceno de cabeça, e fico aliviado quando ele vira de costas. O fato de ele estar aqui, a centímetros de distância, torna o que estou prestes a fazer ainda mais excitante.

As portas se fecham, e eu rapidamente me ajoelho, fingindo amarrar o sapato. Coloco a mão no tornozelo de Ana, e, ao me levantar, subo a mão pela sua panturrilha, passando pelo joelho, pela coxa, até chegar à bunda. Sua bunda despida.

Ela fica tensa, e envolvo a cintura dela com o braço esquerdo enquanto deslizo os dedos pela sua bunda até chegar à vagina. O elevador para em outro andar, e temos que recuar para deixar mais pessoas entrarem. Não estou interessado nelas. Lentamente, roço seu clitóris, uma, duas, três vezes, então levo os dedos para onde está seu calor.

— Sempre tão pronta, Srta. Steele — sussurro, enquanto enfio o dedo do meio. Ouço-a ofegar baixinho. — Fique quieta e parada — advirto, murmurando no seu ouvido, para que só ela ouça.

Devagar, enfio e tiro o dedo várias vezes, ficando cada vez mais excitado. Ela segura meu braço que está ao redor da sua cintura, tentando se controlar. Sua respiração acelera, e sei que está se esforçando para ficar parada enquanto a torturo sem pressa com os dedos.

O balanço do elevador ao parar em outro andar faz com que eu acelere o ritmo. Ela se encosta em mim, empurrando a bunda na minha mão, querendo mais. Mais rápido.

Ah, minha garota voraz.

— Calma — digo, ofegante, e enfio o nariz no seu cabelo.

Enfio mais um dedo, e continuo meu movimento, entrando e saindo. Ela encosta a cabeça no meu peito, expondo o pescoço. Quero beijá-la, mas isso chamaria muita atenção para o que estamos fazendo. Ela me segura com mais força.

Merda. Estou explodindo. Minha calça está me apertando demais. Eu a quero, mas aqui realmente não é o lugar.

Ela crava os dedos em mim.

— Não goze. Quero isso mais tarde — cochicho, colocando a mão sobre sua barriga e pressionando, sabendo que isso vai intensificar suas sensações.

Sua cabeça está totalmente apoiada no meu peito, e ela está mordendo o lábio inferior. O elevador para.

O elevador faz um barulho alto para avisar que chegou ao térreo, e as portas se abrem.

Devagar, tiro a mão enquanto as outras pessoas saem, e beijo sua nuca.

Muito bem, Ana.

Ela não nos entregou.

Seguro-a por mais um instante.

Linc se vira e nos cumprimenta com a cabeça ao sair com a mulher que presumo ser sua nova esposa. Quando tenho certeza de que Ana consegue ficar de pé, eu a solto. Ela olha para mim, os olhos sombrios e enevoados com luxúria.

— Pronta? — pergunto, enfiando rapidamente os dois dedos na boca. — Que beleza, Srta. Steele — digo, sorrindo com malícia.

— Não acredito que você fez isso — murmura Ana, arfante e provocativa.

— Você ficaria surpresa com o que sou capaz de fazer, Srta. Steele. — Estico a mão e ajeito seu cabelo, colocando uma mecha atrás da orelha. — Quero levar você para casa, mas talvez a gente só consiga chegar até o carro. — Sorrio, dou uma olhada no paletó para ver se está cobrindo a frente da minha calça, em seguida pego sua mão e a conduzo para fora do elevador. — Venha.

— Isso, eu quero.

— Srta. Steele!

— Nunca fiz sexo num carro — diz, enquanto seus saltos ressoam no chão de mármore.

Paro, e levanto sua cabeça para olhar em seus olhos.

— Fico muito contente de ouvir isso. Posso dizer que eu ficaria muito surpreso, para não dizer irritado, se você já tivesse feito.

— Não foi o que eu quis dizer — retruca ela, irritada.
— E o que você quis dizer?
— Christian, era só uma expressão.
— A famosa expressão "nunca fiz sexo num carro". Realmente, é tão corriqueira. É muito fácil provocá-la.
— Christian, eu não estava pensando. Pelo amor de Deus, você acabou de... hum... fazer aquilo comigo num elevador cheio de gente. Minha cabeça não está funcionando direito.
— O que foi que eu fiz?
Ela franze os lábios.
— Você me deixou excitada, para cacete. Agora trate de me levar para casa e de trepar comigo.
Eu rio, completamente surpreso. Não fazia ideia de que ela podia ser tão direta.
— Você é tão romântica, Srta. Steele.
Seguro sua mão e nos aproximamos do manobrista, que já estacionou o Saab e o deixou pronto. Eu lhe dou uma gorjeta generosa e abro a porta do carona para Ana.
— Então você quer fazer sexo no carro — pergunto, dando a partida.
— Para falar a verdade, eu teria ficado feliz com o piso do saguão.
— Acredite, Ana, eu também. Mas não gosto de ser preso a esta hora da noite, e não queria comer você num banheiro. Bem, não hoje.
— Então havia uma possibilidade?
— Ah, sim.
— Vamos voltar.
Eu me viro, e vejo que sua expressão é sincera. Às vezes, ela é surpreendente. Começo a rir, e logo nós dois estamos rindo. É catártico depois de uma tensão sexual tão grande. Coloco a mão no joelho dela, acariciando-a, e ela para de rir e me encara com seus olhos grandes e misteriosos.
Eu poderia mergulhar neles e nunca mais emergir. Ela é tão linda.
— Paciência, Anastasia — sussurro, e nós seguimos em direção à Quinta Avenida.
Ela passa o trajeto em silêncio, mas agitada, ocasionalmente me lançando um olhar provocativo.
Conheço esse olhar.
Sim, Ana, eu também quero você.
De todas as formas... Por favor, diga sim.
O Saab desliza na vaga da garagem do Escala. Desligo o motor, pensando sobre seu desejo de transar no carro. Preciso admitir que também nunca fiz isso. Ela está mordendo o lábio com uma expressão convidativa.
Convidativa a uma ereção.

Devagar, solto seu lábio com os dedos. Adoro o fato de que ela me quer tanto quanto eu a quero.

— A gente vai transar no carro numa hora e num lugar de minha escolha — sussurro. — Agora, quero foder com você em todas as superfícies livres do meu apartamento.

— Certo — responde, apesar de eu não ter feito uma pergunta.

Eu me inclino na sua direção, e ela fecha os olhos e faz um biquinho, me oferecendo um beijo. Seu rosto está levemente corado.

Dou uma olhada rápida ao redor do carro.

Nós poderíamos.

Não.

Ela abre os olhos, impaciente.

— Se eu beijar você agora, não vamos chegar ao apartamento. Venha.

Resisto à vontade de pular em cima dela, saio do carro, e esperamos o elevador.

Seguro sua mão, acariciando os nós dos dedos com o polegar. Estabeleço o ritmo que espero repetir com meu pau em poucos minutos.

— O que aconteceu então com a gratificação instantânea? — pergunta ela.

— Não é apropriada para todas as situações, Anastasia.

— Desde quando?

— Desde hoje à noite.

— Por que você está me torturando desse jeito?

— Olho por olho, Srta. Steele.

— E como estou torturando você?

— Acho que você sabe.

Observo sua expressão se transformar, demonstrando compreensão.

Pois é, baby.

Eu amo você. E quero que seja minha mulher.

Mas você não me dá uma resposta.

— Também gosto de adiar a gratificação — sussurra, com um sorriso tímido.

Ela *está* me torturando!

Puxo sua mão para abraçá-la, e meus dedos seguram sua nuca, enquanto inclino sua cabeça para olhar em seus olhos.

— O que eu preciso fazer para que você diga "sim"? — suplico.

— Só me dê um pouco de tempo... por favor — responde Ana.

Solto um gemido e a beijo, procurando sua língua com a minha. As portas do elevador se abrem e nós entramos, sem nos largarmos. E ela está fervendo. Suas mãos percorrem todo o meu corpo. Meu cabelo, meu rosto, minha bunda. Ela está devolvendo meu beijo com muita paixão.

Estou ardendo de desejo por ela.

Pressionando-a contra a parede, deliciando-me com o fervor do seu beijo, prendo-a com os quadris e com meu pau. Uma das minhas mãos está no cabelo dela e a outra, no queixo.

— Eu pertenço a você — sussurro na sua boca. — Meu destino está em suas mãos, Ana.

Ela tira meu paletó, então o elevador para e abre as portas. Estamos no saguão. Percebo que a mesa ali não está com as flores de costume.

Primeiro lugar para foder.

Mesa do saguão, superfície número um!

Encosto Ana na parede, e ela termina de tirar meu paletó, jogando-o no chão. Minhas mãos vão até sua coxa, erguendo a barra do vestido. Enquanto nos beijamos, eu o levanto ainda mais.

— Primeira superfície — murmuro, e a ergo sem aviso. — Passe as pernas em volta de mim.

Ela obedece, e a coloco em cima da mesa. No bolso da calça jeans, pego uma camisinha e a entrego a Ana, abrindo o zíper.

Suas mãos impacientes rasgam o pacote.

Seu entusiasmo me deixa com mais tesão.

— Você sabe o quanto me excita?

— O quê? Não... eu...

Ela está sem ar.

— Bem, você me excita. O tempo todo.

Pego o pacote das mãos dela e coloco a camisinha, sem desviar os olhos dos seus. O cabelo de Ana toca a ponta da mesa, e ela também está olhando para mim, os olhos transbordando desejo.

Eu me posiciono entre suas pernas e levanto seu quadril da mesa, abrindo mais suas coxas.

— Fique de olhos abertos. Quero ver você.

Pego suas mãos e afundo devagar dentro dela.

Preciso de toda a minha força para manter os olhos fixos nos seus. Ela é perfeita.

Cada centímetro dela, porra.

Ana fecha os olhos e meto mais forte.

— Abra os olhos — ordeno, segurando suas mãos com mais força.

Ela grita, mas obedece. Seus olhos são selvagens, azuis e lindos. Tiro lentamente, para em seguida meter outra vez. Ela me observa.

Seus olhos estão fixos em mim.

Nossa, como eu a amo.

Eu me mexo mais rápido, amando-a, do único jeito que realmente sei.

Ela abre bem a boca trêmula e linda. E suas pernas se retesam ao meu redor.

Vai ser rápido. Ela goza, me levando junto. Ana grita ao chegar ao clímax.
— Sim, Ana! — grito, gozando muito.
Caio em cima dela, solto suas mãos, e apoio a cabeça em seu peito. Fecho os olhos. Ela acaricia minha cabeça, passando os dedos no meu cabelo, enquanto recupero o fôlego. Olho para ela.
— Ainda não terminei com você — murmuro, beijando-a e saindo de dentro dela.
Fecho o zíper às pressas e a tiro da mesa. Ficamos de pé no saguão, abraçados sob o olhar atento das mulheres da minha coleção de telas da Virgem e o Menino. Acho que elas aprovam minha garota.
— Cama — sussurro.
— Por favor — diz Ana.
Eu a levo para a cama e faço amor com ela mais uma vez.

ELA GOZA INTENSAMENTE, CAVALGANDO em cima de mim, e eu a seguro enquanto a observo perder o controle. Caralho, isto é muito erótico.
Ela está nua, os seios balançando, e eu mergulho, gozando dentro dela, a cabeça para trás, os dedos cravados em seus quadris. Ela desaba em meu peito, ofegante. Enquanto recupero o fôlego, passo os dedos pelas costas suadas dela.
— Satisfeita, Srta. Steele?
Ela geme em concordância. Em seguida, olha para mim. Com a expressão um pouco confusa, ela inclina a cabeça. *Merda.* Ela vai beijar meu peito.
Respiro fundo, e ela dá um beijo delicado e carinhoso no meu peito.
Tudo bem. A escuridão continua adormecida. Ou talvez tenha passado. Não sei. Relaxo e me viro com ela, colocando nós dois de lado.
— Sexo é assim para todo mundo? Fico surpresa que as pessoas saiam de casa — diz Ana com um sorriso de satisfação, e com isso ela me faz sentir o máximo.
— Não posso falar por todo mundo, mas é muito especial com você, Anastasia.
Meus lábios tocam os dela. Ela acaricia meu rosto e diz:
— Isso é porque você é muito especial, Sr. Grey.
— Está tarde. Hora de dormir.
Eu a beijo e a abraço, ficando de conchinha e por fim puxo o edredom.
— Você não gosta de elogios.
Sua voz está fraca. Ela está cansada. *Não, não estou acostumado a receber elogios.*
— Durma, Anastasia.
— Amei a casa — balbucia ela.
Isso significa que talvez diga sim. Sorrio com o nariz em seu cabelo.
— Amo você. Agora durma.
E fecho os olhos, enquanto seu cheiro invade minhas narinas.
Uma casa. Uma mulher. Do que mais preciso? Por favor, diga sim, Ana.

SEXTA-FEIRA, 17 DE JUNHO DE 2011

O choro de Ana me tira de um sono profundo. Abro os olhos ao acordar. Ela está ao meu lado, e acho que está dormindo.
— Voando muito perto — choraminga.
A luz clara do início da manhã entra rosada pelas persianas, iluminando seu cabelo.
— Ícaro — diz Ana.
Apoiando-me nos cotovelos, verifico se ela está dormindo. Faz tempo que não a ouço falar enquanto dorme. Ela se vira para o meu lado.
— Benefício da dúvida — diz, e sua expressão relaxa.
Benefício da dúvida?
Isso tem a ver comigo?
Ela disse isso ontem. Que me daria o benefício da dúvida.
É mais do que mereço.
Muito mais do que você merece, Grey.
Dou um beijo casto em sua testa, desligo o despertador antes que possa acordá-la e me levanto. Tenho uma reunião bem cedo para discutir os requisitos para o uso de fibra ótica na Kavanagh Media.
No chuveiro, penso na agenda do dia. Tenho a reunião com Kavanagh. Em seguida, um voo de Portland até a Universidade do Estado de Washington com Ros. Drinques à noite com Ana e seu amigo fotógrafo.
E hoje vou fazer a oferta para comprar aquela casa. Ana disse que adorou. Sorrio enquanto enxáguo o cabelo.
Dê tempo a ela, Grey.

No CLOSET, VISTO A calça e vejo o paletó que usei ontem pendurado na cadeira. Enfio a mão no bolso e pego o presente de Ana. Continuo inquieto e curioso para saber o que é.

Guardo-o no bolso interno do paletó, com a sensação agradável de deixá-lo junto ao coração.
Você está ficando velho e sentimental, Grey.

ANA AINDA ESTÁ DORMINDO encolhida quando dou uma última olhada nela antes de sair.
— Tenho que ir, baby.
Beijo seu pescoço.
Ana abre os olhos e se vira para me olhar. Ainda sonolenta, sorri, mas então sua expressão muda.
— Que horas são?
— Não precisa entrar em pânico. Tenho uma reunião no café da manhã.
— Que cheiro bom — sussurra. Ela se espreguiça ao meu lado e envolve meu pescoço com as mãos. Seus dedos percorrem meu cabelo. — Não vá.
— Srta. Steele, a senhorita está tentando afastar um homem de um dia de trabalho honesto?
Ela assente, sonolenta e um pouco confusa. O desejo começa a se espalhar pelo meu corpo. Ana está muito sexy. Seu sorriso é atraente, e preciso de todo o meu autocontrole para não tirar a roupa e voltar para a cama.
— Por mais tentadora que você seja, tenho que ir. — Eu a beijo e fico de pé.
— Até mais, baby.
Saio antes que possa mudar de ideia e cancelar a reunião.
Taylor parece preocupado quando o encontro na garagem.
— Sr. Grey, estou com um problema.
— O que foi?
— Minha ex-mulher ligou. Parece que minha filha está com suspeita de apendicite.
— Ela está no hospital?
— Está sendo internada agora.
— É melhor você ir.
— Obrigado. Vou deixá-lo no trabalho primeiro.
— Obrigado. É muita consideração sua.

TAYLOR ESTÁ IMERSO NOS próprios pensamentos quando estacionamos em frente à Grey House.
— Não deixe de me dar notícias de Sophie.
— Talvez eu não consiga voltar até amanhã de manhã.
— Tudo bem. Vá. Espero que ela melhore logo.
— Obrigado, senhor.
Observo-o sair com o carro. Raramente o vejo distraído... mas é uma questão familiar. Sim. Família vem em primeiro lugar. Sempre.

Andrea está me esperando quando saio do elevador.
— Bom dia, Sr. Grey. Taylor ligou. Vou providenciar um motorista para o senhor aqui e em Portland.
— Ótimo. Todo mundo chegou?
— Sim. Estão na sua sala de reunião.
— Que bom. Obrigado, Andrea.

A REUNIÃO CORRE BEM. Kavanagh parece renovado, sem dúvidas por causa das férias que acabou de passar em Barbados, onde conheceu meu irmão. Disse que gostou dele. Considerando que Elliot está trepando com sua filha, é um bom sinal.

Quando saíram, Kavanagh e seu pessoal pareceram satisfeitos com nossa conversa. Agora só nos resta negociar o preço do contrato. Ros vai tomar a frente nisso com base nas projeções de custos da equipe de Fred.

Andrea serviu os mesmos itens de sempre do café da manhã. Pego um croissant e vou para a minha sala tomar café com Ros.

— Que horas você quer sair? — pergunta ela.
— Nosso motorista vem nos buscar às dez.
— Encontro você no saguão lá embaixo — avisa Ros. — Estou animada. Nunca voei de helicóptero.

Seu sorriso me contagia.

— Encontrei uma casa ontem que quero comprar. Pode cuidar dos detalhes para mim?
— Como sua advogada, é claro que sim.
— Obrigado. Fico devendo essa.
— Fica mesmo. — Ela ri. — Nós nos vemos lá embaixo.

Fico sozinho no escritório, em êxtase. Vou comprar uma casa. O contrato com a Kavanagh Media será ótimo para a empresa. E terei uma noite maravilhosa com minha garota. Sentado à minha mesa, mando um e-mail para ela.

De: Christian Grey
Assunto: Superfícies
Data: 17 de junho de 2011 08:59
Para: Anastasia Steele

Calculo que ainda faltem umas trinta superfícies pela casa. Estou ansioso por cada uma delas. E depois, ainda temos os pisos, as paredes... e não vamos nos esquecer da varanda.
Depois disso, o meu escritório...

Saudade.

Bj,

Christian Grey
Um CEO priápico, Grey Enterprises Holdings, Inc.

Dou uma olhada ao redor do escritório. Sim, há muito potencial aqui: o sofá, a mesa. Andrea bate na porta e entra com meu café. Recupero o controle dos meus pensamentos e do meu corpo.

Ela coloca a xícara na mesa.

— Mais café.

— Obrigado. Pode colocar a corretora de imóveis da casa que visitei ontem na linha?

— Claro, senhor.

Minha conversa com Olga Kelly é rápida. Chegamos a um preço que agrada aos dois para apresentarmos ao vendedor, e lhe passo o contato de Ros para acelerarmos a vistoria caso a oferta seja aceita.

Verifico meus e-mails, e tenho o prazer de encontrar uma resposta de Ana para minha última mensagem.

De: Anastasia Steele
Assunto: Romance?
Data: 17 de junho de 2011 09:03
Para: Christian Grey

Sr. Grey,
Você só pensa naquilo.
Senti sua falta no café da manhã.
Mas a Sra. Jones foi muito obsequiosa.
Bj.

Obsequiosa?

De: Christian Grey
Assunto: Intrigado
Data: 17 de junho de 2011 09:07
Para: Anastasia Steele

E a Sra. Jones foi obsequiosa a respeito de quê?
O que está aprontando, Srta. Steele?

Christian Grey
Um CEO curioso, Grey Enterprises Holdings, Inc.

De: Anastasia Steele
Assunto: Confidencial
Data: 17 de junho de 2011 09:10
Para: Christian Grey

Aguarde e confie — é surpresa.
Preciso trabalhar... deixe-me em paz.
Amo você.
Bj.

De: Christian Grey
Assunto: Frustrado
Data: 17 de junho de 2011 09:12
Para: Anastasia Steele

Odeio quando você esconde as coisas de mim.

Christian Grey
CEO, Grey Enterprises Holdings, Inc.

De: Anastasia Steele
Assunto: Para a sua satisfação
Data: 17 de junho de 2011 09:14
Para: Christian Grey

É para o seu aniversário.
Mais uma surpresa.
Não seja tão petulante.
Bj.

Outra surpresa? Apalpo o paletó e confirmo que estou com a caixa que Ana me deu.

Ela está me mimando.

Ros e eu estamos no carro a caminho do aeroporto da Boeing. Meu telefone acende. Recebi uma mensagem de texto de Elliot.

> ELLIOT
> Oi, babaca. Bar. Esta noite.
> Kate está entrando em contato com Ana.
> É melhor você ir.

> Onde você está?

> ELLIOT
> Escala em Atlanta.
> Está com saudade?

> Não.

> ELLIOT
> Está, sim. Bem, já estou voltando, e você vai beber comigo hoje à noite, irmão.

Faz tempo que não saio para beber com Elliot, e isso significa que não vou ficar sozinho com Ana e seu amigo fotógrafo.

> Se você insiste.
> Boa viagem.

> ELLIOT
> Até mais, cara.

Nosso voo para Portland foi tranquilo, embora eu tenha ficado surpreso com a animação de Ros. Durante o voo, ela parecia uma criança em uma loja de doces. Agitada. Apontando. Comentando o tempo todo sobre tudo que via. Um lado de Ros que eu nunca tinha visto. Onde foi parar a advogada calma e profissional que conheço? Eu me lembro de como Ana ficou encantada na primeira vez que andou comigo no *Charlie Tango*.

Quando pousamos, recebo uma mensagem de voz da corretora de imóveis. O proprietário aceitou minha oferta. Devem estar com pressa para vender.

— O que foi? — pergunta Ros.
— Acabei de comprar aquela casa.
— Parabéns.

Depois de uma longa reunião com o reitor e o vice-reitor que gerenciam o desenvolvimento econômico da Universidade do Estado de Washington em Vancouver, Ros e eu estamos conversando com a professora Gravett e seus alunos de pós-graduação. Ela está animada.

— Conseguimos isolar o DNA do micróbio responsável pela fixação do nitrogênio.

— O que isso significa exatamente? — pergunto.

— Em termos leigos, Sr. Grey, a fixação do nitrogênio é essencial para a diversidade do solo, e, como o senhor sabe, solos com composição variada se recuperam muito mais rápido de impactos como as secas. Podemos estudar como ativar o DNA nos micróbios que habitam o solo da região subsaariana. Para resumir, poderemos fazer com que o solo mantenha os nutrientes por muito mais tempo, tornando-o mais produtivo por hectare.

— Nossos resultados serão publicados daqui a dois meses no *Soil Science Society of America Journal*. Sem dúvida, nosso orçamento vai dobrar depois da publicação da matéria — acrescenta o professor Choudury. — E precisamos da sua ajuda como potencial fonte de financiamento, desde que os projetos se alinhem aos seus objetivos filantrópicos.

— Claro — respondo, oferecendo apoio. — Como vocês sabem, acho que o trabalho que estão fazendo aqui deve ser muito difundido, para beneficiar o maior número de pessoas.

— Esse é o principal objetivo de tudo que estamos fazendo.

— Muito bom saber disso — respondo.

O reitor da universidade assente.

— Estamos muito animados com essa descoberta.

— É uma conquista e tanto. Parabéns, professora Gravett, e também à sua equipe.

Ela fica radiante com os elogios.

— O crédito é seu.

Constrangido, olho para Ros, e é como se ela lesse meus pensamentos.

— É melhor irmos — diz ela ao grupo, e empurramos as cadeiras para nos levantar.

O reitor aperta minha mão.

— Obrigado pelo apoio de sempre, Sr. Grey. Como o senhor viu, sua contribuição para o departamento de ciências ambientais faz uma grande diferença para nós.

— Continuem fazendo um bom trabalho — digo.

Estou ansioso para voltar a Seattle. O fotógrafo vai entregar os retratos no Escala e depois vai se encontrar com Ana. Estou tentando conter meus impulsos de ciúme, e até agora tenho conseguido mantê-los sob controle. Mas vou ficar feliz quando voltar ao aeroporto da Boeing e me juntar aos dois no bar. Enquanto isso, tenho uma surpresa para Ros.

A DECOLAGEM É SUAVE: puxo o comando coletivo e *Charlie Tango* sobe feito um lindo pássaro em direção ao céu sobre o heliporto de Portland. Ros sorri com um prazer infantil. Balanço a cabeça. Eu não fazia ideia de que ela se empolgava com tanta facilidade, mas preciso admitir que sempre sinto uma onda de emoção na decolagem. Assim que termino a comunicação com a torre, ouço a voz de Ros pelos fones de ouvido:

— Como está sua fusão particular?

— Bem, obrigado.

— Por isso a casa?

— É, por aí.

Ela assente, e sobrevoamos Vancouver e a Universidade do Estado de Washington em silêncio, voltando para casa.

— Você sabia que Andrea ia se casar? — pergunto.

Estou incomodado com isso desde que descobri.

— Não. Quando?

— Na semana passada.

— Ela não contou para ninguém.

Ros fica surpresa.

— Ela disse que não me contou por causa da política de não socialização da empresa. Eu nem sabia que tínhamos uma.

— É uma cláusula padrão nos contratos de trabalho.

— Parece um pouco rígida.

— Ela se casou com algum funcionário da empresa?

— Damon Parker.

— Da engenharia?

— Sim. Podemos ajudá-lo a conseguir um green card? Acho que ele está com visto de trabalho temporário.

— Vou dar uma olhada nisso, mas não sei se existe algum atalho.

— Obrigado. Ah, tenho uma surpresa para você. — Desvio alguns graus para nordeste, e voamos por dez minutos. — Lá está!

Aponto para a saliência no horizonte que, ao nos aproximarmos, vai se revelar o monte Santa Helena.

Ros dá um gritinho de prazer.

— Você mudou a rota de voo?

— Só por sua causa.

Quando nos aproximamos, a montanha surge na paisagem. Parece o desenho de um vulcão feito por uma criança, irregular e com neve no topo, aninhado no meio da floresta verdejante do Parque Nacional de Gifford.

— Uau! É muito maior do que eu pensava — comenta Ros conforme chegamos mais perto.

É uma visão impressionante.

Inclino lentamente o helicóptero e circundamos a cratera, que não está mais completa. A encosta norte desabou com a erupção de 1980. Parece misteriosamente deserto e sobrenatural daqui; as cicatrizes da última erupção ainda estão evidentes, descendo a montanha, destoando da floresta e desfigurando a paisagem logo abaixo.

— É incrível. Já faz algum tempo que Gwen e eu queremos trazer as crianças para conhecer este lugar. Quando será que vai entrar em erupção de novo? — especula Ros, tirando fotos com o celular.

— Não sei. Mas, agora que já demos uma olhada, vamos para casa.

— Boa ideia, e muito obrigada.

Ros sorri para agradecer, os olhos brilhando.

Inclino para oeste, seguindo o rio South Fork Toutle. Devemos chegar ao aeroporto da Boeing em quarenta e cinco minutos, e pelos meus cálculos vou ter tempo de sobra para me juntar a Ana, o fotógrafo e Elliot para alguns drinques.

Pelo canto do olho, vejo a luz de alerta total acender.

Mas que porra é essa?

A luz de fogo no motor acende no manche, e *Charlie Tango* entra em declive.

Merda. Um dos motores está pegando fogo. Inspiro fundo, mas não sinto nenhum cheiro. Rapidamente, faço uma manobra em S para tentar ver algum sinal de fumaça. Há um rastro cinzento em nosso trajeto de voo.

— Qual é o problema? O que foi? — pergunta Ros.

— Não quero que você entre em pânico. Mas um dos nossos motores está pegando fogo.

— O quê?!

Ela se agarra à bolsa e ao banco.

Desligo o primeiro motor e uso o extintor enquanto decido se é melhor pousar ou seguir em frente com apenas um motor. *Charlie Tango* é equipado para voar com um motor só...

Quero chegar em casa.

Dou uma olhada na paisagem, procurando um lugar seguro para pousar, caso seja preciso. Estamos voando baixo, mas vejo um lago a distância — o Silver Lake, eu acho. É um local sem árvores no extremo sudeste.

Estou prestes a mandar um sinal de emergência pelo rádio quando a luz indicando fogo no segundo motor acende.

Puta que pariu!

Minha ansiedade explode, e aperto os dedos ao redor do comando coletivo.

Caralho. Concentre-se, Grey.

A fumaça começa a entrar na cabine, e abro as janelas, checando depressa todos os equipamentos. O painel está piscando feito uma árvore de Natal. Pode ser que a parte eletrônica esteja falhando. Não existe opção. Vamos ter que pousar. E tenho uma fração de segundo para decidir se devo desligar o motor ou deixá-lo ligado até pousarmos.

Torço para conseguir fazer isso. Minha testa está pingando de suor, e eu a limpo com a mão.

— Segure firme, Ros. A coisa vai ficar feia.

Ela choraminga, mas eu a ignoro.

Estamos voando baixo. Muito baixo.

Mas talvez dê tempo. É só disso que preciso. De um pouco de tempo. Antes que o helicóptero exploda.

Abaixo o comando coletivo e coloco o manete em idle, e então entramos em autorrotação, mergulhando enquanto tento manter a velocidade para que as hélices não parem de girar. Estamos nos aproximando depressa do chão.

Ana. Ana? Será que vou vê-la outra vez?

Caralho. Caralho. Caralho.

Estamos perto do lago. Há uma clareira. Meus músculos queimam enquanto tento segurar o comando coletivo no lugar.

Puta que pariu.

Vejo Ana num caleidoscópio de imagens, como os retratos do fotógrafo: rindo, fazendo beicinho, pensativa, deslumbrante, linda. *Minha.*

Não posso perdê-la.

Agora! Anda logo, Grey.

Faço um flare, levantando o nariz do *Charlie Tango* e abaixando a cauda para reduzir a velocidade. A cauda roça a copa de algumas árvores. Por milagre, o *Charlie Tango* mantém a rota enquanto elevo o manete. Tocamos o solo, a cauda primeiro, na extremidade de uma clareira, o EC135 deslizando e sacolejando no terreno antes de parar completamente no meio da clareira, as hélices arrancando galhos de alguns arbustos ao redor. Aciono o segundo extintor, desligo o motor e as válvulas de combustível, usando o freio das hélices. Desligo toda a parte elétrica, me inclino e aperto o botão do cinto de Ros, que se solta. Inclinando-me mais um pouco, abro a porta.

— Saia! Fique abaixada! — berro para ela, e a empurro para que saia correndo e vá para o lado de fora.

Pego o extintor de incêndio ao meu lado, saio do helicóptero e vou até a parte de trás para jogar CO_2 e apagar o fogo nos motores. O fogo diminui e rapidamente se extingue, então recuo um passo.

Ros, desgrenhada e completamente abalada, cambaleia até onde estou, olhando horrorizado para o *Charlie Tango*, que era meu orgulho e minha alegria. Em uma demonstração atípica de emoção, ela me abraça, e eu fico paralisado. Só então percebo que Ros está chorando.

— Ei. Ei. Calma. Estamos no chão. Em segurança. Sinto muito, me desculpe.

Eu a abraço para acalmá-la.

— Você conseguiu — diz Ros, com a voz embargada. — Você conseguiu. Cacete, Christian. Você conseguiu pousar.

— Eu sei.

E mal acredito que nós dois estejamos inteiros. Dou um passo para trás e tiro do bolso interno um lenço, que lhe entrego.

— O que foi que aconteceu? — pergunta ela, secando as lágrimas.

— Não sei.

Estou perplexo. Que porra foi essa? Os dois motores? Mas não tenho tempo para isso agora. O helicóptero pode explodir.

— Vamos nos afastar. Desliguei tudo numa medida de emergência, mas há combustível suficiente para uma explosão no nível do monte Santa Helena.

— Mas as minhas coisas...

— Deixe para lá.

Estamos em uma pequena clareira, as copas de algumas árvores faltando. O cheiro de pinheiros, combustível e fumaça tomou o ar. Nós nos abrigamos debaixo das árvores no que presumo ser uma distância segura do *Charlie Tango*, e coço a cabeça.

Os dois motores?

É muito raro perder os dois motores. Como eu consegui pousar o *Charlie Tango* intacto e usar o extintor de incêndio, os motores foram preservados, e poderemos descobrir o que aconteceu.

Mas a investigação e a análise do acidente vão ficar para outra hora, e para a Administração Federal de Aviação. Neste momento, Ros e eu precisamos decidir o que fazer.

Seco a testa com a manga do paletó, e me dou conta de que estou suando feito um porco.

— Pelo menos, estou com a bolsa e o celular — murmura Ros. — Merda, estou sem sinal. — Ela levanta o aparelho no alto. — Você tem sinal? Alguém vai aparecer para nos resgatar?

— Não tive tempo de enviar um alerta de emergência.

— Isso é um "não" — conclui ela, com uma expressão desolada.

Pego o celular no bolso interno do paletó, e fico feliz ao passar a mão perto do presente de Ana, mas não tenho tempo para pensar nisso agora. Só sei que preciso voltar para ela.

— Quando eu não informar nosso pouso à torre, vão saber que estamos desaparecidos. A Administração Federal de Aviação tem nossa rota de voo.

Meu celular também está sem sinal, mas dou uma olhada no GPS na esperança de que esteja funcionando e nos informe nossa posição.

— Você quer ficar aqui ou prefere sair?

Ros olha ao redor, nervosa, analisando o terreno irregular.

— Sou uma garota urbana, Christian. Há vários animais selvagens aqui. Vamos embora.

— Estamos no lado sul do lago, a umas duas horas da estrada. Talvez a gente consiga ajuda.

Ros começa a andar com o salto alto, mas já está descalça quando chegamos à estrada, o que dificulta nosso progresso. Felizmente, o solo é macio, mas não podemos dizer o mesmo da rodovia.

— Há um centro para visitantes. Podemos pedir ajuda lá.

— Já deve estar fechado. Passou das cinco — diz Ros, com a voz trêmula.

Estamos suando e precisamos beber água. Ela está exausta, e estou começando a achar que deveríamos ter ficado perto do *Charlie Tango*. Mas quanto tempo as autoridades demorariam para nos encontrar?

De acordo com meu relógio, são 17h25.

— Você quer ficar aqui e esperar? — pergunto a Ros.

— De jeito nenhum. — Ela me entrega os sapatos. — Me ajuda? — pede Ros, fazendo um movimento com os punhos.

— Quer que eu quebre os saltos? São Manolo Blahnik.

— Por favor, quebre logo.

— Está bem. — Sentindo que minha masculinidade está em jogo, uso toda a força para quebrar o primeiro salto. Demoro um pouco para conseguir, e o mesmo ocorre com o segundo. — Aqui. Vou lhe dar um par novo quando chegarmos em casa.

— Vou cobrar.

Ela calça os sapatos outra vez e seguimos pela estrada.

— Quanto dinheiro você tem? — pergunto.

— Comigo? Uns duzentos dólares.
— Tenho uns quatrocentos. Vamos ver se conseguimos uma carona.

Fazemos pausas frequentes para Ros descansar os pés. Eu me ofereço para carregá-la, mas ela não aceita. Está quieta, mas é forte. Sou grato por Ros ter mantido a calma, sem se entregar ao pânico, mas não sei até quando isso vai durar.

Estamos fazendo uma pausa para descansar quando ouvimos o barulho alto de um caminhão. Ao nos virarmos, notamos que está vindo em nossa direção. Ergo o polegar na esperança de que o veículo pare. Como eu esperava, ouvimos os freios rangendo, e o caminhão para a alguns metros de distância, o motor rugindo à nossa espera.

— Parece que conseguimos uma carona — digo, sorrindo para Ros e tentando preservar seu ânimo.

Ela responde com um sorriso fraco, mas ainda assim é um sorriso. Eu a ajudo a se levantar, e quase a carrego até a porta do carona. Um rapaz barbudo usando boné do Seahawks abre a porta.

— Cês tão bem? — pergunta ele.
— Já tivemos dias melhores. Para onde você está indo?
— Tô levando o caminhão para Seattle.
— Também estamos indo para lá. Pode nos dar uma carona?
— Claro. Podem subir.

Ros franze o cenho e sussurra:
— Eu nunca faria isso se estivesse sozinha.

Ajudo Ros a subir e entro logo atrás dela. O caminhão é limpo e tem cheiro de carro novo e de pinheiros, embora eu suspeite de que o motivo disso seja o aromatizante pendurado em um gancho no painel.

— O que cês tão fazendo aqui? — pergunta o rapaz, enquanto Ros se acomoda no banco na parte de trás, que parece muito confortável.

Parece novinho.

Olho para Ros, que balança discretamente a cabeça.

— Estamos perdidos. Sabe como é. — Dou uma resposta vaga.
— Certo — diz ele, e sei que não acredita em nós, mas passa a marcha no caminhão e seguimos na direção de Seattle.
— Meu nome é Seb — diz ele.
— Ros.
— Christian.

Ele se inclina e aperta nossas mãos para nos cumprimentar.
— Cês tão com sede? — pergunta.
— Sim — respondemos ao mesmo tempo.

— Tem um frigobar lá atrás. Deve ter uma San Pellegrino.
San Pellegrino?
Ros pega duas garrafas, e bebemos, agradecidos. Eu nunca soube que água com gás poderia ser tão bom.
Observo um microfone pendurado.
— PX? — pergunto.
— É. Mas não tá funcionando. É novo. Essa droga. — Ele dá um soco frustrado no microfone. — O caminhão é novinho. Primeira viagem.
Por isso ele está dirigindo tão devagar.
Dou uma olhada no relógio. São 19h35. Meu celular continua sem sinal, e o de Ros também. *Droga.*
— Você tem celular? — pergunto a Seb.
— De jeito nenhum. Quero que minha ex-mulher me deixe em paz. Quando tô no caminhão, sou só eu e a estrada.
Assinto.
Cacete. Ana deve estar preocupada. Mas talvez eu a deixe ainda mais preocupada se contar o que aconteceu comigo antes de ela me ver. E provavelmente ela está no bar. Com José Rodriguez. Espero que Elliot e Katherine fiquem de olho nele.
Sentindo-me irritado e impotente, olho para a paisagem. Logo mais estaremos na I-5, a caminho de casa.
— Cês tão com fome? No frigobar tem uns wraps de couve e quinoa que sobraram do meu almoço.
— Você é muito gentil. Obrigado, Seb.
— Cês se incomodam de ouvir um pouco de música na viagem? — pergunta ele depois que terminamos de comer.
Mas que saco.
— Claro que não — responde Ros, mas identifico um tom de incerteza em sua voz.
Seb tem o serviço de satélite Sirius no rádio, e sintoniza em uma estação de jazz. As notas suaves do saxofone de Charlie Parker tocando "All The Things You Are" invadem a cabine.
"All The Things You Are."
Ana. Será que ela está sentindo minha falta?
Estou na estrada com um caminhoneiro que come couve com quinoa e ouve jazz. Não era assim que eu esperava que meu dia terminasse. Dou uma olhada em Ros, que está afundada no banco, dormindo profundamente. Respiro aliviado e fecho os olhos.
Se eu não tivesse conseguido pousar...

Meu Deus. A família de Ros teria ficado arrasada.
Os dois motores?
Qual é a probabilidade?
E *Charlie Tango* acabou de passar pela vistoria de rotina.
Alguma coisa não está batendo.

O caminhão segue com seu ruído pesado constante. Billie Holiday está cantando. Sua voz é tão tranquilizante quanto uma canção de ninar. "You're My Thrill."

Charlie Tango está em queda livre.
Estou puxando o comando coletivo.
Não. Não. Não.
Tem uma mulher gritando.
Gritando.
Ana. Gritando.
Não.
Há fumaça. Uma fumaça sufocante.
E estamos caindo.
Não consigo impedir.
Ana está gritando.
Não. Não. Não.
E *Charlie Tango* se choca contra o chão.
Nada.
Escuridão.
Silêncio.
Nada.

Acordo de repente, sem ar. Está escuro, exceto pelos poucos postes na estrada. Estou na cabine do caminhão.
— Ei — diz Seb.
— Desculpe. Devo ter caído no sono.
— Sem problemas. Cês dois devem estar exaustos. Sua amiga ainda tá dormindo.
Ros está apagada no banco atrás de nós.
— Onde estamos?
— Allentown.
— Ah, ótimo.
Dou uma olhada lá fora. Continuamos na I-5, mas as luzes de Seattle estão distantes. Os carros passam a toda velocidade por nós. Este deve ser o transporte mais lento em que já estive.

— Para onde você está indo em Seattle?
— Para o cais. Píer 46.
— Certo. Pode nos deixar na cidade? De lá pegamos um táxi.
— Claro.
— Então, você sempre foi caminhoneiro?
— Não. Já fiz um pouco de tudo. Mas este caminhão... ele é meu, e agora tô trabalhando para mim mesmo.
— Ah, um empreendedor.
— Exatamente.
— Também sou um pouco isso.
— Um dia, quero ter uma frota inteira — diz ele, dando um tapa no volante.
— Estou torcendo por você.

SEB NOS DEIXA NA Union Station.
— Obrigada. Obrigada. Muito obrigada — diz Ros ao sairmos do caminhão.
Eu lhe dou quatrocentos dólares.
— Não posso aceitar, Christian — diz Seb, erguendo a mão e recusando o dinheiro.
— Neste caso, aqui está meu cartão. — Tiro o cartão da carteira e lhe entrego. — Por favor, me ligue, e poderemos conversar sobre a frota que você quer ter.
— Com certeza — responde Seb, sem olhar para o cartão. — Foi um prazer conhecer vocês.
— Obrigado. Você salvou nossa vida.
E, ao dizer isso, fecho a porta e aceno.
— Esse cara não existe — diz Ros.
— Graças a Deus ele apareceu. Vamos pegar um táxi.

LEVAMOS VINTE MINUTOS PARA chegar à casa de Ros, que, felizmente, fica perto do Escala.
— Da próxima vez que formos a Portland, podemos ir de trem?
— Com certeza.
— Você foi ótimo, Christian.
— Você também.
— Vou ligar para Andrea e avisar que estamos bem.
— Andrea?
— Ela pode ligar para sua família. Eles devem estar preocupados. Vejo você amanhã na sua festa de aniversário.
Minha família? Eles não se preocupam comigo.
— Até lá, então.

Ela se inclina e me dá um beijo na bochecha.
— Boa noite.
Fico comovido. É a primeira vez que ela faz isso.
Observo-a atravessar o pátio do prédio onde mora.
— Ros!
Ouço o grito de Gwen, que sai correndo pelas portas duplas e a abraça.
Aceno e peço para o táxi me levar até o Escala, dobrando a esquina.

Há fotógrafos em frente ao meu prédio. Deve estar acontecendo alguma coisa. Pago o motorista, saio do táxi e mantenho a cabeça baixa ao passar pela portaria.
— Lá está ele!
— Christian Grey.
— Ali!
Os flashes disparam e me deixam tonto, mas consigo entrar relativamente intacto no prédio. Será que estão aqui por minha causa? Talvez. Ou então tem alguém no prédio digno de toda essa atenção. Por sorte, o elevador está livre. Assim que entro, tiro os sapatos e as meias. Meus pés estão doloridos, e é um alívio ficar descalço. Olho para os sapatos. Acho que nunca mais vou usá-los.
Coitada da Ros. Ela vai amanhecer com bolhas nos pés.
Acho que Ana não deve estar em casa. Provavelmente ainda está no bar. Vou encontrá-la assim que carregar a bateria do celular e trocar de camisa. Acho que também vou tomar um banho. Tiro o paletó quando as portas do elevador se abrem e entro no saguão.
Ouço a televisão ligada na sala.
Estranho...
Entro na sala de estar.
Minha família inteira está ali.
— Christian! — grita Grace.
Ela corre em minha direção feito uma tempestade tropical, forçando-me a largar os sapatos e o paletó a tempo de abraçá-la. Ela envolve meu pescoço com os braços e beija sem parar minha bochecha, me abraçando com força.
Mas o que é isso?
— Mãe?
— Achei que nunca mais ia ver você de novo — diz ela, com a voz rouca.
— Mãe, estou aqui.
Tento acalmá-la, chocado. Ela não percebe que estou ótimo?
— Morri mil vezes hoje — continua ela, e sua voz fica embargada na última palavra, pois começou a chorar.

Eu a abraço mais forte. Nunca a vi assim. Minha mãe me abraçando. É uma sensação boa.

— Ah, Christian.

Ela soluça, e me abraça como se nunca mais fosse me soltar, chorando em meu pescoço.

Fechando os olhos, dou tapinhas gentis de consolo em suas costas.

— Ele está vivo! Caramba, você está aqui!

Meu pai aparece, vindo do escritório de Taylor, seguido pelo próprio Taylor. Carrick corre em nossa direção e nos abraça.

— Pai?

E então Mia se junta a nós, abraçando a todos.

Caramba!

Um abraço de grupo.

Quando foi que isso aconteceu?

Nunca!

Carrick se afasta primeiro, secando os olhos.

Ele está chorando?

Mia e Grace dão um passo atrás.

— Desculpe — diz minha mãe.

— Ei, mãe, tudo bem — digo, desconfortável com toda essa atenção repentina.

— Onde você estava? O que aconteceu? — pergunta ela, e coloca as mãos na cabeça, ainda chorando.

— Mãe. — Eu a puxo para abraçá-la novamente, e dou um beijo em sua cabeça. — Estou aqui. Estou bem. Só levei um tempo absurdo para voltar de Portland. Qual é a do comitê de recepção?

Levanto a cabeça, e lá está ela. Linda e com os olhos arregalados. Lágrimas escorrendo pelo rosto. Minha Ana.

— Mãe, estou bem — digo a Grace. — O que houve?

Ela segura meu rosto e fala comigo como se eu ainda fosse criança:

— Christian, você estava desaparecido. O seu plano de voo... você nunca pousou em Seattle. Por que não entrou em contato com a gente?

— Não achei que levaria tanto tempo.

— Por que não ligou?

— A bateria do meu celular acabou.

— Por que você não parou... não ligou a cobrar?

— Mãe, é uma longa história.

— Ah, Christian! Nunca mais faça isso comigo de novo! Você entendeu?

— Tá bom, mãe.

Enxugo suas lágrimas com os polegares e lhe dou outro abraço.

É tão bom abraçar a mulher que me salvou.
Ela se afasta, e Mia me abraça. Com força. E me dá um tapa forte no peito.
Ai.
— Você nos deixou tão preocupados! — grita Mia, chorando também.
Eu a consolo e a acalmo, reafirmando que estou aqui agora.
Elliot se aproxima com uma aparência nauseante de tão bronzeado e saudável depois das férias, e me abraça.
Caramba. Até tu, Brutus? Ele me dá um tapa forte nas costas.
— Bom ver você — diz, um pouco ríspido, mas com a voz cheia de emoção.
Um nó se forma em minha garganta.
Essa é minha família.
Eles se importam. Caralho, eles se importam.
Todos estavam preocupados comigo.
Família em primeiro lugar.
Dou um passo para trás e olho para Ana. Katherine está atrás dela, acariciando seu cabelo. Não escuto o que ela diz.
— Vou dizer oi para a minha garota agora — digo aos meus pais, antes que eu perca o controle.
Minha mãe me dá um sorriso choroso, e ela e Carrick abrem espaço. Eu me aproximo de Ana, que se levanta do sofá, um pouco tonta. Acho que está se certificando de que sou real. Ainda chorando, de repente ela corre para os meus braços.
— Christian! — murmura.
— Ei — sussurro, puxando-a para perto de mim.
Fico aliviado ao senti-la em meus braços, seu rosto delicado em meu peito. Sou grato pela importância que ela tem na minha vida.
Ana. Meu amor.
Afundo o rosto em seu cabelo, sentindo seu cheiro doce. Ela ergue o rosto lindo e cheio de lágrimas para mim, e beijo delicadamente seus lábios suaves.
— Oi — murmuro.
— Oi — diz ela, rouca.
— Sentiu minha falta?
— Um pouco — responde, fungando.
— Estou vendo.
Enxugo suas lágrimas com os dedos.
— Eu pensei... Eu pensei... — balbucia ela.
— Eu sei. Já passou... Estou aqui. Estou aqui.
Eu a abraço com força e a beijo novamente. Seus lábios sempre ficam macios quando ela chora.
— Você está bem? — pergunta ela, passando as mãos por todo o meu corpo.

Mas não me importo. Seu toque é bem-vindo. A escuridão desapareceu há muito tempo.

— Estou bem. Não vou a lugar nenhum.

— Ah, graças a Deus.

Ela passa os braços ao redor da minha cintura e me abraça.

Droga. Preciso de um banho. Mas Ana não parece se importar.

— Está com fome? Quer alguma coisa para beber? — pergunta.

— Quero.

Ela tenta se afastar, mas não estou pronto para soltá-la. Eu a seguro, e estendo a mão para o fotógrafo, que está por perto.

— Sr. Grey — diz José.

— Me chame de Christian, por favor.

— Christian, bem-vindo de volta. Que bom que está tudo bem... e, hum... obrigado por me deixar ficar aqui.

— Sem problemas.

Só não coloque as mãos na minha garota.

Gail nos interrompe. Ela está péssima. Também andou chorando.

Merda. Sra. Jones? Fico abalado com isso.

— Posso preparar alguma coisa para o senhor, Sr. Grey?

Ela está secando os olhos com um lenço.

— Uma cerveja, Gail, por favor, pode ser uma Budvar. E alguma coisa para eu beliscar.

— Eu vou buscar — diz Ana.

— Não. Não vá — retruco, apertando o braço em volta dela.

Os filhos de Kavanagh também estão aqui: Ethan e Katherine. Aperto a mão dele e dou um beijo na bochecha de Katherine. Ela está com uma boa aparência. Parece que Barbados e Elliot lhe fizeram bem. A Sra. Jones surge com uma cerveja. Dispenso o copo e bebo um bom gole.

O gosto é muito bom.

Todas essas pessoas estão aqui por minha causa. Eu me sinto como o filho pródigo há muito perdido.

Talvez eu seja...

— Fico surpreso que você não queira algo mais forte — diz Elliot. — Então que diabo aconteceu com você? Eu só me lembro do meu pai me ligando para dizer que a sua libélula tinha sumido.

— Elliot! — repreende Grace.

— Helicóptero!

Caralho, Elliot. Detesto a palavra "libélula". Ele sabe disso. Elliot sorri, e me surpreendo rindo também.

— Vamos sentar, e eu conto tudo.

Eu me sento com Ana ao meu lado, e o clã se junta a nós. Tomo mais um bom gole de cerveja e vejo Taylor no fundo. Cumprimento-o com a cabeça, e ele acena de volta.

Graças a Deus não está chorando. Acho que eu não conseguiria lidar com isso.

— Sua filha? — pergunto.

— Está bem. Alarme falso, senhor.

— Ótimo.

— Que bom que o senhor está de volta. Precisa de alguma coisa?

— Temos um helicóptero para resgatar.

— Agora? Ou pode ser pela manhã?

— Amanhã de manhã, Taylor, acho.

— Certo, Sr. Grey. Mais alguma coisa, senhor?

Nego com a cabeça e ergo a garrafa para ele. Posso lhe explicar tudo de manhã. Ele dá um sorriso afetuoso e nos deixa.

— Christian, o que aconteceu? — pergunta Carrick.

Sentado no sofá, faço um resumo do meu pouso forçado.

— Fogo? Nos dois motores? — pergunta Carrick, chocado.

— É.

— Merda! Mas eu pensei... — continua meu pai.

— Eu sei. — Eu o interrompo. — Foi pura sorte que eu estivesse voando tão baixo.

Ana estremece ao meu lado, e coloco o braço em torno dela.

— Está com frio? — pergunto.

Ela aperta minha mão e nega com a cabeça.

— Como você apagou o fogo? — pergunta Kate.

— Extintor. Somos obrigados a levar. Por lei — respondo, mas ela foi muito brusca, então não dou detalhes.

— Por que você não ligou ou passou um rádio? — pergunta minha mãe.

Explico que precisei desligar tudo por causa do fogo. Com a parte elétrica desligada, eu não podia usar o rádio, e estávamos sem sinal de celular. Ana fica tensa ao meu lado, e eu a trago para o meu colo.

— E como você voltou para Seattle? — pergunta minha mãe, e conto sobre Seb.

— Demorou um século. Ele não tinha celular... estranho, mas é verdade. Eu não me dei conta...

Olho ao meu redor, para os rostos consternados da minha família, e paro no de Grace.

— De que a gente ficaria preocupado? Ah, Christian! A gente estava enlouquecendo aqui!

Ela está puta, e, pela primeira vez, sinto uma pontada de culpa.

Então me lembro de Flynn falando sobre os fortes vínculos familiares com filhos adotivos.

— Você saiu no jornal, meu irmão — diz Elliot.

— É. Foi o que eu imaginei quando cheguei aqui na portaria e tinha um punhado de fotógrafos de plantão. Desculpe, mãe, eu deveria ter pedido ao motorista para parar, para eu ligar. Mas eu estava ansioso para chegar.

Grace balança a cabeça.

— Que bom que você está inteiro, querido.

Ana se encosta em meu peito. Deve estar cansada.

— Os dois motores? — balbucia Carrick outra vez, sem conseguir acreditar.

— Vai entender. — Dou de ombros, passando a mão nas costas de Ana. Ela está fungando outra vez. — Ei — sussurro, levantando seu queixo. — Chega de chorar.

Ela limpa o nariz com a mão.

— Chega de desaparecer — responde.

— Falha elétrica... Estranho, não é? — diz Carrick, sem conseguir esquecer o assunto.

— Pois é, passou pela minha cabeça também, pai. Mas, agora, eu só quero ir dormir e pensar nisso tudo amanhã de manhã.

— E a imprensa já sabe que o Christian Grey foi encontrado são e salvo? — pergunta Kate, olhando para o celular.

Bem, eles tiraram fotos minhas chegando em casa.

— Sabe. Andrea vai lidar com a imprensa, junto com minha equipe de RP. Ros ligou para ela depois que a deixamos em casa.

Porra, Sam vai achar que está abafando com toda essa atenção.

— É, Andrea me ligou para avisar que você estava vivo — diz Carrick, sorrindo.

— Preciso dar um aumento para essa mulher — murmuro. — Está ficando tarde.

— Acho que essa é a nossa deixa, senhoras e senhores. Meu irmãozinho querido precisa de seu sono de princesa — zomba Elliot, dando uma piscadela.

Vai se foder, cara.

— Cary, meu filho está bem — anuncia minha mãe. — Você pode me levar para casa agora.

— É. Acho que dormir faria bem a todo mundo — responde Carrick, sorrindo para ela.

— Fiquem aqui — ofereço, afinal tem espaço suficiente.

— Não, meu querido, quero chegar em casa. Agora que sei que você está bem.

Deixo Ana no sofá e me levanto quando todos começam a se movimentar para ir embora. Mamãe me abraça outra vez, e retribuo o abraço.

— Eu estava tão preocupada, querido — sussurra ela.

— Estou bem, mãe.

— É. Acho que está — diz ela, olhando para Ana e sorrindo.

Após uma despedida demorada, levamos minha família, Katherine e Ethan até o elevador. As portas se fecham, e ficamos só eu e Ana no saguão.

Merda. E José. Ele está vagando pelo corredor.

— Bom. Vou me deitar... deixar vocês à vontade — diz ele.

— Você sabe para onde ir? — pergunto.

Ele balança a cabeça.

— Sim, a empregada...

— A Sra. Jones — diz Ana.

— Isso, a Sra. Jones já me mostrou. É um apartamento e tanto, Christian.

— Obrigado — respondo, passando o braço ao redor de Ana e beijando seu cabelo. — Vou comer o que quer que a Sra. Jones preparou para mim. Boa noite, José.

Eu me viro e o deixo com a minha garota.

Ele não seria louco de tentar alguma coisa agora.

E estou com fome.

A Sra. Jones me entrega um sanduíche de queijo, presunto, alface e maionese.

— Obrigado — digo. — Pode ir dormir.

— Sim, senhor — responde ela, com um sorriso afetuoso. — Fico feliz que esteja de volta.

Ela sai e eu volto à sala de estar, observando Rodriguez e Ana.

Termino o sanduíche e ele a abraça, fechando os olhos.

Ele a adora.

Será que ela não percebe?

Ana se despede dele, se vira para mim e vê que está sendo observada. Ela se aproxima, então para e me olha por mais algum tempo.

E eu a absorvo. Ela está desgrenhada, o rosto vermelho de chorar, e, para mim, nunca esteve tão bonita. É uma visão muito bem-vinda.

Ela é meu alicerce.

Meu lar.

Minha garganta arde.

— Ele ainda é doido por você, sabia? — murmuro para me distrair da forte emoção que vivi.

— E como você sabe disso, Sr. Grey?

— Reconheço os sintomas, Srta. Steele. Acredito que sofro do mesmo mal.

Amo você.

Seus olhos se arregalam. Ficam sérios.

— Pensei que nunca mais fosse ver você — sussurra.

Ah, baby. O nó na minha garganta se aperta.

— Não foi tão ruim quanto parece — digo, tentando tranquilizá-la.
Ela pega meu paletó e os sapatos no chão e se aproxima de mim.
— Deixe que eu levo isso — digo, pegando o paletó.
E ficamos ali, olhando um para o outro.
Ela realmente está aqui.
Estava esperando por mim.
Por você, Grey.
E eu achava que ninguém nunca esperaria por mim.
Eu a puxo para meus braços.
— Christian — balbucia Ana, e começa a chorar novamente.
— Está tudo bem. — Beijo seu cabelo. — Sabe... nos poucos segundos de puro terror antes de pousar, todos os meus pensamentos estavam em você. Você é o meu talismã, Ana.
— Pensei que tinha perdido você — diz ela.
E ficamos abraçados, de pé, em silêncio. Eu me lembro de ter dançado com ela nesta mesma sala.
Witchcraft.
Aquele momento é para guardar. *Como agora.* E nunca mais quero ficar sem ela.
Ana larga meus sapatos, e me sobressalto com o impacto no chão.
— Venha tomar banho comigo.
Estou imundo depois de tudo o que passei.
— Está bem.
Ela ergue os olhos, mas não me solta. Levanto seu queixo.
— Sabe, mesmo chorando, você é linda, Ana Steele. — Beijo-a com carinho.
— E seus lábios são tão macios...
Beijo-a outra vez, absorvendo tudo que ela tem a oferecer. Ela passa os dedos no meu cabelo.
— Preciso guardar meu paletó — murmuro.
— Jogue no chão — ordena ela, encostada nos meus lábios.
— Não posso.
Afastando-se para me encarar, ela inclina a cabeça para o lado, intrigada. Eu a solto.
— Por causa disso.
E, do bolso interno, tiro o presente que ela me deu.

SÁBADO, 18 DE JUNHO DE 2011

Ana olha para o relógio e dá um passo atrás quando coloco o paletó no encosto do sofá com a caixa em cima.
O que está acontecendo?
— Abra — sussurra ela.
— Estava torcendo para que você dissesse isso. Esse negócio estava me enlouquecendo.
Ela dá um grande sorriso e em seguida morde o lábio. Se não me engano, está um pouco nervosa.
Por quê?
Abro um sorriso tranquilizador, desembrulho a caixa e a abro.
Dentro tem um chaveiro com uma imagem pixelada de Seattle que aparece e some. Eu o tiro da caixa, tentando descobrir o significado, mas estou confuso. Não faço ideia.
Viro o rosto para Ana em busca de uma dica.
— Olhe atrás — diz ela.
Faço isso. E a palavra "SIM" pisca.
Sim.
Sim.
SIM.
Uma palavra simples... mas com um grande significado.
Uma mudança de vida.
Aqui. Agora.
Meu coração dispara quando olho para ela, torcendo para que o presente tenha o significado que eu acho que tem.
— Feliz aniversário — sussurra ela.
— Você aceita se casar comigo?
Não acredito.

Ela assente.
Ainda não acredito.
— Diga.
Preciso ouvir dos lábios dela.
— Sim, quero me casar com você.
Meu coração explode de alegria; minha cabeça, meu corpo e minha alma também. É estimulante. Sufocante. Transbordando euforia, pulo para a frente, tomo-a nos braços e giro, rindo. Ela se segura nos meus bíceps, os olhos brilhando, e também ri.
Paro, coloco-a de pé, seguro seu rosto e a beijo. Meus lábios provocam os seus, e ela se abre para mim como uma flor: minha doce Anastasia.
— Ah, Ana — sussurro em adoração, meus lábios roçando o canto de sua boca.
— Pensei que tivesse perdido você — diz ela, um pouco atordoada.
— Baby, vai ser preciso mais do que um 135 com defeito para me separar de você.
— Um 135?
— *Charlie Tango*. É um Eurocopter EC135, o mais seguro da categoria.
Mas não hoje.
— Espere aí. — Eu mostro o chaveiro. — Você me deu isso antes da consulta com Flynn.
Ela dá um sorriso convencido enquanto assente.
Caramba!
Anastasia Steele!
— Queria que você soubesse que o que quer que Flynn dissesse, não faria diferença para mim.
— Então, ontem à noite, quando eu estava implorando por uma resposta, eu já tinha uma?
Estou sem ar, tonto até, e um pouco puto.
Que porra é essa?
Não sei se fico com raiva ou se comemoro. Ela me confunde, mesmo agora.
Bem, Grey, o que você vai fazer sobre isso?
— Todo aquele nervosismo — murmuro com a voz sombria. Ela sorri com malícia e dá de ombros novamente. — Ah, não me venha com essa cara de inocente, Srta. Steele. Neste momento, minha vontade é...
Eu tinha a resposta o tempo todo.
Eu a quero.
Aqui.
Agora.
Não. Espere.

— Não acredito que você me deixou esperando.

Ana observa minha expressão enquanto elaboro um plano. Algo digno de uma audácia como a dela.

— Acredito que um castigo se faz necessário, Srta. Steele. — Minha voz sai grave e ameaçadora.

Ana dá um passo cauteloso para trás. Será que vai fugir?

— É esse o jogo? Porque eu vou pegar você. — O sorriso dela é brincalhão e contagiante. — E você ainda está mordendo o lábio.

Ela recua novamente e se vira para correr, mas me inclino e a seguro. Ela dá um grito agudo, eu a jogo sobre o ombro e sigo para o meu, não, para o *nosso* banheiro.

— Christian!

Ela bate na minha bunda. Eu bato na dela... com força.

— Ai! — grita.

— Hora do banho — declaro enquanto a carrego pelo corredor.

— Me ponha no chão!

Ela se contorce no meu ombro, mas meu braço está firme nas coxas dela. O que realmente está me fazendo sorrir são seus suspiros e suas risadinhas. Ela está gostando.

Eu também.

Quando abro a porta do banheiro, meu sorriso está tão grande quanto o estuário de Puget.

— Gosta desses sapatos? — pergunto, porque parecem caros.

— Prefiro quando eles encostam no chão. — Suas palavras saem abafadas, e acho que ela está fingindo indignação enquanto tenta não rir.

— Seu desejo é uma ordem, Srta. Steele.

Tiro os sapatos dela, que fazem barulho ao cair no chão. Junto à penteadeira, esvazio os bolsos: celular, chaves, carteira, e o mais precioso de tudo: meu novo chaveiro. Não quero que molhe. Com os bolsos vazios, entro no chuveiro, carregando Ana no ombro.

— Christian! — grita ela.

Eu a ignoro e abro a torneira. A água cai em nós dois, mais nas costas de Ana. Está fria. Ela grita e ri ao mesmo tempo, se contorcendo no meu ombro.

— Não! Me ponha no chão! — exclama.

Ela bate em mim mais uma vez, e eu fico com pena.

Eu a solto e deixo seu corpo molhado e vestido deslizar pelo meu até chegar ao chão.

Ana está corada. Seus olhos estão brilhantes e lindos. Ela é cativante.

Ah, baby.

Você disse sim.
Aninho o rosto dela nas mãos e a beijo, meus lábios suaves tocando os dela. Venero sua boca, a acaricio. Ela fecha os olhos e aceita o beijo, retribuindo com um doce desejo embaixo da água do chuveiro.

A água está mais quente agora, e suas mãos tocam minha camisa encharcada. Ela a tira de dentro da calça. Dou um gemido com a boca encostada na dela, sem conseguir parar de beijá-la.

Não consigo parar de amá-la.
Não vou parar de amá-la.
Nunca.
Lentamente, Ana começa a desabotoar minha camisa, e levo a mão ao zíper nas costas do vestido dela. Eu o puxo para baixo e sinto sua pele quente embaixo dos dedos.

Ah. A *sensação de tocá-la.* Quero mais. Eu a beijo com força, explorando sua boca com a língua.

Ela geme e de repente arranca minha camisa, fazendo os botões voarem e caírem no chão do boxe.

Opa.
Ana!
Ela puxa a camisa pelos meus ombros e me encosta na parede de azulejos. Mas não consegue tirá-la.

— Abotoaduras.

Mostro os pulsos. Seus dedos mexem com delicadeza em cada uma delas e as jogam no chão, e minha camisa cai em seguida. Seus dedos febris vão para o cós da minha calça.

Ah, não.
Ainda não.
Seguro seus ombros e a giro, ganhando um acesso mais fácil ao zíper. Eu o abro até o final e puxo o vestido, descendo-o até abaixo dos seus seios. Os braços ainda estão presos nas mangas, restringindo os movimentos.

Gostei.
Afasto o cabelo molhado dela do pescoço e me inclino para a frente. Com a língua, sinto a água escorrer por sua pele, do pescoço até o couro cabeludo.

Ela tem um gosto muito bom.

Passo os lábios pelo ombro dela, beijando e sugando, enquanto sinto meu pau duro forçar o zíper da calça. Ela apoia as mãos nos azulejos e geme enquanto beijo meu local favorito embaixo da sua orelha. Abro com delicadeza o sutiã e o puxo para baixo, depois envolvo os seios dela com as mãos. Dou um gemido de apreciação. Ela tem peitos incríveis.

E que reagem bem.

— Tão linda — sussurro no ouvido dela.

Ana vira a cabeça para o lado, expondo o pescoço, e pressiona os seios nas palmas das minhas mãos. Ela estica os braços para trás, ainda presos no vestido, e encontra minha ereção.

Inspiro fundo e empurro meu pau impaciente na direção das mãos dela. Sentir seus dedos por meio do tecido encharcado é erótico.

Delicadamente, puxo seus mamilos, primeiro segurando-os entre o polegar e o indicador, depois beliscando-os. Ela choraminga em alto e bom som enquanto eles endurecem e se esticam com meu toque.

— Isso — sussurro.

Quero ouvir você, baby.

Eu a viro e prendo os lábios dela com os meus, tirando seu vestido e sua lingerie até deixá-la nua na minha frente. As roupas viram uma pilha encharcada aos nossos pés.

Ana pega o sabonete líquido e despeja um pouco na mão. Olhando para mim, me pedindo permissão, ela espera.

Tudo bem. Vamos em frente com isso.

Respiro fundo e concordo com a cabeça.

Com uma ternura dolorosa, ela coloca a mão no meu peito. Fico paralisado, e ela esfrega lentamente o sabonete, fazendo pequenos círculos. A escuridão está silenciosa.

Mas fico tenso.

Em toda parte.

Droga.

Relaxe, Grey.

Ela não quer fazer mal a você.

Depois de um instante, seguro seu quadril e observo seu rosto. Sua concentração. Sua compaixão. Está tudo ali. Minha respiração acelera. Mas não tem problema. Eu aguento.

— Tudo bem eu fazer isso? — pergunta ela.

— Sim — falo com dificuldade.

As mãos dela percorrem meu corpo e lavam minhas axilas, minhas costelas, chegam à minha barriga e continuam descendo, até o cós da calça.

Solto o ar.

— Minha vez.

Tiro nós dois do chuveiro e estico a mão para pegar o xampu. Coloco um pouco na cabeça dela e começo a massagear seu cabelo. Ela fecha os olhos e deixa escapar um som de satisfação no fundo da garganta.

Dou uma risada catártica.
— É bom, é?
— Huuum...
— Também gosto.
Beijo sua testa e continuo massageando seu couro cabeludo.
— Vire-se.
Ela obedece imediatamente, e continuo lavando seu cabelo. Quando termino, sua cabeça está cheia de espuma. Então a coloco embaixo do chuveiro de novo.
— Deite a cabeça para trás.
Ana obedece, e eu enxáguo todo o xampu.
Não tem nada que eu ame mais do que cuidar da minha garota.
De todas as formas.
Ela se vira e agarra o cós da minha calça.
— Quero lavar você inteiro — diz.
Ergo as mãos, me rendendo.
Sou seu, Ana. Me pegue.
Ela tira minha roupa e liberta meu pau... E a calça e a cueca boxer se juntam ao resto das roupas no chão do chuveiro.
— Você parece feliz em me ver — diz ela.
— Sempre fico feliz em ver você, Srta. Steele.
Sorrimos um para o outro. Ela pega uma esponja, ensaboa e me surpreende um pouco ao começar pelo meu peito e descer lentamente até meu pau duro.
Ah, sim.
Ela larga a esponja e encosta as mãos em mim.
Porra.
Fecho os olhos, e ela aperta os dedos ao meu redor. Contraio os quadris e dou um gemido. É a melhor forma de passar a madrugada de um sábado depois de uma experiência de quase morte.
Espere aí.
Abro os olhos e a encaro.
— Hoje é sábado.
Seguro a cintura dela, puxo-a para perto do meu corpo e a beijo.
Chega de camisinha.
Minha mão, molhada e escorregadia de sabonete, percorre o corpo dela, os seios, a barriga, até chegar ao sexo. Eu a provoco com os dedos enquanto consumo sua boca e sua língua, mantendo sua cabeça no lugar com a outra mão.
Enfio os dedos nela, que geme na minha boca.
— Isso — sibilo.

Ela está pronta. Eu a levanto, as mãos nas suas costas.

— Passe as pernas em volta de mim.

Ela obedece, me envolvendo como seda quente e molhada. Eu a apoio contra a parede.

Estamos pele com pele.

— Olhos abertos. Quero ver você.

Ela olha para mim, as pupilas dilatadas e cheias de desejo. Penetro-a lentamente, mantendo o olhar fixo no dela. Faço uma pausa. Segurando-a em mim. Segurando-a no alto. Sentindo-a.

— Você é minha, Anastasia.

— Para sempre.

A resposta dela me traz uma enorme alegria.

— E agora todo mundo pode saber, porque você disse sim.

Eu me inclino, a beijo e saio de dentro dela, sem pressa. Saboreando-a. Ela fecha os olhos e inclina a cabeça para trás enquanto nos movemos juntos.

Nós.

Juntos.

Como um só.

Acelero. Precisando de mais. Precisando dela. Aproveitando-a. Amando-a. Os gritos dela me afetam, me informam que está cada vez mais perto. Comigo. Levando-me junto.

Ana grita quando goza, a cabeça encostada na parede, e em seguida é a minha vez de chegar ao clímax, afundando o rosto no pescoço dela.

Com cuidado, desço-a até o chão enquanto a água cai em cima de nós. Seguro o rosto dela e percebo que está chorando.

Baby.

Beijo cada lágrima.

Ela se mexe e vira as costas para mim. Não dizemos nada. Nosso silêncio vale ouro. Tranquilidade. Depois de toda a ansiedade do dia, do pouso de emergência, da longa caminhada, da viagem interminável, encontrei paz. Apoio o queixo na cabeça dela, envolvendo-a com os braços. Amo essa mulher, essa jovem linda e corajosa que em breve será minha esposa.

Sra. Grey.

Sorrio e roço o nariz no cabelo molhado dela, nos entregando à água do chuveiro.

— Meus dedos estão enrugados — comenta ela, olhando para as mãos.

Seguro os dedos dela e beijo cada um.

— A gente realmente devia sair desse chuveiro.

— Estou bem aqui — diz ela.

Eu também, baby. Eu também.

Ela apoia o peso do corpo em mim, olha fixamente, acho que para os dedos dos meus pés, e ri.

— Algo divertido, Srta. Steele?

— Foi uma semana agitada.

— Ah, isso foi.

— Graças a Deus você está de volta inteiro, Sr. Grey — diz ela, com uma seriedade repentina.

Eu poderia não estar aqui.

Merda.

Se...

Engulo em seco e sinto um nó na garganta. Uma imagem me vem à mente: o chão se aproximando rapidamente e Ros na cabine do *Charlie Tango*. Estremeço.

— Eu estava com medo — sussurro.

— Hoje mais cedo?

Confirmo com a cabeça.

— Então você fez pouco caso do que aconteceu para tranquilizar sua família?

— Foi. Eu estava baixo demais para aterrissar bem. Mas, de alguma forma, consegui.

Ela me olha com uma expressão assustada.

— Quão perto foi de dar errado?

— Perto. Por alguns segundos terríveis, achei que nunca mais ia ver você.

Tenho a impressão de estar fazendo uma confissão muito, muito sombria.

Ela se mexe e coloca os braços em volta de mim.

— Não posso imaginar minha vida sem você, Christian. Eu amo tanto você que isso me assusta.

Nossa.

Mas sinto o mesmo.

— Eu também. Minha vida seria vazia sem você. Amo tanto você. — Aperto os braços em volta dela e beijo seu cabelo. — Nunca vou deixar você ir embora.

— Não quero ir embora, nunca.

Ela beija meu pescoço, e eu me inclino para beijá-la também.

Estou sentindo os pés dormentes.

— Vamos, vamos secar você e colocar você na cama. Estou exausto, e você parece que levou uma surra.

Ela ergue uma sobrancelha.

— Você tem algo a dizer, Srta. Steele?

Ela balança a cabeça e se levanta para me esperar.

Pegamos as roupas no chão do boxe e eu cato as abotoaduras. Ana deixa as peças encharcadas na pia.

— Vou lidar com isso amanhã — diz.

— Boa ideia.

Enrolo uma toalha em volta dela e outra em minha cintura. Enquanto escovamos os dentes em frente à pia, ela sorri com espuma na boca, e tentamos não rir e engasgar com a pasta de dente quando faço o mesmo.

Tenho quatorze anos novamente.

E isso é bom.

TERMINO DE SECAR o cabelo de Ana, e ela sobe na cama. Sua aparência exausta reflete como me sinto. Dou mais uma olhada no chaveiro e na minha palavra favorita escrita ali.

Uma palavra cheia de esperança e possibilidades.

Ela disse sim.

Abro um sorriso e me junto a ela na cama.

— É tão maneiro. O melhor presente de aniversário que já ganhei. Melhor até que o pôster assinado do Giuseppe DeNatale.

— Eu teria lhe respondido antes, mas como seu aniversário estava chegando... — Ana dá de ombros. — O que dar ao homem que já tem tudo? Pensei em dar... eu mesma.

Deixo o chaveiro na mesa de cabeceira e me aconchego em Ana, tomando-a nos braços.

— É perfeito. Igual a você.

— Estou longe de ser perfeita, Christian.

— Você está rindo de mim, Srta. Steele?

— Talvez — responde ela, rindo.

Dá para perceber, Ana. Sua linguagem corporal entrega.

— Posso lhe perguntar uma coisa? — acrescenta ela.

— Claro.

— Você não telefonou no caminho voltando de Portland. Foi por causa de José? Você estava preocupado porque eu estava aqui sozinha com ele?

Talvez...

Eu me sinto um idiota. Achei que ela estivesse se divertindo no bar. Eu não fazia ideia...

— Você tem noção de como isso é ridículo? — pergunta ela enquanto se vira para mim, os olhos cheios de reprovação. — O tanto de estresse que você fez eu e a sua família passar? Nós todos amamos muito você.

— Não tinha ideia de que estaria todo mundo tão preocupado.

— Quando é que essa sua cabeça grande vai entender que as pessoas amam você?
— Cabeça grande?
— É. Cabeça grande.
— Não acho que a minha cabeça seja proporcionalmente maior do que o restante do meu corpo.
— Estou falando sério! Pare de tentar me fazer rir. Ainda estou meio brava com você, embora isso tenha sido um tanto amenizado pelo fato de que você está em casa são e salvo, quando eu pensei... — Ela para e engole em seco antes de continuar com um tom de voz mais baixo: — Bem, você sabe o que eu pensei.
Acaricio o rosto dela.
— Desculpe. Está bem?
— E a sua mãe, coitada. Foi muito comovente ver você com ela — sussurra Ana.
— Nunca a vi daquele jeito.
Grace chorando.
Minha mãe.
Minha mãe chorando.
— É, foi realmente impressionante. Ela é sempre tão contida. Foi um choque e tanto.
— Está vendo? Todo mundo ama você. Talvez agora você comece a acreditar. — Ela me beija. — Feliz aniversário, Christian. Que bom que você está aqui para dividir seu dia comigo. E você nem viu o que eu preparei para você amanhã... hum... hoje.
— Tem mais?
Fico atônito. O que mais eu poderia querer?
— Ah, sim, Sr. Grey, mas você vai ter que esperar.
Ela se aconchega em mim e fecha os olhos, dormindo logo depois. Fico impressionado com a rapidez com que ela pega no sono.
— Minha garota preciosa. Me desculpe. Me desculpe por ter deixado você preocupada — sussurro, e beijo a testa dela.
Fecho os olhos, me sentindo mais feliz do que em qualquer outro momento da vida.

Ana, o cabelo brilhante e o sorriso largo, está comigo no *Charlie Tango*.
Vamos perseguir o amanhecer.
Ela ri. Livre. Jovem. Minha garota.
A luz à nossa volta está dourada.
Ela está dourada.
Eu estou dourado.

Tusso. Há fumaça. Fumaça para todo lado.
Não consigo ver Ana. Ela sumiu no meio da fumaça.
E estamos caindo. Caindo.
Despencando rápido. No *Charlie Tango.*
O chão se aproxima de mim.
Fecho os olhos e me preparo para o impacto.
Não chega nunca.
Estamos no pomar.
As árvores estão cheias de maçãs.
Ana sorri, o cabelo solto balançando com a brisa.
Ela segura duas maçãs. Uma vermelha. Uma verde.
Você escolhe.
Escolhe.
Vermelha. Verde.
Sorrio. E pego a maçã vermelha.
A mais doce.
Ana segura minha mão e saímos andando.
De mãos dadas.
Passamos pelos alcoólatras e viciados em frente à loja de bebidas em Detroit.
Eles acenam e erguem as bebidas dentro dos sacos de papel pardo para nos cumprimentar.
Passamos pelo Esclava. Elena sorri e acena.
Passamos por Leila. Leila sorri e acena.
Ana pega minha maçã. Dá uma mordida.
Humm... gostosa. Ela lambe os lábios.
Que delícia. Adorei.
Eu que fiz. Com vovô.
Nossa. Você é muito talentoso.
Ela sorri e gira, o cabelo balançando.
Eu te amo, grita ela. *Eu te amo, Christian Grey.*

Acordo, sobressaltado com o sonho. Mas sinto certa satisfação, ainda que normalmente fique apavorado com meus sonhos.
O efeito Anastasia Steele.
Sorrio e olho em volta. Ela não está na cama. Antes de me levantar, dou uma olhada no meu celular carregado. Recebi várias mensagens, a maioria de Sam, mas ainda não quero lidar com ele. Desligo o celular e pego o chaveiro, para observá-lo mais uma vez.

Ela disse "sim".
Não foi um pedido de casamento muito romântico.
Ana tem razão. Ela merece mais. Se quer toda aquela palhaçada de corações e flores, então preciso melhorar. Tenho uma ideia, e procuro no Google um florista perto da casa dos meus pais. A loja ainda não abriu, mas deixo uma mensagem de voz.
Merda. Vou precisar de uma aliança. Ainda hoje.
Vou resolver isso mais tarde.
Vou atrás de Ana. Ela não está no banheiro. Sigo até a sala e ouço a voz dela. Está conversando com o amigo. Eu paro. E escuto.
— Você gosta mesmo dele, não é? — pergunta José.
— Eu o amo, José.
Essa é minha garota.
— E por que não amaria? — retruca José, e acho que está se referindo ao meu apartamento.
— Puxa, obrigada! — exclama Ana, parecendo magoada.
Que babaca.
— Ei, Ana, estou só brincando. — José tenta acalmá-la. — Sério, estou brincando. Você nunca foi esse tipo de garota.
Não. Ela não é mesmo. Seu babaca.
— Que tal uma omelete? — pergunta ela.
— Claro.
— Para mim também — declaro, entrando na cozinha e surpreendendo os dois. — José.
Eu o cumprimento com um aceno de cabeça.
— Christian.
Ele retribui meu gesto.
Ouvi você, seu merda, desrespeitando minha garota.
Ela está me olhando de um jeito estranho. Sabe o que estou fazendo.
— Eu ia levar seu café na cama — diz.
Vou lentamente até ela, passando na frente do fotógrafo. Inclino seu queixo para cima e lhe dou um beijo demorado, intenso e barulhento.
— Bom dia, Anastasia — sussurro.
— Bom dia, Christian. Feliz aniversário.
Ela dá um sorriso tímido.
— Estou ansioso pelo outro presente — declaro.
Ela fica vermelha e olha, nervosa, para Rodriguez.
Ah. O que ela planejou?
Rodriguez faz uma careta como se tivesse engolido um limão.

Que bom.
— Então, quais são seus planos para hoje, José? — pergunto, sendo educado.
— Vou encontrar meu pai e o pai de Ana, Ray.
— Eles se conhecem?
Franzo a testa ao ouvir uma informação nova.
— Estiveram juntos no exército. Eles perderam o contato até Ana e eu nos conhecermos na faculdade. A história é bem legal. São melhores amigos agora. Vamos viajar juntos, para pescar.
— Pescar?
Ele não parece ser esse tipo de pessoa.
— É, o estuário é ótimo para a pesca. As trutas são gigantes aqui.
— Verdade. Meu irmão Elliot e eu uma vez pegamos uma de quinze quilos.
— Quinze quilos? — diz José, parecendo genuinamente impressionado. — Nada mau. Mas o recorde é do pai de Ana: dezenove quilos.
— Não brinca! Ele nunca falou nada.
Mas Ray não se gabaria. Não é do feitio dele, assim como não é da filha.
— Feliz aniversário, aliás.
— Obrigado. E aí, onde você gosta de pescar?
— Por todo o noroeste do Pacífico. O lugar favorito do meu pai é Skagit.
— É mesmo? É o lugar favorito do meu pai também.
Fico surpreso novamente.
— Ele prefere o lado canadense. Já Ray prefere o americano.
— Já causou algumas discussões?
— Claro, depois de uma ou duas cervejas.
José sorri, e me acomodo ao lado dele à bancada da cozinha. Talvez esse cara não seja tão babaca assim.
— Então seu pai gosta de Skagit. E você? — pergunto.
— Prefiro águas costeiras.
— É mesmo?
— Pescar no mar é mais difícil. Mais empolgante. Mais desafiador. Amo o mar.
— Eu me lembro das paisagens marítimas na sua exposição. Eram boas. A propósito, obrigado por trazer os retratos.
Ele fica constrangido com o elogio.
— Imagina. Onde *você* gosta de pescar?
Passamos bastante tempo conversando sobre os méritos de pescar em rios, lagos e no mar. Ele também é apaixonado pelo assunto.
Ana prepara o café da manhã e nos observa... feliz, eu acho, por estarmos nos dando bem.

Ela coloca uma omelete fumegante e um café na bancada para cada um de nós e se senta ao meu lado para comer sua granola. Nossa conversa passa de pescaria a beisebol, e torço para que ela não esteja ficando entediada. Falamos sobre o jogo dos Mariners (ele é torcedor), que vai ser em breve, e percebo que José e eu temos muito em comum.

Inclusive o amor pela mesma mulher.

A mulher que aceitou ser minha esposa.

Estou morrendo de vontade de contar, mas me seguro.

Quando termino o café da manhã, troco de roupa, colocando uma calça jeans e uma camiseta. Ao voltar para a cozinha, José está limpando o prato.

— Ana, estava delicioso.

— Obrigada.

Ela cora com o elogio de José.

— Tenho que ir. Preciso dirigir até Bandera e encontrar meu velho.

— Bandera? — pergunto.

— Sim, nós vamos pescar trutas na Floresta Nacional do Mount Baker. Em um dos lagos lá perto.

— Qual?

— O Lower Tuscohatchie.

— Acho que não conheço esse. Boa sorte.

— Obrigado.

— Mande lembranças minhas para Ray — acrescenta Ana.

— Pode deixar.

De braços dados, Ana e eu acompanhamos José até o saguão.

— Obrigado por me receber.

Ele aperta minha mão.

— Disponha — respondo.

Fico surpreso por estar sendo sincero. Ele parece tão inofensivo quanto um cachorrinho. Abraça Ana e, para minha surpresa, não sinto vontade de arrancar os braços dele.

— Se cuida, Ana.

— Claro. Muito bom ver você. Da próxima vez a gente faz um programa decente à noite — diz ela quando ele entra no elevador.

— Vou cobrar, viu?

Ele acena de dentro do elevador, e as portas se fecham.

— Está vendo, ele não é tão mau assim — diz Ana.

Talvez.

— Ele ainda quer comer você, Ana. Mas eu não o culpo.

— Christian, não é verdade!

— Você não tem ideia, não é? Ele quer você. Para cacete.
— Christian, ele é só um amigo, um bom amigo.
Ergo as mãos, me rendendo.
— Não quero brigar.
— Eu também não.
— Você não disse a ele que a gente vai se casar.
— Não. Achei que devia avisar minha mãe e Ray primeiro.
— É, você tem razão. E eu... hum... deveria pedir a sua mão ao seu pai.
Ela ri.
— Ah, Christian, não estamos no século XVIII.
— É a tradição.
Nunca achei que fosse pedir a um pai a mão da filha em casamento. Me dê esse momento. Por favor.
— Vamos falar disso mais tarde. Quero lhe dar o seu outro presente.
Outro presente?
Nada pode superar o chaveiro.
Ela dá um sorriso malicioso, cravando os dentes no lábio inferior.
— Você está mordendo o lábio de novo.
Puxo o queixo dela com delicadeza. Ela me olha com timidez, mas empertiga os ombros, segura minha mão e me conduz para o quarto.
De debaixo da cama, ela tira duas caixas de presente embrulhadas.
— Dois?
— Comprei isso antes de... hum... do incidente de ontem. Agora não tenho muita certeza.
Ela me entrega uma das caixas, mas parece ansiosa.
— Tem certeza de que quer que eu abra?
Ela assente.
Eu rasgo o papel.
— *Charlie Tango* — sussurra Ana.
Dentro da caixa há peças de um pequeno helicóptero de madeira. Mas a parte que me surpreende é a hélice.
— Movido a energia solar. Uau.
Que presente atencioso. E surge uma lembrança do meu passado longínquo. Meu primeiro Natal. O primeiro Natal de verdade que passei com meus pais.

Meu helicóptero voa.
Meu helicóptero é azul.
Voa em volta da árvore de Natal.
Voa por cima do piano e pousa no meio da parte branca.

Voa por cima da mamãe e voa por cima do papai.
E voa por cima de Lelliot, que está brincando de Lego.

Enquanto Ana observa, eu me sento e começo a montá-lo. As peças se encaixam facilmente, e levanto o helicóptero azul na mão.
Adorei.
Dou um sorriso radiante para Ana e vou até a janela da varanda, onde vejo a hélice começar a girar sob os raios quentes de sol.
— Olhe só para isso. As coisas que já se pode fazer com essa tecnologia.
Ergo o helicóptero até o nível dos olhos e observo a facilidade com que a energia solar é convertida em energia mecânica. A hélice gira sem parar, cada vez mais rápido.
Uau. Tudo isso em um brinquedo de criança.
Muita coisa pode ser feita com essa simples tecnologia. O desafio é como armazenar energia. Grafeno é o caminho... mas dá para construir baterias eficientes o bastante? Baterias que recarreguem rapidamente e sustentem a carga...
— Gostou? — pergunta Ana, interrompendo meus pensamentos.
— Ana, adorei. Obrigado. — Eu a agarro e a beijo, e ficamos observando a hélice girar. — Vou colocar junto do planador, no meu escritório.
Afasto a mão da luz, e a hélice gira mais devagar até parar.
Nós nos movemos na luz.
Desaceleramos nas sombras.
Paramos no escuro.
Hum. Filosófico, Grey.
Foi isso que Ana fez por mim. Ela me arrastou para a luz, e gostei bastante.
Coloco *Charlie Tango Mark II* em cima da cômoda.
— Vai me fazer companhia enquanto a gente conserta *Charlie Tango*.
— É consertável?
— Não sei. Espero que sim. Se não, vou sentir saudade dele.
Ela me lança um olhar especulativo.
— E o que há na outra caixa? — pergunto.
— Não tenho muita certeza se este é para você ou para mim.
— Ah, é?
Ela me entrega a outra caixa. É mais pesada, e faz barulho. Ana joga o cabelo por cima do ombro e se remexe, agitada.
— Por que está tão nervosa?
Ela parece animada e um pouco envergonhada também.
— Você está me deixando intrigado, Srta. Steele. Preciso dizer que estou apreciando a sua reação. O que você andou aprontando?

Tiro a tampa da caixa, e em cima do papel de seda tem um cartãozinho.

No seu aniversário,
faça maldades comigo.
Por favor.
Bj,
Sua Ana

Olho para ela.
O que isso quer dizer?
— Fazer maldades com você? — pergunto.
Ela assente e engole em seco. Está nervosa, e no fundo sei aonde isso vai levar. Ela está se referindo ao quarto de jogos.
Está pronto, Grey?
Abro o papel de seda que envolve o conteúdo da caixa e tiro uma venda lá de dentro. Certo, ela quer ser vendada. Em seguida, há grampos de mamilo. *Ah, esses não.* São terríveis. Não são para iniciantes. Embaixo dos grampos há um plugue anal, mas grande demais. Ela também colocou meu iPod, o que me agrada. Deve gostar das minhas escolhas musicais. E ainda tem minha gravata prateada Brioni, o que significa que ela quer ser amarrada.

E por último, como eu já desconfiava, encontro a chave do meu quarto de jogos.

Ela está me olhando com seus grandes olhos azuis.
— Você quer brincar? — pergunto, a voz suave e rouca.
— Quero.
— No meu aniversário?
— É. — A resposta dela é quase inaudível.
Será que está fazendo isso porque acha que é o que eu quero? O que fazemos não é suficiente para ela? Estou pronto para isso?
— Você tem certeza? — pergunto.
— Nada de chicotes e essas coisas.
— Sei disso.
— Bom, então, tenho certeza.
Ana me confunde. Todos os dias. Olho para o conteúdo da caixa. Às vezes, ela é surpreendente.
— Maníaca sexual e insaciável — murmuro. — Bem, acho que a gente pode fazer alguma coisa com este kit.

Se é isso que ela quer... e suas palavras voltam à minha mente de uma só vez. Ela me pediu várias e várias vezes.
Eu gosto de uma trepada sacana.
Se eu ganhar, você me leva de novo para o quarto de jogos.
Quarto Vermelho, aí vamos nós.
Quero uma demonstração. Gosto de ser amarrada.
Guardo os objetos na caixa.
Podemos nos divertir.
A expectativa se acende dentro de mim. Não sinto isso desde a nossa última vez no quarto de jogos. Observo Ana com os olhos semicerrados e estendo a mão.
— Agora — declaro.
Vamos ver se ela está realmente disposta.
Ela pega minha mão.
Certo, então vamos fazer isso.
— Venha.
Tenho um milhão de coisas para fazer desde o pouso forçado de ontem, mas estou pouco me fodendo. É meu aniversário e vou me divertir com a minha noiva.
Paro diante do quarto de jogos.
— Você tem certeza disso?
— Tenho — diz ela.
— Tem alguma coisa que você não queira fazer?
Ela fica pensativa por um instante.
— Não quero que você tire fotos de mim.
Por que diabo ela diria isso? Por que eu iria querer tirar fotos dela?
Grey. Se ela deixasse, claro que você iria querer.
— Certo — concordo, preocupado com o que motivou a pergunta.
Ela sabe? Impossível...
Destranco a porta, me sentindo apreensivo e empolgado ao mesmo tempo, como na primeira vez que a levei ali. Entro com ela e fecho a porta.
Pela primeira vez desde que ela me deixou, o quarto é acolhedor.
Posso fazer isso.
Deixo a caixa de presente na cômoda, pego o iPod, encaixo na base e aciono o aparelho de som Bose, para que a música toque nos alto-falantes. Eurythmics. Ótimo. Essa música foi lançada no ano anterior ao do meu nascimento. Tem uma batida sedutora. Eu adoro. É, acho que Ana vai gostar. Seleciono a função de repetir a música e ouço a melodia começar. Está alto, então diminuo um pouco o volume.
Quando me viro, ela está no meio do quarto, me olhando com uma expressão travessa e cheia de desejo. Seus dentes estão brincando com o lábio inferior, e os quadris se mexem no ritmo da música.

Ah, Ana, que sensual.

Vou até ela e puxo delicadamente seu queixo, soltando o lábio.

— O que você quer fazer, Anastasia? — sussurro, e dou um beijo casto no canto dos seus lábios, mantendo os dedos no queixo dela.

— É o seu aniversário. O que você quiser — sussurra ela, e seus olhos encaram os meus, cheios de promessa.

Porra.

É como se ela estivesse falando com meu pau.

Passo o dedo pelo seu lábio inferior.

— Estamos aqui porque você acha que eu quero estar aqui?

— Não. Também quero estar aqui.

Ela é uma sereia.

Minha sereia.

Nesse caso, vamos começar com o básico.

— Ah, temos tantas possibilidades, Srta. Steele. Mas vamos começar tirando a sua roupa.

Puxo a faixa do roupão para abri-lo, revelando a camisola de seda.

Dou um passo para trás e me sento no braço do sofá.

— Tire a roupa. Devagar.

A Srta. Steele ama um desafio.

Ela tira o roupão e o deixa cair como uma nuvem no chão enquanto mantém o olhar fixo em mim. Meu pau fica duro. No mesmo instante, conforme o desejo percorre meu corpo, passo o dedo pelos lábios para me impedir de tocá-la.

Ela afasta as duas alças da camisola dos ombros, retribuindo meu olhar, então solta a camisola, que desce flutuando pelo corpo e se junta ao roupão no chão. Ela está nua na minha frente, com toda sua glória.

Faz diferença o fato de ela não desviar os olhos de mim.

É mais excitante porque não consigo disfarçar.

Tenho uma ideia e vou até a cômoda pegar a gravata na caixa de presente. Passando-a pelos dedos, ando até onde ela me espera pacientemente.

— Acho que você está com roupa de menos, Srta. Steele.

Coloco a gravata ao redor do pescoço dela e dou um nó rápido, deixando a parte larga mais comprida. Meus dedos roçam o pescoço dela, e ela ofega, então deixo a ponta comprida cair na altura dos seus pelos pubianos.

— Você está maravilhosa agora, Srta. Steele. — Dou um beijo rápido nela.

— O que vamos fazer agora?

Pego a gravata e puxo com firmeza, trazendo-a para os meus braços. Seu corpo nu no meu é como um dispositivo incendiário. Meus dedos estão no cabelo dela. Minha boca encosta na dela, e a reivindico com a língua.

Com força. Com insistência. Mas nada de brutalidade.

Tem gosto da doce Anastasia Steele. Meu sabor favorito.

Levo a outra mão às costas dela, sentindo sua linda bunda.

Quando a solto, nós dois estamos ofegantes. Seus seios sobem e descem a cada respiração.

Ah, baby. O que você faz comigo.

O que eu quero fazer com você.

— Vire-se — ordeno.

Ela obedece na mesma hora, e solto seu cabelo, fazendo uma trança em seguida. Nada de cabelo solto no quarto de jogos.

Puxo a trança com delicadeza, inclinando sua cabeça para trás.

— Seu cabelo é lindo, Anastasia. — Beijo seu pescoço, e ela se contorce. — Você só tem que dizer "pare". Você sabe disso, não é? — sussurro na pele dela.

Ana assente, os olhos fechados.

Caramba, ela parece muito feliz.

Eu a viro para mim e seguro a ponta da gravata.

— Venha.

Eu a guio até a cômoda onde está a caixa de presentes, exibindo seu conteúdo.

— Anastasia, estes objetos. — Pego o plugue anal. — Isto aqui é grande demais. Como uma virgem anal, não é uma boa ideia começar com isto. É melhor a gente começar com isto.

Mostro meu dedo mindinho.

Os olhos dela ficam absurdamente arregalados.

E tenho que confessar: um dos meus passatempos favoritos é chocar Ana.

— Só "dedo". No singular — acrescento. — Estes grampos são muito cruéis. — Mexo nos grampos de mamilo. — Vamos usar estes aqui. — De uma gaveta, tiro um par mais delicado. — Estes são ajustáveis.

Ela os examina. Fascinada. Adoro sua curiosidade.

— Pronta? — pergunto.

— Pronta. Você vai me dizer o que pretende fazer?

— Não. Estou improvisando. Isto não é uma cena ensaiada, Ana.

— Como devo me comportar?

É uma pergunta estranha.

— Do jeito que você quiser.

E questiono em voz alta se ela estava esperando meu alter ego.

— Bem, estava. Gosto dele — diz ela.

— Ah, gosta, é? — Roço o polegar no lábio inferior dela, tentado a beijá-lo de novo. — Sou seu amante, Anastasia, não seu Dominador. Gosto de ouvir seu riso e sua gargalhada de menina. Gosto de você relaxada e feliz, como nas fotos de José. Foi essa a menina que apareceu no meu escritório. Foi por ela que me apaixonei. Mas tendo dito tudo isso, também gosto de fazer maldades com você, Srta. Steele, e meu alter ego conhece um truque ou outro. Então, faça o que estou mandando e se vire.

Ela obedece, o rosto brilhando de excitação.

Amo você, Ana.

Simples assim.

Pego o que preciso nas gavetas e arrumo todos os brinquedos em cima da cômoda.

— Venha. — Puxo a gravata e a levo até a mesa. — Quero que você se ajoelhe nisto.

Delicadamente, eu a coloco em cima da mesa. Ela dobra as pernas embaixo do corpo e se ajoelha na minha frente.

Estamos cara a cara. Ela me encara com olhos reluzentes.

Passo as mãos pelas coxas e pelos joelhos dela, depois abro delicadamente suas pernas para ver meu alvo.

— Braços atrás das costas. Vou algemar você.

Mostro a algema de couro a ela e me inclino para colocá-la. Ela se vira e passa os lábios entreabertos pelo meu maxilar, me provocando com a língua. Fecho os olhos e, por um instante, me entrego ao toque, contendo um gemido.

Eu me afasto e a repreendo.

— Pare. Ou isso vai terminar muito mais rápido do que nós dois queremos.

— Você é irresistível.

— Ah, sou, é?

Ela assente com uma expressão impertinente.

— Bem, não me distraia, ou vou amordaçar você.

— Gosto de distrair você.

— Ou lhe dar umas palmadas — aviso.

Ela sorri.

— Comporte-se — ordeno, então recuo e bato a algema na palma da mão.

Podia muito bem ser na sua bunda, Ana.

Ela olha modestamente para os próprios joelhos.

— Melhor.

Tento de novo, e desta vez consigo colocar a algema. Ignoro quando ela roça o nariz no meu ombro, mas agradeço a Deus pelo nosso banho logo cego.

Com a algema presa, ela arqueia um pouco as costas. Seus seios estão proeminentes e implorando para serem tocados.

— Tudo bem? — pergunto enquanto a admiro.

Ela assente.

— Ótimo. — Pego a venda do bolso de trás. — Acho que você já viu o suficiente por hoje.

Deslizo a venda pela cabeça dela até tapar os olhos.
Sua respiração acelera.
Dou um passo para trás e a observo.
Ela está muito gostosa.
Volto à cômoda, pego os itens de que preciso e tiro a camiseta. Fico de calça jeans, por mais que seja um pouco desconfortável, porque não quero que ela se distraia com meu pau impaciente.

Na frente dela mais uma vez, abro a pequena embalagem do meu óleo de massagem favorito e passo embaixo do nariz dela. Com infusão de cedro, argan e sálvia, é apropriado para passar no corpo, e a fragrância me lembra um dia frio de outono depois de chover.

— Não quero estragar minha gravata preferida — murmuro, desfazendo o nó e a tirando de Ana.

Ela se contorce quando o tecido percorre seu corpo, provocando-a.

Dobro a gravata e a coloco ao lado dela. A expectativa de Ana é quase palpável. Seu corpo está vibrando de impaciência. É excitante.

Despejo um pouco de óleo nas mãos e as esfrego para esquentá-lo. Ela está ouvindo o que estou fazendo. Adoro apurar seus sentidos. Acaricio delicadamente suas bochechas com os nós dos dedos e desço pelo maxilar.

Ela leva um susto quando a toco, mas se encosta na minha mão. Começo a massagear, espalhando o óleo em sua pele: no pescoço, na clavícula e nos ombros. Massageio os músculos e deslizo minhas mãos, descrevendo pequenos círculos pelo peito, evitando os mamilos. Ela se inclina para trás, virando-os para mim.

Ah, não, Ana. Ainda não.

Passo os dedos pelas laterais do corpo dela, esfregando o óleo com movimentos lentos e controlados no ritmo da música. Ela geme, e não sei se é de prazer ou de frustração. Talvez um pouco dos dois.

— Você é tão linda, Ana — sussurro, os lábios próximos do ouvido dela.

Passo-os pelo maxilar dela enquanto minhas mãos fazem mágica. Continuo por baixo dos seios, seguindo pela barriga, até alcançar meu alvo. Beijo-a rapidamente pelo pescoço todo e sinto seu cheiro, que se misturou com o óleo.

— E logo você vai ser minha mulher, na alegria e na tristeza.

Ela respira fundo.

— Na saúde e na doença. — Minhas mãos continuam trabalhando. — Com meu corpo, vou venerar você.

Ela inclina a cabeça para trás e geme quando meus dedos alcançam seus pelos pubianos e chegam ao clitóris. Lentamente, pressiono a palma da mão nela, provocando-a e espalhando óleo onde ela já está molhada.

É inebriante.

Eu me inclino e pego um vibrador bullet.

— Sra. Grey.

Ela geme.

— Isso — sussurro, sem interromper o movimento com a mão. — Abra a boca.

Ela já está ofegante, mas abre ainda mais a boca, onde enfio o pequeno vibrador. Está preso a uma corrente e pode ser usado como joia, se quiser.

— Chupe. Vou colocar isso dentro de você.

Ela fica imóvel.

— Chupe — repito, e afasto as mãos do corpo dela.

Ana dobra os joelhos e resmunga, frustrada. Sorrindo, coloco mais óleo nas palmas das mãos e finalmente seguro os seios dela.

— Não pare de chupar — aviso, enquanto passo delicadamente seus mamilos rígidos entre os polegares e os indicadores.

Eles endurecem e se alongam mais com o meu toque.

— Você tem peitos tão lindos, Ana.

Ela geme, e pego um dos grampos de mamilo. Roçando os lábios a partir do pescoço até os seios, eu paro e prendo com cuidado o grampo.

Seu gemido trêmulo é minha recompensa enquanto, com os lábios, deixo o mamilo preso totalmente a postos. Ela se contorce com meu toque, se mexendo de um lado para outro, e também prendo o segundo mamilo com um grampo. Ana geme mais alto desta vez.

— Sinta isso — insisto.

Eu me afasto para observar essa cena linda.

— Me dê isto.

Tiro o vibrador de sua boca, e minha mão desliza pelas costas dela, seguindo na direção da lombar e das nádegas. Ela se contrai e se ergue nos joelhos.

— Calma, fique calma — sussurro com um tom de voz tranquilizador e beijo o pescoço dela enquanto continuo acariciando o meio de suas belas nádegas.

Deslizo a outra mão pela frente do seu corpo e volto a massagear o clitóris, depois enfio os dedos dentro dela.

— Vou colocar isto dentro de você — murmuro. — Mas não aqui.

Meus dedos circulam o ânus dela, espalhando o óleo.

— E sim aqui.

Com a outra mão, enfio e tiro os dedos da vagina dela.

— Ah — reage.

— Silêncio.

Deslizo o vibrador para dentro dela. Seguro seu rosto com as mãos, beijo-a e aperto o pequeno controle remoto.

Quando o vibrador é ligado, ela ofega e se ergue sobre os joelhos.

— Ah!
— Calma — sussurro nos lábios dela, sufocando seu suspiro.
Puxo delicadamente cada grampo e ela grita:
— Christian, por favor!
— Calma, baby. Aguente só um pouco.
Você consegue, Ana.
Ela está ofegante, suportando o estímulo, que com certeza é intenso.
— Boa menina — digo para acalmá-la.
— Christian — chama ela, parecendo um pouco nervosa.
— Acalme-se, Ana, sinta isso. Não tenha medo.
Coloco as mãos na cintura dela e a seguro. *Estou bem aqui, baby. Deixe comigo. Você aguenta.*
Enfio o mindinho no pote aberto de lubrificante e desço lentamente as mãos pelas costas até a bunda, observando a reação dela, verificando se está bem. Massageio sua pele e aperto sua bunda, sua linda bunda, depois deslizo uma das mãos entre as nádegas.
— Tão linda.
Enfio com delicadeza o dedo na sua bunda, sentindo o vibrador tremendo ao longo do corpo dela. Ana fica tensa, e tiro lentamente o dedo, depois enfio de novo e volto a tirar, roçando o queixo dela com os dentes.
— Tão linda, Ana.
Ela ofega, geme, se ergue mais nos joelhos, e sei que está perto. Seus lábios começam a se mover, mas não dá para escutar o que ela está dizendo. De repente, ela grita, chegando ao orgasmo. Com a mão livre, solto um grampo e depois o outro, e ela berra.
Eu a abraço enquanto seu corpo pulsa ao chegar ao clímax, ainda enfiando e tirando o dedo dela.
— Não! — exclama, e sei que não aguenta mais.
Tiro o dedo e o vibrador, mas mantenho os braços em volta dela. Ana desaba em cima de mim, o corpo ainda convulsionando. Com destreza, solto a algema de um dos braços, e ela cai para a frente em cima de mim. Sua cabeça rola no meu ombro quando o clímax intenso começa a passar.
Suas pernas devem estar doendo. Ela geme quando a pego e a carrego até a cama, onde a coloco deitada de barriga para cima no lençol de cetim. Usando o controle remoto, desligo a música e tiro a calça jeans, libertando minha ereção desesperada. Começo a massagear a parte de trás das pernas dela, os joelhos, as panturrilhas e depois os ombros, e abro a algema. Deitando ao lado dela, tiro a venda e vejo que seus olhos estão bem fechados. Com carinho, desfaço a trança e solto o cabelo dela. Inclino-me para a frente e beijo seus lábios.

— Tão linda — digo.

Ela abre um olho, atordoada.

— Oi — digo, sorrindo.

Ela grunhe em resposta.

— Foi maldade o suficiente para você?

Ela assente e me dá um sorriso sonolento.

Ana, você nunca falha.

— Acho que você está tentando me matar.

— Morte por orgasmo. Há maneiras piores de morrer.

Como despencar para a morte no *Charlie Tango*.

Ela ergue a mão e acaricia meu rosto, afastando o pensamento ruim.

— Você pode me matar desse jeito sempre que quiser — diz.

Pego sua mão e beijo os nós dos seus dedos. Estou muito orgulhoso dela. Ela nunca me decepciona. Segurando meu rosto entre as mãos, Ana se inclina e me beija.

Eu paro e recuo.

— Isso é o que eu quero fazer — sussurro.

Debaixo do travesseiro, pego o controle remoto e mudo a música. Aperto o botão, sabendo que vai tocar repetidamente. "The First Time I Saw Your Face", o clássico de Roberta Flack, invade o quarto.

— Quero fazer amor com você — murmuro.

Meus lábios procuram os dela, e seus dedos se entrelaçam no meu cabelo.

— Por favor — sussurra Ana.

Seu corpo sensível se ergue na direção do meu, se abrindo para mim quando a penetro delicadamente, e fazemos amor de forma lenta e delicada.

Eu a observo desmoronar em meus braços, e sou levado pelo clímax dela. Eu me entrego, me derramando dentro dela, jogando a cabeça para trás e dizendo seu nome, maravilhado.

Eu amo você, Ana Steele.

Eu a abraço com força. Nunca mais quero soltá-la.

Minha alegria está completa. Já fui tão feliz assim?

Quando volto ao planeta Terra, afasto o cabelo do rosto dela e olho para a mulher que amo.

Ela está chorando.

— Ei. — Seguro sua cabeça. Será que a machuquei? — Por que você está chorando?

— Porque amo tanto você — responde, e eu fecho os olhos, absorvendo suas palavras.

— E eu amo você, Ana. Você me faz... inteiro.

Eu a beijo novamente quando a música para, pego o lençol e cubro nós dois. Ela está gloriosa, com o cabelo desgrenhado e os olhos brilhantes apesar das lágrimas. Está cheia de vida.

— O que você quer fazer hoje? — pergunta ela.
— Meu dia já foi perfeito, obrigado.
Eu a beijo.
— O meu também.

Adoro o demônio interior de Ana, que nunca está longe. E penso nos planos que tenho para ela mais tarde. Espero que façam seu dia também.

— Bom, eu deveria ligar para meu assessor de imprensa. Mas, na verdade, gostaria de continuar nessa bolha com você.
— Para falar sobre o acidente?
— Estou fugindo do trabalho.
— É seu aniversário, Sr. Grey. Você tem esse direito. E gosto de ter você só para mim.

Ela se inclina e roça os dentes no meu maxilar. Parece feliz e livre, ainda que um pouco cansada.

— Adoro suas escolhas musicais. Onde acha essas músicas?
— Que bom que gosta. Às vezes, quando não consigo dormir, toco piano ou fico procurando músicas no iTunes.
— Não gosto de imaginar você sozinho sem conseguir dormir. Parece solitário — diz Ana, demonstrando compaixão.
— Para ser sincero, nunca me senti solitário até você ir embora. Eu não sabia como era infeliz.

Ela segura meu rosto.
— Desculpe.
— Não se desculpe, Ana. O que eu fiz foi errado.

Ela coloca o dedo sobre os meus lábios.
— Shh — diz. — I love you just the way you are.
— Isso é o nome de uma música.

Ela ri e muda de assunto, me perguntando sobre o trabalho.

— Aconteceu muita coisa entre nós — diz Ana, acariciando meu rosto.
— É verdade.

Ela fica melancólica de repente.
— Em que você está pensando? — pergunto.
— Nas fotos de José. Em Kate. Em como ela estava no controle. E em como você estava gato.
— Gato?

Eu?

— É. Gato. E Kate ficava: senta aqui. Faz isso. Faz aquilo.

Sua imitação de Kavanagh é perfeita. Dou uma gargalhada.

— E pensar que poderia ter sido ela quem foi me entrevistar. Graças a Deus existe o resfriado.

Beijo a ponta do nariz dela.

— Acho que foi uma gripe, Christian — diz Ana, me repreendendo, e inconscientemente passa os dedos nos pelos do meu peito.

É estranho, mas acho que ela afastou a escuridão. Eu nem ao menos me encolho.

— As varas todas sumiram — diz, observando o quarto de jogos.

Coloco uma mecha de cabelo atrás da orelha dela.

— Achei que você nunca fosse superar esse limite rígido.

— Não, acho que não.

Ela se vira e olha para os açoites, as palmatórias e os chicotes na parede.

— Você quer que eu me livre deles também? — pergunto.

— Não o chicote... o marrom. Nem o açoite de pontas de camurça.

Ela sorri com timidez.

— Certo, o chicote e o açoite de pontas ficam. Ora, ora, Srta. Steele, você é cheia de surpresas.

— Como você, Sr. Grey. É uma das coisas que amo em você.

Ela beija o canto da minha boca.

De repente, preciso ouvir isso dela, porque ainda não consigo acreditar.

— E o que mais você ama em mim?

Seu olhar fica suave, carinhoso.

— Isto. — Ela passa o dedo nos meus lábios, fazendo cócegas. — Amo isto e o que esta boca me diz e o que faz comigo. E o que tem aqui dentro. — Ela acaricia a lateral da minha cabeça. — Você é tão inteligente e espirituoso e experiente, competente em tantas coisas. Mas, acima de tudo, amo o que está aqui. — Ela pressiona a palma da mão no meu peito. — Você é o homem mais compassivo que já conheci. As coisas que você faz. O jeito como você trabalha. É inspirador.

— Inspirador?

Repito sua última palavra, sem acreditar, mas amando mesmo assim. Dou um sorriso discreto, mas antes que eu possa dizer alguma coisa, ela se joga em cima de mim.

Ana cochila por alguns minutos nos meus braços. Fico olhando para o teto, gostando de sentir o peso dela em mim. Teria como ser mais feliz? Acho que não. Ela acorda quando beijo sua testa.

— Com fome? — pergunto.

— Hum, faminta.
— Eu também.
Ela coloca o braço no meu peito e me observa.
— É seu aniversário, Sr. Grey. Vou cozinhar alguma coisa. O que você quer comer?
— Me surpreenda. — Passo a mão pelas costas dela. — É melhor eu dar uma olhada no BlackBerry para ver as mensagens que perdi ontem.
Suspiro ao me sentar. Poderia passar o dia aqui com ela.
— Vamos tomar um banho — digo.
Ela sorri e, nós dois enrolados em um lençol vermelho, seguimos juntos para o banheiro.
Depois de se vestir, Ana pega as roupas molhadas da noite anterior dentro da pia e sai pela porta. Usando um vestido curto azul, suas pernas ficam em destaque.
Pernas demais.
Bom, pelo menos estamos só nós dois.
E Taylor.
Paro de me barbear por um instante.
— Deixe as roupas para a Sra. Jones — grito para Ana.
Ela olha por cima do ombro e sorri.

BEM-HUMORADO, SENTO-ME À ESCRIVANINHA. Ana está na cozinha, e tenho uma tonelada de e-mails e mensagens para ler e responder. A maioria é de Sam, irritado porque não liguei para ele. Mas não é só isso... há mensagens comoventes da minha mãe, de Mia, do meu pai e de Elliot, todos me implorando para retornar a ligação. É doloroso ver a preocupação deles.
E de Elena.
Merda.
A voz hesitante de Ana surge em seguida:
Oi... hã... sou eu. Ana. Você está bem? Me liga. A preocupação dela é evidente. Sinto um aperto no peito quando fica claro que fiz Ana e minha família passarem por momentos infernais.
Grey, você é um idiota.
Devia ter ligado.
Salvo todas as mensagens, exceto a de Elena, e volto à mais importante, a do florista de Bellevue. Retorno a ligação para explicar meu pedido, aliviado ao ouvir que eles podem me ajudar, considerando o prazo tão curto.
Em seguida, ligo para minha joalheria favorita. Bem, a única que conheço. Foi onde comprei os brincos de Ana, e pelo visto eles vão me ajudar com a aliança.

Se eu fosse um homem supersticioso, diria que são bons presságios para o que está por vir.

Então ligo para Sam.

— Sr. Grey, por onde andou?

Ele está furioso. E tenso.

— Ocupado.

— A imprensa está enlouquecida com a história do helicóptero. Vários noticiários de TV e veículos impressos querem uma entrevista...

— Sam, escreva uma declaração. Diga que Ros e eu estamos bem. E me mande antes para aprovar. Não estou interessado em dar nenhuma entrevista. Nem para jornais, nem para TV, nada.

— Mas, Christian, é uma ótima opor...

— A resposta é não. Escreva a declaração.

Ele fica em silêncio por um instante, afinal é louco por publicidade.

— Sim, Sr. Grey — diz, comprimindo os lábios.

Percebo a relutância dele, mas ignoro. Estou começando a achar que preciso de um novo assessor de imprensa. As qualificações dele foram seriamente exageradas quando verificamos suas referências.

— Obrigado, Sam.

Desligo e chamo Taylor pelo interfone.

— Boa tarde, Sr. Grey.

— Quais são as novidades?

— Vou até aí, senhor.

Taylor me diz que o *Charlie Tango* foi encontrado e que tem uma equipe de resgate a caminho com um oficial da Administração Federal de Aviação e alguém da Airbus, fabricante do *Charlie Tango*.

— Espero que me deem respostas.

— Tenho certeza de que sim, senhor — diz Taylor. — Mandei por e-mail uma lista de pessoas para quem você deve ligar.

— Obrigado. Tem mais uma coisa. Preciso que você passe em uma loja.

Então explico o que combinei com o joalheiro. Taylor reage dando um grande sorriso.

— Com prazer, senhor. Isso é tudo?

— Por enquanto, sim. E obrigado.

— De nada, e feliz aniversário.

Ele assente e sai.

Pego o telefone e começo a fazer as ligações da lista de Taylor.

Enquanto estou ao telefone dando meu depoimento para a Administração Federal de Aviação, chega um e-mail de Ana.

De: Anastasia Steele
Assunto: Almoço
Data: 18 de junho de 2011 13:12
Para: Christian Grey

Caro Sr. Grey,
Estou escrevendo para informar que o almoço está quase pronto.
E que hoje mais cedo eu dei uma trepada sacana de deixar qualquer um maluco.
Recomendo muito trepadas sacanas de aniversário.
E outra coisa: amo você.

Bj
(Sua noiva)

Tenho certeza de que a Sra. Wilson, da Administração Federal de Aviação, está ouvindo meu sorriso do outro lado da linha. Com um dedo, digito a resposta.

De: Christian Grey
Assunto: Trepada sacana
Data: 18 de junho de 2011 13:15
Para: Anastasia Steele

Que aspectos exatamente deixaram você maluca?
Estou mantendo um histórico.

Christian Grey
Um CEO faminto e definhando depois dos exercícios extenuantes desta manhã, Grey Enterprises Holdings, Inc.

PS: Amei sua assinatura.

PS2: O que aconteceu com a arte da conversação?

Encerro o telefonema com a Sra. Wilson e saio do escritório em busca de Ana.
Ela está bem concentrada. Vou na ponta dos pés até a bancada da cozinha enquanto ela digita no celular. Aperta o botão de enviar, ergue o rosto e se sobressalta quando me vê sorrindo. Contorno a ilha da cozinha, pego-a nos braços e a beijo, surpreendendo-a novamente.

— Isso é tudo, Srta. Steele — digo quando a solto, e volto para o escritório me sentindo ridiculamente satisfeito comigo mesmo.

O e-mail dela está me esperando.

De: Anastasia Steele
Assunto: Faminto?
Data: 18 de junho de 2011 13:18
Para: Christian Grey

Caro Sr. Grey,
Posso chamar sua atenção para a primeira linha de meu último e-mail, informando que o almoço está de fato quase pronto? Portanto, nada de choramingar que está faminto e definhando. No que diz respeito aos aspectos enlouquecedores da trepada sacana... francamente, tudo. Gostaria de ler suas anotações. E também gosto da minha assinatura entre parênteses.

Bj
(Sua noiva)

PS: Desde quando você é tão loquaz? E você está ao telefone!

Ligo para minha mãe para contar sobre as flores.

— Querido, como você está? Recuperado? Saiu em toda a imprensa.

— Eu sei, mãe. Estou bem. Tenho uma coisa para contar.

— O quê?

— Pedi Ana em casamento. E ela disse sim.

Minha mãe fica em silêncio, surpresa.

— Mãe?

— Christian, me desculpe. É uma notícia maravilhosa — afirma, mas parece um pouco hesitante.

— Sei que foi repentino.

— Você tem certeza, querido? Não me entenda mal, eu adoro Ana. Mas foi tão rápido, e ela é a primeira garota...

— Mãe. Ela não é a primeira garota. É a primeira que você conheceu.

— Ah.

— Isso mesmo.

— Bom, fico feliz por você. Parabéns.

— Tem mais uma coisa.

— O que foi, querido?
— Tenho uma entrega de flores marcada para o ancoradouro.
— Por quê?
— Bom, meu primeiro pedido de casamento foi uma bosta.
— Ah, entendi.
— E, mãe... não conte para ninguém. Quero que seja surpresa. Pretendo contar para todo mundo hoje à noite.
— Como quiser, querido. Mia está encarregada das entregas da festa. Vou procurá-la.

Espero pelo que parece uma eternidade.

Ande logo, Mia.

— Ei, irmão. Graças a Deus você ainda está com a gente. O que houve?
— Mamãe disse que você está coordenando as entregas da minha festa. Vai ser muito grande, aliás?
— Depois da sua experiência de quase morte, nós vamos comemorar.

Ah, droga.

— Bom, agendei uma entrega para o ancoradouro.
— Ah, é? O quê?
— Da Floricultura Bellevue.
— Por quê? Para quê?

Meu Deus, como ela é irritante. Ergo o rosto, e encontro Ana me olhando com seu vestido curto.

— Só deixe eles entrarem e não encha o saco deles. Entendeu, Mia?

Ana inclina a cabeça para o lado, prestando atenção.

— Está bem. Não precisa se irritar. Vou mandá-los para o ancoradouro.
— Ótimo.

Ana faz uma mímica de comer.

Comida. Ótimo.

— Vejo você mais tarde — digo para Mia e desligo. — Só mais um telefonema? — peço a Ana.
— Claro.
— Esse vestido é muito curto.
— Você gostou?

Ana dá uma pirueta na porta, a saia do vestido gira, e tenho uma visão provocante da sua calcinha de renda.

— Você fica fantástica nele, Ana. Só não quero que ninguém mais a veja assim.
— Ei! — Ela fica chateada. — A gente está em casa, Christian. Não tem ninguém aqui além dos funcionários.

Não quero aborrecê-la. Assinto da forma mais graciosa que consigo, e ela se vira e volta para a cozinha.

Grey, controle-se.

Minha ligação seguinte é para o pai de Ana. Não tenho ideia do que ele vai dizer quando eu pedir a mão da sua filha em casamento. Pego o número do celular de Ray no arquivo de Ana. José disse que ele estava pescando. Espero que tenha sinal de telefone onde ele está.

Não. Não tem. Cai na caixa-postal.

— Ray Steele. Deixe sua mensagem.

Curto e direto.

— Oi, Sr. Steele, aqui é Christian Grey. Eu gostaria de falar com você sobre sua filha. Por favor, me ligue.

Digo meu número e desligo.

O que você esperava, Grey?

Ele está no meio do Mount Baker.

Como o arquivo de Ana está em cima da mesa, decido depositar uma quantia na sua conta bancária. Ela vai ter que se acostumar a ter dinheiro.

— *Vinte e quatro mil dólares!*

— *Vinte e quatro mil dólares, para a bela senhorita de vestido prata, dou-lhe uma, dou-lhe duas... Vendido!*

Rio ao me lembrar da sua audácia no leilão. O que será que ela vai achar disso? Com certeza vai ser uma discussão interessante. Pelo computador, transfiro cinquenta mil dólares para a conta dela. Deve ficar disponível dentro de uma hora.

Meu estômago ronca. Estou com fome. Mas meu celular começa a tocar. É Ray.

— Sr. Steele. Obrigado por ligar...

— Está tudo bem com Annie?

— Ela está bem. Mais do que bem. Está ótima.

— Graças a Deus. O que posso fazer por você, Christian?

— Sei que você está pescando.

— Estou tentando. Não peguei muita coisa hoje.

— É uma pena.

Isso é mais estressante do que eu esperava. As palmas das minhas mãos estão suando, e o Sr. Steele fica em silêncio, me deixando ainda mais ansioso.

E se ele disser não? Eu não tinha pensado nisso.

— Sr. Steele?

— Ainda estou aqui, Christian, esperando você falar o que quer.

— Sim. Claro. Hum. Eu liguei porque, hum, gostaria da sua permissão para me casar com sua filha.

As palavras saem atropeladas, como se eu nunca tivesse feito uma negociação ou um acordo. Para piorar, são recebidas com um silêncio retumbante.

— Sr. Steele?
— Coloque minha filha na linha — diz ele, sem revelar nada.

Merda.

— Só um minuto.

Saio correndo do escritório, vou até onde Ana está, e entrego o celular a ela.

— Estou com Ray ao telefone, para você.

Ela arregala os olhos, em choque. Pega o celular e tapa o bocal.

— Você contou a ele! — exclama ela.

Assinto.

Ela respira fundo e afasta a mão do bocal.

— Oi, pai.

Ela escuta.

Parece calma.

— O que você respondeu? — pergunta ela, e escuta de novo, os olhos fixos em mim. — É. É repentino mesmo... Só um minuto.

Ela me lança um olhar ilegível de novo e vai para o outro lado da sala, depois para a varanda, onde continua a conversa.

Começa a andar de um lado para outro, mas se mantém perto da janela.

Estou impotente. Tudo o que posso fazer é observar.

Sua linguagem corporal não revela nada. De repente, ela para e sorri. Seu sorriso poderia iluminar Seattle. Ele disse sim... ou não.

Droga.

Caramba, Grey. Pare de ser pessimista.

Ela diz mais alguma coisa. Parece prestes a chorar.

Merda. Isso não é bom.

Ela volta para dentro, batendo os pés, e me oferece o celular, parecendo vários tons de fula da vida.

Nervoso, levo o aparelho ao ouvido.

— Sr. Steele?

Sentindo o olhar de Ana fixo nas minhas costas, volto para o escritório caso seja uma notícia ruim.

— Christian, acho que você deveria me chamar de Ray. Parece que minha filha está louca por você, e eu não vou atrapalhar.

Louca por você. Meu coração acelera.

— Ah, obrigado, senhor.

— Mas se a magoar de alguma forma, vou matar você.

— Eu não esperaria nada diferente.

— Jovens malucos — murmura ele. — Veja se cuida bem dela. Annie é minha luz.
— É a minha também... Ray.
— E boa sorte para contar para a mãe dela. — Ele ri. — Agora me deixe voltar à pescaria.
— Espero que você supere o de dezenove quilos.
— Você sabe disso?
— José me contou.
— Ele fala demais. Tenha um bom dia, Christian.
— Já estou tendo — respondo, sorrindo.

— Seu padrasto me deu sua benção um tanto relutante — anuncio para Ana na cozinha.
Ela ri e balança a cabeça.
— Acho que Ray surtou um pouco — diz. — Preciso contar para minha mãe. Mas gostaria de fazer isso com a barriga cheia.
Ela indica a bancada, onde a comida está esperando. Salmão, batatas, salada e um molho interessante. Também escolheu um vinho. Um Chablis.
— Hum, parece ótimo. — Abro o vinho e sirvo uma taça pequena para cada um. — Caramba, mulher, você cozinha bem.
Ergo a taça para Ana em apreciação. Sua expressão despreocupada desaparece, me lembrando do rosto dela na porta do quarto de jogos hoje mais cedo.
— Ana? Por que você me pediu para não tirar fotos suas?
Ela fica ainda mais consternada, o que me preocupa.
— Ana. O que foi? — Meu tom de voz soa mais ríspido do que eu pretendia, e ela se sobressalta.
— Achei as suas fotos — diz, como se tivesse cometido um pecado terrível.
Que fotos? Mas, assim que digo isso, sei exatamente do que ela está falando. E sinto como se estivesse mais uma vez no escritório do meu pai, esperando uma bronca homérica por alguma infração que cometi.
— Você abriu o cofre?
Como ela fez isso?
— Cofre? Não. Não sabia que você tinha um cofre.
— Não estou entendendo.
— No seu armário. A caixa. Estava procurando suas gravatas, e a caixa estava debaixo da sua calça jeans... aquela que você normalmente usa no quarto de jogos. Menos hoje.
Porra.
Ninguém deveria ver aquelas fotos. Muito menos Ana. Como foram parar lá?

Leila.
— Não é o que você está pensando. Tinha me esquecido dessas fotos. A caixa foi tirada do lugar. As fotografias normalmente ficam no meu cofre.
— E quem tirou a caixa do lugar? — pergunta Ana.
— Só tem uma pessoa que poderia ter feito isso.
— Ah. Quem? E o que você quer dizer com "Não é o que eu estou pensando"?
Confesse, Grey.
Você já admitiu as profundidades da sua depravação.
É isso, baby. Cinquenta tons.
— Isso vai soar frio, mas... elas são uma apólice de seguro.
— Apólice de seguro?
— Contra a exposição da minha pessoa.
Observo seu rosto conforme ela entende o que quero dizer.
— Ah.
Ela fecha os olhos, como se tentasse esquecer o que falei.
— É. Você tem razão — diz, baixinho. — Realmente soa frio.
Ela se levanta e começa a recolher os pratos para me evitar.
— Ana.
— Elas sabem? As mulheres... as submissas?
— Claro que sabem.
Antes que ela possa fugir para a pia, eu a envolvo nos braços.
— Essas fotos deveriam estar no cofre. Não são para uso recreativo.
Era outra época, Grey.
— Talvez tenham sido, quando foram tiradas. Mas... elas não significam nada.
— Quem as colocou no seu armário?
— Só pode ter sido Leila.
— Ela sabe a senha do cofre?
Pelo visto, sim.
— Não me surpreenderia. É um código muito longo, e eu quase nunca uso. É o único número que tenho anotado e nunca mudei. Eu me pergunto o que mais ela sabe, e se ela pegou mais alguma coisa do cofre. — Vou conferir. — Olhe, vou destruir as fotos. Agora, se você quiser.
— São suas fotos, Christian. Faça o que quiser com elas.
E sei que Ana está ofendida e magoada.
Meu Deus.
Ana. Isso foi antes de você.
Seguro a cabeça dela.
— Não fique assim. Não quero essa vida. Quero a nossa vida juntos.

Sei que ela sofre por achar que não é suficiente para mim. Talvez pense que quero fazer essas coisas com ela e fotografar depois.

Grey, seja sincero, claro que você quer.

Mas eu nunca faria sem a permissão dela. Tive o consentimento de todas as minhas submissas.

A expressão magoada de Ana revela sua vulnerabilidade. Achei que tivéssemos superado isso. Eu a quero como ela é. É mais do que suficiente.

— Ana, achei que a gente tinha exorcizado todos esses fantasmas esta manhã. Foi como eu me senti. Você não?

O olhar dela se suaviza.

— Sim. Sim, eu também.

— Que bom. — Eu a beijo e a abraço, sentindo seu corpo relaxar no meu. — Vou rasgar as fotos. E, depois, tenho que trabalhar. Me desculpe, baby, mas tenho um monte de coisas para resolver hoje à tarde.

— Tudo bem. Tenho que ligar para minha mãe — diz ela, fazendo uma careta. — Depois quero fazer umas compras e assar um bolo para você.

— Um bolo?

Ela assente.

— De chocolate?

— Você quer de chocolate?

Sorrio.

— Vou ver o que posso fazer, Sr. Grey.

Eu a beijo novamente. Não a mereço. Espero que algum dia prove o contrário.

Ana tinha razão, as fotos estão no meu closet. Vou ter que pedir ao Dr. Flynn para descobrir se foi Leila quem as mudou de lugar. Quando volto para a sala, Ana não está mais lá. Desconfio que esteja falando com a mãe.

Há certa ironia em me sentar à escrivaninha e rasgar aquelas fotos: relíquias da minha antiga vida. A primeira é de Susannah, amarrada e amordaçada, ajoelhada no piso de madeira. A foto não é ruim. O que será que José acharia desse tema? Eu me divirto com o pensamento, mas começo a colocar as fotos no triturador de papel. Viro o resto da pilha para não ver as imagens, e, em doze minutos, todas foram destruídas.

Você ainda tem os negativos.

Grey. Pare.

Fico aliviado ao descobrir que não tem mais nada faltando no cofre. Viro-me para o computador e checo os e-mails. Minha primeira tarefa é reescrever a declaração pretensiosa de Sam sobre meu pouso de emergência. Eu a edito, pois falta clareza e alguns detalhes, e mando de volta para ele.

Em seguida, olho minhas mensagens de texto.

ELENA
Christian. Por favor, me ligue.
Preciso ouvir da sua boca que você está bem.

A mensagem de Elena deve ter chegado enquanto eu almoçava. O resto é do fim da noite passada e de ontem.

ROS
Meus pés estão doendo.
De resto, tudo bem.
Espero que você também esteja bem.

SAM ASSESSOR DE IMPRENSA
Preciso muito falar com você.

SAM ASSESSOR DE IMPRENSA
Sr. Grey. Me ligue. É urgente.

SAM ASSESSOR DE IMPRENSA
Sr. Grey. Estou feliz que o senhor esteja bem.
Por favor, me ligue assim que possível.

ELENA
Graças a Deus você está bem.
Acabei de ver o noticiário.
Por favor, me ligue.

ELLIOT
Atende o telefone, irmão.
Estamos preocupados aqui.

GRACE
Onde você está?
Me ligue. Estou preocupada.
Seu pai também.

MIA
CHRISTIAN. PORRA.
LIGUE PARA A GENTE. :(

ANA
Estamos no Bunker Club.
Venha nos encontrar.
Você anda muito calado, Sr. Grey.
Saudades.

ELENA
Você está me ignorando?

Porra. Deixe-me em paz, Elena.

TAYLOR
Senhor, alarme falso com a minha filha.
Estou a caminho de Seattle.
Devo chegar às 15h.

Apago todas. Sei que em algum momento vou ter que lidar com Elena, mas não estou com vontade agora. Abro a planilha de Fred com as projeções de custo para o contrato com a Kavanagh Media.

O cheiro de bolo assando entra no meu escritório. Dá água na boca e evoca uma das poucas lembranças felizes que tenho da primeira infância. É um sentimento contraditório. A prostituta drogada fazendo bolo.

Um movimento me distrai dos pensamentos e da planilha que estou analisando. É Ana, parada na porta do escritório.

— Vou dar um pulinho no mercado para comprar uns ingredientes — diz ela.
— Está bem.

Não vestida desse jeito, né?

— O que foi?
— Você vai vestir uma calça jeans ou algo assim?
— Christian, são só pernas — diz com indiferença, e eu cerro os dentes. — E se a gente estivesse na praia?
— A gente não está na praia.
— Você reclamaria se a gente estivesse na praia?

Nós estaríamos em uma praia particular.

— Não — respondo.

Ela sorri com malícia.

— Bem, então finja que a gente está. Até mais.

Ela se vira e sai correndo.

O quê? Ela vai fugir?

Antes que eu perceba, pulo da cadeira e vou atrás dela. Vejo um borrão turquesa disparar pela entrada principal e vou atrás dela até o saguão, mas as portas do elevador já estão fechando quando a alcanço. Ela acena lá de dentro e some. Sua pressa é uma reação tão exagerada que dá vontade de rir.

O que ela achou que eu faria?

Volto para a cozinha, balançando a cabeça. Na última vez que brincamos de pega-pega, ela me deixou. O pensamento me deixa sério. Paro na frente da geladeira e me sirvo de um copo de água enquanto espio o bolo esfriando. Eu me inclino para cheirá-lo e fico salivando. Fecho os olhos, e uma lembrança da prostituta drogada vem à tona novamente.

Mamãe chegou. Mamãe está aqui.

Ela está usando os sapatos mais altos que tem e uma saia muito curta. É vermelha. E brilhante.

Mamãe tem marcas roxas nas pernas. Perto do bumbum.

Ela está com um cheiro bom. De bala.

Entra, grandão, fica à vontade.

Ela está com um homem. Um homem grande com uma barba grande. Não conheço ele.

Agora não, verme. Mamãe tem companhia. Vá brincar no seu quarto com seus carros. Faço um bolo para você quando terminar.

Ela fecha a porta do quarto.

Ouço o elevador e me viro, esperando que Ana apareça, mas é Taylor, acompanhado de dois homens, um deles segura uma pasta, o outro é largo e alto, com postura de guarda-costas.

— Sr. Grey. — Taylor apresenta o homem mais jovem e elegante, que carrega a pasta. — Este é Louis Astoria, da Joalheria Astoria Fine.

— Ah. Obrigado por vir.

— É um prazer, Sr. Grey. — Ele está animado. Seus olhos de ébano são calorosos e simpáticos. — Tenho algumas peças bonitas para mostrar.

— Excelente. Vamos dar uma olhada no meu escritório. Me acompanhe, por favor.

Sei imediatamente qual aliança de platina eu quero. Não é a maior nem a menor. É a aliança mais refinada e elegante, com um diamante de quatro quilates da melhor qualidade, grau D, e uma clareza interna impecável. É um anel simples, lindo e de formato oval. Os outros são exagerados ou rebuscados demais, não combinam com a minha garota.

— Fez uma ótima escolha, Sr. Grey — diz ele, guardando meu cheque. — Tenho certeza de que sua noiva vai adorar. E podemos ajustar, se for preciso.

— Obrigado novamente por ter vindo. Taylor vai acompanhá-lo até a porta.

— Obrigado, Sr. Grey.

Ele me entrega a caixa da aliança e sai do escritório com Taylor. Dou mais uma olhada no anel.

Espero mesmo que ela goste. Guardo a caixa na gaveta da escrivaninha e me sento. Fico pensando se devia ligar para Ana só para dar oi, mas desisto da ideia. Em vez disso, escuto a mensagem dela mais uma vez. *Oi... hum... sou eu. Ana. Você está bem? Me ligue.*

Ouvir a voz dela já basta. Volto para o trabalho.

ENQUANTO ESTOU AO TELEFONE com o engenheiro da Airbus, fico olhando pela janela, para o céu. É do mesmo tom de azul que os olhos de Ana.

— E o especialista em Eurocopters vai chegar na segunda-feira à tarde?

— Ele vai de Marseilles-Provence, perto da nossa sede em Marignane, para Paris e depois para Seattle. É o mais rápido que conseguimos trazê-lo aqui. Temos a sorte de nossa base no noroeste do Pacífico ser em Boeing Field.

— Ótimo. Não se esqueça de me manter informado.

— Nosso pessoal vai examinar o helicóptero assim que ele chegar aqui.

— Diga a eles que vou precisar do relatório inicial na segunda-feira à noite ou na terça-feira pela manhã.

— Pode deixar, Sr. Grey.

Desligo e me viro para a frente.

Ana está parada à porta, me observando com uma expressão pensativa e meio preocupada.

— Oi — diz ela.

Entra no meu escritório e dá a volta na mesa até parar na minha frente. Quero perguntar por que fugiu, mas ela é mais rápida.

— Voltei. Você está bravo comigo?

Suspiro e a puxo para o colo.

— Estou — sussurro.

Você fugiu de mim, e, da última vez que fez isso, me abandonou.

— Desculpe. Não sei o que deu em mim.

Ela se encolhe no meu colo e apoia a cabeça no meu peito. O peso dela me conforta.

— Nem eu. Use as roupas que você quiser.

Coloco a mão no joelho dela só para tranquilizá-la, mas, assim que toco em sua pele, quero mais. O desejo percorre meu corpo como uma corrente elétrica. A sensação me desperta e me faz sentir vivo. Subo a mão pela coxa dela.

— Além do mais, esse vestido tem suas vantagens.

Ela ergue o rosto, os olhos enevoados, e me inclino para beijá-la.

Nossos lábios se tocam, minha língua a provoca, e minha libido se acende como um raio de sol. Sinto o desejo dela também. Ana segura minha cabeça conforme sua língua luta com a minha.

Dou um gemido quando meu corpo reage e fica duro. De desejo por ela. De necessidade de tê-la. Mordisco o lábio inferior, o pescoço, a orelha dela. Ana geme na minha boca e puxa meu cabelo.

Ana.

Abro a calça e liberto meu pau duro, puxando-a para que monte em mim. Afasto a calcinha de renda para o lado e afundo dentro dela. Suas mãos seguram o encosto da cadeira, e o couro rangendo entrega sua posição. Ela olha para mim e começa a se mexer. Para cima e para baixo. Depressa. Seu ritmo é veloz e frenético.

Há um desespero em seus movimentos, como se quisesse compensar alguma coisa.

Devagar, baby, devagar.

Seguro os quadris dela e desacelero sua movimentação.

Calma, Ana. Quero saborear você.

Mordisco sua boca, e ela assume um ritmo mais suave. Mas sua paixão fica evidente no beijo e no toque quando ela puxa minha cabeça para trás.

Ah, baby.

Ela se move mais rápido.

E mais rápido.

É isso que ela quer. Está se aproximando. Eu sinto. Indo cada vez mais longe conforme se move cada vez mais rápido.

Ah.

Ela desaba nos meus braços e me leva junto.

— Gosto do seu jeito de pedir desculpas — sussurro.

— E eu gosto do seu. — Ela se aninha no meu peito. — Você já acabou?

— Deus do céu, Ana, você quer mais?

— Não! O trabalho.

— Vou acabar em meia hora, mais ou menos. — Beijo o cabelo dela. — Ouvi sua mensagem na minha caixa-postal.

— De ontem.

— Você parecia preocupada.

Ela me abraça.

— Eu estava preocupada. Não é do seu feitio não responder.

Dou outro beijo nela, e damos um abraço silencioso e tranquilo. Espero que ela sempre se sente no meu colo assim. O encaixe é perfeito.

Finalmente, ela se mexe.

— Seu bolo deve ficar pronto em meia hora — diz enquanto se levanta.

— Mal posso esperar. O cheiro que veio do forno estava delicioso, sugestivo mesmo.

Ela se inclina e dá um beijo carinhoso no canto da minha boca.

Eu a observo sair desfilando do escritório e fecho a calça jeans, me sentindo... mais leve. Viro-me e aprecio a vista da janela. É fim de tarde e o sol está brilhando, apesar de já estar se pondo na direção do estuário. Há sombras nas ruas. Lá embaixo já está escurecendo, mas aqui em cima a luz continua dourada. Talvez seja por isso que eu moro aqui. Para ficar na luz. Corro atrás dela desde criança. E foi preciso uma moça extraordinária para me fazer perceber isso. Ana é minha estrela guia.

Sou seu menino perdido, agora encontrado.

ANA ESTÁ SEGURANDO UM bolo de chocolate com cobertura, decorado com uma única vela acesa.

Ela canta "Parabéns pra você" com a voz doce e musical, e me dou conta de que nunca a ouvi cantar.

É mágico.

Assopro a vela e fecho os olhos para fazer um pedido.

Desejo que Ana sempre me ame. E nunca me deixe.

— Já fiz meu pedido — informo.

— A cobertura ainda está mole. Espero que você goste.

— Mal posso esperar para provar, Anastasia.

Ela corta uma fatia para cada e me dá um prato e um garfo.

É agora.

Está divino. A cobertura está doce, o bolo, molhadinho, e o recheio... humm.

— É por isso que quero casar com você.

Ela ri, acho que de alívio, e me observa devorar o restante da fatia.

ANA FICA EM SILÊNCIO no carro a caminho da casa dos meus pais, em Bellevue. Mesmo virada para a janela, me olha de vez em quando. Está sensacional de verde-esmeralda.

O tráfego está tranquilo hoje, e o Audi R8 dispara pela ponte 520. Na metade do caminho, Ana se vira para mim.

— Havia cinquenta mil dólares a mais na minha conta bancária esta tarde.

— E?

— Você não...

— Ana, você vai ser minha esposa. Por favor. Não vamos brigar por causa disso.

Ela respira fundo e fica em silêncio por um tempo enquanto seguimos acima das águas rosadas e turvas do lago Washington.

— Tudo bem — diz ela. — Obrigada.

— De nada.

Suspiro de alívio.

Viu, não foi tão difícil, Ana.

Na segunda-feira, vou dar um jeito no seu empréstimo estudantil.

— PRONTA PARA ENFRENTAR minha família?

Desligo o motor do R8. Estamos estacionados na garagem dos meus pais.

— Pronta. Você vai dizer a eles?

— Claro. Estou ansioso para ver a reação deles.

Estou empolgado. Saio do carro e abro a porta dela. Está um pouco frio esta noite, e ela enrola a echarpe nos ombros. Pego sua mão e seguimos para a porta de entrada. A garagem está lotada de carros, e a picape de Elliot também está ali. A festa é maior do que eu tinha previsto.

Carrick abre a porta antes que eu possa bater.

— Christian, olá. Feliz aniversário, meu filho.

Ele segura minha mão e me puxa para um abraço surpresa.

Isso nunca acontece.

— Er... Obrigado, pai.

— Ana, que bom ver você de novo.

Ele dá um abraço breve e carinhoso em Ana e o seguimos para dentro de casa. Ouço um barulho de salto alto e espero ver Mia correndo pelo corredor, mas é Katherine Kavanagh. Ela parece furiosa.

— Vocês dois! Quero falar com vocês — diz ela, irritada.

Ana me olha sem entender, e eu dou de ombros. Não faço ideia de qual seja o problema de Kavanagh, mas nós a seguimos até a sala de jantar vazia. Ela fecha a porta e se vira para Ana.

— Que porra é essa? — sibila ela, balançando uma folha de papel diante da amiga.

Ana pega a folha e lê. Fica pálida quase imediatamente, e seu olhar assustado encontra o meu.

O que foi, cacete?

Ana fica entre mim e Katherine.

— O que é? — pergunto, ansioso.

Ana me ignora e se dirige a Kavanagh:

— Kate! Você não tem nada a ver com isso.

Katherine fica surpresa com a reação dela.

De que porra elas estão falando?

— Ana, o que é?
— Christian, você pode sair, por favor?
— Não. Mostre para mim.
Estico a mão, e, com relutância, ela me entrega o papel.
É o e-mail dela com a resposta ao contrato.
Merda.
— O que ele fez com você? — pergunta Kate, me ignorando.
— Não é da sua conta, Kate — diz Ana, exasperada.
— Onde você conseguiu isso? — pergunto.
Kavanagh fica vermelha.
— Não importa. — Mas eu a encaro até que ela revele: — Estava no bolso de um casaco, que imagino que seja seu, que encontrei atrás da porta do quarto de Ana.
Ela faz uma careta para mim, preparando-se para a batalha.
— Você contou para alguém? — pergunto.
— Não! Claro que não — responde com rispidez, e tem a cara de pau de parecer ofendida.
Que bom. Eu me aproximo da lareira e pego um isqueiro na pequena tigela de porcelana no console. Boto fogo no canto do papel e o jogo pela grade. As duas mulheres ficam em silêncio, me olhando.
Quando o papel se reduz a cinzas, volto minha atenção para elas.
— Nem mesmo para Elliot? — pergunta Ana.
— Ninguém — diz Kate enfaticamente. Ela parece um pouco confusa e talvez magoada. — Só quero saber se você está bem, Ana — acrescenta, preocupada.
Sem que elas vejam, reviro os olhos.
— Estou bem, Kate. Mais do que bem. Por favor, Christian e eu estamos bem, muito bem, e isso aí é passado. Por favor, ignore — suplica Ana.
— Ignorar? — pergunta. — Como poderia ignorar aquilo? O que ele fez com você?
— Ele não fez nada comigo, Kate. Falando sério, estou bem.
— Mesmo? — pergunta.
Puta que pariu.
Passo os braços em volta de Ana e olho para Katherine, tentando, mas provavelmente não conseguindo, disfarçar minha expressão hostil.
— Ana aceitou se casar comigo, Katherine.
— Casar! — exclama Kate, arregalando os olhos, sem acreditar.
— Isso mesmo. Nós vamos anunciar o noivado hoje à noite — informo a ela.
— Ah! — Kate olha para Ana, boquiaberta. — Eu deixo você sozinha por dezesseis dias, e é isso que acontece? É muito repentino. Então, ontem, quando eu disse... — Ela para. — E onde aquele e-mail entra nessa história?

— Não entra, Kate. Esqueça, por favor. Amo Christian, e ele me ama. Não faça isso. Não estrague a festa dele e a nossa noite — implora Ana.
Os olhos de Katherine se enchem de lágrimas.
Merda. Ela vai chorar.
— Não. Claro que não. Você está bem?
— Nunca estive tão feliz — sussurra Ana, e meu coração acelera.
Katherine segura a mão dela, apesar de eu ainda estar envolvendo o corpo de Ana com o braço.
— Bem mesmo? — pergunta ela, a voz cheia de esperança.
— Estou.
Ana parece mais feliz e se solta de mim para abraçá-la.
— Ah, Ana, eu fiquei tão preocupada quando li aquilo. Não sabia o que pensar. Você vai me explicar o que é? — pede ela.
— Um dia, não agora.
— Ótimo. Não vou contar a ninguém. Eu amo tanto você, Ana, como minha própria irmã. Eu só pensei... — Ela balança a cabeça. — Eu não sabia o que pensar. Sinto muito. Se você está feliz, então eu estou feliz. — Katherine olha para mim. — Me desculpe. Eu não pretendia invadir a privacidade de vocês.
Assinto. Talvez ela se preocupe com Ana, mas nunca vou saber como Elliot a aguenta.
— Eu realmente sinto muito. Você tem razão, não é da minha conta — sussurra para Ana.
Uma batida na porta nos sobressalta, e minha mãe enfia a cabeça pelo vão da porta.
— Tudo bem, querido? — pergunta minha mãe, olhando diretamente para mim.
— Tudo bem, Sra. Grey — responde Kate.
— Tudo bem, mãe — respondo.
Ela fica aliviada ao entrar na sala.
— Então vocês não vão se importar se eu der um abraço de aniversário no meu filho. — Ela dá um grande sorriso para todos nós e se aproxima dos meus braços abertos. Eu a abraço com força. — Feliz aniversário, querido. Estou tão feliz que você ainda esteja entre nós.
— Mãe, estou bem.
Encaro seus olhos cor de mel, que estão brilhando com amor maternal.
— Estou tão feliz por você — diz ela, levando a palma da mão à minha bochecha.
Mãe, eu amo você.
Ela se afasta.

— Bem, crianças, se vocês já tiverem terminado a conversa de vocês, tem uma multidão de pessoas aqui para se certificarem de que você está mesmo inteiro, Christian, e para lhe desejar um feliz aniversário.

— Já vou.

Mamãe olha de Katherine para Ana, satisfeita, eu acho, por não ter nada errado. Ela dá uma piscadela para Ana e abre a porta para todos nós. Ana segura minha mão.

— Christian, eu sinto muito mesmo — diz Katherine.

Assinto para ela e nós vamos para o corredor.

— Sua mãe sabe? — pergunta Ana.

— Sabe.

Ana ergue as sobrancelhas.

— Ah. Bem, a noite já começou interessante.

— Como sempre, Srta. Steele, você tem um dom para o eufemismo.

Beijo a mão dela e vamos para a sala.

Uma salva de palmas ensurdecedora e espontânea irrompe quando entramos. *Merda*. Tanta gente! Por que tanta gente? Minha família. O irmão de Kavanagh. Flynn e a esposa. Mac! Bastille. A amiga de Mia, Lily, e a mãe dela. Ros e Gwen. Elena.

Elena chama minha atenção ao fazer um cumprimento discreto para mim enquanto aplaude. Mas me distraio com a empregada da minha mãe. Ela está carregando uma bandeja de champanhe. Aperto a mão de Ana e a solto quando os aplausos cessam.

— Obrigado a todos. Parece que vou precisar de uma destas.

Pego duas taças e entrego uma para Ana.

Ergo a taça para as pessoas na sala. Todos dão um passo à frente, zelosos e ansiosos para me cumprimentar por causa do acidente de ontem. Elena é a primeira a nos alcançar, e pego a mão livre de Ana.

— Christian, eu estava tão preocupada.

Ela me dá um beijo na bochecha antes que eu tenha chance de reagir. Ana tenta soltar a mão, mas a aperto com mais força.

— Estou bem, Elena — respondo.

— Por que você não me ligou?

Ela me encara, irritada.

— Andei ocupado.

— Você não recebeu minhas mensagens?

Solto a mão de Ana e coloco o braço no ombro dela, puxando-a para mim. Elena sorri para Ana.

— Ana — murmura. — Você está linda, querida.

— Elena. Obrigada. — O tom de voz de Ana é meloso e nada sincero. *Tem como ser mais constrangedor?*
Faço contato visual com a minha mãe e ela franze a testa, observando nós três.
— Elena, preciso fazer um anúncio — digo.
— Claro — responde ela com um sorriso tenso.
Eu a ignoro.
— Pessoal — começo, e espero o barulho na sala diminuir. Quando tenho a atenção de todos, respiro fundo. — Obrigado a todos por terem vindo. Devo dizer que estava esperando um jantar em família, então esta festa é uma agradável surpresa. — Olho para Mia, que acena para mim. — Ros e eu... — cumprimento Ros e Gwen com a cabeça — ...passamos um aperto e tanto ontem. — Ros ergue a taça para mim. — Então, estou especialmente feliz por estar aqui hoje para compartilhar com todos vocês uma ótima novidade. Esta linda mulher — olho para minha garota ao meu lado —, Srta. Anastasia Rose Steele, consentiu em ser minha esposa, e eu gostaria que vocês fossem os primeiros a saber.

Meu anúncio é recebido com alguns suspiros de surpresa, um grito de comemoração e outra salva de palmas espontânea. Eu me viro para Ana, que está corada e linda, ergo o queixo dela e lhe dou um beijo rápido e casto.
— Em breve, você será minha.
— Já sou.
— Legalmente — articulo com os lábios, com um sorriso malicioso.
Ela ri.
Meus pais são os primeiros a nos parabenizar.
— Filho querido. Nunca vi você tão feliz — diz minha mãe, beijando minha bochecha e secando uma lágrima, virando-se em seguida para Ana.
— Filho, estou tão orgulhoso — diz Carrick.
— Obrigado, pai.
— Ela é um amor de garota.
— Eu sei.
— Cadê a aliança? — pergunta Mia enquanto abraça Ana.
Ana me olha, sobressaltada.
— Vamos escolher juntos.
Olho de cara feia para a minha irmã. Às vezes ela é um pé no saco.
— Ei, não me olhe assim, Grey! — repreende Mia, me abraçando. — Estou tão feliz por você, Christian. Quando vai ser? Vocês já marcaram a data?
— Não, não marcamos nada ainda. Ana e eu precisamos discutir tudo isso.
— Espero que seja um festão aqui.
A insistência dela é sufocante.
— A gente provavelmente vai viajar para Las Vegas amanhã.

Ela parece irritada, mas por sorte sou salvo por Elliot, que me dá um abraço de urso.

— Mandou bem, meu irmão.

Ele bate com força nas minhas costas.

Elliot se vira para Ana, e Bastille também bate nas minhas costas. Com ainda mais força.

— Bem, Grey, por essa eu não esperava. Parabéns, cara.

Ele aperta minha mão.

— Obrigado, Claude.

— E então, quando vou começar a treinar sua noiva? Fico feliz da vida só de imaginá-la chutando seu traseiro.

Dou uma gargalhada.

— Passei seus horários para ela. Tenho certeza de que vai entrar em contato.

A mãe de Lily, Ashley, me parabeniza, mas é fria. Espero que ela e Lily fiquem longe da minha noiva.

Salvo Ana de Mia quando o Dr. Flynn e a esposa se aproximam.

— Christian — diz Flynn, estendendo a mão, e nos cumprimentamos.

— John. Rhian.

Beijo a bochecha da esposa dele.

— Fico feliz que você ainda esteja entre nós, Christian — afirma Flynn. — Minha vida seria muito mais monótona... e pobre, sem você.

— John! — repreende Rhian, e eu a apresento para Anastasia.

— Fico muito feliz de conhecer a mulher que finalmente capturou o coração de Christian — diz Rhian, sorrindo calorosamente para Ana.

— Obrigada — responde ela.

— Foi uma tacada traiçoeira, hein, Christian — comenta Flynn, balançando a cabeça em uma descrença divertida.

O *quê*?

— John, você e as suas metáforas envolvendo críquete.

Rhian o repreende novamente, me deseja feliz aniversário e nos parabeniza, e logo ela e Ana começam a conversar, animadas.

— Foi um anúncio e tanto, considerando a plateia — diz John, e sei que está se referindo a Elena.

— É. Com certeza ela não estava esperando — respondo.

— Podemos conversar sobre isso depois.

— Como está Leila?

— Ela está bem, Christian, respondendo bem ao tratamento. Mais umas duas semanas e poderemos levar em consideração um tratamento em casa.

— Que alívio.

— Ela está interessada nas nossas aulas de arte terapêutica.
— É mesmo? Ela pintava.
— Foi o que me disse. Acho que as aulas podem ajudar muito.
— Que ótimo. Ela está comendo?
— Sim. Está com um ótimo apetite.
— Que bom. Pode perguntar algo a ela por mim?
— Claro.
— Preciso saber se ela mudou de lugar algumas fotos que eu tinha no cofre.
— Ah, sim. Ela me contou sobre isso.
— Contou?
— Você sabe como ela pode ser ardilosa. Tinha a intenção de abalar Ana.
— Bom, deu certo.
— Podemos discutir isso depois também.

Ros e Gwen se juntam a nós, e os apresento a Ana.
— Fico muito feliz de finalmente conhecer você, Ana — diz Ros.
— Obrigada. Você já se recuperou?

Ros assente, e Gwen passa o braço em volta dela.
— Foi um acontecimento e tanto — comenta Ros. — Foi um milagre Christian conseguir pousar em segurança. Ele é um excelente piloto.
— Foi sorte, e eu queria voltar para casa, para minha garota — respondo.
— Claro. E agora que a conheci, quem pode culpar você? — diz Gwen.

Grace anuncia que o jantar está servido na cozinha.

Seguro a mão de Ana, aperto-a de leve para saber se ela está bem, e seguimos os convidados até a cozinha. Mia encurrala Ana no corredor com dois copos de coquetel na mão, e sei que está aprontando.

Ana me lança um breve olhar de pânico, mas eu a deixo ir, observando as duas entrarem na sala de jantar. Mia fecha a porta.

Na cozinha, Mac se aproxima para me dar parabéns.
— Por favor, Mac, me chame de Christian. Você está na minha festa de noivado.
— Fiquei sabendo do acidente.

Ele ouve com atenção quando conto os detalhes sórdidos.

Minha mãe preparou um banquete com tema marroquino. Encho o prato enquanto Mac e eu falamos sobre *The Grace*.

Ao repetir o tagine de cordeiro, fico imaginando o que Ana e Mia estão fazendo. Decido resgatar Ana, mas fora da sala ouço-a gritar:
— Não ouse me dizer onde estou me metendo!

Merda. O que houve?
— Quando você vai aprender? Não é da sua conta! — grita Ana, furiosa.

Tento abrir a porta, mas tem alguém na frente. A pessoa chega para o lado, e a porta se abre. Vejo Ana furiosa. Sua pele está vermelha. Ela treme de fúria. Elena está na frente dela, encharcada com o que devia ser a bebida de Ana. Fecho a porta e fico entre as duas.

— Que merda que você está fazendo, Elena? — rosno.

Mandei deixar Ana em paz.

Ela seca o rosto com as costas da mão.

— Ela não é a pessoa certa para você, Christian.

— O quê? — grito tão alto que tenho certeza de que assusto Ana, porque Elena também se sobressalta. Mas estou pouco me fodendo.

Eu a avisei. Mais de uma vez.

— E quem é você para saber o que é certo para mim?

— Você tem necessidades, Christian — diz ela, a voz mais suave, e sei que está tentando me acalmar.

— Já falei: isso não é da sua conta, porra! — Estou surpreso com minha própria veemência. — Qual é o seu problema? — Faço uma expressão de desprezo para ela. — Você acha que é você? Você? Acha que você é a pessoa certa para mim?

Elena fecha a cara, os olhos faiscando. Ela estufa o peito e se aproxima de mim.

— Eu fui a melhor coisa que já aconteceu na sua vida — murmura ela, sem disfarçar a arrogância. — Olhe só para você agora. Um dos empresários mais ricos e mais bem-sucedidos dos Estados Unidos, controlado, obstinado, você não precisa de nada. Você é o mestre do seu universo.

Ela tinha que falar isso.

Porra.

Dou um passo para trás. Enojado.

— Você adorava, Christian, não tente enganar a si mesmo. Você estava no caminho da autodestruição, e eu o salvei, salvei você de passar a vida atrás das grades. Acredite em mim, meu bem, é lá que você teria acabado. Eu ensinei a você tudo o que você sabe, tudo de que você precisa.

Acho que nunca senti tanta raiva.

— Você me ensinou a foder, Elena. Mas isso é vazio, vazio como você. Não me admira que Linc tenha ido embora.

Ela suspira, chocada.

— Você nunca me abraçou. Você nunca disse que me amava — acrescento.

Ela estreita os olhos azul-gelo.

— O amor é para os tolos, Christian.

— Saia da minha casa — ordena Grace com fúria e frieza.

Nós três nos sobressaltamos e nos viramos. Minha mãe, parecendo um anjo vingador, está de pé à porta da sala. Seu olhar está fixo em Elena, e, se um olhar matasse, Elena já teria virado cinzas no chão.

Olho de Grace para Elena, que está totalmente pálida. E, quando Grace se aproxima, Elena parece incapaz de se mover ou de dizer qualquer coisa diante do olhar fulminante da minha mãe. Grace dá um tapa forte na cara dela, deixando todo mundo atônito. O som ecoa pelas paredes.

— Tire as patas imundas do meu filho, sua vadia, e saia da minha casa. Agora! — rosna Grace por entre os dentes.

Porra. Mãe!

Elena leva a mão ao rosto, em choque. Pisca depressa, olhando para Grace, então se vira abruptamente e sai da sala, sem se dar o trabalho de fechar a porta.

Minha mãe se volta para mim, e não consigo desviar o olhar.

Vejo dor e angústia em seu rosto.

Ela não diz nada enquanto nos encaramos, e um silêncio opressivo e insuportável domina a sala.

Por fim, ela diz:

— Ana, antes que eu o entregue a você, você se importaria de me dar um minuto ou dois a sós com meu filho?

Não é um pedido.

— Claro — sussurra Ana.

Eu a vejo sair e fechar a porta.

Minha mãe me lança um olhar penetrante, em silêncio, como se me visse pela primeira vez.

Como se visse o monstro que educou, mas não criou.

Merda.

Estou ferrado. Meu couro cabeludo formiga, e sinto o sangue sumir do rosto.

— Por quanto tempo, Christian? — pergunta ela, a voz baixa.

Conheço esse tom. É a calmaria antes da tempestade.

O que ela ouviu?

— Alguns anos — murmuro.

Não quero que ela saiba. Não quero contar. Não quero magoá-la, mas sei que é o que vai acontecer. Sei disso desde os meus quinze anos.

— Quantos anos você tinha?

Engulo em seco, e meu coração acelera como um motor de carro de Fórmula 1. Preciso tomar cuidado. Não quero causar problemas para Elena. Observo o rosto da minha mãe, tentando avaliar sua reação. Será que devo mentir para ela? Posso mentir para ela? E parte de mim sabe que menti para ela todas as vezes que fui encontrar Elena e disse que ia estudar com um amigo.

O olhar da minha mãe é fulminante.

— Diga-me. Quantos anos você tinha quando tudo isso começou? — pergunta ela por entre os dentes.

Só ouvi esse tom em raras ocasiões, e sei que estou ferrado. Ela só vai parar quando tiver uma resposta.

— Dezesseis — sussurro.

Ela semicerra os olhos e inclina a cabeça para o lado.

— Fale a verdade.

A voz dela é gelada e baixa.

Porra. Como ela sabe?

— Christian — avisa ela, me instigando.

— Quinze.

Minha mãe fecha os olhos como se eu a tivesse apunhalado, levando a mão à boca para sufocar o choro. Quando os abre, estão cheios de sofrimento e lágrimas não derramadas.

— Mãe...

Tento pensar em alguma coisa que possa aplacar sua dor. Dou um passo para a frente, mas ela ergue a mão para me impedir.

— Christian. Estou com muita raiva de você. É melhor não chegar mais perto.

— Como você sabe que eu menti? — pergunto.

— Pelo amor de Deus, Christian. Sou sua mãe — diz ela com rispidez, secando uma lágrima da bochecha.

Percebo que estou corando, sentindo-me ao mesmo tempo burro e um pouco irritado. Só minha mãe consegue me deixar assim. Minha mãe e Ana.

E eu achava que mentia bem.

— É bom mesmo parecer envergonhado. Por quanto tempo isso durou? Por quanto tempo você mentiu para nós, Christian?

Dou de ombros. Não quero que ela saiba.

— Me conte! — insiste ela.

— Alguns anos.

— Anos! Anos! — grita, e eu me encolho. É raro ela gritar. — Não acredito! Aquela *filha da puta*!

Suspiro. Nunca ouvi Grace falar palavrão. Nunca. Estou chocado.

Ela se vira e se aproxima da janela. Fico parado. Imóvel. Sem palavras.

Minha mãe falou palavrão.

— E pensar em todas as vezes que ela veio aqui...

Grace resmunga e apoia a cabeça nas mãos. Não consigo mais ficar parado. Eu me aproximo dela e a envolvo com os braços. Isso é tão novo para mim, abraçar minha mãe. Eu a puxo para o peito, e ela começa a chorar baixinho.

— Esta semana já achei que você tivesse morrido, e agora isso — diz ela, soluçando.

— Mãe... não é o que você imagina.

— Nem tente, Christian. Eu ouvi você, ouvi o que você disse. Que ela ensinou você a foder.

Outro palavrão!

Eu me encolho. Essa não é ela. Grace não fala palavrão. É horrível perceber que tenho alguma coisa a ver com isso. Magoar Grace é algo excruciante. Eu nunca ia querer lhe fazer mal. Ela me salvou. E, na mesma hora, sou sufocado por vergonha e remorso.

— Eu sabia que havia acontecido alguma coisa quando você tinha quinze anos. Ela foi o motivo, não foi? O motivo de você ter se acalmado de repente, de ter ganhado foco? Ah, Christian. O que ela fez com você?

Mãe! Por que ela está reagindo de forma tão exagerada? Será que eu conto que Elena me colocou sob controle? Não preciso revelar como ela fez isso.

— Sim — murmuro.

Ela resmunga de novo.

— Ah, Christian. Já fiquei bêbada com aquela mulher, abri o coração para ela tantas vezes. E pensar...

— Meu relacionamento com ela não tem nada a ver com a amizade de vocês.

— Não me venha com essa baboseira, Christian! Ela abusou da minha confiança. Abusou do meu filho! — Sua voz falha, e ela volta a esconder o rosto com as mãos.

— Mãe... Não foi assim.

Ela recua e dá um tapa na lateral da minha cabeça, e eu me afasto.

— Não tenho palavras, Christian. Não tenho! Onde foi que eu errei?

— Mãe, a culpa não é sua.

— Como? Como começou? — Ela ergue a mão e acrescenta depressa: — Não quero saber. O que seu pai vai dizer?

Porra.

Carrick vai surtar.

De repente, me sinto com quinze anos novamente, com medo de outro sermão interminável sobre responsabilidade pessoal e comportamento aceitável. Porra, é a última coisa que eu quero.

— Ele vai ficar furioso — diz minha mãe, interpretando corretamente minha expressão. — Nós sabíamos que alguma coisa tinha acontecido. Você mudou da noite para o dia... e pensar que o motivo foi o fato de minha melhor amiga ter levado você para a cama.

Quero que o chão me engula.

— Mãe, já aconteceu, já passou. Ela não me fez mal nenhum.

— Christian, eu ouvi o que você disse. Ouvi a resposta fria dela. E pensar...

Ela apoia a cabeça nas mãos mais uma vez. De repente, ergue os olhos e encontra os meus, arregalados de horror.

Porra. O que foi agora?

— Não! — sussurra ela.

— O quê?

— Ah, não. Me diga que não é verdade, porque, se for... vou pegar a antiga arma do seu pai e atirar naquela puta.

Mãe!

— O que foi?

— Sei que os gostos de Elena são bastante exóticos, Christian.

Pela segunda vez esta noite, fico um pouco tonto. *Merda*. Ela não pode descobrir isso.

— Foi só sexo, mãe — resmungo depressa.

Vamos acabar com isso de uma vez. De jeito nenhum vou expor essa parte da minha vida para minha mãe.

Ela semicerra os olhos para mim.

— Não quero os detalhes sórdidos, Christian. Porque é isso que essa história toda é: suja, sórdida, horrível. Que tipo de mulher faz isso com um garoto de quinze anos? É nojento. E pensar em todas as confidências que fiz a ela. Bom, pode ter certeza de que ela nunca mais vai botar o pé nesta casa. — Ela franze os lábios, determinada. — E você deve interromper qualquer contato com ela.

— Mãe, hum... Elena e eu temos um negócio muito bem-sucedido juntos.

— Não, Christian. Rompa qualquer laço com essa mulher.

Fico olhando para ela, sem palavras. Como ela pode me dizer o que fazer? Tenho vinte e oito anos, porra.

— Mãe...

— Não, Christian. Estou falando sério. Se você não fizer isso, vou procurar a polícia.

Fico pálido.

— Você não faria isso.

— Vou fazer, sim. Não impedi na época, mas agora é diferente.

— Você está com muita raiva, mãe, e não a culpo... Mas está exagerando.

— Não me diga que estou exagerando! — grita ela. — Você *não* vai ter qualquer relacionamento com alguém que abusa de uma criança perturbada e imatura! Ela devia vir com um aviso de prejudicial à saúde.

Grace está me encarando, furiosa.

— Tudo bem.

Ergo as mãos na defensiva, e ela parece se acalmar.

— Ana sabe?
— Sim, ela sabe.
— Que bom. Você não deve começar sua vida de casado com segredos.

Ela franze a testa, como se estivesse falando por experiência própria. Do que será que se trata isso? Mas se recompõe.

— O que ela acha de Elena?
— Ela concorda com você.
— Garota sensata. Você ficou de quatro por ela, pelo menos. Uma menina linda da idade certa. Alguém com quem você pode ser feliz.

Minha expressão se suaviza.

Sim. Ela me faz mais feliz do que eu achava que era possível.

— Você vai terminar tudo com Elena. Cortar todos os laços. Entendeu?
— Sim, mãe. Esse pode ser meu presente de casamento para Anastasia.
— O quê? Está maluco? É melhor pensar em outra coisa! Isso não é nada romântico, Christian — repreende ela.
— Achei que ela gostaria.
— Ai, homens! Vocês às vezes não entendem nada.
— O que você acha que eu deveria dar a ela?
— Ah, Christian. — Ela suspira e dá um sorriso fraco. — Você não absorveu nenhuma palavra, não é? Sabe por que estou chateada?
— Sim, claro.
— Então me diga.

Olho para ela e suspiro.

— Sei lá, mãe. Porque você não sabia? Porque ela é sua amiga?

Ela ergue a mão e acaricia meu cabelo com delicadeza, como fazia quando eu era criança. O único lugar onde ela me tocava, porque era o que eu deixava.

— Por todos esses motivos e porque ela abusou de você, querido. E você merece muito amor. É tão fácil amar você... Sempre foi.

Sinto os olhos arderem.

— Mãe — sussurro.

Ela passa os braços em volta de mim, mais calma agora, e eu a abraço.

— É melhor você procurar sua noiva. Vou contar para o seu pai quando a festa acabar. Sem dúvida ele vai querer falar com você também.

— Mãe. Por favor. Precisa mesmo contar para ele?
— Sim, Christian, preciso. E espero que ele infernize você.

Merda.

— Ainda estou com raiva de você. Mas com mais raiva dela.

Não há qualquer sinal de humor em seu rosto. Eu nunca tinha me dado conta de como Grace podia ser assustadora.

— Eu sei — murmuro.
— Agora vá. Procure sua garota.

Ela me solta, dá um passo para trás e passa os dedos embaixo dos olhos para limpar a maquiagem borrada. Está linda. Essa mulher maravilhosa, que realmente me ama como eu a amo.

Respiro fundo.

— Eu não queria magoar você, mãe.
— Eu sei. Agora vá.

Eu me inclino e beijo delicadamente a testa dela, surpreendendo-a.

Saio da sala e vou atrás de Ana.

Porra. Isso foi pesado.

Ana não está na cozinha.

— Ei, irmão, quer uma cerveja? — pergunta Elliot.
— Espere um minuto. Estou procurando Ana.
— A ficha caiu e ela fugiu?
— Vai se foder, Lelliot.

Não está na sala.

Ela não iria embora, não é?

Meu quarto? Subo o primeiro lance de escada, pulando os degraus, e depois subo o segundo. Ela está no patamar. Paro no último degrau quando ficamos frente a frente.

— Oi.
— Oi — responde ela.
— Estava preocupado com...
— Eu sei — diz ela, me interrompendo. — Me desculpe, não estava em condições de enfrentar a comemoração. Só precisava sair um pouco, você sabe. Para pensar.

Ela acaricia meu rosto, e eu me aproximo do toque dela.

— E você achou que seria uma boa ideia fazer isso no meu quarto?
— É.

Fico ao lado dela, estico os braços, e nos abraçamos. Seu cheiro é delicioso... tranquilizador, até.

— Sinto muito que você tenha tido que passar por isso.
— Não é sua culpa, Christian. Por que ela estava aqui?
— É amiga da família.
— Não é mais. Como está sua mãe?
— Mamãe está muito brava comigo neste instante. Estou muito feliz que você esteja aqui, e que a gente esteja no meio de uma festa. Caso contrário, estes poderiam ser meus últimos momentos de vida.

— Grave assim, é?
Um completo exagero.
— E você pode culpá-la por isso? — pergunta Ana.
Reflito por um instante. A melhor amiga trepando com o filho dela.
— Não.
— A gente pode se sentar?
— Claro. Aqui?
Ana concorda, e nos sentamos no topo da escada.
— Então, como você está se sentindo? — pergunta ela.
Suspiro fundo.
— Sinto-me libertado.
Dou de ombros, e é verdade. É como se um peso tivesse sido tirado dos meus ombros. Não preciso mais me preocupar com o que Elena pensa.
— Sério?
— Nossa relação de negócios acabou. Chega.
— Você vai fechar o salão de beleza?
— Não sou tão vingativo, Anastasia. Não. Vou deixar tudo para ela. Na segunda-feira, eu falo com meu advogado. Devo isso a ela.
Ana me lança um olhar zombeteiro.
— Então, chega de Mrs. Robinson?
— Chega.
Ela sorri.
— Sinto muito que você tenha perdido uma amiga.
— Sente, é?
— Não — diz ela com sarcasmo.
— Venha. — Eu me levanto e ofereço a mão. — Vamos voltar para a festa em nossa homenagem. Talvez eu até me embebede.
— E você por acaso fica bêbado?
— Não desde que era um adolescente selvagem. — Descemos a escada. — Você comeu?
Ana faz uma expressão de culpa.
— Não.
— Pois deveria. Pela aparência e pelo cheiro de Elena, aquilo que você jogou nela era um dos coquetéis letais do meu pai.
— Christian, eu...
Ergo a mão.
— Não tem discussão, Anastasia. Se for para beber e jogar álcool nas minhas ex, então você tem que comer. É a regra número um. Acho que já tivemos essa discussão depois da nossa primeira noite juntos.

Então me lembro de Ana deitada em coma alcoólico na minha cama no Heathman. Nós paramos no corredor, e eu acaricio o rosto dela, roçando os dedos no seu maxilar.

— Fiquei acordado durante horas, assistindo você dormir — murmuro. — Talvez eu já amasse você, então.

Eu me inclino e a beijo, e ela derrete junto ao meu corpo.

— Coma.

Eu indico a cozinha.

— Certo — responde Ana.

Fecho a porta depois de me despedir do Dr. Flynn e da esposa dele.

Finalmente. Agora posso ficar sozinho com Ana. Só restou a família. Grace bebeu demais e está na sala, assassinando "I Will Survive" no karaokê com Mia e Katherine.

— E você a culpa por isso? — pergunta Ana.

Semicerro os olhos.

— Você está rindo de mim, Srta. Steele?

— Estou.

— Foi um dia cheio.

— Christian, ultimamente, todos os dias com você têm sido cheios.

— Muito bem colocado, Srta. Steele. Venha, quero lhe mostrar uma coisa.

Sigo com ela pelo corredor, e vamos até a cozinha.

Carrick, Elliot e Ethan Kavanagh estão conversando sobre os Mariners.

— Vão dar um passeio? — provoca Elliot quando seguimos para as portas francesas, mas lhe mostro o dedo do meio e o ignoro.

Do lado de fora, a noite está amena. Conduzo Ana pelos degraus de pedra até o gramado, onde ela tira os sapatos, para e admira a vista. A lua crescente reina no alto da baía, iluminando um caminho prateado na água. Seattle está acesa e brilhando ao fundo.

Andamos de mãos dadas na direção do ancoradouro. Está aceso por dentro e por fora, e o farol é nosso guia.

— Christian, eu gostaria de ir à igreja amanhã — diz Ana.

— Ah?

Quando foi a última vez que fui à igreja? Repasso as informações que tenho sobre ela na cabeça, mas não me lembro de ser religiosa.

— Rezei para que você voltasse vivo, e você voltou. É o mínimo que posso fazer.

— Está bem.

Talvez eu vá com ela.

— Onde você vai colocar as fotos que José tirou de mim?

— Achei que a gente poderia colocar na casa nova.
— Você comprou a casa?
Eu paro.
— Comprei. Achei que você tivesse gostado dela.
— E gostei. Quando você comprou?
— Ontem de manhã. Agora a gente precisa decidir o que fazer com ela.
— Não a derrube. Por favor. É uma casa tão linda. Só precisa de um pouco de amor e carinho.
— Certo. Vou falar com Elliot. Ele conhece uma arquiteta muito boa, ela fez umas obras na minha casa de Aspen. E ele pode cuidar da renovação.
Ana sorri, depois ri, se divertindo.
— O que foi? — pergunto.
— Estou me lembrando da última vez em que você me levou até o ancoradouro.
Ah, sim. Eu estava curtindo o momento.
— Ah, aquilo foi divertido. Aliás...
Paro e a jogo por cima do ombro. Ela dá um gritinho.
— Se me lembro bem, você estava com muita raiva — observa Ana, balançando no meu ombro.
— Anastasia, sempre estou com muita raiva.
— Não, não é verdade.
Dou um tapa na sua bunda e a roço no meu corpo quando paramos diante da porta do ancoradouro. Seguro a cabeça dela.
— Não, não mais.
Meus lábios e minha língua encontram os dela, e coloco toda a minha ansiedade no beijo apaixonado. Ela está sem fôlego e ofegante quando a solto.
Certo. Espero que ela goste do que planejei. Espero que seja o que ela quer. Ana merece o mundo. Um pouco intrigada, acaricia meu rosto, passando os dedos pela minha bochecha até meu maxilar e meu queixo. O indicador para em meus lábios.
Hora do show, Grey.
— Tenho uma coisa para mostrar a você aí dentro. — Abro a porta. — Venha.
Pego a mão dela e a levo até o topo da escada. Abro a porta e dou uma espiada lá dentro: está tudo ótimo. Chego para o lado, deixando Ana entrar primeiro, e vou atrás dela.
Ela suspira ao ver o que a espera.
Os floristas capricharam. Há flores do campo para todo lado, em tons de rosa, branco e azul, tudo iluminado por luzinhas de Natal e lampiões cor-de-rosa claro.
Sim. Está ótimo.
Ana fica perplexa. Ela se vira para mim, boquiaberta.
— Você queria flores e corações.

Ela fica me encarando, sem acreditar.

— Você tem meu coração — acrescento, apontando ao redor.

— E aqui estão as flores — murmura ela. — Christian, é lindo.

A voz dela sai rouca, e sei que está à beira das lágrimas.

Reúno toda a coragem e a levo mais para dentro do ancoradouro. No centro, ajoelho-me em uma perna. Ana prende a respiração e leva as mãos à boca. Do bolso interno do paletó, tiro o anel e o ergo na direção dela.

— Anastasia Steele. Eu amo você. Quero amar, adorar e proteger você para o resto da minha vida. Seja minha. Para sempre. Divida minha vida comigo. Case comigo.

Ela é o amor da minha vida.

Sempre vai ser só Ana.

As lágrimas começam a escorrer, mas o sorriso dela eclipsa a lua, as estrelas, o sol e todas as flores no ancoradouro.

— Sim — responde.

Seguro a mão dela e coloco o anel. Cabe perfeitamente.

Ela olha para a aliança, impressionada.

— Ah, Christian — diz, chorando.

Suas pernas se dobram e ela cai nos meus braços. Ela me beija, me oferecendo tudo: lábios, língua, compaixão, amor. Seu corpo pressiona o meu. Entregando-se, como sempre faz.

Doce, doce Ana.

Eu a beijo. Pego o que ela tem a oferecer e retribuo. Ela me ensinou como fazer isso.

A mulher que me trouxe para a luz. A mulher que me ama apesar do meu passado, apesar de tudo que fiz de errado. A mulher que aceitou ser minha para o resto da vida.

Minha garota. Minha Ana. Meu amor.

www.intrinseca.com.br

1ª edição	JANEIRO DE 2018
reimpressão	SETEMBRO DE 2024
impressão	IMPRENSA DA FÉ
papel de miolo	LUX CREAM 60 G/M²
papel de capa	CARTÃO SUPREMO ALTA ALVURA 250 G/M²
tipografia	ELECTRA LT STD